OS

FRÁGEIS FIOS

DO **PODER**

Obras da autora publicadas pela Galera Record

Série Vilões
Vilão
Vingança
ExtraOrdinários

Série Os Tons de Magia
Um tom mais escuro de magia
Um encontro de sombras
Uma conjuração de luz

Série Os Fios do Poder
Os frágeis fios do poder

Série A Guardiã de Histórias
A guardiã de histórias
A guardiã dos vazios

Série A Cidade dos Fantasmas
A cidade dos fantasmas
Túnel de ossos
Ponte das almas

A vida invisível de Addie LaRue
Vampiros nunca envelhecem (com outros autores)
Mansão Gallant

V.E. SCHWAB

OS FRÁGEIS FIOS DO PODER

Tradução
Flavia de Lavor

1ª edição

— Galera —

RIO DE JANEIRO
2023

PREPARAÇÃO
Isabel Rodrigues

REVISÃO
Luciana Aché
Ana Lúcia Gusmão

CAPA
Will Staehle

TÍTULO ORIGINAL
The Fragile Threads of Power

CIP-BRASIL. CATALOGAÇÃO NA PUBLICAÇÃO
SINDICATO NACIONAL DOS EDITORES DE LIVROS, RJ

S425f

Schwab, V. E.
  Os frágeis fios do poder / V. E. Schwab ; tradução Flavia de Lavor. - 1. ed. - Rio de Janeiro: Galera Record, 2023.   (Os fios do poder)

  Tradução de: The fragile threads of power
  ISBN 978-65-5981-359-9

  1. Ficção americana. I. Lavor, Flavia de. II. Título. III. Série.

23-85496

CDD: 813
CDU: 82-3(73)

Gabriela Faray Ferreira Lopes - Bibliotecária - CRB-7/6643

Copyright © 2023 by Victoria Schwab

Publicado em acordo com a autora, por intermédio de BAROR INTERNATIONAL, INC., Armonk, New York, U.S.A

Todos os direitos reservados.

Proibida a reprodução, no todo ou em parte, através de quaisquer meios.
Os direitos morais da autora foram assegurados.

Texto revisado segundo o Acordo Ortográfico da Língua Portuguesa de 1990.

Direitos exclusivos de publicação em língua portuguesa somente para o Brasil adquiridos pela
EDITORA GALERA RECORD LTDA.
Rua Argentina, 120 – Rio de Janeiro, RJ - 20921-380 - Tel.: (21) 2585-2000, que se reserva a propriedade literária desta tradução.

Impresso no Brasil

978-65-5981-359-9

Seja um leitor preferencial Record.
Cadastre-se e receba informações sobre nossos lançamentos e nossas promoções.

Atendimento e venda direta ao leitor:
sac@record.com.br

*Para aqueles
que ainda
acreditam em magia*

A magia é o rio que rega todas as coisas.
Ela se presta à vida, e na morte a chama de volta,
e assim a corrente parece subir e descer,
quando, na verdade, nunca perde uma única gota.

— TIEREN SERENSE,
nono Sumo Sacerdote do Santuário de Londres

LONDRES BRANCA
SETE ANOS ATRÁS

Ser pequena vinha bem a calhar.

As pessoas falavam em crescer como se fosse uma grande conquista, mas corpos pequenos podiam escapar por vãos estreitos, se esconder em cantos apertados e entrar e sair de lugares onde outros corpos não caberiam.

Como uma chaminé.

Kosika desceu os últimos metros e caiu na lareira, levantando uma nuvem de fuligem. Então prendeu a respiração, tanto para não inalar as cinzas quanto para se certificar de que não havia ninguém em casa. Lark tinha dito que a casa estava vazia, que havia mais de uma semana que ninguém entrava ou saía de lá, mas Kosika achou melhor continuar em silêncio do que acabar se arrependendo depois, por isso ficou alguns minutos agachada na lareira, à espera, de ouvidos bem atentos, até ter certeza de que estava sozinha.

Em seguida, escorregou até a beira da lareira e tirou as botas, amarrando os cadarços e pendurando-as no pescoço. Depois deu um salto, seus pés descalços beijando o assoalho de madeira, e começou a caminhar.

Era uma bela casa. As tábuas eram uniformes, as paredes retas e, embora as persianas estivessem fechadas, havia muitas janelas e frestinhas de luz entravam pelos cantos, o que fornecia claridade suficiente para que ela enxergasse ali dentro. Não se importava de roubar casas bonitas, principalmente quando as pessoas saíam e as deixavam assim, sem vigilância.

Foi primeiro até a despensa. Como de costume. Pessoas que moravam em casas bonitas desse jeito não consideravam preciosos artigos como geleia, queijo e carne-seca: nunca sentiam fome a ponto de precisarem se preocupar com a falta de comida.

Mas Kosika vivia faminta.

Infelizmente, as prateleiras da despensa estavam quase vazias. Um saco de farinha. Uma bolsinha de sal. Um único pote de geleia que por acaso era de laranja-da-terra (ela detestava laranja-da-terra). Mas lá no fundo, atrás de uma lata de chá a granel, ela encontrou um saco de papel cheio de cubos de açúcar: mais de uma dúzia, pequenos, marrons e brilhantes como cristais. Ela sempre teve uma queda por doces, e assim que jogou um cubo na boca, começou a salivar. Sabia que era melhor levar só um ou dois e deixar o resto, mas quebrou suas próprias regras e enfiou o saco todo no bolso, chupando o cubo enquanto saía dali atrás de tesouros.

O truque era não levar muita coisa. Pessoas *abastadas* não reparavam quando uma coisa ou outra desaparecia. Imaginavam que as haviam perdido, largado em algum lugar e esquecido onde. Talvez, ela disse a si mesma, os moradores daquela casa estivessem mortos. Ou talvez estivessem viajando. Talvez fossem ricos, tão ricos a ponto de terem uma segunda casa no campo ou um navio enorme.

Tentou imaginar o que estavam fazendo conforme percorria os cômodos escuros, abrindo armários e gavetas à procura do brilho de moedas, metal ou magia.

Kosika viu algo se mexer pelo canto do olho e deu um salto, agachando-se antes de perceber que era só um espelho. Um enorme espelho prateado, apoiado numa mesa. Era grande demais para ser roubado, mas mesmo assim foi até ele e precisou ficar na ponta dos pés para conseguir ver seu rosto refletido. Kosika não sabia quantos anos tinha. Entre 6 e 7. Mais perto dos 7, supunha, porque os dias estavam começando a ficar mais curtos e ela sabia que havia nascido bem no momento em que o verão dava lugar ao outono. Sua mãe dizia que era por isso que ela parecia tão dividida, nem lá nem cá. Como seu cabelo, que não era nem loiro nem castanho. Ou seus olhos, que não eram nem verdes nem cinza nem azuis.

(Kosika não entendia por que a aparência das pessoas era importante. Não era como as moedas. Não tinha valor algum.)

Ela baixou o olhar. Na mesa em que o espelho estava apoiado havia uma gaveta sem puxador, mas era possível ver a marca de uma coisa encaixada na outra e, ao pressionar a madeira, ela cedeu, deixando à mostra um fecho antes escondido. A gaveta deslizou para fora, revelando uma superfície rasa e dois amuletos, feitos de vidro ou pedra clara, um deles envolto em couro e o outro em finos fios de cobre.

Amplificadores.

Ela não sabia decifrar os símbolos rabiscados nas bordas, mas sabia o que significavam. Talismãs concebidos para captar poder e vinculá-lo a alguém.

A maioria das pessoas não tinha dinheiro para comprar apanhadores de magia — simplesmente entalhavam os feitiços na própria pele. Mas as marcas desbotavam, a pele ficava flácida e, com o tempo, como se fossem frutas podres, os feitiços se transformavam, ao passo que uma joia poderia ser retirada, trocada e recarregada.

Kosika pegou um dos amuletos e ficou imaginando se os amplificadores valiam menos ou até mais, agora que o mundo começava a acordar. Era assim que as pessoas chamavam a *mudança*. Como se durante todos estes anos a magia estivesse adormecida e o último rei, Holland, de alguma forma a tivesse despertado.

Ela ainda não o vira, não com os próprios olhos, mas já tinha visto os antigos reis, os gêmeos pálidos que cavalgavam pelas ruas com as bocas sujas de sangue alheio. Sentiu uma pontinha de alívio quando soube que os dois haviam morrido, e, para ser sincera, a princípio também não gostou muito do novo rei. Mas, no fim das contas, Holland provou ser diferente. Assim que assumiu o trono, o rio começou a descongelar, a neblina, a diminuir, e tudo na cidade ficou mais quente e brilhante. Sem contar que, de uma hora para a outra, a magia voltou a fluir. Não era muita, tudo bem, mas estava lá, e as pessoas nem sequer precisavam vinculá-la a seus corpos por meio de cicatrizes ou feitiços.

Seu melhor amigo, Lark, acordou um dia com as palmas das mãos formigando, como quando a pele fica dormente e é preciso esfregá-las para recuperar a sensibilidade. Alguns dias depois, teve febre, o suor brilhava em seu rosto, e Kosika ficou assustada ao vê-lo tão doente. Tentou engolir o medo, mas isso causava dor de estômago, então passou a noite acordada, convencida de que ele morreria e ela ficaria ainda mais sozinha. Mas no dia seguinte lá estava ele, parecendo recuperado. Lark correu até ela, puxou-a para um beco e estendeu as mãos unidas em concha, como se tivesse um segredo guardado ali dentro. Quando abriu os dedos, Kosika arquejou de surpresa.

Ali, flutuando sobre suas palmas, havia uma pequena chama azul.

E Lark não foi o único. Nos últimos meses, a magia tinha se espalhado como uma erva daninha. Mas nunca crescia dentro dos adultos — pelo menos, não naqueles que mais a desejavam. Talvez tivessem passado tanto tempo tentando forçar a magia a fazer o que queriam que acabaram deixando-a furiosa.

Kosika não se importava com o fato de que a magia ignorasse os adultos, contanto que conseguisse encontrá-la.

Mas isso ainda não tinha acontecido.

Ela dizia a si mesma que estava tudo bem: fazia apenas poucos meses desde que o novo rei assumira o trono e reestabelecera a magia. Mas todos os dias examinava o próprio corpo na esperança de encontrar algum sinalzinho de mudança, e prestava bastante atenção nas mãos, esperando ver ali uma faísca.

Agora, Kosika enfiou os amplificadores no bolso junto com os cubos de açúcar, fechou a gaveta secreta e foi até a porta da frente.

Quando estava prestes a alcançar a fechadura, a luz atingiu a soleira de madeira, fazendo-a se deter em um movimento brusco. A fechadura havia sido enfeitiçada. Não sabia decifrar as marcas, mas Lark havia treinado o olhar dela. Encarou, funestamente, a chaminé — era muito mais difícil subir do que descer. Mas foi o que ela fez: entrou na lareira, calçou as botas e se espremeu até chegar lá em cima. Quando finalmente voltou ao telhado, Kosika estava sem fôlego e coberta de fuligem, por isso enfiou outro cubo de açúcar na boca como recompensa.

Depois se esgueirou até a beira do telhado e olhou para a rua: de lá de cima conseguiu ver a cabeça de cabelo loiro-platinado de Lark, a mão estendida, fingindo vender amuletos para os transeuntes, embora os amuletos não passassem de pedras pintadas com feitiços falsos e ele só estivesse ali para garantir que ninguém entrasse na casa enquanto ela permanecesse lá dentro.

Kosika deu um assobio e ele ergueu o olhar, meneando a cabeça como se fizesse uma pergunta. Ela respondeu fazendo um X com os braços, o sinal de um feitiço que não conseguia atravessar, ao que ele gesticulou com a cabeça em direção à esquina. Ela adorava o fato de que os dois conseguiam conversar sem precisar dizer uma única palavra.

Foi até o outro lado do telhado e desceu pela calha, caindo agachada sobre as pedras da calçada. Endireitou a postura e olhou em volta, mas Lark não estava ali. Kosika franziu a testa e começou a descer o beco.

Um par de mãos surgiu do nada e agarrou a menina, puxando-a até o vão entre as casas. Ela se debateu e já estava prestes a morder uma das mãos quando foi empurrada para longe.

— Meus reis, Kosika — exclamou Lark, sacudindo os dedos. — Você é uma garota ou uma fera?

— O que eu precisar ser — rebateu. Mas ele estava sorrindo. Lark tinha um sorriso maravilhoso, do tipo que tomava conta de todo o rosto e dava vontade de sorrir também. Ele tinha 11 anos, era desengonçado daquele jeito que os meninos são quando estão em fase de crescimento, e embora seu cabelo fosse tão claro quanto o Sijlt antes do degelo, seus olhos eram quentes e escuros, da cor de terra molhada.

Ele estendeu a mão e limpou a fuligem da roupa dela.

— Encontrou alguma coisa bacana?

Kosika pegou os amplificadores e Lark os revirou nas mãos, e, pela maneira como os examinava, assentindo para si mesmo, ela percebeu que ele sabia decifrar os feitiços e que o objeto tinha sido um bom achado.

Não contou a Lark sobre o açúcar e ficou se sentindo meio mal por isso, mas disse a si mesma que ele não gostava de doces, não tanto quanto ela — além do mais, era sua recompensa por fazer o trabalho duro, o trabalho que podia fazê-la ser pega. E se ela tinha aprendido alguma coisa com a mãe era que precisava cuidar de si mesma.

Sua mãe, que sempre a tratara como um fardo, nada além de uma ladrazinha que se esgueirava em sua casa, comia sua comida, dormia em sua cama e roubava seu calor. Por muito tempo, Kosika teria dado qualquer coisa em troca de ser notada, de se sentir querida por alguém. Mas então as crianças começaram a acordar com fogo nas mãos, ou vento sob os pés, ou água vertendo em sua direção como se estivessem descendo uma ladeira, e a mãe de Kosika começou a notá-la, a prestar atenção nela com um ar de cobiça nos olhos. Ultimamente, ela fazia o possível para passar despercebida.

Lark guardou os amuletos no bolso — ela sabia que o que quer que ele conseguisse em troca, daria a ela a metade, como de costume. Os dois eram parceiros. Ele bagunçou o cabelo meio lá meio cá dela, e Kosika fingiu não gostar da sensação, do toque da mão dele em sua cabeça. Ela não tinha um irmão mais velho, mas Lark a fazia sentir como se tivesse. Então ele lhe deu um empurrãozinho e os dois se separaram — Lark partiu sabe-se lá para onde e Kosika foi para casa.

Desacelerou o passo assim que avistou a casa.

Era pequena e estreita, como um livro numa estante, espremida entre outras duas em uma rua onde mal dava para passar uma carroça, muito menos uma carruagem. No entanto, *havia* uma carruagem parada bem em frente e um homem baixinho à porta. O estranho não batia, só estava ali, de pé, fumando uma cigarrilha que emanava uma fumaça branca em torno de sua cabeça. A pele dele era cheia de tatuagens, daquelas que os adultos tinham para vincular a magia. Tinha até mais tatuagens do que a mãe dela. As marcas cobriam as mãos e os braços, desaparecendo sob a camisa até reaparecerem no pescoço. Ela ficou imaginando se isso queria dizer que ele era forte — ou fraco.

Como se estivesse ouvindo seus pensamentos, o homem virou a cabeça em direção a ela, e Kosika correu para se esconder no beco mais próximo. Depois foi até os fundos da casa e subiu nos caixotes que ficavam embaixo da janela. Deslizou a armação para cima, embora fosse rígida e ela tivesse medo de que acabasse descendo e cortando sua cabeça enquanto subia no peitoril da janela. Mas isso não aconteceu, e ela se espremeu até cair no chão do outro lado, prendendo a respiração durante todo o processo.

Ouviu vozes na cozinha.

Uma delas pertencia à mãe, já a outra não reconheceu. Também escutou um barulho, o *tim tim tim* de metal. Kosika se esgueirou pelo corredor, espiou pela porta e viu a mãe e outro homem sentados à mesa. Sua mãe tinha a aparência de sempre — magra e cansada, como um pedaço de fruta seca, a maciez de outrora completamente desaparecida.

Já o homem, ela nunca tinha visto antes. Era alto e magro, tinha uma aparência meio gelatinosa, e usava o cabelo preso para trás. Uma tatuagem preta, que se assemelhava a nós feitos de corda, contornava os ossos da mão esquerda, que pairava sobre uma pilha de moedas.

Ele estava pegando algumas moedas e as deixando cair, uma por uma, de volta na pilha.

Era o som que ela tinha escutado.
Tim tim tim.
Tim tim tim.
Tim tim tim.
— Kosika.
Ela deu um salto, assustada com a bondade na voz da mãe.
— Venha aqui — disse ela, estendendo a mão. Marcas pretas rodeavam cada um de seus dedos e circundavam seu punho, e Kosika resistiu ao impulso de se afastar, porque não queria deixar a mãe brava. Deu um passo à frente, hesitante, e sua mãe abriu um sorriso. Kosika devia ter percebido que o melhor era parar ali, mas acabou dando mais um passo lento em direção à mesa.
— Não seja mal-educada — retrucou a mãe, e pelo menos aquele era o tom de voz que ela conhecia. — A magia dela ainda não apareceu — acrescentou a mãe, dirigindo-se ao homem —, mas logo vai aparecer. Ela é uma menina forte.
Kosika sorriu ao ouvir aquilo. Sua mãe não tinha o hábito de elogiá-la.
O homem também sorriu. E, em seguida, avançou. Não com o corpo inteiro, só a mão tatuada. Num segundo a mão dele estava sobre as moedas; no outro, estava em volta de seu punho, puxando-a para perto de si. Kosika tropeçou, mas ele não a largou. Virou a palma da mão dela para cima, expondo a parte de baixo do antebraço e as veias azuis no pulso.
— Hum — disse ele. — Terrivelmente pálidas.
Sua voz era estranha, como se ele estivesse com pedras na garganta, e sua mão parecia uma algema pesada e fria ao redor do punho de Kosika. Ela tentou se desvencilhar, mas os dedos dele a seguraram com força.
— Até que a menina é briguenta — comentou o homem, e o pânico tomou conta de Kosika, pois sua mãe ficou assistindo à cena sem mover um dedo. Mas acontece que ela não estava olhando para

a *filha*. Seus olhos estavam fixos nas moedas, e Kosika não queria mais ficar ali. Ela sabia bem quem era aquele homem.

Ou, pelo menos, *o que* ele era.

Lark abrira seus olhos a respeito de homens e mulheres como ele. Colecionadores que não comercializavam objetos, mas pessoas, qualquer um com um pouco de magia nas veias.

Kosika *adoraria* ter magia para que pudesse atear fogo ao homem, afugentá-lo para que a soltasse. Ela não tinha poder algum, mas ao menos se lembrava de Lark ensinando o ponto exato onde golpear um homem para machucar, por isso usou seu peso para puxar o braço para trás, forçando o estranho a ficar de pé, e então deu um chute com toda a força bem no meio das pernas dele. O homem emitiu um som parecido com um fole, expulsando todo o ar dos pulmões, e a mão ao redor do pulso de Kosika afrouxou assim que ele se chocou com a mesa, derrubando a pilha de moedas enquanto ela disparava em direção à porta.

A mãe tentou agarrá-la quando ela passou, mas se movia muito devagar, seu corpo desgastado por todos os anos roubando magia, e Kosika já tinha saído porta afora antes de se lembrar do outro homem e da carruagem parados em frente à casa. Ele avançou até a menina, envolto em uma nuvem de fumaça, mas ela se abaixou sob o círculo que seus braços formaram e disparou pela rua estreita.

Kosika não sabia o que eles fariam se a pegassem. Mas não importava.

Ela jamais permitiria algo assim.

Aqueles homens podiam ser grandes, mas ela era rápida, e mesmo que conhecessem as ruas, ela conhecia os becos, as escadas e todos os nove muros e os vãos estreitos do mundo — aqueles pelos quais nem Lark conseguia mais passar. As pernas começaram a doer e os pulmões a arder, mas Kosika continuou correndo, ziguezagueando entre as barracas do mercado e as lojas, até que as construções ficassem para trás e a trilha subisse por degraus até o Bosque de Prata.

E, mesmo assim, ela não parou.

Nenhuma criança se atrevia a entrar no bosque. Diziam que estava morto, que era assombrado, que havia rostos nas árvores, com olhos que as observavam dos troncos cinzentos e descascados. Mas Kosika não estava assustada, ou pelo menos não sentia tanto medo do bosque moribundo quanto daqueles homens, com seus olhos famintos e mãos de algemas. Atravessou a primeira fileira de árvores, retas como as grades de uma jaula, depois seguiu por mais uma, duas, três fileiras até parar e se encostar numa árvore fina.

Ela fechou os olhos, prendeu a respiração e tentou ouvir algo além das batidas de seu coração. Vozes. Passos. Mas de repente o mundo ficou silencioso, e tudo que ela conseguiu ouvir foi o murmúrio do vento passando pelos galhos quase nus. Seu farfalhar nas folhas quebradiças.

Lentamente, abriu os olhos. Uma dúzia de olhos de madeira nas árvores à frente a encaravam de volta. Esperou que um deles piscasse para ela, mas não o fizeram.

Kosika podia ter voltado atrás, mas não fez isso. Ela havia ultrapassado a entrada do bosque, e o gesto a fez se sentir corajosa. Por isso seguiu em frente, caminhando até não conseguir mais ver os telhados nem as ruas nem o castelo, até parecer que não estava mais na cidade, mas em outro lugar. Um lugar calmo. Tranquilo.

Foi então que ela o viu.

O homem estava sentado no chão, recostado em uma árvore, com as pernas estendidas e o queixo pendendo sobre o peito. Parecia tão flácido quanto um boneco de pano, mas a visão dele a fez soltar um arquejo, o som alto como um pedaço de madeira estalando no meio do bosque silencioso. Ela tapou a boca com a mão e se escondeu atrás de uma árvore, esperando que o homem levantasse a cabeça e estendesse a mão para sacar uma arma. Mas ele não se mexeu. Devia estar dormindo.

Kosika mordeu o lábio.

Ela não podia ir embora — ainda não era seguro voltar para casa — e também não queria ficar de costas para o homem, pensando que talvez ele tentasse surpreendê-la, por isso se encostou em outra árvore e ficou ali de pernas cruzadas, certificando-se de que conseguia manter os olhos no estranho adormecido. Enfiou a mão no bolso e pegou o saco de açúcar.

Kosika chupou os cubinhos um por um, e de vez em quando olhava para o homem encostado na árvore. Decidiu guardar um dos cubos de açúcar para ele, como agradecimento por ter ficado ali fazendo companhia a ela, mas uma hora se passou, o sol baixou até roçar nos galhos das árvores, o ar passou de fresco a frio, e o homem permanecia imóvel.

Ela teve um mau pressentimento.

— *Os*? — chamou, estremecendo quando o som de sua voz quebrou o silêncio do Bosque de Prata, a palavra ecoando nas árvores rígidas.

Olá? Olá? Olá?

Kosika se levantou e caminhou em direção ao homem. Não parecia ser tão velho, mas o cabelo era branco e as roupas eram bem-feitas, bonitas demais para estarem encostando no chão. Usava também uma meia-capa prateada e, assim que Kosika se aproximou o suficiente, se deu conta de que o homem não estava dormindo.

Ele estava morto.

Kosika já tinha visto um cadáver antes, mas era muito diferente daquele: o que ela vira anteriormente tinha os membros retorcidos e as entranhas, espalhadas pela trilha de pedras. Não havia qualquer vestígio de sangue no homem que via agora. A impressão era de que ele tinha ficado cansado e resolvido se sentar ali para repousar, mas nunca mais se levantou. Um de seus braços estava sobre o colo. O outro, pendendo ao lado do corpo. O olhar de Kosika desceu até a mão do homem, que tocava o solo. Havia algo debaixo de seus dedos.

Ela se aproximou e viu que era grama.

Não as folhas secas e quebradiças que cobriam o restante do Bosque de Prata, mas brotos novos e macios, pequenos e verdes, que se espalhavam por baixo dele como se fosse uma almofada.

Ela passou os dedos pela grama, recuando quando sua mão roçou na pele dele por acidente. O homem estava frio. Ela voltou o olhar para a meia-capa. Parecia quente e agradável, e ela teve a ideia de tomá-la para si, mas não podia nem pensar em tocar nele outra vez. No entanto, também não queria abandoná-lo ali. Ela pegou o último cubo de açúcar do saco de papel e o colocou na palma da mão dele no instante em que o silêncio foi rompido por um barulho.

Um arranhar metálico e o som de botas se aproximando.

Kosika deu um salto e correu em direção às árvores para se esconder. Mas não havia ninguém atrás dela. Ouviu os passos diminuírem até cessarem, então também se deteve e ficou espiando atrás de uma árvore fina. Dali não conseguia ver o homem no chão, mas viu os soldados de pé ao seu redor. Eram três, as armaduras prateadas reluzindo sob a luz fraca. Guardas reais.

Kosika não conseguiu ouvir o que diziam, mas viu um deles se ajoelhar e escutou outro soltar um soluço entrecortado — um som que estilhaçou o bosque e a fez estremecer, virar as costas e sair correndo dali.

UM

RELÓGIOS, FECHADURAS E OBJETOS ROUBADOS

I

LONDRES VERMELHA
PRESENTE

Mestre Haskin tinha o dom de consertar coisas quebradas.

Era o que dizia a placa na porta de sua loja.

ES HAL VIR, HIS HAL NASVIR, lia-se em uma elegante letra dourada.

ANTES QUEBRADO, LOGO CONSERTADO.

Aparentemente, seu negócio consistia no conserto de relógios, fechaduras e objetos de uso doméstico — itens guiados por magia simples, pequenas engrenagens que habitavam tantas casas londrinas. E é lógico que Mestre Haskin *sabia* consertar relógios, mas isso qualquer pessoa com um ouvido decente e um conhecimento básico da linguagem dos feitiços saberia fazer.

Não, a maioria dos clientes que entrava pela porta preta da loja de Haskin trazia coisas mais estranhas. Itens "resgatados" de navios em alto-mar, retirados das ruas de Londres ou reivindicados no exterior. Objetos que chegaram danificados ou se quebraram no decorrer da aquisição, com o feitiço solto, desfeito ou completamente arruinado.

As pessoas traziam todo tipo de coisas para a loja de Haskin. E, quando o faziam, sempre encontravam sua aprendiz.

Geralmente ela ficava empoleirada, de pernas cruzadas, em uma banqueta bamba atrás do balcão, com seu emaranhado de cachos castanhos amontoados como um chapéu no topo da cabeça, a massa rebelde presa com barbante, rede ou o que quer que conseguisse encontrar na hora. Poderia tanto ter 13 quanto 23 anos de idade, dependia do ângulo. Sentava-se como uma criança, xingava como um marinheiro e vestia-se como se ninguém nunca a tivesse ensinado. Tinha dedos finos e ágeis que viviam se mexendo, olhos escuros e perspicazes que se debruçavam sobre qualquer coisa quebrada e esviscerada no balcão, e falava enquanto trabalhava, mas só com o esqueleto de coruja que ficava ao seu lado.

O pássaro não tinha penas nem carne: não passava de ossos unidos por fios de prata. Ela o batizara de *Vares* — príncipe — em homenagem a Kell Maresh, com quem tinha poucas semelhanças, exceto pelos dois olhos de pedra, um azul e o outro preto, e o efeito perturbador que causava em quem o encarava — resultado de um feitiço que o fazia, de vez em quando, estalar o bico ou menear a cabeça, assustando clientes desavisados.

Para variar, a mulher que estava aguardando do outro lado do balcão teve um sobressalto.

— Nossa — exclamou, arrepiando-se como se também tivesse penas. — Não sabia que estava viva.

— Mas não está — respondeu a aprendiz —, não exatamente. — Na verdade, muitas vezes ela ficava se perguntando qual seria a diferença. Afinal de contas, a coruja tinha sido enfeitiçada apenas para imitar movimentos básicos, mas de vez em quando ela a pegava cutucando a asa bem no ponto onde estariam as penas ou a percebia olhando pela janela com seus olhos vazios de pedra, e podia jurar que estava pensando em *alguma coisa*.

A aprendiz voltou a atenção para a mulher e pegou um jarro de vidro debaixo do balcão. Tinha mais ou menos o tamanho de sua mão e o formato de uma lanterna com seis lados de vidro.

— Aqui está — disse enquanto o colocava em cima da mesa.

A cliente pegou o objeto com cuidado, levou-o aos lábios e sussurrou alguma coisa. Ao fazer isso, a lanterna se acendeu e as laterais de vidro adquiriram um tom de branco leitoso. A aprendiz ficou observando e viu algo que a mulher não podia ver — os filamentos de luz ao redor do objeto ondulando e suavizando, o feitiço fluindo perfeitamente conforme a mulher levava o jarro ao ouvido. Então a mensagem foi sussurrada de volta para ela, o vidro ficou novamente límpido e o recipiente, vazio.

A mulher abriu um sorriso.

— Maravilha — exclamou ela, enfiando o guarda-segredos consertado em um bolso dentro do casaco. Em seguida, ajeitou algumas moedas numa pilha, um *lish* dourado e quatro lins vermelhos.

— Agradeça ao Mestre Haskin por mim — disse a cliente, já se virando para sair.

— Pode deixar — gritou a aprendiz enquanto a porta se fechava.

Varreu as moedas do balcão e desceu da banqueta, movimentando a cabeça de um lado para o outro para alongar o pescoço.

Não existia Mestre Haskin nenhum, é lógico.

Uma ou duas vezes, quando a loja tinha acabado de ser inaugurada, ela foi até a taverna mais próxima buscar um velhote, a quem pagou um ou dois lins para ficar sentado nos fundos com a cabeça curvada sobre um livro, só para que pudesse apontar para ele e dizer aos clientes: "O mestre está ocupado agora" já que, pelo visto, um homem meio bêbado inspirava mais confiança do que uma garota de olhos afiados que parecia ainda mais nova do que a idade que tinha: 15 anos.

Até que se fartou de gastar dinheiro, empilhou algumas caixas e uma almofada atrás de uma porta de vidro manchado e passou a apontar para lá.

Atualmente, ela nem se dava mais ao trabalho, apenas apontava para os fundos da loja e justificava: "Ele está ocupado". Afinal de contas, ninguém se importava com isso, contanto que o conserto fosse feito.

Agora, sozinha na loja, a aprendiz — cujo nome, embora ninguém soubesse, era Tesali — esfregou os olhos, sentindo as maçãs do rosto doloridas pelos óculos de proteção que usava o dia inteiro para conseguir focar a vista. Tomou um bom gole de chá preto, forte e amargo, do jeito que ela gostava — e ainda quente, graças à sua caneca, uma das primeiras coisas que enfeitiçara.

O dia chegava ao fim do lado de fora das vitrines, e os lampiões em volta da loja começavam a se acender, aquecendo a loja com uma luz amanteigada que reluzia nas estantes, caixas e bancadas, todas bem abastecidas, mas não desarrumadas, bem no limite entre a abundância e a bagunça.

Era um equilíbrio que Tes tinha aprendido com o pai.

Era preciso ser cuidadoso com aquele tipo de loja — se fosse muito limpa, daria a impressão de que os negócios iam mal. Muito bagunçada, os clientes procurariam outro lugar. Se tudo que vissem estivesse quebrado, pensariam que não era bom de conserto. Se tudo que vissem estivesse consertado, ficariam se perguntando por que ninguém tinha vindo buscar os objetos.

A loja de Haskin — a loja *dela* — tinha alcançado o equilíbrio perfeito.

Havia prateleiras com carretéis de cabos — a maioria de cobre e prata, os melhores condutores de magia —, potes cheios de engrenagens, lápis e tachinhas e pilhas de folhas de papel cobertas com rabiscos de feitiços inacabados. Tudo que ela imaginava que uma oficina deveria ter à mão. Na verdade, as engrenagens, os papéis e as bobinas não passavam de enfeites. Um cenário para deixar o público à vontade. Um truquezinho para distrair as pessoas da verdade.

Tes não precisava de nada daquilo para consertar um objeto de magia. Tudo de que precisava eram os próprios olhos.

Olhos que por algum motivo enxergavam o mundo não apenas em forma e cor, mas em fios.

Para onde quer que olhasse, ela os enxergava.

Uma fita brilhante enrolada na água do chá. Mais uma dúzia percorrendo a madeira da mesa. Centenas de linhas delicadas entrelaçando-se aos ossos de sua coruja de estimação. Os fios se retorciam e enroscavam no ar ao redor e acima de tudo e de todos. Alguns eram opacos; outros, brilhantes. Alguns eram simples e outros tinham filamentos trançados; alguns flutuavam, leves como uma pena, já outros disparavam como a correnteza. Era um redemoinho vertiginoso.

Mas Tes não conseguia apenas ver os fios do poder. Também podia tocá-los. Tocar uma corda como se fosse um mero instrumento, e não o tecido de que o mundo era feito. Encontrar as pontas puídas de um feitiço quebrado, traçar os pontos onde a magia se partiu e remendá-los.

Ela não sabia falar a linguagem dos feitiços, mas nem precisava: conhecia a linguagem da magia em si. Entendia que aquele era um dom raro, assim como sabia do que as pessoas eram capazes de fazer para conseguirem pôr as mãos em coisas raras, e era por isso que mantinha a loja sob aquele véu de ilusão.

Vares estalou o bico e agitou as asas sem penas. Tes olhou para a coruja, que devolveu o olhar e logo depois virou a cabeça em direção às ruas escuras do outro lado da vitrine.

— Ainda não — disse ela, terminando o chá. Era melhor esperar um pouco para ver se aparecia mais algum cliente. Uma loja como a de Haskin atraía um tipo diferente de cliente depois que escurecia.

Tes enfiou a mão debaixo do balcão e puxou um saquinho de juta, desdobrando o tecido até revelar uma espada, depois pegou o par de óculos de proteção. Pareciam óculos normais, embora sua utilidade não estivesse nas lentes, mas nas armações pesadas e pretas, com bordas estendidas para os lados, como os antolhos de um cavalo. E é isso mesmo que eram, apagando o restante da sala e reduzindo o mundo de Tes ao balcão e à espada sobre ele.

Colocou-os no rosto.

— Viu isto aqui? — perguntou a Vares, apontando para o aço. Um feitiço havia sido gravado no lado plano, mas uma parte dele foi raspada durante uma luta, reduzindo a lâmina de uma arma inquebrável a um pedaço frágil de metal. Pelo que Tes via, os filamentos de magia ao redor da arma estavam igualmente desgastados. — Feitiços são como corpos — explicou ela. — Ficam rígidos e se quebram, seja por desgaste, seja por negligência. Se fixar um osso na posição errada, você pode acabar manco. Se recolocar um feitiço do jeito errado, o objeto pode acabar estilhaçado, partido ou coisa pior.

Lições aprendidas da maneira mais difícil.

Tes flexionou os dedos e passou-os pelo ar bem acima do aço.

— Um feitiço existe em dois lugares — continuou ela. — No metal e na magia.

Outro restaurador apenas gravaria o feitiço na lâmina outra vez. Mas o metal continuaria sendo danificado. Não. Era melhor pegar o feitiço e entrelaçá-lo à própria magia. Assim, independentemente do que acontecesse com os símbolos no aço, o poder seria mantido.

Com cuidado, ela enfiou a mão na teia de magia e começou a remendar os fios, juntando as pontas puídas e dando nós minúsculos que logo se desfaziam, deixando as fitas lisas, intactas. Ficou tão concentrada no trabalho que nem ouviu a porta da loja se abrir.

Só se deu conta quando Vares se eriçou, estalando o bico em um sinal de alerta.

Tes ergueu o olhar, as mãos mergulhadas no feitiço.

Por trás dos óculos, não conseguia ver mais do que um palmo de distância, por isso levou um tempo até conseguir encontrar o cliente. Era um homem grande, com um rosto de traços rígidos e um nariz que já havia sido quebrado mais de uma vez, mas, como sempre, a atenção dela voltou-se para a magia ao redor dele. Ou a ausência de magia. Não era comum ver alguém sem poder algum, e a total ausência de fios fazia dele um ponto escuro no meio da loja.

— Estou procurando por Haskin — rosnou o homem, correndo os olhos pela loja.

Tes afastou os dedos com cuidado e tirou os óculos, jogando o saco de juta em cima da espada.

— Ele está ocupado — respondeu ela, inclinando a cabeça em direção aos fundos da loja, como se Haskin estivesse ali. — Mas eu posso ajudar.

O homem lançou um olhar que a deixou arrepiada. Ela costumava receber dois tipos de olhares: avaliadores ou céticos — os que a viam como uma mulher e os que a viam como uma menina. Ambos os olhares a faziam se sentir como uma porção de grãos numa balança, mas o último era pior, pois vinha com a intenção de fazê-la se sentir insignificante. E, às vezes, realmente *conseguia*.

Os olhos firmes do homem baixaram para a espada, com o cabo aparecendo por baixo do saco de juta.

— Você já tem idade para lidar com magia?

Tes se forçou a abrir um sorriso cheio de dentes.

— Que tal me mostrar o que trouxe?

Ele resmungou e enfiou a mão no bolso do casaco, retirando um bracelete de couro e colocando-o sobre a mesa. Ela sabia exatamente o que era, ou melhor, o que deveria ser. Saberia mesmo que não tivesse vislumbrado a marca preta que circundava o punho esquerdo dele. Aquilo explicava a ausência de fios, a escuridão no ar ao seu redor. O homem não era desprovido de magia por natureza — fora marcado com um limitador, o que significava que a coroa achara conveniente privá-lo de seu poder.

Tes pegou o bracelete e o revirou nas mãos.

Um limitador era a pena mais alta que um criminoso poderia cumprir, apenas mais branda do que a de execução, e muitos consideravam que viver sem acesso à própria magia era uma punição mais severa que a morte. Sem dúvida, era proibido desativá-lo. Anular o feitiço do limitador. Mas proibido não significava impossível. Apenas caro. O bracelete, deduziu ela, tinha sido vendido para ele com tal finalidade. Ficou imaginando se ele sabia que havia sido enganado, que o bracelete tinha defeitos, seu feitiço inacabado deixando no ar um rosnado desajeitado. Não fora feito para funcionar.

Mas *poderia*.

— E então? — perguntou ele, impaciente.

Ela segurou o bracelete no espaço entre os dois.

— Me diz uma coisa: isto aqui é um relógio, uma fechadura ou um objeto de uso doméstico? — questionou ela.

O homem franziu a testa.

— *Kers*? Não, é um...

— Esta loja só tem autorização para consertar relógios, fechaduras e objetos de uso doméstico.

Ele olhou incisivamente para a espada por baixo do saco de juta.

— Disseram que...

— Parece um relógio para mim — cortou ela.

Ele a encarou.

— Mas não é um relógio... — Ele acabou aumentando o tom de voz no fim da frase, como se já não tivesse certeza. Tes deu um suspiro e o olhou como se quisesse dizer alguma coisa. O homem levou bastante tempo até conseguir captar a mensagem. — Ah, sim. — Seus olhos se voltaram para o bracelete de couro e depois para a coruja morta, que ele acabara de perceber que o observava, antes de encarar novamente a garota esquisita do outro lado do balcão. — Bem, então é um relógio.

— Excelente — respondeu ela, puxando uma caixa debaixo do balcão e jogando o objeto proibido lá dentro.

— Quer dizer que ele sabe consertar isso?

— Com certeza — respondeu Tes com um sorriso alegre. — Mestre Haskin sabe consertar tudo. — Ela arrancou um tíquete preto com o logotipo da loja e um número impresso em dourado. — Fica pronto em uma semana.

Então Tes ficou observando o homem sair da loja, resmungando qualquer coisa sobre relógios enquanto a porta fechava atrás de si. Começou a imaginar o que ele tinha feito para merecer aquele limitador, mas logo se conteve. A curiosidade era mais perigosa do que uma maldição. Não ganhava a vida fazendo perguntas.

Já estava bem tarde, o fluxo de pedestres na rua diminuía conforme os moradores do *shal* voltavam sua atenção para atividades mais sombrias. O *shal* tinha má reputação, e é verdade que podia ser um lugar perigoso. As tavernas acolhiam quem preferia não cruzar com a coroa, metade das moedas usadas nas lojas tinha saído de bolso alheio e os moradores costumavam virar as costas ao som de um grito ou de uma briga em vez de correrem para impedi-la. Mas as pessoas contavam com a loja de Haskin para consertar objetos sem fazer perguntas, e todos sabiam que ela era sua aprendiz, por isso Tes se sentia segura — tão segura quanto possível.

Ela guardou a espada inacabada, bebeu o que sobrou do chá e tratou de ir trancar a porta.

No meio do caminho, começou a sentir dor de cabeça.

Tes sabia que era só uma questão de tempo até a enxaqueca se instalar em seu crânio, tornando impossível enxergar, pensar ou fazer qualquer coisa além de dormir. A dor não a pegava mais de surpresa, mas nem por isso deixava de ser uma ladra que se esgueirava por trás de seus olhos e saqueava tudo que via pela frente.

— *Avenoche*, Haskin — murmurou ela para a loja vazia, e, com uma das mãos, tirou a moeda do dia da gaveta; com a outra, apanhou Vares antes de passar pelas estantes e atravessar a pesada cortina até chegar aos fundos da loja. Era onde havia feito um ninho, um cantinho para uma cozinha e um mezanino com cama.

Tirou os sapatos e colocou o dinheiro numa lata de metal atrás do fogão antes de esquentar um prato de sopa. Nesse meio-tempo, soltou o cabelo do coque alto que usava, mas o gesto não desfez o penteado por completo: uma nuvem de cachos castanhos pairou ao redor de seu rosto. Sacudiu a cabeça, fazendo um lápis cair em cima da mesa. Não se lembrava de tê-lo enfiado ali. Vares curvou o crânio para bicar o pedaço de madeira enquanto ela comia, tomando o caldo com pedaços de pão.

Se alguém a visse agora, facilmente deduziria que a aprendiz era bem jovem. Os cotovelos ossudos e os joelhos pontiagudos dobrados sobre a cadeira, o rosto redondo, a maneira como enfiava a colher na boca e mantinha uma conversa unilateral com a coruja morta, contando como anularia o feitiço do limitador, até que a dor de cabeça aumentou e ela deu um suspiro, pressionando as palmas das mãos contra os olhos e vendo pontinhos de luz no interior das pálpebras. Era o único momento em que Tes sentia saudade de casa. Das mãos frias da mãe em sua testa, do som das ondas, do ar salgado que funcionava como se fosse um bálsamo.

Com o prato de sopa já vazio, ela afastou a carência e subiu a escada até o mezanino, colocando Vares numa prateleira improvisada. Puxou a cortina, fazendo o cubículo mergulhar na escuridão — o máximo de escuridão possível, levando em conta o brilho dos fios que pairavam sobre sua pele e percorriam a coruja e a caixa de música ao seu lado. Tinha formato de penhasco, com ondinhas de metal batendo contra rochas reluzentes. Ela puxou um fio azul, colocando a caixinha em movimento. Um sopro suave tomou conta do mezanino, no mesmo ritmo da respiração do mar.

— *Vas ir*, Vares — sussurrou Tes, amarrando um tecido grosso sobre os olhos, apagando o que restava de luz, e se encolhendo na pequena cama nos fundos da loja de Haskin, e deixou que o som das ondas a conduzisse ao sono.

II

O filho do mercador estava sentado na Gilded Fish, fingindo ler sobre piratas.

Fingindo porque a luz era fraca demais e, mesmo que não fosse, não dava para esperar que ele se concentrasse no livro à sua frente — que conhecia de cor — ou na caneca de cerveja bebida pela metade — muito amarga e densa — ou em qualquer outra coisa que não a espera.

A verdade é que o jovem não sabia exatamente quem — ou o quê — estava esperando, apenas que deveria ficar sentado ali, que em breve algo o encontraria. Era um ato de fé — não o primeiro, e certamente não o último — que seria pedido a ele.

Mas o filho do mercador estava preparado.

Uma bolsinha repousava no chão entre seus pés, oculta sob a sombra da mesa, e ele usava um gorro preto puxado até a altura das sobrancelhas. Tinha escolhido uma mesa junto à parede, e estava sentado de costas para ela. Toda vez que a porta da taverna se abria, ele cuidadosamente erguia o olhar para não acabar chamando a atenção, levantando só os olhos e não a cabeça inteira, algo que aprendera num livro.

O filho do mercador não tinha muita experiência, mas foi criado seguindo uma dieta regular de livros. Nada de história ou guias de feitiços, embora seus tutores também o obrigassem a lê-los. Não, sua verdadeira educação vinha dos *romances*. Contos épicos de libertinos e malandros, nobres e ladrões, mas, acima de tudo, de *heróis*.

Seu livro preferido era *As lendas de Olik*, uma saga que contava a história de um pobre órfão que acaba se tornando o maior mágico/marinheiro/espião do mundo. No terceiro livro, ele descobre que tem sangue *ostra* e é acolhido na corte, mas acaba se dando conta de que todos os nobres são podres, piores do que os canalhas que enfrenta em alto-mar.

No quarto livro — o melhor, em sua opinião —, o herói Olik conhece Vera, uma bela mulher mantida refém em um navio pirata, ou é o que ele *pensa* a princípio, mas depois descobre que ela é a capitã e que a história toda não passou de um estratagema para capturá-lo e vendê-lo pelo lance mais alto. Ele escapa e, depois disso, Vera se torna sua arqui-inimiga, mas nunca chega à sua altura, pois Olik é o herói. O filho do mercador adorava essas histórias, deliciando-se com os detalhes e empanturrando-se com o mistério, a magia e o perigo. Lia os livros até que a tinta desbotasse, as lombadas ficassem rachadas e o papel com as pontas amassadas por ter sido manuseado ou enfiado no bolso às pressas quando o pai aparecia nas docas para dar uma olhada no trabalho.

Seu pai, que não compreendia, não teria como compreender.

Seu pai, que achava que ele estava cometendo um erro terrível.

A porta da taverna se abriu, e assim que dois homens entraram, o filho do mercador ficou tenso. Mas os dois não olharam ao redor; não repararam nele nem no gorro preto que lhe fora mandado usar. Ainda assim, ele ficou observando os homens atravessarem o salão até uma mesa do outro lado, fazerem um sinal para o taverneiro e se acomodarem. Chegara a Londres havia poucas semanas e tudo era novidade, desde os sotaques — mais fortes do que em sua cidade natal — até os gestos, as roupas e a moda atual de usá-las em camadas, de modo que cada traje pudesse ser retirado para revelar outro, dependendo do clima ou da companhia.

O filho do mercador examinou o rosto dos homens. Ele era um mago do vento de nascença, mas essa era uma característica comum. No entanto, também tinha uma segunda e valiosa habilidade: a capacidade de prestar muita atenção aos detalhes e, portanto, um talento especial para detectar mentiras. Seu pai dava valor a esse talento porque era útil na hora de perguntar aos marinheiros sobre o estoque, questionar como uma caixa fora perdida ou por que uma compra havia fracassado (ou caído do barco).

Ele não sabia por que nem como conseguia analisar tão depressa as feições de uma pessoa. A ruga de tensão no meio da testa, o rápido cerrar dos dentes, a dezena de contrações e espasmos que compunha uma expressão. Era uma linguagem por si só — e que o filho do mercador sempre soubera falar.

Voltou a atenção para o livro em cima da mesa, tentando se concentrar nas palavras que já havia devorado uma centena de vezes, mas seus olhos deslizavam inutilmente pela página.

Embaixo da mesa, seu joelho se sacudia.

Ele se remexeu na cadeira e estremeceu ao sentir a pele na altura da região lombar em carne viva pela marca que o prendia ao caminho que escolhera. Caso se concentrasse, conseguiria sentir seus contornos, os dedos abertos como raios vindos desde a palma. A mão era um símbolo de progresso, de mudança, de...

Traição.

Foi a palavra que o mercador proferiu enquanto seguia o filho pela casa.

— Você só diz isso — retrucou o jovem — porque não entende.

— Ah, eu entendo, sim — vociferou o mercador, com o rosto ruborizado. — Entendo que meu filho é uma criança. Entendo que Rhy Maresh era um príncipe corajoso e agora é um rei valente. Governa há sete anos e, durante esse tempo, já evitou uma guerra com Vesk, abriu novas rotas de comércio, rotas que nos *ajudam* muito, e...

— ... e *nada disso* muda o fato de que a magia do império está frágil.

O mercador jogou as mãos para o alto.

— Não passa de boato.

— Não é boato — afirmou o filho, ajeitando a bolsa no ombro. Já havia feito as malas porque um navio para Londres partiria naquele dia, e ele estaria a bordo. — Não surge um novo *Antari* desde Kell Maresh, há vinte e cinco anos. São raros os magos que andam demonstrando afinidade com vários elementos, e ultimamente tem mais pessoas nascendo sem qualquer talento. A sobrinha do meu amigo...

— Ah, a sobrinha do seu amigo... — disparou o mercador, mas o filho insistiu.

— Ela já está com 7 anos, nasceu um mês depois que o rei foi coroado. Não tem poder algum. Outro amigo meu tem um primo, que nasceu no mesmo ano. E outro tem um filho.

O mercador sacudiu a cabeça.

— Sempre existiram pessoas sem poder...

— Não tantas, nem tão próximas. É um alerta. Um *acerto de contas*. Tem alguma coisa errada no mundo. E não é de agora. Tem uma doença se espalhando por Arnes. Uma podridão bem no centro do império. Se não a eliminarmos, jamais conseguiremos nos curar. É um pequeno sacrifício a ser feito pelo bem de todos.

— Um pequeno sacrifício? Você quer matar o rei!

O filho do mercador estremeceu.

— Não. — Ele sacudiu a cabeça. — Não, nós vamos motivar o povo, fazê-lo erguer a voz e, se o rei for tão nobre quanto diz, vai compreender que, se quiser o melhor para o reino, vai renunciar ao trono e...

— Se você acha que isso vai terminar sem derramamento de sangue, então não é *só* um traidor, também é um tolo.

O filho do mercador se virou para ir embora e, pela primeira vez, seu pai estendeu a mão e o pegou pelo braço, detendo-o.

— Eu devia denunciar você.

A raiva faiscava nos olhos do pai e, por um segundo, o filho do mercador pensou que ele fosse recorrer à violência. Sentiu uma onda de pânico bem atrás de suas costelas, mas sustentou o olhar do homem mais velho.

— Siga seu coração — disse ele. — Assim como eu sigo o meu.

O pai ficou encarando o filho como se ele fosse um estranho.

— Quem foi que colocou essa ideia na sua cabeça?
— Ninguém.
Mas lógico que não era verdade.
Afinal de contas, a maioria das ideias vinha de algum lugar. Ou de alguém.
Aquela em específico tinha vindo *dela*.
Ela tinha o cabelo tão escuro que devorava a luz. Foi a primeira coisa em que o filho do mercador reparou. Pretos como a meia-noite, e a pele de um tom mais escuro por causa de uma vida inteira no mar. Os olhos eram da mesma cor e salpicados de manchinhas douradas, embora só mais tarde ele tivesse a oportunidade de vê-los de perto. O filho do mercador estava no cais, fazendo o inventário do estoque, quando ela chegou, cortando o tédio de seu dia como uma lâmina.
Num segundo ele estava segurando um carretel de renda prateada contra o sol e, no outro, lá estava ela, encarando-o através da trama do tecido. Logo começaram a examinar os carretéis juntos, mas o pano foi rapidamente esquecido, e a garota o levou, aos risos, até a rampa de seu navio, mas não era uma risada delicada como a das garotas de sua idade, e sim intensa e selvagem. Depois os dois desceram para o porão escuro e abafado e ele começou a desabotoar a camisa dela, e foi então que deve ter visto a marca, como se fosse uma sombra em suas costelas, como se um amor antigo a tivesse agarrado com a mão em chamas e deixado o rastro na pele dela. Mas foi só depois, quando já estavam deitados, os rostos corados e felizes, que ele levou a palma e os dedos até a marca e perguntou a ela o que era aquilo.
E no porão escuro, ela contara tudo. Sobre o movimento que começou e a rapidez e força com que tinha se desenvolvido. A Mão, dissera ela, corrigiria a fraqueza do mundo.
— A Mão segura o peso que equilibra a balança — disse a garota, fazendo carinho na pele nua do filho do mercador. — A Mão segura a lâmina que traça o caminho da transformação.

Ele devorou as palavras dela como se pertencessem a um romance; a questão é que não pertenciam. Era melhor ainda. Era real. Uma aventura da qual ele poderia participar — sua chance de ser um herói.

Ele teria ido embora com ela naquela mesma noite, mas, quando voltou às docas, o navio tinha sumido. Não que, no fim das contas, isso importasse.

Ela não era a Vera para o Olik dele, mas uma *motivadora*, alguém que direcionava o herói para seu propósito.

— Sei que você não entende — dissera ao pai. — Mas a balança está desequilibrada e alguém precisa corrigi-la.

O mercador ainda segurava o braço do filho, procurando respostas em seu rosto, embora não estivesse pronto para ouvi-las.

— Mas por que precisa ser *você*?

Porque sim, pensou o filho do mercador.

Porque já tinha 22 anos e ainda não havia feito nada relevante. Porque passava a noite toda em claro, ansiando por uma aventura. Porque queria uma chance de ser importante, de fazer a diferença no mundo — e esta era sua chance.

Mas ele sabia que não podia dizer nada disso, não ao seu pai, por isso apenas olhou para o mercador e disse:

— Porque eu posso.

O mercador o puxou para perto de si, segurando o rosto do filho com as mãos trêmulas. Perto desse jeito, conseguiu ver que os olhos do pai estavam cheios de lágrimas e, nesse momento, sentiu alguma coisa dentro de si vacilar. A dúvida começou a se instalar em sua cabeça.

Mas então seu pai falou:

— Então você é um tolo e vai acabar morto.

O filho cambaleou para trás, como se tivesse levado um soco. Leu as feições no rosto do mercador e se deu conta de que o homem acreditava no que dizia. Também percebeu que jamais conseguiria convencer o pai do contrário.

Lembrou-se da voz da garota, lá no porão escuro.

Algumas pessoas não conseguem enxergar a necessidade da mudança até que ela seja feita.

Recuperou tanto a coragem quanto a determinação.

— Você está errado — disse ele, baixinho. — E eu vou provar.

Com isso, o filho do mercador se soltou das mãos do pai e foi embora. Desta vez, ninguém o deteve.

Isso foi há um mês.

Um mês era tão pouco tempo. E, apesar disso, tanta coisa havia mudado. Já tinha a marca e, agora, também tinha uma *missão*.

A porta da Gilded Fish se abriu e um homem entrou. Seu olhar percorreu as mesas até pousar no filho do mercador.

Ele abriu um sorriso, como se fossem velhos amigos, e mesmo que o olhar fosse dirigido a outra pessoa, o filho do mercador saberia que era mentira.

— Aí está você — disse o estranho conforme caminhava até a mesa. Tinha o andar de um marinheiro e o porte de um guarda. — Desculpe o atraso.

— Não faz mal — disse o filho do mercador, embora um nervosismo começasse a tomar conta dele, metade entusiasmo e metade medo. O outro homem não trazia nenhuma bolsa, e não deveriam ser dois? Mas antes que ele pudesse dizer qualquer coisa, o estranho o interrompeu.

— Vamos lá, então — disse ele, animado. — O barco já está no cais.

Ele enfiou o livro no bolso de trás da calça e se levantou. Deixou uma moeda em cima da mesa e bebeu o último gole de cerveja, esquecendo-se de que só a tinha deixado esquentar porque era amarga e densa demais. Assim, em vez de descer, acabou ficando grudada na garganta. Tentou não tossir, mas fracassou miseravelmente. Então forçou um sorriso que o outro homem não chegou a ver porque já havia se virado em direção à porta.

Assim que saíram, o bom humor do outro homem desapareceu. O sorriso sumiu de seu rosto, deixando no lugar algo severo e vazio.

Foi então que o filho do mercador se deu conta de que não sabia qual era a natureza da missão. Perguntou ao homem, presumindo que ele fosse ignorá-lo ou tentar responder em código. Mas não fez nada disso.

— Vamos libertar algo de um navio.

Libertar, ele sabia, era só outro jeito de dizer *roubar*.

O filho do mercador nunca havia roubado nada, e a resposta do homem só serviu para deixá-lo com mais dúvidas. Libertar o quê? De qual navio? Abriu a boca para perguntar, mas, assim que passaram por dois guardas reais, as palavras ficaram presas na garganta, como aconteceu com a cerveja. O filho do mercador ficou tenso ao vê-los, embora ainda não tivesse cometido crime algum, a menos que se considerasse a marca escondida sob suas roupas.

O que os guardas considerariam.

Traição, ecoou a voz do pai, no mesmo ritmo das batidas de seu coração.

Mas então o homem acenou para os soldados como se os conhecesse, eles o cumprimentaram de volta e o filho do mercador ficou imaginando se sabiam a verdade ou se era mesmo fácil assim conseguir disfarçar que uma rebelião estava acontecendo à vista de todos.

A Gilded Fish ficava a menos de um barco de distância do início das docas de Londres, então acabou sendo um passeio curto que terminou num barco pequeno e anônimo, leve o suficiente para ser navegado por alguém como ele, um único mago do vento. Era um esquife reserva, daqueles usados para viagens curtas e rápidas, em que a velocidade era mais importante que o conforto.

Ele seguiu o homem por uma pequena rampa que levava ao convés. Quando escutou o som de suas botas na madeira, o coração começou a bater forte. O momento parecia vital, repleto de poder e bons presságios.

O filho do mercador sorriu e pôs as mãos na cintura.

Se fosse o personagem de um livro, era assim que sua história começaria. Talvez, algum dia, ele até chegasse a escrevê-la.

Alguém pigarreou atrás deles, e ele se virou, deparando-se com outro homem, uma figura esguia que nem se deu ao trabalho de fingir que o conhecia.

— Ora, ora — disse o homem, olhando para o filho do mercador de cima a baixo. O rapaz ficou esperando o homem prosseguir, mas, como ele não o fez, estendeu a mão para se apresentar, o cumprimento já na ponta da língua quando reparou no primeiro homem sacudindo a cabeça. O segundo homem deu um passo à frente, cutucou-o no peito e declarou:

— Nada de nomes.

O filho do mercador franziu a testa. Olik sempre se apresentava.

— Como vamos chamar uns aos outros?

Os homens deram de ombros, como se não fosse um detalhe crucial.

— Somos três — respondeu aquele que o buscara na Gilded Fish.

— Você sabe contar até três, não sabe? — perguntou o outro, curto e grosso. — Ele é o primeiro. Eu sou o segundo. Acho que isso faz de você o terceiro.

O filho do mercador voltou a franzir a testa. Mas então se lembrou de que números eram repletos de simbologia. Nas histórias que lia, era comum as coisas virem em trio e, quando isso acontecia, o terceiro era sempre o mais importante. Talvez o mesmo se aplicasse às pessoas.

E assim, conforme as cordas eram desamarradas e o barco começava a navegar pela correnteza carmesim, com o palácio real elevando-se no horizonte, o filho do mercador — agora o terceiro homem — abriu um sorriso, pois tinha certeza, dos fios de cabelo até a sola das botas, de que seria o herói daquela história.

E mal podia esperar.

III

Alucard Emery estava acostumado a chamar atenção.

Gostava de pensar que era por causa de sua aparência deslumbrante — o cabelo queimado de sol, os olhos de um azul tempestuoso, a pele num tom quente de marrom — ou talvez pelo seu gosto impecável — sempre teve uma queda por roupas com um bom corte e, de vez em quando, alguma joia, embora a safira não cintilasse mais em sua testa. Mas, lógico, também podia ser por causa de sua reputação. Nobre de nascença, *corsário* por profissão, ex-capitão do infame *Night Spire*, vencedor invicto do *Essen Tasch* (não aconteceram outros torneios desde que Vesk usara o último para assassinar a rainha), sobrevivente da Noite Preta e consorte do rei.

Cada um dos títulos por si só já faria dele alguém interessante.

Mas, juntos, o tornavam famoso.

Naquela noite, no entanto, ao caminhar pelo Silken Thread, ninguém se virou nem olhou demoradamente para ele. O jardim de prazeres cheirava a açúcar queimado e lírios frescos, um aroma que percorria os corredores e subia pelas escadas, enroscando-se como fumaça ao redor dos convidados. Era um estabelecimento imponente, tão perto do Atol que a luz vermelha do rio chegava a tingir as janelas do lado sul, e havia recebido aquele nome por causa das fitas brancas que os anfitriões usavam nos pulsos para distingui-los dos clientes. Além disso, como todos os bordéis de luxo, seus clientes eram hábeis na arte de *não* reparar em nada. Podia-se contar com a discrição dos anfitriões, e, se algum cliente o reconhecesse, como era bem provável, teria o cuidado de não encarar, ou pior, fazer um escând...

— Alucard Emery!

Ele se encolheu ao ouvir o grito, o descaramento de ser chamado pelo nome, e se virou, deparando com um rapaz já embriagado caminhando em sua direção. Um único fio azul se enroscava no ar em torno do jovem, embora somente Alucard pudesse vê-lo. Vestia uma roupa de seda delicada, a gola em V exibindo um pouco da pele macia e bronzeada pelo sol. Tinha o cabelo loiro meio bagunçado, e os olhos *pretos*. A cor não se espalhava de um extremo ao outro do globo ocular, como nos olhos de Kell, mas se concentrava bem no meio da parte branca, como perfeitas gotas de tinta, e engolia as pupilas, não sendo possível ver se estavam do tamanho de alfinetes ou dilatadas de prazer. Alucard vasculhou a memória até encontrar um nome. *Oren*.

— Mestre Rosec — cumprimentou ele de modo cordial, pois Oren pertencia a uma família da nobreza.

— Você lembrou! — Oren deu um tapinha em seu ombro como se fossem velhos amigos. Na verdade, havia muito tempo os Rosec residiam no norte, e os dois tinham se encontrado apenas uma vez, cinco anos atrás, no casamento real. Na época, Alucard achara o garoto um pirralho mimado. Agora, ele tinha certeza. Ah, sem dúvidas Oren Rosec era bonito. Mas o efeito de sua beleza era prejudicado pelo fato de o rapaz ter plena ciência disso e se portar com uma arrogância que corroía sua aparência, o que deixava Alucard com a impressão de que Oren não passava de um cara de pau.

— Estou surpreso de ver um Rosec no sul — disse ele. — Está se adaptando a Londres?

— Ah, sim, maravilhosamente — respondeu Oren com um sorrisinho falso e uma piscadela insuportável. — Já estou me sentindo em casa.

— E sua irmã? — perguntou Alucard, olhando ao redor na esperança de encontrar sua anfitriã e, com ela, uma fuga.

— Hanara? — Oren fez um gesto com a mão. — Ela ficou com a propriedade. Afinal de contas, era a primogênita.

Alucard prestou atenção na conjugação verbal. *Era*. Mas, antes que pudesse perguntar, Oren chegou bem perto dele e disse num tom de voz alto demais:

— Mas estou surpreso em vê-lo *aqui*, Mestre Emery, e não ao lado do rei.

Alucard deu um sorriso sem graça.

— Até onde sei, não estou preso à coroa. Portanto, sou livre para me divertir.

Oren deu uma risada.

— Não julgo você — comentou ele, apertando o ombro de Alucard. — Hoje em dia, a cama do rei deve estar lotada.

Alucard cerrou os dentes e perguntou-se o que poderia ter respondido caso Oren não tivesse visto uma anfitriã de quem gostava do outro lado do salão.

— Se você me der licença — disse o jovem nobre, já apertando o passo.

— Com prazer — murmurou Alucard, feliz por vê-lo partir.

Nesse instante, uma mão envolta em fitas tocou seu ombro e Alucard se deparou com uma mulher de vestido branco, embora essa descrição não fizesse jus nem à mulher nem ao vestido. Ela era deslumbrante, as pernas longas e a pele pálida, o cabelo loiro-acinzentado preso no alto da cabeça por uma dúzia de grampos de prata decorados com pontas semelhantes a espinhos. O vestido era composto de um único pedaço de seda branca que lhe envolvia o corpo como uma fita em volta de um embrulho, apertando aqui e ali até todas as curvas necessárias estarem delineadas nos mínimos detalhes.

A maioria das pessoas a conhecia como Rosa Branca.

Algumas também a conheciam como a proprietária e anfitriã mais desejada do Silken Thread.

Mas Alucard a conhecia como Ciara.

— Mestre Emery — ronronou ela, suave como a própria seda. — Quanto tempo.

Enquanto Ciara falava, o ar ao redor ficava mais quente, e Alucard sabia que era por causa da magia dela — conseguia ver os fios amarelos dançando sobre sua pele —, mas ainda assim ficou corado e se inclinou em direção à mulher, como uma flor em direção ao sol.

— É verdade — concordou ele, pegando a mão dela e pressionando seus dedos contra os lábios. — No entanto, duvido que sua cama tenha ficado fria.

Ela deu de ombros.

— Todos os corpos são quentes, mas poucos conseguiram deixar meus lençóis pegando fogo.

Alucard conteve uma risada enquanto ela o guiava até o bar, cuja superfície de mármore se curvava como um único pedaço de fita pelo aposento. A mulher tamborilou uma unha perfeita no balcão e logo surgiram dois cálices de cristal cheios de um líquido âmbar.

Cada um pegou um cálice — a maneira de selar um acordo entre um cliente e o anfitrião escolhido do bordel.

— *Vas ir* — disse ela em arnesiano.

— *Glad'och* — respondeu ele em veskano.

Uma sombra passou pelo rosto de Ciara — uma nuvem breve — antes que os dois brindassem e ela tomasse tudo de um gole só. Alucard fez o mesmo. A bebida tinha gosto de luz do sol e açúcar, mas ele sabia que era forte o suficiente a ponto de fazer um cliente desavisado sentir que tinha ido dormir em terra firme e acordar em alto-mar. Por sorte, seus anos como capitão do *Spire* lhe presentearam com pernas firmes e uma alta tolerância ao álcool.

Ele pegou os cálices vazios com uma das mãos e a deixou conduzi-lo com a outra; depois subiram as escadas, seguiram por um corredor e então entraram em um quarto que não tinha mais o aroma cuidadoso do bordel, e sim cheiro de floresta à noite. Selvagem.

Assim que a porta foi trancada, ela o imprensou contra a parede e começou a dar beijos brincalhões em seu pescoço.

— Ciara — disse ele, delicadamente, e percebendo que ela não havia se afastado, chamou outra vez, com mais firmeza. — *Ciara*.

Os lábios dela fizeram um beicinho perfeito.

— Você é tão chato — disse ela, dando batidinhas no peito dele com a unha. — Será que o coração ainda pertence apenas ao rei?

Alucard abriu um sorriso.

— Isso mesmo.

— Que desperdício — disse ela, afastando-se. Ao fazer isso, puxou a ponta da seda branca que a envolvia e o tecido logo se desfez, caindo no chão. Ficou parada ali, nua, o corpo brilhando como o luar, mas os olhos dele não foram atraídos para suas curvas, e sim para as cicatrizes. Linhas prateadas traçavam suas clavículas, a curva dos seios, a dobra dos cotovelos, a parte interna dos punhos. Uma relíquia da Noite Preta que sete anos atrás recaíra sobre Londres. A magia amaldiçoada que se derramara sobre as margens do Atol.

Poucas pessoas sabiam que aquela magia tinha nome: Osaron.

Osaron, o destruidor da Londres Preta.

Osaron, a escuridão que acreditava ser um deus.

Osaron, que corrompia tudo e todos que tocava.

A maioria dos sobreviventes só se salvou por curvar-se à sua vontade. Grande parte dos que lutaram pereceu, queimados vivos pela febre que corria em suas veias. Os poucos que não morreram, que enfrentaram a magia e a febre e conseguiram sobreviver, ficaram marcados pela batalha, com as veias chamuscadas de prata — um vestígio da maldição.

Alucard entregou a Ciara um luxuoso roupão branco, dando uma olhada rápida na própria mão e na mancha de prata em seu punho. Tirou o casaco que vestia, de um azul profundo, jogou-o sobre uma cadeira e então desabotoou a camisa na altura do pescoço: era o mais perto que chegaria de se despir. Deixaram a cama intocada, como sempre faziam, e se voltaram para a mesinha onde estava o tabuleiro de Rasch. Já estava arrumado, com as peças dispostas nos seis lados, as pretas em uma ponta e as brancas na outra. Três figuras altas — sacerdote, rei e rainha — cercadas por doze soldados. O tabuleiro de Ciara fora presente de um cliente generoso que, por acaso, preferia sua perspicácia ao seu corpo, e, em vez de madeira, as peças eram esculpidas em mármore e entrelaçadas por feixes de ouro.

— Posso? — perguntou ele, acenando com a cabeça para a garrafa no aparador.

— Esta noite vai lhe custar uma fortuna. É melhor aproveitar.

— É o que sempre faço — disse ele, servindo uma segunda dose do licor dourado para cada um. Depois, ergueu o cálice e começou a desenterrar um velho ditado. — *Och ans, is farr...*

— Não — disparou ela, como se o som a ofendesse.

Alucard hesitou. Sabia que não tinha a mesma fluência do rei. Ele falava arnesiano e ilustre real, o que Lila Bard chamava de inglês, e sabia recitar um punhado de ditados em outras línguas, o suficiente para conseguir ser educado com as pessoas da corte. Mas seu veskano era forçado e grosseiro demais, aprendido com um marinheiro. Apesar disso, não achou que fosse o sotaque que estivesse incomodando Ciara.

— Sabe — começou ele —, não tem problema pertencer a mais de um reino.

— A não ser que esses reinos estejam em guerra — retrucou ela.

Alucard arqueou a sobrancelha.

— Não sabia que estávamos em *guerra* — disse ele, sentando-se.

— Você está sabendo de algo que eu não sei?

— Aposto que sei um monte de coisas que você não sabe — rebateu, derramando-se na cadeira em frente a ele como se ela própria também fosse feita de líquido. — Mas nós dois sabemos que Arnes e Vesk são lobos mordendo a garganta um do outro. É questão de tempo até um deles acabar derramando sangue.

Mas, na verdade, um deles *já tinha* derramado.

Sete anos antes, dois dos herdeiros de Vesk chegaram ao palácio aparentemente para celebrar o *Essen Tasch* e estreitar laços entre os impérios. No entanto, vieram com seus próprios planos: enfraquecer a coroa e preparar o terreno para a guerra. Tiveram êxito em parte, matando Emira, a mãe de Rhy. Também teriam conseguido matar Rhy, se fosse possível. A única coisa que impediu Arnes de declarar guerra foi o perigo imediato do ataque de Osaron e, em seguida, o repúdio dos veskanos aos dois ofensores.

Eles chegaram a ponto de oferecer o herdeiro mais novo, Hok, como forma de penitência, mas Rhy já tinha visto mortes demais em tão pouco tempo: havia perdido a mãe para a ambição de outro príncipe e o pai para a escuridão às portas do palácio, visto a Noite Preta assolar a capital do reino e sido forçado a lutar contra as trevas que destruíram um mundo inteiro. Em questão de dias, ele ficara órfão e fora coroado, e agora estava sozinho para juntar os cacos de Londres. Se tinha a intenção de se vingar, não seria usando a vida de uma criança.

Sendo assim, as primeiras trombetas de guerra voltaram a silenciar para cederem espaço aos sussurros típicos das estratégias.

Mas sete anos depois a tensão continuava alta entre os reinos, e o manto da diplomacia, fino como um lenço. Alucard não podia censurar Ciara por menosprezar a própria ascendência, afinal, ganhava a vida às sombras do palácio real. Talvez ela tivesse razão. Talvez fosse só questão de tempo até que a guerra tomasse conta de Londres, de um jeito ou de outro.

Esvaziaram os cálices, acomodaram-se e deram início à partida.

Alucard moveu três soldados, um jeito ousado de começar o jogo.

Ao contrário do jogo de Santo, no Rasch não tinha como trapacear. Era um jogo de estratégia. Quando um jogador tomava uma peça do outro lado, poderia retirá-la do tabuleiro ou transformá-la em uma peça sua, tudo dependia do cenário final. Alguns jogavam para massacrar os inimigos. Outros, para torná-los aliados. Desde que uma das três peças principais ainda estivesse de pé, havia chance de ganhar.

— *Anesh* — disse ele enquanto esperava Ciara fazer um movimento. — Andou recebendo algum convidado interessante?

Ciara pensou um pouco.

— Todos os meus convidados são interessantes. — Ela moveu o sacerdote para o fundo do tabuleiro, onde ficaria seguro. — Às vezes, eles falam dormindo.

— É mesmo? — perguntou Alucard, passando a vez.

Quando se tratava de Rasch, ela era *muito* melhor do que ele, por isso raramente se preocupava em tentar vencer; em vez disso, preferia encontrar formas diferentes de irritar sua adversária.

— Ouvi boatos — prosseguiu Ciara, assim que concluiu seu movimento — a respeito de uma embarcação pirata na costa de Hal. Quase do tamanho do exército rebelde.

— Engraçado — começou Alucard —, *meus* espiões me disseram que são só quatro navios e pelo visto não conseguem nem definir uma rota de navegação, muito menos nomear um capitão. — Ele empurrou um soldado para a frente. — E quanto a Vesk?

— O príncipe herdeiro não é visto na corte há semanas. Tem gente achando que ele está no mar. Outras imaginam que atracou em algum lugar em Arnes e está viajando disfarçado para o sul, para salvar o irmão mais novo, Hok.

Alucard puxou o soldado para trás de novo.

— Salvá-lo de quê? Camas duras e metáforas prolixas? — Rhy deixara o herdeiro veskano nas mãos dos sacerdotes no Santuário de Londres, e, pelo que diziam, havia se revelado um aluno brilhante e extremamente educado.

Enquanto Ciara refletia sobre seu próximo movimento, Alucard se recostou na cadeira, esfregando distraidamente o punho.

Uma mania que havia desenvolvido anos antes da Noite Preta, quando a pior cicatriz que tinha era a do ferro em brasa que recebera na época em que fora prisioneiro, o metal aquecido até gravar uma algema em sua pele. Era o lembrete doloroso de uma vida deixada para trás. Agora, a faixa escura não passava de um pano de fundo para a prata derretida que subia por seus braços, envolvendo ombros, pescoço e têmporas.

A maioria das pessoas, assim como Ciara, via a prata como uma medalha de honra, um sinal de força, mas por muito tempo ele detestou aquelas marcas. Não era um lembrete de poder, mas uma prova de sua fraqueza.

Por meses, sempre que reparava no brilho prateado, Alucard via Anisa, a irmã mais nova, completamente vazia na morte. Sentia o próprio corpo desabar no chão de sua cabine, lembrava-se da febre queimando as piores lembranças em sua mente conforme Osaron transformava seu espírito de fogo na chama de uma vela. Sabia que acabaria perdendo a vida se Rhy Maresh não o tivesse encontrado ali, morrendo no chão do navio. Se Rhy não tivesse deitado ao seu lado naquela madeira ensopada de suor, entrelaçado as mãos nas dele e se recusado a abandoná-lo.

Por meses, sempre que topava com um espelho, ele parava e olhava para a frente, sem conseguir encarar a própria figura. Nem desviar o olhar.

Não demorou muito para que Rhy o pegasse encarando a si mesmo no espelho.

— Sabe — disse o rei —, ouvi dizer que a humildade é um traço bastante atraente.

Alucard se forçou a sorrir e se defendeu, com um resquício de seu charme habitual:

— Eu sei — concordou —, mas é difícil ser humilde quando se é bonito deste jeito. — Rhy deve ter percebido a tristeza em sua voz, pois se atirou em Alucard e beijou a reentrância prateada de seu pescoço.

— As cicatrizes são minha parte preferida do seu corpo — disse o rei, passando o dedo pelas linhas derretidas até chegar às marcas em seus punhos. — Amo todos elas. Sabe por quê?

— Porque você tinha inveja da minha aparência? — brincou ele.

Pela primeira vez, Rhy não gargalhou. Em vez disso, levou a mão até o rosto de Alucard e desviou seu olhar do espelho.

— Porque elas o trouxeram de volta para mim.

— Sua vez — disse Ciara. Alucard forçou-se a voltar a atenção para o tabuleiro.

— E quanto a Faro? — perguntou ele, movendo o mesmo soldado de antes. — Dizem que são nossos aliados.

— Embaixadores são bons de lábia. Nós dois sabemos muito bem que Faro quer entrar em guerra com Vesk.

— Eles não têm a menor condição de vencer.

— Talvez tenham se Arnes for para a batalha primeiro. — Alucard foi sacrificando suas peças uma a uma enquanto ela falava.

— Você nem está tentando — sibilou ela, mas ele estava, sim. Só não tentando vencer.

Infelizmente, Ciara não conseguia jogar uma partida só de faz de conta e, assim, eliminou todas as peças dele. Três lances depois, o jogo terminou. Ela estalou os dedos e uma rajada de ar soprou pelo tabuleiro, derrubando a última peça.

— Mais uma partida? — perguntou ela, e ele assentiu.

Enquanto Ciara arrumava o tabuleiro, ele voltou a encher os cálices.

— E então? — perguntou ele. — O que tem a falar sobre a Mão?

Ao ouvir a menção aos rebeldes, Ciara se recostou na cadeira.

— Você me paga para ficar atenta a ameaças relevantes. A Mão não passa de um mero incômodo.

— Assim como as traças — replicou ele. — Até comerem seu melhor casaco.

Ciara pegou um cachimbo e o acendeu com uma vela. Uma nuvem de fumaça azul-acinzentada a envolveu.

— Quer dizer que a coroa está preocupada com eles?

— A coroa está atenta. Ainda mais quando um grupo vaga pela cidade pedindo sua cabeça.

Ciara deu um assobio, passando o dedo pela borda do cálice.

— Bem, ou os membros desse grupo são muito castos ou bons demais em guardar segredo. Até onde sei, nunca recebi um deles na minha cama.

— Tem certeza?

— É verdade que todos possuem uma marca em algum lugar do corpo?

— Foi o que me disseram.

— Então, sim, tenho certeza — afirmou ela com um sorrisinho malicioso.

Alucard se levantou, subitamente inquieto. Fazia alguns anos desde o surgimento da Mão e, na época, a seita não parecera nada além de uma bobagem, uma pedrinha no sapato do reino. Mas, ao longo do ano passado, transformara-se em algo maior. Não havia líder, nenhum porta-voz ou rosto para o movimento, apenas um símbolo e uma mensagem: a magia estava frágil e a culpa era de Rhy Maresh.

Era ridículo. Um boato que não tinha o menor fundamento. Um grito de guerra para os insatisfeitos, uma desculpa para provocar o caos e chamá-lo de mudança. Mas havia pessoas — amarguradas, raivosas e impotentes — começando a dar ouvidos a eles.

Alucard se espreguiçou e foi até o peitoril da janela. O Silken Thread ficava na margem norte da cidade. De onde estava, conseguia ver o brilho carmesim do Atol e, em meio à escuridão, o palácio abobadado e coberto de ouro sobre a superfície do rio.

Não ouviu Ciara se levantar, mas a viu pelo reflexo na janela e sentiu seus braços o envolverem preguiçosamente.

— Acho que vou indo — disse ele, deixando o cansaço transparecer na voz.

— Já? — perguntou ela. — Ainda nem terminamos a partida.

— Você já venceu.

— Pode ser. Mas, mesmo assim, não gostaria que ninguém duvidasse de sua... capacidade.

Ele se virou em meio ao abraço dela.

— É com a minha reputação ou com a sua que você está preocupada?

Ela riu, e Alucard arrancou o cachimbo de suas mãos e deu uma baforada, deixando aquela fumaça inebriante se enroscar em seu peito. Depois aproximou-se e deu um beijo suave nela, soprando a fumaça para dentro de seus pulmões.

— Boa noite, Ciara — disse ele, sorrindo com os lábios pressionados aos dela.

As pálpebras dela estremeceram e se abriram.

— Você gosta de provocar — disse ela, soprando a palavra numa nuvem de fumaça.

Alucard deu uma risada e passou por ela, vestindo o casaco enquanto deixava o aposento.

Ele saiu noite adentro e começou a descer a avenida.

Só as ruas próximas ao rio eram repletas de bares, salões de jogos e estalagens. Para além delas, a margem norte dava lugar a jardins de prazer e galerias e, em seguida, a propriedades muradas com terrenos bem cuidados, onde residia a maioria dos nobres da cidade.

Havia feito um dia bonito e ensolarado, mas agora, ao deixar o Silken Thread, Alucard percebeu que a noite estava bem no limite entre fresca e fria. O inverno estava chegando. Ele sempre teve uma queda pela estação, com suas lareiras, seus vinhos quentes e suas festas intermináveis surgidas com o objetivo de combater tanto o frio quanto a escuridão.

Mas, nesta noite em especial, achou todo aquele frio repentino desconcertante.

Enquanto caminhava, repassava inúmeras vezes as palavras de Ciara na cabeça.

Os rumores sobre Faro e Vesk o incomodavam, sim, mas não o surpreendiam. O que o tirava mesmo do sério era a falta de informações sobre os rebeldes. Ele contava com a inteligência de Rosa Branca, sua capacidade de juntar uma fofoca à outra e transformá-las em algo palpável. Era uma anfitriã popular e bonita e tinha um charme que soltava a língua das pessoas. Não eram só os clientes que falavam com ela: os outros anfitriões também, passando adiante seus segredos e suas confidências como um melro transportava oferendas, incapazes de distinguir cristal de vidro.

Uma chuva fria começou a cair. Alucard virou a palma da mão para cima e um dossel se formou sobre sua cabeça, protegendo-o do temporal. Seria uma imagem horrível, pensou ele, o vencedor do último *Essen Tasch* se arrastando por Londres como se fosse um gato molhado. À sua volta, as pessoas corriam de cabeça baixa por causa da chuva, à procura do toldo mais próximo.

Não demorou para Alucard perceber que estava sendo seguido.

Eram bons nisso, tinha de admitir. Misturavam-se à escuridão da noite e, se ele fosse qualquer outra pessoa, não os teria notado, mas quando seus olhos vasculharam o ar salpicado de lampiões e as ruas encharcadas, o mundo inteiro reduzido a dourado e cinza, percebeu a magia deles brilhar como a luz do fogo, traçando seus contornos em tons de carmesim, esmeralda e azul.

Uma emoção tomou conta de Alucard; não pânico, mas algo semelhante a deleite. Uma parte dele ficara em êxtase, a mesma parte que o fizera se atrair por Lila Bard e que o levara a competir e vencer o maior torneio de magia do mundo. A parte que nunca dispensava uma boa briga.

Mas então uma das sombras se mexeu e ele viu o sutil brilho dourado sob a capa: imediatamente perdeu as esperanças. Não eram ladrões, nem assassinos, nem rebeldes.

Aquelas sombras pertenciam ao palácio. Eram chamados de *res in cal*. Os corvos da coroa.

Alucard revirou os olhos e gesticulou os dedos para que saíssem dali; nisso, mesmo de má vontade, as sombras se afastaram, mergulhando na noite para voltarem ao palácio com intrigas sobre suas peregrinações na rua.

Ele seguiu em frente, desacelerando apenas quando chegou a um cruzamento que conhecia como a palma da mão. À esquerda ficava a ponte do palácio e, bem no centro, o *soner rast*, como era chamado o palácio, o *coração pulsante*, pairando sobre o Atol.

À direita, a estrada que levava à propriedade abandonada dos Emery.

Deveria ter sido fácil dar as costas. Mas não foi. Sentiu um puxão bem atrás das costelas, como uma âncora na ponta de uma corda. Lembrou-se novamente do ditado, o mesmo que tentara recitar no quarto de Ciara.

Och ans, is farr, ins ol'ach, regh narr.

Não era fácil traduzir veskano. Era o tipo de idioma no qual cada palavra poderia significar um monte de coisas, dependendo da ordem e do contexto. Por isso, só conseguia compreender algumas frases. Mas Alucard tinha decorado o ditado — isso, sim, ele havia entendido.

A cabeça pode se perder, mas o coração conhece seu lar.

Se seguisse por aquela estrada, Alucard sabia bem o que encontraria.

Ele fechou os olhos e se imaginou passando pelo portão, subindo os degraus e abrindo a porta; imaginou Anisa jogando os braços em volta de seu pescoço; imaginou o pai — não uma sombra na porta, mas uma mão pousada com orgulho em seu ombro —; o irmão Berras de pé junto à lareira, segurando um copo e dizendo que já estava na hora de Alucard voltar para casa. Ele ficou parado ali, imaginando uma vida que não existia, nunca tinha existido e jamais viria a existir.

A casa tinha ficado em ruínas após a batalha com Berras, seu irmão envenenado pelo poder de Osaron. A coisa toda deveria ter sido demolida — era o que ele pensava toda vez que seus pés o levavam até aquele portão aberto, toda vez que via a fachada cheia de rachaduras e as paredes tombadas. Tudo deveria ter sido colocado abaixo. Era mais uma cicatriz, só que com essa ele não *precisava* conviver. Alucard sabia que bastava pedir, e Rhy destruiria o lugar.

Mas não teve coragem de dar a ordem. A casa não era só do irmão e do pai. Também foi o lar da mãe, da irmã e dele mesmo. De algum jeito, queria acreditar que um dia a casa voltaria a ser sua. E em uma noite de bebedeira, ele deve ter dito isso a Rhy, pois quando fez novamente aquela caminhada cansativa até a propriedade dos Emery, encontrou a casa de pé, reformada nos mínimos detalhes, cada pedra, coluna e vitral em seu devido lugar.

Assim que viu o estado da casa, Alucard percebeu o erro que cometera: ele odiou o aspecto da propriedade, imponente, mas adormecida, com as portas fechadas e as janelas escuras.

Aquilo ali era um mausoléu. Uma catacumba.

Não havia nada à sua espera na casa, nada além dos mortos.

Alucard deu um suspiro e virou à esquerda, em direção à ponte. Ao palácio.

Ao seu lar.

IV

A Rosa Branca ficou parada na janela, observando Emery ir embora.

Depois pegou o tecido de seda que usava como vestido e começou o cuidadoso trabalho de passá-lo em volta dos membros, dos seios, da cintura, colocando tudo no devido lugar com dedos experientes até dar um laço ao redor do punho, apesar de não ter a menor intenção de voltar a ser despida naquela noite.

Se tivesse, Ciara teria descido as escadas, retornado ao salão, ao bar e aos clientes que a aguardavam lá embaixo. Mas, em vez disso, ela subiu, passando pelos vários quartos, a maioria já em uso, parando só quando chegou a uma porta no último andar. Ali atrás ficavam os cômodos privativos que ela usava como escritório, o lugar onde a famosa Rosa Branca abandonava o papel de anfitriã e voltava ao de mulher de negócios. Afinal de contas, era a dona do bordel.

A porta estava trancada — ou, pelo menos, deveria estar. Mas, ao se aproximar, Ciara surpreendeu-se ao dar de cara com a porta entreaberta. Se tivesse tocado na maçaneta, ela teria percebido que estava fria — congelante, até — ao toque.

Em vez disso, enfiou a mão no cabelo e tirou dali um grampo de prata, segurando-o entre os dedos conforme entrava.

A sala estava exatamente como ela havia deixado, com uma exceção digna de nota. Havia um homem sentado atrás da mesa de madeira clara — a mesa *dela* — como se fosse sua. Ela estalou os dedos e diversas velas se acenderam, iluminando a sala e o intruso com um brilho amarelo suave. O rosto dele — ou melhor, a máscara que usava — se iluminou junto, refletindo a luz. Era um objeto ornamentado, a superfície semelhante a ouro derretido, e o topo curvado para cima como raios de sol.

Ciara relaxou assim que o reconheceu. Abriu um sorriso, mas não largou o grampo.

— Mestre do Véu — cumprimentou ela. — O que o traz aqui?

O Véu era mais um jardim de prazeres entre os muitos na cidade. Mas, ao contrário dos outros, não ficava restrito a um lugar específico e abria só quando o mestre tinha vontade. Era seu atrativo: um clube só para convidados, que descia como se fosse uma nuvem, pairando sobre determinado local por uma única noite.

O homem atrás da mesa abriu as mãos e disse em veskano:

— Eu estava te esperando.

Ela ficou tensa, e respondeu em arnesiano:

— Há aposentos bem mais confortáveis para esperar alguém.

— Tenho certeza que sim — disse ele, pegando um globo de vidro da mesa. No interior havia uma rosa branca suspensa, conservada em floração perpétua. Um presente que ganhara de um cliente. — Mas nenhum deles é tão particular quanto este.

Ciara ergueu o queixo.

— Você já deveria saber, mais do que qualquer um, como meus anfitriões são discretos.

Ele começou a rolar o globo pela mesa, passando-o de uma mão para a outra.

— De fato. Eles sempre foram muito... solícitos.

Enquanto o globo de vidro sussurrava sobre a mesa, Ciara analisou atentamente o Mestre do Véu.

Nunca tinha visto o rosto dele, mas nem precisava: já lidara com tantos clientes que aprendera a ler as verdades que só o corpo era capaz de contar. Reparou no jeito como ele se acomodava na cadeira — a cadeira *dela*. Na maneira como ocupava o espaço, mesmo em um escritório particular, como se tivesse direito a ele. *Ostra*, pensou ela. Talvez até *vestra*. Era evidente pela postura dele, a languidez de seu arnesiano e a formalidade de seu veskano, que evidenciavam mais uma educação formal do que a experiência em si. Era evidente pelo formato das mãos e das meias-luas em suas unhas. Pelo jeito como falava, com um toque de provocação, como se estivessem sentados diante de um tabuleiro de Rasch — embora ela imaginasse que ele não jogava, a menos que tivesse certeza de que ganharia.

O homem empurrou o globo de vidro novamente, mas, desta vez, quando a mão esquerda rolou a esfera para o outro lado, a direita não moveu um dedo para pegá-la. O globo girou rapidamente pela mesa, até ultrapassar a beirada.

Ciara avançou, pegando o objeto pouco antes que se despedaçasse no chão. Deu um suspiro e endireitou a postura e, ao fazer isso, viu que o Mestre do Véu estava bem ali, não mais atrás da mesa, mas diante *dela*, tão perto que *por muito pouco* não conseguiu ver seus olhos por trás da máscara.

Uma única mecha de cabelo escuro se enrolava na ponta da máscara dourada. Ela estendeu a mão, como se fosse colocá-la atrás da orelha do homem — estava pronta para puxar a máscara —, mas ele a interrompeu, segurando-a pelo punho com dedos gelados. Ciara se encolheu, e ele a apertou com mais força, parecendo se deliciar com seu incômodo. Já lidara com tantos clientes que sabia reconhecer aqueles que sentiam prazer em causar dor. Lutou contra a vontade de feri-lo com o grampo de prata e, apesar do frio cortante, abriu um sorriso.

— Há outros aposentos para isso — disse ela com firmeza. — E outros anfitriões.

— Por falar em anfitriões... — Ele a soltou, voltando para seu lugar — o lugar *dela* — à mesa. — Vim até aqui para contratar três para a minha próxima festa. Receberei mais pessoas desta vez.

— Você deveria contratar mais anfitriões, em vez de pegar os meus emprestados.

— A graça do Véu é o fato de estar sempre mudando. Nunca o mesmo lugar...

— Nunca as mesmas flores.

— Exatamente — concordou ele.

Ciara baixou o olhar em direção ao punho, a pele vermelha devido ao frio persistente.

— Vai custar o dobro. Por causa dos riscos.

— Riscos? — Ela não podia *vê-lo* arquear a sobrancelha, mas conseguiu reparar na surpresa em sua voz.

— Estabelecimentos como os nossos atendem a uma clientela diversificada, mas meus consortes notaram que muitos de seus clientes compartilham a mesma marca. — Ela olhou para o globo de vidro em sua mão. — É lógico que são discretos. Mas acho que, neste caso, você precisa concordar que a discrição vale o custo adicional.

Enquanto falava, ela viu a geada se espalhando pelo vidro da janela e sentiu o ar esfriar tanto ao redor que, se expirasse, conseguiria ver a própria respiração. Era uma sensação horrível e inquietante, como os dedos dele em sua pele. Ciara estalou os dedos, e o calor voltou. Não toleraria ficar tremendo em sua própria casa.

O Mestre do Véu recostou-se na cadeira.

— Talvez você tenha razão — ponderou ele —, mas talvez não. Somos pagos para ignorar os detalhes de nossos clientes.

— Discrição não é o mesmo que inocência — ela rebateu. — Não acontece nada no meu bordel sem meu conhecimento. E aposto que nada acontece no Véu sem o seu. — Ela focou sua atenção na máscara dourada e no homem por trás. — Ainda há pouco eu estava com o consorte do rei.

O Mestre do Véu inclinou a cabeça.

— Aqui? Será que a cama real já esfriou?

— Ele veio atrás de informações. O palácio está preocupado... e ele suspeita que eu saiba de alguma coisa. Teria me pagado uma boa quantia em dinheiro. Mas não contei nada a ele.

— Em vez disso, você abre o jogo para mim.

Ciara deu de ombros.

— Não sou dedo-duro. Só quero que saiba de que lado eu estou.

— Quer dizer que você apoia a causa? — A surpresa ficou evidente na voz dele e, pela primeira vez, ela ficou imaginando se o Mestre do Véu fazia algo além de *receber* os rebeldes da Mão em seu estabelecimento.

Ela pensou um pouco.

— Não tenho nada contra a coroa. E nenhum amor à sua causa. Mas negócios são negócios, e o nosso em especial ganha muito mais em tempos de... revolta. — Ela recolocou o globo de vidro com a rosa no suporte em cima da mesa — a mesa *dela*. — Mesmo assim, a discrição dos meus consortes pode até ser de graça... mas a minha custa caro.

Ele se levantou, enfiando a mão no bolso.

— Três anfitriões já bastam — disse ele, colocando uma pilha de *lishes* de prata na ponta da mesa. Então acrescentou um único lin vermelho. — Pelo seu tempo — explicou, e, apesar da máscara, Ciara sentiu que o homem dava um sorrisinho irônico antes de passar por ela e sair pela porta do escritório, deixando uma brisa gelada para trás.

Ciara o viu descer as escadas, mas não moveu um músculo até ter *certeza* de que o Mestre do Véu já tinha ido embora.

V

EM ALGUM LUGAR NO MAR

Algumas horas depois de partirem, os dois primeiros ladrões explicaram o plano.

Roubariam o *Ferase Stras*.

Ao escutar aquilo, a empolgação do terceiro homem se transformou em horror.

Ele ouvira falar do mercado flutuante quando ainda era apenas o filho de um mercador, e não um herói em formação.

Não se sabia muito a respeito do lendário navio, que transportava as mercadorias mais perigosas do império. Apesar do nome, a embarcação funcionava mais como um cofre do que como um mercado: era um lugar para armazenar magia proibida. Poucas coisas a bordo estavam de fato à venda, e mesmo essas eram destinadas apenas a compradores específicos, escolhidos a dedo por Maris Patrol, a capitã.

Alguns diziam que ela era um fantasma, presa às tábuas do navio por toda a eternidade. Já outros afirmavam que era apenas uma velha — embora já fosse velha desde o início do *Ferase Stras*.

Era impossível *encontrar* o mercado sem o auxílio de um mapa, e os únicos mapas que indicavam o caminho pareciam não levar a lugar algum — a menos que se soubesse interpretá-los. Mesmo assim, ainda que se encontrasse o caminho pela água, não poderia subir no navio, pois ninguém tinha autorização de pisar no convés sem convite. E ainda assim o navio não poderia ser roubado, já que seus feitiços de proteção eram grossos como laca e, além de bloquearem a magia, transformariam o corpo do ladrão em cinzas antes que ele conseguisse alcançar a amurada.

Era uma empreitada fadada ao fracasso, uma missão impossível, e, no entanto, dois dias depois, lá estavam eles, amontoados na plataforma do *Ferase Stras*, esperando serem convidados a subir.

Era um relevo estreito acima do nível da água, pouco mais que uma prancha fixada na lateral do navio, e pequena demais para abrigar três homens e um baú; então, assim que o primeiro homem bateu à porta, o terceiro se equilibrou na beirada, quase pisando em falso para fora da plataforma. Seu coração estava acelerado, dividido entre empolgação e pânico. Ele pensou em Olik, o herói que entrava nos navios dos inimigos e sentia-se em casa. Olik, que tinha enfiado o medo em uma caixa de metal e a atirado ao mar. O terceiro homem se imaginou colocando tudo que estava sentindo em uma garrafa e deixando-a cair por cima da borda atrás de si, garantindo que ele se mantivesse são e salvo.

Ainda assim, bem que gostaria de ter uma máscara, como o amigo de Olik — Jesar, o terror fantasmagórico. O herói nunca usava máscara, mas o terceiro homem tinha plena consciência do quanto rostos poderiam ser reveladores. Infelizmente, também sabia que jamais seriam autorizados a embarcar usando disfarces desse tipo, por isso lá estava ele, tentando manter a expressão neutra, a boca formando uma linha reta e as sobrancelhas no lugar. Tentando fazer uma máscara do próprio rosto.

O primeiro homem bateu à porta simples de madeira mais uma vez.

— Talvez estejam todos mortos — ponderou o segundo quando ninguém atendeu.

— Tomara que não — rosnou o primeiro, apoiando a bota no baú. — Não sabemos se os feitiços de proteção são vinculados ao navio ou aos marinheiros.

O terceiro homem ficou em silêncio, olhando para o mercado flutuante e imaginando quais boatos seriam verdadeiros. Se havia talismãs a bordo capazes de dividir montanhas ao meio ou fazer milhares de pessoas caírem no sono. Lâminas capazes de arrancar segredos em vez de sangue, espelhos que mostravam o futuro de alguém, gaiolas de metal que prendiam e armazenavam não apenas a magia de uma pessoa, mas também sua mente e alma.

— Não é melhor ir entrando de uma vez? — perguntou o segundo.

— Fica à vontade — respondeu o primeiro. — Bem que disse que não precisávamos de *três* homens para esta missão.

O segundo homem esfregou os dedos, invocando uma chama. A chama se acendeu, mas quando ele a aproximou da porta, o fogo apagou, extinto pela força dos feitiços de proteção do mercado.

O terceiro homem repuxou a túnica, nervoso.

Assim como os outros, estava vestido com a roupa preta habitual dos piratas. O tecido era mais áspero do que ele havia imaginado. Olik nunca chegou a mencionar esse detalhe — nem o fato de que o balanço constante do barco talvez causasse embrulho no estômago.

Finalmente, a porta se abriu com um rangido.

Ele ergueu o olhar, esperando ver a infame Maris Patrol, mas em vez disso se deparou com um homem de meia-idade usando um capuz branco.

Katros, o sobrinho mais velho da capitã. O imediato do navio. Tinha ombros largos, a pele negra e, na testa, um brilho de suor que dava a impressão de que estivesse doente. Mas não estava: tinha sido drogado. Fazia parte do plano. O irmão mais novo de Katros, Valick, levava um esquife para a costa duas vezes por mês e voltava cheio de comida e bebida. Acontece que a última remessa havia sido misturada com savarina, um pó inodoro que enfraquecia o corpo e bagunçava a cabeça. A maior parte da toxina fora colocada no vinho preferido de Maris, de um vinicultor que agora servia à Mão.

Ela devia estar de bom humor.

Não era *veneno*, lembrou a si mesmo enquanto Katros tentava se equilibrar, a pele adquirindo um tom acinzentado. Olik não estava no ramo de assassinatos — fazia de tudo para evitar mortes desnecessárias, e ele também agiria assim. Além disso, havia uma grande chance de que o feitiço a bordo acabasse bloqueando o efeito da substância. Mas algumas pessoas tomavam savarina por puro prazer. O perigo estava na dosagem, e isso ficava nas mãos de quem a ingeria.

Katros Patrol pigarreou, recompondo-se.

— Artefatos — pediu ele, estendendo a mão.

O primeiro homem cutucou o baú com o pé.

— Somos vendedores, não compradores.

Mas o imediato do navio fez um gesto de desdém com os ombros.

— Não faz diferença.

Foi então que o terceiro homem entendeu o que estava acontecendo: aquilo ali não era só uma porta. A entrada para o *Ferase Stras* era um portal, e todos os bons portais exigem algo em troca. Um valor para entrar no mercado, um pagamento pelo simples ato de pôr os pés entre suas mercadorias. E, de acordo com as histórias que ouvira, o preço não era algo banal, como uma moeda. Você tinha que se desfazer de algo especial, que realmente acrescentasse à coleção de Maris.

Foi por esse motivo que mais cedo eles tinham atracado em Sasenroche.

O primeiro homem estendeu ao imediato um pedaço de papel atado com uma fita. Era uma página tirada de um livro que um dia pertencera à Londres Preta.

O segundo homem produziu um lápis com o miolo cheio de sangue em pó em vez de carvão, enfeitiçado para escrever apenas a verdade.

Quando chegou a vez do terceiro homem, ele enfiou a mão no bolso e passou os dedos pela borda fria de vidro antes de pegar o objeto. Era um disco com mais ou menos o mesmo tamanho de sua mão. Ele havia passado as últimas horas da viagem, do mercado de contrabando até ali, encarando sua superfície.

O disco estava enfeitiçado para responder a somente uma pergunta: *Vou morrer hoje?*

Se o vidro ficasse preto, a resposta seria *sim*.

Não queria se desfazer do artefato — sentia lá no fundo que era para ser seu —, mas disse a si mesmo que se isso fosse verdade, mais cedo ou mais tarde ele o recuperaria.

Objetos de poder sempre voltavam para as mãos de seus donos.

Ao segurá-lo pela última vez, repetiu a pergunta em sua mente e suspirou de alívio quando o vidro permaneceu límpido.

É lógico que ele não ia morrer, pensou.

Afinal de contas, aquela era a sua história.

O ladrão observou os três artefatos desaparecerem sob a manga de linho branco de Katros Patrol. E então a porta do mercado flutuante se abriu, levando-os ao seu destino.

——•——

A sala era escura e abarrotada de armários. Objetos reluziam em todas as prateleiras; a única superfície desocupada era uma mesa ampla de madeira ao lado da qual havia uma grande esfera preta, que ele não sabia dizer se era feita de vidro ou de pedra. Estava apoiada no suporte como se fosse um globo, mas sua superfície era tão lisa e vazia quanto os mapas que levavam ao *Ferase Stras*.

O terceiro homem vislumbrou uma máscara — uma bela peça de prata fundida — sobre a lareira, e seus dedos se contorceram de desejo.

— Onde está a capitã? — perguntou o primeiro homem, olhando para a mesa vazia.

— Ela virá quando for necessária — respondeu Katros, guiando-os até o convés. Lá encontraram Valick, outro sobrinho de Maris, encostado ao mastro e usando o mesmo capuz branco imaculado —

completamente destoante em meio a todo o sal e à sujeira do mar. Ou ele não bebia ou tinha uma boa resistência, pois parecia bem-disposto e firme, intocado pela savarina.

Os outros dois homens carregavam o baú, o conteúdo chacoalhando de um lado para o outro, mas o terceiro olhava admirado para o labirinto de corredores, salas, escadas e tendas que se erguia como uma cidade em miniatura pelo convés. Ele foi até uma alcova, onde havia uma bengala guardada em uma caixa de vidro, o topo em forma de corvo esculpido em bronze polido. Não havia nenhum feitiço escrito na superfície, mas a beleza da peça era hipnótica.

— O que será que isso faz?

Só percebeu que tinha falado em voz alta quando os demais se voltaram para ele.

— Se você não sabe — disse Valick —, então não é para você. — Ele se virou para os outros homens. — Vocês vieram aqui para negociar ou vender?

— Depende — respondeu o primeiro homem. — Se vocês tiverem o que estamos procurando...

— E o que seria? — perguntou Katros, dando um passo à frente.

O segundo homem estendeu uma folha de papel dobrada, na qual estava desenhado o objeto. Era do tamanho do conjunto de elementos de uma criança e não parecia ser nada de mais, mas o mesmo valia para uma faca de frutas e, mesmo assim, era possível que a usassem para matar alguém.

Katros prestou atenção no desenho por um instante e então sacudiu a cabeça.

— Não temos isso aqui.

Ele estava mentindo.

O jovem que um dia foi conhecido como o filho do mercador estalou os dedos, o sinal que haviam combinado, e os outros dois ouviram.

— Então creio que só viemos aqui para vender — disse o primeiro, que se autointitulava líder.

— Isso se quisermos comprar — retrucou Katros, apontando com a cabeça para o baú. — Mostrem o que trouxeram aí dentro.

— Pois não. — Ele se ajoelhou diante do baú e abriu o cadeado.

O segundo homem deslizou os fechos para o lado e levantou a tampa.

O terceiro ficou observando enquanto o baú se abria e revelava uma pilha de tecido. Não era seda nem veludo, mas um tecido pesado, da mesma cor da copa das árvores ao anoitecer. Uma capa. Não parecia grande coisa, mas as histórias estavam repletas de artefatos e objetos de poder disfarçados de objetos comuns.

— Foi feita para proteger contra magia a pessoa que a vestir — explicou o primeiro, tirando o tecido do baú e colocando-o sobre os ombros. — Vou mostrar a vocês como funciona.

Valick franziu a testa.

— O navio está enfeitiçado.

— Ah, mas existe um tipo de feitiço que funciona até mesmo aqui — rebateu o homem. Abriu um sorriso frio. — O de proteção.

As palavras caíram como se fosse uma bomba, incendiando o rosto de Valick e inflamando os olhos ainda drogados de Katros conforme os dois imediatos do *Ferase Stras* se davam conta do que os três pretendiam fazer.

O segundo homem já tinha enfiado a mão no baú para pegar a faca que escondera sob a capa. Atirou a arma longe e a lâmina cortou o ar, cravando-se no peito de Valick Patrol. Katros berrou e lançou-se sobre o agressor, os dois caíram no convés enquanto o primeiro ladrão saía em disparada, desaparecendo em meio ao labirinto de cômodos.

O terceiro correu até o baú aberto, mas a mão de alguém o pegou pelo pé, fazendo-o cair no convés.

Valick estava ofegante, com sangue escorrendo entre os dedos e dentes; a túnica, até então branca, agora manchada de vermelho ao redor da lâmina cravada em suas costelas, mas ainda assim permanecia com a mão livre como um torno em volta do tornozelo do jovem.

— Vou matar você — rosnou o imediato.

— Hoje, não — retrucou ele, imitando o que seria a voz de um pirata e dando um chute para conseguir se soltar do homem. Mas Katros, imerso em sua própria luta com o segundo ladrão, estava na vantagem, por isso atirou o homem contra o mastro. O navio inteiro tremeu com a força do golpe e, quando seu agressor caiu, Katros voltou-se para *ele*.

O terceiro homem estendeu a mão para invocar uma rajada de vento — esquecendo-se de que o navio não permitiria tal feitiço. Nenhuma parede de ar se ergueu para conter a fúria de Katros Patrol, que se aproximava dele com rapidez. Se o imediato estivesse em melhores condições, se não tivesse um corte na têmpora nem savarina correndo nas veias, com certeza o disco de vidro teria escurecido quando o ladrão perguntou se iria morrer naquele dia. Mas Katros estava completamente desnorteado, ao passo que ele estava sóbrio, ágil e morrendo de vontade de se tornar um herói.

Ele se esquivou para trás, puxando uma espada do fundo do baú e golpeando a esmo. Brandiu a arma novamente, e desta vez Katros levantou o braço para bloquear o golpe. A lâmina o atingiu com força, e o ladrão esperava sentir a carne ceder, mas ouviu o som de aço contra aço quando o linho branco rasgou, revelando uma braçadeira de metal.

O terceiro homem virou a arma e golpeou novamente, agora na direção do rosto de Katros, mas, para seu desespero, o imediato do *Ferase Stras* pegou a espada. Uma palma áspera bateu contra o lado plano da lâmina que, um segundo depois, foi arrancada da mão do terceiro homem e virada contra ele.

Ele desviou — ou pelo menos tentou desviar —, mas sentiu a ponta da espada rasgar sua camisa, entalhando uma linha rasa nas costelas. Depois disso, só teve tempo de perceber o calor escaldante, o fato de Olik jamais parecer sentir dor durante as batalhas...

E então Katros deu um soco nele. Com tudo.

A visão do ladrão ficou branca, depois vermelha, o sangue jorrando de seu nariz enquanto caía para trás. Sua cabeça explodiu de tanta dor, a vista ficou turva e, apesar do caos que havia tomado conta do mercado flutuante, o ex-filho do mercador se sentiu *insultado*.

Havia regras, ele sentiu vontade de dizer. Era uma afronta usar as mãos, golpear alguém com o próprio corpo em vez de recorrer a fogo, água ou terra.

Em vez disso, cuspiu sangue no convés e rolou de costas a tempo de ver Katros Patrol de pé sobre ele, a bota levantada a um passo de esmagar seu crânio.

O mundo pareceu desacelerar, mas não por obra de algum feitiço. Não como resultado de uma magia. Era simplesmente como quando alguém virava a última carta no Santo e você tinha apostado todo seu dinheiro. O mau pressentimento ao se dar conta de que tinha jogado, sim, mas perdido a aposta.

Acontece que a bota não chegou a descer.

Nesse exato momento, o segundo homem saiu do estupor e atirou-se mais uma vez sobre Katros, agarrando seu capuz e puxando-o para trás. A cabeça do terceiro ainda girava de dor, mas mesmo assim ele conseguiu ver o brilho do aço e ouviu os corpos chocando-se contra a amurada de madeira antes que os dois homens desaparecessem pela lateral do navio, caindo no mar lá embaixo.

O terceiro homem não se lembrava de ter se levantado, mas já estava cambaleando em direção ao som quando avistou uma capa verde, e o primeiro homem apareceu, correndo pelo convés com um pacote debaixo do braço.

Ele tinha conseguido. Eles tinham conseguido.

O primeiro homem foi direto para a amurada, obviamente com a intenção de saltar o vão estreito entre o *Ferase Stras* e seu próprio esquife. E ele teria saltado, se não fosse por Valick Patrol. De alguma maneira, o jovem havia conseguido ficar de joelhos, depois de pé, e, apesar de todo aquele sangue que manchara sua túnica de vermelho, reunira forças para alcançar o ladrão que passava correndo e agarrar a ponta de sua capa, segurando o precioso tecido com dedos ensanguentados. Assim que o ladrão se lançou em direção à lateral do navio, o fecho se soltou. A capa escorregou pouco antes que ele alcançasse a amurada.

E o mundo foi tomado por um brilho azul.

Como um raio ao contrário, o clarão pareceu emanar do corpo do homem assim que entrou em contato com os feitiços protetores do navio. Um estrondo de trovão, como uma porta batendo com força, ecoou pelos ares, e então o primeiro homem foi arremessado para trás, seu corpo transformado em uma casca chamuscada no instante em que atingiu o convés.

E o objeto — a coisa que vieram de longe buscar, o prêmio que os ajudaria a revolucionar o mundo — quicou com força contra o convés, num emaranhado de metal retorcido e madeira estilhaçada, tornando-se nada além de um punhado de peças se quebrando enquanto rolavam pelo chão.

O primeiro homem não passava de destroços fumegantes, o segundo tinha caído no mar com Katros Patrol, Valick finalmente sucumbiria aos ferimentos e, naquela breve e esmagadora calmaria, o terceiro homem percebeu que era o único sobrevivente a bordo do *Ferase Stras*.

Mas não por muito tempo.

Conseguia escutar o som de pessoas debatendo-se lá embaixo, os corpos chocando-se contra o casco do navio e uma porta se abrindo em algum lugar lá em cima, por isso avançou aos tropeços, com as botas escorregando no sangue, para recolher o objeto quebrado, que parecia ainda menor agora que estava partido em vários pedaços chamuscados e soltando fumaça.

Tanto trabalho, pensou o ladrão, *para isto*.

Ele apanhou a capa verde do chão, jogou-a sobre os ombros e deu um nó com as pontas em volta do pescoço enquanto corria até a beira do navio e saltava. Desta vez, nenhum raio azul terrível, nenhum estrondo de trovão. Tudo que sentiu foi uma resistência breve e oscilante, como se estivesse com um gancho dentro dele, uma linha que tentava puxá-lo de volta. Mas então a linha se partiu, e o ladrão começou a cair.

Ele despencou com tudo no convés do esquife que o esperava e depois rolou de modo a se endireitar, com os restos do objeto aninhados contra o peito. Estava quebrado, mas coisas quebradas podiam ser consertadas. Embrulhou os fragmentos na capa e se levantou, invocando uma rajada de vento na expectativa de que sua magia e coragem não falhassem — e assim, livre dos feitiços de proteção do *Ferase Stras*, o ar soprou ao seu encontro, inflando a vela. Logo depois, o esquife virou e foi rapidamente cortando as ondas, levando-o para longe do mercado flutuante.

O terceiro homem, que agora era o *último* homem, deixou escapar um gritinho de vitória.

Diziam que era impossível, mas ele tinha conseguido. Tinha roubado o *Ferase Stras*.

O ladrão esfregou o peito, bem onde estava sentindo uma dorzinha.

Era só mais uma entre dezenas de dores, por isso não esquentou a cabeça.

O disco de vidro estava certo. Não seria hoje que iria morrer.

VI

Maris Patrol tinha pouquíssimos vícios.

Gostava de figos, lençóis de seda, prata pura e segredos. E de bebidas alcoólicas, que se dava ao luxo de degustar quase todas as noites, mas sempre com moderação. Uma dose de uísque antes de dormir, para aliviar a dor nos velhos ossos e descansar a cabeça. Mas nunca a ponto de tirá-la dos eixos ou embaralhar seus pensamentos.

Por isso, quando acordou sentindo gosto de cigarro na boca e como se algo tivesse passado por cima de sua cabeça, na mesma hora percebeu que havia sido drogada.

Uma luz fraca entrava pelas frestas das cortinas da cabine. Sentou-se com os membros trêmulos pelo esforço. Ela era velha — mais velha do que a maioria das pessoas — e tinha rugas que mais pareciam sulcos na pele marrom, mas suas mãos cheias de anéis eram firmes e sua coluna ossuda, reta. Suor brotou em sua testa quando ela tentou ficar de pé e não conseguiu, caindo de volta na beira da cama.

— *Santo* — praguejou ela baixinho, e, ao ouvir seu nome, o monte de ossos e pelos que se autodenominava cachorro ergueu os olhos de onde estava no tapete.

Maris ouviu vozes dispersas por todo o navio. Não soavam alto, mas aquele era o *Ferase Stras* e suas paredes não guardavam segredos — não dela. Duas das vozes pertenciam aos seus sobrinhos, mas as demais eram desconhecidas. Tinha uma vozinha em sua cabeça tentando convencê-la a se deitar novamente e descansar, deixar Valick e Katros cuidarem por conta própria dos fregueses. Algum dia, eles teriam que administrar o mercado sozinhos. Algum dia, mas, por enquanto, Maris ainda era a capitã do navio, e os dois podiam até ser adultos, mas ainda eram jovens e...

Um grito de dor irrompeu pelos ares, e imediatamente Maris se levantou. Seus joelhos quase cederam com a brusquidão do movimento, mas ela conseguiu caminhar até o armário junto à porta, abrir uma gaveta pesada e vasculhar até encontrar um frasco contendo um líquido parecido com pérola derretida. Entornou-o sobre a boca e engoliu o conteúdo, que tinha um gosto metálico e gélido. Era desagradável, mas em questão de segundos seus membros pararam de tremer. Sua respiração se estabilizou. Um suor fresco escorreu por sua pele, mas tinha aquele mesmo brilho perolado da poção, e, ao enxugá-lo da testa, Maris sentiu retomar completamente os sentidos.

Tirou o manto do cabideiro e, assim que começou a ajeitá-lo sobre os ombros ossudos, os feitiços de proteção do *Ferase Stras* se despedaçaram.

A força do choque balançou o navio, e novamente Maris praguejou em voz alta.

Só um tolo tentaria roubar o mercado flutuante. Mas ela estava viva havia tanto tempo que sabia muito bem que o mundo estava cheio de tolos.

Caminhou até a outra ponta da cabine, e Santo levantou-se do tapete para segui-la, como um fantasma pálido. Então pegou a adaga que ficava na escrivaninha, abriu a porta e saiu no convés superior, com o cabelo grisalho solto e selvagem ao vento.

— *Venskal* — disse ela ao cachorro. *Espere.*

Maris atravessou o labirinto de corredores no mais completo silêncio, verificando se havia armários quebrados ou qualquer sinal de roubo. Os ruídos de uma briga estavam vindo do convés principal; logo depois, um barulho de algo caindo na água e, então, som de botas se arrastando sobre a madeira. Tirou uma lâmina da bainha e desceu as escadas.

Mas quando chegou ao convés principal, tudo parecia estranhamente tranquilo.

O navio se balançava pelo impacto do feitiço de proteção acionado, e Maris sentiu cheiro de sangue e de magia. Um baú estava aberto e vazio no convés, e a meio caminho da amurada jazia o corpo de um ladrão — pouco mais que uma casca completamente queimada. Nem sinal de Katros, mas a alguns passos dali encontrou o sobrinho mais novo, Valick, com sua túnica outrora branca agora manchada de sangue. A poça vermelha acumulava-se sob ele como uma sombra que se arrastava pelo convés. Seu rosto estava virado para cima e os olhos fixos no céu, abertos, mas sem conseguir ver mais nada.

Maris ajoelhou-se ao seu lado, passando a mão cheia de anéis pelo cabelo preto de Valick. Nem um único fio branco.

— *Venskal* — sussurrou ela de novo, desta vez para o cadáver do sobrinho.

Ela sabia que havia certa ordem no mundo, um equilíbrio, uma hora certa para tudo. Sabia que era proibido intervir no fluxo da magia e tentar mudar seu curso. Mas Maris Patrol era a capitã de um navio que negociava objetos proibidos.

E teria usado cada um deles para trazer o sobrinho de volta à vida.

Maris tirou um anel da mão direita. Era um aro pesado de prata, mas ao cerrar o punho ao redor do objeto, o metal se partiu, a casca desfazendo-se até revelar um pedacinho de fio dourado.

Ainda estava amarrando uma das pontas em torno do pulso fino quando Katros subiu pela lateral do navio, chapinhando as botas no chão do convés enquanto caminhava.

O sangue escorria para dentro do olho dele e a túnica em frangalhos estava colada ao corpo, com mais sangue fresco brotando aqui e ali sob o tecido que um dia havia sido branco. Mas as feridas eram superficiais, e ele estava ali, de pé, arrastando outro corpo atrás de si.

Largou o segundo ladrão no convés, onde o homem estremeceu e vomitou, o peito cheio de água do mar. A cabeça pendeu para trás, perdendo a força nos membros.

A mente de Maris ficou a mil. Era melhor manter o homem vivo para interrogá-lo e conseguir arrancar alguma explicação.

Mas e quanto a Valick?

O sobrinho mais velho deve ter percebido a hesitação nos olhos dela, pois torceu a água do mar da camisa e disse:

— Quebrei a mandíbula dele. Duvido que consiga falar agora.

Maris lançou um olhar agradecido a Katros, depois começou a amarrar o fio dourado em volta do pulso flácido do homem, em vez do dela. Parecia tão frágil quanto um fio de cabelo, mas mantinha-se firme, chegava até mesmo a cortar a pele. Amarrou a outra ponta na palma da mão de Valick, fechando seus dedos mortos sobre o fio.

Katros ficou observando com um olhar sombrio e, se a julgava por fazer uso de magia ilícita, guardou para si. Sabia que ela faria o mesmo por ele.

Maris apertou a mão do sobrinho mais novo e disse uma única palavra, a mesma que estava gravada no interior do pesado anel de prata. O feitiço se iluminou como se fosse um pavio, queimando o fio dourado e passando do corpo do ladrão para o de Valick.

Do vivo para o morto.

— O que foi que aconteceu? — perguntou Maris, observando a luz descer pelo fio dourado, deixando um rastro preto por onde passava.

— Eram ladrões — respondeu Katros. — Subiram a bordo como se fossem fregueses, dizendo que tinham algo para vender. — Acenou com a cabeça em direção ao baú vazio. — Mas era uma capa feita para proteger o usuário de feitiços.

Maris olhou para o corpo carbonizado no convés, com as roupas queimadas grudadas à pele.

— Não adiantou nada para ele.

— Era uma distração — disse Katros, mas Maris não estava mais ouvindo. Naquele segundo, a luz alcançou a mão de Valick e logo depois se apagou. Assim que a chama se extinguiu, o ladrão ficou imóvel e Valick respirou fundo. O fio se desfez em cinzas entre os dois homens e, enquanto o corpo do ladrão se entregou à morte, o peito de Valick começou a subir e descer e a própria Maris finalmente soltou o ar.

Sentia-se exausta, como se tivesse sido ela a dar a vida pelo sobrinho.

— Estúpidos — murmurou ela, levantando-se. — Dois ladrões acharam que conseguiriam roubar sozinhos o *meu* navio?

E foi então que Valick abriu os olhos e disse uma única palavra que fez com que um calafrio subisse por toda a velha espinha de Maris.

— Três.

Ela se virou bruscamente para o sobrinho.

— O quê?

Valick se sentou, estremecendo quando a ferida entre as costelas começou a cicatrizar.

— Eram três ladrões — ele tossiu, ainda cheio de sangue nos dentes. — Um conseguiu escapar.

Maris endireitou a postura, perscrutando o horizonte. Era quase noite e a linha que dividia céu e mar estava embaçada por causa da neblina, mas lá ao longe conseguiu distinguir a silhueta de um barquinho que se afastava. Estimou a distância, mas o *Ferase Stras* não era uma embarcação feita para se mover depressa. Alguém tinha roubado o navio dela. E estava fugindo. Mas nenhuma capa conseguiria salvá-lo de todos os feitiços de proteção que colocara no mercado.

— Mais cedo ou mais tarde — disse ela, meio que para si mesma. — Os outros feitiços vão entrar em ação.

— Eles estavam atrás de alguma coisa — comentou Katros.

— E conseguiram o que queriam — acrescentou Valick.

O humor de Maris conseguiu piorar ainda mais quando Katros tirou um pedaço de papel das roupas ensopadas. O pergaminho estava todo manchado de tinta e quase se desfazendo, mas ela conhecia cada peça de sua coleção.

Inclusive aquela.

Havia diversos objetos a bordo do *Ferase Stras*, todos proibidos. Mas *proibido* podia significar muita coisa. Havia talismãs como o anel que ela acabara de usar, proibidos porque agiam contra a lei da natureza. Havia outros que aprisionavam a mente e a força de vontade de uma pessoa, proibidos porque agiam contra a lei do livre--arbítrio. Havia também objetos proibidos pela intensidade de seu poder, pelo alcance de sua magia ou pela volatilidade de seus feitiços, e, finalmente, objetos proibidos porque, se caíssem em mãos erradas, seriam capazes de dizimar reinos ou fragmentar mundos.

Aquele não era nada disso.

Maris franziu a testa.

Não era nem de longe o objeto mais poderoso do navio. No entanto, aqueles homens enfrentaram os santos e o mundo só para roubá-lo. Mas o pior era que, além dos ladrões saberem o que estavam procurando, também sabiam onde o objeto estava. A aparência bagunçada do mercado era só um disfarce; na verdade, havia certa ordem, uma lógica para a disposição de cada peça da coleção. E pelo menos um dos ladrões já devia saber onde procurar. Pode até ter visto um mapa, não da *localização* do *Ferase Stras*, mas da estrutura do próprio navio — suas salas, seu tesouro. E isso era tão perigoso quanto metade das coisas a bordo.

Maris sacudiu a cabeça. Teria que deixar aquele problema para outro dia.

Tinha outras prioridades no momento.

Largou o pedaço de papel, deu meia-volta e saiu do convés, fazendo uma lista mental dos objetos que tinha a bordo conforme serpenteava pelos corredores apinhados, passando por armários, caixas e alcovas que para qualquer um pareceriam uma espécie de labirinto. Mas ela sabia para onde estava indo, e logo encontrou o que procurava.

Uma caixa preta, com um olho dourado entalhado na tampa.

No interior havia meia dúzia de cavidades em uma bandeja forrada de veludo. Quatro delas estavam vazias. Nas duas restantes havia placas de vidro colorido, cada uma do tamanho de cartas de Santo.

Seus sobrinhos eram espertos. Era bem provável que não tivessem se esquecido de nada importante.

Mas Maris achava melhor garantir.

Tirou uma carta de vidro da caixa e a virou para cima. Então ergueu-a e disse:

— *Enis*. — Começar.

A placa ficou embaçada na mão dela e, quando clareou novamente, o convés estava voltando no tempo até o instante em que os ladrões estavam lá, tendo acabado de pôr os pés no navio.

— *Hal*. — Parar.

A imagem tremeu, retida, as silhuetas paralisadas no momento em que colocavam o baú no convés diante de seus sobrinhos.

Maris avançou, posicionando-se no meio da cena, de costas para a imagem de Valick e Katros para ver melhor os ladrões.

— *Enis*.

A cena se desenrolou **exatamente** como tinha acontecido, e Maris foi se movimentando à medida que assistia à morte de Valick e ao ataque dos ladrões, o primeiro homem sendo dilacerado pelo feitiço de proteção, o segundo caindo junto de Katros para fora do navio, o objeto se partindo em vários pedaços no convés e sendo **resgatado** pelo terceiro.

Mas foi no instante em que o homem cambaleou, sangrando e atordoado, até a beirada do navio, que ela conseguiu ver: ali, por trás do rasgo da camisa, havia uma tatuagem — ou talvez fosse uma marca — nas costelas. E embora não desse para ver a imagem completa, sabia bem o que estava procurando, e lá estava: a mão.

Logo depois o ladrão pulou sobre a amurada e Maris surgiu ajoelhada sobre Valick conforme o passado alcançava o presente. Então o vidro se estilhaçou em suas mãos até tornar-se pó e voar para longe.

Maris deu um suspiro, sentindo cada um de seus muitos anos de idade, e se voltou para Katros.

— Reviste os corpos — ordenou ela. — E atire-os ao mar.

— E depois? — perguntou Valick.

Maris olhou para o horizonte. O outro barco já tinha desaparecido. Ela fechou a mão em punho, seus dedos doloridos fazendo um estalo com o movimento. Ninguém roubava o *Ferase Stras*.

— Vá se limpar — respondeu ela. — Preciso cobrar um favor a alguém.

DOIS

A CAPITÃ E O FANTASMA

I

Delilah Bard se apoiou na amurada do *Grey Barron* e ficou observando a proa dividir o mar ao meio.

O vento soprava forte, impelindo o navio com força suficiente para lançar uma bruma de água que brilhava quando refletia a luz. As velas estalavam com a brisa, e Lila jogou a cabeça para trás, semicerrando os olhos castanhos em direção ao céu. Um desconhecido jamais adivinharia que apenas um olho era verdadeiro. Jamais adivinharia que o olho que ela havia perdido não era castanho, mas preto como o breu, arrancado por um médico fuleiro em Londres, na Inglaterra — a única Londres que ela conhecia na época —, quando ainda era só uma criança. Como se o olho fosse uma coisa envenenada, cheio de uma podridão contagiosa, em vez de um sinal de força, um indicador de poder extraordinário e de uma magia daquelas que surgem uma única vez a cada geração.

Se tivesse pelo menos nascido *neste* mundo... este que venerava a magia, em vez daquele que se esquecera de sua existência. Mas Lila estava lá agora.

Ela estendeu a mão, invocando a água.

— Tigre, tigre — murmurou ela, embora não precisasse mais de palavras para concentrar seu poder. Bastou fechar os dedos e a água respondeu, envolvendo seu pulso e assumindo a forma de uma pulseira de gelo. Era fácil, ela não precisava fazer esforço algum. Tão natural quanto respirar.

Lila abriu um sorriso.

Quantas coisas já tinha sido ao longo dos anos.

Uma vigarista. Uma capitã. Uma viajante. Uma maga.

Em outros tempos — e a um mundo de distância —, ela não passava de uma órfã, uma batedora de carteiras, uma ladra cujo maior sonho era roubar um navio e zarpar para bem longe. Sonhava se tornar pirata e navegar mares desconhecidos. Sonhava com facas elegantes, belas moedas e, acima de tudo, com *liberdade*.

Seus sonhos foram conquistados a duras penas, comprados e pagos com anos de vida, batalhas e sangue — que nem sempre era dela. O importante era que Lila finalmente tinha tudo.

Ela estalou os dedos, e a pulseira se partiu com tanta força que alguns pedaços de gelo ficaram incrustados na amurada. Arrancou os cacos e jogou-os no mar. Em seu íntimo, podia ouvir Alucard reclamando por causa do navio. Só que, obviamente, o navio não era mais dele.

Lila o rebatizara, para desgosto do antigo capitão. Mas, no fim das contas, o *Night Spire* já havia passado um bom tempo no mar — agora era a vez do *Grey Barron*.

Os primeiros anos do *Barron* foram como uma embarcação independente que seguia apenas sua própria lei. E fora maravilhoso navegar a esmo, descobrir novos portos, novos mercados, novos mares. Mas Lila passara seus primeiros dezenove anos de vida com um único objetivo em mente, e se viu com o desejo de perseguir um novo propósito. Ficou quase aliviada quando os boatos começaram a se espalhar — primeiro de problemas com seus relutantes aliados, Faro e Vesk, e depois, pior ainda, de problemas dentro de casa. Foi então que Alucard pediu a ela que fizesse bom uso do navio. Ir aonde nenhum navio real poderia ir e fazer o que nenhum navio real poderia fazer.

Espionar. Extorquir. Sabotar. Saquear, afundar, lutar e roubar.

Cortar fundo como uma navalha e sumir antes que alguém se desse conta de que havia sido ferido, menos ainda de que estava sangrando.

Vez ou outra, quando convinha, o *Grey Barron* subia novamente as velas pretas do *Spire* e voltava a ser uma sombra no mar, mas no dia de hoje suas velas eram brancas e o casco tinha um tom discreto de cinza. Se tivessem sorte, conseguiriam camuflar-se entre os outros contrabandistas e ladrões que viajavam pela Costa de Sangue.

Alguns lugares eram nomeados com base em suas características — talvez areias pretas, lodo vermelho ou mares verdes —, mas a Costa de Sangue não era um deles. Não. Quando séculos atrás os poderes dividiram Arnes, Faro e Vesk, restou uma costura, o único ponto onde os três impérios se encontravam. Nenhum deles conseguiu chegar a um acordo a respeito de onde exatamente seria a fronteira, e, assim, após décadas de insatisfação, sabotagem e navios afundados, o trecho recebeu seu apelido.

E o destino do *Barron* era a capital, o infame porto de Verose.

Lila observou o horizonte, esperando surgir o contorno irregular das pálidas montanhas da cidade. Há alguns anos a guarda arnesiana havia se esforçado em arrumar as coisas em Verose, eliminando a violência e impondo certa ordem — o antigo rei e pai de Rhy, Maxim Maresh, chegara até a servir como capitão de sua base. Mas Verose provou ser um lugar sem lei, fosse por natureza ou por escolha própria.

E Lila adorava isso.

Era o tipo de lugar onde sangue era derramado com frequência, onde todo encontro estava sempre a uma adaga desembainhada de distância de uma briga e...

Uma garrafa quebrou em algum lugar no convés, o barulho seguido por uma comemoração estridente. Lila deu um suspiro e se virou para a tripulação. Tav e Vasry empurravam um ao outro enquanto Stross, normalmente sisudo, caía na gargalhada, os três com o rosto corado. A única pessoa que não estava ali era a mulher de Vasry, Raya. Lila esticou o pescoço e deu uma olhada em todo mundo até encontrá-la, o cabelo preto e a pele branca como mármore, apoiada no mastro. O sol estava alto e bem quente, mas a mulher não parecia incomodada. Ela voltou o olhar para Lila, seus olhos do mesmo tom cortante de azul das geleiras de onde tinha vindo.

— Achou que eu não fosse conseguir, né? — gritou Vasry em arnesiano e, pelo tom de voz e o jeito trôpego, não restaram dúvidas de que tinha esvaziado a garrafa antes de quebrá-la. — Mas andei treinando.

Lila olhou para os cacos de vidro espalhados pelo convés e conseguiu até ouvir Alucard rosnando ao ver a bagunça.

— Treinando o que, exatamente? — perguntou ela.

Tav fez um gesto de explosão com as mãos e balbuciou a palavra "bum". Lila arqueou a sobrancelha. Vasry era um mago do vento de nascença, embora nunca tivesse sido muito bom. Até onde ela sabia, ele tirava bem mais proveito da aparência do que de suas habilidades com magia: tinha o cabelo loiro-escuro, cílios volumosos e a idade parecia deixá-lo cada vez mais bonito, em vez de o contrário — algo que vinha bem a calhar quando queria seduzir alguém, mas não quando o navio precisava de uma forte rajada de vento.

— Aqui — disse ele, entregando mais uma garrafa a Stross. — Jogue pelos ares.

— É melhor que esteja vazia — enfatizou Lila um segundo antes de seu imediato jogar a garrafa por cima da lateral do navio. Vasry estendeu a mão, estreitando os olhos e abrindo a boca. Era nítido que tinha a intenção de acertar o vidro com tudo, mas acabou errando, e a garrafa fez um arco e caiu, intocada, indo parar nas ondas lá embaixo com um discreto *plop*.

— Opa — exclamou ele.

Após um instante de silêncio, os três homens caíram novamente na gargalhada. Vasry deu um soluço. Lila sacudiu a cabeça.

— Acho que já chega de bebida para vocês

Tav abriu os braços.

— Mas capitã — disse ele, fingindo sinceridade —, isto aqui é uma embarcação de *lazer*.

— Fretada para uma farra — acrescentou Vasry.

— Isso aí — resmungou Stross, de repente na defensiva. — Só estamos representando bem nossos papéis.

Foi então que ela se arrependeu de ter deixado eles escolherem o *Barron* como disfarce para aquela missão em particular e foi pegar a última garrafa que restava na caixa. Virou-a para dar um gole, mas a garrafa estava vazia.

Lila cerrou os dentes.

— Por favor, me diz que sobrou bebida alcoólica em algum lugar deste navio.

Pelo menos os três homens tiveram a decência de fazer cara de culpados.

— Deve ter sobrado alguma garrafa lá no porão.

Ela deu um suspiro, virou-se e jogou a garrafa vazia para o alto.

Em vez de abrir a mão, ela a fechou — não em forma de punho, mas imitando o gesto de uma pistola, o polegar para cima e o indicador estendido. Seguiu o arco da garrafa com o dedo e apertou o gatilho imaginário.

A garrafa estilhaçou, fazendo um estrondo. A tripulação deu vivas e aplaudiu, e a capitã reprimiu um sorrisinho conforme se afastava, ouvindo os gritos animados até o porão.

II

Lila cantarolava ao passar entre os caixotes, a voz ecoando baixinho contra o casco.

O porão do *Grey Barron* abrigava um monte de coisas. Naturalmente, havia um estoque, uma quantidade de suprimentos suficiente para que pudessem ficar semanas a fio no mar sem precisar atracar no porto. Mas havia também vários objetos para negociar ou guardar — rolos de tecido fino e pedras de clarividência; máscaras veskanas e mantos faroenses; livros de poesia, de histórias e de feitiços; e, sem dúvida, uma quantidade considerável de armas escondidas entre os caixotes, já que havia muito tempo sua crescente coleção não cabia mais em seus aposentos particulares. Todo mundo merecia ter um passatempo, e não era porque Lila navegava para a coroa que não poderia cuidar também de si mesma.

O porão ainda abrigava uma bela coleção de bebidas alcoólicas, surrupiadas de esconderijos particulares ou afanadas das cabines dos capitães de navios que cruzavam seu caminho e afundavam no rastro de sua embarcação.

— *Como se sabe quando o Sarows está chegando...* — cantou ela, abrindo a adega de vinho. Seus dedos dançavam sobre as garrafas na prateleira, percorrendo os espaços vazios como se fossem espaços entre um dente e outro.

Só estamos representando bem nossos papéis, dissera Stross.

— Malditos — murmurou ela, logo antes de um braço se fechar ao redor de sua garganta.

Foi puxada para trás com tanta força que seus pés saíram do chão. Lila levou a mão até a adaga em seu quadril, mas o agressor acompanhou o movimento, prendendo seus dedos contra o cabo antes que ela tivesse a chance de sacar a arma. O punho do homem parecia feito de pedra, mas como a outra mão dela estava livre, aproveitou para desembainhar uma segunda lâmina e cravá-la às cegas no peito dele.

A arma deveria ter acertado o corpo do homem. Mas não foi o que aconteceu.

Em vez disso, o agressor a soltou, arremessando-a contra a prateleira com uma força absurda. Uma garrafa de vinho de verão caiu, se espatifando no chão.

— Ah, você vai pagar por isso — sibilou ela, virando-se bem a tempo de bloquear a lâmina que vinha em direção à sua garganta. Foi então que ela viu, bem ali, por trás do aço — o brilho de uma máscara preta, o ondular de um casaco, lábios curvando-se num sorriso. Mas o agressor não deu um pio. Nem quando ela falou, nem quando ele a golpeou ou pulou para trás para se esquivar do chute que Lila tentou dar em seu peito. Assim que o homem pôs os pés no chão, a adaga dela já voava pelos ares. Cortou o ar até cravar-se em uma viga enquanto o agressor escapava, desaparecendo atrás de uma pilha de caixotes.

Lila fez a adaga voltar para seus dedos e prendeu a respiração, tentando ouvir o som de passos no porão. Corpos ocupavam espaço. Faziam barulho.

Lá em cima, a tripulação cantava uma canção de marinheiros, completamente alheia a tudo.

Já ali embaixo, os únicos sons que escutava eram o balanço do mar colidindo no casco e as batidas de seu coração.

Lila não pediu ajuda. Obrigou-se a fechar os olhos — a ignorar o porão bagunçado, a inclinação e o balanço do navio, e assim aguçar os sentidos, buscando pelo corpo do agressor como se não passasse de outro elemento que pudesse tocar. Não madeira nem água, mas sangue e ossos.

Ali.

Ela piscou os olhos e golpeou um caixote com a lateral da mão. O caixote caiu para trás, raspando a madeira no chão, e ela apressou-se em pôr a adaga em riste, esperando que o agressor se esquivasse. Em vez disso, ele saltou por cima e lançou-se contra ela, e os dois caíram no chão. Rolaram pelo assoalho e, quando pararam, ele estava por cima, mas era a lâmina dela que estava encostada à garganta do homem.

O peito dele subia e descia, ofegante.

O aço da arma dela encostou em sua pele, mas não fundo a ponto de tirar sangue.

— A sua sorte — disse ela — é que eu tenho a mão muito firme.

O capuz do casaco dele havia caído e, mesmo sob a luz fraca do porão, seu cabelo acobreado brilhava, com uma única mecha branca reluzindo sobre a têmpora. Lila puxou a máscara que escondia a metade superior de seu rosto, e lhe foi revelado um par de olhos de cores diferentes: um azul; o outro, preto.

— Pode admitir — disse Kell Maresh — que te peguei de surpresa.

Lila deu de ombros.

— Mesmo assim, eu teria te matado.

Ele arqueou a sobrancelha.

— Tem certeza?

Ela repassou a luta na cabeça. Se ele tivesse usado uma adaga em vez do próprio braço. Se tivesse ido para o mata-mata ali mesmo, em vez de ter ficado naquele joguinho, será que ela conseguiria pressentir sua intenção? Será que a faca teria cantado nos dedos dele aquela melodia que ela conhecia tão bem?

— Está certo — respondeu ela, ainda sob ele no chão. — No porão do meu próprio navio, você acabou me pegando desprevenida. Agora sai de cima de mim — disse ela —, a menos que prefira ficar aqui e dar uns amassos.

Valeu a pena ter dito aquilo só para ver o rubor nas bochechas de Kell.

— Você poderia até colocar a máscara de novo — acrescentou ela, e o rubor dele só ficou mais forte.

Ele tentou disfarçar o constrangimento com uma careta enquanto saía de cima dela, oferecendo uma das mãos para ajudá-la a se levantar. Lila o ignorou, se pôs de pé e passou por ele, voltando para a adega aberta. Pegou a metade inferior da garrafa quebrada, encarando a pocinha de vinho de verão.

— Eu estava guardando este aqui para depois — murmurou ela, olhando para trás por cima do ombro.

Kell não estava prestando atenção. Já estava ocupado demais mexendo no próprio casaco, virando-o do avesso para trocar o preto que usava quando a atacara por vermelho, depois vermelho por azul e, finalmente, azul por cinza. Cada lado daquele casaco excêntrico era completamente diferente, da cor ao corte, dos botões e fechos até o que tinha dentro dos bolsos, e cada um deles contava uma história. Ela já conhecia a maioria — aquele ali era o que ele usava na noite em que se conheceram; este outro era o vermelho real com botões dourados na frente que usava como príncipe; já aquele era o cinza-claro que vestira no *Essen Tasch*, quando se tornou Kamerov Loste —, mas de vez em quando ela via um casaco em que nunca tinha reparado antes, escondido como um segredo numa vida que conhecia como a palma da mão.

Finalmente ele encontrou o que procurava — o casaco em tom grafite que passou a preferir ao longo dos anos no mar — e vestiu-o no mesmo instante em que uma voz ecoou do convés.

Não era Vasry nem Tav pedindo mais vinho, mas sim Stross, com sua voz grave ressoando por todo o navio.

— *Hals*!

Terra.

III

NO PONTO SUL
SETE ANOS ATRÁS

— Hals!

A voz de Stross ecoou pelo navio um instante *depois* de algo raspar contra o casco. Em um momento Lila dormia sob uma pilha de cobertas, no seguinte, já estava cambaleando para fora da cama, com o equilíbrio abalado pela firmeza do chão sob seus pés.

Soltou um palavrão, enfiando os pés com meias nas botas que mantinha ao lado da cama e vestindo o casaco enquanto abria com tudo a porta da cabine. Kell já estava ali, com o próprio casaco em mãos e o rosto tenso pelo sobressalto. Momentos depois, Vasry e Tav surgiram no corredor, o primeiro desgrenhado, mas vestido, o segundo com bem menos peças de roupa, mas empunhando uma espada.

Lila abriu a boca para falar alguma coisa, mas foi interrompida por um som que uma capitã jamais gostaria de ouvir: o estilhaçar da madeira.

Subiu a escada até o convés. Uma neblina pálida envolvia o navio e o sol estava em algum lugar sob o horizonte: o céu prometia um amanhecer que ainda não havia chegado, mas em meio àquela luz suave ela conseguiu ver Stross agarrando-se à amurada e olhando para baixo.

— É para gritar *terra* antes de chegarmos! — bravejou ela, seu hálito formando uma nuvem de condensação no ar gelado.

— Não é terra — disse Kell do convés superior.

Lila caminhou até a amurada mais próxima, baixou o olhar e xingou ainda mais alto ao ver que ele tinha razão. O navio não batera na *terra*.

E sim no *gelo*.

Três semanas antes, Lila havia decidido apontar o navio para o sul e navegar até algo os deter. E agora algo finalmente os tinha detido.

Ela devia ter previsto aquilo, devia ter recuado dias antes, quando acordou de manhã e viu lascas de gelo boiando na superfície da água. Quando o frio se tornou cortante a ponto de deslizar sua própria lâmina pela pele dela. Quando o casaco de Kell começou a lhe oferecer lados cada vez mais quentes, com capuzes e golas forrados de lã e luvas já à sua espera nos bolsos.

Deviam ter recuado, mas o mundo era tão grande... e ela, insaciável.

E agora estavam todos presos ali.

Não haviam batido numa simples base de gelo, uma calota flutuando no mar. Afinal de contas, já *não havia* mar. Estava tudo completamente congelado... o que significava que ela teria que descongelar. Suspirando, passou a perna sobre a amurada.

— Capitã — chamou Stross, mas ela fez um gesto para que se afastasse.

— Lila — advertiu Kell, mas ela o ignorou.

Ela era uma *Antari*, a maga mais forte do mundo. Era capaz de mover um navio.

Deu um pulo e, por instinto, prendeu a respiração, esperando que o gelo se partisse assim que tocasse os pés em sua superfície, antecipando aquela sensação de frio cortante ao ser envolvida pela água. Mas suas botas bateram no gelo, fazendo um estalo, e o mundo lá embaixo permaneceu imóvel.

Lila perscrutou o horizonte, mas era como olhar para uma tábua de divinação vazia. Seu olho bom começou a pregar peças, tentando conjurar *alguma coisa* mesmo na ausência — um porto, uma doca, outra embarcação —, mas as imagens se dissolviam em meio à neblina.

Ela deu a volta no navio, na esperança de encontrar uma trilha de água em seu rastro, mas no curto espaço de tempo em que estavam presos, o gelo já havia congelado ao redor do casco. Lila mexeu o pescoço de um lado para o outro e estalou os dedos, o vento frio soprando em suas mãos nuas. Esfregou uma na outra.

— Ponham vento nas velas — berrou ela, sua voz ecoando pela imensidão de gelo.

Um instante depois, Tav esticou bem os panos e Vasry conjurou uma rajada de ar. O navio inteiro rangeu em protesto, e Lila estendeu as mãos à sua frente e pegou um punhado de gelo, envolvendo-o com sua força de vontade enquanto ordenava que a massa *derretesse*.

A cena diante dela brilhou, irradiando luz. O gelo pareceu afinar em alguns cantos, mas não fez mais do que isso. A irritação da capitã transformou-se em raiva, e raiva era um sentimento poderoso. Apertou a massa com mais força, envolvendo o gelo com toda sua vontade e ordenando que se transformasse em água.

O som da água invadiu seus ouvidos, junto com o estalo das camadas superiores de gelo.

O mundo colapsou, só que o que cedeu não foi a massa congelada em suas mãos. Mas sua visão. O olho bom de Lila perdeu o foco, de repente sua cabeça ficou pesada e a voz de Alucard ecoou um alerta em seus ouvidos, daqueles primeiros dias em que começara a lhe ensinar magia. Quanto maior o elemento, dissera ele, mais difícil manejá-lo. Um mago só é capaz de manipular o que consegue envolver. Uma corrente de ar, um torrão de terra, uma onda do mar.

Ninguém consegue englobar um oceano inteiro com a mente.

— Tá, tá — murmurou ela, sentindo algo quente e úmido tocar levemente seus lábios. Passou a mão na boca, e ela ficou vermelha. Lila esfregou o sangue entre os dedos.

Talvez não pudesse exercer sua vontade em torno do gelo. Mas havia outros jeitos de derretê-lo. Afinal de contas, ela era uma *Antari*.

— Ei, capitã — chamou Vasry —, não seria melhor se...

Depois disso, ela não ouviu mais nada. Encostou as duas mãos no gelo, sibilando diante do frio brutal. Seus dentes batiam enquanto ela proferia as palavras:

— *As Staro*.

Quebrar.

Assim que o som saiu de seus lábios, uma vibração profunda ressoou pela superfície de gelo; um ruído ensurdecedor conforme as rachaduras começavam a surgir por todos os lados. E sob os pés dela. Lila se manteve firme, equilibrando-se no bloco flutuante enquanto o navio balançava, com o vento nas velas desprendendo-o do gelo. Um metro, depois dois.

E então, para seu desespero, o gelo se *formou* novamente, não num ritmo natural, mas como se a magia dela fosse um novelo de lã desenrolado e outra mão o estivesse puxando de volta com a mesma velocidade. Em questão de segundos, seu trabalho foi completamente desfeito.

— Filho da mãe — disse em voz baixa, curvando a cabeça.

Ouviu som de botas no gelo ali perto e, quando deu por si, Kell estava ao seu lado, trajando o casaco cinza de capuz que aparecera noite passada como se fosse um presságio.

— Chega, Lila — disse ele, estendendo a mão enluvada para equilibrá-la. — Não está funcionando.

Ela afastou a mão.

— Mas vai funcionar. É só ter força de vontade.

Kell observou o navio com bastante atenção, e Lila viu uma sombra cruzar o rosto dele, do mesmo jeito que acontecia quando ele observava as próprias mãos, encarando-as como se fossem inúteis, incapazes de segurar uma corda ou empunhar uma espada. Como se a magia fosse a única coisa que importava para ele.

Ele pigarreou.

— Talvez já tenha passado tempo suficiente.

Lila fez uma careta, mas ficou em silêncio. Haviam partido de Londres fazia três meses. Três meses desde que a batalha com Osaron arruinara a magia de Kell. Três meses durante os quais ele não usara seu poder, convencido de que só precisava de tempo para *sarar*. Como se fosse um braço quebrado.

Talvez ele estivesse certo.

Talvez — mas ela duvidava muito. Sabia como era ter um pedaço de si arrancado sem seu consentimento. Ainda se lembrava bem das primeiras semanas depois de ter perdido o olho, a impotência, a negação, a raiva. Kell ainda não se sentia assim, mas era só uma questão de tempo.

Até esse momento chegar, resolveu dar a ele um pouco de espaço.

— Nem se dê ao trabalho — disse ela, limpando as mãos. — Está encalhado.

Enfiou os dedos dormentes nos bolsos e olhou ao redor. O sol já deveria estar aparecendo, mas continuava do mesmo jeito, pairando logo abaixo da linha do horizonte. Como se eles estivessem dentro de um globo de neve, presos tanto no tempo quanto no gelo.

— Já reparou que...? — começou ela, mas logo parou de falar. A atenção de Kell voltou-se para algo atrás da capitã. Ele estreitou os olhos. — O que foi?

Ele franziu a testa e respondeu, sussurrando:

— Está vindo alguém.

Lila fez menção de dizer que aquilo era ridículo, a ideia de um estranho encontrá-los ali, no meio de um mar congelado. Mas então virou-se e percebeu que ele tinha razão: havia mesmo uma figura indistinta aproximando-se deles. A princípio, pensou que fosse um *urso*. Era enorme e desgrenhado; as garras estalando pesadamente contra o gelo. Mas, ao se aproximar, a silhueta transformou-se num homem grande vestindo um casaco com capuz. Em vez de garras, usava botas com pontas que se agarravam à superfície congelada.

Os dedos frios de Lila voaram até a faca. Conforme o homem chegava cada vez mais perto, abria um sorriso — mas isso não queria dizer nada. Muitos piratas e assassinos sorriam antes de atacar.

Da proa, Stross, Vasry e Tav observavam o desenrolar da cena, e ela não precisou ver o brilho do aço para saber que estavam armados. Inclinou a cabeça para o lado, uma ordem silenciosa para aguardarem.

— *Skalsa*! — gritou o homem numa voz melódica em uma língua que ela não conhecia. De perto, ele era maior ainda, com o cabelo e a barba escuros como o breu sob o capuz forrado de peles e a compleição tão pálida que parecia da mesma tonalidade que o gelo sob aquela luz sinistra. Seus olhos tinham um tom surpreendente de azul e, quando o homem os encarou, Lila se sentiu grata por ter usado o olho de vidro castanho para dormir e por Kell estar com o capuz na cabeça, escondendo seu olho preto sob a tênue luz da madrugada.

O homem continuou a falar ininterruptamente, os sons subindo e descendo numa cadência fluida aos ouvidos da capitã. Parecia ser um discurso, algo formal e ensaiado. Quando terminou, deteve-se e olhou para os dois, nitidamente esperando uma resposta.

Lila olhou do homem para Kell e vice-versa. Já estava prestes a explicar que não fazia a menor ideia do que ele tinha acabado de dizer quando Vasry se inclinou sobre o navio e perguntou:

— Ele está falando fresiano? Já namorei com uma garota de Fresa. Muito divertida. Tinha as mãos geladas, mas...

— Por que você está nos contando isso? — murmurou Kell.

— Porque — respondeu Vasry, descendo a escada — acabei aprendendo um pouco. Talvez eu consiga ajudar. — Desceu até ficar ao lado deles, escorregando no gelo, mas logo conseguiu se equilibrar. — *Skalsa*! — cumprimentou, dirigindo-se ao homem naquele mesmo tom de voz melódico. O homem assentiu, voltando a falar.

Segundos depois, Vasry fez um gesto com as mãos, pedindo para que ele falasse mais devagar. Gaguejou em algumas frases. O homem franziu a testa e sacou um facão.

— O que foi que você *disse* para ele? — perguntou Lila.

Vasry se atrapalhou para responder, mas ela não estava mais prestando atenção. Em vez disso, observou o homem se ajoelhar, girando a lâmina na mão e usando o cabo para desenhar alguma coisa no gelo. Alguns instantes depois, ele endireitou a postura e disse algo em voz baixa. As marcas no gelo começaram a se retorcer e enrolar antes de se elevarem no ar, ondulando entre todos ali como uma cortina. Desta vez, quando voltou a falar, a voz do homem atravessou o feitiço e soou em arnesiano. Ele pareceu surpreso ao ouvir o idioma. Lila ficou imaginando com que frequência os marinheiros de Arnes vinham tão longe ao sul.

— Ouvi o gelo rachar — disse ele, as palavras ecoando ao mesmo tempo que o feitiço as traduzia. — Aconteceu alguma coisa?

Lila apontou para o gelo agarrado ao casco, surpresa por ainda ter que explicar o problema.

— Nosso navio encalhou.

O homem sacudiu a cabeça.

— Não está encalhado, não. Está *enfeitiçado*.

Ora, pensou Lila, isso explicava a natureza estranha do gelo, o jeito como se fechava como uma mão ao redor do navio.

— Bem, então será que você poderia *tirar* o feitiço? — perguntou ela.

— Ah — interrompeu ele —, infelizmente só o capitão das docas tem permissão para desbloquear um navio depois da embarcação ter entrado no porto.

Lila voltou o olhar para o gelo ao redor, como se quisesse salientar que não havia nada por perto semelhante a um porto. Ao perceber sua confusão, o homem fez um gesto com a mão enluvada, como se abarcando todo o espaço.

— Isto aqui é um porto de *gelo* — explicou ele. — Vocês atravessaram a linha do cais há alguns metros. Se quiserem partir, terão que esperar pela capitã das docas.

— E você *não* é o capitão das docas? — questionou Kell, em um tom levemente divertido.

O homem sacudiu a cabeça e deu uma risada.

— Não, não, só estou tomando conta dos navios enquanto ela está na feira. Mas não se preocupem, ela deve voltar até o fim do dia.

Ao ouvir falar em *dia*, Lila voltou o olhar para a linha opaca de luz lá no horizonte.

— Quando é que o sol vai nascer?

O homem deu uma gargalhada.

— Ah, aí depende! Tem meses em que o sol nunca se põe. Mas tem outros em que nunca se levanta. Já estamos no finalzinho da estação sem luz, então deve estar para nascer nos próximos dias. Nunca fui muito bom em acompanhar essas mudanças, mas não me importo: assim, é uma baita surpresa quando o dia tem luz. Venham, vocês podem esperar na casa do porto, se quiserem.

Ele deu meia-volta e começou a se afastar, enterrando as botas no gelo. Kell e Lila trocaram olhares e então o seguiram, com Vasry logo atrás. A capitã se virou, fazendo um sinal para que Stross e Tav ficassem esperando no navio. Até se sentiria mal, mas Stross raramente se separava da embarcação e Tav tinha o péssimo hábito de ficar bêbado em portos estrangeiros e arranjar brigas que nem sempre conseguia ganhar.

À medida que caminhavam, a neblina espalhada pelo ar frio foi se dissipando, deixando à mostra dezenas de navios jogados pelo porto congelado, surgindo e desaparecendo como fantasmas sob a luz fraca. Quanto mais adentravam o porto, melhor podiam ver os navios. Lila avistou algumas silhuetas aqui e ali, mas a maioria das embarcações parecia vazia.

Por sorte, o feitiço de tradução acompanhara o guia deles — o que vinha bem a calhar, já que o homem mantinha um fluxo constante de conversa.

— Vocês estão bem longe de casa — comentou ele. — Qual o objetivo da viagem?

Lila e Kell se entreolharam.

— Somos cartógrafos — respondeu ela um instante depois. Era a história que combinaram contar meses atrás, quando partiram. Era arriscado: a maioria dos lugares enxergava cartógrafos como artistas fazendo um estudo independente. Alguns poucos os consideravam espiões que mapeavam as costas estrangeiras a fim de conquistá-las. Mas o homem do porto pareceu satisfeito com a resposta.

— Maravilha. Já está na hora dos impérios do norte entenderem que o mundo vai muito além de suas fronteiras. Tem muita coisa para apreciar aqui no sul. A feira sem luz, por exemplo. No início, era só um jeito de conseguir aproveitar os dias mais escuros, mas coisas boas sempre tendem a expandir. Agora vêm pessoas de toda a parte. Hoje em dia, ficamos ansiosos esperando pelo escuro! É aqui...

Eles tinham chegado à beira do porto, e Lila imaginava que a camada de gelo daria lugar à terra, mas não foi o que aconteceu. Em vez disso, simplesmente subiu um nível, primeiro até um lance de degraus e depois até uma cabana. A capitã esperava dar de cara com algo rústico, mas era um lugar grande, com a superfície de gelo lisa, espessa e suave como uma joia lapidada. O homem bateu as mãos, derramando as lascas de gelo conforme os conduzia até um salão magnífico. Tapeçarias pendiam das paredes congeladas, fogo estalava na lareira de gelo sem derretê-la, e no centro do cômodo havia uma mesa comprida com bancos cobertos de lã e peles.

Vasry deu um suspiro satisfeito e foi até a lareira enquanto o guia desaparecia em outro aposento, voltando minutos depois com três canecas de um líquido doce e fumegante nas mãos.

— Então é você quem cuida da casa do porto — disse Vasry, pegando uma caneca.

— Não — respondeu o homem. — Só estou tomando conta enquanto o gerente está na feira.

Ele apontou para a mesa. Como todas as outras coisas naquele lugar, Lila percebeu que era feita de gelo, e estava coberta por várias camadas de um tecido grosso. Enquanto se acomodavam, ela olhou ao redor, reparando no salão. O lugar parecia saído de um conto de fadas: pitoresco, acolhedor e bom demais para ser verdade.

O homem se afastou para dar uma conferida na lareira. Lila ficou observando-o se distanciar, até que sentiu Kell observá-la.

— O que foi? — perguntou ela, sem retribuir seu olhar.

— Nem tudo é uma armadilha. — As palavras fizeram com que ela sentisse um aperto no peito: por ser observada, mas ainda mais por ser notada por alguém.

— Sou tão previsível assim?

— Não — respondeu ele sem rodeios. — Mas gosto de pensar que estou aprendendo a te conhecer.

Lila se obrigou a relaxar e dar um gole na bebida. A caneca estava quente em suas mãos sem luvas, e o vinho — se é que era vinho —, quente e doce. Entornou-o em poucos goles e tamborilou os dedos na mesa antes de se levantar.

Lá fora, a luz continuava a mesma. Ela não sabia que horas eram nem quanto tempo levaria até que a capitã das docas voltasse.

Mas de uma coisa sabia: não tinha navegado até o fim do mundo para ir parar ali.

Foi até o homem que cuidava da lareira.

— Então — perguntou ela —, onde fica a feira sem luz?

IV

PRESENTE

— *Terra!*

Stross berrou novamente conforme Lila saía do porão, segurando a garrafa quebrada de vinho de verão. Kell foi atrás dela, carrancudo.

O crepúsculo descia sobre a costa. Se estivessem na capital, ele pensou, o sol poente lançaria um brilho vermelho e dourado sobre tudo, inundando a cidade com uma luz constante e acolhedora. Mas ali a luz pousava com um brilho metálico que refletia nos contornos das construções, indo das rochas até a baía.

Bem, aquela era Verose.

Kell tentava não pensar muito em Londres nem no que o irmão e a família estariam fazendo no momento (seguira Lila até o fim do mundo e tudo tinha valido a pena). Estava há sete anos a bordo do *Grey Barron* e, na maioria dos dias, sentia-se à vontade no navio, às vezes até mesmo entre a tripulação.

Mas lugares como Verose o faziam lembrar do quão longe estava de casa.

Mesmo a distância, a cidade parecia afiada a ponto de conseguir cortar as velas do navio.

A tripulação já estava reunida, com todos os homens no convés.

Lá estava Stross, o primeiro imediato do *Barron*, atarracado e sério, coçando a barba preta que começava a dar indícios de ficar grisalha, seu bom humor temporário voltava a se transformar em seriedade à medida que se aproximavam do destino.

E Vasry, logo abaixo das velas na postura de sempre, como se estivesse fazendo pose para um retrato, o queixo erguido e o cabelo loiro preso para trás enquanto colocava em uso suas parcas habilidades com o vento e os guiava até o porto.

E também Tav, pequeno e briguento, vomitando as tripas para fora do navio depois de ter se divertido além da conta à tarde — até mesmo para um navio fingindo ser uma embarcação de lazer cheia de piratas arruaceiros.

E por fim, Raya, lançando-se no convés como se fosse um pardal, suas tranças pretas esvoaçando atrás de si.

Raya, que subira a bordo do navio depois da feira sem luz e nunca mais descera, apesar da aversão de Lila a novatos.

— Acho que estou apaixonado — dissera Vasry na manhã seguinte e, na época, ninguém deu muita atenção porque, francamente, Vasry se apaixonava do mesmo jeito que a maioria das pessoas caía depois de beber vinho demais, por isso Lila imaginou que tudo acabaria se resolvendo e eles desembarcariam a garota no porto seguinte. Mas então Raya revelou ser uma boa maga de água e uma cozinheira melhor ainda, e Vasry surpreendeu a todos ao continuar interessado na garota, de modo que Lila não teve outra escolha a não ser deixá-la continuar com eles, mesmo a contragosto.

Quase sete anos depois, ela ainda não falava nenhuma palavra em arnesiano e parecia se orgulhar disso, mas o que Kell tinha de carrancudo, Raya tinha de expressiva, e era muito boa em dizer tudo o que precisava ser dito só com o olhar.

Acima de tudo, ela sabia lutar, um detalhe que descobriram quando o *Barron* teve problemas com um navio saqueador e a garota rapidamente conjurou um par de espadas de gelo e cravou uma no pirata mais próximo que tentava subir a bordo.

Depois disso, Lila passou a gostar mais dela.

E Kell gostou de não ser mais o novato da tripulação.

Agora, quando o *Grey Barron* chegou a Verose, ele deu uma boa olhada na fileira de navios que já estavam ali, encontrando o que queriam atracado a três embarcações de distância da extremidade esquerda do cais. Uma esquadra veskana com bandeiras vermelho-sangue e asas esculpidas a fogo no casco. Se chamava *Eh Craen*.

O Corvo.

Se a informação que Alucard Emery recebera era confiável, aquele navio estava indo rumo ao sul para passar a carga a um contrabandista arnesiano com destino a Londres. Alucard queria saber o que estava sendo transportado.

E Kell queria o que já havia se tornado um hábito nos últimos tempos.

Provar que, mesmo agora, sem o poder que um dia definiu sua vida, que o distinguira como um *Antari* e o fizera se tornar o mago mais poderoso do mundo, ele ainda tinha algum valor não só para o *Grey Barron* e Lila Bard, mas também para o palácio, para o império e para si mesmo.

V

EXTREMO SUL DE FRESA
SETE ANOS ATRÁS

Kell Maresh nunca tinha sentido tanto frio.

Por anos e anos, era só sentir um simples arrepio e ele conjurava chamas em suas mãos ou esquentava o ar em volta de sua pele, um gesto tão natural quanto respirar. Fácil. Simples.

Mas agora as coisas não eram mais simples.

O calor reconfortante do vinho ia diminuindo à medida que a tripulação descia a trilha da casa do porto, conforme haviam sido instruídos. O caminho não levava a uma cidade, mas a um túnel imenso escavado na geleira, e silvava por ali um vento impiedoso, que ecoava no gelo e cravava seus dentes em cada centímetro de pele.

E mesmo assim, apesar de todo o incômodo, havia algo de extraordinário naquele lugar.

Ele já tinha visto o gelo antes, mas a palavra não fazia jus à magnitude da coisa.

Quando era mais novo, costumava ficar na sala de mapas do rei estudando a maquete do império sobre a mesa e as ilustrações na parede, imaginando como o mapa tinha margens se o mundo continuava além delas. *Cadê o resto?*, ele perguntava, ao que o rei respondia: *Esta é a parte que importa.*

Mas Maxim Maresh estava errado.

Kell se sacudiu, evitando pensar no homem que o criara e, no entanto, nunca o vira como filho. O rei que havia perecido, junto a tantas pessoas, nas mãos de Osaron, e forçado Rhy a assumir o trono antes da hora.

Mais à frente, Lila deslizava os dedos sem luva pela parede do túnel e começou a cantarolar uma canção de marinheiros, a melodia ricocheteando ao redor: uma canção carregando seu próprio coro. Os passos dela ecoavam em meio ao gelo.

Sem a assustadora neblina matinal, o túnel deveria estar completamente escuro. Mas não estava. Na verdade, o gelo parecia reluzir com sua própria luz, um azul-claro que Kell podia jurar que ficava cada vez mais brilhante à medida que avançavam. Ele diminuiu o passo, aproximando-se da parede do túnel, e viu no gelo um reflexo distorcido tomar forma. Um rosto comprido e pálido. Cabelo ruivo com uma mecha prateada. A única marca aparente da batalha que havia mudado sua vida.

Ele tocou a mão enluvada na superfície do gelo e então sentiu. Havia uma energia no gelo, como a correnteza em um riacho. A água havia congelado, mas era inegável que havia algo vivo dentro dela.

Percebeu, então, o que deveria ser. Uma *fonte*.

Obviamente Kell já sabia que o rio do Atol em Londres não era o único, que havia fontes de magia espalhadas pelo mundo inteiro. Mas não deixava de ser estranho e maravilhoso encontrar mais uma. Ficar dentro dela. Banhar-se em seu brilho como se fosse um bálsamo curativo. Era o que aquilo talvez fosse, ele pensou — e esperava que estivesse certo.

Fechou os olhos, imaginando a luz estendendo-se sobre ele até costurar as partes que haviam se rasgado.

Um tremor percorreu o túnel e Kell recuou, esperando ver rachaduras contornando seus dedos na parede. Vasry se virou, uma faca surgiu na mão de Lila e, por um terrível segundo, Kell pensou que havia feito algo que danificara a fonte. Mas então o estrondo voltou a soar e, desta vez, ele percebeu que o barulho não vinha de *trás* nem dos lados, mas de um ponto um pouco mais adiante. Foi seguido por outro som, uma onda de vozes. Vivas.

Aceleraram o passo e contornaram uma curva até chegarem à boca do túnel, que se abriu e revelou uma cidade feita inteiramente de gelo.

Bem no meio estava a feira sem luz.

Na verdade, como era de se esperar, não era realmente sem luz. O brilho azul da fonte chocava-se contra a neblina do amanhecer, dando um brilho gélido a tudo – uma iluminação que mais parecia um sonho, semelhante ao entardecer.

Centenas de barracas erguiam-se do chão congelado, cada lojinha de gelo coberta por longos tecidos brilhantes de seda e decoradas com lanternas e bandeiras. Centenas de fregueses passavam por ali, envoltos em casacos, enquanto os mercadores berravam em fresiano, as vozes soando como música aos ouvidos de Kell, oferecendo carne e chá, jogos e magia. Havia risadas, música e mais gente do que ele havia visto em meses.

Passaram por uma abóbada ornamentada por pingentes de gelo que se elevavam do topo como as pontas de uma coroa e com esferas semelhantes à lua equilibradas sobre cada uma. Uma multidão estava reunida um pouco mais à frente, formando um círculo em volta de uma mulher pálida vestindo um casaco prateado.

Ela estava no meio de uma plataforma, as mãos sem luvas erguidas diante de si como se segurassem as cordas de uma marionete. Permaneceu imóvel por um bom tempo e, então, diante dos olhos da plateia, seus braços começaram a se mover, os dedos dançando pelo ar.

Até que o gelo no entorno dela se ergueu.

Foi subindo até as placas colarem-se umas às outras, moldando-se delicadamente na forma curva da estrutura de um navio. Espalhou-se como geada ao redor do corpo e sobre a cabeça da mulher, até a escultora desaparecer dentro de sua obra.

O navio foi se expandindo até ficar do tamanho de uma casa, com todos os detalhes meticulosamente trabalhados, dos parafusos até as velas. Isso já seria maravilhoso por si só, mas o navio começou a se mover e deslizar suavemente, como se impulsionado pelas ondas. Então a embarcação ficou imóvel de novo, mas desta vez havia uma ameaça na imobilidade. Uma tranquilidade sinistra. Uma criança arfou, e Kell logo entendeu por quê: um tentáculo de gelo surgira de repente e foi enrolando-se no navio. E depois outro. E mais outro. A multidão prendeu a respiração enquanto os membros de uma fera marinha envolviam o casco, o mastro e as velas e começavam a apertar.

O navio soltou um rangido, como se fosse feito de madeira, e começou a rachar sob a força da pressão.

Kell ficou assistindo, espantado.

Uma coisa era esculpir um objeto a partir de um elemento. Mas dar-lhe movimento, pôr vento em velas feitas de gelo e tensão em membros feitos do mesmo material era algo completamente diferente. Tal proeza de magia era uma arte que ele nunca tinha testemunhado antes. Recriar o mundo com tantos detalhes e depois...

De repente, o navio se *despedaçou* com um barulho que fez todos os presentes na feira darem um salto.

Toda a cena se desfez; o gelo dissolveu-se em flocos brilhantes que caíram sobre os espectadores, cobrindo seus ombros e capuzes de neve. A mulher ficou parada no meio da plataforma, novamente sozinha.

A multidão aplaudiu, em êxtase.

Vasry deu vivas, Kell bateu palmas e, ao seu lado, o rosto de Lila se iluminou como havia acontecido em seu primeiro dia na Londres Vermelha, quando tudo era novidade. Ela absorvia tudo, não com uma alegria perversa, mas com uma espécie de assombro insaciável. Em seguida, olhou para ele, abriu um sorriso e começou a andar, mas Kell pegou sua mão, puxou-a para si e lhe deu um beijo.

Ele foi tomado por um calor que não sabia identificar de onde vinha: da magia dela faiscando no ar ou de seu próprio corpo esquentando. De qualquer forma, era uma sensação bem-vinda.

Lila se afastou um pouco para olhá-lo nos olhos, sua respiração fazendo surgir uma nuvem branca entre os lábios dos dois.

— Por que você fez isso? — perguntou ela.

— Para aquecer um pouco — respondeu ele, e os dois sorriram ao ouvir essas palavras, a lembrança unindo-os como um fio esticado entre o presente e a primeira noite em que ela fizera o mesmo com ele e explicara que era para dar sorte. Ela o beijou de novo, profundamente, deslizando as mãos por baixo de seu casaco. Kell a envolveu com os braços. Ele a amava. Aquilo o assustava, mas, para ser sincero, Lila também. Ela sempre o assustara.

Delilah Bard não era uma cama macia numa manhã de verão. Era uma lâmina no escuro: deslumbrante, perigosa e afiada. Mesmo agora, ele meio que esperava sentir os dentes dela cravando em seu lábio, uma pontada de dor, o gosto do próprio sangue.

Mas tudo que sentiu foi ela.

Perto dali, Vasry pigarreou.

— Acho que vou procurar alguém para me aquecer um pouco — comentou ele, entrando na feira.

Em seguida, Lila também se afastou, atraída pela variedade de barracas e ofertas. Olhou para trás uma única vez e curvou os lábios num sorriso.

E então foi embora.

Kell estava prestes a segui-la quando algo pequeno esbarrou nele e deu um pulinho para trás. Virou-se e viu uma criança tropeçar e cair de mau jeito no gelo. Era uma menina tão agasalhada contra o frio que ele só conseguia ver a parte de cima de suas bochechas coradas e seus olhos de um azul intenso.

Ela deu um soluço, como se estivesse prestes a chorar, mas uma mulher chegou, pegou a criança no colo e voltou-se para Kell para pedir desculpa. Ela o encarou e, nesse exato instante, ele sentiu o frio deslizando por seu couro cabeludo — foi então que ele percebeu que o capuz tinha caído para trás e deixado à mostra seu cabelo ruivo. Seu olho preto.

Kell se encolheu, preparando-se para o peso do reconhecimento. Para o medo ou o espanto, e a confusão que aquilo traria. Mas não houve confusão alguma. Sua aparência não significava nada para a mulher; lógico que não. Estava a milhas distante de casa. Ele não era um príncipe naquela terra, e quanto a ser um *Antari*, talvez ela nem soubesse o que era aquilo. Talvez, nem sequer se importasse.

Para a mulher, ele não passava de um desconhecido na feira sem luz.

Ela saiu com a criança no colo e Kell viu as duas se afastarem, soltando uma risadinha que acabou formando uma nuvem de condensação.

— *Hassa* — gritou alguém, e Kell demorou um pouco para perceber que era com *ele*. Virou-se e viu um homem numa das lojinhas, com um lenço enrolado na metade inferior do rosto. — *Hassa!* — chamou novamente, acenando para Kell. Não sabia muito bem o que o homem vendia, a mesa diante dele estava cheia de estatuetas, mas foi a parede dos fundos que chamou sua atenção.

Todo o espaço era ocupado por uma única escultura enorme e incrivelmente delicada que poderia ser um palácio ou simplesmente uma casa bem decorada, com a fachada interrompida por uma série de janelas.

Ao contrário da própria barraca, cuja camada de gelo tinha vários centímetros de espessura, a casa esculpida era feita de painéis finos como flocos de neve e dava a impressão de que, ao menor toque, desmoronaria. Kell percebeu que era esse o objetivo.

Ao se aproximar, o homem que cuidava da barraca começou a falar depressa. Era Rhy quem sempre tivera facilidade para aprender novos idiomas. Kell tinha até aprendido um pouco em suas viagens, mas fresiano era novidade para ele, uma coisa melódica e ofegante que se desfazia em seus ouvidos, ainda mais com a boca da pessoa escondida atrás de um lenço.

— Sinto muito — interrompeu Kell, dando um passo para trás. — Não falo fresiano.

Ele começou a se afastar, mas o homem abriu um sorriso largo que fez os cantinhos de seus olhos se apertarem de alegria.

— Ah, arnesiano! — exclamou ele, passando para uma versão meia-boca do idioma. — Venha. É *jogo*.

Ao dizer isso, o homem se virou para a casa ornamentada e apontou para suas janelas. Em cada uma havia uma esfera de gelo colorido, grande o suficiente para tocar os dois lados da moldura.

— Você quebra uma — disse ele, circundando o alvo com a mão enluvada. — Mas não a casa. Se tocar a casa, você perde.

Tratava-se, evidentemente, de um jogo de magia.

E não era lá muito desafiador — uma criança cuidadosa seria capaz de jogar. Invocar um elemento e controlá-lo o suficiente para derreter ou mover uma das esferas sem quebrar a casa frágil. Para um mago habilidoso, seria muito simples. Para um *Antari*, não era nada.

— Não vai perder — continuou o homem. — Toca na bola, só na bola, você ganha...

Ele apontou para os prêmios dispostos sobre a mesa, estatuetas esculpidas não no gelo, mas em uma delicada pedra translúcida. Havia animais — pássaros e ursos, cachorros e baleias —, mas também lojinhas, barracas de feira e até uma réplica da abóbada por onde tinham passado. E ali na beirada, um único navio que fez Kell se lembrar do *Grey Barron*. Que o fez pensar em Lila.

— Você joga — insistiu o homem.

Kell engoliu em seco. Flexionou os dedos meio congelados, apesar das luvas que seu casaco havia fornecido.

Fazia três meses.

Três meses desde a batalha no palácio improvisado de Osaron. Três meses desde que Holland, Lila e Kell uniram seus poderes para combater o deus das sombras. Três meses desde que Holland usara o Herdeiro para conter o poder do demônio, e Kell foi pego quase dilacerado entre os dois.

Três meses, e ele dizia a si mesmo que quanto mais esperasse, melhor se curaria. No entanto, sentia a magia fluindo sob sua pele. Esperando apenas ser invocada. Ser utilizada.

Essa era a parte mais difícil. Ele sabia que a magia estava ali, como um poço inexplorado, e ainda assim todos os dias pegava-se procurando por ela do mesmo jeito que tinha passado a vida inteira fazendo, mas detendo-se assim que se lembrava: da dor, da agonia dilacerante que percorrera seu corpo quando tentou usar seu poder pela primeira vez depois de terem vencido.

Mas já fazia três meses.

E ele tinha certeza de que três meses era tempo suficiente.

— Quanto é que custa para jogar? — perguntou ele.

O homem encolheu os ombros. Kell enfiou a mão no bolso, esperando que seu casaco fornecesse o dinheiro. Retirou um punhado de moedas, nenhuma delas de Fresa. O homem examinou a pilha e selecionou um lin arnesiano, vermelho, com uma estrelinha dourada no centro. A moeda desapareceu no interior de seu casaco.

— Ótimo — exclamou ele, batendo palmas. — Agora, você joga.

Kell engoliu em seco e tirou as luvas enquanto decidia qual elemento usar. O mais fácil de invocar era a chama, mas era também a mais provável de acabar danificando o restante da casa. A terra seria inútil; não havia nada daquele elemento por ali. Podia invocar a água da própria esfera, mas o restante da estrutura era feita do mesmo material. Tinha que ser o vento. Um único sopro para derrubar a esfera de vez do suporte.

Seu coração disparou tamanha a expectativa. Tinha sido tão difícil esperar todo aquele tempo, que ele sentia como se fosse um homem faminto prestes a comer sua primeira refeição.

Kell respirou fundo, ergueu a mão e chamou sua magia de volta.

E ela veio.

Correu ao seu encontro como uma amiga que há muito tempo não via.

Tão ávida e tão depressa.

Ela veio.

Mas a dor veio junto.

Não a rigidez de um músculo depois de muito descanso, de um osso endurecido, mas a agonia intensa de uma ferida aberta. Quando o vento escapou dos dedos de Kell em direção à casa feita de gelo, a dor rasgou seu peito, comprimindo o ar de seus pulmões e retirando a força de seus membros.

E a casa inteira desmoronou.

Kell não viu quando isso aconteceu: já estava encolhido no chão gelado, ofegante, com suor escorrendo por baixo do casaco e o pânico subindo bile até a garganta.

Levantou-se com dificuldade enquanto as pessoas se viravam para encará-lo e o homem na barraca olhava com tristeza para a casa destruída.

— Você perdeu — disse ele, como se não fosse óbvio.

Kell saiu correndo, desesperado para fugir, para escapar das barracas, da multidão e da feira sem luz. Assim que atravessou a abóbada, caiu de joelhos no chão e começou a vomitar. Tinha alguma coisa errada. Muito errada. Houve um tempo em que Kell Maresh era considerado o melhor mago do mundo. Agora, não conseguia nem vencer um jogo para crianças.

Não ouviu Lila se aproximar, mas ela apareceu, pousando a mão em seu ombro.

— Kell — começou ela, e havia algo em sua voz que ele nunca tinha ouvido antes... algo que quase soava como pena. Ele se afastou.

— Três meses — disse ele, arfando. Ainda estava sem fôlego, embora agora fosse tanto pelo pânico quanto pela dor persistente. — Três meses, e não adiantou *nada*. Já devia ter sarado. O tempo *devia* ter ajudado. Mas minha magia continua quebrada. — Ele passou as mãos pelo cabelo. — Eu continuo quebrado. — Ele sacudiu a cabeça. — Não é justo.

Lila retribuiu seu olhar, o olho de vidro dela brilhando sob aquela luz estranha.

— Nunca é.

Ele sentiu um nó na garganta.

— Eu sou um *Antari*, Lila. — As palavras o arranharam ao saírem de sua boca — Não valho nada sem o meu poder.

Ela fez uma cara feia.

— Quer dizer que eu não valia nada sem o meu?

Mas antes que ele pudesse explicar que aquilo era diferente e que ela sabia muito bem por quê, Vasry se aproximou, seus cílios dourados cobertos de gelo, agarrado a uma jovem.

— Vejam só — disse ele alegremente —, encontrei alguém para me aquecer!

Kell passou pelos dois, seguindo em direção ao túnel, ao porto e ao navio.

A voz de Vasry soou atrás dele.

— Para onde ele vai?

— Para o poço das lamúrias — respondeu Lila.

Mas ela estava enganada. Kell estava farto de se lamuriar, farto de esperar que seu poder se consertasse. Aquela espera toda tinha sido um erro. Tinha sido um erro pensar que sua magia fosse algo que precisasse sarar. Se seu poder não retornava por conta própria, ele o traria de volta à força.

UM MÊS DEPOIS

Kell estava se desfazendo.

Era assim que se sentia, de pé no meio da cabine, com a camisa aberta e as mangas arregaçadas, o suor escorrendo na pele. Seu casaco estava jogado em cima de uma cadeira e havia uma garrafa de vinho vazia no chão. Uma vela ardia sobre a mesa, a chama olhando diretamente para ele, firme e à espera.

Kell tinha seus próprios aposentos no navio. Ao contrário do quarto da capitã, o seu era pequeno e bem simples — não continha nada além de uma cama, um baú e uma pia. Mas era dele, assim como o quarto que mantinha no segundo andar do Setting Sun: um lugar para ficar sozinho. Com seus próprios pensamentos. E seu poder.

Respirou fundo, estendeu a mão e invocou o fogo.

Mas assim que a chama respondeu, a dor veio junto, tão intensa e brutal quanto uma faca em brasas cortando sua pele e abrindo caminho por trás de suas costelas. Dizendo-lhe para parar.

Ele até pararia, se não fosse por si mesmo, e depois pelo irmão, Rhy, cuja vida estava ligada à dele e que sentia cada grama de dor como se fosse sua. O sofrimento deles era como um laço compartilhado. Se ferisse um, o outro também sofreria, e Kell jamais infligiria dor ao próprio irmão de propósito.

Mas ele logo descobriu que aquele tipo específico de dor só pertencia a ele. Não era física. Não estava em seu corpo, mas no tecido de sua alma. Foi por isso que ele continuou tentando, como fazia todas as noites desde que visitaram Verose e a feira sem luz.

Manteve o fogo na palma da mão, trincando os dentes de dor conforme estendia a outra mão em direção a um copo, invocando a água ali dentro. O líquido se elevou, flutuando numa fita até ele, mas os braços de Kell começaram a tremer, e seu cabelo acobreado, a grudar na pele por causa do suor.

Ele era capaz disso.

Tinha que ser.

Afinal de contas, ele era Kell Maresh. Mago *Antari* e príncipe adotado. Já tinha viajado entre os mundos e era conhecido e temido pelos governantes da Londres Cinza, Vermelha e Branca. Enfrentara Vitari e a escuridão que tentara se apossar dele; vencera todos, exceto Lila, no *Essen Tasch*; lutara contra Holland e, ao seu lado, vira o outro *Antari* sacrificar tudo que tinha, tudo que era, para salvar suas respectivas cidades. Holland, que não conseguira sobreviver à batalha. Mas Kell, sim.

Tinha sobrevivido a tantos horrores. Também sobreviveria a isso. Ele...

Ele cambaleou e perdeu o controle. A chama se extinguiu, a água caiu como se fossem gotas de chuva e as pernas cederam sob seu peso, fazendo um joelho estalar contra o piso de madeira.

— Levante-se — sibilou ele com os dentes cerrados.

Seus músculos tremeram, mas um instante depois ele já estava de pé novamente, apoiando-se na mesa. Estendeu a mão em direção ao copo vazio, mas, em vez de pegá-lo, jogou-o no chão. Ficou observando o copo se espatifar.

— Junte seus cacos — disse ao copo, exercendo sua vontade sobre as lascas de vidro, que estremeceram. — Junte seus cacos — rosnou ele conforme as lascas subiam bem lentamente, hesitantes, pelo ar.

Kell sentiu um aperto no peito. Suas mãos tremiam.

Junte os pedaços, pensou ele.

Junte os pedaços de si mesmo.

Os cacos flutuaram um em direção ao outro, chocalhando como sinos enquanto colidiam e se afastavam. Ele sentiu a faca em brasa cravar-se entre suas costelas, e acabou perdendo o controle: exagerou na intensidade da força, exercendo toda a sua vontade de uma vez só sobre os cacos de vidro. Bateram um no outro até desfazerem-se em forma de areia, e Kell caiu, ofegante, no chão.

Deu um suspiro entrecortado e encostou a cabeça no piso de madeira.

Dizia a si próprio que acabaria se acostumando com a dor. Que mais cedo ou mais tarde ela diminuiria. E que em algum momento a dor ia passar — *tinha* que passar. Era uma ferida, e todas as feridas saravam. A pele se fechava e cicatrizava, mas *aquela* ferida em específico parecia sempre nova. Era mais do que só um cortezinho. Algo dentro de Kell havia se partido, desgastado, e ele estava começando a suspeitar — a temer — que jamais sarasse. Nunca ficaria mais fácil. Nunca doeria menos.

Se fosse um braço quebrado, ele o teria cortado fora, mas a questão era que não havia um membro defeituoso: o estrago estava por toda a parte. Nos piores momentos, quando não conseguia vislumbrar uma vida sem magia ou um futuro sem dor, ele pensava: *Não posso viver desse jeito.* Mas teria que viver. A dor pertencia a ele, mas sua vida, não. Jamais pertenceria.

Era por isso que continuava arrastando adiante seu espírito despedaçado, sentindo-o se fragmentar cada vez mais a cada passo, aguardando o momento em que sua magia falharia por completo, e tendo certeza de que, quando isso finalmente acontecesse, seria um golpe de misericórdia.

Mas, por enquanto, a magia ainda estava ali. Desgastada, frágil e à espera de ser conjurada.

Esforçou-se para se levantar, apoiando-se nas mãos e nos joelhos enquanto uma gota vermelha pingava no chão. O sangue escorria do nariz, seu corpo suplicando para que parasse. Em vez disso, passou a mão no rosto e pressionou a palma suja de sangue no chão úmido, invocando seu poder *Antari*.

— *As Isera* — disse, preparando-se para o que viria a seguir.

E, em meio ao sangue e à ordem proferida por ele, a magia brotou. Uma camada de gelo começou a se espalhar sob sua mão e a cobrir as tábuas de madeira, e Kell sentiu uma breve pontada de alívio ao ver que seu poder ainda funcionava. Mas, de repente, ele perdeu a visão e o mundo ficou completamente às escuras conforme aquela dor lancinante percorria sua pele.

Kell tentou conter o desejo de gritar, mas não conseguiu: o som irrompeu de sua garganta assim que ele tombou ao chão, encostando a bochecha ardente no chão gelado e soluçando de tanta dor, raiva e tristeza.

Quem ele era sem a magia?

O que ele valia?

Recuperou a visão, mas o quarto começou a girar, por isso fechou bem os olhos e tentou forçar o ar de volta para seus pulmões doloridos. Kell ainda estava jogado no chão quando ouviu a porta se abrir e o som de botas sobre o piso de madeira. O mundo ficou escuro por trás de seus olhos quando uma sombra recaiu sobre seu rosto.

— Chega — disse Lila, e ele percebeu a raiva em sua voz.

Mas ela estava enganada: ele não podia parar até que a magia voltasse a falar com ele. Até que ela lembrasse quem e o que ele era. Não até ele ficar forte o suficiente para retomá-la.

— Você está assustando a tripulação.

— Peço desculpas — murmurou ele.

Se Lila fosse outra pessoa, talvez fizesse um cafuné nele, deitasse ao seu lado no chão da cabine, segurando suas mãos e dizendo que ia ficar tudo bem, que eles superariam aquilo, que dariam um jeito, que ele logo voltaria a ser inteiro.

Em vez disso, ela pegou uma faca.

Kell ouviu o raspar da arma ao sair da bainha e, um segundo depois, o aço caiu no chão ao seu lado, com a ponta da lâmina ao alcance de sua mão. A mensagem não deixava dúvidas.

— Se eu pudesse colocar um ponto final no meu sofrimento, eu colocaria — murmurou ele e, naquele momento, parecia sincero. Mas Lila apenas sibilou por entre os dentes.

— Idiota — resmungou ela, jogando-se numa cadeira ali perto. — Sabe o que mais você é, Kell?

— Alguém cansado?

— Mimado — rebateu ela. — E preguiçoso.

— Já estou no chão — disse ele, fazendo uma cara feia. — Não precisa chutar cachorro morto.

Lila deu um suspiro e se recostou na cadeira.

— Lá em Londres tinha um matador de aluguel.

Ela nunca chamava de Londres Cinza, mas ele sabia que era ao que se referia. A voz dela assumia um tom diferente toda vez que ela falava de sua outra vida, aquela que tinha levado no passado.

Kell respirou fundo. A dor tinha passado, deixando para trás apenas a exaustão. Tentou se sentar, mas não conseguiu, então reuniu forças para deitar-se de costas e ficou olhando para o teto, e não para ela.

— Qual era o nome dele?

— Jack? Jones? — Lila deu de ombros. — Tanto faz. Ele era o melhor de todos. Um gênio com uma lâmina. Conseguia lutar contra três homens ao mesmo tempo e cortar a garganta de alguém antes mesmo de sentir o beijo da faca. Até que foi pego.

— Por quem? — perguntou Kell.

Ele podia sentir o aborrecimento dela.

— Quê? Não importa quem foi que o pegou. Alguém bom assim sempre corre o risco de ser pego. E foi o que aconteceu. Não o mataram, mas tiraram-lhe a vida. Quer saber como? — Ela não esperou Kell responder. — Cortaram fora a mão que empunhava a espada. Bem no pulso. Queimaram a ferida para que ele não sangrasse. Imaginavam que viver desse jeito seria um castigo pior do que a morte. E quer saber o que ele fez?

Lila se inclinou para a frente na cadeira, e Kell a encarou. Não conseguiu evitar.

— Foi atrás dos homens e usou a espada para cortar a garganta de cada um.

— Como? — perguntou Kell, e Lila abriu um sorrisinho malicioso enquanto se levantava.

— Não é óbvio? — perguntou ela, passando por Kell e pela lâmina que havia jogado ao seu lado. — Ele aprendeu a usar a outra mão.

VI

PRESENTE

Já era noite quando o *Barron* atracou em Verose.

Stross e Vasry, que na última hora tinham conseguido ficar um pouco mais sóbrios, desceram do navio aos tropeços, como se ainda estivessem bêbados, e chegaram ao deque às gargalhadas. Voltaram uma hora depois com algumas garrafas de vinho e uma informação.

Nove.

Era a quantidade de marinheiros a bordo do *Crow*.

— Tem certeza? — perguntou Lila. Vasry sacudiu a cabeça, quase perdendo o equilíbrio. Não estava tão sóbrio quanto ela tinha imaginado. A capitã virou-se para Stross, que confirmou a informação.

— Nove — afirmou ele, e ela assentiu, já tentando elaborar um plano para se livrar dos homens quando Kell lhe lançou um olhar de advertência. Lila deu um suspiro. É lógico que ele insistiria em mantê-los vivos.

— *Havia* nove marinheiros a bordo do navio — explicou Vasry. — Mas dois foram até os penhascos.

— E quatro foram para o Red Robes — acrescentou Stross. — Paguei aos anfitriões de lá para ficarem fazendo hora com eles.

— Só sobraram três — concluiu Vasry.

— É — disse Lila, curta e grossa —, eu sei contar. — Tamborilou na manga da camisa enquanto pensava no que fazer. Matar três homens seria fácil. *Não* matá-los é que era difícil. A ordem de Alucard não era *deter* o navio, mas descobrir o que transportava — ou seja, ela precisaria de tempo para vasculhar o porão. Stross ficaria de vigia e, se necessário, serviria também de distração. Tav era bom de força bruta e estava sempre pronto para uma briga. E Kell, bem, de que adianta afiar uma faca se nunca a deixarmos cortar nada? — Vasry e Raya, vocês dois ficam aqui — disse ela.

— Já que insiste... — disse Vasry, apalpando a cintura da esposa. — Estamos numa embarcação de lazer. Vamos manter as aparências.

— Mantenha o vento nas velas, isso, sim — advertiu ela. — Para o caso de termos que zarpar correndo daqui. E você — acrescentou ela, gesticulando em direção a Raya —, não deixe ninguém tocar no meu navio.

Em seguida, olhou para Kell, que estava prendendo o coldre sob o casaco preto. Ele encontrou o olhar dela e endireitou a postura, puxando o capuz até esconder o cabelo ruivo. Tav e Stross já estavam de pé, à espera.

— Pois muito bem — disse ela, abrindo os braços. — Vamos lá dar um "oi" para todo mundo.

Quatro pessoas desceram no cais de Verose.

Davam a impressão de ter saído de algum lugar divertido e quererem um pouco mais de diversão. Lila sorriu e jogou a cabeça para trás, como se saboreasse a noite. Alguns passos adiante, Tav riu baixinho, como se Stross tivesse contado uma piada, embora ela tivesse sérias suspeitas de que o homem *jamais* contara uma piada em toda a vida. Nem sabia se ele conhecia alguma.

Ao seu lado, Kell cheirava a vinho de verão.

Antes de saírem, ela despejara o que sobrou da garrafa na palma da mão e passara pelo cabelo dele.

— Pelo menos não vai ser desperdiçado — dissera ela, pingando nele as últimas gotas.

Agora, enquanto envolvia com o braço os ombros de Lila, a capitã enlaçava sua cintura, o corpo delgado aconchegado no de Kell, que meio cantava, meio cantarolava uma cantiga de marinheiros, os lábios tocando o cabelo dela.

— Quem diria que você era um ator tão bom? — comentou Lila quando ele se balançou, apoiando-se nela. — Onde foi que aprendeu essa arte?

— Você se esquece de qual era a reputação do meu irmão — respondeu ele, roçando os lábios em sua têmpora. — Tive tempo de sobra para estudar o estilo dele nas vezes em que o levava para casa de madrugada.

— Sempre protegendo — refletiu ela, dando um suspiro. — Nunca sendo protegido.

— Acredite se quiser — disse ele —, mas também sou *capaz* de me divertir.

Ela riu, um som alegre que reverberou por todo o cais.

— Capaz, talvez. Disposto? Nunca.

Os passos deles foram diminuindo ao se aproximarem do *Crow*.

Stross estendeu a mão para se apoiar no casco branco pintado com asas, como se não confiasse nas próprias pernas e precisasse de um momento para descansar. Tav se esgueirou até a sombra que o navio fazia e subiu pela amurada, caindo silenciosamente sobre o convés.

— A gente entra e sai depressa — lembrou Kell a Lila. — Sem criar tumulto.

Ela revirou os olhos.

— Daqui a pouco você vai dizer que quer que os deixemos ilesos.

— De preferência, sim.

A capitã deu um suspiro.

— Lá se vai a minha diversão. — Ao dizer isso, ela o puxou até a sombra que o navio fazia. Kell apoiou-se no casco do navio enquanto Lila deslizava as mãos pelo peito dele. Mesmo no escuro, ela o viu corar antes de enfiar os dedos no bolso do casaco e apanhar um objeto preto. Chegou bem perto, a um passo de lhe dar um beijo, mas, em vez disso, colocou a máscara no rosto de Kell. A máscara assentou como se fosse uma mão fria tocando sua pele, e ele abriu um sorriso — o sorriso de um estranho — à medida que Kell Maresh despia-se de si mesmo. Como se fosse um casaco.

VII

EM ALGUM LUGAR NO MAR
SEIS ANOS ATRÁS

— Ainda estou esperando — disse Lila, cutucando as unhas.

Os dois estavam no convés do navio, as velas arriadas e a maré baixa. O sol estava nascendo, e o frio da noite ainda não tinha diminuído. Para Kell, a única parte boa daquilo era que Lila mandara a tripulação se afastar dali, embora presumisse que estivessem em algum lugar assistindo a tudo.

— A ponta virada para mim — provocou a capitã.

Kell olhou de cara feia para ela, segurando com firmeza a espada curta.

Sabia manejar uma lâmina.

Fora criado dentro do palácio e havia desfrutado de todos os privilégios de um príncipe, mas, ao mesmo tempo, também havia sido criado para proteger a família real. Para ser mais específico, era encarregado de garantir a segurança de Rhy — que não tinha magia para usar como arma nem poder para usar de escudo. Rhy, que havia insistido em aprender a manejar a espada, e assim Kell se juntou a ele como parceiro de treino até que o príncipe ficasse habilidoso o suficiente para praticar com os guardas reais.

Kell sabia empunhar e usar uma lâmina, mas o peso do aço em sua mão parecia estranho, desajeitado. Bem menos elegante do que as armas que ele conjurava a partir do vento, da pedra e do gelo.

Lila desceu do caixote e abriu os braços.

— Então, vamos logo com isso.

— Você está desarmada.

— Kell — disse ela, abrindo um sorriso de pena. — Você me conhece. — Ela flexionou os dedos, um gesto de convite. Lutara contra ele uma vez, na Londres Cinza, quando Kell ainda a conhecia apenas como uma ladra, e Lila não sabia o que era magia, muito menos que a possuía, e fora uma batalha do aço que ela possuía contra os feitiços que Kell invocava. Confrontaram-se mais ferozmente no *Essen Tasch*, quando ele fingia ser Kamerov Loste e ela fingia ser Stasion Elsor, mas aquele era um jogo de magia; de fogo, água e terra. Uma competição cheia de regras.

Kell nunca tinha enfrentado Delilah Bard daquele jeito.

Deu uma olhada pelo convés, observando as cordas e os caixotes, as redes e os pregos, tudo que antigamente teria usado como arma.

Agora, tudo que ele tinha era a espada em suas mãos.

Ele marchou em direção a Lila, esperando que ela se esquivasse ou recuasse, mas seus pés permaneceram firmes e suas mão, abertas — a única parte do corpo que mexeu foi o cantinho da boca, que se contraiu de prazer pouco antes de ele brandir a lâmina em direção à cabeça dela.

O tilintar de aço contra aço ecoou por todo o convés.

Um segundo antes, as mãos de Lila estavam vazias, mas agora uma adaga reluzia em seu punho. Ele deslizou a lâmina, desvencilhando sua espada, e golpeou novamente, dessa vez baixo e rápido, um movimento que deveria ter feito um talho superficial nas costelas da capitã. Mas uma segunda adaga apareceu na outra mão de Lila, que prendeu a espada dele entre suas duas lâminas.

Kell se desvencilhou e voltou a atacar, achando que ela devia ter escolhido uma espada mais comprida, mas, em vez de se esquivar, Lila *avançou*, girando o corpo em volta da espada e aconchegando-se a ele como uma amante, com a adaga apontada sob seu queixo.

— Morto — sussurrou ela e então recuou, como em um passo de dança. Desvencilhou-se do abraço e disse: — De novo.

Ele passou a mão pelo cabelo, afastando-o do rosto, e se preparou, desta vez prestando muita atenção no jeito como ela se equilibrava, inclinando a cabeça para compensar a falta de visão. Se pelo menos conseguisse...

Acontece que, desta vez, foi ela quem não esperou.

Atacou primeiro, com violência e rapidez, forçando-o a recuar.

Ele se esquivou e desferiu outro golpe. E mais um. Mas apesar de Kell ter a lâmina mais comprida e um alcance melhor, ela sempre conseguia bloquear e se defender. Não era uma combatente delicada, mas se movia com a velocidade de um chicote, e, por mais que Kell tentasse, não conseguia passagem nem abertura.

Ele recuou, também como se fizesse um passo de dança, ou pelo menos foi o que tentou fazer, mas acabou perdendo a noção do espaço ao redor e, em vez de pisar no convés, colidiu com o mastro. O impacto arrancou o ar de seus pulmões e a espada escorregou da mão de Kell, mas Lila continuou se aproximando, as adagas brilhando em suas mãos, e não havia tempo hábil para pensar, então ele simplesmente esticou os dedos e invocou um rolo de corda. A corda se ergueu, voando em direção ao pulso de Lila ao mesmo tempo que a dor o dilacerava aguda e profundamente, mas foi tudo em vão, pois a lâmina de Lila cortou a corda antes de ir parar em sua garganta.

— Morto — sussurrou ela, baixando a mão. — O que foi que aconteceu?

As palavras escaparam como um suspiro por entre os dentes dele.

— Acabei me esquecendo.

Lila analisou o fio de sua faca.

— Também sempre me esquecia, no começo. Esbarrava nas portas, caía das escadas... levei meses até encontrar o equilíbrio e descobrir como calcular as distâncias. Foi difícil, mas acabei aprendendo. Uma hora você também aprende.

Uma onda de raiva tomou conta de Kell. Teve vontade de dizer a Lila que eram coisas completamente diferentes, que ela perdera o olho, mas que a magia dele ainda estava ali. Como um braço que ele sentia, mas não conseguia usar. Uma arma que era forçado a empunhar, mas não podia manejar.

Teve vontade de descontar tudo nela. De gritar.

Em vez disso, ajoelhou-se, pegou a espada e disse:

— De novo.

CINCO ANOS ATRÁS

O sol se derramava no mar, manchando o mundo à sua volta de vermelho.

O *Barron* estava ancorado em um porto de Faro. O ar retinha o calor do dia como um forno a lenha fazia após o fogo já ter sido apagado. Os pulmões de Kell ardiam e seu corpo doía.

— Você é rápida demais — exclamou ele, ofegante.

— Então me alcance — retrucou Lila enquanto se abaixava, esquivava e recuava, dançando para longe dele.

Lutaram até o sol se pôr e o crepúsculo vermelho dar lugar à noite, até Stross começar a acender os lampiões no convés. Sob a luz, Kell viu o restante da tripulação, empoleirada como pássaros ao redor do *Barron*, assistindo ao duelo. Até mesmo a mais nova integrante, Raya, a mulher do sul que Vasry trouxera a bordo do navio. Ela sentou-se na rede, seus olhos claros ardentes em meio à escuridão.

Kell os ignorou. Era necessário. Manter-se vivo exigia toda a sua concentração.

— Você é boa demais — exclamou ele, esquivando-se por pouco do último golpe de Lila.

— Então melhore — respondeu ela. — Lila tinha um foco implacável nos movimentos que fazia, uma precisão que ele não conseguia decifrar. Não era à toa que ela tinha chegado até ali, pensou ele. Delilah Bard era uma força da natureza. O mundo não tinha se aberto para ela: pelo contrário, havia sido cortado ao meio, separado como se fosse um pedaço de pele sob a lâmina de sua faca.

Ela era incrível.

— Alguém já te disse — começou ele — que você fica linda quando luta?

As palavras a fizeram perder o equilíbrio, como se sua bota tivesse ficado presa em um terreno irregular. Ela tropeçou só por um segundo, mas foi exatamente nesse instante que ele atacou. A adaga de Lila surgiu no último momento, mas foi perto, surpreendentemente perto, e as duas lâminas ficaram ali, tremendo contra a garganta dela.

Pela primeira vez, Lila fez uma cara feia.

Pela primeira vez, Kell abriu um sorriso.

E foi então que ela lhe deu um chute no peito.

Ele não esperava por aquilo e acabou caindo com tudo no convés, arquejante.

Rhy sentiria aquele chute, pensou ele, imaginando o irmão, a milhas de distância, no meio de um baile ou banquete, estremecendo com a força da bota de Lila nas costas. Kell se desculpou em voz baixa enquanto continuava no chão, exausto, olhando para o céu. Era uma noite sem lua, escura e cheia de estrelas.

De repente Lila apareceu, estendendo a mão e ajudando-o a se levantar.

Naquela noite, ele se jogou na cama, os braços e pernas doloridos e pesados.

Tudo doía, mas pela primeira vez em meses, aceitou a dor de bom grado.

QUATRO ANOS ATRÁS

O casaco de Kell estava jogado de lado e sua camisa, ensopada de suor e chuva.

Enquanto Lila o rodeava, ele passou a mão pelo cabelo úmido, jogando-o para trás — havia cortado-o mais curto, contudo continuava caindo em seu rosto. No meio do último duelo, começou uma tempestade, que já tinha passado e sido substituída por um sol escaldante de verão, mas o convés permanecia molhado sob seus pés, e a água pingava das velas enquanto Kell desviava da espada de Lila.

Esquivou-se de outro golpe e ouviu uma salva de palmas.

Não estavam mais a sós no convés. A tripulação do *Barron* assistia eufórica ao duelo, gritando, torcendo e fazendo apostas, embora Kell duvidasse muito que apostassem *nele*. Mesmo que já tivesse vencido.

Algumas vezes.

Raramente.

Na maioria das vezes, a questão era apenas saber por quanto tempo ele conseguia evitar os golpes dela, e suas vitórias eram medidas em minutos. Mas, nos últimos meses, ele tinha melhorado. Foi forçado a melhorar: Lila sempre dava um jeito de mantê-lo alerta. Chamava-o para treinar ao amanhecer, ao meio-dia ou no meio da noite, para que ele aprendesse a distinguir o movimento de uma arma debaixo de sol e de sombra, no clarão do meio-dia, sob o luar e na escuridão absoluta.

De vez em quando ainda cometia alguns deslizes, percebia a si mesmo buscando sua magia, e toda vez acabava pagando caro pelo erro. Mas sua mão da espada estava se fortalecendo, e o aço começou a parecer, se não parte dele, pelo menos algo que ele poderia manejar não apenas com competência, mas *bem*.

Assim que Kell se sentiu confortável com a espada curta, Lila lhe deu outras duas, e, quando ele aprendeu a se defender também com essas, a tripulação parou de fingir costume e se envolveu nas lutas. O primeiro imediato, Stross, foi quem sugeriu fazerem apostas.

— Um jeitinho de deixar os duelos mais interessantes — explicara ele, expondo a caixa na cozinha uma noite enquanto Raya servia porções de ensopado. Kell suspeitou que eles estivessem cansados de vê-lo perder e esperavam que com isso as coisas dessem uma apimentada. Dentro da caixa havia pedaços de papel rabiscados com o nome de cada uma das armas que possuíam a bordo.

Lila sempre gostou de coisas afiadas e, desde que se tornara capitã do *Barron*, sua coleção só tinha aumentado, expandindo-se de forma impressionante para além do bom e velho aço.

Foi por isso que, no momento em que rodeavam um ao outro, Kell se viu empunhando um par de foices de pontas curvas enquanto Lila brandia, com dificuldade, uma pesada espada longa. Vasry e Tav se entreolharam, e Kell suspeitou que tivessem acrescentado a arma ao lote nos últimos tempos. No fim das contas, talvez estivessem até apostando nele.

Cansada de empunhar a lâmina, Lila atacou e, apesar do tamanho da arma, conseguiu se mover com uma velocidade sobrenatural. Brandiu a espada e Kell se lançou para trás, esperando que o peso da lâmina acabasse levando-a para a frente. Mas, inexplicavelmente, ela girou o corpo, invertendo o arco da arma.

Kell ergueu uma das foices e bloqueou o golpe, a força subindo por seu braço quando as armas se chocaram, mas, nesse instante, sua segunda lâmina já cortava o ar em direção ao peito dela. Lila arregalou os olhos e ele pensou: "Te peguei" um segundo antes de ela largar a própria arma e se abaixar sob a foice. Deu um salto para trás, caindo agachada enquanto a enorme espada tombava no espaço entre os dois.

Era a primeira vez que Lila Bard perdia sua lâmina.

No convés, tudo ficou no mais completo silêncio. A tripulação prendeu a respiração.

Lila olhou para Kell, um sorriso se espalhando pelo rosto.

Ela tinha muitos sorrisos. Uns alegres, outros cruéis e outros positivamente perversos; uns bem-humorados e outros cheios de ódio, e ele ainda estava aprendendo a decifrar cada um. Mas aquele já conhecia bem, não porque fosse comum, mas porque era raro.

Era um sorriso de orgulho.

Mas o duelo não tinha acabado. Ela ainda não havia se rendido. Lila se pôs de pé, voltando o olhar para a lâmina que largara no espaço entre os dois. Lançou-se para pegar a espada, e ele fez o mesmo. Mas assim que Kell tentou avançar, algo o deteve. Olhou para baixo e viu uma camada de gelo cobrindo seus pés: suas botas estavam congeladas no convés.

Lila pegou a espada e a ergueu, pousando o peso da lâmina contra o peito dele.

— Venci — disse ela sem rodeios, e ele olhou em choque para o sangue que escorria da mão livre da capitã. Ela tinha usado magia. Nem sequer elementar, mas magia *Antari*.

— Você *trapaceou* — disse ele, indignado, mas tudo que Lila fez foi dar de ombros.

— Não sou *eu* que não consigo usar magia.

E, com isso, ela largou a espada no chão e se afastou, deixando-o quebrar o gelo das botas por conta própria. Daquele dia em diante, não havia mais regras.

Kell só lutava para vencer.

TRÊS ANOS ATRÁS

Foram necessárias três tentativas até conseguir ajustar corretamente o coldre.

Kell xingou baixinho, ajustando as fivelas sobre o peito.

— Por que raios você está demorando tanto? — perguntou Lila.

Atrás do biombo, ela não estava exatamente sentada na cadeira, mas esparramada sobre ela, com uma perna jogada para o lado e girando a máscara de chifres do Sarows distraidamente em torno do dedo.

— A menos que esteja vestindo um espartilho e saias, você está demorando muito. Se precisar de uma ajudinha...

— Fica quieta — resmungou Kell, amarrando os cadarços das botas. — Foi você quem teve esta ideia.

Na verdade, tinha sido Alucard.

Afinal, fora ele quem escrevera pedindo que fizessem bom uso do *Barron*. Lila estava mais do que preparada. O problema, lógico, era Kell.

Graças ao treino implacável de Lila, ele não *lutava* mais como um príncipe, mas ainda se parecia com um: onde quer que atracassem, as pessoas se viravam para encará-lo. Reparavam no seu olho, seu cabelo, em sua postura. Se ele quisesse ser alguém que não fosse Kell Maresh, o príncipe *Antari*, precisaria de um disfarce.

Lila tinha apontado para o casaco, com seu número infinito de lados, e perguntado se não havia ali uma coisa escondida, algo que o fizesse se parecer menos com um nobre e mais como um pirata. Menos como fogo e mais como escuridão.

Kell pegou a máscara e a colocou no rosto.

Fazia um mês desde que ela havia feito essa sugestão e, nesse meio-tempo, nenhum dos dois voltou a tocar no assunto. Até aquela noite, quando ele pediu que o acompanhasse até os aposentos da capitã, que se sentasse na cadeira de frente para a parede e esperasse.

— Já está pronto? — chamou Lila, mas, desta vez, ele não respondeu. Ela deu uma espiada por cima do ombro. — Kell?

Sua perna escorregou do braço da cadeira; estava prestes a se levantar quando a mão dele pousou em seu ombro.

Lila *quase* deu um salto.

Ele abriu um sorriso. Era difícil pegá-la de surpresa, mas ela nitidamente não tinha ouvido as botas dele ressoando no chão da cabine. Não tinha ouvido o farfalhar do tecido nem o movimento do corpo. Lila se levantou e virou-se em sua direção, e Kell se preparou para ouvir algum comentário sarcástico, mas, pela primeira vez na vida, ela parecia estar sem palavras.

Lila olhou para o desconhecido de pé em seu quarto.

Em outros tempos, ele teria mudado de posição diante da maneira como ela o observava, repuxado as roupas como se não estivessem servindo direito. Mas, naquela noite, não fez nada disso. Naquela noite, Kell permaneceu completamente imóvel, deixando que ela o estudasse.

Vestia um casaco preto, com botões pretos foscos que sumiam em vez de refletirem a luz e um capuz puxado sobre o cabelo. A metade superior de seu rosto estava escondida por uma máscara preta que ocultava os olhos atrás de um tecido fino. Lentamente, ele levantou a mão e puxou o capuz, que caiu em seus ombros, revelando seu cabelo acobreado, já não solto e bagunçado, mas penteado para trás, rente à cabeça. Suas mãos deslizaram pelo peito e, quando ele desabotoou o casaco, a peça se abriu, deixando à mostra mais daquele tecido que engolia a luz. Tirou o casaco, que caiu no chão, e então saltaram à vista as calças e a camisa preta, bem justa, com o colarinho envolvendo sua garganta como se fosse a mão de uma pessoa. Tiras finas de couro preto cruzavam-se sobre suas costelas. Coldres.

Lila estendeu a mão e passou-a ao longo das tiras. Kell tinha ficado mais forte com os duelos e, com o toque da capitã, se retesou, contraindo os músculos.

— Tenho que admitir, Kell — disse ela, deixando escapar uma risada leve e rouca. — Fiquei impressionada.

— Ficou, é? — perguntou ele, e sua voz soou diferente. Mais grave. Mais suave. Parecia não feita de pedra, mas de seda. Aproximou-se mais um pouco de Lila, como se fosse lhe contar um segredo, e disse: — Mas o meu nome não é Kell.

— Ah, não? — perguntou ela, intrigada. — Então qual é?

Por baixo da máscara, um cantinho da boca dele se curvou, esboçando um sorriso.

— Você pode me chamar de Kay.

— Kay — refletiu ela, revirando o som na boca enquanto dava uma volta lenta e perscrutadora ao redor dele, que ouviu um gemido de prazer quando Lila descobriu o par de espadas curtas no coldre preso às suas costas. Durante os longos meses de treinamento, elas acabaram se tornando sua arma preferida, mas aquelas ali eram especiais. Foram compradas no mercado proibido de Sasenroche. Sabia que Lila ia gostar, e sentiu seus dedos roçarem uma das bainhas de couro antes de alcançarem o cabo.

— Nem todas as lâminas pertencem a você — disse ele.

— Pertencem, sim, se eu conseguir pegar. — Ela quase conseguiu fechar a mão em torno do cabo, mas de repente ele se virou, pegando-a pelo punho.

— Eu não faria isso, se fosse você — advertiu ele, mas sabia que ela não conseguiria resistir. Lila imediatamente se desvencilhou, fazendo-o perder o equilíbrio. Ele era rápido, mas ela era mais ainda, e num instante já estava atrás dele, desembainhando uma das espadas e segurando-a no alto como um prêmio por meio segundo antes de dar um grito e largar a arma no chão como se estivesse pegando fogo.

A espada caiu e ele estalou a língua em desaprovação, ajoelhando-se para pegá-la de volta. Virou a lâmina de modo que captasse a luz, revelando o feitiço gravado no aço.

— Viu só? — perguntou ele. — Também consigo usar magia.

Guardou a espada de volta na bainha e endireitou a postura, erguendo o queixo. No final, ele acabou se dando conta de uma coisa: não precisava se livrar completamente do seu jeito de príncipe. Podia maneirar um pouco, cultivar uma espécie de ameaça, uma arrogância que seria interpretada como perigo.

— Você me deixou pegar a espada — vociferou ela, sacudindo a mão dolorida.

— A dor é uma excelente professora — disse ele, pegando a mão dela e levando seus dedos queimados até os lábios. — Além disso, eu te avisei.

O coração de Lila bateu mais forte; ele conseguiu sentir a pulsação.

— Gostei desta sua nova versão — comentou ela, e havia algo em sua voz, um desejo tão explícito que o deixou excitado.

— Gostou, é? — ronronou ele.

Lila deu um sorriso e estendeu a mão para puxá-lo, mas ele se adiantou: deu um passo à frente, pressionando o corpo no dela, e guiou-a um passo para trás, depois mais um, até que as botas dela encontrassem a beirada da cama.

Com um empurrão leve e quase brincalhão, ele a afastou e ela se deixou cair, enroscando os dedos nas tiras de couro conforme o puxava consigo para a cama. Ele se posicionou sobre ela e ergueu a mão para tirar a máscara, mas desta vez foi Lila quem o deteve, pegando-o pelo punho.

— Ainda não — disse ela, abrindo um sorrisinho malicioso. — Quero ver do que *Kay* é capaz.

VIII

PORTO DE VEROSE
PRESENTE

Ele caiu no convés do *Crow* sem fazer barulho.

Sobre o rosto, o metal preto moldava-se à sua pele. Tinha levado um bom tempo até se acostumar ao peso da máscara, à sombra fraca que lançava em seu campo de visão, com aquela gaze sobre os olhos como um fantasma, mas agora ele se agarrava à sua presença, ao jeito como se sentia quando a usava. Como se fosse uma pessoa completamente diferente.

Já não era Kell, mas Kay.

Lila caiu agachada ao seu lado, com a familiar máscara do Sarows ajustada ao próprio rosto.

Tav se encostou no mastro do navio desconhecido, levando o dedo aos lábios. Do outro lado do convés havia um marinheiro veskano sentado em cima de um caixote, cortando um pedaço de madeira com uma lâmina curta e afiada. Alguns instantes depois, o homem levou o objeto à boca, emitindo uma melodia doce e suave. Sob o disfarce do som, eles avançaram sorrateiramente. Assim que acabou de tocar, o marinheiro avistou a sombra de Tav pairando sobre ele.

— *Och vel?* — perguntou, pondo-se de pé. Deve ter pensado que eram seus colegas de navio, mas seu rosto assumiu uma expressão de espanto quando Lila deu um passo em frente, os chifres da máscara curvando-se sobre a cabeça do homem.

— Belo navio — disse ela, passando a mão ao longo da amurada, e o homem ficou tão surpreso que só percebeu Kay atrás dele quando sentiu seu braço enlaçando seu pescoço.

Ele poderia ter matado o homem — agora sabia exatamente onde enfiar a lâmina e como tirar a vida de alguém —, mas, em vez disso, pressionou um pano contra o nariz e a boca do veskano, prendendo a respiração conforme a nuvem de poção dos sonhos turvava o ar com a força da luta até o homem desmaiar.

O corpo desfaleceu nos braços de Kay, que o deitou no convés no mesmo instante em que um segundo veskano saía pela porta e parava abruptamente, observando a cena: as duas figuras mascaradas e as pernas do homem que tinham drogado aparecendo por trás de um caixote. Acontece que o homem *não viu* Tav parado à sombra perto da porta, só se deu conta de sua presença quando este se lançou sobre ele, pressionando o pano sobre a boca do veskano. O homem deveria ter desmaiado em questão de segundos, mas não foi bem assim: o marinheiro se debateu e lutou, agarrando-se à Tav, que tinha apenas metade de seu tamanho e por isso estava com dificuldades para se manter firme. Em diversas vezes, por pouco não atirou Tav para longe, mesmo quando um joelho finalmente começou a ceder, depois o outro; o homem só parou de lutar quando sua cabeça tombou no chão do convés.

Por um momento, ninguém se mexeu.

Tav ficou em choque, o peito arfando pelo esforço. Lila meneou a cabeça e Kay prendeu a respiração, à espera do terceiro veskano. Mas não havia nem sinal do marinheiro. Com sorte, ele tinha ido dormir e deixado os outros vigiando a embarcação — portanto jamais saberia que estiveram ali.

Tav firmou os pés no chão.

— Você podia ter me ajudado — resmungou ele, sacudindo a poeira do corpo.

— Ah, até ajudaria — sussurrou Lila, voltando-se em direção ao porão —, mas foi tão divertido assistir.

Quando desceram até o porão, uma luz irrompeu na palma da mão de Lila e a mão de Kay formigou como se fosse um membro fantasma. Tentou tirar isso da cabeça enquanto Tav jogava um pé de cabra para ele, o qual usou para abrir o caixote mais próximo. Os pregos rangeram, a madeira fez um estalo e Kay interrompeu o que estava fazendo por um segundo, tentando ouvir algum barulho vindo lá de cima. Mas não ouviu nada. Tirou a tampa da caixa e, lá dentro, encontrou bebida alcoólica em garrafinhas finas fechadas com rolhas. Eram frascos cor de âmbar cheios de alcatrão, um conhaque que descia suave como o mel, mas caía pesado como uma pedra. Ele experimentara uma vez, a pedido de Rhy, e acordou no dia seguinte sem se lembrar de nada e com o cabelo todo molhado, e foi então que descobriu que tinha ido nadar no Atol. No meio do inverno. Sem roupa. Agora, Kay se encolheu ao ver novamente a bebida, mas Tav se apressou, roubando um frasco e o guardando no bolso antes que ele pudesse recolocar a tampa na caixa.

Perto dali, Lila deu um assobio. Kay se virou e a viu enfiada até os cotovelos numa caixa de papelão e, um segundo depois, a capitã apareceu erguendo seu prêmio no ar: uma espada. Ele revirou os olhos. Sabia que nem adiantava dizer a Lila para colocá-la de volta na caixa. A arma já havia desaparecido dentro do casaco dela.

Tav estalou os dedos, chamando-os para darem uma olhada no terceiro caixote.

Estava cheio de lampiões de papel dobrados, mas foi só Tav levantar um deles para que o lampião se abrisse na forma de uma lua branca. Kay franziu a testa; a visão lhe evocava alguma memória. Uma lembrança que não conseguia distinguir muito bem. Ele ergueu o lampião sob a luz fraca do porão e percebeu o vislumbre de um feitiço no interior da concha de papel, escrito numa letra pequena e espremida. Ainda estava tentando ler quando ouviu uma voz lá em cima.

— Oster? *Han'ag val rach?* Oster?

Oster, imaginou ele, devia ser um dos homens que cochilavam no convés, os pulmões cheios de poção dos sonhos.

Kay viu o brilho do metal com o canto do olho. Lila tinha sacado uma faca. Ele sacudiu a cabeça e passou por ela, subindo a escada.

— *Ag'ral vek* — gritou ele em veskano ao subir até o convés. *Estou bem aqui.*

Foi uma tentativa bem desajeitada, mas não tinha a intenção de ser convincente, apenas fazer o homem hesitar, o que deu certo até o marinheiro ver aquela figura ali, de pé, vestindo preto da cabeça aos pés. O homem olhou torto para Kay, como se tentasse entender a presença do estranho no navio.

— Você não é o Oster — resmungou ele, as palavras saindo embaralhadas por causa da bebida.

— Não — confirmou Kay. — Não sou, não.

Por um instante, nada aconteceu. Até que... tudo mudou. De repente o homem estendeu a mão e Kay sentiu o convés do *Crow* se inclinar drasticamente, a água agitando-se sob o navio. A questão é que ele tinha aprendido que uma lâmina possuía certa vantagem sobre os elementos: era bem mais rápida de invocar. Sua espada soltou-se da bainha antes que a onda atingisse a lateral do navio, e, enquanto o veskano ainda estava invocando a água para si, Kay começou a avançar.

Ele girou rapidamente e desferiu um golpe com o punho da espada na têmpora do veskano ao mesmo tempo que o nível da água ultrapassava a altura de suas cabeças. A luz sumiu dos olhos do homem, que desmaiou, caindo no convés com um baque. Ao perder os sentidos, seu controle sobre a água foi desfeito. Kay se ajoelhou no chão, tentando se equilibrar conforme a onda desabava sobre ele, repentina e surpreendentemente gelada.

Levantou-se novamente, encharcado e trêmulo, mas vitorioso. Sob seus pés, o navio balançava violentamente à medida que a água baixava, mas a onda havia sido tão imensa que pôde vê-la alcançar as docas, fazendo com que todos os navios balançassem no ancoradouro.

Santo, pensou ele quando os lampiões foram acesos em metade dos barcos no entorno e um punhado de marinheiros subiu nos conveses para ver quem tinha sido o estúpido a mexer com a maré da baía.

— É *sério*? — sibilou Lila, saindo do porão. — Você não podia ter...

De repente ela parou de falar e virou a cabeça para o lado. Ele também tinha escutado: era Stross na doca lá embaixo, perguntando em voz alta qual era o caminho para o Merry Host. Muito alto e tarde demais, pois logo ouviram o som de botas subindo a rampa. *Vários* pares de botas.

A tripulação do *Crow* tinha voltado.

Ele estalou os dedos num sinal silencioso, e Lila e Tav recuaram um passo, voltando para o interior do porão. Kay se virou e colou o corpo ao mastro ao mesmo tempo que três veskanos pisavam no convés.

— Oster? — gritaram eles. — Aroc? Esken?

Começaram a murmurar entre si, talvez imaginando que os dois homens que deixaram no navio tivessem ficado entediados ou de mau humor e saído para se divertir.

Talvez. Não fosse pelo corpo caído bem no meio do convés alagado.

Kay xingou baixinho ao ouvir os veskanos correrem até o marinheiro desmaiado. Desembainhou a segunda espada e saiu de trás do mastro para enfrentar os recém-chegados.

Eram dois homens e uma mulher, altíssimos e com cabelo que variava entre o loiro e o platinado. Tinham o olhar firme e sóbrio — ou não tinham bebido uma gota de álcool ou seguravam bem a onda. Os dois homens sacaram suas armas — uma machadinha e uma espada longa — enquanto a mulher abria os braços, liberando um cheiro de magia no ar. A água se elevou das poças no chão, congelando ao redor de suas mãos. Ela flexionou o punho, e um fragmento de gelo disparou como uma flecha pelo convés.

Na direção de Kay.

Ele ergueu a espada bem a tempo e o gelo se quebrou no choque contra o aço, o som reverberando como um sinal de largada, ao passo que os marinheiros no convés começaram logo a se mexer.

Kay recuou, partindo os três fragmentos seguintes, e se abaixou bem na hora em que a machadinha fincou no mastro, no ponto exato onde pouco tempo antes sua cabeça estivera. A arma se soltou da madeira e voltou para a mão do veskano. Estava, portanto, lidando com dois magos.

O convés congelou sob seus pés quando ele pulou em cima do caixote mais próximo, pousou sobre a madeira seca e se viu cara a cara com o maior dos três veskanos, que devia ser um palmo mais alto e três vezes mais largo, com a espada longa empunhada acima da cabeça. Kay desviou um segundo antes de a lâmina abrir um buraco no convés do navio e ficar cerca de um palmo enterrada na madeira. Com isso, Kay deslizou sua própria lâmina pela garganta desprotegida do homem — ou era o que pretendia fazer. Mas o veskano ergueu o braço para bloquear o golpe, e o aço da espada chocou-se contra a armadura com força suficiente para fazer a lâmina vibrar na mão de Kay.

A essa altura, Tav e Lila já estavam no convés — havia percebido, com o canto do olho, os dois enfrentando os outros marinheiros. Tav agiu rápido e foi logo cortando as cordas que prendiam as velas para que caíssem como lençóis pesados sobre o piso congelado; já Lila avançava com suas facas em brasa, derretendo um escudo de gelo e chutando a pessoa por trás com tanta força contra a amurada que estilhaçou completamente a madeira.

Ela sorria.

Lógico que sorria.

A mulher se agachou e...

— Cuidado — gritou Kay enquanto a machadinha sibilava pelos ares, indo em direção às costas de Lila. Mas ela já estava se abaixando no convés. Caiu como um gato quando o machado passou por ela e logo depois colocou-se de pé novamente, segurando as adagas com apenas uma das mãos, e desta vez, enquanto a machadinha voava de volta para a mão do veskano, ela a *pegou*. Apanhou a arma no ar como se fosse sua, depois virou-se e a cravou bem no peito do homem.

E lá se vai a minha ideia de deixá-los vivos, pensou Kay assim que a espada de seu agressor se soltou com um ruído estridente. Ele deu um pulo para trás quando a enorme lâmina girou em sua direção e, assim, conseguiu desviar do veskano — ou pelo menos tentou. Acontece que o homem começou a mover os lábios, e Kay só teve tempo de soltar um xingamento pelo fato de haver *três* magos ali — que sabiam manejar tanto magia quanto armas — antes que uma parede de vento o atingisse por trás, tirando-lhe o fôlego assim que caiu no convés e fazendo-o soltar uma das lâminas, que logo desapareceu sob a vela amassada.

A espada longa de seu oponente veio em sua direção e Kay se deitou de costas, erguendo a lâmina que lhe restara a tempo de bloquear o golpe, ou melhor, de redirecionar sua força para longe do próprio peito. Se fosse qualquer outra arma, teria dado de encontro apenas com o ar, mas essa lâmina em especial tinha dois palmos de largura — por isso, sua extremidade inferior acabou raspando na clavícula, e o aço cravou-se até alcançar o osso.

A dor ofuscou sua visão.

Kay arfou e rolou no chão até conseguir se levantar, com uma das mãos segurando a espada e a outra pressionando o ombro ensanguentado. Mas antes que pudesse se esquivar novamente, se distanciar daquele homem gigante, foi atirado contra o mastro não pelo vento, mas por uma pessoa em carne e osso. Logo depois, a mão do veskano se fechou em torno de seu pescoço como se fosse feita de aço ou pedra. Tentou cortar fora o pulso do homem, mas a lâmina resvalou numa braçadeira de metal até que uma rajada de ar arrancasse a arma de sua mão. Ele tinha outra arma na bota, mas, antes que conseguisse alcançá-la, o veskano o levantou até tirar seus pés do convés. Kay começou a dar pontapés inúteis no ar enquanto com uma das mãos o homem esmagava sua traqueia e, com a outra, empunhava a enorme espada.

O homem recuou alguns centímetros, preparando-se para cravar a lâmina em seu peito, e Kay fez a única coisa que conseguiu conceber para salvá-lo da morte certa.

Entrelaçou o antebraço do veskano com a mão ensanguentada e ordenou, ofegante:

— *As Staro*.

O homem arregalou os olhos. Imediatamente a magia percorreu sua pele e seus ossos, transformando cada centímetro em pedra. No último segundo seus dedos afrouxaram e Kay caiu no chão, sem fôlego, mas livre.

Por um instante, uma onda de poder reverberou nele, tão bem-vinda quanto uma lareira quente no inverno.

Mas então a dor veio com tudo.

IX

Lila Bard tinha o hábito de fazer um joguinho consigo própria.

Toda vez que lutava, dava a si mesma um desafio.

Esta noite, pensava ela, *só vou usar fogo.*

Esta noite, só vou usar gelo.

Esta noite, vou deixá-los atacar primeiro.

Esta noite, lutarei como se não tivesse magia, como se estivesse de volta a Londres, a minha Londres, e não tivesse nada a perder a não ser a própria vida.

O homem da machadinha já tinha morrido, mas ela continuava se divertindo com a mulher do gelo, observando-a conjurar fragmentos e um escudo e deixando-a até formar uma camada de geada em sua pele, congelar o convés e pensar que tinha alguma chance de vencer. Era tão gostoso lutar. Tão bom quanto esticar as pernas dormentes.

Até que Kay gritou.

Kay, que sempre seria *Kell* para ela, não importava o casaco que estivesse vestindo, o penteado que usasse ou a forma como havia aprendido a lutar. Era Kell quem estava gritando, e o som a atravessou como uma faca sem fio, daquelas que levavam um bom tempo para matar e acabavam deixando para trás uma ferida de contornos irregulares. Lila sabia o que aquele som significava, por isso não perdeu tempo: rapidamente posicionou-se atrás da veskana e cortou a garganta da mulher, que caiu. O gelo do casaco de Lila começou a derreter conforme ela cruzava o convés, passando por

Tav — que estava se livrando de um dos homens que teve o azar de acordar no meio da luta — e seguindo até Kell.

O maior dos veskanos estava parado sob o luar, sua gigantesca espada recuada e prestes a desferir um golpe, mas, agora, tanto ele quanto a lâmina eram feitos de pedra.

No chão atrás da estátua estava Kell, ajoelhado e de cabeça baixa. O capuz tinha caído para trás, seu peito subindo e descendo pesadamente enquanto lutava para recuperar o fôlego, o suor escorrendo pelo rosto sob a máscara.

Lila se encostou na estátua do homem.

— Bem — disse ela, tocando a ponta da faca ensanguentada na pedra. — Lá se foi a sua ideia de deixá-los vivos.

A respiração de Kell se estabilizou e lentamente, com a mandíbula cerrada, se pôs de pé. Por trás da máscara, ela sabia que seus olhos estavam vidrados de dor. Mas tudo que conseguia ver era o tecido preto. Ele olhou ao redor, como se estivesse imaginando o que fazer com toda aquela bagunça, mas Lila teve uma ideia. Levou as mãos até a estátua de pedra e *empurrou*. Era extremamente pesada, mas o vento ajudou, fazendo com que a estátua também se inclinasse até cair, espatifando-se no convés de madeira e no porão bem abaixo, abrindo o casco do navio como um tiro de canhão.

Os outros marinheiros perderam o interesse assim que perceberam que a luta não se estenderia a seus barcos, de modo que não havia ninguém além de Stross nas docas para ver os três desembarcarem ou soltarem as cordas que prendiam o *Crow* ao ancoradouro. Ficaram ali, observando o navio se afastar: a única vela que Tav não havia cortado era impulsionada por uma brisa súbita e cuidadosamente direcionada.

A embarcação já estava enchendo de água.

Não demoraria muito até afundar.

— Ora, ora — disse Tav alegremente. — Eu, pelo menos, estou sóbrio demais para isso.

Stross soltou um pigarro.

— E eu até que gostaria de beber alguma coisa. Capitã?

Lila deu de ombros. Partiriam ao raiar do dia, e Verose a aguardava como um alvo intocado. Queria revistar seus bolsos, deslizar os dedos por seu casaco, ver se a cidade tinha alguma coisa que valesse a pena levar. E não seria uma má ideia beber alguma coisa.

— Por que não?

A voz de Kell quase não passava de um murmúrio quando ele disse:

— Infelizmente acho que no momento não seria uma boa companhia.

Lila arqueou a sobrancelha.

— Quem disse que você foi convidado?

Ele deixou escapar um som que mal podia ser classificado como uma risada. Era evidente que ainda estava sentindo dor e tentando disfarçar, mas não conseguiu. Não dela. Para Lila, Kell era transparente como um vitral. Talvez fosse apenas uma questão de ângulo, ligeiramente voltado em sua direção, mas onde os outros enxergavam apenas cores e listras, ela via a verdade contida dentro do vidro. Dentro dele.

E, naquele momento, sabia que ele queria ficar sozinho.

— Não vou demorar — disse ela, arrancando a máscara do Sarows e jogando-a na direção dele. Kell a pegou e ela o viu estremecer, seu corpo rígido por causa da dor. Seus dedos se contraíram de vontade de curá-lo, mas Lila sabia que ele não a deixaria fazer isso.

Teimoso como uma mula, pensou Lila quando ele se voltou para o *Barron* e ela se juntou a Stross e Tav. A dor pertencia a ele, por isso deixou que a sentisse. Mas, mesmo assim, olhou para trás mais de uma vez, observando seu casaco preto ondulando na brisa fria até que ele se tornasse mais uma sombra em meio à escuridão.

X

Aquela, pensou Lila algum tempo depois, tinha sido a pior bebida que já havia tomado na vida.

Nunca se considerara exigente no que dizia respeito a cerveja, mas o que quer que estivesse em seu copo, tinha gosto de bebida barata misturada com mijo, e ela podia apostar que o dono do Black Tide quem tinha feito aquilo e dado o nome de cerveja. Era forte, tinha de admitir, mas a cada gole sentia vontade de botar tudo para fora.

Tav e Stross pareciam não se importar. Pelo menos, não o suficiente para deixarem de beber.

— O truque é prender a respiração — sugeriu Tav.

— Né tão ruim assim, não — resmungou Stross, mas era um fato bem conhecido de todos a bordo que o primeiro imediato não tinha paladar, algo descoberto durante seu breve período como cozinheiro.

Lila deixou a bebida de lado e enfiou a mão no casaco para pegar a lâmina que tinha afanado do porão do *Crow*. Não chegara a usar a arma no navio, pois não houve necessidade, então ainda estava na bainha. Era traiçoeiramente pequena — os veskanos costumavam preferir as espadas longas, mas aquela tinha a forma de uma adaga e era mais ou menos do tamanho de sua mão. Quando puxou a lâmina, viu que era estreita como uma fita e tinha um brilho perolado. Uma brisa fresca se desprendeu do metal e, quando ela o inclinou na direção da luz, reparou em uma série de feitiços gravados ao longo da borda, embora não soubesse lê-los.

— É uma bela peça — comentou Tav, que, não tendo magia própria, compartilhava com a capitã o gosto por objetos afiados.

— É, sim — refletiu ela. A ponta era incrivelmente afiada, mas Lila resistiu ao impulso de testá-la no polegar. Embainhou novamente a lâmina e colocou-a em cima da mesa.

Ao redor deles, o Black Tide estava lotado.

Em um canto, um trio de mulheres — com o cabelo em um tom de prata que mais parecia valer uma pequena fortuna — se inclinava para a frente, as cabeças curvadas sobre um mapa. No outro, a tripulação de um navio enchia a cara durante uma partida de Santo. Havia até dois soldados arnesianos — não vestidos a caráter, obviamente, mas podiam muito bem ter a marca do cálice e do sol na testa e estarem cheios de adereços em vermelho e dourado.

A multidão, as paredes de tábuas e as cortinas escuras faziam o local se parecer mais com o casco de um navio do que com uma taverna. Ou, levando em consideração aquele ar viciado, com a barriga de uma baleia.

Lila passou os olhos pelo aposento, embora, na verdade, não estivesse olhando para nada.

Mas *ouvindo*.

Verose era um lugar que ladrões usavam como esconderijo, onde o domínio do império dava lugar à vontade do povo, a maioria composta de criminosos, piratas e magos exilados. Era o tipo de lugar que incitava rancores e os transformava em uma série de más ideias. O tipo de lugar que poderia facilmente ter dado origem aos rebeldes que se autodenominavam de Mão.

Foi por isso que Lila ficou ouvindo as conversas. Ou pelo menos tentou — a maioria dos fregueses do Tide falava uma versão de arnesiano, mas enquanto alguns manejavam a língua como uma caneta, outros a usavam como se fosse um martelo. Junte isso às gargalhadas estridentes, ao arrastar de cadeiras, à maneira como as vozes subiam e desciam, e era como lutar contra uma onda. Mais fácil relaxar e deixar que as palavras se derramassem sobre ela.

Enquanto isso, Tav arranjou um baralho e começou um intenso jogo de bebedeira com Stross: consistia em jogar as cartas em alta velocidade e gritar bem alto quando se via um rei ou rainha. O perdedor precisava dar um gole. Ou será que era o vencedor? Para ser sincera, Lila não sabia direito. Mas ficou observando os homens discutindo enquanto jogavam como se fossem duas solteironas, admirada com o quanto eles três se davam bem, todos tão à vontade. Se pegou desejando que Kell estivesse ali. Junto de Vasry e Raya.

Que estranho.

Aos 19 anos, se alguém lhe perguntasse sua definição de liberdade, Lila teria respondido que era o número *um*. Uma pessoa. Um navio. Um mundo vasto. Mas sete anos depois, ali estava ela: livre, mas longe de estar só.

Ela gostava de ficar sozinha. Era boa nisso. Nunca havia conseguido confiar nem se afeiçoar às pessoas.

Mas eles não eram qualquer pessoa. Eram outra coisa. Aliados. Amigos. Família.

Em outros tempos, essa ideia teria feito seu coração disparar como se estivesse navegando em um mar revolto, e seus batimentos pulsariam naquele ritmo familiar que a alertava para correr e fugir dali bem depressa. Como se aquilo tudo fosse uma armadilha, uma corrente envolvendo suas pernas. Como se as pessoas, na verdade, fossem âncoras, um peso morto que só servia para prendê-la e puxá-la para baixo.

O afeto tem força suficiente para afogá-lo, caso permita.

Mas também pode ajudar a flutuar.

Não que ela fosse dizer isso para aqueles sacanas.

— Mais uma partida? — perguntou Tav, reunindo as cartas num montinho.

Stross sacudiu a cabeça.

— Já estou cansado — disse ele, levantando-se e dando um último gole na bebida.

— Cansado de perder, só se for — rebateu Tav enquanto se levantava, jogando um punhado de moedas em cima da mesa. Os dois olharam para Lila. — Vai nos acompanhar, capitã?

Ela olhou à sua volta e sacudiu a cabeça.

— Ainda não.

Tav hesitou, e Stross ficou encarando-a, atencioso. Parecia prestes a se sentar novamente quando ela dispensou os dois com um aceno de mão.

— Ah, deem logo o fora daqui — exclamou ela — e me deixem beber em paz.

Se Kell estivesse ali, ele faria uma cena, insistiria em ficar por perto até que ela terminasse e depois a seguiria como uma sombra mal-humorada de volta ao navio. Mas Kell não estava ali, e Stross sabia que era melhor não dizer a ela para se proteger ou tomar cuidado. Todo mundo sabia que ela podia cuidar de si mesma.

— Às suas ordens — disse Tav, tocando num quepe imaginário.

Lila observou os dois homens irem embora e então pediu outra bebida.

O casaco caiu no chão da cabine.

A máscara, ele atirou na parede. Logo depois foi a vez das espadas, dos coldres de couro enrijecidos sob suas mãos sujas de sangue, e, a cada peça, Kay ia desaparecendo e dando lugar apenas a Kell.

Vasry e Raya rapidamente abriram caminho quando ele passou. Não se deram ao trabalho de ficar de conversa fiada nem de perguntar como tinha sido a missão — a resposta estava bem ali, afundando na baía. Nas pegadas sujas de sangue que ele deixara no convés do *Barron*.

Sete anos de treino, e ainda assim cometera um erro. Por mais que Kell treinasse, havia momentos em que seu corpo simplesmente se esquecia.

Ele puxou a camisa molhada pela cabeça, estremecendo com a dor que latejava no ombro, resultado da ferida causada pela ponta do facão. Caminhou até a pia, encarando o espelho enorme que ficava atrás dela. No reflexo, fios de cabelo caíam em seu rosto, com uma única mecha branca em meio ao ruivo. No reflexo, sua pele parecia uma colcha de retalhos de tantas cicatrizes. O sangue brotava do corte recente na clavícula, escorrendo como se fosse uma fita pelo peito. Seguia a linha do colar que ele usava, até chegar às três moedas que ainda pendiam no fim da corrente. Artefatos que, em outros tempos, o levavam a outras Londres. A outros mundos.

As Travars, pensou ele sombriamente conforme o sangue pingava na pia, manchando a água de cor-de-rosa e, então, de vermelho.

Em um gesto quase distraído, levou a mão aos artefatos no colar, passando direto por eles e indo parar no ferimento de espada que sabia que o irmão também havia sentido.

Era de se admirar que não tivesse sido procurado por Rhy — ou, pior ainda, por *Alucard*.

Olhou para o anel vermelho na mão direita, como se estivesse pensando em invocar o rei de Arnes ou seu consorte, mas o aro continuava escuro e frio. Da mesma forma que o anel preto ao seu lado.

O vermelho tinha a inscrição do brasão real — o cálice e o sol nascente. Já no preto, a marca de um navio.

Aqueles anéis eram objetos raros e preciosos, e não havia um só, mas *dois*. Cada joia com um gêmeo, uma réplica perfeita concebida para envolver o dedo de outra pessoa.

Era um artefato de magia bastante inteligente, que ganhara de presente da rainha quatro anos atrás: uma forma de unir duas pessoas, não importava onde estivessem. Bastava tocar a superfície do anel e dizer as palavras *as vera tan* — preciso de você — e seu gêmeo arderia de luz e calor. Em seguida, era só colocar os dois anéis sobre uma pedra de clarividência e a distância seria eliminada, transformando a superfície plana e preta num espelho: não era uma porta, mas uma janela, uma maneira de ver e falar com o outro.

Seu irmão se casou bem, pensou Kell, não pela primeira vez.

O anel vermelho que Kell usava pertencia, obviamente, a Rhy Maresh, que disse que só o usaria caso combinasse com suas outras joias. O preto, Kell tinha dado a Lila. Ou melhor, tentara dar, mas as coisas não tinham corrido nada bem. Assim que lhe ofereceu o amuleto, ela empalideceu, encolhendo-se como se o objeto fosse uma cobra ou como se estivesse lhe pedindo para beber um frasco de veneno. Foi só então que Kell se lembrou dos costumes do mundo dela, do significado de um anel daquele tipo para uma pessoa da Londres Cinza.

Ele mostrara a Lila o anel em sua própria mão e havia tentado explicar que os aros estavam conectados; que, caso ela estivesse em apuros, poderia chamar por ele, mas Lila ficou meio sem expressão, e seu olhar, zombeteiro.

— Se eu estiver em apuros — retrucara ela —, me viro sozinha.

Então ele começou a gritar, e ela também. Ele a chamou de teimosa e ela o chamou de egoísta, ele a chamou de apavorada e ela o chamou de tolo e, por fim, ela saiu furiosa, ele bateu a porta e as ondas começaram a golpear furiosamente o navio — ele percebeu que ela tinha jogado o anel no mar.

Depois disso, não tocaram mais no assunto.

Mesmo assim, ele não tirou o anel do dedo. Nem naquele dia, nem no seguinte, nem no outro. Ele sabia que era bobagem — afinal, o anel era inútil por si só, não passava de uma bugiganga sentimental, mas ele o usava só para deixá-la irritada.

Para dizer — mas só para ele — que os dois ainda estavam unidos e sempre estariam, que ela era uma das duas pessoas que ele amava tanto a ponto de se permitir vincular daquele jeito.

Kell deslizou o polegar sobre o aro preto e depois enfiou as mãos na pia, enxaguando-as antes de começar a trabalhar em seus ferimentos.

A magia *Antari* era uma coisa incrível.

O único tipo de poder que era ao mesmo tempo elemento e feitiço. Caos e ordem. Uma gotinha de sangue e duas palavras e você era capaz de transformar um homem em pedra, abrir uma porta para outro mundo, sarar praticamente qualquer ferimento.

As Hasari.

Duas palavras que ele já havia dito centenas de vezes para curar doentes ou desfazer uma ferida mortal. Seria a coisa mais simples do mundo tratar um ombro.

É lógico que, se pedisse, Lila faria isso por ele. Mas, em vez disso, Kell tirou dois frascos do armário debaixo da pia.

O primeiro, ele levou até os lábios e deu um bom gole. O segundo, usou para embeber um pano. O cheiro forte subiu à sua cabeça e tomou conta do cômodo apertado. Quando pressionou o pano no ombro, a dor ficou tão intensa que ele perdeu o fôlego e cerrou os dentes, mas em poucos segundos o sangramento cessou, e ele pediu desculpas baixinho ao irmão enquanto enfiava a linha na agulha, ajustava a luz e se inclinava em direção ao espelho.

Quando a ponta da agulha penetrou sua pele, ele se forçou a repassar a luta a bordo do *Crow*. A cada furo, cada puxão, cada ponto apertado, Kell enumerava seus deslizes, seus erros, revivendo cada movimento até que a luta ficasse gravada em sua memória e ele tivesse certeza de que, da próxima vez, não se esqueceria de nenhum detalhe.

XI

De alguma forma inimaginável, a segunda bebida que Lila pediu parecia ser pior do que a primeira.

Tinha cor de óleo e textura de lodo, e quando ela ergueu o copo sob a luz fraca da taverna, foi como se estivesse encarando uma tinta preta. Lila levou o copo distraidamente aos lábios e estava prestes a dar um gole, como quem não quer nada, quando uma voz a deteve.

— Eu não faria isso, se fosse você.

Lila ergueu os olhos e, do outro lado da mesa, havia uma mulher com o cabelo escuro preso numa coroa. Seus olhos cintilavam sob a luz da taverna e, quando ela sorriu, somente seus lábios se moveram, esticando-se sobre os dentes.

— Deixa eu adivinhar — disse Lila, seca. — A bebida está envenenada.

— Talvez esteja mesmo — concordou a mulher, sentando-se em uma cadeira como se tivesse sido convidada. Quase imediatamente seu olhar voou em direção à arma que Lila tinha deixado sobre a mesa de madeira.

— Essa aí — começou a estranha — é uma faca muito bonita.

— Eu sei — confirmou Lila. — Valeu o navio que afundei só para roubá-la.

— Ah, então quer dizer que você é pirata.

— Capitã.

A mulher olhou ao redor da taverna.

— E cadê a sua tripulação?

Lila não sabia se aquilo era uma ameaça ou um galanteio.

— Cuidando da própria vida.

A mulher não captou a indireta.

— Tanis — disse ela se apresentando, e ficou esperando que Lila dissesse seu nome. Mas Lila não correspondeu.

— O que você quer, Tanis?

A mulher se recostou na cadeira, prestando bastante atenção em Lila.

— Você não é daqui. — Como Lila permaneceu em silêncio, Tanis prosseguiu: — A maioria das pessoas não é. Só estão de passagem e não sabem como a cidade funciona. — Tanis abriu as mãos. — Às vezes, precisam de uma guia.

— Posso até adivinhar — disse Lila. — Você é uma guia.

Tanis abriu outro sorriso. Apenas lábios, sem mostrar os dentes.

— Exatamente. Então, o que a traz a Verose?

Lila meneou a cabeça, como se estivesse refletindo sobre o assunto.

— Estou de férias.

Tanis deu uma gargalhada.

— E veio logo para cá?

— Eu queria ver a sede do Exército Rebelde.

Fazia quarenta anos que o exército improvisado, liderado por magos de cada um dos três impérios, havia navegado pela Costa de Sangue a caminho de Londres, determinado a derrotar Arnes.

Era uma aposta. Uma isca num anzol.

Tanis baixou a cabeça.

— Não é muito fã da coroa?

A isca foi mordida. E a linha ficou ali, esticada. Lila deixou que seu rosto passasse do divertimento para a raiva. Olhou para a lâmina em cima da mesa, decidindo como responder.

— Os sacerdotes falam de equilíbrio. Dizem que a magia segue as leis da natureza. Mas a natureza *muda*. Então por que o poder não? — Ela ergueu o olhar ao dizer a última parte, olhando bem nos olhos de Tanis. O fogo irrompeu na mão de Lila, que a virou, pressionando a palma e gravando a marca da mão em brasas na madeira. — Verose me parece ser o tipo de lugar onde as faíscas se transformam em chamas.

Lila não disse a palavra menas — mão —, mas nem foi preciso: já havia, na expressão de Tanis, um olhar de reconhecimento. Seus olhos ficaram sombrios, mas o sorriso continuou ali. E então ela se inclinou para a frente e pressionou a própria mão sobre a marca.

— Lamento dizer, mas você está enganada — disse ela, deslizando a palma da mão em um gesto suave sobre a superfície da mesa para apagar a impressão da madeira. — Se estiver procurando uma *mão* amiga — continuou ela —, Verose não é o lugar certo. — Ela se pôs de pé. — Mas se for para Londres, ouvi dizer que os jardins de lá são lindos. — Seu olhar se voltou mais uma vez para a lâmina em cima da mesa. — E eu guardaria isso, se fosse você — acrescentou ela. — Não gostaria nem um pouco que a perdesse. — Tanis inclinou a cabeça em direção ao taverneiro. — Oli — chamou ela —, traga uma bebida de verdade para a capitã.

E então ela se foi.

Serviram-lhe uma caneca de cerveja, e, desta vez, o conteúdo não parecia tão lamacento, mas estava longe de ser âmbar. Mesmo assim, Lila deu um gole e afundou na cadeira, refletindo sobre o que a mulher havia dito. Perdida em seus pensamentos e com a cerveja fervilhando na cabeça, Lila demorou um pouco para se dar conta de que o clima havia mudado na taverna.

Como se Tanis tivesse lançado uma luz sobre ela e a deixado acesa.

De repente, sentiu-se grata por estar com o olho castanho em vez do preto. A última coisa da qual precisava era que soubessem que havia uma *Antari* entre eles. Conhecendo bem Verose, alguém tentaria arrancar seu olho fora — até parece que conseguiria — ou sequestrá-la para pedir resgate ou vendê-la pelo lance mais alto, e, se isso acontecesse, Lila seria obrigada a *fazer uma cena*, e Kell reclamaria até não aguentar mais.

Mas Tanis tinha razão a respeito de uma coisa: devia ter guardado a faca. Acabara deixando-a em cima da mesa, com sua bainha perolada lançando aquele brilho estranho e, em algum momento, os clientes do Tide começaram a reparar na arma.

Em algum momento, ela deixou de ser a ladra e passou a ser o alvo.

Lila sentiu olhares em si na hora em que deu um último gole na bebida. Quando procurou uma moeda no bolso. Quando levantou a gola do casaco. Quando seus dedos se fecharam em torno da adaga veskana e se levantou da cadeira. Por isso, nem se surpreendeu quando ergueu o olhar e se deparou com um homem na outra ponta da mesa. Era alto e magro como um poste, os olhos fundos no rosto emaciado. Seus olhos se voltaram para a lâmina.

— Cuidado aí — disse ele. — Vai acabar se cortando.

— Dane-se — retrucou ela, o que acabou não sendo uma resposta muito bem recebida. Lila estava prestes a dar a volta na mesa quando o homem empurrou o móvel contra sua barriga, imprensando-a na parede.

— Passa para cá — disse ele, apoiando as mãos na madeira conforme se inclinava para a frente.

— Ótimo — rosnou Lila. Logo depois desembainhou a lâmina e a cravou na mão dele.

O homem a encarou com uma expressão de raiva e dor, mas, antes que pudesse recuar, berrar ou sacar uma arma, uma transformação se apoderou dele. Ficou com o corpo rígido e a boca aberta enquanto suas veias escureciam, sua pele se retorcia e ele ardia em chamas, *queimando* de dentro para fora — tudo isso no curto espaço de tempo que Lila levou para respirar fundo e soltar o ar.

E então ele simplesmente *desmoronou*.

Virou cinzas espalhadas sobre a mesa e caindo no chão.

A lâmina permaneceu na vertical, incólume.

E os fregueses, que continuaram a beber apesar das brigas, dos copos quebrados e do vislumbre do aço, viraram-se na direção de Lila, parada ali com a lâmina cravada na mesa e cercada por um monte de pó.

Decidiu que estava na hora de ir embora. Pegou a lâmina e jogou uma moeda na mesa, fazendo subir uma pequena nuvem de cinzas ao guardar a adaga de volta na bainha e se afastar. Ninguém a seguiu. Então ela saiu para a noite, que havia esfriado.

Em algum momento o botão de cima da camisa de Lila tinha aberto, e seu colar balançava livremente de um lado para o outro. Na ponta do cordão de ouro havia um anel preto, com um navio entalhado na face. Ela fechou a mão sobre o aro, voltando a enfiá-lo por baixo da camisa enquanto se dirigia para as docas.

Percorreu exatos três metros antes de se dar conta de que não estava sozinha.

— Vou logo avisando — disse ela —, não estou de bom humor hoje.

— Já percebi — respondeu uma voz suave e profunda. Ela se virou e viu um homem de pele negra vestido de branco da cabeça aos pés, e a primeira coisa em que pensou foi que era uma decisão muito estranha usar branco, uma cor tão incomum entre marinheiros. Foi o que também pensou na primeira vez que viu o traje a bordo do navio de Maris.

Valick, pensou ela. Era esse o seu nome.

— Você está bem longe do mercado flutuante. — Ele fitou a lâmina na mão de Lila, que segurou a adaga com força. — Achado não é roubado — acrescentou ela.

E ele não podia ter adivinhado o que era, mas obviamente foi o que fez, pois disse:

— Uma arma dessas deveria ficar no *Ferase Stras*, não nas ruas.

Lila arqueou a sobrancelha.

— Você veio até aqui por causa de uma faca?

— Não — respondeu Valick. — Vim até aqui por sua causa.

Lila estreitou os olhos.

— Se estiver pretendendo *me* adicionar à sua coleção...

— Você deve um favor à Maris — interrompeu ele. — E ela quer cobrá-lo agora.

Um favor. Quando Maris lhe ofereceu o olho preto de vidro, Lila devia ter percebido que era melhor ter pagado na mesma hora, abdicado de um ou dois anos de vida, de modo a ficarem quites, em vez de ficar lhe devendo um favor. Favor não passava de um eufemismo para dívida, e Lila detestava ficar devendo a alguém. Já fazia um bom tempo que estava esperando a velhota cobrar o favor — já tinha inclusive começado a se perguntar se talvez, ao longo dos anos, ela teria se esquecido.

Pelo jeito, não.

— E então? O que é que ela quer?

Valick estendeu a outra mão.

— Ela mesma vai te dizer. — Em sua palma havia um anel, não preto como o que Lila carregava no pescoço, mas prateado, com uma ampulheta gravada na superfície. Mesmo assim, ela reconheceu o trabalho manual da rainha e podia apostar que havia um anel gêmeo na mão da idosa.

— Temos que encontrar uma tábua de divinação — começou o homem, mas Lila já estava dando um passo até ele.

— Bobagem — disse ela, cortando a palma da própria mão com uma faca. — Que desperdício de magia.

Ela estendeu a mão, fechando os dedos sobre o anel e a mão de Valick, prendendo o metal entre as palmas dos dois. Antes que ele pudesse se afastar, ela sussurrou as palavras no ar, e então o mundo tremeu e se dissipou.

XII

Lila Bard saiu da rua escura e entrou na cabine de um navio, arrastando Valick Patrol em seu encalço. O chão balançou sob suas botas e o ar retumbou com um som parecido com um trovão. O aposento era estreito e a luz do abajur se derramava sobre armários, baús e uma mesa, atrás da qual estava sentada Maris Patrol, a capitã do mercado flutuante. A velha vestia uma camisola de seda branca e seu cabelo branco estava solto, espalhado pelas costas. Segurava uma taça de vinho em uma das mãos e um livro na outra e, um segundo antes da chegada de Lila, estava nitidamente desfrutando de ambos. Naquele momento, porém, ergueu o olhar, e Lila teve o raro prazer de ver a surpresa estampada na cara da capitã, pouco antes que ela — e o livro — se fechassem.

— Sua tola — exclamou Maris em arnesiano conforme o trovão diminuía. — Você sabe *muito bem* que este navio é protegido contra invasões mágicas. — Ou seja, era essa a razão do ar crepitante.

— Tive o pressentimento de que ia dar certo.

— Um *pressentimento* — disse a velha secamente. — Você arriscou a vida do meu sobrinho por um *pressentimento*.

— Um ótimo palpite, digamos assim. — Lila girou o anel de Valick no próprio dedo. — Os feitiços de proteção do palácio são vinculados ao sangue, então a família real pode ir e vir sem precisar de uma dúzia de feitiços. Imaginei que o *Ferase Stras* funcionasse da mesma forma. E, como você pode ver, seu sobrinho está ótimo. — Ela olhou para Valick, cuja pele negra havia assumido um tom pálido de cinza. Ele parecia prestes a vomitar. — Bom, mais ou menos — acrescentou ela.

— No meu quarto não — rosnou Maris, e Valick assentiu e saiu correndo, cambaleando no escuro. Uma rajada de ar frio veio do mar antes que a porta se fechasse. Lila se virou para dar uma olhada no conteúdo dos armários. Fazia sete anos desde que estivera ali, sete anos desde que subira a bordo daquele navio atrás de uma maneira de derrotar Osaron. Estava só esperando uma oportunidade para voltar.

— O que é que você está fazendo aqui? — perguntou Maris.

— Fui convidada — respondeu Lila, estendendo o anel de prata. Seu gêmeo brilhou, só um entre os vários anéis na mão ossuda da mulher.

— Isso foi um convite para conversar comigo — disse ela, sem nem tocar no aro. — Não para fazer uma *visita*. Tenho certeza de que Valick lhe explicou.

— Ele deve ter se esquecido de mencionar esse detalhe — retrucou Lila, deixando o anel cair em cima da mesa. — Suponho que poderia lhe perguntar como você conseguiu pôr as mãos numa peça feita pela rainha, mas... — Ela parou de falar e fez um gesto amplo em direção ao navio, cujo propósito era negociar e armazenar objetos mágicos proibidos.

— Ela é bem esperta, não é mesmo? — observou Maris. — É lógico que Sua Majestade não *inventou* a magia emparelhada, mas, ainda assim, é uma execução bem elegante do conceito. Uma mente dessas pode ser extremamente perigosa.

— Por favor, fique com ela. Guarde-a num desses caixotes do seu navio.

Maris meneou a cabeça.

— Você não gosta dela.

— Não confio nela — rebateu Lila, sentando-se na cadeira em frente à escrivaninha. Um saco pálido estava jogado no chão bem ao lado de seus pés, e ela demorou um pouco para se dar conta de que se tratava, na verdade, de um cachorro bem velho. O animal estava estranhamente quieto. Ela o cutucou de leve com a bota para se certificar de que estava respirando. O cachorro deu um suspiro, e ela voltou a atenção para Maris. — Você está com uma cara de velha.

— E me sinto mais velha ainda — respondeu Maris, e acrescentou: — O que foi que você fez com o olho?

As duas tinham plena ciência de que ela não estava se referindo aos olhos no rosto de Lila, mas do que estava em sua cabine, guardado na caixinha de veludo, cuja superfície não era castanha nem azul, mas preta como o piche. Preta como o olho que ela havia perdido para o bisturi de um médico muito tempo atrás, em sua Londres, antes que conhecesse outros mundos ou a magia que possuíam, muito menos o termo *Antari*.

O olho que recebera em troca de um favor.

— Eu o uso de vez em quando — respondeu ela. — Mas descobri que as pessoas são idiotas. Mostrar a elas o poder que tem é como mostrar as cartas que você tem nas mãos. O melhor é deixá-las *imaginando* coisas que, no fim das contas, quase sempre estão erradas.

A porta se abriu e Valick retornou, parecendo mais inteiro. Atravessou a sala e colocou a lâmina enfeitiçada em cima da mesa.

— Isso aí ainda é meu — disse Lila enquanto Maris pegava a adaga e a tirava da bainha, prestando atenção na superfície perolada.

Ela franziu a testa, as rugas rachando-a como se fosse gelo em sua pele.

— Você sabe o que ela faz?

— Mata pessoas.

Maris revirou os olhos.

— Facas comuns matam pessoas. *Esta* aqui usa a magia da pessoa para destruí-la. Aproveita o poder que corre em seu sangue e o vira contra o próprio corpo...

Lila endireitou a postura, interessada. Lembrou como o homem na taverna pareceu pegar fogo de dentro para fora logo antes de virar cinzas, e ficou imaginando o que aquela adaga faria com um mago de ossos. Será que se desmancharia como um colar de pérolas ou desabaria no chão como uma carne desossada? E o que será que aconteceria se atacasse um *Antari*?

— ... com um único corte — concluiu Maris.

— Certo — disse Lila. — Então... é uma faca. E mata pessoas.

Maris sacudiu a cabeça.

— É uma pena que todo o seu poder não venha acompanhado de bom senso. — Ela abriu uma gaveta na escrivaninha.

— É minha — murmurou Lila enquanto a lâmina desaparecia lá dentro.

— Considere a adaga como pagamento por ter embarcado no meu navio. Agora, dê o fora daqui.

— Mas acabei de chegar. E você nem me disse por que foi atrás de mim. A não ser que só quisesse bater um papo. Sei que deve se sentir solitária aqui...

— Fora dos meus *aposentos*. Valick, acompanhe a capitã Bard até o convés inferior. Não deixe que ela toque em nada.

Lila se levantou e estendeu as mãos para ela.

— Dá um tempo. Nem eu seria tão idiota a ponto de roubar qualquer coisa do *seu* navio.

— Alguém foi — retrucou Maris, e, antes que Lila pudesse perguntar, ela deu um último gole na taça e acenou com a cabeça em direção à porta.

Lila começou a se dirigir para fora dos aposentos de Maris, mas no meio do caminho olhou para trás. Tinha uma coisa que queria perguntar. Uma coisa que precisava saber.

— A magia mais poderosa do mundo está dentro deste navio. Se tivesse algo que pudesse ajudar o Kell... — Sua voz ficou embargada, revelando o quanto ela precisava daquilo.

Ao longo dos últimos sete anos eles fizeram pesquisas, experimentaram poções e feitiços — tentaram absolutamente tudo que se possa imaginar. Mas nada do que encontraram, fosse nos três impérios, fosse em qualquer mercado — ilegal, oculto, ou o que fosse —, foi capaz de consertar o que havia se partido dentro dele.

Afinal, Kell parou de correr atrás de uma solução.

Mas ela, não.

— ... eu pago o que for — concluiu ela.

Maris franziu os lábios.

— Pague uma dívida antes de assumir outra.

Um sentimento de repulsa tomou conta de Lila, mas a capitã ergueu a mão para interrompê-la. Parecia subitamente cansada.

— Se houvesse algo aqui capaz de restaurar o poder de Kell Maresh ou aliviar seu sofrimento, eu daria a você... — Ela quase disse "de graça", Lila chegou a vê-la esboçar a palavra nos lábios. Acontece que Maris era uma mulher sensata. Em vez disso, a velha só sacudiu a cabeça e concluiu: — Mas não há.

As palavras caíram como uma porta pesada sendo fechada pela força do vento. E desta vez, quando Maris acenou para que ela fosse embora, Lila se virou e seguiu Valick até a saída.

───•───

Se o mercado noturno da Londres Vermelha tivesse sido retirado da avenida ao lado do Atol e empilhado num navio, com tendas e barracas ocupando cada centímetro, mesmo assim não chegaria nem aos pés do *Ferase Stras*.

O navio tinha o dobro do tamanho do *Barron*; era um labirinto de corredores, conveses e cabines, cômodos empilhados como uma pilha de livros sobre uma mesinha.

Lila sempre levou jeito para fazer mapas. Não no papel, mas dentro de sua cabeça: mapas de becos e ruas da cidade, inúmeros mundos confinados em sua memória. Ela era capaz de percorrer uma estrada e aprendê-la com seus próprios passos, sem jamais errar o caminho — mas não conseguia fazer isso a bordo do *Ferase Stras*. Talvez fosse a magia, um feitiço desenvolvido para alterar a memória, ou talvez fosse resultado de todo o caos e a desordem, a distração maravilhosa de centenas de objetos poderosos.

Por outro lado, Valick conhecia bem o caminho.

Ela o seguiu escada abaixo e por um corredor cheio de quartos. Várias vezes Lila desacelerou diante de uma alcova fechada por cortinas, na esperança de conseguir dar uma espiadinha lá dentro, mas a voz de Valick logo a chamava para virar um canto, subir um lance de escadas e descer por outro até finalmente chegarem ao único espaço aberto no navio: o convés inferior. Katros, o outro sobrinho da capitã, estava encostado ao mastro principal, esculpindo um pedaço de madeira numa peça de Rasch. Ao avistar Lila Bard, endireitou a postura, olhando da plataforma ao lado do navio por onde os visitantes *deveriam* embarcar para o caminho de onde, sem sombra de dúvida, ela tinha vindo. Já o olhar de Lila foi direto para o convés.

Mesmo sob a luz fraca do lampião, ela podia ver os estragos. A mancha de sangue nas tábuas de madeira, o padrão intrincado da magia.

— O que foi que aconteceu aqui? — perguntou ela, seguindo os rastros do feitiço de proteção arruinado até uma parte quebrada da amurada. Katros e Valick abriram a boca, mas foi Maris quem respondeu.

— Fui roubada.

Ela tinha vindo por outro caminho e, nesse meio-tempo, trocado de roupa, substituindo o robe por uma túnica e uma calça de linho branco e prendendo os cabelos brancos numa trança. O velho cachorro branco vinha atrás, silenciosamente.

— Roubada? — Lila pousou a mão na amurada. — Pensei que isso fosse impossível.

— E deveria ser mesmo — concordou Maris, cruzando os braços.

Lila teve vontade de perguntar como é que eles tinham feito aquilo, mas as perguntas eram como moedas para pessoas como Maris: era preciso ter cuidado ao gastá-las. Por isso, fez uma pergunta mais pertinente.

— O que é que eu tenho a ver com isso?

— Três ladrões subiram a bordo do meu navio. Um deles conseguiu escapar.

Lila arrastou o sapato no convés sujo de sangue.

— E você quer que eu vá atrás dele?

— O ladrão não importa tanto quanto o objeto que foi roubado — ou quem o mandou vir até aqui para roubá-lo.

Katros estendeu uma folha de papel com um desenho.

— Foi danificado no ataque — disse Maris. — Mas talvez ainda funcione.

Lila observou o desenho. Era um esboço bem detalhado de uma caixa cuja única decoração era um anel de ferro incrustado na frente. Parecia bem simples, mas Lila roubara algo parecido quando era mais nova — uma caixa-segredo, do tipo que ocultava a própria chave. Era pequena e feita de madeira e latão, com peças que deslizavam e giravam, dobradiças que se moviam e fechos que só se soltavam se você movesse todas as peças do jeito certo e na ordem certa.

Ela levara três horas para conseguir abrir a caixa.

As duas primeiras, ela gastou tentando resolver o quebra-cabeça. Na terceira, a esmagou com uma pedra.

Aquela ali parecia ser bem simples, mas, por outro lado, estava no *Ferase Stras*. Além disso, Maris dava tanta importância à caixa que queria recuperá-la mesmo que talvez nem estivesse mais funcionando, o que queria dizer que a possibilidade de que *ainda* funcionasse bastava para fazer com que a velhota cobrasse o favor que Lila estava lhe devendo.

— O que é que ela faz? — perguntou Lila.

Maris suspirou e olhou para a escuridão além do navio. Era uma noite sem lua e o mar estava tão escuro que era como se flutuassem no céu. A velha estava com um brilho distante nos olhos, e Lila teve a impressão de que, querendo ou não, estava prestes a ouvir uma história.

— Os *Antari* sempre foram raros. Mas, em outros tempos, era possível contá-los em mais de uma das mãos. Naquela época, a maioria das pessoas não só tinha ouvido falar de seu poder, mas também podiam vê-los de perto. Viam e os queriam para si. Não é de se admirar: uma gota de sangue, uma única frase, e você pode transformar carne em pedra, quebrar paredes ou selá-las, curar uma ferida mortal ou abrir portas dentro de um mundo ou entre mundos.

— Sei muito bem do que *eu* sou capaz de fazer — disse Lila.

Maris lançou a ela um olhar de advertência.

— Tudo que *você* faz pode ser realizado com um feitiço. Era essa a teoria. Por isso, os falsificadores se propuseram a desenvolver feitiços que pudessem emular seus dons.

Lila começou a ter um mau pressentimento, mas desta vez não interrompeu Maris.

— É na magia *Antari* — continuou Maris — que o feitiço e o elemento se unem. É simples e elegante, mas o ofício necessário para replicá-la estava bem longe disso. Era volátil, complicado e exigia dispositivos para conter a magia a fim de evitar que os feitiços caíssem aos pedaços ou se desfizessem de maneiras horríveis.

— Mas funcionava — adivinhou Lila.

— Funcionava, sim — confirmou Maris. — O objeto roubado é chamado de *persalis*. Um abridor de portas.

O mau pressentimento de Lila se transformou em desespero.

— Não vai me dizer que ele abre portas entre os mundos.

— Ainda bem que não — disse Maris. — Só os *Antari* conseguem fazer isso. Mas o objeto abre portas *dentro* dos mundos. O anel de ferro na frente se solta e é usado para marcar o destino. Com isso, a caixa cria um portal.

Igual ao *As Tascen*, pensou Lila. O feitiço que lhe permitira cortar um atalho no mundo e sair da rua direto para o navio.

— Ao *contrário* da sua magia — continuou Maris —, este portal permanece aberto, não importa quantas pessoas passem por ele.

Enquanto o feitiço estiver ativo, um exército inteiro pode se mover de um lugar para o outro.

O desespero se transformou em raiva. Lila cerrou a mandíbula.

— Já pensou que em vez de ficar guardando a magia mais perigosa do mundo, você poderia simplesmente destruí-la e nos poupar de tanta dor de cabeça? — perguntou ela.

— Se eu tivesse feito isso, não haveria anéis para vincular o poder dos *Antari* e vocês três teriam perdido para Osaron, e então Londres acabaria perecendo nas mãos de sua praga, seguida por todas as outras, creio eu. Se ficarmos pensando apenas nas mãos erradas em que a magia pode cair, esquecemos que de vez em quando também há mãos certas.

Lila passou a mão pelo cabelo.

— Então, um ladrão conseguiu sair do navio. E os outros dois?

— Não conseguiram — respondeu Maris sem rodeios, estendendo os dedos para Katros, que lhe deu uma bolsinha. — É tudo que ele tinha no bolso — explicou ela, passando-a para Lila. Ela puxou o barbante e derramou o conteúdo na palma da mão. Alguns lins vermelhos. Mal davam para pagar uma refeição.

— Não vai me dizer que você só tem essa pista — disse ela, devolvendo as moedas à bolsinha.

Maris pigarreou.

— Ele também tinha uma marca queimada na pele. A marca de uma mão.

Ao ouvir isso, Lila murmurou um "merda" bem baixinho.

— Que poeta — exclamou a capitã do *Ferase Stras*, e Lila pensou pela milésima vez que deveria ter pagado pelo maldito olho de vidro de outra forma, trocado por um ano de sua vida em vez de ficar lhe devendo um favor. — Sugiro que encontre a caixa depressa — acrescentou Maris. — Antes que *alguém* comece a usá-la.

— Ah, lógico, estava pensando em ir bem devagar... — Lila enfiou a bolsa de moedas no bolso. — Mais alguma coisa?

Maris tirou um objeto do bolso. Um pedaço de vidro do tamanho de uma carta de baralho.

— Isso aqui pode ajudá-la.

Lila pegou o objeto e o revirou nas mãos. Parecia bem comum, mas, como estava no navio de Maris, era bem provável que não fosse. Ergueu o vidro.

— Quer que eu adivinhe?

A velhota emitiu um som que se assemelhava a uma risada. Mas o barulho era seco como papel.

— Pense nisso como um olhar para o passado — respondeu ela. — Para o caso de você estar um passo atrás, assim como eu. — Ela explicou como ativar o feitiço, mas quando Lila levou o vidro até o olho para testá-lo, com a palavra já na ponta da língua, Maris estendeu a mão e fechou os dedos enrugados em volta de seu pulso.

— Use-o com sabedoria — advertiu ela. — Só funciona uma vez.

— Obviamente — suspirou a *Antari*, guardando o vidro frágil dentro do casaco. — Bem, já que é só isso... — Ela desembainhou uma pequena lâmina do quadril, mas, quando encostou o aço na pele, Maris pigarreou.

— Eu não faria isso se fosse você. Os feitiços de proteção arrefeceram para o meu sobrinho. Mas duvido que sejam gentis assim com você. — Ela acenou com a cabeça para a plataforma de embarque, que se projetava como uma língua fina sobre o mar. Parecia mais uma prancha, do tipo que marinheiros rebeldes eram forçados a atravessar naqueles romancezinhos de terror baratos. — Melhor prevenir do que remediar.

Lila subiu na prancha. O navio balançou e a tábua de madeira afundou sob suas botas, mas ela não tropeçou. Deu um passo, depois outro, passando pelo casco do navio e pelos feitiços que o protegiam até que estivesse sã e salva.

Ela poderia ter parado ali, mas algo a impeliu até a beirada da prancha. Lila olhou para a água escura conforme tirava uma lasca de madeira do bolso: um pedacinho do pássaro na proa de seu navio. Alucard tivera um ataque quando percebeu a ausência da pena, removida da asa da escultura com um cinzel. Mas Lila tinha um bom motivo.

O *persalis* podia ser o utensílio mágico de um impostor, mas tinha uma coisa que ele compreendia muito bem.

Nunca abra uma porta a menos que você saiba aonde ela leva.

Pressionou o polegar no gume da faca, sentindo a pontada do metal e o fluxo de sangue.

— Delilah — chamou Maris.

Lila olhou para trás.

— Deixa eu adivinhar, você quer que eu tome cuidado.

Ela deu aquela risada seca de novo.

— Cuidado é para velhos andando em piso molhado — retrucou Maris, com as tranças brancas agitando-se por causa da brisa. — O que eu quero é que você traga de volta aquela maldita caixa.

Lila sorriu, pressionando o polegar cheio de sangue na pena de madeira.

— Às suas ordens, capitã — disse ela, pisando para fora do navio no instante em que o feitiço escapava de seus lábios.

Mas nunca caiu sobre as ondas.

Em um piscar de olhos, Lila chegou ao convés do *Barron*.

Depois de um breve salto e um aperto no peito, suas botas tocaram nas tábuas de madeira a meio passo de Vasry e Raya, que estavam de cabeça baixa sobre um tabuleiro de Santo. Vasry deu um gritinho e caiu da banqueta onde estava sentado, enquanto Raya esboçou um sorrisinho divertido.

— Nunca me acostumo com isso — disse Vasry, levantando-se.

Lila mexeu a cabeça de um lado para o outro e caminhou pelo convés, guardando novamente a pena de madeira no bolso. A adrenalina da noite havia se dissipado e de repente ela se sentiu cansada, com o corpo doendo por causa da luta no *Crow*, os pensamentos agitados pela missão que Maris havia lhe dado e a pele suja de sangue e poder. Tirou o casaco e o deixou de lado, lavando as mãos e o rosto com um jarro de água.

— Cadê Stross e Tav?

— *Hesassa* — respondeu Raya.

— Desmaiados de sono — traduziu Vasry, cujo fresiano ficara compreensivelmente melhor ao longo dos anos.

— E quanto aos nossos vizinhos? — perguntou ela, acenando com a cabeça para o ancoradouro vazio onde o *Crow* estivera anteriormente. — Algum problema?

— Ah, sim — respondeu Vasry. — Os outros quatro voltaram e começaram a procurar pelo navio.

— E aí?

— Estamos em Verose — respondeu ele, encolhendo os ombros de um jeito simpático. — Se não queriam perder o navio, não deveriam tê-lo deixado entregue às moscas. Mas mesmo assim eles deram uma passada aqui — acrescentou ele — para perguntar se tínhamos visto alguma coisa. Só que logo perceberam que estávamos bem *ocupados*. — Raya estalou os dedos e um jato de água espirrou em seu rosto.

Lila deu uma olhada ao redor do convés.

— Não o vimos mais desde que ele voltou — disse Vasry, lendo seus pensamentos. — Foi direto para o quarto e achamos melhor deixá-lo em paz.

Ela assentiu. Tantos anos depois e a tripulação ainda mantinha Kell à distância. Mas não podia repreendê-los por isso: Stross não gostava de ter um príncipe a bordo, dizia que atraía muita atenção. Tav e Vasry o tratavam como se não passasse de uma carga valiosa. Raya agia como se ele fosse um canhão que poderia disparar a qualquer momento.

Resumindo: tinham medo dele.

Tudo bem que também tinham medo de Lila. Mas era diferente. Eles tinham medo do que ela era capaz de *fazer*. Já com Kell, tinham medo do que ele *era*. Embora os dois fossem *Antari*, a tripulação conseguia se esquecer do olho de Bard até que ela fizesse algo como aparecer do nada no meio do navio.

Lila lhes desejou boa-noite e desceu o pequeno lance de escada até o interior do *Barron*. Ela queria um banho. Uma comida quente. Uma cama. Mas quando chegou a sua cabine, só o que fez foi tirar o casaco e guardar o painel de vidro que Maris lhe dera na gaveta de cima da escrivaninha.

Depois disso, seguiu pelo corredor estreito até a porta fechada nos fundos.

Não se deu ao trabalho de bater.

Kell estava deitado de lado no escuro, seu cabelo formando pequenas ondas sobre o travesseiro. Estava de olhos fechados, mas Lila sabia que ele não estava dormindo — ele nunca dormia quando ela estava fora. Lila deitou ao seu lado, estendendo o corpo na cama estreita, e ele fingiu acordar, primeiro virando-se de costas e depois em direção a ela.

— Oi — disse ele em inglês. A voz dele era suave e baixa, mas ela se sentiu comovida tanto pela palavra quanto pelo som. Durante toda a vida tinha subestimado o idioma, mas naquele mundo o inglês era a língua real, reservada para a nobreza e a realeza arnesiana, uma ostentação resultante dos séculos de magos *Antari* transportando cartas entre os reis e as rainhas de Londres. Já ali, no mar, era algo íntimo. O idioma que os dois só usavam quando estavam a sós.

Kell estendeu a mão, colocando uma mecha de cabelo atrás da orelha dela. Hoje em dia, suas mãos eram mais ásperas, mas seu toque continuava leve, como se fosse ela que pudesse se quebrar.

— Onde você estava? — perguntou Kell, e ela lhe contou tudo. O aviso de Tanis, a chegada de Valick, Maris, o roubo a bordo do mercado flutuante e a missão da qual havia sido incumbida.

Pouco tempo depois, Kell se sentou com o queixo apoiado nas mãos nodosas e ouviu com atenção a história do *persalis*, dos três ladrões que foram roubá-lo e daquele que havia conseguido fugir. Quando Lila terminou, ele não lhe disse que era perigoso demais, muito menos que era uma missão impossível — como procurar agulha num palheiro quando não era possível nem mesmo encontrar a palha. Nem sequer perguntou por onde começariam. Sabia tão bem quanto ela. Se fosse obra da Mão, teriam um único objetivo. O palácio. A coroa. O rei.

Lila se espreguiçou ao lado dele, finalmente sentindo seus braços e pernas relaxarem.

— Para Londres, então — disse ele no escuro.

Ela assentiu e sussurrou de volta:

— Para Londres.

TRÊS

O CORAÇÃO DO REI

I

LONDRES VERMELHA

A cidade era cheia de coisas quebradas, mas, segundo Tes, eram poucas as que não tinham conserto.

Ela aproveitou o dia de folga como de costume: vasculhando barracas e lojas de quinquilharias, atrás de qualquer coisa que chamasse sua atenção. Consertava algumas bugigangas e desmontava outras, soltando os fios da magia para usá-los em outra coisa. Pegava um objeto que já existia e o *aprimorava*. Outros artífices se concentravam em invenções, mas ela preferia as reformas.

Uma sacola com as conquistas do dia chacoalhava em seu ombro conforme Tes avançava pelo mercado lotado. À medida que caminhava, murmurava baixinho, não para si mesma, mas para a coruja no bolso da frente do casaco.

— ... ainda estou procurando uma chave de ferro. E preciso de mais cobre, não acha?

Vares sacudiu os ossos em concordância, e ela sentiu como se tivesse um segundo coração sob a camisa.

Era bom ter alguém com quem conversar, mesmo que esse alguém fosse mais uma *coisa*, e essa coisa estivesse tecnicamente morta. Tes se sentia inquieta, com os nervos à flor da pele, como sempre acontecia quando deixava a segurança da loja. Devia ser efeito do chá amargo que bebera antes de sair ou do pão doce que comera em duas mordidas no último mercado pelo qual havia passado.

Chegou ao fim das barracas, mas, em vez de seguir em frente, virou-se, esgueirando-se por uma cortina entre as tendas que levava a uma segunda fileira oculta de barracas.

Foi uma das primeiras coisas que aprendeu: a maioria dos mercados tinha dois lados.

O primeiro era sem graça e despretensioso, repleto de objetos comuns, mas o segundo... ah, o segundo ficava logo atrás, costas com costas, como uma moeda virada ao contrário ou o sumo sacerdote no jogo de Santo, a única carta que tinha duas faces.

Ali, a magia brilhava mais forte. Um objeto poderia ser comprado tanto em dinheiro quanto em troca de outra coisa. Ali, você nunca sabia o que encontraria.

O outro lado não pertencia a um mercado *proibido* — por precaução, Tes sempre os evitava —, mas a um mercado que preferia conduzir seus negócios sem a interferência da guarda real. Era como a sala dos fundos de uma loja de antiguidades: reservada àqueles que sabiam o que procurar e entendiam que não deveriam ficar fazendo perguntas.

Tes reduziu o passo ao chegar a uma mesa repleta de conjuntos de elementos com as tampas abertas para expor seu conteúdo.

Cinco elementos: água, fogo, terra, vento e osso; o último incluso apesar de seu uso ser estritamente proibido. Alguns conjuntos estavam em grandes baús ornamentados, cada um dos elementos contido numa esfera de vidro do tamanho de um melão. Já outros eram pequenos a ponto de caberem na palma da mão de uma criança, com os elementos contidos em miçangas de vidro.

A parte da frente da mesa exibia várias bolsinhas repletas de miçangas extras, com os elementos reunidos no fundo como se estivessem descansando. Pareciam um pontinho escuro na visão dela; o poder adormecido, a magia não conjurada.

Não havia nem sinal do vendedor, e Tes deixou seus dedos deslizarem até um dos conjuntos: uma caixinha com bordas douradas e os elementos numa única fileira. Nesse instante, a sacola em seu ombro escorregou e acabou batendo numa bolsinha de miçangas, derramando todo o conteúdo pela mesa.

— Não, não, não — sibilou ela. Avançou e apanhou a bolsinha a tempo de a endireitar de volta no lugar, mas não antes que um punhado de miçangas quicasse da mesa e caísse nas pedras da calçada como granizo. Tes se retraiu quando as pessoas ao redor viraram em sua direção, e se ajoelhou para recolher as miçangas cheias de água colorida espirrando no interior.

Conseguiu pegar duas que rolavam para longe, mas acabou perdendo a terceira, que sumiu embaixo da mesa. Ajoelhou-se para conseguir pegá-la de volta, mas assim que seus dedos roçaram no vidro, a miçanga rolou para longe de seu alcance. Na mesma hora ela viu botas movendo-se atrás da barraca e ouviu a voz de dois homens.

— ... os dias dele estão contados.

— Você sabe de alguma coisa que eu não sei?

Uma risadinha baixa.

— Só vou dizer que, se fosse você, eu não investiria em vermelho e dourado.

Tes ficou completamente imóvel. Estavam falando sobre a coroa.

— Mas será que importa qual traseiro real está sentado no trono?

— Quando a pessoa em questão não tem nenhum poder, importa, sim.

Tes franziu a testa. Todo mundo dizia que o rei Rhy não possuía magia, mas ela não entendia qual a relação daquilo com o governo de Arnes, até que a pessoa continuou:

— Importa mais ainda quando a magia está em tempos de seca.

Não era a primeira vez que Tes ouvia falar da escassez de poder, o recuo da maré da magia, mas se os fios estavam enfraquecendo, ela nem chegara a perceber. E mesmo que fosse verdade, quem poderia afirmar que o rei era culpado? Os *Antari* eram supostamente o ápice da magia, mas ao longo dos séculos ficavam cada vez mais raros, ao passo que Rhy Maresh só assumira o trono após a Noite Preta. A Noite Preta, que se espalhara como uma praga pelas ruas de Londres, infectando aqueles que não lutaram e matando a maioria dos que o fizeram. Se o poder estiver *mesmo* diminuindo, por que não botar a culpa *nisso*? Não era mais provável que a magia do império tivesse sido danificada por *aquele* acontecimento caótico e não por um rei sem magia sentado num trono feito pelas mãos do homem?

Não que isso importasse.

Quando as pessoas queriam causar confusão, só o que precisavam era de uma boa desculpa. Havia meses que ela conseguia sentir até o gosto dos problemas em ebulição. Era como fumaça ou um chá amargo, e a cada dia que passava parecia ficar ainda mais forte.

— Sabe o que Faro e Vesk fazem com quem não tem poder? — perguntou um deles enquanto ela prendia a respiração e tentava alcançar a miçanga de água.

— Com certeza não lhes dão uma coroa.

— Exatamente. Nos fazem parecer fracos. A meu ver, foi um erro grave. A Mão vai resolver o problema.

— E se não resolver?

— Bem, qual é o problema em termos um rei mimado a menos no mundo?

Finalmente os dedos de Tes se fecharam ao redor da miçanga perdida. Ela recuou com pressa e se levantou, jogando sua recompensa na bolsinha de pano e se afastando rapidamente da barraca antes que os homens atravessassem a cortina e percebessem que alguém os tinha ouvido falar em traição. Não olhou para trás nem diminuiu o passo, nem mesmo quando Vares a bicou por cima da camisa, como se a coruja morta estivesse lhe pedindo para fazer alguma coisa. E *havia* mesmo algo que podia fazer. Todos os cidadãos já tinham visto a escrita em letras douradas nas tábuas de divinação da cidade, as ordens, que mais pareciam súplicas, instruindo o povo de Londres a denunciar qualquer indício de rebelião.

Havia uma tábua de divinação no fim do mercado. Era só pressionar a palma da mão na marca e os soldados viriam rapidamente.

Mas ela não fez isso.

Tes não tinha nada contra o rei.

Ela tinha apenas 8 anos e estava a quase duzentos quilômetros ao norte quando a Noite Preta atingiu Londres, e Rhy Maresh foi forçado a assumir o trono. Não estava presente para ver a cidade ruir e voltar a se erguer, para testemunhar o jovem príncipe libertino no mesmo dia tornar-se órfão e ser coroado rei. Mas se lembrava de seu primeiro inverno na cidade, há três anos. O desfile luxuoso que encheu a enorme avenida de uma luz gélida durante a *Sel Fera Noche*, com a família real flutuando numa plataforma dourada como se a rua fosse um lago congelado. Por um segundo, Tes ficou tão perto que pôde ver o rosto do rei, seu queixo erguido em uma postura orgulhosa, o sorriso deslumbrante, a coroa aninhada nos cachos pretos e sedosos; mas o que lhe atraiu mesmo foram seus olhos dourados, que, apesar de todo o brilho, pareciam tristes.

Não, ela não tinha nada contra Rhy Maresh. Parecia ser um rei razoável. Tes já tinha problemas demais, por isso fazia questão de ficar longe dos problemas dos outros.

Além disso, era um consenso entre todos os cidadãos que o rei não tinha poder, mas no dia do desfile ela vira a luz prateada que brotava de seu peito espalhando não fios, mas chamas que chamuscavam o ar ao redor da coroa.

Rhy Maresh não era tão indefeso quanto parecia.

— Ora, ora, vejam só, a minha aprendiz preferida!

Ela chegou à última barraca, onde Lorn, um velho magricela com óculos empoleirados no nariz, estava à sua espera. Seu rosto mais parecia um tronco velho e desgastado, e rugas surgiam nos cantos dos olhos e da boca sempre que ele dizia alguma coisa.

— Como anda o Mestre Haskin esta semana?

Ela tirou o rei da cabeça e conseguiu esboçar um sorriso.

— Ocupado — respondeu ela. — Acredite se quiser, mas as coisas nunca param de quebrar.

Lorn lançou-lhe um olhar esperto.

— É difícil acreditar que ainda haja em Londres relógios, fechaduras e objetos de uso doméstico que precisem de conserto.

Tes deu de ombros.

— As pessoas devem ser muito desastradas.

Lorn tinha uma careca no topo da cabeça que Tes notava sempre que ia à barraca, pois havia um monte de espelhos nos fundos da loja. Tomavam conta do espaço estreito, em uma dúzia de formas e tamanhos diferentes, alguns pendurados em ângulos esquisitos e refletindo o mundo em fragmentos desarmônicos. Os feitiços teciam linhas brilhantes em volta das molduras, prometendo o futuro, o passado, uma memória, um desejo.

Quando Lorn se inclinou para pegar alguma coisa debaixo da mesa, Tes viu a si mesma no reflexo — os cachos rebeldes presos em um coque na base do pescoço em vez de no topo da cabeça, a protuberância de Vares no bolso de seu casaco, a própria magia, que não se enrolava em fios como a de todo mundo, mas se embolava numa aura, como a luz por trás de um vidro embaçado. Ela tentara alcançar aquela bruma várias vezes, mas a luz dobrava-se em torno de seus dedos — era o único poder que não conseguia tocar.

— Vamos ver, vamos ver... ah!

O comerciante endireitou a postura e estendeu a Tes uma sacolinha. Ele e Haskin tinham um acordo (pelo menos era o que Lorn presumia): o primeiro recolheria toda sucata que um restaurador achasse útil e, em troca, poderia levar qualquer coisa que precisasse de conserto para a oficina, de graça.

Tes puxou o barbante da sacola e deu uma olhada nas peças. Para outra pessoa, aquilo não passaria de lixo, mas foi só ela ver o clarão do metal e o brilho da magia que sua mente ficou a mil por hora, antecipando-se, voltando à loja e a sua mesa de trabalho, que a esperava. Ela ergueu o olhar para agradecer a Lorn, mas então se deparou com o reflexo de uma mulher nos espelhos, passando por entre as barracas.

Tes ficou dura como uma pedra. Era como se alguém tivesse cravado uma estaca de gelo nela, prendendo-a na rua. Seu coração disparou dentro do peito conforme a mulher aparecia, desaparecia e tornava a aparecer diante dos vários ângulos dos espelhos.

Uma bochecha angular.

Uma trança escura.

Uma capa verde-esmeralda.

A mesma capa que o pai dera a Serival, sua irmã mais velha.

— Para caçar — dissera ele, repuxando os lábios numa linha fina: o gesto mais próximo de um sorriso para o pai. Na época, Tes era muito nova para entender a natureza do presente dado a irmã ou perceber que aquilo não tinha nada a ver com animais.

— *Kers la?* — perguntou Lorn, mas por cima do questionamento havia outra voz, baixa e suave, tomando conta de seus ouvidos, sua cabeça, seu coração.

Qual é o problema, coelhinha?

Tes se encolheu e virou para trás, esperando que a irmã estivesse bem ali, com uma expressão triunfante no rosto enquanto fechava os dedos frios em seu pescoço.

Te peguei.

Mas Serival não estava ali.

Não havia nem sinal dela, nem da capa verde-esmeralda que fizera o coração de Tes disparar, só as barracas de sempre e o rosto de Lorn, franzido de preocupação. Mas ela não conseguia tirar a voz de Serival da cabeça.

Para onde você fugiu, coelhinha?

Tes começou a se afastar, a sacola enfiada debaixo do braço.

Quanto tempo será que você consegue ficar escondida?

Ela balbuciou alguma coisa para Lorn — um pedido de desculpas ou talvez um agradecimento; não conseguiu ouvir o que dizia por causa das batidas do próprio coração —, depois se virou e saiu em disparada pelo vão entre as tendas, voltando para a segurança do mercado lotado.

Viu um lampejo verde com o canto do olho. A mulher de capa verde-esmeralda estava a poucos metros de distância, de costas para ela, passando a mão por um rolo de tecido. Tes recuou tão depressa que acabou esbarrando em alguém — e em alguma coisa —, sentiu o objeto escorregar e cair, ouviu o grito de desespero do homem e o som oco da madeira caindo na rua de pedra.

A mulher de verde também ouviu o barulho e se virou, e, pela primeira vez, Tes viu seu rosto. Todo o ar escapou de seus pulmões. Não era Serival. Lógico que não.

Sua irmã não a havia encontrado.

Tes continuava em segurança.

A coruja chacoalhou no bolso do casaco, e ela percebeu que Vares estava tentando acalmá-la.

— Tá tudo bem — sussurrou tanto para Vares quanto para si mesma. — Tá tudo bem.

Enquanto isso, o homem reclamava, irritado, ao se abaixar para pegar a caixa que ela havia derrubado.

— Espero que não esteja quebrado — vociferou ele, e Tes viu que não estava, mas mesmo assim aproveitou para tirar um cartão preto e dourado do bolso e entregá-lo.

— Se estiver — disse ela —, leve o objeto para o Mestre Haskin. Ele vai consertar de graça.

E antes que o homem fizesse outro escândalo, antes que alguém virasse e reparasse na garota esquisita com a sacola cheia de sucata e os olhos arregalados de pânico, Tes voltou às pressas para as quatro paredes, as prateleiras bagunçadas e a segurança da loja.

II

Rhy Maresh atirou a coroa longe.

O pesado diadema de ouro caiu em cima do monte de roupas que ele largara no chão, junto com os sapatos e o manto, numa pilha bagunçada de adornos na porta do banheiro.

É essa a aparência de um rei, pensou Rhy, *quando ele troca de pele*.

Um dos criados certamente teria ido até ele, tirado as roupas de seu corpo e as pendurado com cuidado na parede — como se fosse um pecado as vestes de um rei tocarem o piso, quanto mais serem deixadas jogadas ali —, mas Rhy expulsara os criados do banheiro real e os guardas do corredor, alegando que, como rei, tudo que queria era ser deixado em paz.

— Mas Vossa Majestade... — protestaram os criados.

— *Mas res* — insistiram os guardas.

— Mestre Emery nos alertou... — começaram os dois, e foi então que Rhy fez uma cara feia, encarou-os com firmeza com seus olhos dourados e retrucou que, até onde sabia, *Mestre Emery* não havia sido coroado rei. Ele usou o tom do pai ao falar. Após sete anos, ainda parecia uma voz que havia pegado emprestada, um ar fingido, não autêntico; endireitou a postura do mesmo jeito que a mãe fazia quando queria botar ordem em um ambiente, mas ainda assim se surpreendeu quando os guardas e criados lhe pediram desculpas. Quando o obedeceram.

Rhy deu um suspiro e afundou na água fumegante.

A banheira tinha o tamanho de uma gruta, mas, em vez de ser só uma rocha úmida, era forjada em azulejo e ouro. A luz brilhava em todas as superfícies, fazendo com que o aposento parecesse o interior de uma pedra preciosa. Ele passou a mão pelo cabelo preto e se recostou na parede rebaixada, desfrutando daquele calor. Seu ombro ainda lhe incomodava com uma dor persistente ao longo da clavícula, devido a fosse lá o que Kell tivesse feito na noite passada. Ou, melhor dizendo, fosse lá o que tivessem feito *com* ele. Rhy sabia que tinha sido um corte superficial; não pela quantidade de sangue — suas feridas fantasmas não derramavam nem uma gota —, mas pelo jeito como a dor deslizava pela clavícula, em vez de ficar latejando. Ainda assim, ficou imaginando quais seriam as circunstâncias, como fazia sempre, desde que o sofrimento de seu irmão passou a ser compartilhado com ele.

Rhy levou a mão ao peito. Não precisava baixar o olhar, não precisava ver a cicatriz na pele negra, o elaborado traçado de feitiços que circundavam seu coração. Havia muito tempo memorizara aquelas espirais, cujo mesmo padrão fora marcado na pele pálida de Kell.

Alucard detestava ver Rhy sofrer, mas a verdade é que ele aceitava a dor do irmão de bom grado. Se pudesse, a tomaria completamente para si, tirando-a de Kell e suportando tudo sozinho, mas não era assim que o feitiço funcionava. Kell tinha arrancado Rhy das garras da morte, usando sua própria vida para mantê-lo vivo; agora, tudo que podia fazer era partilhar o fardo daquela vida. Se Kell morresse, ele também morreria. Até lá, os dois estavam vinculados — qualquer mal que acontecesse a um, o outro também sentiria.

Só que, no fim das contas, o vínculo só ia até certo ponto. Hoje em dia, ele havia aprendido que a dor de Kell era mais profunda, apenas uma raiz para uma fonte que Rhy não era — nunca tinha sido — capaz de tocar. Por isso, acolheu aquela dor persistente no ombro e afundou ainda mais na banheira. Talvez, imaginou, a água também relaxasse os braços do irmão. Mas Rhy sabia que não era assim: a conexão dos dois era muito estranha; o prazer nunca parecia ser tão bem transmitido quanto a dor.

Fios de vapor subiram da água; Rhy estendeu a mão cheia de anéis e observou os círculos pálidos rodearem seus dedos. Quando era mais novo, costumava fingir que aquilo era magia, estreitava os olhos para o vapor e tentava forçá-lo a seguir padrões. Mas o ar nem se mexia.

Ele flexionou a mão, e os três anéis captaram a luz.

O primeiro era vermelho, tinha a superfície estampada com o cálice e o sol, e o conectava a Kell. O segundo, dourado e marcado com uma coroa e um coração, pertencia a Alucard. O terceiro, branco como o mármore, tinha a imagem de uma árvore gravada e o conectava ao *Aven Essen*, o sumo sacerdote encarregado de fornecer conforto e conselhos para o trono.

Antigamente ele também usava um quarto anel, um lindo aro prateado cujo gêmeo pertencia à rainha, mas Nadiya o pegou de volta, alegando que ele o usava com muita frequência e sem o devido respeito pelo seu trabalho.

Sua esposa, a inventora. Ele não se sentia ameaçado pela genialidade de Nadiya — pelo contrário, havia muito tempo que aceitara seu papel como governante bonito, em vez de inteligente. É verdade que a rainha também era encantadora, mas, com alguma sorte, Rhy envelheceria bem e ela, não, de modo que seu lugar permaneceria garantido. Ele dissera isso para Nadiya antes do casamento e adorou ver o jeito como ela arqueou a sobrancelha esquerda.

— Ah, não se preocupe — retrucara ela —, meu objetivo é me tornar uma bruxa.

Rhy sorriu diante da recordação e mergulhou a mão na água, apoiando a cabeça na borda de azulejos da banheira. Deixou que a mente vagasse, passando do sindicato de mercadores que vira durante a tarde para a chefe da guarda municipal, com sua lista de contravenções e infratores, das cartas de Faro, explicando por que haviam desistido da visita, até os planos para a *Sel Fera Noche*.

A *Longa Noite Preta*.

Era a festa mais importante da cidade, que marcava o fim da estação mais fria, bem como os anos desde que as portas entre os mundos haviam sido seladas, tornando-a também uma celebração dos Maresh. Afinal de contas, foi o primeiro rei Maresh quem viu a estranha magia derramando-se da Londres Preta e usou o poder coletivo dos *Antari* para repelir aquele feitiço amaldiçoado, isolando os mundos da escuridão e uns dos outros, e deixando que a Londres Preta se consumisse atrás de sua muralha como um incêndio numa sala sem janelas, até queimar por completo e ser reduzida a cinzas.

Mas, lógico, a magia não se apagara. O fogo só precisa de uma brasa para recuperar o calor, e algumas brasas haviam sobrevivido — como Vitari, uma lasca de magia infiltrada numa pedra. E Osaron, que não era uma brasa, mas a faísca que dera início a tudo e permanecera na Londres Preta à espera de um único sopro que o trouxesse de volta à vida. Osaron, que voltou a arder com intensidade suficiente para devastar o mundo inteiro, e por pouco não devastou, não fossem Kell, Lila e Holland a prendê-lo novamente.

Não que o povo soubesse disso. No que lhes dizia respeito, a Londres Preta continuava a salvo atrás de sua muralha e a *Sel Fera Noche* não passava de uma época de celebração. E com o aniversário de trezentos anos, a comemoração seria ainda maior. A cidade inteira se cobriria de vermelho e dourado, com o cálice e o sol do brasão real, e nas ruas e nos salões do palácio todos brindariam aos Maresh.

E Alucard queria *cancelar* a festa — não que Rhy pudesse ou *fosse* fazer isso. Tudo por causa da Mão.

A Mão, que afirmava que a magia estava frágil.

A Mão, que dizia que o culpado era ele.

Rhy Maresh, o rei sem magia, envenenando a fonte.

Sentiu uma pontada de raiva nas costelas. Não apenas raiva, mas também o medo de que eles tivessem razão.

Alucard afirmou que não havia o menor fundo de verdade naquelas palavras. Nadiya disse que eles não tinham prova de nada. Mas a inquietação só aumentava. Rhy precisava deter os rebeldes.

Mas para isso, antes de qualquer coisa, tinha que *pegá-los*.

Então Rhy esticou os braços, fechou os olhos e esperou seus pensamentos se acalmarem e sua mente vagar para bem longe dali.

SETE ANOS ATRÁS

Como Rhy não conseguia pegar no sono, decidiu encher a cara.

Precisou se esforçar um pouco — havia desenvolvido certa tolerância depois de anos superando Kell na bebida —, mas encarou a tarefa com dedicação. Conseguia até imaginar a cara de desaprovação do irmão, o que lhe trouxe um breve lampejo de alegria, levemente atenuado por saber que Kell também começaria a ficar tonto e que, de manhã, os dois acabariam pagando por isso.

— Desculpa — murmurou Rhy ao passar pela porta do irmão. Estendeu a mão como se fosse bater, mas logo se lembrou de que Kell não estava lá dentro. Já havia algumas semanas. Estava em uma viagem, navegando para sabe-se lá onde com Lila Bard. Abandonando a vida que havia levado até então e desfrutando de sua recém-descoberta liberdade enquanto sobre Rhy desabava o peso da coroa do pai.

Rhy deu um bom gole na bebida, uma punição pelo fato de o irmão ter ido embora.

Então passou em frente a um espelho dourado e se deteve.

Que imagem maravilhosa.

O novo governante de Arnes, descalço e sem camisa sob o roupão, com os olhos dourados vidrados e o cabelo numa bagunça de cachos sob a coroa de luto. Uma cicatriz em forma de estrela sobre o coração e, numa das mãos, uma garrafa de vinho de inverno.

Conseguiu abrir um sorriso cansado, erguendo a bebida num brinde para o reflexo no espelho. Pelo menos, ainda era bonito.

Baixou o olhar para a garrafa. Os vinhos de verão eram doces e leves, feitos para dias ensolarados. Mas os de inverno eram ousados, amargos, condimentados e bem fortes, justamente para afastar o frio. Eram normalmente mantidos na adega até a primeira noite do festival de outono, que só aconteceria dali a um mês. Puxou a rolha da garrafa com os dentes. Eis uma das vantagens de ser rei.

Rei.

A palavra pendia de sua boca como uma camisa que não lhe servia direito. Rhy sabia como ser um *príncipe*, um *libertino*, um *irmão*, um *filho*. Mas não fazia a menor ideia de como ser um *rei*.

Quando ele passou, os guardas ficaram imóveis como estátuas e baixaram o olhar. Rhy sabia que só queriam oferecer privacidade, deixá-lo sofrer em paz, mas seus olhos distantes o fizeram sentir como um espírito. Um fantasma assombrando o palácio. Arnesianos não acreditavam em fantasmas, mas veskanos, sim. E faroenses também. Falavam de espíritos inquietos que assombravam o terreno onde haviam morrido, e daqueles que permaneciam sob a sombra dos vivos. Ele se viu pensando sobre os outros mundos. Na cidade de Lila, as pessoas pareciam obcecadas com a noção de serem assombradas, dedicavam livros a essa ideia e até tentavam invocar os mortos como se eles estivessem logo atrás da porta, eternamente à espera. Ficou imaginando se o fantasma de Holland também estaria por aí, caminhando por sua Londres, ou finalmente em paz. E os pais dele? Será que eram responsáveis pelo peso que ele sentia nos ombros? Será que seguiam Rhy por toda parte?

Continuou caminhando, passando pela porta dos aposentos reais que mal podia olhar, muito menos abrir, e desceu as escadas acarpetadas. O palácio estava completamente em silêncio; completamente vazio. De repente, sentiu vontade de gritar.

Para além das janelas do palácio, o Atol reluzia com seu brilho vermelho, mas as margens estavam repletas de chamas branco--amareladas.

Nas semanas que se seguiram ao ataque de Osaron, as piras ardiam noite e dia, devolvendo os corpos ao ar e à terra, e sua força vital à água. Havia milhares de mortos. Almas que lutaram contra a escuridão, mas perderam e tiveram suas vidas queimadas até o fim como se fossem feitas de óleo. Centenas de pessoas ficaram com cicatrizes, as veias chamuscadas de prata por terem combatido o veneno que corria no sangue. E inúmeras pessoas sobreviveram *incólumes* à noite — não porque merecessem, mas porque decidiram não lutar. Uma verdadeira multidão que sentira a escuridão bater à porta e simplesmente a deixara entrar.

— Não os odeie por ainda estarem vivos — dissera Alucard.

Mas Rhy os odiava, sim. Apesar da covardia, foram recompensados. Foram fracos perante o mal, e *sobreviveram*.

Sobreviveram enquanto Maxim Maresh não teve a mesma chance. Nem Emira Maresh.

Sua família estava morta, sua casa era um túmulo e Rhy se encontrava enterrado vivo ali, ao passo que Alucard, que acabara de perder a irmã, estava lá fora com metade da guarda real ajudando nos reparos da cidade e fazendo bom uso de sua magia. E Rhy sabia que devia estar lá com eles. Apesar de ser um inútil, devia estar lá com eles.

— Você é o sol de Arnes — dissera Alucard, dando um beijo em sua testa. — Há momentos de luta e momentos de descanso.

Mas Alucard estava enganado. Rhy não conseguia descansar. Não conseguia...

— Meu rei — disse uma voz atrás dele, e Rhy se retraiu ao ouvir o título, como se a palavra o ferisse. Então virou-se e se deparou com um jovem criado de cabeça baixa. — Posso lhe trazer alguma coisa?

Ele jogou a cabeça para trás e olhou para o teto abobadado de sua tumba.

— Meu cavalo.

E daí que ele não tinha magia? Agora Rhy Maresh era o rei. Cavalgaria pelas ruas do mesmo jeito que fez naquela noite horrível e deixaria que as pessoas da cidade soubessem que estava ao lado delas.

A preocupação turvou o rosto do criado.

— Vossa Majes... — começou ele, mas Rhy estreitou os olhos dourados.

— Prepare meu cavalo — ordenou ele, tentando invocar nem que fosse um resquício da força do pai.

— Senhor — insistiu o criado. — Ouvi dizer que não é seguro lá fora.

E Rhy deu uma risada melancólica.

— Garanto a você que não há ninguém em situação de menor perigo.

O criado hesitou, então fez uma mesura e se retirou. Rhy fechou os olhos, sentindo-se tonto. Continuou andando mesmo assim, e suas pernas o levaram até a sala do trono.

Costumava passar a maior parte do dia ali, no Rose Hall, ouvindo um fluxo constante de cidadãos e suplicantes, somando o sofrimento deles ao seu próprio, mas agora o enorme salão estava vazio e completamente em silêncio. Flâmulas vermelhas e douradas pendiam imóveis entre as colunas. Caminhou pela câmara, sentindo o mármore frio sob os pés descalços.

Chegou ao pé do estrado e ficou observando os tronos gêmeos. Um deles envolto por um tecido preto, com o símbolo do sol e do cálice bordados em ouro. Sobre o assento coberto, duas coroas; quando chegasse a hora, seriam derretidas e fundidas para darem origem a uma nova coroa que ficaria duas vezes mais pesada sobre a cabeça dele.

Rhy subiu os degraus de pedra e sentou-se no trono vazio. Pousou a mão no braço da cadeira, sentindo os sulcos feitos pela palma de Maxim Maresh. Rhy não era um homem pequeno, de forma alguma, mas seu pai havia sido gigante. Ou, pelo menos, era o que parecia ao filho.

A garrafa escorregou dos dedos de Rhy e caiu no chão, mas não quebrou: apenas rolou inutilmente pelo piso, deixando para trás um rastro de vinho escuro como gotas de sangue em contraste com o mármore claro. Rhy olhou para o líquido até seus olhos encherem de lágrimas.

Escutou um barulho vindo das portas da sala do trono e ergueu o olhar, esperando encontrar o criado.

Em vez disso, deparou-se com *Aven Essen*.

Tieren Serense, sumo sacerdote do Santuário de Londres e conselheiro de Nokil Maresh e, depois, de seu filho Maxim. E, agora, de Rhy, o único Maresh vivo.

— Você não é meu cavalo — disse ele secamente.

— Não — respondeu o sacerdote. — Creio que não.

Tieren caminhou pelo salão, as vestes brancas sibilando no mármore.

Não havia a menor necessidade de perguntar quem o havia chamado ali.

— Como você chegou aqui tão depressa?

— Tenho um quarto na ala leste.

— Isso é permitido?

Tieren arqueou a sobrancelha branca.

— Não deixamos de ser sacerdotes só por dormir fora do confinamento do Santuário.

— Bem — disse Rhy —, espero que o cômodo seja simples. Não gostaria de ofender sua modéstia.

— Ah, com certeza — assegurou Tieren. — Quase não há ouro lá dentro.

O *Aven Essen* parou ao pé do estrado. Parecia velho, mas Rhy não conseguia se lembrar de uma época em que o sacerdote fosse jovem. As rugas percorriam o rosto de Tieren como rachaduras no chão, mas suas costas continuavam eretas e seus olhos azuis, brilhantes.

— Mestre Rhy, há quanto tempo você não dorme? — perguntou ele gentilmente.

— Não me importo mais com o sono — respondeu Rhy. — Quando durmo... — Engoliu em seco, sentindo um nó na garganta, mas prosseguiu mesmo assim: — Quando durmo, começo a sonhar.

Rhy não entrou em detalhes, não disse que na maioria das noites acordava aos berros. Nas primeiras vezes, os guardas entraram às pressas em seu quarto, as espadas em riste, certos de que o rei estava sendo atacado. Mas aquilo passou a acontecer com tanta frequência que eles acabaram se acostumando, então mantinham apenas a postura e desviavam o olhar, o que conseguia ser ainda pior.

Mas Rhy não disse nada. Somente curvou o corpo para a frente e passou as mãos pelo rosto e pelo cabelo. Seus dedos acabaram se prendendo à coroa de luto, e Rhy a arrancou da cabeça e jogou aquela coisa maldita para bem longe, o objeto tilintando ao cair no piso de mármore. A coroa quicou e rolou até atingir uma coluna, onde parou e ficou ali, encostada.

Ele voltou a se recostar no trono e deixou seu olhar vagar até o teto.

— Sabe — refletiu ele —, se o rei e a rainha tivessem permissão para ter um segundo herdeiro, nós poderíamos lutar pela coroa. Eu poderia perder e viver o resto dos meus dias como um príncipe vaidoso e indulgente. — Rhy fechou os olhos. — Mas, em vez disso, estou sozinho aqui.

Quando Tieren voltou a falar, sua voz soou mais próxima.

— Você jamais ficará sozinho.

Rhy se forçou a olhar para baixo e se deparou com o sacerdote logo ao seu lado. Esfregou os olhos e, ao falar, as palavras saíram num sussurro.

— Não sei como governar.

O ancião apenas deu de ombros.

— Ninguém sabe. — Ele olhou ao redor, para a sala do trono. — Sua mãe, Emira, chegou ao palácio quando tinha 23 anos. Era a segunda filha de uma família nobre e não tinha nenhum desejo de ser rainha. Maxim havia sido banido para a Costa de Sangue por ser um jovem imprudente. Voltou como soldado, príncipe e herói, e, ainda assim, quando chegou a hora de governar, seu pai se sentou do mesmo jeito que você agora, neste mesmo trono, e me disse: "Sei como levar os homens para a guerra. Como posso levá-los à paz?" Ninguém nasce sabendo liderar.

Rhy se sentiu pequeno e assustado.

— Então como é que os reis fazem isso?

— Eles vão aprendendo. Erram. Tentam de novo. Fracassam. Os piores governantes encaram seu país como um jogo de Rasch, no qual o povo não passa de peças num tabuleiro. Mas você... — Ele tocou o ombro de Rhy — ... você vai amá-lo. Vai sangrar junto de seu povo. Sofrer com eles. Um pedaço seu vai morrer com eles. Mas o restante vai continuar vivo. Não posso afirmar que você será um grande rei, Rhy Maresh. Só o tempo dirá. Mas acredito do fundo do coração que será um bom rei.

Tieren tirou a mão do ombro dele.

— Todos nós vestimos roupas que não nos servem bem e esperamos crescer dentro delas. Ou, pelo menos, nos acostumarmos a usá-las.

Rhy prestou atenção no *Aven Essen*.

— Até mesmo você?

Tieren o surpreendeu com um sorriso.

— Acredite se quiser, mas não *nasci* um sacerdote.

Ele fez uma pausa e parecia prestes a dizer mais alguma coisa quando as portas da sala se abriram. Os dois se viraram no momento em que Alucard Emery atravessou o salão, com as botas enlameadas e os ombros encharcados.

Rhy relaxou ao ver o homem: os fios dourados em meio ao cabelo castanho, os traços de prata na pele.

— Meu rei — disse ele alegremente e, em sua boca, sentia a palavra mais como um beijo do que como um martelo. Se Alucard entendeu o significado da presença de Tieren àquela hora ou percebeu a tensão no rosto de Rhy, não tocou no assunto, apenas pegou o diadema de luto do chão ao se aproximar do estrado.

— Meu coração — respondeu Rhy, levantando-se. Suas pernas estavam pesadas. Seu corpo ansiava por uma noite de sono. Sua pulsação disparou por medo de dormir, mas Alucard aproximou-se, pousando a mão em seu braço para conseguir equilibrá-lo. Rhy apoiou-se nele.

— Me diz uma coisa: é tarde demais para solicitar uma audiência? — perguntou Alucard, seus olhos azuis cintilaram com um ar de malícia. — Tenho um favor para pedir à coroa.

Rhy conseguiu esboçar um sorriso. A dor havia se dissipado, como se fosse uma nuvem.

Ele se virou para pedir a Tieren que se retirasse, mas não foi necessário.

O sacerdote já tinha ido embora.

III

PRESENTE

O som de aço contra aço ecoou nos terrenos do palácio.

Alucard apoiou os cotovelos no muro do pátio e ficou observando os vinte novos recrutas se enfrentarem lá embaixo, suas espadas ressoando à medida que executavam os movimentos do combate — como se um combate pudesse ser reduzido a regras, refinado à ordem. Alguém deixou a espada cair. Outro deu um golpe desleixado e seu oponente soltou um palavrão.

Ele deixou escapar um suspiro baixinho.

— Onde foi que você arranjou esta turma?

Isra estava ao seu lado de braços cruzados, o cabelo curto e prateado brilhando ao pôr do sol. Ela havia servido com Maxim Maresh em Verose e voltara para ser a capitã de sua guarda, e, agora, da guarda de Rhy.

— Não foi no fundo do poço — respondeu ela —, mas quase lá.

Ela não precisava mencionar o que Alucard já estava careca de saber: por anos a fio, os arnesianos imploravam por se juntar à guarda real. Mas desde que Rhy Maresh assumira o trono, os números começaram a diminuir. Os boatos difundidos pela Mão só pioraram as coisas.

— Bem — ponderou Alucard —, se existe alguém capaz de dar um jeito nisso é você.

Ele estava falando sério, mas Isra apenas revirou os olhos.

— A bajulação não vai levar a lugar algum. Quanto a esta turma...

Como se fosse uma deixa, uma luta irrompeu lá embaixo. Uma briga de empurrões que logo se intensificou, ameaçando passar de mera desordem à revolta, até que Isra deu um passo à frente e gritou, com a voz ecoando pelo campo de treinamento e sendo amplificada pela magia do vento que traçava o ar sobre sua pele.

— *Tarso!*

Ordem.

Uma única palavra, com força suficiente para sacudir as armaduras e chamar a atenção dos recrutas. Isra produzia esse efeito nas pessoas. Ao descer a escada até o campo de treinamento, Alucard foi atrás. Os recrutas formaram filas, ou algo parecido com isso, conforme os dois passavam.

Alucard sentiu os combatentes o encararem, observando suas belas roupas, atendo-se ao fato de estar vestido com as cores de Rhy e não com as suas próprias. Já sabia como o chamavam.

Res in Rast.

Coração do Rei.

Alucard deslizou o polegar distraidamente pelo anel de ouro. Era um hábito: sentir o coração e a coroa gravados em sua superfície.

Na verdade, não era o único nome que as pessoas usavam. Também o chamavam de *Res in Fera*, Sombra do Rei e de *Res in Stol*, Espada do Rei.

E, por último, de *Sitaro*.

Consorte.

Se ele e Rhy fossem amantes plebeus, poucas pessoas se importariam. Se Alucard não pertencesse a uma família real rival. Se sua chegada não tivesse coincidido com a ausência do *Antari* (como se o fato de Kell ter decidido ir embora fosse culpa dele). Se ele tivesse se contentado em deitar-se na cama do rei sem insistir em ter um lugar ao seu lado.

Sitaro não era uma palavra ruim por si só, o problema era como a usavam. As palavras tinham dois tipos de poder: o primeiro residia no seu significado; o segundo, no jeito como eram proferidas. *Sitaro* era um título que poderia ser dito com reverência ou, pelo menos, respeito. Mas também poderia ser dito com desprezo ou, em última instância, cortado — era só deixar de lado a última sílaba e *sitaro* se transformaria em *sita*; consorte em michê.

Todo mundo sabia que não devia dizer uma coisa dessas ao alcance dos ouvidos de Alucard, mas às vezes não era preciso dizer algo para que algo fosse ouvido, em alto e bom som, na postura, na expressão ou no olhar de alguém.

Esqueciam-se de que ele não era apenas o consorte do rei e um membro da realeza por direito próprio, mas também um mago *tríade*. Se alguém pudesse enxergar a magia que envolvia Alucard, não contaria só um fio, nem mesmo dois, mas três. Terra. Vento. Água.

Alucard Emery podia até não ser um *Antari*, mas era um dos magos mais poderosos do mundo.

E sentia-se grato por refrescar a memória dos recrutas.

Ele aumentou o tom de voz.

— Os exercícios de combate são ótimos para desenvolver a resistência — disse ele —, mas não substituem a experiência prática. Por isso, também é importante duelar de verdade. Nunca se sabe quem você vai enfrentar. Nem o que seu oponente é capaz de fazer.

Deixou seu olhar pairar sobre os recrutas, observando a magia no ar ao redor deles. Poucos sabiam da visão peculiar de Alucard, e ele preferia manter as coisas desse jeito — era bem útil na hora de avaliar seus oponentes. A maioria dos soldados reunidos ali era mago da terra e da água, com um ou dois do vento e um punhado do fogo. Não viu nem sinal de um mago do osso, com sua estranha luz violeta, mas não chegou a se surpreender: além de raro, aquele era um talento *proibido*. Controlar outro corpo infringia as regras da magia e as leis da natureza e, quando uma criança demonstrava uma afinidade precoce com esse elemento, era logo dissuadida de seguir naquele caminho. Se fosse esperta, obedeceria. Se não fosse... bem, havia feitiços desenvolvidos especificamente para separar um corpo de sua magia.

— *Tac* — disse Alucard, estendendo as mãos. — Quem quer duelar *comigo*?

Os recrutas começaram a murmurar entre si. Alucard abriu um sorriso. Fazia aquela pergunta pelo menos uma vez por semana, e, na verdade, ao mesmo tempo que era em benefício próprio, também o era para eles. Sentia falta dos torneios e da vida no mar, das inúmeras maneiras de manter sua magia viva. Ele se continha, é lógico. Sempre continha o poder. Mas de vez em quando, ao menos por um segundo, Alucard encontrava o que procurava, a emoção que fazia seu coração acelerar.

Alguns se adiantaram, ávidos pelo desafio. Outros recuaram, contentes em assistir ao duelo. Alucard tirou o casaco e o jogou sobre uma trave, desabotoou os punhos, arregaçou as mangas e analisou bem suas opções. Agora já não estava mais prestando atenção nos poderes dos recrutas, mas no rosto deles, procurando as sombras, a escuridão, o desdém.

Não demorou muito para encontrar tudo isso no rosto de um jovem com o cabelo preto jogado para trás.

— Você — disse ele. — Qual é o seu nome?

O recruta endireitou a postura.

— Yarosev.

— Yarosev — vociferou Isra. — É assim que você se dirige a um membro da família real?

E lá estava o desdém. Ele franziu os lábios num sorrisinho de escárnio. A magia do fogo dançou, emitindo um brilho vermelho ao redor de seus ombros.

— Meu nome é Yarosev, *Vossa Alteza*.

Alucard abriu um sorriso.

— Bem, Yarosev — disse ele, desembainhando a espada. — Assim que estiver...

Precisava admitir que o recruta era ágil.

Yarosev brandiu a própria espada e ao mesmo tempo estendeu a mão, já esboçando as palavras necessárias para invocar a magia. Mas palavras exigiam fôlego.

Alucard fechou a mão livre e prendeu o ar no peito do soldado.

Yarosev tentou puxar o ar, abrindo e fechando a boca como se fosse um peixe fora da água à medida que Alucard avançava, apontando a lâmina em direção ao seu peito.

Ele arregalou os olhos e deu um salto para trás, desviando do aço. Alucard o atacou repetidamente, sem a menor intenção de acertá-lo, muito menos de ferir o recruta. Não, na verdade ele estava se divertindo ao ver o rosto do jovem soldado ficar vermelho, roxo e depois azul. Yarosev tropeçou e caiu, já estava no chão, mas mesmo assim não desistiu. Manteve a espada em riste, a ponta tremendo por causa do esforço. A raiva em seus olhos havia mudado e se transformado em outro tipo de fogo. Ele era um lutador. Alucard foi obrigado a reconhecer isso.

Ele sacudiu a mão livre, liberando o ar dos pulmões de Yarosev.

O recruta arfou, dando um suspiro. Abaixou a espada.

Então Alucard embainhou a própria arma e estendeu a mão para ajudar o jovem recruta a se levantar, mas Yarosev pegou um punhado de terra e atirou no rosto de Alucard, uma última e desesperada tentativa de ganhar vantagem. Até daria certo, se Alucard não estivesse atento. Ou se ele fosse um mago inferior. Mas esse não era o caso: ele estalou os dedos e a terra parou onde estava, ficando suspensa no ar, a poucos centímetros do punho de Yarosev.

O recruta caiu de costas, ofegante, e bateu no chão com os nós dos dedos, em sinal de rendição.

Alucard deixou que a terra caísse no chão, inclinou o corpo e estendeu novamente a mão.

Desta vez, Yarosev a segurou.

— Bom trabalho, soldado — disse ele, ajudando o recruta a se levantar.

— Eu perdi — murmurou ele, como se isso fosse tudo que importava. Como se, ao longo de todos os anos que Alucard duelava com os soldados, algum realmente tivesse *vencido*. Ele deu um tapinha nas costas de Yarosev, fazendo subir uma nuvem de poeira.

— Você continuou lutando. Mesmo depois de cair.

Isra observava a cena de fora do ringue. Os dois se entreolharam quando Yarosev se reuniu novamente aos outros recrutas. A capitã assentiu. Alucard deu batidinhas nas mãos para tirar a poeira; tinha sido um bom aquecimento.

Voltou-se para os soldados e estendeu as mãos mais uma vez, agora em um gesto elegante.

— Ótimo — disse ele. — Quem é o próximo?

———•———

Uma hora mais tarde, quando saiu do campo de treinamento, a camisa de Alucard estava toda queimada, as calças sujas de terra e fios de cabelo escapavam da trança. Ainda assim, ao subir a escada até o pátio, percebeu que fazia semanas que não se sentia tão bem. Agora só precisava de uma bebida forte e um banho quente, coisas que o palácio lhe proporcionaria.

Havia várias maneiras de entrar no *soner rast*. Metade delas ele havia aprendido quando ainda era um jovem nobre, secretamente cortejando Rhy; o restante, desde que se juntara à família real. Havia a entrada principal na margem sul, com seus degraus de pedra clara e enormes portas douradas; e os portões ao norte, acessíveis do pátio onde os soldados treinavam. Também havia as portas secretas construídas na base da ponte; uma varanda no segundo andar, alcançada apenas pelo pomar real; e uma série de subidas mais arriscadas, possíveis de se explorar antes que o lugar ficasse protegido até os dentes. Alucard se lembrava de uma noite especialmente perigosa em que escalou a fachada norte sob o luar e quase caiu no Atol.

Hoje em dia, não havia a menor necessidade de sigilo.

Quando Alucard se aproximou dos portões ao norte, os guardas lhe fizeram mesuras, do alto de suas armaduras reluzentes e seus olhares baixos, suas capas vermelhas parecendo poças de sangue em contraste com o piso de mármore. Ele pressionou a mão nas portas, deixando que o feitiço gravado na superfície dourada lesse a memória de seu toque. Uma fechadura girou em algum lugar dentro da madeira e as portas se abriram, dando-lhe boas-vindas ao lar.

O sol já havia se posto e, com isso, o palácio entrara no ritmo noturno, mais suave e silencioso do que durante o dia, quando os criados estavam em plena atividade, suas vozes ecoavam pelos corredores e cada cômodo servia de palco para alguma coisa.

Alucard girou o pescoço de um lado para o outro enquanto subia os degraus até a ala real, diminuindo o passo assim que chegou ao topo da escada e avistou um *coelho*.

Estava sentado ali, franzindo o focinho ao mordiscar a ponta de um tapete.

Alucard olhou para o animal. O animal olhou para ele. A cena prosseguiu até que ele escutasse o som ligeiro de pés descalços e o coelho saltasse para bem longe no momento em que uma garotinha apareceu.

— Luca! — gritou ela antes de se jogar nos braços de Alucard.

Tieren Maresh, cujo apelido era Ren, estava descalça e vestida pela metade, com a túnica desabotoada e os cachos pretos despenteados.

Alucard colocou a criança no chão e tentou arrumar seu pijama.

— Agora, o que eu disse sobre deixar animais soltos por aí?

— Mas não posso deixá-lo preso no meu quarto — replicou Ren, em pânico. — Gaiolas são feitas para guardar pertences, e o *Aven Essen* diz que ninguém pode *possuir* um ser vivo.

Isso mesmo, pensou Alucard quando o coelho pulou para longe e começou a mordiscar tranquilamente as borlas de uma almofada. As pessoas não tinham o hábito de possuir animais de estimação em Arnes justamente por isso. Falcões, corvos e outros pássaros semelhantes nasceram para voar livres. Ursos e felinos selvagens, para vagar como qualquer outra criatura, caçando como a natureza lhes permitia. Havia exceções: gatinhos ou cachorrinhos abandonados, animais feridos e os cavalos que montavam ou utilizavam no trabalho, mas estes também eram tratados com o maior respeito possível. Resumindo, colocar uma coleira em um animal e prendê-lo em uma gaiola contrariava a regra fundamental da magia arnesiana: era proibido prender a mente ou o corpo, da mesma forma que era proibido controlar um ser vivo. Era um tipo de respeito que os separava das demais Londres, permitindo que sua magia prosperasse ao passo que a deles se esvaía ou definhava.

Mas o amor de Ren pelos animais parecia desafiar as leis da natureza e a levara a ter uma série de companheiros reais incomuns.

Rhy gostava de lembrar a Alucard que isso era culpa dele.

Afinal de contas, tudo começou com Esa, a gata mimada que rondava o convés do *Spire* ao seu lado. Ele podia ter deixado a gata passar os últimos anos de vida no mar, mas Lila Bard se recusara a manter o animal a bordo do *Spire* quando assumiu o comando do navio, alegando uma antipatia mútua. Alucard suspeitava que as duas tinham uma personalidade semelhante; mas, enfim, Esa viera morar no palácio e ficava solta pelos corredores. Quando Ren nasceu, a gata fingiu desinteresse, mas seus olhos cor de ametista estavam sempre atentos, e onde quer que a criança engatinhasse, a gata ia logo atrás.

Depois veio a coruja, quando Ren estava com 2 anos. Um enorme pássaro branco como a neve que pousara na sacada do quarto dela. Ren persuadira o animal a entrar e, quando uma criada reparou na enorme coruja empoleirada em uma cadeira e tentou libertá-la, o pássaro se recusou a sair. A coruja acabou passando um ano inteiro no quarto da princesa, alimentando-se do que ela conseguia enfiar no bolso durante o jantar, até que, na primavera, o pássaro voou para longe e Ren a deixou ir embora.

— Ela vai voltar — afirmara ela, com a confiança típica de uma criança.

E para a surpresa de todos, menos dela, a coruja voltou. Os animais simplesmente escolhiam ficar na companhia de Ren. Mesmo aos 4 anos de idade, ela tinha um temperamento tranquilo que deixava os seres vivos à vontade, e embora algumas pessoas desconfiassem do crescente zoológico da princesa, Rhy estava encantado e Alucard tinha certeza de que os animais do palácio viviam melhor do que a maioria dos nobres da cidade, além de trabalharem menos ainda para garantir seu sustento.

Ren cutucou a bochecha dele com o dedo.

— Luca.

— O que foi?

— Você trouxe um presente para mim?

Alucard deu um suspiro. Havia cometido o grave erro de voltar de uma viagem no ano anterior trazendo uma estatueta de navio que cantava quando colocada na água. Agora, sempre que voltava de um passeio, a princesa ficava na expectativa de alguma recompensa.

Ainda estava procurando alguma coisa nos bolsos para dar à Ren quando Sasha, a babá da criança, dobrou a esquina com um roupão pendurado no braço, um par de chinelos em uma das mãos e um diadema dourado na outra.

Sem perder o ritmo, ela pegou o coelho como se fosse só mais um brinquedo caído pelo chão.

Sasha tinha idade para ser mãe de duas crianças, mas se movia com a mesma robustez de um soldado. Seu cabelo branco estava preso, mas vários fios tinham se soltado da trança em forma de coroa e formavam uma nuvem de tempestade em sua cabeça, marcada por pequenos raios.

— Aí está você — disse ela com naturalidade. — A água está esfriando.

Ren lançou um olhar desamparado para Alucard.

— Eu queria tomar banho com o *Papai* — disse ela, encolhendo os ombros. — Mas ele falou que queria ficar sozinho.

Alucard se ajoelhou até ficar cara a cara com a jovem nobre. Olhou dentro dos olhos de Ren e ficou imaginando quando a menina tinha crescido tanto a ponto de agora não precisar mais olhar para baixo.

— Você não vai gostar de tomar banho com seu pai — disse ele. — Ele ocupa muito espaço e pega *todas* as bolhas de sabão só para ele.

— Mas as bolhas são minha parte preferida do banho! — exclamou Ren, chocada.

— Eu sei! — confirmou Alucard. — Mas quando a gente toma banho com outra pessoa, tem que dividir as bolhas.

Ren olhou para Sasha, à procura de confirmação. A babá fez que sim com a cabeça, a expressão séria. A princesa mordeu o lábio, como se estivesse pensando melhor, e, em seguida, pigarreou.

— Hoje à noite — disse ela com toda a diplomacia que uma criança de 4 anos era capaz de evocar —, vou tomar banho sozinha. — Ela estendeu a mão, e Sasha a segurou.

— Muito bem, *mas vares* — disse ela, levando Ren embora.

Alucard viu as duas partirem, depois se virou e foi atrás de Rhy, certo de que conseguiria convencer o rei a dividir suas bolhas com *ele*.

IV

Rhy deu um suspiro e afundou ainda mais na banheira.

Permaneceu deitado ali, sem mover um músculo, até que sua mente ficasse vazia, até que a superfície da água parecesse vidro, até que os únicos sons que ouvia viessem de sua respiração lenta e do suave farfalhar de tecido.

E do ruído do aço.

Os olhos do rei se abriram no instante em que a lâmina desceu até ele.

Rhy desviou do golpe do assassino a tempo de a espada tocar de raspão em sua bochecha em vez de afundar na garganta. O metal ressoou contra o azulejo enquanto ele estendia a mão para trás, agarrando o braço do agressor e arrastando-o para a banheira, onde havia escondido uma espada sob a borda ladrilhada.

Fechou a mão em torno do cabo, sentindo o metal quente na palma ao se virar para enfrentar seu agressor. O homem estava de pé novamente, com a água batendo no peito.

Era jovem. Mais novo do que Rhy. Não parecia ser um assassino, nem um rebelde ou um mercenário. Na verdade, parecia ser um dos funcionários do palácio, o que realmente era. Rhy o reconheceu por trás do vermelho que descia em fitas pelo rosto do rapaz. À primeira vista, parecia sangue, mas Rhy sabia que era tinta, havia percebido a marca da mão estampada em sua testa e bochechas um segundo antes da lâmina do jovem inclinar-se em sua direção.

Rhy tocou no próprio rosto e seus dedos ficaram vermelhos. *Aquilo*, sim, era sangue. Estalou a língua.

— Ferir um rei é crime — disse ele. Não que a ferida fosse permanecer; já estava inclusive sentindo a pele cicatrizar. Seu corpo, inalterado pela magia de Kell.

Durante muito tempo, a forma como seu corpo sarava o assombrara, fazendo com que ele se perguntasse se ainda era uma pessoa ou uma mera imitação. Mas de vez em quando sentia-se grato por isso.

— A Mão dá e a Mão tira — recitou o homem, avançando em direção a ele pela água.

— Ah, agora vocês têm todo um discurso — murmurou Rhy.

— A Mão constrói e a Mão derruba.

Ele brandiu a espada, e Rhy ergueu sua lâmina para bloquear o golpe.

— Sempre me perguntei... — refletiu o rei. — Nesse caso, você é o quê? Um dedo? Uma falange? Uma unha encravada?

— A Mão empunha a espada — rosnou o homem — que abre o caminho da transformação.

Ao recitar a frase, o jovem avançou. Rhy tentou bloquear o golpe, mas desta vez alguma coisa prendeu sua lâmina: olhou para baixo e viu a ponta tremendo sobre a superfície da água, imobilizada pela magia do agressor.

Puta merda, pensou Rhy pouco antes de a força arrancar a arma de suas mãos. A espada sumiu, sugada pela água, e o agressor o atacou, cravando a lâmina em seu peito.

Rhy deu um suspiro entrecortado quando a espada passou de raspão pelas costelas, subindo e atravessando seu corpo até que a ponta saísse entre o ombro e a coluna vertebral.

Sentiu uma dor escaldante.

Mesmo depois de tanto tempo, ainda não havia se acostumado a morrer.

Perdeu o fôlego enquanto o sangue pingava na água, brotando como rosas vermelhas à sua volta. Seu corpo o traiu, indo parar nos braços do agressor.

— É o fim dos Maresh — disse a Mão.

Rhy deu uma risada, sangue escorrendo por entre os dentes cerrados.

— Vai me dizer que você não sabe? — perguntou ele baixinho, erguendo-se com certa dificuldade. — Eu sou o Rei Imortal.

O homem arregalou os olhos de choque e desespero quando Rhy deu um passo para trás, então outro, até conseguir tirar seu corpo da lâmina. Doía — *santos*, doía demais —, mas aquele não seria o seu fim. O sangue se acumulava em seus pulmões, mas Rhy respirou fundo à medida que a ferida entre as costelas começava a cicatrizar.

O agressor cambaleou para trás, brandindo a espada sem sequer olhar enquanto tentava chegar ao outro lado da banheira. Rhy avançou em direção a ele; a dor no peito diminuía cada vez mais até chegar a um ponto suportável.

O agressor largou a espada, que desapareceu sob a água ensanguentada conforme levantava as mãos em sinal de rendição. Bom, pelo menos foi o que Rhy presumiu que ele estivesse fazendo... até que os lábios do homem começaram a se mover.

O som que saiu de sua boca continha um sussurro de magia e, ao mesmo tempo que ele falava, algo começou a se enrolar nas pernas de Rhy e o puxou para baixo. Ele se debateu, mas a água avermelhada envolveu seu corpo como uma corda, prendendo-o no fundo da banheira. Através da superfície agitada conseguia apenas distinguir o assassino com os dedos estendidos enquanto controlava a magia e a magia o engolia, da mesma forma que havia feito com sua espada.

E foi então, quando seus pulmões começaram a arder e sua visão a ficar turva, que Rhy se deu conta de que estava prestes a se afogar.

Kell estava jantando quando começou a morrer.

Lila havia se encostado na bancada da cozinha para descascar uma maçã, e ele tinha acabado de dar uma garfada no ensopado de

Raya quando a dor irrompeu em seu peito. A colher caiu de seus dedos e ele baixou a cabeça, agarrando-se à mesa enquanto uma lâmina em brasa atravessava suas costelas.

— Ah, qual é — disse Lila. — Sei que não é o melhor ensopado do mundo, mas... Kell?

Ele respirou fundo e sentiu o gosto fantasma de sangue. Lila cravou a faca na fruta e a deixou na mesa, correndo em direção a ele. Kell sentiu a lâmina fantasma deslizando para fora, se soltando, e levou a mão ao peito, embora soubesse que a ferida não estava ali. Não era dele.

Rhy.

A dor começou a amenizar, passando de aguda e violenta para apenas persistente. Kell respirou fundo e endireitou a postura, pensando que o pior já tivesse passado. Tirou o anel vermelho do dedo e fez menção de proferir o feitiço que unia seu aro ao do irmão.

Mas quando abriu a boca, não saiu nada.

Tentou outra vez, mas sentiu seus pulmões apertarem, impossibilitados de soltar o ar. Não conseguia respirar. Um pânico visceral tomou conta dele, envolvendo-o por inteiro. Sua cabeça começou a girar e, quando teve a horrível sensação de que seus pulmões estavam enchendo-se de água, sentiu uma forte pressão no peito. Conseguiu sair da cozinha e ir até o estreito corredor do navio antes de se abaixar e tentar vomitar, esperando que a água se derramasse no chão de madeira.

Não conseguiu cuspir nada, mas o esforço acabou fazendo os pulmões de Kell voltarem a arder. Tentou se levantar, mas o corpo cedeu sob seu peso e o anel do irmão escapou de seus dedos. Sua visão ficou turva, e de repente Kell se viu deitado no chão, Lila ajoelhada sobre ele com o rosto sombrio de preocupação e os lábios em movimento, mas a voz abafada pelo latejar ininterrupto em seus ouvidos.

E pela escuridão que rapidamente se aproximava.

Rhy se lembrava de ter pensado se deveria colocar um feitiço de proteção no banheiro real. Mas a magia mantinha a água quente, e parecia uma bobagem, uma perda de tempo e energia, por isso acabou achando melhor deixar o cômodo desprotegido, e agora ali estava ele, preso ao fundo da banheira pelo poder de outra pessoa.

Alguma coisa brilhou no chão ali perto — a espada que tinha perdido. Rhy esticou o braço, tentando alcançá-la, mas a água o envolveu com ainda mais força, arrancando de uma vez por todas o que havia sobrado de ar em seu peito.

Seus pulmões ardiam.

Sua visão começou a ficar embaçada.

Lá em cima, a superfície da água ficara lisa como um vitral colorido. Para além dela, o homem repuxou os lábios, abrindo um sorriso feroz.

E então, de repente, sua expressão se transformou: a diversão se desfez, deixando para trás apenas um horror desconcertante. Algumas gotas frescas de sangue pingaram na água diante da visão embaçada de Rhy, e então o homem tombou para a frente, caindo de cara na banheira. Nesse instante, o controle que mantinha imóveis os braços e pernas de Rhy desapareceu e ele emergiu da água, ofegante.

Olhou para o corpo que flutuava ao seu lado, viu a faca cravada em suas costas e ergueu o olhar, deparando-se com Alucard Emery na borda da banheira, vestindo apenas um roupão aberto.

— Mas que porra foi essa?! — exclamou a sombra do rei, o coração do rei, fervendo de raiva.

Rhy apenas deu um suspiro, foi até à borda da banheira e saiu.

Alucard virou-se em direção à pilha de roupas e lhe jogou um roupão.

— Cadê os seus criados? — vociferou ele enquanto Rhy puxava o tecido em volta dos ombros. O sangue ainda escorria da ferida no peito, mas já estava cicatrizando.

— Eu queria ficar sozinho — respondeu Rhy, sentando-se num banco nos fundos do aposento.

— E os *guardas*? — perguntou Alucard. — Por que você os expulsou *daqui*, pelo amor de todos os santos?

Ele não disse nada, apenas retribuiu o olhar de Alucard. Alucard, o único que nunca desviava o olhar só porque ele era rei, que sempre lia seus pensamentos como se fosse um livro aberto.

— Caramba, Rhy...

— Não queria que eles acabassem se ferindo.

— É para isso que eles *servem*! — bradou Alucard.

Rhy lançou-lhe um olhar sombrio e apontou para o corte no meio das costelas, que teria matado qualquer homem.

— Não vou permitir que morram se eu mesmo não posso morrer.

Alucard deu um suspiro de cansaço. Era uma discussão que os dois já haviam tido dezenas de vezes nos últimos anos. Desviou o olhar para o corpo boiando na água e franziu a testa.

— Ele me parece familiar.

— E é mesmo. Eu o contratei na semana passada.

Alucard jogou as mãos para cima.

— Ah, lógico! Que se danem os protocolos. Sabe quais? Aqueles criados com o único propósito de manter esta família em segurança.

Como se não fosse exatamente isso que Rhy tentara fazer. Ele olhou para o corpo do assassino e deixou escapar um suspiro. Sua intenção era apanhar o membro da Mão vivo e levá-lo para interrogatório. Respirou fundo e estremeceu. Em seguida, cuspiu um bocado de sangue no azulejo do chão. Já estava começando a pensar que não tinha como a noite piorar quando um dos anéis começou a brilhar em sua mão direita. O vermelho. Óbvio.

— Merda — murmurou Rhy.

— Ah, quer dizer que você achou que ele não fosse perceber? — repreendeu-o Alucard.

O rei ficou um bom tempo encarando o anel, observando-o ficar cada vez mais brilhante, até que a luz da magia invadisse completamente o aposento, destacando o corpo do assassino e a banheira ensanguentada com uma aura sombria.

— Vai em frente — insistiu Alucard com uma alegria perturbadora. — Não vejo a hora de ver a cara de Kell.

Mas Rhy nem precisava ver: podia imaginar muito bem qual seria sua expressão. Ainda fitava o anel, imaginando se era necessário mesmo responder, quando Alucard se aproximou, arrancou o anel vermelho de seu dedo e saiu em disparada para o corredor.

Num minuto, Kell sentia-se prestes a se afogar e, no seguinte, o aperto nos pulmões desapareceu e o ar voltou ao seu peito. Assim que se levantou, Lila lhe estendeu o anel carmesim. Kell o pegou e passou correndo por ela.

Havia somente uma mesa de divinação a bordo do *Barron*, uma bacia preta e polida nos aposentos da capitã.

— *As vera tan* — disse ele, ativando o feitiço ao entrar no quarto de Lila.

A mesa de divinação ficava no canto. Era nítido que Lila a vinha usando como cesto, empilhando a roupa suja ali em cima. Ele jogou tudo no chão, encostou o anel na mesa de pedra preta e esperou. Por vários minutos angustiantes, não houve nem sinal de resposta. Kell viu na superfície escura apenas o próprio reflexo, seu rosto pálido com olhos arregalados de dor, preocupação e raiva. Em seguida, o painel preto piscou, sendo substituído por um rosto que Kell conhecia e detestava. Alucard Emery estava na sala de guerra do palácio, vestido apenas com um roupão de veludo aberto, e Kell agradeceu a todos os santos que a imagem terminasse na mesa.

— Cadê ele? — exigiu saber, e pela primeira vez o consorte real não estava esbanjando aquele seu habitual deleite consigo próprio. Parecia exasperado. Nervoso.

— Quem, o seu irmão? Eu o deixei com o corpo do assassino que ele convidou para tomar banho.

Kell olhou horrorizado para Alucard.

— O que você quer dizer com *isso*?

— Parece que Sua Alteza estava tão ávido para apanhar um membro da Mão que decidiu usar a si mesmo como isca. — Seus olhos azuis avistaram algo para além de Kell. — Olá, Bard. Como vai o meu navio?

Lila estava bem atrás dele.

— Inteiro, por enquanto. A tripulação mandou avisar que eles gostam mais de mim.

Alucard curvou os lábios num sorriso, mas os ouvidos de Kell continuaram zumbindo. Ele cravou os dedos na beira da mesa.

— Como você deixou acontecer uma coisa dessas?

O ar de diversão logo desapareceu do rosto do consorte.

— Eu?

— Você só tem um trabalho a fazer.

Alucard se inclinou para a frente.

— Acredite se quiser, mas tenho *muito* trabalho a fazer. Não é todo mundo que pode ficar por aí brincando de pirata. Me diz uma coisa: você ainda se fantasia? Ouvi dizer que tem até um nome de mentira.

— Ora, parem de flertar um com outro — disse Rhy, entrando na cena. Seu roupão estava bem fechado, escondendo o ferimento, mas pingava uma água avermelhada de seu cabelo preto, manchando a gola.

Kell queria estrangular o irmão por ser tão imprudente, queria ressaltar que, embora Rhy não pudesse morrer enquanto ele continuasse vivo, Kell precisava de ar para manter o coração batendo e, se ele tivesse passado muito tempo afogado, quem sabe o que teria acontecido com o feitiço que mantinha os dois unidos? Mas o pedido de desculpas já estava estampado no rosto de Rhy, por isso resistiu à vontade de gritar com ele e simplesmente perguntou:

— Você está bem?

Rhy conseguiu esboçar um sorriso fraco.

— Graças a você, acho que vou continuar vivo. — Ele notou a presença de Lila e se recompôs. — Ah, como vai a minha capitã preferida?

Alucard olhou para Rhy como se tivesse sido insultado, e aproveitou para desviar sua ira para Kell.

— Como pode ver, seu irmão está inteiro, mas eu tenho que limpar uma bela de uma bagunça por aqui, então se você nos der licença...

Kell fechou os olhos e respirou fundo, tentando se acalmar.

— Já estamos a caminho.

— Ah, não. Não precisa — replicou o consorte, e, antes que Kell pudesse explicar que não tinha nada a ver com o último atentado contra a vida de Rhy, Alucard Emery desencostou o anel da tábua de divinação e a imagem desapareceu.

— Desgraçado — murmurou Kell, pegando o próprio anel. Afastou-se da mesa, voltou para a cozinha e jogou-se no banco, embora já tivesse perdido o apetite. Lila pegou a maçã e voltou a descascá-la.

— Sabe de uma coisa? — perguntou ela. — Até que é uma boa ideia. — Kell levantou a cabeça devagar. — Quer dizer — continuou ela, tirando o miolo da maçã —, Rhy é uma bela de uma isca.

— Ele é o *rei* — retrucou Kell.

— Ele não pode morrer — disparou ela, golpeando o ar com a faca.

— Prefiro não testar os limites dessa teoria — disse ele, lembrando-se da água em seus pulmões, da escuridão tomando conta de tudo. — Só porque ele tem uma tendência a ser autodestrutivo...

Lila arfou.

— Olha lá o sujo falando do mal lavado!

Kell fez uma careta, mas ela deu de ombros, colocando a fatia de maçã na boca.

V

Alucard tirou o conta-gotas do frasco e ficou observando três gotinhas escuras caírem na taça de vinho branco. Logo atrás, Rhy estava sentado na beira da cama lendo os relatórios do dia como se uma hora atrás não tivesse sido esfaqueado. Vestia apenas uma calça de seda e seu peito continuava intacto, com a mesma tonalidade de sempre; os vestígios do embate com a Mão, desaparecidos, como se fossem poeira, em vez de terem deixado ali uma ferida letal.

Alucard se afastou do carrinho de bebidas e foi até a cama, segurando a taça.

— Beba — disse ele, mais como uma ordem do que como um pedido. Ainda estava furioso; furioso por Rhy não ter confiado nele. E porque, depois de tanto tempo, havia momentos em que não conseguia decifrar o rosto do rei, não entendia como sua mente funcionava.

Rhy largou o trabalho e pegou a taça, olhando para seu conteúdo. Um tônico, destinado a relaxar o corpo e tranquilizar a cabeça.

— Meu envenenador noturno — refletiu ele, colocando o vinho batizado na mesinha de cabeceira. Alucard começou a se afastar, mas Rhy o pegou pela manga. —Alucard.

Seu nome, nos lábios dele. Era o suficiente para desarmá-lo. Ou pelo menos para aliviar sua raiva. Rhy percebeu a mudança de postura e abriu um sorriso, puxando-o para si, os dedos cheios de anéis agarrando as laterais do roupão ao arrastar Alucard para a cama. Ele se conteve, colocando cada mão em um lado da cabeça de Rhy, afundando-as no tecido.

Rhy estendeu a mão, traçando a linha de sua mandíbula.

— Meu coração — disse ele suavemente, com os olhos dourados cintilantes, e Alucard se inclinou para beijar o rei, mas Rhy franziu o nariz, com asco. — Você está com aquele cheiro do campo de treinamento.

— Minha ideia era tomar banho — retrucou ele —, mas havia um rei se afogando na banheira.

— Ah, que grosseria do rei — provocou Rhy, passando as mãos pelo peito do consorte.

— Demais — rosnou Alucard. — O rei testa minha paciência todo santo dia.

— Ele deve ser um pesadelo. — Rhy deslizou a mão para baixo, os dedos percorrendo suavemente os músculos do abdômen de Alucard. — E, no entanto, você continua aqui. Deve amá-lo demais.

Alucard olhou bem nos olhos do rei.

— Amo, sim. — Inclinou o corpo sobre Rhy, aproximando a boca de seu ouvido. — Além disso, ele é muito bom de cama.

Rhy deu uma risadinha por baixo dele.

— É mesmo? — Seus dentes roçaram no ombro de Alucard enquanto ele levava a mão até o cós de sua calça. Alucard prendeu a respiração, baixando a cabeça quando a mão de Rhy deslizou sob o tecido.

Nesse momento, a porta se abriu.

Alucard não pensou duas vezes. Quando a luz do corredor invadiu o ambiente, ele já estava de pé, estendendo a mão em direção ao vinho batizado, que jorrou para fora da taça e se transformou em uma lâmina de gelo em sua palma. Onde é que estavam os guardas? Por que não houve sinal de alerta? Nem barulho de espadas? Sua cabeça ficou a mil. Alguém havia matado os guardas do palácio e conseguido chegar aos aposentos do rei.

Mas não havia nenhum assassino ali.

Só uma garotinha de pijama vermelho e dourado que já deveria estar dormindo.

— Santos — sibilou Alucard, deixando escapar um suspiro ofegante. Escondeu a lâmina atrás das costas enquanto a princesa entrava aos tropeços nos aposentos do rei, como se fosse uma prisioneira recém-fugida da cela.

Não havia nem sinal do coelho, mas Esa entrou logo atrás de Ren e subiu numa cadeira, examinando tudo com seus olhos cor de violeta.

— O que foi? — perguntou Rhy, amarrando o roupão, a filha subiu na enorme cama e jogou seu corpinho entre os travesseiros. Alucard soltou a lâmina feita de gelo, que derreteu até tornar-se uma fita de vinho batizado derramando-se de volta à taça.

— Ren Maresh — disse Alucard, que estava acostumado a bancar o pai severo, já que Rhy se recusava a desempenhar esse papel. — Já está muito tarde. Você deveria estar dormindo.

— Quero ouvir uma história — pediu Ren, estendendo as mãos. A menina segurava um livro de mitos faroenses. Histórias de animais que podiam falar, mas só para dizer a verdade, ou sonhavam os sonhos de outras pessoas, ou criavam mundos a partir de ovos. As ilustrações eram uma obra de arte estampada em ouro, com a tinta ligeiramente gasta nos pontos onde Ren não conseguia deixar de acariciar uma pena ou orelha.

— Ren — começou Alucard, que tinha *certeza* de que a menina já tinha ouvido uma história naquela noite, ou duas, ou até três, uma cortesia da babá que não estava mais em lugar nenhum.

— Luca — implorou Ren, empregando o apelido como se fosse um feitiço bem afiado enquanto afofava os travesseiros ao seu lado.

A caçula da família real tinha os olhos do pai, cor de ouro derretido, envoltos por cílios escuros, e a boca da mãe, embora sorrisse com bem mais frequência.

— Ela não me puxou em nada — dissera Alucard certa noite, depois de beber muito vinho.

Mas Rhy colocara as mãos em volta do rosto do amante e afirmara:

— Ela puxou o seu coração.

Alucard suspirou e deu a volta na cama, subindo ao lado da filha para prestar atenção na página.

As histórias do livro estavam escritas em faroense, lógico — apesar de ainda não ter nem 5 anos de idade, Ren já exibia o dom do rei para as línguas, a capacidade de passar de uma para a outra como se fossem cômodos de uma mesma casa com todas as portas abertas. Se a diplomacia não desse certo, pensou Alucard sombriamente, ela pelo menos conseguiria debater com seus inimigos.

O livro estava aberto no seu conto preferido do momento: a história de um corvo que podia ver o passado e o futuro, mas não conseguia distinguir qual era qual.

A criança se aninhou entre os dois, enroscando os dedos no cabelo de Alucard, que ficou maravilhado com o quanto a amava. Rhy pegou o livro e começou a ler; estava prestes a virar a página quando ouviu alguém pigarrear.

Alucard ergueu o olhar, esperando ver Sasha cansada de correr atrás da princesa. Em vez disso, encontrou a mãe de Ren, a rainha.

Nadiya Loreni estava parada na soleira da porta, com um sorrisinho no canto da boca. Era o máximo de divertimento que conseguia expressar: equilibrado, como se estivesse prestes a transbordar. Apesar das curvas, havia pouca suavidade na rainha — fosse nos penetrantes olhos cor de avelã, fosse no cabelo preto e sedoso que ela usava bem curtos e presos atrás das orelhas, como se fossem um incômodo.

No instante em que ela apareceu, Ren se enfiou debaixo das cobertas. Alucard colocou alguns travesseiros em cima, só por precaução.

— Minha rainha — cumprimentou Rhy calorosamente.

— Meu rei — respondeu ela, entrando no quarto. Não como se fosse dela (não era), mas com a naturalidade comedida de uma visitante rotineira. Quando Rhy se casou, a questão havia sido colocada em discussão: onde sua rainha viveria e dormiria, e se a cama real deveria ou não comportar duas ou três pessoas. Mas Nadiya não demonstrara o mínimo interesse em partilhar os aposentos do rei, exceto para cumprir a tarefa de conceber a princesa, e mesmo com isso havia lidado de uma maneira mais objetiva do que passional. A situação toda não passava de um quebra-cabeça. Um meio para atingir o fim que todos desejavam. — Preciso dizer, Rhy — refletiu Nadiya ao aproximar-se da coluna da cama — que estou aliviada ao ver que você está bem. — Seu tom de voz era casual, mas o jeito como o encarava não deixava dúvidas de que ela sabia bem o que havia acontecido no banheiro. Nadiya desviou o olhar para Alucard, refletindo a preocupação dele no próprio rosto.

— Me diz uma coisa — perguntou Rhy, lançando um olhar sabichão para as cobertas —, por acaso você perdeu uma criança?

— Depende — respondeu Nadiya, apoiando-se na coluna da cama. — Como é que ela é?

— Dessa altura aqui — respondeu Rhy, levantando a mão — e com um monte de cachinhos pretos, uma graça. Puxou ao pai, com toda a certeza.

— Hum — disse Nadiya —, me parece familiar. Mas a *minha* filha é uma boa menina que sabe se comportar.

Houve certa movimentação por baixo das cobertas.

— Além disso, a *minha* filha é bem esperta e sabe que está na hora de dormir.

Ela contorceu o corpinho, mas não veio à tona.

— Enfim, a *minha* filha é corajosa e não ficaria se *escondendo* do sono.

Nesse momento, a cabecinha de Ren surgiu por baixo do travesseiro.

— Não estou me *escondendo* — retrucou ela em tom de desafio. — Só queria ouvir uma história.

Rhy olhou para a filha.

— De onde *você* veio? — perguntou ele, fingindo surpresa. Ren deu uma risadinha, e Alucard sentiu um afago no coração ao ver a alegria da garota e o amor nos olhos de Rhy.

— Por acaso foi *esta* criança aqui que você perdeu? — perguntou o rei, segurando Ren no alto como se fosse uma peça de roupa.

A rainha se aproximou para examinar a filha.

— Quer saber? Não tenho certeza.

— Sou eu, sim — protestou Ren, e Nadiya sorriu, estendendo a mão para pegá-la no colo.

— Nossa, que alívio! — exclamou ela, encaixando a menina no quadril. Ren logo abaixou a cabecinha, pousando os cachos escuros no ombro da mãe, e a rainha deu um beijo no topo de sua cabeça. — Dê boa-noite aos seus pais. — A voz de Ren soou suave e baixinha ao murmurar boa-noite primeiro em ilustre real e depois em arnesiano antes de Nadiya carregá-la para fora do quarto.

Quando as duas foram embora, Rhy voltou a pegar a taça e examinou o tônico como se aquilo fosse novidade, como se não o tomasse todas as noites para impedi-lo de ter pesadelos. Com a mãe morrendo em seus braços. Com o pai empalado na escadaria do palácio. Com o próprio corpo torturado e dilacerado, incapaz de morrer ou fazer qualquer coisa que não fosse assistir a tudo e sofrer. Eram pesadelos que faziam Rhy acordar aos gritos, e Alucard não podia fazer nada a não ser segurá-lo, deitá-lo na cama e abraçá-lo junto ao peito.

O tônico era um ato de gentileza, um golpe de misericórdia.

E Rhy parecia achar que não merecia.

— Descansar não é uma fraqueza — disse Alucard, delicado. O rei deu um sorriso desanimado e bebeu o tônico de um só gole.

Aquela chama de antes entre os dois havia se dissipado, deixando apenas um calor agradável. Rhy afundou nos travesseiros, e Alucard flexionou os dedos para invocar uma brisa suave, apagando as velas e mergulhando o quarto na escuridão, amenizada apenas pelo brilho vermelho do Atol entrando pelas cortinas. Pelo menos, essa é a cena que outro par de olhos veria. Já para Alucard, os fios da magia cintilavam em torno de seus corpos: os dele em tons de azul, verde e branco, típicos de uma onda quebrando; os de

Rhy semelhantes a uma galáxia prateada em contraste aos lençóis de seda escura.

Alucard se deitou de lado, abraçando o rei, e ficou observando o peito dele subir e descer, os filamentos fluindo de seu coração enfeitiçado. Os fios tinham o brilho lunar peculiar à magia *Antari* e, no entanto, não se pareciam com os de Kell ou Lila, nem se moviam com a mesma constância, traçando as linhas de cada membro e veia. Em vez disso, todos começavam e terminavam no símbolo escuro, aquele que Kell gravara com magia sombria para unir os corpos, os batimentos e a dor dos dois.

Rhy olhou para o lado e reparou em Alucard o encarando.

— No que você está pensando?

— No seu irmão — respondeu Alucard, arrependendo-se na mesma hora de ter dito aquilo.

Rhy arqueou a sobrancelha.

— Devo ficar com ciúmes?

Ele revirou os olhos.

— Vai dormir.

— Sempre desconfiei que tanta aversão não passava de uma farsa.

— Fica *quieto* — murmurou Alucard, deitando-se de costas.

O rei deu uma risadinha, mas assim que o tônico começou a fazer efeito sua voz foi desaparecendo. Deu um suspiro e ficou em silêncio, sentindo os membros relaxarem conforme o sono recaía como uma cortina sobre ele. Alucard permaneceu ao seu lado no escuro, mexendo no anel de ouro na mão direita e sentindo o relevo do coração e da coroa várias vezes enquanto rolava o aro ao redor do dedo. Tinha certeza de que Rhy já estava dormindo, até que sua voz quebrou o silêncio.

— Por que o povo me odeia? — sussurrou o rei.

As palavras soaram distorcidas, suavizadas pelo tônico, mas mesmo sob efeito do tranquilizante sua mente não parava de voltar para o banheiro, para o assassino da Mão.

— Muitos amam você — disse Alucard, gentil. — Alguns, não.

Rhy abriu os olhos, duas frestinhas de ouro em meio à escuridão.

— Será que sou um rei tão terrível assim?

Alucard deixou escapar um suspiro.

— Todos os reis são terríveis para quem prefere jogar a culpa em outra pessoa.

Rhy franziu a testa. Não era a resposta que estava esperando. Alucard continuou:

— Você é a personificação dos males do povo. É o poder que eles não possuem. É a riqueza que eles não têm. Não é o Rhy Maresh que eles odeiam. É o trono em si.

Após uma longa pausa, o rei perguntou:

— Você usaria a coroa?

Alucard deu uma risada. Mas não era um som alegre, e sim mordaz, fulminante.

— Nem por todo o ouro de Arnes.

— Ficaria bem em você.

— Ah, disso não tenho a *menor* dúvida.

— Não tão bem quanto fica em mim, óbvio — murmurou Rhy, sonolento.

— Óbvio.

Depois disso, Rhy não disse mais nada. A respiração dele ficou mais suave, o único movimento vindo da pulsação prateada que subia e descia junto aos batimentos de seu coração. Alucard permaneceu ao seu lado até ter certeza de que o rei estava dormindo.

Em seguida, levantou-se com cuidado, amarrou o roupão e foi atrás da rainha.

VI

Alucard se considerava um homem com pouquíssimos medos.

Não temia a morte, pois diversas vezes a enfrentara. Também não temia a dor, nem a escuridão, as aranhas ou o alto-mar. Mas sentia, sim, um saudável incômodo quando pensava na ideia de ser enterrado vivo, e foi essa a sensação que teve ao descer até o Salão da Rainha. Os lampiões ardiam nas paredes e seus feitiços faziam as luzes se afastarem e se unirem novamente, criando uma fita ininterrupta de ouro-claro, mas cada degrau o levava para mais longe da superfície. Seus passos ecoavam na ampla escadaria de pedra, o som parecido com um sussurro dentro de um poço.

O palácio era um espetáculo deslumbrante, suspenso em uma ponte sobre o rio Atol. Mas essa façanha não tinha nada a ver com magia: a maior parte de seu peso era sustentada por quatro colunas imensas, cravadas no leito do rio. Duas colunas eram de pedra maciça, mas as outras duas eram ocas: em uma delas ficavam as prisões reais, celas que já detiveram Cora Taskon, a herdeira veskana que tentou pôr fim à linhagem dos Maresh, e até mesmo, embora por pouco tempo, Kell Maresh, quando o antigo rei o prendeu em meio a um acesso de raiva (Alucard não podia censurá-lo por isso).

A outra coluna oca havia sido dada à rainha como presente de casamento.

Corria um boato pelos pubs de Londres de que a rainha de Arnes era, na verdade, uma prisioneira mantida na câmara submersa contra sua vontade. Mas Nadiya Loreni não era prisioneira de ninguém e, embora passasse a maior parte de suas noites enterrada nas entranhas do *soner rast*, o fazia por vontade própria. Havia sido presenteada com aposentos esplêndidos na ala real — uma cama luxuosa em que raramente dormia e uma sala de estar reluzente na qual nunca recebia ninguém —, mas, com o tempo, os criados e guardas começaram a chamar a *coluna* de sua câmara privada.

O salão não tinha semelhança alguma com as celas da outra coluna nem conservava qualquer vestígio de seu passado como campo de treinamento particular do príncipe *Antari*.

Agora, o lugar continha uma série de câmaras interligadas, cada uma tão ampla e aberta como os grandes salões no andar superior, e cheias de tesouros. Era uma façanha impressionante: tinha o tamanho e a grandeza de uma propriedade real, se tal propriedade não tivesse janelas e estivesse localizada no fundo do Atol.

Ao chegar ao pé da escada, Alucard começou a cantarolar baixinho, para avisar à rainha de que estava chegando. Certa vez, Nadiya o repreendera por se aproximar na ponta dos pés enquanto ela estava no meio de um feitiço, advertindo-o de que se suas mãos não fossem tão firmes, poderia ter derrubado o palácio inteiro sobre suas cabeças. Até hoje, não sabia dizer se a rainha só estava fazendo uma piada.

Deu uma volta preguiçosa ao redor da câmara. Ela estava ocupada. Como sempre.

Havia uma dúzia de bancadas ali, cada uma coberta por alguma coisa: fossem os primórdios de um novo dispositivo ou os restos de um antigo. Chegou a avistar, sobre uma das mesas, uma pistola — arma que só conseguiu distinguir por causa da devoção de Lila Bard ao assunto. O tambor estava aberto, descarregado, mas havia um feitiço dourado gravado ao longo do cano. Alucard deixou a arma onde a havia encontrado, como mantinha tudo na oficina de Nadiya: intocado.

Na sala ao lado encontrou a rainha debruçada sobre uma mesa, acompanhada de uma taça de vinho e sem a coroa; o diadema de ouro estava pendurado na luminária como uma túnica tirada às pressas em um momento de paixão. Ela prestava atenção ao trabalho como se fosse um tabuleiro de Rasch no fim da partida. O único movimento vinha de uma fita de fogo que circundava seus dedos, tão fina e precisa quanto o bisturi de um curandeiro.

O cabelo escuro pendia solto e ia até pouco acima dos ombros. Havia chegado à corte com fios que desciam em cascata pelas costas — o tipo de cabelo que os homens amavam e as mulheres invejavam —, mas seu primeiro ato como rainha foi cortá-los. Naturalmente, o povo começou a fofocar (não que isso os impedisse de aparar o cabelo para imitar a rainha). As mesmas pessoas que afirmavam que Nadiya era uma prisioneira disseram que Rhy cortara seu cabelo durante um ataque de fúria porque sentia inveja de sua beleza. Outros alegaram que ele fez aquilo porque queria que ela e Alucard ficassem parecidos.

Mas a verdade era bem mais simples: o cabelo atrapalhava seu trabalho.

Para Nadiya Loreni, esse era um motivo bom o suficiente para se livrar dele.

Alucard continuou cantarolando ao caminhar pelo canto da sala, mas se a rainha o ouviu, nem se deu ao trabalho de erguer os olhos. Ele levantou um pouco a voz, acrescentando palavras à canção.

— *Tive um amor quando era jovem, ele foi para o mar e eu pensei que tivesse ido embora para sempre...*

Nadiya permaneceu imóvel, e Alucard desejou, pela milésima vez, que ninguém jamais tentasse assassinar a rainha. Duvidava muito que ela percebesse.

— *Mas ele voltou quando cresci* — cantou ele, passando por uma prateleira cheia de artefatos rejeitados, versões anteriores das moedas gêmeas que ela havia projetado para transformar uma tábua de divinação em um meio de comunicação à longa distância. Em outra prateleira havia uma coleção de frascos com rolha, um almofariz e um pilão, um pote de ervas — os ingredientes do tônico que ajudava Rhy a dormir sem prejudicar o irmão.

— *Eu estava à sua espera, ele sabia muito bem...*

Alucard deslizou os dedos pelo ar sobre as peças desconjuntadas de algo que se parecia perigosamente com um Herdeiro, um dispositivo usado para conter e transmitir a magia de uma pessoa. Seu uso havia sido proibido já fazia um século. O último existente fora usado para capturar Osaron. Ou era o que ele pensava.

— *No dia em que ele navegou para longe de mim...*

Ao lado havia uma mesa coberta de lascas de metal e rolos de pergaminho, cada um preenchido com os rabiscos da rainha misturando anotações e feitiços. E ali, em uma caixa de vidro aberta, jaziam três anéis de prata.

— *... ele levou o meu coração e a minha alma para o mar...*

Alucard parou de cantar. Conhecia muito bem aqueles anéis.

Eram os anéis usados pelos três *Antari* durante a batalha contra a escuridão. Os aros vincularam Holland, Lila e Kell um ao outro, permitindo que a magia deles fosse compartilhada. Mas foram também esses mesmos anéis que destruíram o poder de Kell quando ele não conseguiu tirá-lo a tempo. Mesmo agora, a magia que os unia era estranha, uma luz iridescente entremeada de sombras.

Alucard estendeu a mão e fechou a tampa da caixa.

E então, começou a cantar uma música mais alta e obscena à medida que se aproximava da rainha.

— *Fogo e gelo, o rei e a rainha em uma mistura que incendeia, em uma noite que só clareia. Derretem juntos na cama, numa paixão sem igual, e duas vezes ela cedeu, tal como fogo e gelo no temporal...*

— Então foi por sua causa que Ren aprendeu essa música — disse a rainha, finalmente. Ela pestanejou, como se estivesse despertando de um devaneio, e olhou para ele com um par de lentes de aumento apoiadas no nariz. Por trás delas, seus olhos cor de avelã pareciam ainda maiores do que o normal, salpicados de verde e dourado. — Que péssima influência você é, Alucard Emery.

— Acredite se quiser — disse ele, servindo-se de uma bebida —, mas já ouvi isso antes.

Estava prestes a levar o copo até os lábios quando Nadiya o interrompeu.

— Esse líquido é para limpar metais.

Alucard cheirou o conteúdo e deixou o copo de lado, pegando a taça de vinho que estava ao lado da rainha. Sentou-se numa poltrona verde, totalmente em desacordo com o restante do ambiente. A única concessão de Nadiya às visitas frequentes dele.

— Você nunca dorme? — perguntou ele.

— E perder estas horas preciosas? Não, a noite é feita para o trabalho.

— Os sonhadores — disse ele — provavelmente discordam.

— Esse é meu jeito de sonhar — rebateu ela, apontando para a mesa coberta de feitiços incompletos. — E devo salientar que você também está aqui. Acordado.

— Não consegui dormir.

— Então veio me incomodar? — perguntou ela, mas não havia sinal de aborrecimento em sua voz.

— Fazer o quê? — provocou ele. — Você é uma ótima companhia.

Nadiya deu uma risada, um som tão raro e vibrante, e Alucard se recostou na poltrona verde-esmeralda, colocando as mãos atrás da cabeça. Logo depois ela voltou ao trabalho, ignorando completamente a sua presença.

VII

CINCO ANOS ATRÁS

No dia do casamento de Rhy Maresh e Nadiya Loreni, Alucard Emery ficou completamente bêbado.

Ele tinha decidido não criar confusão — havia muito aprendera a segurar bem a onda com relação ao álcool, além de manter o carisma e a naturalidade apesar das turbulências que pudesse estar sentindo.

A cerimônia fora realizada no Rose Hall, onde centenas de *ostras* e *vestras* se reuniram para ver o rei e a rainha escolhida.

Alucard havia se oferecido para ficar de fora — até esperava que o rei o poupasse disso —, mas Rhy fez questão de sua presença. Afinal de contas, ele era a sombra do rei. Seu guarda pessoal. Por isso, Alucard permaneceu nos fundos do estrado, fingindo uma expressão de bom humor enquanto o *Aven Essen* atava uma corda dourada em torno das mãos dos noivos.

Não deveria ter sido difícil de assistir à cena, mas foi.

Apesar de Rhy ter feito a mesma coisa no quarto deles na noite anterior, quando não havia ninguém por perto para ver: puxou Alucard para fora da cama, tirou a faixa dourada do roupão e entrelaçou os dedos de ambos — a mão de Rhy era negra e cheia de anéis, já a de Alucard, um pouco mais clara e com as veias prateadas.

— Ato a minha vida à sua — dissera Rhy, enrolando a faixa em torno das mãos dos dois, e Alucard começara a rir, mas o rosto de Rhy estava sério, sua voz sóbria. — Ato a minha vida à sua — repetira, com os olhos dourados brilhantes e atentos, à espera.

— Ato a minha vida à sua — respondera Alucard.

Rhy deu mais uma volta na faixa.

— Ato o meu coração ao seu — disse ele, só que desta vez sua voz ecoou ao longe, pois não estava falando com Alucard. Estava na frente do Rose Hall, perante o *Aven Essen* e a multidão reunida.

— Ato o meu coração ao seu — respondeu Nadiya Loreni.

Alucard engoliu em seco.

— Ato o meu destino ao seu — disse o rei.

— Ato o meu destino ao seu — disse a rainha.

E então Tieren puxou a corda dourada das mãos dos dois com um floreio.

— *Is fir on* — disse ele, o juramento ecoando pelo salão. *Assim seja.*

As palavras atingiram Alucard com a força de uma porta sendo batida. Aplausos ecoaram. Vozes soaram em celebração. O rei e a rainha viraram-se em direção à corte, ainda de mãos dadas.

Alucard sorriu e bateu palmas junto com o restante da multidão, depois foi buscar outra bebida.

Por que não? Afinal de contas, toda a cidade estava comemorando.

O porto estava cheio de navios e as ruas em volta do palácio, apinhadas de vendedores, com suas barracas brotando de um dia para o outro como se fossem cogumelos. Alucard não via o *soner rast* tão vivo desde a morte de Maxim e Emira.

A *ostra* da cidade estava vestida de branco, um mar de corpos trajados em vestes cor de creme reunia-se no Salão Principal, onde a música ressoava contra as paredes douradas, as mesas estavam cheias de comida e bebida e as colunas de mármore, cobertas pelas cores das famílias recém-unidas. De acordo com Rhy, as quatro cores não combinariam nada bem — o vermelho e o dourado dos

Maresh com o roxo-escuro e o cinza-claro dos Loreni, por isso acabara decidindo-se por duas apenas: roxo e dourado. Até sugerira acrescentar uma faixa azul em referência à família Emery, de *Alucard*, mas ele recusou.

Não pertencia mais àquela família. Ainda assim, ao se vestir naquela manhã, ele usara as cores dos Emery; não que sentisse falta de ver o prateado e o azul juntos ou das lembranças que as cores evocavam, mas para que todos que se reunissem ali vissem que a família dos Emery estava ao lado da dos Maresh.

Para reforçar a ideia, em vez do brasão da própria família, Alucard usara o cálice e o sol, forjados em prata e safira em vez de granada e ouro.

Um criado se aproximou e ele estendeu a taça, observando o vinho dourado subir como uma maré dentro do vidro. A risada de Rhy, sonora e alegre, chegou até ele, que se virou e reparou no rei do outro lado do salão, com a pele negra brilhando sob a luz dourada. A rainha sorriu e baixou a cabeça, e o ciúme tomou conta do coração de Alucard, que ficou imaginando o que ela teria dito para fazer com que Rhy risse daquele jeito.

Havia acabado de decidir se retirar para a varanda quando alguém o chamou pelo nome.

— Alucard Emery! Como você cresceu! — Uma mulher exclamou, vindo em sua direção, com o vestido num tom exuberante de verde-floresta. Os *ostra* deviam vestir branco, mas os *vestra* podiam usar suas próprias cores; mais um lembrete de que também pertenciam a famílias reais.

— Mirella Nasaro — cumprimentou ele, forçando-se a abrir um sorriso.

O brasão de cavalo pendia do pescoço dela em esmeralda e branco, e seu cabelo comprido estava penteado para trás, deixando à mostra seu bico de viúva, com a ponta do pequeno V que ele formava em sua testa sendo destacada pelas pérolas que contornavam a linha do cabelo. A maior caía como uma gota de cristal logo acima das sobrancelhas. Enquanto se curvava para beijar a mão dela, Alucard puxou pela memória e logo se lembrou dos detalhes mais relevantes.

Os Nasaro eram os mais distantes do trono, pois viviam no interior. Mirella era perspicaz, mas o marido tinha uma cabeça fraca e pouquíssimas ambições: seu único desejo era ser dono de terras e de cabeças de gado.

— Sempre tão encantador — disse ela, recolhendo a mão e usando-a para fazer um gesto amplo em direção ao salão. — Que festa maravilhosa! Gostaria tanto que a minha irmã ainda estivesse viva para ver isso. Você deve se lembrar da minha sobrinha, Ezril... formariam um belo casal, sabe, se ela não tivesse se tornado uma sacerdotisa.

— É uma pena que nós dois sejamos comprometidos — disse Alucard.

Mirella assentiu vagamente, prestando atenção na multidão.

— Não consigo encontrar o meu filho. Ele já deveria estar aqui. Queria que conhecesse o rei.

— E a rainha, sem dúvida.

— Ah, sim, ela também — confirmou Mirella, nitidamente distraída, e Alucard deu um passo para trás, pretendendo escapar dali, quando outra voz chamou seu nome.

— Mestre Emery.

Ele deu um suspiro, se virou e deu de cara com Sol Rosec, trajado de preto e dourado e com o brasão da família — uma lâmina e uma coroa — reluzindo no pescoço. Atrás dele havia um rapaz e uma moça, quase adultos e nitidamente irmãos, embora, quando se tratava dos Rosec, às vezes fosse difícil ter certeza. Costumava-se dizer que os Rosec eram tão orgulhosos que trajavam suas cores no próprio corpo e, de fato, os três tinham os mesmos cabelos loiros, embora de tons diferentes, e os mesmos olhos pretos, como gotas de tinta sobre o linho branco.

— Mestre Rosec — cumprimentou Alucard, com uma reverência. — Quanto tempo.

— Realmente — concordou o *vestra*. A verdade é que os Rosec eram a única família real que não tinha um lar permanente em Londres. Em vez disso, mantinham sua própria corte no norte, embora soubessem que não deveriam chamá-la assim.

Mestre Rosec apontou para os filhos.

— Este é o meu filho, Oren. E a minha filha, Hanara.

O rapaz, Oren, fez uma mesura quase perfeita, mas com um ar zombeteiro, repuxando a boca num sorrisinho discreto. A moça, Hanara, flexionou os joelhos, mas não a cabeça, fixando os olhos pretos em Alucard conforme inclinava-se e voltava a se erguer.

— Sabe, eu era muito amigo de seu pai — disse Sol Rosec.

Dez anos após sua morte, a menção a Reson Emery ainda causava calafrios em Alucard.

— Fiquei triste ao saber do falecimento dele...

— Pelo menos alguém aqui ficou. — As palavras escaparam de sua boca antes que Alucard pudesse detê-las.

Atrás do pai, Oren bufou. Hanara arqueou a sobrancelha. Sol apenas franziu a testa e, em seguida, fingiu dar uma olhada no salão lotado.

— Cadê o seu irmão mais velho, Berras?

Alucard se encolheu ao ouvir o nome.

— Infelizmente acredito que não esteja a par dos últimos acontecimentos — disse ele —, por passar tanto tempo fora de Londres. — Ele fez questão de enfatizar a última palavra. — Meu irmão não é mais bem-vindo na corte.

Os olhos pretos de Rosec observaram Alucard atentamente.

— É uma pena. Ver uma grande família numa situação tão... decadente.

Alucard segurou a taça com força entre os dedos, imaginando como seria arrancar o ar dos pulmões do velho. Não seria difícil — antigamente, a magia de Sol Rosec era de um vermelho vivo, mas agora não passava de um fio cor-de-rosa ao redor dos ombros. O homem estava morrendo. Alucard se perguntou se ele já sabia disso.

— Pai. — Oren estava inclinado para a frente. — Não deveríamos ir dar nossas bênçãos ao rei e à rainha?

— Certamente — respondeu Rosec, e com isso, os três partiram, sendo rapidamente engolidos pela multidão.

Alucard não saiu imediatamente do salão. Não, ele aguentou mais uma hora, sorrindo, brincando e trocando gentilezas até seu rosto começar a doer, e, então, enfim subiu para a galeria, dizendo a si mesmo que não era uma fuga, mas a oportunidade de ter uma vista panorâmica.

Ali de cima, os corpos no salão se tornavam uma colcha de retalhos que ele conseguia ler tão bem quanto os fios de magia no ar à sua volta.

O rei e a rainha, incandescentes em dourado.

Os guardas e criados reais, vestidos de carmesim da cabeça aos pés.

Os embaixadores dos *ostra* e de Faro estavam vestidos de branco, embora a roupa destes últimos tivesse um corte diferente, ajustado no corpo.

Havia um único veskano no meio da multidão — não um representante da corte estrangeira, mas o príncipe mais novo, Hok, que estava sendo criado pelo Santuário de Londres. Ele falava arnesiano tão bem a ponto de conseguir se passar por um londrino, mas sua pele clara e seu cabelo platinado se destacavam entre a aglomeração.

A poça verde que era Mirella Nasaro dava voltas pelo salão, ainda à procura do filho.

Os três Rosec vestidos de preto andavam juntos como gotas de tinta.

A família da nova rainha, os Loreni, vestia a cor violeta, com golas cinzentas em forma de lua crescente.

Alucard podia ver a cena completa, mas mesmo depois de ter passado os olhos no salão inteiro, percebeu que ainda procurava por alguma coisa. Um vislumbre de prateado. Uma faixa de azul.

Qualquer sinal de seu irmão.

Obviamente ele não estava ali. Berras Emery não aparecia havia quase três anos, desde a noite em que o veneno de Osaron tomara conta da cidade. A noite em que sua irmã Anisa morreu e Alucard ardera de febre ao lutar contra a magia que Berras deixou se derramar sobre ele como se fosse uma espécie de bebida.

Não que houvesse muito amor entre eles antes disso.

A relação dos dois era um naufrágio somatizado ao longo dos anos: juntas fraturadas e ossos quebrados, xingamentos e planos de exílio. Na ausência da mãe e sob a sombra do pai, em tudo o que Alucard era e Berras, não.

No entanto, Alucard ainda esperava que Berras comparecesse à cerimônia, nem que fosse para fazer um escândalo. Se fechasse os olhos, conseguia ver o irmão mais velho com os cabelos escuros penteados para trás e a cabeça erguida, vestindo as cores da família com um orgulho que Alucard jamais tivera permissão de sentir. Ele podia ver os olhos de Berras, o tom de azul tão escuro que pareciam pretos sempre que ficava com raiva. Podia ouvir a rigidez em sua voz quando ele visse o cálice e o sol no pescoço de Alucard, e dissesse: "Bem, pelo menos ele colocou uma coleira no seu cachorrinho."

Alucard apertou o brasão até cravar a prata na palma da mão. Sua visão ficou embaçada, e ele fechou os olhos para conter as lágrimas. O burburinho ecoava do salão lá embaixo, mas ele ainda conseguiu ouvir as vestes brancas do sacerdote farfalhando em sua direção na varanda. Sentiu sua presença antes de se virar e ver os filamentos da magia do *Aven Essen*, fios pálidos que dançavam pelo ar.

— Mestre Emery — cumprimentou Tieren com gentileza. Continuava com a coluna ereta, mas no último ano suas bochechas haviam começado a afundar e sua pele a cair, como se estivesse sendo engolida de volta pela terra. Até os fios de sua magia tinham começado a enfraquecer.

Alucard olhou para a taça de vinho na mão do idoso.

— Isso é permitido?

O *Aven Essen* arqueou a sobrancelha branca.

— Sou um sacerdote, não um santo. Além disso, é uma questão de equilíbrio. — Ele deu um bom gole e fechou os olhos, como se estivesse saboreando a bebida. — Com moderação, tudo é bom.

— Não sei, não — disse Alucard, dando um último gole em sua própria taça. — Com meus vícios eu prefiro perder o controle mesmo.

Tieren abriu os olhos. Eram claros, azuis como uma manhã de inverno, e fitaram Alucard atentamente, como se estivessem descascando todo o seu verniz e orgulho.

— Alucard — começou ele suavemente.

Alucard sentiu um nó na garganta. Deu as costas para o sacerdote, apoiando os cotovelos no parapeito da varanda. Seu olhar caiu como uma pedra sobre a multidão. Poderia ter ido parar em qualquer lugar, mas lógico que foi até Rhy. O rei abriu um sorriso deslumbrante e estendeu o braço, gesticulando para o salão ou talvez contando uma história. Alucard se perguntou que história seria essa, desejando conseguir ler seus lábios dali. Ele deveria estar lá, ao lado de Rhy. Mas, em vez disso, era a rainha que ocupava o lugar, com a mão pousada em seu ombro como se o reivindicasse para si, como se a coroa que reluzia sobre seu cabelo escuro não fosse suficiente, como se alguém precisasse ser lembrado de que ele pertencia a ela.

— Tem que ser assim — disse Tieren, e essa era a pior parte. Alucard sabia que o sacerdote tinha razão. Ele havia jurado não apenas amar o rei, mas protegê-lo, e quando se tratava de manter o trono, uma criança tinha mais força do que qualquer espada ou escudo.

Era a única coisa que Alucard não poderia dar a Rhy.

E a única coisa de que ele precisava para manter-se como rei.

A autoridade da magia afirmava que um rei ou rainha governante poderia ter somente *um* herdeiro — para evitar que sua família ficasse grande e forte demais —, mas não ter filho *nenhum* era considerado um sinal de que seu tempo de governar estava chegando ao fim. Então, o trono acabaria passando para uma das outras famílias reais: os Rosec, os Nasaro, os Loreni ou os Emery. Todos já haviam governado antes e ficariam muito felizes em governar novamente caso tivessem a oportunidade.

Não, os Maresh ocupavam o trono há duzentos anos.

Não o perderiam por causa de Alucard.

— Tem que ser desse jeito — repetiu o sacerdote, levando a taça até os lábios, mas vendo que já estava vazia.

Lá embaixo, a nova rainha tinha saído do lado de Rhy, e o rei estava sozinho. Ele se virou lentamente, como se atrás de alguma coisa, e Alucard afirmou para si próprio que Rhy estava procurando por ele, até que viu aquele emaranhado de cabelos ruivos e percebeu que era Kell quem chamava a atenção do rei.

Alucard cerrou os dentes. Tinha prometido não discutir com o príncipe *Antari* justo naquele dia, mas sua determinação se esvaía a cada taça de vinho. Havia acabado de decidir descer novamente ao salão para se divertir um pouco, quem sabe encontrar Lila Bard, onde quer que ela estivesse, quando alguém pigarreou ao seu lado.

Ele se virou, esperando ver sua capitã preferida.

Mas não era ela.

A primeira coisa que viu foi a coroa idêntica à de Rhy aninhada em seus cabelos pretos.

— Bem — dissera Alucard quando Nadiya Loreni chegou à corte —, pelo menos ainda sou o mais bonito. — Mas era só uma piada: Nadiya era deslumbrante. A maioria dos nobres podia se vestir com elegância suficiente para parecer atraente, mas a filha mais velha dos Loreni era simples e inegavelmente bela. Tinha o rosto em formato de coração e o corpo com curvas suaves que contrastavam com sua perspicácia. Tal como a mãe, o avô e muitos Loreni antes dela, além de uma nobre, Nadiya era uma inventora.

E, agora, também era uma rainha.

Alucard olhou ao seu redor à procura do *Aven Essen*, mas o sacerdote tinha sumido, deixando-o sozinho com a noiva de Rhy. *Traidor*, pensou ele à medida que a rainha se aproximava.

— Alucard — cumprimentou ela, e ele se ressentiu novamente com o jeito como Nadiya pronunciou seu nome, como se fossem aliados ou velhos amigos.

— Minha rainha — disse ele, fazendo uma reverência. Teve a impressão de que ela revirou os olhos.

Alucard não tinha reparado que suas mãos estavam escondidas atrás das saias até que ela as estendeu, revelando uma garrafa de vinho aberta.

— Você não tem uma taça — disse ele enquanto ela o servia.

— Não. — Ela deu de ombros. — Acho que vamos precisar dividir a sua.

Ele bebeu o vinho de uma vez só, depois devolveu a taça para Nadiya e lhe deu as costas, voltando-se para a segurança da vista da galeria.

— Você não deveria estar lá embaixo, cumprimentando seus convidados?

— Acho que eles vão sobreviver à minha ausência. — Ela encheu a taça, deu um gole e perguntou: — Mas e você?

— E eu? — perguntou ele, arqueando a sobrancelha.

— Você é a sombra do rei. Não deveria estar ao lado dele?

— Hoje, sou só um pássaro de estimação — respondeu ele secamente. — Então prefiro ficar empoleirado aqui.

Nadiya juntou-se a ele no parapeito de mármore.

— Eu sei que você é o coração dele.

— Quem disse isso?

— O próprio. No dia em que nos conhecemos. E todos os dias desde então. — O olhar de Alucard se voltou para ela, e pela primeira de muitas vezes Nadiya o surpreendeu, deixando escapar uma gargalhada. — Sinceramente, acha que não sei que estou me casando com vocês dois?

— Você se ressente de mim? — perguntou ele, interrompendo a pergunta antes que acrescentasse: "Como eu de você?"

— Por quê? — Ela bebeu o vinho num gole só e ficou analisando a taça como se fosse um problema, um quebra-cabeça. —

Nunca entendi por que uma pessoa precisa ser tudo ao mesmo tempo. Quero ser mãe, mas não uma esposa.

— Então, por que ser uma rainha?

— Pelo poder — respondeu ela sem nem pensar duas vezes, e Alucard não deve ter conseguido disfarçar sua reação, pois Nadiya continuou: — Ah, não é o que você está pensando. Não me refiro ao poder de comandar o povo ou dar início a guerras. Mas ao poder de fazer o que bem entender. Pensar, trabalhar e viver como eu quiser, sem ter ninguém no meu caminho. — Ao dizer isso, seus olhos cintilaram com um brilho ávido.

— Quer dizer que você não o ama?

— Sou obrigada a amá-lo? — provocou ela, mas ao ver o tom sombrio que tomou a expressão dele, Nadiya ficou séria. — Tenho muito carinho pelo nosso rei. — Alucard gostou do jeito como ela disse *nosso* em vez de *meu*, e gostou ainda mais quando acrescentou: — Mas nunca vou amá-lo como você o ama, Mestre Emery. O que acredito que seja ótimo para você. Como é para mim. — A rainha olhou por cima do parapeito para a celebração e para Rhy, que trazia a corte no centro de tudo. — Cada um de nós vai amá-lo à sua própria maneira. Darei a ele o que você não é capaz de dar. E você dará a ele o que eu não sou capaz. Juntos, nós três seremos uma família melhor — afirmou ela.

Ele sentiu um aperto no peito, mas pela primeira vez naquele dia, não era de raiva nem inveja ou tristeza. E sim de esperança.

— Agora, desça do seu poleiro e me ajude a sobreviver a esta festa — concluiu Nadiya, afastando-se.

Alucard endireitou a postura e respondeu, com um esboço de sorriso no rosto:

— Já que você insiste, minha rainha.

VIII

PRESENTE

Nadiya deixou as ferramentas de lado e se empertigou, massageando o próprio pescoço, e Alucard percebeu que era seguro voltar a falar com ela.

— O rei quase foi morto hoje à noite.

— Fiquei sabendo — respondeu a rainha, como se eles estivessem falando do jantar e não de regicídio. Outra pessoa seria capaz até de achar que ela estava sendo desdenhosa. Mas Alucard a conhecia muito bem. Nadiya se virou e foi embora, desaparecendo na câmara ao lado. Não pediu que ele a seguisse, mas nem precisava. Ao entrar na segunda sala, o cheiro forte de sangue invadiu as narinas de Alucard, seguido pelo cheiro de frutas cítricas e hortelã que vinha da fumaça emanada pelas velas.

O corpo do assassino jazia nu sobre um bloco de pedra, com a ferida letal exangue no peito.

— Minha rainha, se você desejava tanto assim uma companhia, era só ter me pedido.

— Ah, Alucard — disse ela, contornando o corpo —, você está me fazendo um convite? Sabe muito bem que não faz o meu tipo.

— Foi da virilidade ou da pulsação dele que você gostou?

— Nem uma coisa nem outra. — Ela tirou os óculos. — Ou talvez tenham sido as duas.

Não passava de uma brincadeira entre os dois, tão gasta como um bom par de botas. Para o choque de Alucard, Nadiya Loreni parecia bem satisfeita sozinha.

— Mas eu não estou sozinha — ela lhe dissera mais de uma vez. — Tenho um marido, uma filha e um amigo que vem me dar uns sustos enquanto trabalho. Desfruto da liberdade de uma esposa, da riqueza de uma mãe e do poder indiscutível de uma rainha. Resumindo, tenho tudo de que preciso.

— E tudo que quer? — insistira ele, sabendo como era a sensação de ter um sonho negado, mesmo quando se estava cercado de riquezas. Mas Nadiya apenas o encarara como se achasse graça e respondera: — Se eu quisesse uma mulher na minha cama, Alucard, eu a teria. Acredite se quiser, mas prefiro dormir sozinha.

E ele acreditara: se Nadiya Loreni quisesse alguma coisa, nada a impediria.

Alucard se aproximou do bloco de pedra para examinar o aspirante a assassino de Rhy. Morto, parecia jovem. Um tom de vermelho manchava seu rosto, tudo que restara da tinta que ele havia usado.

Alucard baixou o olhar até encontrar o que procurava. Ali nas costelas, logo abaixo do golpe letal. Dedos marcados na pele.

A Mão.

A raiva irrompeu em seu peito ao ver a marca. Cravou as unhas no bloco. O ar começou a tremer e os lampiões piscaram pela sala. Recordou-se da voz de Rhy, suave, triste e sonolenta.

Por que o povo me odeia?

Alucard olhou para cima, para além do corpo, indo em direção ao gráfico que cobria a parede. O mapa tinha crescido como se fosse erva daninha num clima úmido, espalhando seus ramos sobre a pedra.

Seis meses atrás, quando os sussurros começaram a se tornar boatos e os boatos não pareciam inclinados a desaparecer, ele fora atrás da rainha, dona da mente mais perspicaz que conhecia e a única pessoa em quem confiava, e forçara-se a perguntar:

— Há alguma verdade na afirmação de que a magia está frágil? Como podemos ter certeza?

Detestou dizer aquelas palavras antes mesmo que saíssem de seus lábios. Elas tinham um gosto ruim, amargo pela incerteza, e Alucard ficou com medo de ver a reação da rainha, o desespero estampado em seu rosto.

Mas já devia saber que não seria assim. Afinal de contas, Nadiya era a Nadiya. Ela não hesitou diante da pergunta, pois já tinha se perguntado a mesma coisa antes e ido atrás da resposta. Guiou-o pela mão e mostrou-lhe os primórdios de seu mapa, o que se tornaria um extenso diagrama da magia à medida que ela tentava traçar sua presença e força, desde o fechamento das portas entre os mundos dois séculos antes — faltavam-lhe dados para ir mais longe — até a ascensão de Rhy ao trono. Naquele dia, ele vira a curva descendente e seu coração apertou ao ver o ângulo.

— Quer dizer que o boato é verdadeiro?

A rainha limitou-se a encolher os ombros.

— Todas as coisas na natureza têm um fluxo e um refluxo. A maré sobe e desce. As estações vêm e vão e depois voltam novamente.

— E quando é que a magia vai voltar? — perguntou ele, tentando afastar o pânico da voz. — Quando a maré vai voltar a subir?

Nadiya hesitou, franzindo a testa. Ela não respondeu, o que significava que não sabia, e isso era preocupante.

Alucard ficou fitando o gráfico até sua visão ficar embaçada, turvando os pontos e as linhas de um jeito que tornava a ascensão e a queda menos contundentes.

Talvez Nadiya tivesse razão.

Mas seus inimigos não se importariam com isso.

Uma lâmina sem fio ainda seria uma arma nas mãos erradas.

Ele ficara ali, estudando o gráfico, pelo que pareceram horas. E então, por fim, dissera:

— Não conte ao rei.

— Rhy não é a causa — afirmara ela. — A maré baixou antes de ele assumir o trono.

— Não importa — disse Alucard. — Ele vai se sentir como um mártir.

Nadiya pousou a mão em seu ombro, e ele sentiu-se reconfortado com o toque.

— Nesse caso, nós o protegeremos — disse ela. — Da Mão *e* de si mesmo. — Os dois ficaram daquele jeito por um bom tempo. Até que ela afastou a mão e concluiu: — Mas ainda não tenho uma peça-chave dessa situação.

E Alucard sabia que ela estava falando de Ren.

Ren, que ainda não tinha nem 5 anos de idade. Era nova demais para manifestar seu poder. Ou não. Ele sabia que o maior medo de Rhy era que a filha fosse como ele, nascida sem magia. Se isso acontecesse, a Mão se aproveitaria dessa faísca para acender o fogo que acabaria deixando o reino inteiro em chamas.

Acontece que Nadiya tinha um verdadeiro arsenal de magia, e destruiria qualquer um que quisesse pôr as mãos em sua filha.

E ninguém faria isso. Afinal de contas, Alucard não tinha a menor intenção de esperar até que Ren atingisse a maioridade. Nem de deixar que a Mão ficasse ainda mais forte.

Um brilho metálico chamou sua atenção; Alucard desviou os olhos da parede e voltou-se para o corpo em cima da mesa e para a rainha, que arregaçava as mangas com uma faca afiada em uma das mãos.

— Você está pretendendo desmembrá-lo?

Era só uma brincadeira. Mas devia ter pensado melhor antes de abrir a boca.

O rosto de Nadiya transmitia a sensação de que um sorriso estava sempre a um passo de aparecer: lábios carnudos, olhos cor de avelã e uma sobrancelha ligeiramente mais arqueada que a outra, o que dava a ela um ar travesso — e Ren havia puxado essa característica. Não havia malícia ali, apenas curiosidade e admiração. A diferença é que Ren gostava de desenhar pássaros, ao passo que Nadiya preferia tirar uma pena de cada vez de suas asas para entender exatamente como podiam voar pelas correntes de ar. Vários animais de estimação de Ren tinham acabado ali embaixo... depois de sofrerem uma morte natural. Ou pelo menos era o que ele esperava.

Ele observou a rainha deslizar a faca pelo peito do assassino morto, abrindo sua pele como uma cera sob o aço.

— O que acontece com a vida quando o corpo morre? — refletiu ela em voz alta. — Os arnesianos acreditam que o corpo é uma casca, um receptáculo para a energia vital. Enquanto vivos, estamos cheios, mas quando morremos o recipiente se esvazia e o poder é derramado de volta no riacho, deixando para trás nada além de uma casca vazia. Sem lembranças. Sem mente. Sem espírito. Se isso for verdade, não podemos aprender nada com os mortos.

Ela pegou uma faca serrilhada e começou a serrar as costelas dele. Alucard engoliu em seco e desviou o olhar.

Nadiya deu uma risadinha.

— Você deve ter visto coisa bem pior quando era pirata.

— Corsário — corrigiu ele —, e, mesmo assim, nunca tive o hábito de esquartejar os mortos. Se importa de me dizer por que você está...?

Ele se interrompeu assim que ela largou a serra e começou a abrir a caixa torácica do homem com as próprias mãos. Alucard sentiu ânsia de vômito. Chegou mais perto da vela de hortelã e frutas cítricas ao mesmo tempo que Nadiya afastou os dedos sujos de sangue do corpo e foi pegar uma lâmina mais estreita para dar continuidade ao trabalho.

— Os faroenses também acreditam que o corpo é um receptáculo para o espírito — continuou ela —, mas que, no momento em que os dois se fundem, um marca o outro, igual a uma mão na argila molhada. O corpo é moldado pelo poder. A carne conserva as lembranças...

Ela falava num tom casual, como se os dois estivessem tomando chá e degustando torradas na galeria.

Alucard tentou parar de pensar em comida quando as mãos dela fizeram um som de sucção dentro do peito do homem até finalmente se libertarem dali.

Segurando o coração dele.

— A Mão nos atormenta porque sabemos muito pouco a respeito deles. Ainda precisamos descobrir o que é que eles *querem*.

— O que todos os inimigos querem — respondeu ele. — Provocar o caos e chamar isso de mudança. Ver o fim do reinado dos Maresh.

— Você está falando de ideais, não de respostas — rebateu ela, pesando o coração. — A Mão é um manto, uma máscara, mas essas máscaras são usadas por *pessoas*. E cada pessoa quer uma coisa em particular. — Ela olhou para o órgão ensanguentado em sua mão, com os olhos brilhando. — O que será que ele queria?

Ela levou o coração até um altar cuja superfície estava coberta por um delicado traçado de feitiços escritos não com tinta, mas com areia. Não, não areia. Enxofre. Quando Alucard se aproximou, ela colocou o coração bem no meio daquele traçado. Derramou um frasco de óleo sobre o órgão, estalou os dedos e uma pequena faísca escorregou de sua mão até o coração do homem. O coração não pegou fogo, mas começou a consumir a si mesmo com uma chama preto-azulada que o devorou antes de estender-se lentamente pelas linhas do feitiço de enxofre.

Alucard nunca tivera o dom de escrever feitiços. Sabia ler um feitiço básico e usá-lo com eficácia, mas preferia a magia elemental, a simples clareza do vento, da terra ou da água em suas mãos, em vez da aplicação mais abstrata do poder de outra pessoa.

Por esse motivo, nunca considerou a feitiçaria como uma forma de magia. Mas ver um feitiço novo pela primeira vez era como... bem, como a feitiçaria de que Bard às vezes falava, coisas estranhas e fantásticas relegadas aos livros do mundo dela. Coisas sonhadas, mas não compreendidas.

Para Alucard, era como ver o impossível tornar-se real e perceber que a única coisa que separava um do outro era o talento. Ele não conseguia entender como a mente de Nadiya funcionava, como ela estruturava seus feitiços, mas podia ver os fios tecidos com tanto cuidado quanto uma peça de roupa. Ali estavam a terra e a água simulando o movimento do sangue nas veias. Ali estava o fogo, imitando a centelha da vida.

— O que eu não daria — disse a rainha — para ver o mundo como você o vê.

Alucard ergueu o olhar e esfregou a testa. Estava tão acostumado a bloquear os feixes de luz, a ver além deles, que, quando se concentrava nos fios, ele semicerrava os olhos, formando uma ruga profunda entre as sobrancelhas. O gesto acabara o entregando — havia alguns anos a rainha de olhos atentos tinha reparado nas pálpebras semicerradas, e ele cometera o erro de lhe contar a verdade.

— Você acha que tem a ver com sua mente ou com seus olhos? — perguntou Nadiya enquanto o feitiço ardia em brasas. — Acredito que os olhos sejam as portas da percepção. Tome os magos *Antari* como exemplo, a forma como a magia reivindica seus nervos oculares. Por outro lado, é a mente que dá sentido ao mundo e processa suas visões.

— Faz alguma diferença?

— Sem dúvida — respondeu ela, ofendida. Havia um fervor em sua voz, e suas pupilas estavam tão dilatadas e escuras quanto as de uma amante no auge da paixão.

— Não gosto quando você me olha desse jeito — disse Alucard.

— Que jeito?

— Como se eu fosse um de seus projetos. Algo que você gostaria de desmontar.

— Eu colocaria suas peças no lugar assim que terminasse. Tomara que sejam seus olhos — acrescentou ela, abrindo um sorrisinho malicioso. — São bem mais fáceis de estudar. E têm um tom de azul tão bonito.

— Você não vai ficar com os meus olhos.

— Sem problema — disse ela, dando de ombros. — Eu fico com eles depois que você tiver morrido.

O chiado suave da magia desapareceu. O coração havia parado de queimar e agora jazia ali como um caroço chamuscado no centro do diagrama de enxofre. O feitiço estava completo: Nadiya prendeu a respiração, Alucard se aproximou e, juntos, olharam para o altar.

As linhas haviam se reorganizado; não compunham mais um círculo intrincado ao redor do coração. Agora se ramificavam em todas as direções, como os eixos de uma roda. Ou os raios de uma estrela. Ou os galhos de uma árvore.

Uma lembrança veio à sua mente. Lila Bard, com os cotovelos apoiados na amurada do *Spire*, olhando para uma xícara cheia de um chá preto pavoroso. Contava a ele sobre uma feira que acontecera em Londres — a Londres dela — e de uma mulher que dizia conseguir ver o futuro nas folhas de chá.

— E o que foi que ela disse? — perguntara ele.

Lila olhara para a imensidão do mar.

— Que eu iria causar um monte de problemas e morrer bem longe de casa.

Alucard bufara de desdém.

— Eu mesmo poderia ter lhe dito isso, Bard.

Ela lhe lançara um daqueles seus sorrisos afiados como uma faca.

— Pois é, mas eu olhei para a xícara e sabe o que foi que vi? — Ele sacudiu a cabeça. Lila despejou o resto da lama preta na água. — Nada além de chá.

Naquele instante, Alucard lançou um olhar furtivo para Nadiya, que encarava a mesa do mesmo jeito que ele a havia encontrado ali mais cedo, com os olhos vazios e indecifráveis, sua mente correndo a mil por hora observando a superfície.

Ele deu um pigarro.

— E então? Funcionou?

Nadiya franziu a testa, como se tentasse compreender a imagem. Depois de alguns segundos, a decepção ficou estampada em seu rosto.

— Nem todos os feitiços funcionam — respondeu ela, passando a mão pelas cinzas e espalhando as linhas. Ela virou-se novamente para o cadáver arruinado, encarando fixamente seus olhos abertos. Por um momento, Alucard ficou imaginando se ela pretendia arrancá-los e tentar outra vez, mas ela levou a mão até uma alavanca na lateral da mesa e o corpo desapareceu, caindo até chegar à pedra oca lá embaixo. Ela flexionou o punho e as chamas tomaram conta do cadáver.

— Faça-me um favor, Alucard — pediu ela enquanto o corpo ardia.

— Qual?

— Da próxima vez, tente capturar o homem ainda vivo.

IX

O último ladrão estava começando a se sentir mal.

Tudo começou com uma pontada logo abaixo das costelas, um embrulho no estômago.

A princípio, jogou a culpa no barco — apesar de ser filho de um mercador, sofria de náuseas, e, enquanto fugia do *Ferase Stras*, seu esquife balançara com força em meio às ondas noturnas. Depois jogou a culpa na energia que teve de dispender para impulsionar a embarcação sozinho, o que o deixou todo suado e trêmulo até conseguir chegar ao navio que o aguardava no porto, alugado para transportar os três homens — agora só ele — de volta a Londres.

Ao deitar-se no catre da pequena cabine, com o *persalis* roubado embrulhado na capa junto ao peito, jogou a culpa pelo enjoo na aventura vivida, que não tinha sido tão divertida quanto ele esperava. O último ladrão nem pensou em jogar a culpa nos feitiços de proteção do *Ferase Stras* ou no fato de não ter tido tempo de jogar a capa protetora sobre os ombros enquanto se arremessava da amurada do mercado flutuante.

Revirou o corpo na cama, febril, repassando os últimos acontecimentos até que tudo aquilo se parecesse com as lendas de Olik. Até que ele fosse um herói.

Antes do amanhecer, foi sacudido por uma mão áspera, que o acordou. Sentia frio e calor ao mesmo tempo, tremia de suor e demorou um pouco para perceber que o navio já estava atracado.

— Londres? — perguntou ele com a voz rouca, mas o homem sacudiu a cabeça.

— Tanek.

Teve de reorganizar os pensamentos, repassar os planos. Sim, era isso mesmo. Lembrou-se dos outros dois conversando sobre o assunto algumas horas antes do roubo: navegariam no esquife até o porto mais próximo e, em seguida, embarcariam em um navio mercante que os levaria até a foz do Atol, atracando pouco antes do posto de controle, onde um cavalo e uma carroça estariam à espera. Os portos mantinham o registro dos barcos, com seus passageiros e carga, mas ninguém inspecionava as carruagens.

Os dois ladrões experientes não tinham incluído o terceiro homem nas conversas, mas ele ficara à espreita e escutara tudo, e agora sentia uma pontinha de alegria misturada à amargura, pois os outros morreram e ele era o único que restava para levar a missão a cabo.

Mas foi só sair do navio que seu orgulho sofreu um abalo. O chão ainda parecia balançar sob seus pés, e ele ficou angustiado ao descobrir que a dor havia passado para suas têmporas e seu peito. Forçou a entrada de ar fresco nos pulmões, enfiou o embrulho debaixo do braço e foi ao encontro do cocheiro.

Era uma bela carruagem, grande o bastante para acomodar três pessoas, e ele a tinha toda só para si.

Tentou aproveitar a viagem conforme as rodas se moviam e sacudiam pela estrada. A tênue luz da manhã entrava pelas janelas da carruagem e, assim que Londres apareceu no horizonte, ele se forçou a desembrulhar a capa e encarar o problema que tinha em mãos.

O objeto que foram roubar — o *persalis* — estava quebrado.

Quando estava a bordo do *Ferase Stras*, o abridor de portas estava inteiro, mas agora tinha ficado em pedacinhos. O último ladrão tentou se lembrar do desenho que tinha visto, do aspecto que o objeto deveria ter caso ainda estivesse intacto: uma caixinha elegante com um anel preto e dourado na frente. Ele sabia que essa pecinha *tinha que* sair, e, assim que saísse, o *persalis* abriria uma espécie de porta que levaria ao anel, onde quer que estivesse colocado.

O último ladrão não fazia a menor ideia do que a Mão queria fazer com o abridor de portas, mas tinha certeza de que o plano dependia de o objeto funcionar.

Prestou mais atenção nos pedaços à sua frente.

Parecia que todas as peças estavam reunidas ali, então ele tentou encaixá-las novamente, pensando que talvez fossem *feitas* para se separar daquela maneira, mas não — o metal estava obviamente empenado, a madeira lascada e, na única vez em que achou que tivesse conseguido remontar a caixa, a carruagem deu um solavanco feio e a coisa toda se desfez no seu colo.

Deu um suspiro e jogou a cabeça para trás. Fechou os olhos.

Aquilo era uma aventura, disse a si mesmo.

Era uma aventura, e ele era Olik. O escolhido.

E estava prestes a...

... vomitar.

Deu uma batidinha no teto da carruagem e desceu antes mesmo que ela parasse, vomitando na calçada. Estava com a barriga vazia — nervoso demais para comer antes de começar os trabalhos do dia e, depois, muito enjoado —, mas mesmo assim expeliu alguma coisa, uma lama vermelho-escura que o deixou com um gosto metálico na boca.

Endireitou a postura, apoiando-se na carruagem enquanto suas pernas tremiam e sentia uma tontura. Olhou ao redor. Estavam no *shal*, uma região de Londres que o filho do mercador aprendera a evitar quando era mais novo e seus pais o trouxeram para a capital. Tratava-se de um aglomerado de ruas na periferia da cidade que atendia a todo tipo desagradável de clientela. Dali, o brilho vermelho do Atol não passava de um eco distante nas nuvens baixas, e as torres do palácio reluziam douradas ao longe.

Mas também não era tão ruim assim. Aquele quarteirão, pelo menos, tinha uma padaria, um punhado de carrinhos, uma taverna com as janelas intactas, uma costureira e uma loja com um *H* dourado na porta. Abaixo da letra havia uma placa, e, apesar de hesitante, o filho do mercador deu um passo à frente, até as palavras entrarem em foco.

ANTES QUEBRADO, LOGO CONSERTADO.

E foi assim que o último ladrão teve uma ideia. Era péssima e, se ele não estivesse tão enjoado, perceberia que era uma insanidade. Em vez disso, voltou à carruagem e pediu que o cocheiro esperasse ele recolher os pedaços quebrados do *persalis*. Pelo menos teve o bom senso de pegar a peça principal, o anel preto e dourado, e enfiá-la no bolso do casaco antes de juntar o resto e cambalear até a loja.

Lançou-se com toda a força contra a porta, e só então se deu conta de que estava trancada.

Tentou girar a maçaneta, sibilando entre os dentes quando percebeu a plaquinha onde se lia FECHADO na vitrine. Sua visão estava começando a ficar turva. Ele apoiou a testa na porta de madeira, tentando recuperar o fôlego.

Depois rastejou de volta para a carruagem, mergulhou na bem-vinda escuridão e ficou ali, aguardando.

X

Tes tinha ido dormir com vontade de comer um pastelzinho.

Mas, enquanto dormia, o desejo foi tomando forma, até virar uma farpa e começar a incomodá-la, de modo que, quando acordou, aquilo já nem era mais um desejo: era uma necessidade. Não chegou nem a se dar ao trabalho de preparar um chá, só enfiou os pés nas botas, vestiu o casaco e saiu para tomar café da manhã na rua, dizendo a si mesma que o trabalho podia esperar.

Podia abrir a loja mais tarde.

Nos últimos três anos, Tes tornou uma missão pessoal provar todos os pastéis que Londres tinha a oferecer: das dezenas de carrinhos de rua espalhados pelas muitas praças da cidade até a grande barraca no mercado noturno; da lanchonete chique especializada em frutos do mar nas margens ao norte do rio até aquela carrocinha velha ali no meio do *shal*. Era uma busca incessante, mas até aquele momento o melhor que havia experimentado era feito na barraquinha branca que ficava enfiada entre um açougue e uma padaria em Hera Vas, do outro lado das docas. Era uma longa caminhada, mas valia a pena, e meia hora depois Tes voltava para a loja, segurando a sacola fumegante como se estivesse cheia de moedas de ouro em vez de uma massa salgada.

A manhã havia se quebrado como um ovo sobre a cidade, revelando uma luz amarelada que parecia mais quente do que era enquanto tocava telhados e reluzia nas vitrines das lojas. Ao seu redor, Londres ganhava vida, e, embora sentisse falta dos penhascos e do barulho constante do mar de sua terra natal, Tes havia se afeiçoado à capital, ao modo como se espraiava e crescia como um jardim em plena floração, tornando-se diferente e maior a cada dia. Gostava de ver a cidade transbordando de magia, mesmo que às vezes os fios ficassem tão emaranhados e brilhantes que chegavam a ferir seus olhos. Gostava dos mercados que brotavam como se fossem cogumelos e do fato de que, por mais que explorasse, sempre conseguia encontrar algo novo. Gostava do chocalhar contínuo dos cavalos e do murmúrio das vozes na rua, da melodia que aumentava e diminuía, mas nunca desaparecia por completo. Gostava da sensação de saber que estava em um lugar tão grande e barulhento que poderia gritar sem que ninguém percebesse. Que poderia se esconder de modo que ninguém a encontrasse.

Cadê você, coelhinha?

Tes estremeceu e disse a si mesma que era só a brisa fria que havia soprado mais forte e entrado pelos buraquinhos em seu casaco.

— Preciso dar um jeito de costurar logo esses buracos — disse ela a Vares, como sempre enfiado em seu bolso. A coruja morta não fez nenhum comentário. Não podia culpá-lo: os dois sabiam muito bem que ela não era tão boa com agulhas e linhas quanto com os fios de magia. Sua mãe sempre... Foi então que Tes se conteve, levando seus pensamentos para outra direção. Talvez estivesse na hora de comprar roupas novas.

Quinze anos era uma idade tão desconcertante. Seu corpo insistia em crescer aos trancos e barrancos, então parecia que nada lhe cabia, nem mesmo a própria pele.

Decidiu ir atrás de um casaco novo. Mas sem magia. A maioria dos casacos tinha algo entrelaçado no tecido — um feitiço para torná-los impermeáveis ou para fazer com que ficassem quentes durante o inverno e frescos no verão. Mas ela só queria uma lã boa e resistente.

Seu estômago roncou, então ela abriu a sacola e abocanhou um pastelzinho, deliciando-se com o vapor cheiroso que tomou conta de seus sentidos enquanto mastigava o recheio de cebola com carne temperada. Abriu um sorriso.

— Valeu a pena — disse ela de boca cheia.

Do bolso do casaco, Vares estalou o bico como se também quisesse dar uma mordida.

— Você não tem estômago — salientou ela. — Só vai fazer bagunça.

A coruja morta pareceu suspirar. Tes engoliu, resistindo à vontade de pegar outro pastel até que estivesse de volta à loja com uma xícara de chá.

Ao chegar ao *shal*, Tes suspirou aliviada, apreciando as sombras que incidiam sobre as ruas estreitas e a luz do rio refletida como uma onda nos prédios. Só desacelerou o ritmo quando passou por uma loja fechada e percebeu algo desenhado na parede, a tinta branca ainda fresca.

De perto pareciam só algumas pinceladas enormes, mas foi só dar alguns passos para trás que percebeu o que era.

Uma mão.

Ela se apressou, acelerando o passo até chegar à loja, onde o *H* dourado lhe deu as boas-vindas. Passou os dedos sobre as palavras na placa — *antes quebrado, logo consertado* —, puxando os fios que tecera nelas para sua proteção e afrouxando o feitiço que mantinha o lugar trancado.

Mas quando entrou, Tes se deu conta, tarde demais, de que não estava sozinha na loja.

Havia alguém no balcão, remexendo nas suas coisas e de costas para a porta. O medo tomou conta de Tes, e ela pegou a arma mais próxima (que, infelizmente, acabou sendo uma lanterna de metal feita para ampliar a luz) enquanto pigarreava e perguntava com sua voz mais intimidadora:

— O que é que você acha que está fazendo?

— Procurando açúcar — respondeu uma voz familiar, e então o corpo magro se empertigou, revelando cabelos pretos e braços compridos enfiados num casaco cinza puído. — Sinceramente, Tes, como é que você consegue tomar chá desse jeito? — Ele virou o rosto, que refletiu a luz, deixando à mostra uma mandíbula definida como a de uma raposa e um sorriso brincalhão.

Nero.

Tes sentiu o medo sumir e seus ombros relaxarem até ver que ele tinha se servido de uma xícara do melhor chá que tinha guardado.

— Sabe — disse ela —, as pessoas têm um motivo para colocar trancas nas portas.

Nero apoiou os cotovelos no balcão e soprou para afastar uma mecha de cabelo dos olhos.

— Qual? Deixar as coisas mais interessantes?

Ela largou a sacola de pastéis e tirou a coruja morta de dentro do casaco, colocando-a de volta ao poleiro do balcão.

— Quem é essa ave morta tão boazinha? — brincou Nero, tirando algumas sementes fritas do bolso.

— Não faz isso — pediu ela enquanto ele alimentava a coruja. — Você sabe muito bem que ele não consegue comer.

Para confirmar o que Tes acabara de dizer, as sementes estalaram e bateram nos ossos de Vares antes de caírem numa pilha entre suas patas.

— Poxa — exclamou Nero, dando um tapinha no crânio da ave. — Mas ele fica tão feliz!

Vares estalou o bico de alegria e agitou as asas sem penas.

Tes revirou os olhos. Até a droga da ave ficava encantada com ele. Era esse o problema de Nero: ele era *encantador*. Seu cabelo preto tinha vida própria, desde o bico de viúva formando um V que se projetava na testa, passando pelos cachos ao redor das bochechas, até o restante, preso como uma nuvem sobre a cabeça. Como se não bastasse, seus olhos eram dourados nas bordas e verdes no meio, e seu sorriso fazia Tes corar, embora não se sentisse atraída por ele.

Encantador não era nem de longe a *única* palavra que lhe vinha à cabeça, mas costumava ser a primeira, seguida por *criminoso*, *vigarista* e *larápio*, ainda que tais palavras evocassem imagens de caras brutos e carrancudos, e ele vivesse alegre.

Por fim, havia *amigo*. Esta última ela sentia como se fosse uma pedra quente em suas mãos, e ela ficava dividida entre a vontade de segurá-la com força e jogá-la fora. Amigos eram uma coisa perigosa, e Tes jamais tivera a intenção de fazer amizade com alguém, muito menos alguém como ele.

Nero se afastou do balcão e olhou ao redor.

— Como anda o Mestre Haskin? — perguntou ele, sabendo muito bem que aquela pessoa não só não existia, como nunca tinha existido.

— Com fome. — Tes levou a sacola de pastéis consigo enquanto dava a volta no balcão, estabelecendo um limite entre os dois, nem que fosse para relembrar a Nero de que existia um limite. — Como foi que você entrou aqui?

— Tem duas portas na loja — respondeu ele com naturalidade, embora ela não tivesse mostrado a segunda, escondida como um segredo nos fundos da loja. — Você só enfeitiçou a da frente.

Ela soltou um palavrão em voz baixa.

— Que espertinho, hein?

— Se eu tivesse magia — refletiu ele —, não precisaria ser.

Nero franziu os lábios, subitamente mal-humorado, como se o mundo o considerasse inferior pela sua falta de poder. É o que aconteceria se ele realmente tivesse nascido sem um elemento.

Mas os dois sabiam que ele estava mentindo. Tes conseguia ver o violeta surpreendente do poder de Nero pairando no ar, uma cor tão rara que se destacava até em meio aos fios amontoados na loja. E mesmo que não fosse capaz de ler seu poder nos fios, ela o vira uma vez, uma vez só, em ação. Foi com a ajuda de seu poder que Nero a ajudou a se livrar de uma encrenca assim que Tes chegou a Londres. Sendo assim, ela sabia, ele sabia que ela sabia, e os dois sabiam que era melhor mentir a respeito.

— O que é que você está fazendo aqui? — perguntou ela, colocando a chaleira no fogo e pegando a caneca que ele tinha deixado sobre o balcão.

Nero abriu os braços.

— Sou um cliente.

— E não dava para esperar lá fora?

— Estava frio na rua.

— Ainda é verão — disse ela, levantando Vares para recolher a pilha de sementes.

— Pareceu que ia chover — arriscou ele.

Ela olhou ao redor, deixando escapar um suspiro.

— Você roubou alguma coisa?

Nero deu um passo para trás, surpreso.

— De você? *Jamais*. — Logo depois tirou um pastelzinho da sacola e o enfiou na boca. — Sinceramente... — disse ele de boca cheia. — Nossa, que delícia! Enfim, fico triste por você me perguntar uma coisa dessas. Mas já que estamos aqui, bem que você *podia* me ajudar.

O problema de Nero era que Tes sabia que ele era encrenca. Estava escrito na sua cara, do sorrisinho desajeitado até os olhos verde-dourados. Era como ver uma armadilha e cair nela de propósito.

Ela não conseguia deixar de gostar dele.

Talvez fosse pelo jeito como ele a tratava: não como uma marca, mas como uma irmã mais nova.

Ela *era mesmo* a irmã mais nova de alguém, mas não dele. Se Nero perguntasse, Tes mentiria, diria que era filha única e que seus pais morreram de um jeito horrível em alto-mar, por isso não havia ninguém para sentir sua falta ou vir à sua procura e ponto final.

Mas Nero não perguntava. Ele nunca perguntava nada, pois os dois tinham um acordo. Eles podiam se conhecer do jeito como eram agora, não antes. O passado era passado, por isso ele não perguntava o que uma garota da idade dela (não que Nero soubesse qual era essa idade) fazia sozinha na cidade, administrando uma oficina muitas vezes ilegal, e ela não perguntava sobre a magia que ele fingia não possuir, nem por que sempre parecia ter se dado mal numa briga.

É lógico que, ao longo do tempo, os dois acabaram confidenciando alguns detalhes ínfimos e em grande parte inúteis. Ele adorava doces. Ela vivia à base de chá forte. Ele tinha um sorriso capaz de fazer uma sombra ir em direção à luz. Já ela tinha um olhar capaz de mandar a sombra de volta para onde tinha saído. Os dois compartilhavam a mania de falar com coisas que não existiam de verdade — Nero consigo mesmo e Tes com a coruja. Mas a única razão pela qual Nero sabia seu nome era porque ele a fez apostar uma letra para cada mão perdida numa partida de Santo, e quando ela percebeu que o objetivo do jogo era trapacear, ele já tinha as três primeiras letras, as únicas que ela usava.

— Não precisa ficar irritada — dissera ele, dando uma risada. — É só um nome.

Mas ele estava enganado. Um nome era como um fio de cabelo ou um pedaço de unha — algo que as pessoas descartam com muita facilidade, sem se preocuparem com seu destino. Acontece que desde que abriu a loja, Tes já havia visto feitiços tramados ao redor de nomes, maldições lançadas em torno de sílabas, encantos embutidos nas letras.

Já vira nomes serem usados como suborno e ameaça.

Vira um homem ser esfaqueado pelo nome que dera.

Uma mulher ser presa por cuspir no nome do rei.

Nomes tinham valor. E seu pai a havia ensinado a nunca dar nada por um preço menor do que valia. Muito menos algo que você não poderia comprar de volta.

De certa maneira, Nero também sabia disso. Afinal de contas, ele contara a Tes seu primeiro nome, ou ao menos aquelas quatro letras, *N-E-R-O*, jogando-as fora como se fossem pedaços de papel queimado durante a *Sel Fera Noche*. Mas jamais lhe confidenciara o restante. Se havia mais letras, ele as tinha cortado e jogado no lixo.

Ele era apenas Nero.

E ela era apenas Tes.

Ele era só um ladrão.

E ela era só uma restauradora.

— Deixa eu ver.

Nero abriu um sorriso e tirou um colar do bolso — era uma peça dourada e extravagante, cravejada de joias. Estendeu-o para Tes.

— Não é bem a minha cor, né?

— A cavalo roubado não se olha os dentes. — E, enquanto pegava o colar da mão de Nero, ela reparou em seus dedos. Sujos de tinta branca. Tes sentiu um nó no estômago e disse a si mesma que não devia se importar. Não era da sua conta.

Nero seguiu seu olhar e se afastou, limpando a mão na calça.

— Não fui eu — começou ele.

— Não quero nem saber — retrucou ela.

— Eu toquei na parede — insistiu ele. — Não percebi que a tinta ainda estava fresca.

— Não me interessa — afirmou ela. E estava falando sério. Era o tipo de problema de que ela não precisava nem queria. A Mão não tinha rosto. Ninguém sabia quantos eram nem quem tinha aderido à causa. Se alguém conhecia um membro da Mão, não continuava vivo para contar história, e se um membro da Mão saía por aí se gabando de pertencer ao grupo, não continuava vivo para repetir a façanha.

— Deixa eu adivinhar — continuou ela, voltando a atenção para o colar. — Você roubou isso aqui de um navio ou o colar caiu da carroça de um mercador ou então o vento simplesmente o *soprou* até chegar às suas mãos.

Nero cruzou os braços.

— Para a sua informação, ganhei o colar de forma honesta num jogo de Santo.

— Não tem nada de honesto nesse jogo. — Tes abriu um espaço no balcão e colocou o colar sobre um tecido preto.

— Tá, mas eu o ganhei. Embora talvez tenha sido fácil demais. — Ele se inclinou para a frente, invadindo o espaço dela. — Só quero ter certeza de que não está amaldiçoado.

Ela pegou os óculos de proteção.

— Isto aqui é uma oficina para objetos quebrados... — começou ela.

— Relógios, fechaduras e objetos de uso doméstico — ele concluiu. — Já sei de cor. Bem, o colar não deixa de ser um objeto de uso doméstico e acho que pode estar com defeito, então por que você não faz sei lá o quê... — Ele fez um gesto com as mãos — ... e dá uma olhadinha para mim?

Tes sacudiu a cabeça, mas colocou os óculos: o restante da sala desapareceu com Nero, e o caos de fios virou uma superfície escura e vazia. Ela olhou para o colar em cima do pano, agora a única magia em seu campo de visão. Assim ficou fácil ver onde estava o problema. Ela não precisava tocar no colar, mas mesmo assim o levantou e revirou nas mãos.

— Não está amaldiçoado — disse ela —, mas, sim, *vinculado* a alguém. — À sua esquerda, Nero soltou um resmungo. — Não foi por acaso que deixaram que você o ganhasse — continuou ela. — Eles sabem muito bem que podem encontrar você e recuperá-lo.

Ele se jogou na frente de Tes, entrando no seu campo de visão. Por trás das lentes, tudo que ela conseguia ver era o rosto de Nero, perto demais, e aquele roxo sinistro da magia que girava no ar ao redor de seus olhos verde-dourados. Que, aliás, estavam arregalados numa expressão suplicante.

— A não ser que você desvincule o colar.

Tes deu um suspiro.

— A não ser que eu desvincule o colar — concordou ela. — E só vou fazer isso para que o proprietário...

— ... *antigo* proprietário...

— ... não venha até a *minha* loja procurá-lo.

Nero abriu um sorriso deslumbrante.

— Já te disse que você é maravilhosa?

— Só quando eu lhe faço um favor.

— Vou tentar dizer mais vezes — disse ele, desaparecendo na escuridão além de sua vista.

— Não preciso que fique me bajulando — retrucou ela, esforçando-se para controlar o rubor que teimava em subir às suas bochechas. — Agora, me deixa trabalhar em paz. — Tes pegou uma ferramenta e fingiu mexer no feitiço gravado no metal, e não nos fios pairando no ar acima dele. As ferramentas não funcionavam com a magia em si — ela já tinha tentado antes. Aparentemente, só suas mãos eram capazes de apanhar e segurar, de trançar e desfiar, de dar nós e rasgá-los.

Enquanto Tes desfazia o feitiço, Nero começou a andar pela loja.

— Não toque em nada — exigiu ela, e quase conseguiu ouvir a mão dele parando a meio caminho de uma prateleira.

— Quanto tempo vai demorar?

— Depende — respondeu ela. — Vai ser mais rápido se você não ficar me distraindo.

Tes poderia trabalhar bem mais depressa, mas ficaria nítido demais o que fazia — ou deixava de fazer. Ela ouviu o barulho da sacola de papel quando Nero roubou outro pastelzinho, e soltou um palavrão ao mesmo tempo que puxava os fios.

Cada vez que ela soltava um fio do feitiço e o colocava de lado, a luz rapidamente começava a sumir. Sem estar vinculada a um objeto, a magia se dissipava e voltava para o mundo. Em pouco tempo, o próprio fio desapareceria. Ela ficou mais alguns minutos trabalhando, até o colar em cima do balcão ficar tão opaco quanto o tecido preto em que foi colocado. Agora não passava de uma bugiganga espalhafatosa. Tes ainda encarava o colar, descansando os olhos no escuro, quando algum objeto grande e metálico caiu no chão logo atrás dela.

Ela arrancou os óculos de proteção do rosto e o mundo surgiu diante de seus olhos, confuso e brilhante demais.

Nero estava atrás do balcão, com a mão apoiada na estante de trabalho pessoal dela — ou *estoque*, como ele a chamava —, a parede repleta de cestos com bugigangas ainda em conserto e feitiços incompletos. Coisinhas com as quais ela brincava entre um trabalho e outro. Ele se ajoelhou para pegar o objeto caído.

— Não toque nisso! — gritou ela, e na mesma hora ele largou o objeto. Tes se encolheu quando o metal oco caiu, tilintando ao quicar pelo chão.

— É perigoso? — perguntou ele enquanto o objeto rolava para longe.

— O que é que você acha?

— Acho que parece uma chaleira.

— Porque *é* uma chaleira — confirmou ela, esfregando os olhos cansados. — Você coloca água fria e ela sai quente. Bem, ou é o que vai acontecer quando eu a consertar.

— Você pode fazer com que saia vinho?

Ela estava prestes a dizer que não, mas hesitou. Seria um feitiço bem mais complicado, já que um era apenas para aquecer a água e o outro envolvia uma transmutação, a transição de terra e mineral em... não! Ela se deteve antes que sua mente começasse a divagar, perdendo-se nas possibilidades.

— Aqui — disse ela, estendendo o colar. — Não tem mais vínculo com ninguém. Só mau gosto e um ótimo potencial de venda.

Nero pegou a joia e a revirou em suas mãos.

— Como é que ela faz isso? — perguntou ele, dirigindo a pergunta à coruja e não a Tes.

A verdade é que Tes não sabia. Bom, ou pelo menos não sabia como expressar em palavras que fizessem sentido para alguém. A maioria das pessoas lidava com a magia de uma das duas maneiras: ou como um elemento bruto ou como um feitiço construído. Os feitiços eram desenvolvidos para dar forma aos elementos, assim como instruções, mas poucos magos elementais manipulavam feitiços, e poucos feiticeiros manipulavam elementos brutos. Um era a linha e o outro, o tecido, o que significava que ambos eram feitos de fios. As pessoas presumiam que Tes lia o feitiço para consertar um objeto, mas as inscrições não significavam nada para ela. Tes lia o padrão em si, uma linguagem que ninguém mais conseguia ver ou falar. Algo que só existia entre ela e a magia.

Às vezes se perguntava se havia outras pessoas que enxergavam o mundo como ela, que bastava estender a mão para mudar as coisas. Se houvesse, nunca ouvira falar — o que significava que tinham a esperteza de manter tal talento em segredo.

Sendo assim, toda vez que Nero perguntava, Tes só respondia "Magia" e deixava por isso mesmo.

— Quanto é que eu te devo? — perguntou ele, guardando o colar no bolso.

Tes pegou a sacola de pastéis na beira do balcão. Parecia estranhamente leve.

— Cinco lins.

Nero fez uma careta ao ouvir o preço, e ela acabou cedendo. Não tinha dado tanto trabalho, de qualquer forma.

— Que tal a gente fazer pelos três... — Ela deu uma olhada dentro da sacola. — ...*quatro* pastéis que você comeu?

Ele se empolgou.

— Vou trazer seis.

— Para poder comer a metade? — rebateu ela.

Ele deu uma piscadinha e se afastou, caminhando preguiçosamente em direção à porta.

— Quero aqueles pastéis *gostosos* — acrescentou ela — da loja em Hera Vas.

— Para você, só o melhor — disse ele, puxando a gola do casaco que parecia ainda mais surrado do que o dela.

— Use o dinheiro que *não* me pagou para comprar um casaco novo.

— Não posso — replicou ele. — Este aqui me dá sorte.

— Está cheio de buracos.

— É, mas mesmo assim nada cai dos meus bolsos, só entra. — Nero deu as costas para ela. — Diga ao Mestre Haskin que mandei um "oi" — disse ele, alcançando a porta no instante em que ela se abriu e um jovem entrou aos tropeços.

Nero podia ter se esquivado do rapaz, mas não o fez, então os dois acabaram se esbarrando de um jeito que fez Tes suspeitar de que algo havia caído do bolso do estranho e ido parar no de seu amigo.

— Desculpe — disse Nero, diminuindo o passo para ajudar o novo cliente a se equilibrar antes de sair porta afora.

Em seguida, o homem correu em direção a ela com um embrulho aninhado junto ao peito.

— Haskin... — começou ele.

— ... não está aqui — concluiu Tes por ele. — Mas eu posso ajudá-lo. — Ela estava prestes a começar seu discurso sobre relógios, fechaduras e objetos de uso doméstico, mas foi só reparar nos fios ao redor do rapaz que as palavras morreram em seus lábios.

Os fios estavam em... decomposição.

O jovem não devia ser muito mais velho do que Nero, mas tinha uma aparência horrível. A princípio, Tes pensou que estivesse doente, mas já tinha visto pessoas doentes antes, a forma como a luz em seus fios ia diminuindo junto com a saúde. Só que aquilo era diferente... como veneno subindo lentamente pelas raízes. Ou uma *maldição*.

Ela se afastou quando ele jogou o embrulho no balcão.

— Preciso que você... conserte. — Ele gaguejou, suas mãos trêmulas ao jogar o pacote no balcão, revelando madeira lascada e metal empenado. Parecia mais um monte de peças do que um objeto em si. O que quer que fosse — ou tivesse sido — estava bem quebrado.

Tes hesitou. Não queria tocar naquilo, caso fosse aquela a origem da doença do homem. Ela já tinha visto objetos amaldiçoados antes, com o brilho oleoso da magia contaminada escorrendo pelos fios, o ar todo manchado e as cordas se desfazendo de tão podres.

Mas no caso daquele objeto quebrado, os fios acima estavam puídos, não podres.

Ao contrário do cliente, que parecia piorar a cada minuto. O suor escorria por seu nariz e havia olheiras sob seus olhos.

— O que é isso? — perguntou ela, mas ele não quis responder, apenas murmurou as palavras escritas na porta da loja.

— Antes quebrado, logo consertado.

Tes cruzou os braços.

— Você quer que eu conserte uma coisa sem saber o que é nem para que serve?

— É um objeto quebrado — disse ele, ofegante. — Só isso. E só serve se estiver inteiro. Pode consertar ou não?

Era uma boa pergunta. Tes nunca havia encontrado nada que não *pudesse* consertar, mas geralmente sabia como o objeto funcionava. Por outro lado, pelo menos teoricamente, os fios contariam a ela. Quer dizer, se conseguisse ler o padrão. Se conseguisse reconstruir aquilo.

Seria um desafio. Mas Tes adorava um desafio.

Ela apontou para o monte de peças.

— As peças estão todas aqui? — perguntou ela, e o estranho hesitou.

— Todas de que você precisa — respondeu o jovem, o que não era a mesma coisa, mas estava na cara que ele não se sentia bem, e ela não queria ninguém desmaiando na sua loja.

— Vou consertar — afirmou Tes. — Oito lins. Metade como adiantamento.

O rapaz nem discutiu. Remexeu nos bolsos e tirou um punhado de moedas soltas. Eram todas lins, o metal vermelho com uma estrelinha dourada, mas ele tirou uma de cada vez da palma da mão, erguendo cada moeda contra a luz como se quisesse confirmar seu valor antes de colocá-la no balcão.

Tes pegou um tíquete preto com um *H* dourado de um lado e um número do outro e o deslizou sobre a mesa para não precisar tocar no rapaz. No caso de ser algum tipo contagioso de maldição.

Já estava voltando o olhar para o embrulho e as peças, com a mente começando a divagar, quando ele perguntou:

— Quando fica pronto?

— Quando estiver pronto — respondeu ela, mas ao ver o medo e o pânico estampados no rosto doentio do jovem, acrescentou: — Volte em três dias.

Até lá, ela já saberia se poderia ou não consertar o objeto.

Ele sacudiu a cabeça como se fosse uma marionete.

— Três... dias. — O estranho parecia relutante em deixar a peça ali, mesmo quebrada daquele jeito. Ele se afastou dela, como Nero tinha feito antes, mas sem a menor naturalidade ou charme; na verdade, parecia mais uma corda esticada. Até que a corda se partiu e ele foi embora.

Tes se levantou e seguiu os passos dele, virando a placa para FECHADO e trancando a porta, apesar de ainda estar tão cedo. Depois comeu os pasteizinhos que sobraram, preparou um bule de chá preto forte e se sentou diante da pilha de peças quebradas. Estalou os dedos, alongou o pescoço e prendeu os cachos em um coque no topo da cabeça.

— Ótimo — disse para a coruja morta ao seu lado. — Vamos ver o que temos aqui.

QUATRO

A PORTA ABERTA

I

A bagagem de Lila caiu no chão com um estrondo.

— Sabe uma coisa que eu adoro? — perguntou ela, olhando ao redor. — Dá para mudar o nome no letreiro e a quantidade de degraus. Pintar as paredes de outra cor e trocar a vista que se vê pela janela. Mas por mais mundos que se atravesse, uma taverna é sempre uma taverna. — Ela respirou fundo. — Serragem e cerveja velha. Este cheiro sempre me faz sentir em casa.

Kell virou-se lentamente, dando uma olhada no quarto deles no Setting Sun.

— *Ir cas il casor* — disse ele. *Cada um com a sua mania.*

Mas, para falar a verdade, ele entendia o que ela queria dizer.

Alguns anos atrás, Kell já tivera um quarto só seu no estabelecimento. Encarava-o como um refúgio — da vida no palácio e do fardo da atenção constante do rei —, mas também como um lugar para guardar coisas que adquirira em suas viagens.

E não era à toa que também parecia familiar para Lila. Afinal de contas, cerca de uma década atrás Lila havia morado em um quarto naquele mesmo lugar, só que em outro mundo. A Setting Sun ficava no mesmo lugar que a Stone's Throw na Londres Cinza. E que a Scorched Bone na Londres Branca.

Pontos fixos. Era como Kell chamava os raros lugares onde os mundos se alinhavam perfeitamente, de modo que o que existia fisicamente em um deles também existia no outro, como se adquirissem vida através do eco. Uma ponte na mesma curva do rio. Um poço na mesma colina. Uma taverna na mesma esquina.

Em lugares como aquele, as paredes entre os mundos eram finas — ou pelo menos era como sempre lhe pareceram —, e, parado ali no meio do quarto, Kell imaginou que, se olhasse para cima, conseguiria ver as estruturas esqueléticas da Scorched Bone; que se desse um passo as tábuas rangeriam sobre a cabeça de Ned Tuttle; imaginou que poderia sentir aqueles outros lugares, a chuva caindo do lado de fora das janelas, o frio entrando por baixo da porta, a sombra de alguma coisa bem no limite de sua percepção. Ele estremeceu, certo de que conseguiria sentir...

Um trinco se soltou, chamando sua atenção de volta para o quartinho onde estava.

Lila tinha aberto a janela. Para além dos telhados pontiagudos e das ruas lotadas de carruagens, o brilho avermelhado do Atol era refletido nas nuvens baixas à medida que o dia ia se transformando em noite. No porto, o *Grey Barron* balançava no ritmo suave da maré, amarrado ao cais.

Kell se jogou de costas na cama, fazendo uma careta ao sentir o colchão duro.

— Em pensar que escolhemos isto aqui em vez do palácio... — murmurou ele.

Lila apoiou a bota no baú de madeira.

— *Você* poderia ficar no palácio.

— Verdade — respondeu ele. Depois colocou as mãos atrás da cabeça e disse: — E você poderia ficar no navio.

— Verdade — respondeu ela.

— Então por que não fica?

Lila olhou para o teto e Kell pensou que ela fosse dizer a verdade, verbalizar aquilo que detestava dizer e que ele tanto precisava ouvir: que o lugar dela era com ele, assim como o dele era com ela. Mas ela só deu de ombros e respondeu:

— Não suporto ficar em navio parado, acorrentado ao cais como se fosse um animal. Fico me sentindo presa. — Ela se virou em direção à cama, inclinando a cabeça enquanto o encarava fixamente. — Isso me faz lembrar da noite em que nos conhecemos. Você se lembra?

— Quando você me roubou e depois usou a magia que tinha roubado para conjurar um sósia que tentou te matar? — Kell cruzou os tornozelos. — Como me esqueceria?

Ela fez um gesto com a mão, como se dispensasse o comentário dele.

— Eu quis dizer depois do roubo e antes do feitiço. Quando amarrei você a uma cama. — Um brilho malicioso surgiu nos olhos dela. — Igual a essa aí.

— Não, Lila — pediu ele, mas era tarde demais. A madeira já estava descolando do estrado. Ele tentou se sentar, mas a madeira envolveu seus punhos como se fossem dedos, forçando-o a se deitar de volta na cama estreita.

Lila Bard abriu um sorriso e se sentou na beira da cama.

— Me solta — advertiu Kell, mas ela tocou seu peito com a mão espalmada, um gesto firme, como se reivindicasse seu corpo. Lila o encarou, e Kell mal podia acreditar que alguma vez chegou a pensar que seus olhos fossem iguais. Um deles era expressivo, vivo; o outro, opaco. O abismo entre uma janela aberta e uma porta trancada.

Ela se inclinou até seu cabelo roçar o rosto dele. Até sua boca pairar a poucos centímetros da dele. O peito de Kell subia e descia sob a palma de sua mão.

— Me solta — repetiu ele com a voz baixa. E, desta vez, ela obedeceu, mas quando as amarras soltaram seus punhos, Kell não se afastou. Pelo contrário: estendeu a mão, passando os dedos pelo cabelo dela.

— Por que você não ficou no navio? — perguntou ele de novo, porque de vez em quando não bastava ficar dando voltas no assunto: ele queria ouvir a resposta da boca de Lila. Mesmo que ela não usasse o anel. Queria ter certeza de que ela tinha escolhido ficar ali com ele.

Lila sustentou o olhar de Kell por tanto tempo que ele poderia até contar os pontinhos de luz em seu olho bom. Até que enfim, quase a contragosto, ela respondeu:

— Porque a cama ficaria vazia. Sem você.

Kell sentiu sua boca se curvar num sorriso. Mas antes que pudesse saborear aquelas palavras, ela se levantou e atravessou o quarto estreito com uma faca em uma das mãos e um pedaço de papel na outra.

— Vai trocar de roupa — disse ela. — Duvido que *Kay* seja bem-vindo na corte.

Kell se levantou e foi até o lavatório, enchendo-o com a água de um jarro. A água saiu morna, graças ao feitiço gravado na torneira, e ele lavou o rosto, passando a mão molhada pelo cabelo ruivo. Ele estava exalando um cheiro forte de sal e maresia, e não tinha a menor dúvida de que Rhy faria algum comentário a respeito disso.

Tirou o casaco e o virou do avesso, da esquerda para a direita, de modo que o traje preto de Kay desaparecesse e fosse substituído por um que Kell não usava havia meses — um elegante casaco vermelho com botões dourados na frente. As pontas eram decoradas com fios de ouro, o interior forrado de seda dourada e tudo cheirava às velas do palácio e a um sabonete floral. Era um casaco que pertencia a Kell Maresh, famoso *Antari*, príncipe de Arnes, irmão do rei.

Um casaco que parecia não lhe servir mais.

Tecnicamente, é lógico que sempre serviria: todos os inúmeros lados do casaco eram perfeitamente ajustados ao seu corpo. Estava na magia entremeada na peça, então mesmo que o corpo de Kell tivesse ficado mais forte pelo tempo vivido em alto-mar, com novos músculos delineando os braços esguios graças a horas treinando com a espada, o casaco se alargou nas costas e estreitou na cintura, moldando-se facilmente à sua nova silhueta.

E mesmo assim, quando o traje carmesim se ajustou em seus ombros, uma sensação muito estranha tomou forma.

Ele se sentiu diferente dentro do casaco.

No espelho acima do lavatório, quem o encarava de volta era um fantasma: olhos que não combinavam entre si, uma expressão assombrada. Mandíbula rígida e bochechas fundas. Uma única mecha branca, como uma cicatriz, em meio ao cabelo acobreado.

Do outro lado do quarto, Lila cravou na parede a adaga que segurava, prendendo o pedaço de papel. Nele havia um símbolo, um dos primeiros que Kell havia feito: um círculo simples atravessado por uma cruz. Um atalho. A magia *Antari* era capaz de levar uma pessoa ao mesmo lugar em mundos diferentes ou a lugares diferentes no mesmo mundo. Mas a última opção exigia um marcador.

— Refresca a minha memória — disse Lila. — Por que mesmo não podemos usar o anel do seu irmão?

Um marcador — ou um artefato. O primeiro o levaria até um lugar; o segundo, até uma pessoa.

— Porque — começou Kell — sei que é melhor não pegar Rhy desprevenido. — Fazia quase um ano desde que os dois visitaram o palácio, quando cometeram o erro de viajar diretamente até o rei. Acabaram aparecendo em seus aposentos particulares, onde Kell acabou vendo muito mais de Alucard Emery do que jamais havia desejado.

Lila deu de ombros e pôs as mãos à obra, passando o polegar ao longo da lâmina apenas o suficiente para fazer um corte superficial. Em seguida, usou o sangue para reproduzir o símbolo na parede, mas ele percebeu que a mente de Lila estava em outro lugar.

— Ainda está pensando na noite em que nos conhecemos?

Ele estava brincando, mas ela não achou graça.

— Penso nisso o tempo todo — respondeu ela deslizando o dedo pela parede. — Quando Holland me encontrou, você já tinha a pedra. Não tinha motivo nenhum para você voltar por mim.

— A briga não tinha nada a ver com você — disse Kell. — Ele só estava lhe usando para conseguir me atingir.

— Mesmo assim — rebateu ela. — Só funcionou porque você permitiu.

— É. Eu permiti. — E então acrescentou: — Ainda bem que você também voltou por mim.

Lila inclinou a cabeça, dando uma boa olhada no trabalho que havia feito.

— Verdade.

Kell fez uma pausa, apoiando-se no lavatório. Talvez fosse culpa daquele quarto ou da luz vermelha do Atol, mas ele se sentia nostálgico.

— Por que você fez isso?

— Ah, é que eu me diverti tanto com Holland na primeira vez que pensei...

— Lila.

Ela puxou a faca da parede.

— Achei que lhe devia isso. Só consegui escapar naquela noite porque você ficou no meu lugar. Eu perdi a luta. E você sabe muito bem que odeio perder. Acontece que odeio mais ainda quando outra pessoa perde por mim. Agora... — disse ela, olhando por cima do ombro. — Já está pronto?

— Não.

Lila abriu um sorriso.

— Ótimo.

Kell se juntou a ela na parede. Lila puxou a gola de seu casaco, depois estendeu a mão e bagunçou o cabelo ruivo dele, fazendo cachos desalinhados caírem em torno de seu rosto. Em seguida, segurou sua mão e colocou a outra sobre o símbolo.

— *As Tascen*.

O mundo não se abriu.

Simplesmente desapareceu.

Não doeu como quando o próprio Kell lançava um feitiço, mas era *estranho*, como se ele fosse um passageiro sendo arrastado pela magia de outra pessoa.

Então o mundo entrou em foco novamente, mas dessa vez o Setting Sun havia dado lugar ao palácio real. Kell estendeu a mão para se apoiar numa parede forrada de tapeçarias, esperando aquela tontura ligeira passar antes de seguir Lila para fora da alcova e caminhar até seus aposentos reais. Ele olhou ao redor, para a cama cheia de travesseiros, a bandeja dourada equilibrada na beira do sofá, a varanda com vista para o crepúsculo avermelhado.

Lar.

A palavra subiu por sua garganta como se fosse bile. Ele a engoliu com força.

Aquele quarto pertencia a um Kell diferente, cujo casaco não lhe servia mais. Um Kell que se sentava a uma mesa dourada no andar de baixo e tentava ensinar magia a Rhy; um Kell para quem essa mesma magia fluía tão naturalmente quanto o ar. E parado ali, em meio às lembranças, ele estremeceu, pois queria muito voltar a ser aquele Kell. Voltar a viver aquela vida. Mas já era.

Ele havia se tornado outra pessoa — por necessidade, não por escolha.

E, no entanto, aquele lugar o chamava de volta. Envolvia-o em um abraço estranho e fazia promessas que não poderia cumprir.

Kell foi até a cama e passou a mão pelos travesseiros de seda. Fazia quase um ano desde a última vez que pusera os pés naquele quarto, mas a impressão era de que tinha acabado de sair. A lareira estava limpa e pronta para ser acesa. Os livros estavam exatamente onde os havia deixado, com as capas sem nem um grão de poeira. Um jarro de água limpa jazia ao lado de uma pia de mármore. Imaginou Rhy dando ordens para que os criados abrissem as cortinas todos os dias e voltassem a fechá-las todas as noites, agindo como se o irmão pudesse voltar a qualquer momento.

Kell ouviu as portas do quarto se abrirem e virou-se bem a tempo de ver Lila sumir no corredor e logo depois ouvir o chocalhar das armaduras conforme os guardas se punham em movimento.

— Santo — murmurou ele, correndo atrás dela. Chegou ao corredor e se deparou com três soldados posicionados, bloqueando a passagem de Lila. Ao verem Kell, imediatamente largaram as espadas e fizeram uma reverência, os joelhos cobertos de metal tilintando no chão como se fossem sinos.

— Que falta de educação, hein? — murmurou Lila, cruzando os braços.

— *Mas vares* — cumprimentou o guarda mais velho, sem erguer os olhos.

— Seja bem-vindo de volta — acrescentou o segundo, que parecia ter a sua idade.

Era nítido que o mais novo dos três nunca tinha visto Kell Maresh em carne e osso até aquele momento, pois empalideceu e, em vez de baixar a cabeça, encarou-o fixamente, com uma expressão dividida entre admiração e medo.

— *Aven* — sussurrou o jovem guarda, uma bênção que mais parecia uma maldição.

Kell fez um gesto para que todos voltassem à postura e perguntou:

— Onde está o rei?

— Nos aposentos dele — respondeu o mais velho antes de voltar-se para Lila. — Peço desculpas, *mas arna* — acrescentou ele conforme abria caminho, e Kell quase podia ouvir Lila cerrando os dentes ao ouvir a expressão. *Minha dama*. As luzes do corredor começaram a brilhar com mais intensidade.

Foi Kell quem chegou primeiro à porta, batendo antes que Lila entrasse de supetão. Instantes depois, a porta se abriu, e lá estava Alucard Emery, lânguido como um gato junto ao batente, com a camisa aberta e o cabelo dourado solto emoldurando o rosto.

Seus olhos azul-escuros demoraram-se em Kell, e Alucard abriu um sorrisinho arrogante.

— Não foi isso o que eu pedi! — gritou para os guardas por cima do ombro de Kell. — Mande de volta.

Kell fez uma cara feia, e ainda bem que sua magia já não se apressava para fazer jus ao seu temperamento. Em vez disso, ele levou a mão até a lâmina presa ao quadril enquanto Alucard observava Lila, seu sorriso falso transformando-se em outro mais sincero.

— Bard. *Você* pode entrar.

De repente Rhy apareceu, afastando o amante e jogando os braços ao redor dos ombros de Kell.

— Irmão — exclamou Rhy, dando-lhe um abraço apertado. E, ao contrário do casaco e de todas as armadilhas da antiga vida de Kell, o abraço ainda lhe servia muito bem.

II

Rhy Maresh estava no auge.

Bom, ou pelo menos era como ele se sentia. Na verdade, ele só estava sentado no telhado inclinado sobre seus aposentos com uma perna dobrada, uma garrafa de vinho prata equilibrada no joelho e com o irmão ao lado.

Se ele se inclinasse o bastante para espiar sobre a beirada, conseguiria ver, lá embaixo, a varanda e a luz derramando-se pelas portas de seu quarto. Se olhasse mais além, conseguiria ver a cidade inteira, um imenso mar de vidro, madeira e pedra dividido pela vívida luz carmesim do Atol. E se erguesse o olhar, veria apenas o céu. Nuvens baixas tingidas de vermelho, a lua ou, em uma noite escura, o brilho disperso das estrelas.

Qualquer um em Londres diria que as melhores vistas da cidade davam para o palácio abobadado — porque jamais veria aquela ali.

Às costas de Rhy, uma torre erguia-se num reluzente pico dourado, e, por baixo dele, o telhado se estendia como a parte inferior de uma capa comprida. Inclinava-se suavemente — uma garrafa até poderia rolar dali, mas não uma pessoa — e tinha a largura ideal para que dois homens adultos se deitassem um ao lado do outro sem que suas cabeças encostassem na torre ou seus calcanhares pairassem no ar.

Uma noite, quando tinha 11 ou 12 anos, Rhy persuadira Kell a modificar a parede da varanda, extraindo da pedra alças que serviam de apoio e ficavam escondidas em meio à hera que brotava por ali. Depois disso, aquele lugar tornou-se um segredo entre os dois. Um esconderijo.

Ou pelo menos era o que eles pensavam, até que, certa noite, a voz de Maxim Maresh ressoou da varanda, jurando que, se os irmãos dessem valor à própria cabeça, desceriam imediatamente.

— Eu disse que não era uma boa ideia — murmurara Kell mais tarde, com as bochechas ainda coradas pela bronca do rei.

— Então por que você veio comigo? — rebatera Rhy.

— Para garantir que você não quebrasse o pescoço.

— Você poderia ter me impedido — dissera Rhy, e Kell o encarara com uma expressão atônita.

— Até parece que não sabe como *você* é.

Mas Rhy sabia que, lá no fundo, o irmão gostava tanto do esconderijo no telhado quanto ele. Percebia como a tensão parecia sumir dos ombros de Kell, como as mãos dele relaxavam toda vez que ficavam lá em cima, sua cara feia de sempre dando lugar a uma expressão pensativa.

Naquele momento, Rhy olhou para Kell e ficou surpreso ao encontrar seu irmão o encarando de volta.

— *Kers la?* — perguntou ele, em arnesiano. Os dois sempre falavam o idioma quando estavam a sós, para se manterem fluentes e com o sotaque suave. Bem, esses eram os motivos de Rhy. Ele sabia que Kell preferia usar o idioma comum.

— *Nas ir* — respondeu o irmão, sacudindo a cabeça. *Nada.* — É só que... parece que você está muito bem.

— Lógico que estou — brincou Rhy, acrescentando: — E você também.

Kell deu um muxoxo.

— Mentiroso.

Será que era mentira mesmo? Rhy não sabia dizer. Analisou o irmão cuidadosamente — sempre conseguira ler os pensamentos de Kell, mas estava começando a se perguntar se não era só porque, ao crescer, Kell sempre lhe dera permissão para isso. Só que, durante os anos em que estiveram separados, ele havia mudado; seu rosto, antes transparente como cristal, agora refletia a luz, em vez de absorvê-la. Havia uma confiança em sua postura, apoiava-se no cotovelo, pose mais típica de um pirata do que de um príncipe. Não Kell, mas Kay. Como se ele tivesse precisado enterrar o passado, o passado *deles*, para viver como vivia agora.

Conseguira ganhar massa, e os ombros, por causa dos meses em alto-mar, estavam mais largos. A pele pálida, visível pela gola aberta da camisa e nos punhos, havia se tornado um intrincado padrão de cicatrizes. Rhy havia sentido a dor de cada uma delas, embora seu corpo não exibisse as marcas por mais do que um ou dois dias. No entanto, as cicatrizes não eram nada comparadas a uma ferida ainda mais profunda. Mesmo no escuro, Rhy conseguia ver as olheiras escuras sob os olhos de Kell, o preço pago por tamanho sofrimento.

Ele sabia que era melhor não perguntar, mas devia estar mais bêbado do que havia imaginado, porque mesmo assim as palavras acabaram escapando de sua boca:

— Como você se sente?

E Kell devia estar mais bêbado do que parecia, pois respondeu com sinceridade:

— Como se meu coração estivesse se partindo dentro do peito. Como se eu estivesse pouco a pouco me desfazendo.

Rhy baixou os olhos para a garrafa.

— Eu tiraria essa dor de você, se pudesse.

— Eu sei.

— Tem alguma coisa errada — murmurou ele. — Nós estamos vinculados. Tudo que o machuca também deveria me machucar.

— Essa dor vem de outro lugar — disse Kell. — E não gostaria que você a sentisse. Além disso — acrescentou ele com um sorriso sombrio —, uma vez alguém me disse que a dor é um lembrete de que ainda estamos vivos.

Rhy sacudiu a cabeça ao se lembrar das palavras, ditas num momento em que tentava convencer a si mesmo.

— Só um tolo diria isso.

— Ou um otimista.

— Um príncipe arrogante — corrigiu Rhy.

— Não se subestime — disse Kell, abrindo um sorrisinho malicioso. — Você também era teimoso. E irritante.

Rhy sentiu uma risada subir pela garganta. E, com isso, o clima entre os dois ficou mais leve.

— Bem — disse Kell, levando a garrafa de vinho de verão aos lábios. — O que foi que eu perdi?

E assim os dois começaram a trocar histórias sobre as invenções da rainha, o *Grey Barron*, Lila e Alucard. Kell presenteou Rhy com histórias da vida no mar e Rhy contou a ele sobre o zoológico de Ren, e Kell abriu um sorriso, Rhy deu uma gargalhada e, por um curto espaço de tempo, foi fácil ignorar as coisas que estavam ali, implícitas entre os dois. Por um tempinho, pelo menos, Kay desapareceu, assim como o rei, e os dois irmãos beberam e conversaram sobre tudo e sobre nada.

Lila Bard pairava sobre o mundo.

Passava os dedos pela costa de Arnes, deslizando as unhas pelo mar, e então estendia a mão sobre Londres, sentindo as pontas da torre do palácio espetarem sua palma. A maquete era enorme, com a terra esculpida em um bloco de mármore, e a água feita de vidro colorido. Era maravilhosa, as cidades e vilas portuárias esculpidas em pedra colorida. Os barquinhos flutuavam pelo vidro azul ou ficavam imóveis como palitos de fósforo no cais, e o vidro do Atol ia tornando-se vermelho à medida que subia o rio de Tanek até desaguar em Londres.

Lila pegou um navio em miniatura e o equilibrou na ponta do dedo ao mesmo tempo que, do outro lado do aposento, Alucard tirava duas taças de um armário dourado, carregando também uma garrafa de vinho.

O quarto era quase tão grande quanto o do rei ou o de Kell, mas enquanto os aposentos dos irmãos eram de mármore branco e decorados com seda dourada e madeira polida, o de Alucard mantinha a atmosfera do *Night Spire*, com paredes escuras e cheio de objetos luxuosos. Não havia cama — nem necessidade de haver, ela supunha —, mas sim uma escrivaninha enorme de madeira, parecida com a que ele deixava no quarto do capitão de seu navio — agora dela.

Apenas o teto pertencia ao palácio. Camadas de tecido ondulavam lá no alto, revelando um céu diáfano, como havia em todos os quartos — só que ali não era o nascer do sol, como no de Rhy, nem o crepúsculo, como no de Kell, mas aquele tipo de noite que só se encontrava em alto-mar, com o azul quase preto e as nuvens iluminadas pela lua.

— Pensei que você não sentisse falta da vida no mar — refletiu ela, colocando o naviozinho num cais.

— Não é que eu não sinta falta — explicou Alucard, servindo o vinho. — Simplesmente encontrei algo pelo qual vale a pena ficar parado no mesmo lugar. — Ele aproximou-se dela, ao lado da maquete, e lhe entregou uma taça. — Cortesia da adega real.

O vinho era perolado e cheio de pontinhos de luz; quando Lila deu um gole, sentiu o gosto do luar. Isso se o luar tivesse o poder de embebedar alguém. Ela ergueu a taça, observando as bolhas que subiam até o topo.

— Me diz uma coisa — perguntou Alucard, contornando a maquete e parando do outro lado, de modo que o império ficasse entre os dois —, o que traz a capitã de volta a Londres?

— Ah, você não ficou sabendo? Preciso de um navio.

Ele ficou pálido na mesma hora.

— O que aconteceu com o *Spire*?

— Com o *Barron*, você quer dizer? — Ela deu de ombros. — Pois é, eu o afundei.

Ele se engasgou com o vinho e a encarou, em pânico.

— Você não se atreveria.

Lila deu de ombros novamente, mas não disse nada. O silêncio começou a pesar. Até que ela finalmente cedeu, curvando os lábios num sorriso. Alucard desabou na cadeira, soltando o ar dos pulmões.

— Não teve a menor graça — murmurou ele. — Então, por que você voltou? Está pensando em viajar para o exterior? — Ele não se referia a Faro ou Vesk. Sabia que sempre que voltava a Londres, Lila fazia questão de visitar as outras.

A primeira vez que viajara para o *exterior*, como dizia Alucard, foi porque Kell pedira a ela. Tinha sido naqueles primeiros meses, quando ele ainda acreditava que sua magia só precisava de um tempo de descanso. Ela foi no lugar dele, a última *Antari* com poder, primeiro para a Londres Cinza, para se certificar de que os restos mortais de Osaron ainda estivessem a salvo no porão da Five Points (estavam), e depois para a Londres Branca, para ver o que havia acontecido na ausência de Holland (imagine sua surpresa ao descobrir, dentre todas as coisas, uma rainha criança).

Até onde Kell sabia, essas haviam sido as últimas viagens dela. Mas não eram. Nos últimos sete anos, apesar de não ser muito fã de um dos mundos e sentir uma aversão enorme pelo outro, Lila voltara várias vezes. Chame de curiosidade. De vontade de esticar as pernas. De vinte e poucos anos vividos em constante estado de alerta. Mas uma coisa era certa: Lila não conseguia escolher a ignorância, não acreditava de jeito nenhum que isso pudesse ser uma bênção.

Lila só contara a Alucard quando ele tocou no assunto, perguntando se ela poderia ficar de olho nos outros mundos. Arnes já tinha inimigos demais por conta própria, dissera ele. A última coisa de que precisava era de outro mundo batendo à porta.

Naquele instante, Lila sacudiu a cabeça.

— Se você não está aqui por causa dos outros mundos — perguntou ele —, então por que veio?

Ela desviou o olhar para a taça.

— Para beber um vinho gostoso e desfrutar de uma boa companhia.

— Sabia! — exclamou seu antigo capitão, abrindo um sorriso. — Sou mil vezes mais divertido do que Kell.

— Sem sombra de dúvida — disse ela, mas o bom humor já estava deixando sua voz.

Alucard se inclinou para a frente, apoiando-se nos penhascos da maquete.

— O que aconteceu?

Lila deu um último gole, pousando a taça sobre uma extensão de mar aberto.

— Já ouviu falar de um tal de *persalis*?

A expressão no rosto dele dizia que não. Então ela lhe contou tudo: Maris, os ladrões que conseguiram embarcar no navio dela, os dois que morreram e aquele que conseguiu escapar. E o objeto que levou consigo.

Alucard escutou com atenção, os olhos escuros como uma tempestade, apoiando o queixo na palma da mão até ela concluir a história.

— E você acha que esse ladrão estava a caminho de Londres?

Lila mordeu a bochecha.

— Ele tinha uma marca na pele. Adivinha qual era? — Ela fez um gesto com os dedos e Alucard soltou um palavrão.

— A Mão.

Ela assentiu.

— E já que pretendem derrubar o trono, Londres me parece o lugar ideal para sair à procura deles. — Ela se levantou e deu a volta na maquete. — Imagino que você ainda não tenha encontrado os rebeldes.

Alucard sacudiu a cabeça.

— E se eles tiverem um *persalis*, vai ficar mais difícil ainda.

— Pelo que Maris me disse, o *persalis* foi danificado durante o roubo. — Como se objetos danificados não pudessem ser consertados. Como se algo danificado não conseguisse ser ainda mais perigoso.

Alucard ficou em silêncio, mas sua expressão deixava nítido que estava preocupado. Lila sabia o que ele pensava. Também havia pensado a mesma coisa: era uma arma capaz de abrir uma porta no espaço, exatamente como os *Antari* faziam. Só que, nesse caso, a porta poderia ser mantida aberta, deixando centenas de assassinos atravessarem.

Ela estendeu a mão e tocou numa das torres do palácio, a ponta tão afiada que chegou a espetar.

— O palácio ainda tem os feitiços de proteção, certo?

— Tem, sim — confirmou ele. — Mas não sei se esses feitiços resistiriam a uma porta aberta *dentro* dos muros do palácio.

— Pelo que Maris mencionou — disse ela —, tem uma chave em forma de anel bem no meio do *persalis*. Algo que precisa ser posicionado para indicar exatamente onde a porta deve ser aberta.

Se Alucard se empolgou com a notícia, não chegou a demonstrar. Na verdade, não parecia nem estar prestando atenção em Lila.

— Já era para eu ter encontrado os rebeldes — murmurou ele. — Tenho espiões pela cidade inteira.

— E agora também tem a mim — afirmou ela, indo em direção à porta.

Ele ergueu o olhar.

— Aonde é que você vai?

— Fazer bom proveito dos meus olhos.

III

O último ladrão acordou sentindo o cheiro de algo *queimando*.

Não se lembrava de ter voltado para o quarto que havia alugado nem de ter caído, ainda completamente vestido, na cama, ou então de ter mergulhado num sonho que mais parecia um delírio.

Tinha sido um belo sonho.

Nele, o ladrão havia voltado para casa e seu pai não estava zangado, pelo contrário: tudo que fez foi envolvê-lo nos braços fortes, concordar que os jovens faziam mesmo um monte de besteiras e dizer que o perdoava; que ele era e sempre seria o filho do mercador.

Tudo estava indo muito bem, até que o mundo se intrometeu e ele foi despertado por aquele cheiro acre de fumaça. Sentiu gosto de cinzas e um calor horrível sob a pele, e então teve a impressão desnorteante de que estava sendo queimado vivo, devorado de dentro para fora por uma chama invisível — o que, ele imaginou, deveria ser a causa do cheiro. Até que ouviu sussurros acompanhados do crepitar de chamas consumindo a madeira. Foi lentamente abrindo os olhos, ainda desejando estar em qualquer outro lugar, e logo percebeu não apenas que não estava sozinho, mas que sua mesa estava pegando fogo.

Não chegava a ser um incêndio, pois o fogo ardia apenas na superfície da mesa, mas um homenzarrão de cabelo claro e escorrido, com o rosto coberto de cicatrizes, estava ali alimentando a chama crescente com os poucos pertences do filho do mercador.

— Viu só? — disse o estranho, como se mastigasse as palavras.
— Eu falei que desse jeito ele acordaria.

— Uma faca teria sido mais rápida — rebateu uma segunda voz, vinda da mulher apoiada no encosto de uma cadeira, o cabelo raspado nas laterais e uma trança comprida a partir do topo da cabeça. Usava uma braçadeira de metal que refletia a luz da chama.

— Se você deixa a porta aberta — disse ela —, alguém pode acabar entrando.

Bem, era óbvio que *alguém* realmente tinha entrado.

Não sabia como se chamavam, mas sabia o que eram e para quem trabalhavam. Ele os vira à espreita, como se fossem sombras na parede, na noite em que recebera a missão.

A mulher tamborilou os dedos distraidamente na braçadeira e o metal ondulou como a superfície de um lago. Do outro lado do quarto, o homem de cabelos platinados jogou um sapato no fogo, fazendo subir uma fumaça infeliz.

O filho do mercador tentou levantar da cama, mas seu corpo se recusou a cooperar, os braços e as pernas pesados como chumbo.

— Apague isso — pediu ele, a voz rouca, fazendo uma careta no momento em que sentiu as palavras arranhando sua garganta em brasas.

O homem franziu a testa cheia de cicatrizes e jogou o outro sapato no fogo.

— Nós ficamos esperando — começou a mulher, sem se incomodar com a chama que não parava de crescer — lá nas docas. Vocês três deveriam ter ido nos procurar. Mas não procuraram. Sabemos disso porque tivemos que ficar esperando.

— E não foi uma noite agradável para esperar ninguém — murmurou o homem, que agora rasgava as páginas de um diário.

— Pare com isso, por favor — pediu o filho do mercador, sentindo-se tonto conforme se forçava a sentar na cama. Tentou se levantar, mas a cama já não era uma cama, e sim um barco em alto-mar, balançando sob o peso de seu corpo. Voltou a se deitar, lutando contra a vontade de vomitar.

— Eu odeio ficar esperando — continuou a mulher. — É chato pra cacete. E ainda tive que ficar olhando para a cara do Calin, o que já é um castigo por si só. Por isso, disse para ele: "vamos procurar aqueles três." E acabei descobrindo que os outros dois não conseguiram voltar. Enquanto isso, você está aqui, tirando uma soneca.

— Se quiser saber a minha opinião, Bex — disse Calin —, acho que foi muita falta de consideração.

A mulher, Bex, encarou o homem de olhos arregalados, e ele franziu a testa.

— O que foi?

— Para ser sincera, achei que você não conhecesse nenhuma palavra tão grande assim.

Calin se virou para ela de punhos cerrados e, por um segundo, o ladrão pensou que os dois fossem matar um ao outro em vez de a ele. Mas Bex fez um gesto de mão como se o dispensasse, sua atenção ainda focada no filho do mercador. Seus olhos eram de um cinza opaco, como aço sem polimento.

— Cadê? — perguntou Bex, mas ele permaneceu em silêncio. A mulher se inclinou para a frente. — Você fez todo esse trajeto de volta para Londres — continuou ela. — Então deve estar com o objeto.

— Não estou... — tentou ele, e a expressão de Bex ficou mais séria.

— Resposta errada.

— Não, eu... — ele recomeçou, mas sentiu o estômago embrulhar e a bile subir pela garganta. Vomitou ao lado da cama. O que quer que tenha colocado para fora deixou sua boca com gosto de cinzas e podridão. Engoliu em seco. — Não estou com o objeto — conseguiu dizer —, mas consegui pegá-lo e vou buscá-lo de volta. Acabou quebrando lá no navio. Então o levei para consertar numa oficina. Ela vai ter que me devolver. A chave ficou comigo. — Ele remexeu nos bolsos, à procura do anel de metal.

Mas não estava ali. Deveria estar. Era onde estava antes.

O pânico tomou conta dele, que não conseguia pensar direito com o enjoo, a febre e o fogo que se alastrava cada vez mais, lambendo uma parede enquanto a fumaça ia deixando o teto escuro. Ele tossiu, procurando alguma coisa, qualquer coisa. Mas só encontrou o tíquete preto com o *H* dourado impresso em um dos lados e o número no outro. Estendeu-o para ela, esperando que aquilo fosse o suficiente. A mulher se inclinou para a frente, arrancando o tíquete de seus dedos trêmulos.

— E aí, Bex — disse Calin, jogando o óleo de um lampião nas chamas. — O que é que você acha dessa história?

— Acho que é uma confusão do caralho — respondeu ela, guardando o tíquete no bolso e se levantando. Ela se virou em direção à porta. — Pode dar um fim nele, se quiser.

O filho do mercador fechou os olhos bem apertado.

Não queria mais ser um herói.

Não queria ser um membro da Mão.

Só queria voltar para casa.

— Deixa para lá — disse o homem. — Seria um desperdício de uma boa arma.

— Desde quando você tem algum critério?

Uma fumaça escura se espalhou pelo teto enquanto os dois estranhos discutiam sobre quem iria matá-lo. O homem sacou uma moeda e pediu que a mulher escolhesse cara ou coroa. Ele ganhou, ela revirou os olhos e o filho do mercador chegou à conclusão de que devia estar dormindo. Aquilo tudo não passava de um pesadelo. Logo acordaria em alto-mar, navegando rumo ao mercado flutuante. Ou então acordaria no casco de um navio atracado, na cama com uma linda mulher, as pernas dos dois entrelaçadas e ela passando os dedos pelo cabelo dele. Deve ter cochilado. Mas acordaria.

Ele acordaria.

O filho do mercador só percebeu que estava sorrindo quando Bex lhe lançou um olhar esquisito.

— Por que você está sorrindo? — perguntou ela virando a mão para cima, o metal se desprendendo de sua pele, transformando-se em uma lança reluzente.

— Ainda estou dormindo — respondeu ele, fechando os olhos e voltando a afundar a cabeça no travesseiro.

Quando a voz dela alcançou seus ouvidos, soou suave e muito, muito distante.

— Lógico que está — disse ela. Em seguida, ele ouviu o silvo do metal pelo ar e sentiu o beijo breve e gelado em seu pescoço.

Ele nunca mais acordou.

IV

Havia um lado de Kell que poucas pessoas conheciam.

Era como um de seus casacos; não o vermelho ou o preto, ou qualquer um dos lados que ele preferia usar, mas um casaco brilhante escondido sob tantas dobras que ninguém jamais conseguia encontrar.

Exceto Rhy.

Fazer o irmão se descontrair sempre havia sido um desafio.

Antes — era assim que Rhy considerava seus primeiros 21 anos de vida, simplesmente *antes*; antes que a Londres Preta se infiltrasse no mundo deles, antes que seus pais morressem, antes que ele fosse coroado rei —, ele arrastava Kell para a cidade sob o disfarce da noite e de roupas comuns, e o enchia de bebida até que aquele lado precioso e raro viesse à tona. Até que ele parasse de se esforçar tanto para se conter e afrouxasse seu controle sobre o mundo. Até que ele se soltasse. Quando isso acontecia, as rugas ao redor dos olhos de Kell — que não tinham nada a ver com idade, pelo contrário, ele as tinha desde os 5 anos — se suavizavam, ele abria um sorriso e gargalhava, e ao mesmo tempo que Rhy ficava maravilhado com aquela outra versão de seu irmão, lamentava o fato de ser tão difícil tirá-lo do casulo.

Mas agora, ali no telhado, aquele lado brilhava com intensidade.

A garrafa na mão de Rhy tinha sido esvaziada havia um bom tempo, enquanto na de Kell só havia um gole, e, embora a dor fosse sempre transmitida mais intensamente do que o prazer, os dois tinham bebido o suficiente para que a tontura de um se somasse à do outro. O olho azul de Kell brilhava conforme ele gesticulava a mão livre, contando uma história que envolvia Lila Bard e um navio roubado que, no fim das contas, descobriram que só transportava galinhas. A história ficou ainda mais engraçada pelo fato de que a palavra em arnesiano para galinha — *corsa* — era muito parecida com espada — *orsa*: a única razão pela qual Bard havia tido interesse em subir a bordo.

— Você tinha que ter visto a cara dela — comentou Kell. Ele endireitou um pouco a postura, imitando a voz de Lila. — "Mas que merda eu vou fazer com isso?" — Kell sacudiu a cabeça, lembrando-se da cena. — Vasry queria soltar as galinhas. Chegou até a abrir um dos caixotes e tentar enxotá-las pela amurada, e só depois percebeu que...

— Galinhas não voam — concluiu Rhy.

— É, não voam mesmo — concordou Kell.

Os dois se entreolharam e caíram na gargalhada. Um momento depois, Rhy disse:

— A vida de pirata definitivamente combina com você.

Kell arqueou a sobrancelha.

— Como é que é? — perguntou ele, fingindo estar indignado. — Eu sou um *corsário* — disse, uma imitação tão assustadoramente perfeita de Alucard, desde o trejeito da boca até a forma como levantou o queixo e o tom de voz, que Rhy perdeu os últimos resquícios de compostura, jogou a cabeça para trás e riu até precisar se deitar no telhado, observando o céu noturno entrar e sair de foco.

— Vou acabar rolando daqui — disse ele, sem fôlego.

— Eu te pego — afirmou Kell sem nem pensar duas vezes.

A risada de Rhy perdeu força até cessar.

— Eu sei.

Kell se deitou ao lado dele e ficou olhando para o céu. Ficaram quietos novamente, mas dessa vez o silêncio mais parecia um lençol de seda numa noite de verão, fresco e bem-vindo. E quando seu coração desacelerou, Rhy percebeu que estava feliz. Por um instante, foi tudo o que sentiu. Mas logo depois veio a culpa. Como é que ele podia estar feliz enquanto o império estava à beira do precipício e uma onda de violência o atormentava? Enquanto seus pais haviam partido e seu irmão estava destroçado? E foi então que, seguindo a culpa, veio o medo.

Não temia pela própria vida — era algo abstrato demais, a morte impossível e a dor suportável —, mas sim pela vida daqueles que amava. Tinha medo de não ser capaz de proteger a centelha de suas vidas como Kell protegia a dele. Um medo que pulsava dentro do peito, envolvendo seu coração e seus pulmões até que ele não conseguisse mais respirar. Um medo que se alimentava de sua felicidade e fortalecia-se por causa dela. E era essa a insanidade e a crueldade da coisa: a vida era frágil e ele tinha tanto a amar, mas passava todo o tempo sofrendo por perdas que ainda nem haviam acontecido.

— Amor e perda — murmurou ele.

— São como um navio e o mar — concluiu Kell. Era um dos ditados preferidos de Tieren. A lembrança do *Aven Essen* fez os olhos de Rhy lacrimejarem.

Lá no céu, a lua estava quase cheia e, quando sua visão ficou embaçada, parecia até uma daquelas lanternas de papel que costumavam jogar para o alto durante a *Sel Fera Noche*.

Rhy abriu um sorriso.

— Se lembra do ano em que trouxemos as lanternas para cá? — Kell acendera os pavios, Rhy as soltara e ficaram os dois ali, juntos, observando as lanternas pairarem no céu como se fossem estrelas recém-nascidas.

Kell pôs-se de pé ao lado dele, meio cambaleante.

— *Santo* — sibilou ele. — Como eu sou idiota.

— Hein? — perguntou Rhy, cheio de sono.

— Vi as lanternas. No porão do navio. Mas não consegui me lembrar para que serviam.

— Não faço a mínima ideia do que você está falando — disse Rhy, o vinho deixando seu corpo pesado de um jeito muito agradável. Ele queria se agarrar àquela sensação, mas a ruga estava de volta à testa de Kell, que, de repente, parecia completa e dolorosamente sóbrio.

— Nós invadimos um navio de contrabandistas veskanos. Eles tinham armas, garrafas de alcatrão...

— Adoro alcatrão...

— ... e uma caixa de lanternas brancas do tipo que usamos na Longa Noite Escura. — Kell aninhou a cabeça entre as mãos. — Eu devia ter pensado em pegar uma delas, mas acabamos caindo numa emboscada.

— E você acha isso tão estranho assim? — perguntou Rhy. — Os contrabandistas negociam qualquer coisa que conseguem vender, e as pessoas procuram por aquele tipo de lanterna o tempo todo. Além do mais, todos os caixotes serão revistados assim que chegarem ao festival.

Kell olhou para ele, em choque.

— Não é possível que você esteja pretendendo comemorar este ano.

Rhy retribuiu seu olhar.

— Lógico que estou — ele rebateu, na defensiva.

— Você está à beira de uma guerra com Vesk, e um grupo de rebeldes anônimos está tramando para tirá-lo do trono.

— Ah, jura? — perguntou Rhy, sentando-se. — Eu não fazia a menor ideia...

— Você vai dar a oportunidade perfeita para eles, de mão beijada: uma noite em que a cidade fica lotada de estranhos e magia, e você se expõe para todo mundo.

— Eu tenho que fazer isso.

— Não seja burro — vociferou Kell. — Você não tem guardas suficientes e, mesmo que tivesse, não poderia prever onde um ataque...

— Kell — interrompeu ele, o nome cortando o ar. — Eu não tenho escolha.

Rhy não olhou para o irmão, mas conseguia sentir o peso de seu olhar. Um bom tempo se passou, até Kell suspirar pesadamente.

— Não vai me dizer que está pensando em usar o festival para atrair os membros da Mão.

Rhy rolou a garrafa de vinho vazia entre as mãos.

— Tá bom, então não digo.

Não contou ao irmão que essa ideia tinha passado por sua cabeça nem que vivera os últimos meses como se fosse um prisioneiro em seu próprio palácio, enjaulado pelas ameaças e pelos temores de outras pessoas, ou que já não aguentava mais se sentir aterrorizado e impotente.

— Duzentos anos — disse Rhy, em vez disso. — Este inverno marca os duzentos anos da derrota das trevas. Pela minha família. Os Maresh. — Ele encarou Kell. — Que impressão eu vou passar se escolher *não* celebrar?

Kell cerrou a mandíbula, mas não disse nada.

Rhy olhou para a imensidão da cidade banhada em carmesim, os prédios iluminados como joias no escuro.

— Eu sou o rei — sussurrou ele. — Sempre vai existir alguém tentando me matar. Lógico que sei que o problema não sou eu: não passo de uma coroa, um nome, um manto em uma cadeira elegante. Mas preciso admitir que é difícil não levar para o lado pessoal. Ainda mais depois dos Sombras.

Os Sombras — não era um nome muito criativo para uma rebelião, mas a Mão também não era lá grande coisa. Ele tinha 12 anos quando os Sombras o sequestraram dos jardins do palácio e o deixaram sangrando até morrer no porão de um barco. Isso se Kell não tivesse encontrado Rhy, mas é óbvio que o encontrara.

— Nem sei por que eles fizeram aquilo.

— Impostos, imagino — disse Kell, dando um golinho no vinho.

Rhy deu um suspiro.

— Um motivo tão bobo. — Por outro lado, o que será que incitava a Mão? — Já me perguntei se poderiam ser eles, sabe? Os Sombras, só que com um nome diferente.

— Não são, não — disse Kell com firmeza.

— Como é que você sabe?

— Eu matei todos.

Rhy ficou em silêncio. Ele não sabia disso, mas já suspeitava — não porque os Sombras tivessem desaparecido do nada, embora fosse o que realmente aconteceu. Na verdade, houve uma situação específica na noite seguinte ao ataque: ele acordara são e salvo no palácio, ainda que tomado pelo pânico, e fora atrás de Kell. Esgueirou-se pela passagem secreta que unia o quarto dos dois, esperando ver o irmão adormecido na cama, mas, em vez disso, encontrou-o sentado na banheira de cobre, com a cabeça apoiada na borda. Suas roupas estavam todas amontoadas no chão, e a única luz no ambiente era a que entrava pela varanda, vinda do Atol. Sob o brilho carmesim, era difícil ter certeza, mas Rhy podia jurar que a água estava vermelha.

O irmão não chegara a escutá-lo ali, então Rhy se arrastara de volta pelo corredor oculto até chegar a sua cama. Foi então que a voz de Kell o trouxe de volta para o telhado onde estavam.

— A Longa Noite Escura é daqui a algumas semanas — disse ele, dando um último gole no vinho. — Se você faz tanta questão de comemorar, é melhor encontrarmos logo a Mão.

Rhy estendeu o braço, fazendo um gesto em direção à cidade que não parava de se expandir e para as milhares de pessoas que lotavam os edifícios e abarrotavam as ruas.

— Será que vai ser muito difícil?

Os passos deles ecoaram na escada.

— Imagino que seja inviável pedir aos cidadãos que tirem a roupa para ver se tem uma marca na pele deles, não é? — refletiu Lila.

Os guardas fizeram uma mesura quando ela e Alucard passaram. Não com o mesmo entusiasmo que tinham com Kell, mas pelo menos nenhum chegou a apontar uma arma para a cabeça dela.

— E acabar encorajando outras centenas de pessoas a se aliarem à causa? — Alucard sacudiu a cabeça. — Melhor não.

— Eles têm um líder — disse ela. — Têm que ter. Toda mão precisa de um braço, e todo braço precisa de uma cabeça. Suspeita de alguém?

— Várias pessoas, mas não passam de suspeitas.

— Que tal me contar o que anda pensando?

— Acredito que, apesar de tudo que andam falando, eles não são arnesianos.

Lila não se conteve. É lógico que ela já tinha pensado nisso.

— Você acha que eles são financiados por uma potência estrangeira.

— A melhor guerra é aquela que o inimigo trava consigo mesmo.

Desceram em silêncio até o pé da escadaria, até que Lila se voltou para ele.

— Não superestime tanto a Mão. Não deixam de ser pessoas, e pessoas podem ser encontradas. E detidas.

Alucard deixou escapar um murmúrio, refletindo. Sob a luz do palácio, não parecia apenas cansado: parecia doente. Exaurido. Tenso demais, como uma corda esticada ao extremo e prestes a se romper.

— Se você ficar mais tenso, quebra — observou ela. — Quando foi a última vez que teve uma boa noite de sono?

— Ultimamente, tem sido difícil dormir. — Ele mostrou os dentes, quase como uma careta, em vez de um sorriso. — Vai saber por quê.

Lila estalou os dedos e sentiu o aço frio de uma lâmina deslizando em sua palma.

— Posso tentar te matar, se você quiser.

Alucard deu uma risadinha assustada.

— E como é que isso me ajudaria?

Ela deu de ombros.

— Faz o sangue circular — respondeu ela. — Há quanto tempo você não tem uma luta de verdade?

— Eu treino todos os dias com os soldados — respondeu ele, indignado. — Se essa é sua *única* maneira de relaxar antes de dormir, fico com pena de Kell.

Ele voltou a caminhar pelo saguão e Lila foi atrás, escondendo a faca dentro da manga.

— Acho que existem outras maneiras de gastar energia.

Alucard arqueou a sobrancelha.

— Você está me fazendo uma proposta?

— Infelizmente, não tenho a menor vontade de ir para a cama com você. Mas tenho certeza de que o rei ficaria feliz em...

Naquele instante, um ser minúsculo saiu de debaixo de uma cadeira e cruzou o caminho deles.

Lila se deteve, baixando o olhar: era nada mais, nada menos que um coelho. Macio e de pelos dourados, com olhos pretos enormes e um focinho que não parava de se mexer.

— Pelo visto, o jantar fugiu da cozinha — comentou ela, mas Alucard deu um suspiro e enfiou o animalzinho debaixo do braço.

— É o Miros — ele explicou, com um ar meio sombrio. — E onde tem animal de estimação, tem uma...

Como se fosse uma deixa, uma criança apareceu saltitando e cantando uma canção de ninar:

— *Calma, calma, disse a cobra* — cantou ela, dançando entre as linhas do exuberante tapete do saguão. — *Quieto, quieto, latiu o cachorro. Cuidado, cuidado, ronronou o gato, pouco antes de atacar!* — Ao entoar o último verso, saltou o mais longe que pôde, caindo agachada sobre um dos círculos dourados do tapete. Bem na frente de Lila e Alucard.

Ren tinha crescido bastante desde a última vez que Lila a vira, passando de uma bebê dando os primeiros passos para uma menininha de queixo pontudo e um emaranho de cachos pretos. Talvez, pensou Lila, a criança não se lembrasse dela. Afinal de contas, um ano era muito tempo quando você só tinha vivido quatro. Mas quando Ren se endireitou e olhou para cima, seu rosto se iluminou.

— Olá, Delilah Bard!

— Olá, Ren Maresh — respondeu ela, com firmeza.

Lila não gostava de crianças e havia muito tempo decidira que a filha de Rhy não seria uma exceção. Não mimava nem bajulava, não usava diminutivos nem deixava a voz doce como calda de açúcar ou satisfazia todos os caprichos da menina. No entanto, infelizmente Ren Maresh não só *gostava* de Lila, como a adorava, e nada do que Lila fizesse parecia diminuir tamanha alegria. A criança sempre ficava extremamente feliz ao vê-la.

— Já conversamos sobre isto, Ren — disse Alucard, estendendo o coelho para ela. — Coloque-o lá fora.

Ren pegou o animal de estimação, deu meia-volta e o colocou novamente no chão, mas desta vez virado para o outro lado, e ficou observando conforme ele pulava pelo saguão. Alucard jogou a cabeça para trás e deu um suspiro, o som sofrido de um pai que não sabia mais o que fazer.

Em algum momento, Esa entrou no saguão e sentou-se sobre uma almofada, balançando o rabo branco assim que o coelho passou, com os olhos cor de lavanda fixos na capitã que usurpara seu navio. Lila encarou a gata até uma vozinha cantarolar novamente seu nome.

— Delilahhh — chamou Ren, acenando para ela. Lila deu um suspiro e se ajoelhou para ficar cara a cara com a menina. Os olhos da criança, assim como os de Rhy, cintilavam num tom dourado em meio àquela moldura de cílios pretos. Ren ficou encarando-a, como se estivesse à espera de alguma coisa, até Lila perder a paciência.

— O que é que você quer? — perguntou ela.

Ren se aproximou, colocou as mãos ao redor da boca e sussurrou:

— Faz aquele truque.

Lila arqueou a sobrancelha. Era esse o problema com as crianças: se você fizesse uma coisa uma vez, era melhor estar disposto a repetir. De novo. E de novo.

— Ah, por favor — acrescentou a princesa antes que se esquecesse.

Lila cruzou os braços.

— O que você vai me dar em troca?

— Dá um tempo, Bard — censurou Alucard.

— O que foi? — perguntou ela enquanto a menina apalpava os bolsos do pijama. — Nada é de graça. E sua filha é uma acumuladora.

Ren enfiou a mãozinha no bolso e tirou de lá um lin, um brinco de rubi, a estatueta de um guarda do palácio e uma única pena preta. Lila deu uma olhada no montinho de objetos até aparecer uma mulher de cabelos grisalhos segurando o coelho debaixo do braço.

— Aí está você — disse a mulher, dirigindo-se a Ren, lançando um olhar de desculpas para Alucard. — Virei as costas para ela só por um segundo. — A mulher aproximou-se, estendendo o braço vazio como se pretendesse agarrar a criança do mesmo jeito como havia feito com o animal de estimação.

Mas Lila levantou a mão.

— Só um momento — disse ela. — Estamos no meio de uma negociação. — Ela prestou atenção no conteúdo do bolso da criança. — Qual é o seu preferido daqui?

Ren apontou para a pena de ônix.

— Caiu da ave — explicou a menina, muito séria, para que ninguém pensasse que se apoderara do objeto por meios imorais. Lila pegou a pena e a guardou no casaco.

Em seguida, passou os olhos pelo saguão, procurando um vaso de flores, um jarro ou alguma fonte de água. Como não encontrou nada, voltou a atenção para as mãos de Alucard. Ela havia deixado sua taça de vinho para trás, mas ele trouxera o dele consigo, enchendo-o novamente antes de sair. Ainda havia uma boa quantidade de vinho na taça.

— Posso? — perguntou ela, mas quando ele conseguiu articular a palavra "Não", o líquido já estava subindo pelos ares numa faixa de vinho prata enrolada em sua mão. O vinho se contorceu até se transformar num coelho.

Ren olhou encantada para o coelho feito de líquido e Lila virou-se para Alucard, mas viu uma pontinha de tristeza em seu semblante, o olhar distante de alguém tomado por uma lembrança. Mas foi só ele piscar os olhos e encará-la de volta que a expressão desapareceu de seu rosto.

A criança bateu palmas, maravilhada, e estendeu a mão para a forma líquida, que deu um salto, escapando da mão direita de Lila para a esquerda conforme algumas gotas indisciplinadas de vinho pingavam no tapete. Era difícil dar forma a um elemento, e mais difícil ainda fazer com que se movesse daquele jeito, como se estivesse vivo.

— Sabia que foi Alucard quem me ensinou este truque? — disse ela, com o coelho saltitando pelo ar sobre sua cabeça. Sete anos atrás, no porão do *Barron* (que ainda se chamava *Spire* e o tinha como capitão), Alucard Emery concordara em lhe ensinar magia. Foi ele quem ensinou Lila a se concentrar e impor sua vontade às palavras.

Tigre, tigre, brilho, brasa.

É lógico que, nessa época, ele já sabia algo de que Lila apenas suspeitava — que havia nela mais do que sangue, ossos e determinação, mais do que um olho perdido. Afinal, ele possuía o dom da visão e vira o halo prata ao redor dela no dia em que se conheceram, os fios brilhantes da magia *Antari*. Mas mesmo assim a ensinou: como moldar um elemento, como aprimorá-lo, como torná-lo dela.

Ren arregalou os olhos, voltando a atenção do coelho líquido para o pai.

— O Luca?

— É, o Luca — confirmou Lila, passando o animal de uma mão para a outra como se fosse uma pedra quente. — Ele pode fazer esse truque *toda vez que você quiser*.

Alucard olhou de cara feia para Lila por cima da cabeça da filha. *Muito obrigado*, articulou ele, nitidamente irritado, mas ela se limitou a dar de ombros. Bem-feito, quem mandou ter filho? Ela podia ter parado por aí, devia ter parado por aí, entregue o truque e dado um jeito de se livrar de Ren.

Mas, por algum motivo, não foi o que fez.

Por algum motivo, ela se ajoelhou, ficando mais uma vez cara a cara com a menina, e colocou a mão em concha sob a magia. Lila flexionou os dedos e o coelho congelou no ar, com a pele tomada por cristais de gelo. Em seguida, o animalzinho caiu bem na palma de sua mão. Mas ela ainda não tinha terminado.

— Sabe — disse ela, baixando a voz até um sussurro típico de quem compartilha um segredo. — Luca consegue fazer um monte de coisas. Mas não isso aqui. — Ela segurou o coelho com força, não para quebrar a pequena escultura, mas para pressionar o polegar na ponta da orelha do coelho. Então sussurrou *"As Staro"* e o animal em sua mão transformou-se em pedra polida.

Ren arregalou os olhos, abrindo um sorriso animado, ao mesmo tempo que alguém ali perto deu um suspiro ofegante.

— *Mas aven* — exclamou a babá, soltando o coelho de verdade do braço e fazendo uma reverência ao se dar conta do que Lila havia feito. Do que Lila *era*. A expressão no rosto da babá não era de medo, mas de admiração. Era nitidamente uma daquelas pessoas que acreditavam que os *Antari* eram mais do que magos talentosos: eram os verdadeiros avatares da magia. Escolhidos. Abençoados.

Lila sabia que Kell detestava demonstrações de adoração, que se incomodava com isso, mas de vez em quando ela achava uma boa ideia ser vista como alguém superior, em vez de inferior. Em outra Londres, talvez a mulher fizesse o sinal da cruz. Ali, ela tocou os lábios e sussurrou alguma coisa na ponta dos dedos.

— Sasha — chamou Alucard, gentil. — Poderia fazer a gentileza de...

A babá voltou a si.

— Muito bem — disse ela. — Agora mesmo.

Lila colocou a estatueta nas mãos estendidas de Ren, e Sasha pegou a criança no colo apressadamente. Aproveitou para tocar no coelho de pedra, passando um dedo pelo dorso do animal de um modo reverente.

— Muito bem — repetiu ela. — Sua mãe quer lhe dar um beijo de boa-noite.

— E essa é a minha deixa — disse Lila, dando meia-volta e caminhando em direção à porta do palácio. — Boa noite, princesa.

— Boa noite! — respondeu Ren enquanto Sasha a levava para a cama.

— Ela nunca fez uma mesura com tanto entusiasmo para mim — observou Alucard, seguindo Lila até a porta.

Havia dois guardas postados ali. Cada um pressionou a mão na porta, e Lila conseguiu ouvir o zumbido do feitiço conforme as travas deslizavam dentro da madeira. As portas se abriram e o ar fresco da noite invadiu o palácio. Ela saiu, então olhou para trás e viu Alucard emoldurado pela luz dourada do saguão.

— Você bem que podia beber alguma coisa comigo — disse ela, adivinhando a resposta antes mesmo de ele negar com a cabeça. Estalou a língua num gesto de reprovação. — A paternidade deixou você muito chato.

Mas ele nem se deu ao trabalho de fingir que havia ficado magoado. Seu olhar passou por ela até a cidade tomada pela noite.

— Pode levar uma carruagem, se quiser.

Lila bufou de desdém.

— Quanta generosidade! Vou levar dois guardas e um trompetista também. — Ela abriu os braços. — Afinal de contas, por que me misturar à multidão quando posso me destacar?

Ele deu um sorriso torto.

— Você se mete em tanta encrenca que às vezes até me esqueço de que não gosta de ser notada.

Ela deixou os braços caírem ao lado do corpo.

— Fica difícil roubar a carteira de alguém quando a pessoa já está olhando para as minhas mãos.

Lila abriu um sorriso, mas Alucard entendeu bem o que ela queria dizer com aquilo. Sua expressão ficou séria.

— Tome cuidado.

— Eu sempre tomo — afirmou ela.

Mas, ao descer as escadas do palácio, percebeu a si mesma cantarolando a canção de Ren.

Cuidado, cuidado, ronronou o gato.
Pouco antes de atacar.

V

Rhy pendurou a coroa no galho de uma macieira.

Aquele entusiasmo agradável causado pelo vinho prata havia diminuído, deixando para trás nada além de uma leve fadiga. Ele sabia que não devia beber tanto assim; o álcool sempre o fazia passar da alegria à melancolia. Mas, curiosamente, com Kell acontecia o inverso: o irmão tinha ido para seus aposentos cantarolando uma canção de marinheiros. Rhy também deveria ter ido para o quarto, mas sua cama estava vazia, exceto pelo tônico para dormir sobre a mesinha de cabeceira, e ele sabia bem o que aconteceria assim que o bebesse. Sabia como aquele remédio o dominaria do corpo à mente — mais como um par de mãos do que como um cobertor, segurando-o até os membros ficarem pesados e a mente parasse de tentar lutar. E então, pela manhã, Rhy acordaria sentindo gosto de açúcar velho na boca, com a impressão inabalável de que tinha se esquecido de alguma coisa, mesmo que tudo que tivesse esquecido fosse um sonho.

Sabia muito bem, e por isso ainda não se sentia pronto para pegar no sono, então recolheu novamente a coroa e continuou andando, deixando que seus pés o levassem para fora do quarto, descessem as escadas e chegassem ao pátio do palácio.

Os guardas o seguiram, agitando-se atrás dele como se fossem uma nuvem de poeira. Mas ao chegar à porta, Rhy ordenou que permanecessem dentro do palácio.

— Vossa Majestade — disseram eles.

— Não é seguro — imploraram.

— Os feitiços de proteção do palácio não se estendem ao pátio — explicaram, como se fosse novidade para Rhy. Ele sabia; acontece que não se *importava*. Que a rainha ficasse irritada. Que o amante o repreendesse. Ele não precisava de proteção: já era o homem mais protegido do mundo. Era o Rei Imortal.

E queria ficar sozinho.

Por isso, ordenou que os guardas permanecessem no palácio e eles o obedeceram: ficaram ali, sob a luz da porta, como se o feitiço de proteção fosse uma jaula e Rhy, o único homem livre.

Ele caminhou em meio às árvores do pomar real e pegou numa maçã para ver se já estava boa. Mas a fruta não estava madura; dava para ver que agarrava-se ao galho, a casca começando a ficar cor-de-rosa.

— Paciência — dizia Tieren. — É a paciência que faz com que a maçã se torne doce.

Rhy fechou os olhos, e então já não era outono, mas uma primavera de três anos atrás, e também não estava mais sozinho, pois o *Aven Essen* caminhava ao seu lado. Mesmo na recordação os passos de Tieren eram arrastados, como se as vestes brancas pesassem mais do que seu próprio corpo.

A morte aproximava-se lenta e continuamente do velho sacerdote, deixando-o cada vez mais fraco. Quando falava, sua voz soava fraca, como vento passando por uma plantação.

— Algumas pessoas têm o dom de esconder os próprios pensamentos, Rhy Maresh. Mas você não é uma delas. — A risada dele era suave, como se fosse um leve sussurro. Apenas seus olhos azuis mantinham a vivacidade. — Consigo vê-los sobre sua cabeça como se fossem uma nuvem.

Rhy tentou rebater, mas sentiu um nó na garganta. Desviou o olhar.

Um momento depois, Tieren parou de andar e apoiou a mão numa árvore, o cansaço evidente em cada ruga do rosto.

— Quer se sentar um pouco? — perguntou Rhy, mas o *Aven Essen* fez que não.

— Acho que se eu me sentar agora, não consigo mais me levantar. — Mas ao ver o pânico estampado nos olhos de Rhy, ele deu sua risada sussurrante. — Estou falando das minhas pernas, Rhy, não da minha vida. Minhas juntas ficam todas travadas.

Os dois prosseguiram, e então Tieren disse:

— Morte não é um xingamento.

Não, mas era forte a ponto de paralisar as pernas do rei e deixá-lo estagnado no meio do caminho. Rhy engoliu em seco e ergueu o olhar. As primeiras folhinhas verdes já estavam começando a salpicar as árvores, e lhe pareceu muito injusto que Tieren estivesse murchando logo na época em que o restante do mundo começava a florescer.

— Você está com medo? — perguntou Rhy.

— Com medo? — repetiu Tieren. — Não. Na verdade, acho que estou *triste* por minha vida estar chegando ao fim. Vou sentir falta de tanta coisa... — E, por um momento, Rhy viu a garganta do idoso se contrair e seus olhos ficarem embaçados, antes que ele continuasse: — ...mas tudo acaba. É a natureza do mundo. A morte é essencial... é um repouso. E admito que não vejo a hora de descansar em paz.

— Descansar — repetiu Rhy. — É só isso que existe?

— A vida é algo emprestado — disse o sacerdote. — Nosso corpo se decompõe e nossa essência... bem, a magia é o rio que rega todas as coisas. Ela se presta a nós na vida, e a morte a chama de volta, e assim a corrente parece subir e descer, quando, na verdade, não perde uma única gota.

— Mas e nossa mente? — insistiu Rhy. — Nossas lembranças? E quanto a *nós*?

— Somos apenas um momento, Vossa Majestade. E os momentos passam.

Não era o bastante. Não depois de tudo que passara. De todas as pessoas que já havia perdido.

— Você quer dizer que, quando morremos, simplesmente deixamos de existir? Nascemos, morremos e depois não somos mais nada?

Rhy percebeu que tinha elevado o tom de voz, mas Tieren se limitou a dar um suspiro. Com o passar dos anos, esses suspiros se tornaram uma linguagem própria, e nela Rhy era fluente: um suspiro podia significar irritação, cansaço ou paciência ilimitada. Mas aquele suspiro em especial tinha um pouco das três opções.

— Só porque não continuamos — começou o sacerdote —, não quer dizer que não tenhamos existido. Vivemos uma vida inteira, deixamos um legado para trás. Mas o rio corre em um único sentido, e somos levados por ele.

Rhy sacudiu a cabeça.

— Se isso fosse verdade, eu não estaria aqui. Você se esquece de que já *morri* — disse ele. Mas não mencionou que naquele breve mas muito real período em que esteve morto, não sentira nada. — Eu morri, e você está me dizendo que aquele deveria ter sido o meu fim, mas eu voltei. O que significa que eu ainda estava aqui. Nunca deixei de existir.

— Sua morte foi breve — arriscou o sacerdote. — Talvez você ainda não tivesse partido. Afinal de contas, quando a chama se apaga, o fogo não esfria imediatamente.

Rhy jogou as mãos para cima.

— Você fala como se não soubesse.

Tieren suspirou, e desta vez havia um toque de impaciência.

— Nunca fingi ser *sábio*. Sou só um velho. Portanto, *não sei*. Mas é no que *acredito*. Acredito que não continuamos aqui, por mais que essa ideia seja ótima. Acredito que, se continuamos vivos, é dentro daqueles que amamos.

Ele se esqueceu de dizer certa palavra.

Apenas.

Mas se não havia nada além de escuridão, então o que havia acontecido com sua mãe e seu pai? Rhy não conseguia nem formular as palavras. O que aconteceria com o próprio Tieren? Com as pessoas que ele havia perdido e que ainda perderia? Com Alucard, Nadiya e Ren? O que aconteceria com tudo que tinham visto, sentido, conhecido e amado? Como poderia levá-los em seu coração quando sabia que se esqueceria do som de suas vozes, do toque de suas mãos? E um dia, quando Kell morresse, e ele próprio, o que aconteceria? Depois de tudo que os unia, será que não haveria mais nenhum laço além da escuridão?

Eram esses os medos que o perseguiam toda noite até a hora de dormir, e Tieren olhou para Rhy como se cada um deles estivesse escrito em uma nuvem sobre sua cabeça.

— Amor e perda — recitou o sacerdote moribundo.

Mas Rhy virou-se bruscamente.

— Será que já não tive perdas demais? — disparou ele.

Tieren o encarou com certa tristeza no olhar. Então virou-se e levou a mão até um galho baixo, passando os dedos pelo botão de flor.

— Que sorte a nossa — disse ele, baixinho. — Depois de cada inverno, somos recompensados com a primavera.

Rhy abriu os olhos.

O pomar estava escuro.

Tieren havia desaparecido.

Ele estava sozinho novamente.

No entanto, alguma coisa o havia despertado daquele devaneio. Ele prendeu a respiração e ficou de ouvidos bem atentos, até escutar o som mais uma vez.

Passos.

Não a marcha pesada das botas dos soldados, mas um ligeiro farfalhar, como se o couro fizesse carinho no piso de pedra. Havia alguém ali tentando ser silencioso. O rei levou a mão até o bolso e pegou a pequena lâmina que mantinha guardada ali, com o gume enfeitiçado para incapacitar totalmente o inimigo. Bastava fazer escorrer um pouco de sangue.

Rhy se encostou na árvore mais próxima e ficou à espreita, pronto para cravar a lâmina no corpo do agressor com um corte rápido e profundo. Esperou os passos se aproximarem, até o corpo chegar tão perto que era possível ouvir o som da respiração. Então deu a volta na árvore e empunhou a faca...

Mas interrompeu o movimento, detendo a lâmina a poucos centímetros das vestes brancas do sacerdote. Por um instante, seu coração ficou acelerado, e Rhy achou que, se erguesse o olhar, veria o rosto de Tieren.

Foi o que fez, mas não viu cabelos brancos nem olhos azuis, nem aquele sorriso cheio de paciência. Em vez disso, à sua frente estava um rosto em forma de coração, uma pele macia e cabelos pretos que formavam um ligeiro V na testa e escorriam como uma mancha de tinta pelas roupas imaculadas.

A décima *Aven Essen* o encarou, o divertimento tomando conta de sua expressão como se fosse uma fina camada de gelo. Ela olhou para a arma.

— Estava esperando outra pessoa?

— Ezril — exclamou ele, baixando a lâmina na lateral do corpo. — O que você está fazendo aqui?

Ela estendeu as mãos, fazendo as mangas brancas das vestes esvoaçarem.

— Sou a *Aven Essen*. Conheço seu coração, *mas res*. Consigo sentir quando seu temperamento fica sombrio, assim como quando o tempo esfria.

A sacerdotisa estava com um semblante fechado, mas ao longo dos últimos três anos Rhy descobrira que, ao passo que Tieren era implacavelmente sincero, Ezril raramente dizia o que queria dizer. Como era de se esperar, não demorou muito para ela abrir um sorriso e apontar com a cabeça em direção ao palácio.

— Um dos guardas me chamou. Pelo visto, eles acham que você está morrendo de vontade de ser assassinado.

— É possível estar morrendo de vontade de ser assassinado quando sei que não posso morrer? — refletiu ele.

O sorriso dela desapareceu do rosto.

— É — respondeu ela —, se você insiste em testar sua proteção sempre que tem oportunidade.

Rhy lançou um olhar sombrio para as portas do palácio. Conseguia ver a silhueta dos guardas sob a luz.

— Não deviam tê-la chamado.

— Mas chamaram. E aqui estou eu. Acordada e toda elegante. O mínimo que você pode fazer é fingir que precisa dos meus conselhos.

E, assim, os dois caminharam sob os galhos até que a copa das árvores desse lugar à passagem de pedra ao redor do pátio. À direita, o vívido palácio. À esquerda, o brilhante Atol. E Ezril ao lado do rei.

Que estranha substituta era a jovem *Aven Essen*.

Ezril tinha os cabelos pretos como as penas de um corvo e olhos castanhos que mudavam de cor como um chá — passando do claro para o escuro dependendo de quanto tempo ficava em infusão. Aparentava ser uma garota que brincava de se vestir com as roupas de outra pessoa. E havia nela certa malícia. Um quê sedutor de timidez na voz que parecia mais próximo dos jardins dos prazeres do que do sacerdócio. Além disso, não devia ser muito mais velha do que Kell.

— Você é uma sacerdotisa muito jovem — observara Rhy no dia em que ela entrou no Rose Hall pela primeira vez.

Mas ela apenas encolheu os ombros e o encarou.

— E você é um rei muito jovem — rebatera. — Talvez não queiram ter que substituir seu conselheiro o tempo todo.

Será que já não tive perdas demais?

Talvez aquele fosse um presente de despedida de Tieren.

Nesse caso, era muito bem-vindo. Embora o coração de Rhy sempre batesse mais forte ao ver as vestes brancas e ele sempre desejasse erguer o olhar e ver o rosto de Tieren, seria insuportável deparar-se com alguém com a mesma idade e aparência do antigo conselheiro.

Ezril jogou a cabeça para trás e deu um suspiro, sorrindo ao ver a própria respiração tornar-se uma nuvem de condensação.

— A estação está mudando — disse ela. — Um belo lembrete, não? De que as coisas mudam. — Seu olhar voltou-se para ele. — Em que você estava pensando antes de eu chegar?

— Sobre o que acontece quando morremos.

— Ah.

Rhy esperava que ela lhe contasse a mesma história de Tieren, o velho papo do Santuário sobre correntes, rios e sono. Em vez disso, ela disse:

— Você quer saber o que acontece depois. — E então, ao ver a surpresa no rosto dele: — Ah, eu sei o que deveria lhe dizer. Que vivemos, morremos e ponto final. É o que o Santuário ensina, e talvez até seja verdade. Mas os veskanos têm sacerdotes que dizem falar a língua dos mortos e, em Faro, as pessoas fazem altares para aqueles que perderam. Deixam oferendas, pedem conselhos. Colocam pratos extras na mesa e deixam as portas abertas, mesmo no inverno, para que seus mortos possam encontrar abrigo.

Ela parou de andar, e suas vestes brancas se assentaram ao virar-se para Rhy.

— Quem pode afirmar o que é verdade e o que é superstição? Escolhemos as histórias que nos confortam mais. Acredite no que quiser.

— No que você acredita? — perguntou ele.

— Bem, o Santuário diz...

— Não foi o que eu perguntei.

Ezril franziu os lábios de um jeito que indicava que já estava ciente.

— Acredito que existem coisas que sabemos e coisas que não sabemos. Sabemos que a magia flui por meio de tudo, que os elementos podem ser manipulados e transformados em feitiços. Sabemos que o mundo é regido por uma ordem natural, que exige equilíbrio. Mas além disso... — Ela deu de ombros. — Você mesmo é a prova viva de que a magia ainda é um mistério. Enfim — ela tamborilou o dedo no tecido da camisa dele, exatamente sobre seu coração e o feitiço que unia sua vida à de Kell —, aprendemos que o rio corre num único sentido e, no entanto, aqui está você. — Ela recolheu a mão, que desapareceu no meio das vestes. — Um belo lembrete de que isso não passa de uma suposição.

Depois, os dois caminharam juntos, lado a lado, passeando pelo pomar iluminado pela lua até todas aquelas nuvens sobre a cabeça do rei se dissiparem. E, embora Rhy não tivesse chamado Ezril, ficou feliz por ela ter aparecido.

VI

Tes não se lembrava de quando havia sido a última vez que conseguira dormir.

No meio da primeira noite, uma enxaqueca instalou-se em sua cabeça, alimentada por pãezinhos doces e chá preto amargo. A dor latejava no ritmo de seus batimentos, mas ela nem prestou atenção: estava concentrada demais no trabalho.

No dia seguinte, manteve a loja fechada, ignorando as batidas na porta e o barulho na maçaneta, o estômago que roncava de fome e a bagunça dos cachos despenteados, ignorando Vares até que a corujinha parasse de estalar o bico e agitar as garras, na tentativa de chamar sua atenção. De vez em quando ele só movia a cabeça, observando-a com seus olhos de pedra de cores diferentes conforme Tes se levantava e andava ao redor da peça, estudando-a por todos os ângulos possíveis.

— *Kers ten?* — sussurrou ela para o objeto quebrado enquanto trabalhava.

O que é você?

Era como tentar montar um quebra-cabeça sem saber qual deveria ser a imagem final. No começo, você tentava encontrar as peças que se encaixavam, mas em certo momento começava a ver a imagem que existia em algum lugar entre o que já tinha encaixado e o que ainda não havia completado.

— *Kers ten?* — repetiu ela, transformando as palavras num cântico.

Na metade do segundo dia, Tes vislumbrou uma forma, se não o próprio feitiço. Era uma espécie de caixa. Bem, pelo menos estava contido numa caixa. Quando começou a remontá-la, a magia também começou a se alinhar, até Tes finalmente conseguir identificar os pontos em que os fios se embolaram e partiram; e descobrir uma maneira de remendá-los.

— *Kers ten?* — perguntou ela repetidamente.

Até que o objeto enfim respondeu. Contou a Tes o que era. O que deveria ser.

Quando finalmente compreendeu, suas mãos ficaram paralisadas no ar. Havia um fio enroscado em seus dedos, pronto para ser entrelaçado, mas Tes permaneceu imóvel enquanto seus olhos percorriam o feitiço, lendo-o repetidas vezes para ter certeza.

Sim, ela tinha certeza.

Não era uma caixa, embora tenha sido feita para ter a aparência de uma. Não. Era uma *porta*.

Ou melhor, um *abridor* de portas.

Um atalho concebido para reduzir distâncias, permitindo que uma pessoa se deslocasse de um lugar a outro, infinitamente, com um único passo, sem precisar depender de paredes, fechaduras ou espaços. Um objeto como esse não era proibido. Mas era impossível.

Ou, pelo menos, deveria ser.

Tes sabia que os *Antari* eram capazes de criar essas portas, o que significava que a magia *existia*, mas era um talento restrito a eles. Acontece que aquele dispositivo pegava esse poder e o oferecia de mão beijada a qualquer um. Tes tentou imaginar um feitiço que desse a todo mundo a capacidade de ver e alterar os fios de poder, e estremeceu só de pensar. Certos dons eram raros por um bom motivo.

Por outro lado...

Alguém havia dado um jeito de pegar a magia mais rara do mundo e guardá-la em uma caixa de madeira. Uma caixa que estava em cima da mesa dela e a um passo de ser consertada. A essa altura do campeonato, Tes não podia deixar o trabalho incompleto. O coração dela disparou, mas suas mãos se mantiveram firmes. Moveu os dedos bem depressa, ziguezagueando entre os últimos fios do feitiço conforme emparelhava e emendava as cordas, fazendo o serviço cada vez mais rápido até terminar.

Tes tirou os óculos e os deixou de lado, esfregando a pele machucada ao redor dos olhos enquanto observava atentamente o dispositivo. Parecia tão *comum*. Quer dizer, para um par de olhos normais; para ela, era *fantástico*. Uma peça de magia *Antari* traduzida em um feitiço articulado. Era um artefato extraordinário, diferente de tudo que já tinha visto antes. Tes se levantou da banqueta, sentindo as pernas rígidas e doloridas, o corpo pedindo comida e uma boa noite de sono, mas precisava saber se tinha conseguido. Precisava saber se o dispositivo *funcionava*.

Ela pegou a caixa e contornou o balcão, ajoelhando-se ao colocá-la cuidadosamente em um espacinho livre no chão. Era o tipo de feitiço que precisava de um gatilho para ser acionado, mas os comandos originais haviam sido danificados, por isso escrevera seu próprio gatilho em arnesiano, optando pela simplicidade: *Erro* e *Ferro*.

Abrir e *Fechar*.

A palavra estava na ponta da língua de Tes e a cada instante ia ficando mais pesada, até que ela abriu a boca e o som escapou.

— Erro.

A caixa começou a vibrar e se contorcer e, por um segundo, Tes pensou que fosse quebrar, pensou que tivesse cometido um equívoco, atado dois fios errados entre as centenas que havia ali. Mas de repente o dispositivo se retraiu, como se respirasse fundo, e o feitiço veio à tona. A caixa se abriu *por inteiro*, revelando o interior forrado de luz, e então os fios se projetaram para além das bordas da madeira e ergueram-se pelo ar, traçando o contorno de uma porta.

O ar dentro dos limites do contorno se agitou e escureceu até que a loja sumiu, sendo substituída por uma cortina de sombras.

Além do véu, uma cena meio transparente foi se formando: a paisagem turva de uma rua vazia. Sem movimento. Sem cores. Imóvel.

Tes se levantou e deu a volta ao redor da porta, esperando que alguma coisa saísse dali. Mas nada aconteceu. Ela estendeu a mão e aproximou os dedos da porta, deixando-os pairar na escuridão. Sentiu uma brisa. Um cheiro metálico, de ferrugem ou sangue. O frio cortante da geada.

— Que estranho — sussurrou Tes, e, sem perceber, deve ter se aproximado um pouco, pois seus dedos tocaram o véu, que envolveu sua mão e a arrastou para dentro.

VII

EM ALGUM LUGAR

Tes tropeçou.

Depois estendeu a mão para se apoiar na mesa que sabia existir na loja de Haskin, mas ela tinha sumido. Assim como o restante da oficina.

Por um triz, conseguiu se equilibrar e logo percebeu que estava do lado de fora, na calçada. Ergueu os olhos, esperando ver as lojas que ficavam em frente à sua, mas todas haviam desaparecido e dado lugar a um muro de pedra branca que não lhe era em nada familiar. Sentiu um arrepio de repente, dando-se conta do frio que estava fazendo, e foi então que se lembrou...

Da *porta*.

Tes deu meia-volta, com medo de que ela tivesse desaparecido, mas ainda estava ali, estreita como um painel de vidro escuro colocado no meio da rua. Pelo batente da porta dava para ver uma sombra pálida da loja que havia deixado para trás. A caixa-que-não-era--uma-caixa estava no chão, bem no limite, sua magia traçando uma linha que parecia em chamas ao redor do batente. Tes se ajoelhou e estendeu a mão para tocar no dispositivo. Tentou levantar a caixa, mas ela nem se mexeu, pesada pelo feitiço acionado. Pôs-se de pé outra vez.

Onde é que ela estava?

Em um beco que não reconhecia, embora conhecesse o *shal* como a palma da mão. Quando olhou em volta, Tes reparou nos fios de magia entrelaçados na pedra do muro e brilhando no céu, mas a luz que eles emitiam era diferente do normal. Um som grave ecoou, vindo de todas as direções e constante como as batidas de um coração, e ela levou um tempo até entender o que era: um tambor.

Inclinou a cabeça, tentando descobrir a origem do som. À sua direita, alguma coisa se *moveu*.

Tes se virou e deparou-se com uma velha espiando-a de uma alcova. Estava vestida de um jeito estranho, envolta em camadas de pano esfarrapado, tinha o rosto bem magro e a pele enrugada coberta de marcas pretas. Tatuagens. Começou a falar numa voz seca e frágil como papel. Era uma pergunta, feita em um idioma que Tes não conhecia, o que por si só já era estranho — quando criança, seu pai a obrigara a aprender todos os dialetos de Arnes.

Sacudiu a cabeça em resposta e, quando a mulher se aproximou lentamente e ficou sob a luz da rua, Tes se encolheu. Os fios da magia da velha pairavam ao seu redor como raízes escurecidas, murchas e completamente desprovidas de luz. Não era uma maldição que envenenara o fluxo de seu poder.

Não havia fluxo nem qualquer tipo de movimento.

A magia estava arruinada.

Morta.

A mulher voltou a falar naquela língua estranha, e desta vez seus olhos foram de Tes para a porta — ela também a tinha visto — e então novamente para a garota conforme erguia a mão espalmada, apontando os dedos enrugados em direção ao véu. O que quer que ela estivesse dizendo, não era mais uma pergunta. O fim da frase não tinha inflexão e seu tom de voz ficou cada vez mais afiado quando ela começou a repetir várias vezes as mesmas palavras, como se fossem uma exigência ou uma espécie de maldição.

Até que disparou num acesso de velocidade repentino e selvagem, agarrando o punho de Tes com a mão enfaixada, os dedos firmes e gelados como se fossem de ferro. Tes se desvencilhou e cambaleou para trás, batendo com o calcanhar na caixa e caindo de volta pela porta aberta para dentro da oficina.

A caixa nem se mexeu, mas assim que Tes caiu no chão familiar, o mundo do outro lado desapareceu atrás do véu, levando consigo aquele beco estranho e a mulher desolada. Mas, mesmo assim, Tes conseguia ouvir sua voz rouca cada vez mais alta e próxima, até que, quando a mão murcha e tatuada da velha atravessou o véu, tentando alcançá-la, imediatamente se deu conta do que precisava fazer.

— *Ferro!* — gritou Tes, e a porta caiu rapidamente como uma guilhotina.

Mas alguma coisa havia despencado junto com a porta, quicando no chão e indo parar a alguns metros de distância. Tes avançou devagar, com a mão meio estendida, até ver o que era.

Um dedo tatuado.

Ela deu um gritinho e o chutou para longe, observando horrorizada o dedo decepado da mulher rolando para baixo da mesa. Sentou-se, ofegante, esbravejando todos os palavrões que conhecia em todos os idiomas que sabia falar. Por fim, conseguiu se acalmar e voltou a atenção para o lugar onde havia conjurado a porta. Ela tinha sumido, voltado para dentro da caixa, mas o ar naquele espaço onde estivera antes ainda parecia *estranho*. O contorno da porta, que parecia em chamas, continuava ali, e Tes fechou os olhos bem apertado, achando que aquilo fosse um eco — às vezes ela via os filamentos de magia grudados sob suas pálpebras depois de longas horas de trabalho —, mas por mais que piscasse os olhos, as linhas continuavam no ar, como uma cicatriz.

Voltou o olhar para o abridor de portas que permanecia no chão, despretensioso e fechado. Alguma coisa tinha dado errado. A magia no dispositivo era feita para criar atalhos, reduzir a distância entre dois lugares — e foi então que Tes percebeu seu erro.

— Tola, tola, tola — sibilou em voz alta.

Uma porta só seria uma porta se levasse a algum lugar, e como é que ela saberia para onde *ir*? Devia haver um botão, uma chave, uma peça do dispositivo que marcasse o destino. Mas não havia.

As peças estão todas aqui?, ela havia perguntado enquanto o homem da magia moribunda a encarava antes de responder: *Todas de que você precisa.*

Talvez todas de que ela precisasse para *consertar* o abridor de portas, mas não para *usá-lo*.

Ele tinha ficado com a chave — e Tes, sem entender o que estava consertando, nem pensou em deixar espaço para ela no reparo ou então em moldar uma chave nova. Acabara remontando o feitiço sem aquela parte vital, remendando-o como se estivesse completo, e assim, em vez de criar uma porta que levava a outro lugar *dentro* de seu mundo, abrira uma porta que o atravessava.

Levando a um mundo completamente diferente.

Tes passou os dedos pelo cabelo quando percebeu a imensidão de seu equívoco.

Ela conhecia a história, lógico, acontece que era tão antiga que mais parecia uma lenda.

Havia dois desenhos na loja de seu pai: os quatro mundos retratados como um livro em cima do outro. No primeiro desenho, os livros queimavam como se estivessem pegando fogo, o de baixo envolto em uma luz que subia até envolver as páginas do livro de cima e assim por diante, a intensidade das chamas diminuindo à medida que se espalhavam. No segundo desenho, o livro de baixo estava carbonizado e completamente preto, sua luz substituída por nuvens de fumaça. Dentro de um quadro abaixo dos desenhos havia uma única palavra.

Destruição.

Quando era criança, Tes tinha a mania de ficar passando os dedos sobre aqueles desenhos, contando um, dois, três até chegar ao livro que representava seu mundo. Nunca parara para pensar nos outros três. Para quê, se jamais poderia vê-los? Os mundos em que não se podia tocar eram mundos que só existiam nas histórias e em nenhum outro lugar.

Mas Tes sabia que houve um tempo em que qualquer um que possuísse magia suficiente era capaz de passar de um mundo para o outro. Mas aquilo chegou ao fim séculos atrás, junto com a queda da Londres Preta, quando os mundos foram separados e tiveram suas portas trancadas para impedir que a magia envenenada também os contaminasse. Depois disso, a menos que você fosse um *Antari* — e quando Tes nasceu restavam muito poucos —, não havia como se deslocar entre os diferentes mundos.

Até agora.

Tes tinha acabado de criar uma porta.

Ela correu até o abridor de portas. Sem a força do feitiço ativada, o dispositivo não pesava mais do que o objeto com que se parecia: uma caixinha de madeira. Levou-a até o balcão.

Às vezes, Tes consertava as coisas.

De vez em quando, até as aprimorava.

Mas sabia, melhor do que ninguém, que qualquer coisa que podia ser consertada também podia ser quebrada novamente.

CINCO

A RAINHA, O SANTO E O RETUMBAR DOS TAMBORES

I

LONDRES BRANCA

Foi só amanhecer que os tambores começaram.

Tum-tum. Tum-tum. Tum-tum — retumbavam pelo ar, fortes e constantes como as batidas de um coração, como que para lembrar à cidade inteira de que ela estava *viva*. O som ressoava como se fossem veias pelos nove muros ao redor de Londres. Antigamente, esses muros cortavam a cidade, dividindo-a em várias partes. Hoje em dia, a pedra clara era cortada por arcos, centenas de canais abertos que deixavam a vida fluir ininterruptamente por toda a cidade.

Kosika estava à janela do quarto, de olhos fechados, ouvindo o pulsar dos tambores enquanto Nasi e as criadas aglomeravam-se à sua volta, trançando seus cabelos numa coroa e envolvendo seu corpo em camadas sucessivas de um tecido branco ritualístico.

Recusara-se a usar vestido, optando por uma túnica e um par de calças justas, mas deixou que colocassem o longo manto branco sobre seus ombros e o prendessem com um broche que carregava o símbolo do Santo. Kosika levou os dedos até o broche de prata, tocando-o de leve como de costume. Era um lembrete de que não estava sozinha. De que estava seguindo os passos de uma lenda.

As criadas deram um passo para trás, e Kosika virou o corpo de um lado para o outro, observando o manto branco se espalhar pelo chão.

No fim do dia, sabia que estaria todo vermelho.

Kosika começou a abrir um sorriso, mas então Nasi enfiou um grampo com força demais em seu couro cabeludo, e ela chiou, um som baixo e feroz ao qual a outra garota não deu a menor atenção.

— Sabia que é contra a lei ferir a rainha? — murmurou Kosika.

Nasi tirou outro grampo cravejado de joias do meio dos dentes.

— Neste caso, seria bom se a rainha ficasse quieta.

Kosika olhou de cara feia para a garota e Nasi lhe devolveu o olhar, a única pessoa que tinha coragem de encarar a rainha. As criadas ficavam de cabeça baixa. Assim como os Vir. Até Lark desviava o olhar. Mas Nasi nem pestanejou, e logo Kosika desistiu da disputa e voltou a atenção para a janela.

Ela podia sentir a cidade ganhando vida. Podia ver as ruas vibrarem de movimento à medida que os cidadãos reagiam ao chamado dos tambores.

Era o dia do dízimo.

O ritual havia sido ideia dela, uma oportunidade para a cidade agradecer — pelas estações do ano, pelas bênçãos e pelos sacrifícios. Conforme as necessidades da cidade aumentavam, aumentava também a necessidade dos cidadãos de fazerem sacrifícios.

Atualmente, os tambores retumbavam quatro vezes ao ano — quando o inverno dava lugar à primavera; a primavera, ao verão; o verão, ao outono; e o outono ao inverno. Quatro vezes ao ano, mas, lá no fundo, Kosika tinha uma preferência pelo terceiro dízimo. O dia em que o verão dava lugar ao outono. Adorava a estação pela cor das folhas nas árvores, vermelho vivo ou amarelo-dourado; tons que, quando era criança, não passavam de um sonho. Adorava as mudanças no céu e o modo como se refletiam no Sijlt pela manhã e à noite. E adorava mais ainda — de um jeito meio egoísta — porque era seu aniversário (sua mãe dizia que era um mau presságio vir ao mundo bem quando a vida se esvaía, mas parada ali no quarto do castelo, Kosika não se sentia nem um pouco amaldiçoada). E embora jamais permitisse que o dia de seu nascimento eclipsasse a importância do dízimo, não deixava de sentir um prazerzinho secreto.

Este ano, mais do que em todos os outros.

Naquele dia, Kosika completava 14 anos, idade que lhe interessava por um único motivo. Ela governava havia sete anos — sete anos marcados por uma mistura de paz e poder —, o que significava que havia passado metade de sua vida como rainha.

E todos os dias a partir de então poderia dizer que estava há mais tempo no trono do que fora dele.

Quando Nasi colocou o último grampo em seu cabelo, Kosika se afastou da janela e caminhou até o freixo prateado que crescia no meio do quarto. As raízes da árvore desenvolviam-se sob o piso de pedra e os galhos subiam em direção ao teto abobadado. Kosika parou diante dela e tocou em seu tronco para dar sorte.

Foi só então que se sentiu pronta.

Nasi estendeu a ela a lâmina de prata e Kosika a prendeu ao quadril enquanto os tambores ecoavam pela cidade, convocando todos para sangrar.

As portas do castelo se abriram para um mundo à espera.

Dezenas de guardas reais flanqueavam a escadaria branca e, no meio do caminho, Kosika avistou Lark. Como sempre, ele se destacava. Tinha apenas 17 anos, mas já era mais alto do que a maioria das pessoas, e estava com a cabeça platinada inclinada para trás, os olhos escuros fixos no céu, em vez de no chão, exibindo a cicatriz que envolvia seu pescoço como se fosse uma corrente. Tinha muito orgulho dela.

No último degrau, os Vir a aguardavam. Todos os doze membros do conselho, trajando meias-capas prateadas, com Serak logo à frente, de cabeça baixa e com a mão envolta em uma gaze tocando o símbolo do Santo em seu ombro.

Atrás deles, o pátio estava lotado de cidadãos e soldados, assim como todos que esperavam ver a rainha de relance enquanto ela seguia o caminho do dízimo.

Só que, por um instante, Kosika não se mexeu. Ficou parada no topo da escadaria do castelo, sentindo a brisa da manhã em sua pele e o frescor do ar no momento em que uma estação passava para a próxima — o equilíbrio de tudo, a mudança, o sobe e desce da respiração sincronizada com o ritmo dos tambores, e então se sentiu minúscula e ao mesmo tempo enorme, uma única gota no Sijlt enquanto toda a água do mundo corria em suas veias. Sentiu-se maior do que os limites impostos por seu corpo pequeno, e teve consciência de que estava num lugar abençoado, acima da correnteza, por isso deixou que ela a levasse escada abaixo.

Kosika desceu os degraus, com o manto branco ondulando à sua volta enquanto por todos os lados as pessoas curvavam a cabeça e levantavam a voz para saudar a rainha.

SETE ANOS ATRÁS

No dia em que o mundo mudou, Kosika só estava tentando tirar uma soneca.

Ela e Lark se encontravam sentados em cima do Votkas Mar, o Quinto Muro, que era seu favorito porque era o mais alto: dali conseguia ver o rio serpenteando pelo centro da cidade, assim como o castelo, erguido como um pedaço todo estilhaçado de ardósia. Geralmente, ela brincava de contar as barracas do mercado ou os carrinhos de ambulantes, mas naquele dia em especial deitou-se em cima do muro, colocando o braço sobre os olhos. Estava cansada, muito provavelmente porque não tinha voltado para casa desde o incidente com os colecionadores na cozinha de sua mãe no dia anterior.

Foi então que Lark cutucou suas costelas.

—Já ficou sabendo da última? — perguntou ele. — O rei está morto.

Assim que escutou aquelas palavras, ela compreendeu tudo.

Compreendeu que o corpo que encontrara no Bosque de Prata no dia anterior, o homem encostado na árvore como se estivesse cochilando enquanto a grama crescia sob suas mãos... aquele era o rei. Sentiu em seus ossos e na ponta dos dedos que haviam tocado a pele dele, e, lá no fundo, foi tomada de uma tristeza dolorida.

Naquela manhã, tinha voltado ao Bosque de Prata — àquela altura, o corpo já havia sumido, mas ela conseguiu encontrar o lugar exato onde estivera antes, porque a grama continuava ali. Mais do que isso, durante a noite a relva se espalhara como se fosse uma poça, e Kosika se deitara sobre ela, sentindo a folhagem pontiaguda pinicar sua bochecha. Lembrou-se do soldado chorando.

— O que foi que aconteceu? — perguntou ela, surpresa em perceber seus próprios olhos lacrimejando e a voz embargada.

Lark deu de ombros.

— Bem, imagino que o que sempre acontece com os reis. Alguém deve ter matado ele.

Mas Kosika sabia que não era verdade: havia visto o rei com suas roupas elegantes e a meia-capa prateada, e não havia sangue nem ferida alguma em seu corpo. Não parecia ter sido assassinado. Pelo contrário, o rei parecia tranquilo. Como se fosse alguém cansado em busca de um momento de descanso.

— A situação vai piorar de novo — refletiu Lark, observando os dois soldados passando sob o arco do muro. E devia ter razão. As coisas sempre pioravam depois que alguém matava um rei. Ainda que ele não tivesse sido assassinado e ninguém se apresentado para reivindicar o feito, havia um trono vazio, e quem sabe quantas pessoas não tentariam tomá-lo? No fim, a coroa ficaria com o mais forte ou o mais brutal, e, de qualquer forma, poderia levar algum tempo.

Kosika fechou os olhos, tomada pela tristeza.

A vida tinha começado a melhorar. O tempo estava quente. Ela imaginou o frio voltando, a magia indo embora mais uma vez, e sentiu um arrepio.

Cravou os dedos no muro, e foi estranho, mas podia jurar que a pedra zumbia sob suas mãos. Franziu a testa, pressionando as palmas na superfície.

— Você sentiu isso? — perguntou ela, mas Lark não prestou atenção. Ele estava contando algumas moedas, o lucro que conseguiram pelos amuletos que ela havia encontrado na manhã anterior. O tilintar do metal fez seu estômago roncar, mas assim que ele terminou, Kosika pegou as moedas — um total de cinco tols de prata. O suficiente para comprar pão, queijo e carne para uma semana. O suficiente para alimentar sua mãe também, pensou Kosika antes de se lembrar do *motivo* de ter ido até o Bosque de Prata. Ela ainda não tinha contado nada à Lark. Sabia que tinha sorte de ter uma mãe, mesmo que fosse uma péssima mãe — ele não tinha ninguém e conseguira se virar. Ela também conseguiria.

Kosika enfiou as moedas no bolso, franzindo a testa ao perceber como o metal sibilava em sua pele, a prata ficando quente, quase mole, como se prestes a derreter. Sentiu-se meio tonta e, quando Lark desceu do muro e estendeu a mão para ajudá-la a pular, ela sacudiu a cabeça, dizendo que ficaria mais um pouco por ali.

— *Oste* — disse ele por cima do ombro antes de sair correndo.

— *Oste* — respondeu ela.

Os dois nunca combinavam quando ou onde se encontrariam novamente. Não precisavam. Ele viria atrás de Kosika, ou ela iria atrás de Lark. Seu olhar vagou pela cidade, e começou a contar os barcos no Sijlt. Já tinha chegado ao nono quando ouviu o grito.

Virou rapidamente a cabeça. O som vinha de perto, tão perto que sua pele e os cabelinhos na nuca se arrepiaram, e sentiu que deveria sair correndo — jamais em direção ao problema, nem pensar —, mas assim que desceu do muro, outro grito atravessou o ar, e dessa vez Kosika reconheceu a voz, embora nunca a tivesse ouvido daquele jeito, tão cheia de dor e medo.

Lark.

Kosika correu na direção que ele tinha acabado de seguir, a mesma direção do grito, virando a esquina onde a rua se dividia em três, e ainda que a voz ecoasse pelas paredes, ela sabia de onde vinha, conseguia senti-la como se fosse uma corda esticada entre os dois. Ela virou à direita e viu Lark, lutando com todas as suas forças, embora tivesse uma corrente prendendo seus pulsos. Ele sempre parecera tão grande para Kosika, tão alto, mas era bem mais baixo do que os dois homens que o atacavam, bem menor do que o punho que golpeava seu rosto.

— Não! — gritou ela quando o corpo dele desabou no chão. Um dos homens voltou-se para Kosika e seu coração acelerou ao reconhecê-lo da casa da mãe, a tatuagem de corda na mão esquerda, o aspecto gelatinoso.

O colecionador abriu um sorriso.

— Vejam só — disse, segurando outro pedaço de metal.

Atrás dele, Lark tentava invocar o fogo, mas a corrente em seus pulsos devia estar impedindo-o de usar magia, pois, quando o garoto abriu os dedos, nada aconteceu. Ele tentou se levantar, mas o homem o jogou no chão novamente enquanto aquele que dera dinheiro à mãe de Kosika avançou em direção a ela.

— Foge! — gritou Lark, e ela não ficou nem um pouco orgulhosa, mas deu um passo para trás e então braços a agarraram à medida que um terceiro homem arrancava o ar de seus pulmões ao levantá-la do chão. O primeiro continuava aproximando-se dela com a corrente, o mundo zumbia ao seu redor, e Kosika não pensou duas vezes antes de *estender a mão* para o muro de pedra e puxá-lo.

Só que, para a surpresa dela, a estrutura obedeceu.

Um pedaço enorme do muro balançou e começou a se inclinar até se desprender totalmente, caindo como uma onda sobre o homem gelatinoso, enterrando-o sob a pedra. O homem que a segurava apertou seu corpo com força e ela jogou a cabeça para trás, sentindo o estalo satisfatório dos dentes dele ao mesmo tempo que o golpe lhe causava uma dor lancinante no crânio e sua visão ficava em preto e branco — tudo isso um segundo antes que o captor soltasse um palavrão e a libertasse. Kosika caiu de mau jeito no chão, ralando as mãos e os joelhos, e, ao tocar na parte de trás da cabeça, seus dedos ficaram vermelhos. Ela estava ferida e assustada, mas não tinha tempo para sentir medo.

— Sua vadiazinha — exclamou uma voz, vindo acompanhada pelo barulho do aço. Kosika virou-se para o homem que a agarrara, vendo o sangue jorrando de sua boca machucada enquanto erguia a espada no ar, e estendeu as mãos num apelo inútil para que parasse.

E foi o que ele fez.

O corpo do homem ficou paralisado, os membros trêmulos como os de um inseto preso na teia de uma aranha. Kosika sentiu os ossos tremerem sob a pele dele, sentiu o metal na espada mudando de rumo e cravando a ponta no peito do captor. Sentiu a vida abandonar o corpo assim que ele desabou no chão.

Ficou olhando para ele, trêmula, enquanto se levantava.

— Kosika.

A voz de Lark veio num sussurro rouco, e ela se virou e flagrou o garoto ajoelhado atrás da pilha de escombros, a cabeça virada para trás e uma lâmina encostada no pescoço. Ele fez um sinal com as mãos atadas. *Foge.* Mas, desta vez, as pernas dela não a traíram. Desta vez, elas a impeliram para a *frente.*

— Parada aí — ordenou o homem, enroscando os dedos no cabelo platinado de Lark. A lâmina deslizou pela garganta do garoto, desenhando uma linha de sangue em seu pescoço. Lark se encolheu, com uma expressão de pânico nos olhos, e mexeu as mãos novamente, mas Kosika percebeu tarde demais que aquilo não era um sinal: ele tentava alcançar a faca guardada dentro da bota.

Tudo aconteceu num piscar de olhos.

Lark puxou a lâmina e a cravou no pé do homem. Ele uivou de dor e deu um passo para trás, rasgando a garganta de Lark.

— NÃO! — gritou Kosika, correndo o mais depressa que podia, não em direção ao homem, que já estava fugindo, mas até o melhor amigo que tombava na rua imunda. Ela sempre foi rápida, mas o vento acabou a impulsionando, levando-a até ele numa velocidade impressionante. Caiu de joelhos ao lado do corpo de Lark, que abria e fechava a boca conforme suas pálpebras tremiam e sua vida, tão brilhante, se esvaía.

Kosika arrancou a corrente de seus pulsos e pressionou as mãos na garganta ferida do garoto.

— *Nas aric* — implorou ela enquanto o sangue escorria entre seus dedos. *Não morra.*

— *Nas aric* — continuou sussurrando repetidas vezes, mas de repente as palavras começaram a mudar em sua boca, o *n* virou um *h* suave, com o final aberto, e um novo apelo ia surgindo em seus lábios. Uma palavra que Kosika não conhecia nem nunca tinha dito antes.

Hasari.

Outro som se juntou à palavra, como uma respiração ofegante. *As.*

— *As Hasari. As Hasari. As Hasari.*

As palavras estranhas saíram dos lábios de Kosika como se fossem um cântico e, neste instante, o sangue parou de jorrar da garganta de Lark. Havia tanto sangue; nele, nela e na rua, mas a pele do garoto não estava mais acinzentada. O corpo dele relaxou, mas era o tipo de alívio que acompanhava o sono, não a morte. O peito de Lark subia e descia, e quando ela ousou tirar as mãos de sua garganta, viu que a ferida tinha se fechado, deixando apenas um relevo saliente, como um vergão, atravessando seu pescoço de uma ponta à outra.

Kosika deixou escapar um soluço. As pálpebras de Lark tremeram e se abriram. Então ele engoliu em seco, e a primeira coisa que disse não foi uma pergunta, mas duas palavras sussurradas em tom de admiração:

— Seus olhos.

Antes que pudesse perguntar o que o garoto queria dizer com aquilo, ela ouviu o passo pesado de botas blindadas, ergueu o olhar e viu dois soldados, um homem e uma mulher, vestidos numa armadura cinza-escura e marchando em direção a eles.

— O que aconteceu aqui? — perguntou o homem, e foi só então que Kosika percebeu o cenário ao seu redor: o muro da cidade desmoronado; uma mão tatuada saindo dos escombros, o corpo com uma espada cravada no peito; Lark no chão, coberto de sangue, mas já sem sangrar; as próprias mãos dela sujas de vermelho conforme seu corpo vibrava de medo e alívio. Outras pessoas começaram a aparecer nas janelas e portas das casas, para olhar a cena.

— De pé — ordenou a mulher, e Kosika se levantou, colocando-se à frente de Lark. Queria fugir dali, mas o garoto não conseguia nem ficar de pé, e ela não iria deixá-lo para trás. Além disso, começou a se sentir tonta, como se fosse ela que tivesse perdido todo aquele sangue.

Kosika ainda tentava decidir o que fazer quando cascos de cavalo ressoaram no chão de pedra e um terceiro soldado chegou, vestido de forma diferente dos outros dois: trajava uma armadura prateada e vinha montado num cavalo preto. Um guarda real. Ele desceu do cavalo e tirou o capacete para dar uma olhada no que havia acontecido.

— *Kot err* — murmurou ele. *Pelo fôlego do rei*. E então, erguendo a voz: — Quem foi que fez isso?

— Fui eu — respondeu Kosika, encarando o guarda real de um jeito desafiador. Ele ficou sem fôlego, a surpresa estampada no rosto do homem.

Ela nem percebeu que um dos soldados havia se afastado até ele voltar, trazendo junto o colecionador que rasgara a garganta de Lark — aquele que tinha fugido. O homem mancava, com a faca ainda presa no pé, balbuciando incoerentemente até que o guarda real fez um sinal e o soldado cinza o golpeou com tanta força que ele caiu de joelhos e ficou no chão. *Ótimo*, pensou Kosika, e até daria mais um chute no homem, só para garantir, mas o guarda real se virou, ajoelhando-se na frente dela para que ficassem cara a cara.

A armadura prateada em seu peito era tão polida que Kosika *quase* conseguia ver o próprio reflexo no metal reluzente. Quase, mas não exatamente.

— De quem é esse sangue? — perguntou o guarda real, apontando para as mãos dela. Kosika flexionou os dedos, onde o vermelho secava num tom de marrom. A maior parte era de Lark, mas ela também havia tocado na própria cabeça, o que significava que um pouco devia ser dela. Mas não disse nada disso, apenas olhou com raiva para o homem ajoelhado no chão.

— Ele rasgou o pescoço do meu amigo.

O guarda real não olhou para o colecionador. Não olhava para mais ninguém além de Kosika. Tinha o cabelo loiro e olhos da cor do céu, num tom aguado de azul.

— Ainda bem que você estava aqui para cuidar dele — disse, e havia alguma coisa em sua voz; não raiva nem bondade, mas *admiração*. Ela ouviu o silvo do aço e, em seguida, o homem ajoelhado tombou para a frente, com a garganta aberta e o sangue jorrando na rua, como havia acontecido com Lark alguns minutos antes. Só que *dele* ninguém veio cuidar, e Kosika assistiu, satisfeita, enquanto o homem morria.

Um dos soldados cinza — a mulher — estava ajoelhado ao lado de Lark, ajudando-o a se sentar, e Kosika queria ir até o amigo para ter certeza de que ele estava bem, mas o guarda real a manteve parada ali com a força de seu olhar.

— Há quanto tempo você possui a magia? — perguntou ele, e ela estava prestes a dizer que não, que a magia ainda não havia se desenvolvido nela... mas obviamente aquilo não era mais verdade. Como ela não respondeu, o guarda tentou outra pergunta. — Onde você mora?

Kosika mordeu o lábio: não ia contar ao guarda que não tinha mais casa, que na noite anterior dormira num sótão com o trinco da janela solto, esperando que não houvesse ratos ali dentro. Limitou-se a sacudir a cabeça, e o guarda real pareceu compreender, porque em vez de insistir, disse:

— Meu nome é Patjoric. E o seu?

Esta pergunta, pelo menos, ela podia responder.

— Kosika.

— Kosika — repetiu ele, abrindo um sorriso. — Sabe o que significa?

Ela fez que não com a cabeça. Não sabia que um nome podia *significar* alguma coisa — sua mãe lhe disse que ela recebera esse nome por causa da irregularidade do próprio Kosik, que corria ao longo da margem da cidade como uma ferida que não cicatrizava. Mas o guarda real a olhou nos olhos.

— *Pequena rainha*. — Ele se levantou e estendeu a mão para ela. — Você deve estar cansada e com fome, Kosika. Por que não vem conosco para o palácio?

Ela ficou tensa, suspeitando que aquilo fosse uma armadilha e imaginando se o guarda não era outro tipo de ladrão de crianças. Lark também deve ter pensado nisso, porque se pôs de pé e começou a avançar em direção a eles.

— Não vá — gritou ele com a voz rouca. Mas a soldado agarrou o garoto pelos braços, puxando-o para trás, e a raiva cresceu como uma onda dentro de Kosika enquanto Lark tentava, sem sucesso, se desvencilhar.

— *Não o machuque* — rosnou feroz, e suas palavras ecoaram ao redor. O chão de pedra tremeu sob seus pés, o que restava do muro começou a se inclinar e uma rajada de vento açoitou sua pele à medida que o beco rangia e desmoronava. Ela não ouviu os passos das botas nem reparou no punho da espada até que golpeasse sua cabeça.

E foi então que tudo parou.

II

PRESENTE

Kosika seria a última a fazer o sacrifício.

Ela desceu a escadaria do castelo e os guardas reais a acompanharam a passos largos, seguindo-a como se fossem sombras. Passou pelos Vir trajados de prateado ao pé das escadas, e depois pela multidão reunida ao longo do caminho. Mercadores e marinheiros, alfaiates e padeiros, pais com filhos no colo, todos unidos não pela idade ou vestimenta, mas pela bandagem enrolada na palma da mão.

Nos portões do castelo havia criados segurando bandejas cheias de pãezinhos doces para aqueles que já tinham feito suas oferendas. A primeira das três recompensas pelo primeiro dos três dízimos.

Um lembrete de que não era apenas um dia de sacrifício, mas de comemoração.

À medida que Kosika se aproximava do altar no meio do caminho, o ar ia ficando impregnado de um cheiro metálico de sangue e a multidão se dispersava, revelando a estátua de um homem sobre uma fonte rasa, com a superfície cintilando em vermelho.

A escultura de pedra era gigantesca, embora estivesse agachada e com os joelhos tocando o chão. A cabeça do homem estava baixa, sob o peso de uma força invisível; os ombros, curvados e a frente da camisa, rasgada, deixando à mostra o feitiço de vinculação gravado em seu peito por Athos Dane. As mãos de pedra esculpida de Holland pressionavam o fundo da fonte, de modo que, conforme ela se enchia, o sangue subia pelas canelas e pelos pulsos da escultura, dando a impressão de que ia lentamente afundando.

Kosika se aproximou da estátua, parando apenas perto o suficiente para conseguir observar o rosto de Holland Vosijk. Para ver a dor no contorno de seu rosto, a ruga na testa, os olhos de duas cores diferentes — um azul e o outro, preto.

Assim como os dela.

— Primeiro, você foi um servo — disse para si mesma. Suas palavras não eram dirigidas à multidão. Eram privadas, como uma prece.

Tirou a lâmina de prata do quadril e deslizou-a pela pele do antebraço, fazendo um corte profundo. O sangue jorrou e pingou na fonte, agitando sua superfície. Kosika passou os dedos sobre o corte e os levou até a beira da fonte. Diferente do restante, aquela parte era feita de vidro fosco em vez de pedra.

— *As Steno* — disse ela, e o feitiço *Antari* tomou forma, ganhando vida por meio de seu poder. A superfície da fonte ondulou como uma pulsação e as beiradas de vidro se *estilhaçaram*.

O sangue jorrou como chuva sobre o telhado de uma casa. Espirrou e fez uma poça em volta de Kosika, manchando suas roupas brancas. Derramou-se até que a fonte — que já não era mais uma bacia, e sim uma pedra reta — ficasse vazia e as mãos de Holland se revelassem, com seus dedos de pedra abertos na rocha.

Kosika permaneceu ali conforme o sangue escorria pela bainha do manto branco e encharcava o solo do pátio, tornando-o preto como argila.

O primeiro dízimo havia sido pago.

SETE ANOS ATRÁS

A luz do sol dançava no teto.

Foi a primeira coisa que Kosika viu ao acordar — bem, pelo menos imaginou que fosse o teto, ainda que estivesse tão longe. As paredes de pedra se erguiam até formar uma abóbada lá no alto, mas o chão embaixo dela era macio demais para ser chão e também muito macio para ser cama, embora fosse, de fato: uma cama tão grande que podia ficar deitada no meio, com os braços e as pernas bem abertos, e não chegaria nem perto de alcançar as laterais. Por um momento, foi o que Kosika fez, sentindo a mente abençoadamente vazia enquanto encarava a luz no teto e tentava se lembrar: por onde tinha andado? Estava em cima do muro com Lark, olhando para o céu, quando de repente...

Ela ouviu um barulho.

Era baixinho, o toque suave de uma pedrinha contra uma rocha, e Kosika se sentou na cama, estremecendo ao sentir uma súbita dor na cabeça. Tocou na têmpora e lembrou-se de tudo — os ladrões e a luta, Lark e os soldados —, e então se arrastou pelo chão acolchoado, tentando alcançar a beirada da cama.

— Ah, que bom — exclamou uma voz — Até que enfim você acordou.

Kosika se virou e reparou na garota sentada de pernas cruzadas numa poltrona, com os cotovelos apoiados nos joelhos. O cabelo loiro estava preso numa trança e o rosto magro era cheio de cicatrizes finas e brancas, como se fossem costuras.

Havia um tabuleiro de jogo sobre uma mesa baixa à sua frente, com metade das peças pretas e douradas e as outras prateadas e brancas. Misturavam-se no tabuleiro, com algumas deixadas de lado, como se a garota estivesse no meio de uma partida. Mas, se estava jogando, só podia ser contra si mesma.

— Quem é você? — perguntou Kosika. O som de sua voz fez sua têmpora latejar, e ela levou a mão até a cabeça.

— Meu nome é Nasi — respondeu a garota. — Se serve de consolo, o soldado que bateu em você foi preso.

Kosika não entendeu nada. Já havia sido agredida um monte de vezes por um monte de gente, e ninguém nunca tinha lhe pedido desculpas.

— Se você pedir, talvez até o matem — concluiu Nasi.

Kosika estremeceu. Não queria matar ninguém.

— Por que ele me bateu?

Nasi apontou com a cabeça em direção à janela, como se a resposta estivesse ali. Kosika pulou da cama — o solavanco da queda provocou mais uma pontada de dor em seu crânio —, foi até o peitoril e arfou de surpresa: não estava em uma casa, e sim em um castelo. *O* castelo. Daquela altura, conseguia ver os terrenos e o muro alto de pedra que o cercava, distinguir os nove muros menores da cidade como se fossem riscos de giz e contar cada quarteirão e praça. As carruagens pareciam ser do tamanho de gotas de chuva e as pessoas, de grãos de arroz. O Bosque de Prata, do tamanho da palma de sua mão, estava bem ali, às margens da cidade, enquanto Londres inteira estendia-se abaixo dela como uma maquete de brinquedo ou uma colcha de retalhos.

Kosika levou um instante para perceber, até que finalmente reparou. Vista do alto, era pequena, pouco mais que uma sombra, uma linha interrompida, uma poça escura. Levantou a mão e com a ponta do dedo conseguiu cobrir a marca inteira. Mas sabia que, de perto, a situação estava bem ruim. Uma parte do Votkas Mar estava faltando, e havia rachaduras profundas ao longo da rua. Era como se uma enorme mão — como a que ela estendia agora — tivesse esmagado o local sob o polegar.

Kosika se sentiu meio tonta e enjoada.

— Eles ficaram com medo — explicou Nasi — do que você poderia fazer se continuasse.

Kosika virou para a garota.

— Não era a minha intenção.

Nasi apenas deu de ombros e moveu outra peça no tabuleiro.

— Mas foi o que você fez.

Kosika sentiu o coração disparar ao mesmo tempo que uma brisa soprava no quarto, embora as janelas estivessem fechadas. E o que tinha acontecido com Lark? Será que o tinham machucado? Será que *ela* o tinha machucado? Precisava sair dali e encontrar o amigo. Foi até a porta, empurrou e puxou com toda a força, mas a madeira nem se mexeu.

— Está trancada — disse Nasi, como se não fosse óbvio.

Kosika olhou ao redor, em direção às tapeçarias luxuosas que cobriam o chão e pendiam das paredes. O quarto era grande, maior que a casa dela, e completamente feito de pedra.

— Somos prisioneiras aqui?

A garota examinava o tabuleiro.

— Eu, não — respondeu ela. — Já você, talvez. — Mais tarde, Kosika acabaria descobrindo que Nasi não era de ficar contando mentiras só para agradar. Acreditava que era sempre melhor saber a verdade. — Mas — continuou ela — existem prisões bem piores do que esta.

Nasi ofereceu uma tigela de frutas e Kosika avançou, com dedos rápidos, antes que a garota pudesse puxá-la de volta. Mas Nasi ficou esperando que ela escolhesse, por isso Kosika se acalmou e passou os olhos pelas frutas. Pegou uma ameixa, deu uma mordida e ficou chocada com tamanha doçura.

Nasi também pegou uma.

— Se você *quiser* ir embora — disse ela, os olhos fixos na fruta —, não sei se conseguiriam impedi-la.

Kosika pensou na destruição na rua lá embaixo e imaginou se a garota não teria razão. De qualquer forma, estava prestes a descobrir. Voltou para a porta, pressionou as palmas na superfície e se concentrou. Conseguia sentir a madeira e o metal, o ponto exato onde ambos se encontravam. Começou a puxar e...

— O que é que você está fazendo? — perguntou Nasi.

— Tenho que encontrar o Lark.

— Um garoto loiro? — arriscou a garota. — De olhos pretos? Coberto de sangue?

Kosika virou-se para ela.

— Você o viu? Onde é que ele está?

— Na última vez que o vi, ele estava na cozinha comendo o pão, o queijo e todo o restante da comida do Vir.

— Vir?

— A guarda real. É como eles se chamam. Tão orgulhosos, todos vestidos de prateado.

Kosika se lembrou do homem pálido que ajoelhara-se à sua frente. Patjoric.

Nasi fez um gesto para que ela se aproximasse do tabuleiro, e Kosika obedeceu. De perto, viu que as peças não eram todas iguais. Havia cavaleiros. Figuras encapuzadas. Crianças. E reis.

— O nome do jogo é kol-kot — explicou a garota, retirando as peças do tabuleiro até sobrar apenas um rei branco e prateado. — Quando Holland Vosijk assumiu o trono — disse ela —, os Vir foram os primeiros a se ajoelharem diante dele. Os primeiros a acreditarem que ele era o Rei Prometido.

Enquanto falava, Nasi ia acrescentando os cavaleiros brancos e prateados ao tabuleiro, um a um, até formarem um círculo ao redor do rei. Kosika contou as peças: treze.

— Agora, o rei está morto. — Nasi levantou a figura no meio do círculo e a colocou, com delicadeza, de lado. — Os Vir estão tentando manter a paz, mas é só uma questão de tempo até alguém aparecer para reivindicar à força o trono vazio. Acontece que esperam que as coisas não precisem chegar a esse ponto caso *você* tome o lugar de Holland.

Kosika ficou zonza.

— Por que logo eu?

— Bem — disse Nasi enquanto colocava a peça de uma criança no meio do círculo —, porque você é igual a ele. Uma *Antari*.

Antari. Kosika não conhecia a palavra, o que deve ter ficado estampado em seu rosto, pois Nasi se levantou, esticando os braços finos. Ela era mais velha do que Kosika, mas ainda estava em fase de crescimento. Devia ter mais ou menos a mesma idade de Lark, uns 9 ou 10 anos, e era bochechuda, mas tinha os braços e as pernas franzinos, como se estivesse se desenvolvendo em ritmos diferentes.

Nasi foi até a cômoda ao lado da cama e pegou um espelhinho. Depois aproximou-se, erguendo-o para que Kosika pudesse se ver. Ela encarou o próprio reflexo.

Ainda era uma garota indefinida, com pele e cabelos indefinidos. Mas só um dos olhos continuava com a cor indefinida; o outro estava preto de uma ponta a outra e de cima a baixo, como se alguém tivesse derramado tinta em seu globo ocular. Ao ver aquilo, Kosika se encolheu e esfregou o olho furiosamente para limpar a mancha. Mas quando afastou a mão, percebeu que a nódoa preta continuava.

— Esse tipo de olho é muito raro — disse Nasi. — É uma marca da magia. O último rei tinha um olho como o seu e fez com que o mundo voltasse a despertar. Como você também tem um olho desses, os Vir acham que pode ser um sinal. Talvez a magia continue voltando se um *Antari* permanecer no trono. Talvez você possa evitar que a cidade entre em guerra. Talvez o povo a enxergue como um bom presságio, um sinal de mudança. Mas talvez não veja nada além de uma criança indefesa atrapalhando o caminho e corte a sua garganta.

Kosika engoliu em seco, mas não conseguia tirar os olhos do espelho. Estendeu a mão e tocou no vidro, o coração disparado.

— O que eu tenho que fazer?

— Nada — respondeu Nasi. — Só fique aqui. E continue viva. — Ela entregou o espelho para Kosika. — Ah, e tente não destruir mais a cidade.

Depois caminhou até a porta e bateu três vezes.

— O que você está fazendo?

— Avisando que você está acordada.

Um trinco pesado se soltou e a porta se abriu para um corredor e para um guarda prateado — um Vir. O homem olhou de Nasi para ela e, em seguida, se ajoelhou e baixou a cabeça.

— Kosika — cumprimentou o guarda real baixinho, e ela levou um instante para perceber que ele não estava dirigindo-se a ela pelo nome, mas pelo título.

Pequena rainha.

III

PRESENTE

O sol já estava a pino quando Kosika chegou à segunda estação no cais.

Seus dedos estavam melados de açúcar e manchados de vermelho. Ela tinha comido o pãozinho no trajeto do castelo até a praça na beira do rio, e limpou o farelo das mãos junto com os vestígios de sangue seco.

A multidão espalhada ao longo do Sijlt era duas vezes maior — e duas vezes mais barulhenta — do que na frente do castelo, todos bem-humorados pela recompensa que vinha com o segundo dízimo: uma caneca de vinho quente. Os tambores continuavam a retumbar, marcando o ritmo da cidade, mas eram acompanhados por uma música. Perto dali, uma mulher cantava, de cima de um terraço, uma canção sobre o Rei Prometido, e os comerciantes vendiam comida para acompanhar a bebida presenteada. A chegada de Kosika foi anunciada com aplausos e reverências conforme a multidão abria caminho para a rainha e sua guarda; depois fechava-se novamente, como se Kosika fosse feita de fogo e a população quisesse sentir seu calor.

Nasi e dois Vir ainda não haviam pagado o segundo dízimo, por isso Kosika fez uma pausa para assistir e ficar esperando. Lark encontrou seu olhar, ergueu uma caneca de vinho quente e piscou para ela, que tentou não revirar os olhos, embora sentisse as bochechas coradas. Não sabia por que o sorriso do rapaz causava aquele efeito nela. Não queria a atenção dele, não daquele jeito. Mas foi só ele sorrir para uma garota bonita no meio da multidão que o rubor imediatamente se dissipou.

— Não a julgo — observou Nasi, enrolando uma tira de pano branco em volta da mão. — Ele é mesmo um *deleite* para os olhos.

— Pode ficar com ele, então — rebateu Kosika, rápido demais.

— Que gentileza — disse Nasi —, mas prefiro a sua companhia.

Kosika baixou a cabeça para disfarçar o sorriso.

A verdade é que amava os dois, sempre tinha amado, mas ultimamente Kosika amava Nasi e Lark com uma urgência que a assustava, uma fome que ardia até os ossos e a fazia querer mantê-los sempre por perto, presos a ela. Pensou nos Danes, que tinham vinculado Holland a eles, e ficou se perguntando se o gesto fora um ato de ódio ou necessidade — a necessidade de mantê-lo por perto, de sentirem-se conectados. Não que fosse seguir o exemplo deles. Jamais.

Então o caminho ficou livre e chegou a hora.

Kosika aproximou-se do cais e do segundo altar.

A estátua de Holland Vosijk esperava por ela, não mais de joelhos, e sim de pé em um pedestal sobre a água. Uma coroa preta e polida circundava suas têmporas de pedra, e seu olhar bicolor estava fixo na cidade e nela. Um manto esculpido erguia-se atrás dele, soprado por uma brisa permanente, e as botas desapareciam sob a água da fonte conforme seu reflexo se agitava em vermelho.

— Primeiro, você foi um servo — Kosika sussurrou. — Depois, um rei.

Mais à frente, o rio cintilava. O Sijlt havia descongelado sob o reinado de Holland, mas continuava pálido. A neblina agarrava-se à superfície e a própria água emitia uma tênue luz prateada, muito parecida com a geada, algo que Kosika finalmente compreendeu ser um sinal, não de doença, mas de força. Era um lugar onde a magia se reunia. Onde fluía. Foi o primeiro lugar a sofrer e também o primeiro a sarar.

Baixou o olhar para a fonte.

Tanto sacrifício. Mas, na verdade, eram só algumas gotas. Poucas gotas de cada alma em Londres. *Todos devemos sangrar um pouco*, ela pensou enquanto deslizava novamente a lâmina pela superfície da pele.

Pela segunda vez, Kosika tocou na beira da fonte, pronunciou as palavras ritualísticas e as beiradas do altar se estilhaçaram, fazendo com que o sangue descesse em forma de cascata para o rio, num jato vermelho antes de se dissolver na água. As pessoas ficaram observando as fitas vermelhas sumirem correnteza abaixo, mas ela manteve os olhos fixos no manto da estátua, cuja bainha, assim como a dela, pingava sangue.

Kosika voltou para a praça, onde Nasi a aguardava com uma caneca de vinho quente, quando de repente...

Sentiu uma lâmina vindo em sua direção.

Ela ouviu silvo do metal e viu o brilho do aço, mas por puro instinto puxou o ar, como se fosse prender a respiração, e o transformou em um escudo um segundo antes que a adaga a atingisse e caísse inutilmente a seus pés.

Kosika ouviu os gritos do povo, seguidos de um berro abafado, e então Nasi surgiu ao seu lado, com as armas em riste. Os Vir a rodearam como uma muralha e lançaram-se sobre o aspirante a assassino, obrigando-o a sair da multidão e se ajoelhar. O homem lutou com eles até o momento em que um guarda, usando uma manopla, deu um soco em seu rosto e uma espada foi em direção à sua garganta.

— Esperem.

O entusiasmo se esvaíra da praça, levando consigo os ruídos da celebração. Só os tambores retumbavam ao longe, alheios ao incidente, de modo que a voz de Kosika ecoava pela praça.

Os guardas se detiveram enquanto o homem continuava se debatendo como um rato nas presas de uma cobra.

Kosika olhou para a arma jogada no cais.

Não era a primeira vez que alguém tentava matá-la. E logo no dia do Santo — mas ela imaginava que era esse o objetivo. Havia aqueles que a queriam morta por ser a rainha e aqueles que a queriam morta por ser uma *Antari* — acreditavam que o poder de Holland residia apenas no sacrifício dele.

E, de fato, o homem não parava de resmungar, sussurrando.

— *Och vil nach rest* — dizia ele repetidamente, de modo tão suave e rápido que mais parecia uma prece.

Na morte, você nos libertou.

Kosika pisou na adaga, atravessando a praça em direção aos quatro soldados e ao homem de joelhos no chão, com o rosto inchado por causa do golpe de manopla. Ao se aproximar, viu que as mãos dele não estavam enroladas em curativos. Não tinham marca alguma.

— Você ainda não pagou o dízimo — disse ela.

O homem a encarou com olhos cheios de veneno.

— Não é o *nosso* sangue que o mundo deseja — sibilou ele. — Só o seu.

A rainha deu uma olhada nos próprios dedos manchados por seu dízimo.

— É mesmo? — Ela tocou no ombro do homem. — Que tal perguntarmos ao mundo o que ele deseja de você?

Ele tentou se esquivar do toque dela, mas os guardas o seguraram com força. Kosika fechou os olhos e esperou as palavras virem à sua mente. Era assim que os feitiços *Antari* funcionavam: vinham sempre que ela precisava, sussurrando no ouvido de Kosika até surgirem em seus lábios.

Então ela esperou e os guardas fizeram o mesmo, assim como todos os cidadãos e soldados reunidos na praça. O momento se estendeu a perder de vista e, em meio ao silêncio, uma nova palavra veio ao seu encontro, e Kosika lhe deu voz.

— *As Orense* — disse ela, e o significado do feitiço ecoou por todo o seu corpo.

Abrir.

Era um feitiço estranho. Não exatamente o que Kosika teria escolhido, mas havia sido escolhido para ela e, ao entoá-lo, o homem arregalou os olhos, abriu a boca e sua pele se *partiu* como se estivesse unida por uma centena de costuras invisíveis que de uma vez só se desmancharam, fazendo com que seu sangue começasse a jorrar — não somente as gotas que ele teria sacrificado no dízimo, mas tudo, cada grama vermelha derramando-se no cais.

Ele não gritou.

Ninguém gritou.

Afinal de contas, aquilo era Londres. Todos já tinham visto coisas horríveis antes.

E *foi* horrível.

Mas justo. Era a resposta do mundo à afirmação do homem de que somente ela deveria sangrar.

Os guardas o soltaram, e o que restou do corpo do homem desabou como pedrinhas úmidas na poça que um dia foi sua vida. Mas Kosika não era de desperdiçar; por isso estendeu a mão e o sangue se elevou, fluindo numa faixa pela praça e sobre a margem do rio antes de desaparecer no Sijlt com o restante do sacrifício.

E, assim, o segundo dízimo foi pago.

SEIS ANOS ATRÁS

Kosika colocou a mão sobre o rosto de Nasi para se certificar de que ela estava respirando. Conseguia ver o subir e descer constante do peito da garota, mas não deixava de ficar impressionada com o seu jeito de dormir — como se não houvesse nenhum perigo envolvido.

Kosika não sabia dormir assim.

Sua mãe tinha o hábito de dormir como uma estrela, os braços e pernas espalhados para todos os lados, de modo que, caso quisesse se juntar a ela na cama estreita, Kosika era obrigada a se espremer nos espaços vagos e, ainda por cima, tinha um sono muito leve. Seu corpo estava sempre em estado de alerta e seus ouvidos, atentos a qualquer tipo de confusão. De vez em quando ela conseguia dormir pesado a ponto de sonhar, mas até esses sonhos se desfaziam assim que sua mãe se mexia.

Agora, aos 8 anos e bem desperta, Kosika se sentou na cama enorme, maravilhada com a respiração de Nasi: regular e completamente alheia ao mundo à sua volta. Deu um pulinho, só para testar, mas a garota não fez nem um muxoxo.

Bufou, irritada. O mínimo que Nasi deveria lhe fazer era companhia. Pensou em acordar a garota, obrigá-la a jogar uma partida de kol-kot ou contar uma história para ela, mas era provável que Nasi a fizesse pagar por isso, contando uma história de terror cheia de sombras e presas afiadas, e depois ainda teria a coragem de voltar a dormir.

Então Kosika desceu da cama.

A camisola farfalhava, branca e prateada, ao redor de seus tornozelos. Ela sentiu os pés frios e olhou para o par de pantufas, mas quase as deixou de lado — era mais fácil andar na pontinha dos pés sem o ruído que os sapatos faziam — antes de se lembrar de que não precisava mais ficar se esgueirando. Ali era o seu castelo. A sua casa. Podia fazer o barulho que quisesse.

Kosika calçou os sapatos e foi até a janela.

Mais além, a lua não era nada além de uma manchinha branca no céu e o rio adquirira um tom perolado. Ao meio-dia talvez não desse para notar, mas, quando o sol se punha, a água emitia um brilho prateado como a luz das estrelas.

No primeiro ano, o castelo parecia estar prendendo a respiração, com os soldados, de armas em punho, à espera do combate inevitável. Mas não houve luta alguma. Kosika foi apresentada à cidade, que a aceitou como um presente. Sua Pequena Rainha.

Ninguém se manifestou para contestar sua reivindicação ao trono. Pelo menos, não que ela soubesse. Se houve tentativas furtivas, não foram muito longe.

Ela sabia que as pessoas a aceitavam porque Londres estava mudando mais depressa com a volta da magia. Nasi era capaz de conjurar a água e fazia isso o tempo todo (Kosika esperava que a magia não fosse o tipo de coisa que se esgotasse, ou a garota não teria mais nenhuma quando fizesse 12 anos). E não eram só as crianças.

Alguns adultos também estavam adquirindo a magia.

A cada dia que passava havia mais adultos capazes de conjurar o fogo ou o vento, a água ou a terra. E todos diziam que isso tinha alguma ligação com o antigo rei e com ela. E tinha que ter mesmo, não? Afinal, fora ela quem o encontrara no Bosque de Prata, mesmo que ninguém soubesse disso. Era ela quem tinha o olho preto, a marca da magia.

As pessoas vinham diariamente ao castelo, querendo vê-la, tocar nela, receber sua bênção. Às vezes, os Vir liberavam a entrada; outras vezes, não. Certo dia, até sua mãe veio, toda carente. Sua mãe, que tentara vendê-la. Ela veio e, por um segundo, Kosika pensou que fosse porque estava com saudade da filha e a queria de volta. Mas não: ela só queria ser *paga*. Depois disso, os Vir a mantiveram afastada. Às vezes, quando Kosika estava quase pegando no sono, ainda conseguia ouvir o *tilintar* das moedas na mesa da cozinha.

Kosika se afastou da janela e ficou surpresa com a escuridão do quarto agora que o luar estava logo atrás dela. Fechou os dedos em concha e o fogo se acendeu em sua mão.

Era fácil demais — tão fácil quanto querer alguma coisa, e disso ela entendia. Algumas pessoas tinham dificuldade de conjurar uma chama. Ela só achava difícil controlar o tamanho. O fogo irrompeu, quente e brilhante, engolindo seus dedos, e ela prendeu a respiração e se concentrou até que se reduzisse à luz de uma vela pairando na palma de sua mão. Nasi continuou dormindo enquanto ela passava pela cama e seguia em direção à porta. A maioria das pedras do chão era lisa, mas algumas tinham uns padrões, e ela gostava de brincar pulando nas pedras até chegar ao outro lado.

Kosika encostou o ouvido na superfície entalhada da porta e ficou à escuta, mas não ouviu nada além do zumbido da madeira contra a palma da mão, como se fosse um convite para pegar nela, transformá-la e fazê-la crescer. Imaginou a porta se desfazendo sob seus dedos, trançando-se em raízes e galhos até virar uma árvore, mas deve ter imaginado com muita vontade, pois a porta fez um barulho. Tirou as mãos da madeira, fechou os olhos e imaginou a porta como apenas uma porta, nada mais. Quando abriu os olhos novamente, ela continuava ali.

Abriu a porta.

Dois soldados estavam no patamar, vestidos com uma armadura tão escura que parecia engolir a luz, fazendo com que se fundissem com as paredes. Embora não se mexessem, Kosika sabia que eles estavam ali, e sabia que não iriam avançar e agarrá-la. Sabia disso — mas mesmo assim andou mais depressa até passar por eles em segurança e chegar à escada.

Fazia quase um ano que vivia no castelo, mas Kosika ainda não tinha decorado todo o formato do lugar. Ela sabia que havia quatro torres e que estava em uma delas. Sabia que as escadas passavam por três patamares e três andares. Sabia que em todos os andares de baixo havia um corredor de quatro lados que dava a volta, tocando as torres, cada um deles repleto de janelas estreitas com vista para a cidade. Sabia que os treze Vir ficavam nos dois andares abaixo do dela e que o castelo propriamente dito ficava no térreo, com a sala do trono, meia dúzia de salões e mais alguns guardas. E sabia que havia outro andar no subsolo, para a cozinha e os criados do castelo.

Ela sabia disso tudo, mas às vezes, quando estava escuro, ainda se perdia. Por isso, limitava-se a caminhar pelos corredores que margeavam cada andar, contando-os para ter certeza de que tinha tocado nos quatro lados e acabasse voltando para sua própria torre. Mas, naquela noite, ela contou errado. Ou talvez não. Talvez Kosika tenha ouvido um sussurro ou visto uma luz fantasmagórica na parede da escadaria e simplesmente a seguira até os degraus da torre.

Quando chegou ao topo, deparou-se com um Vir.

Para Kosika, os treze Vir eram como as estatuetas de kol-kot de Nasi: praticamente iguais. Alguns eram altos e outros, baixos, alguns negros e outros pálidos, mas todos vestiam as mesmas armaduras prateadas, meias-capas e alfinetes de argola nos ombros. Aqueles poucos escolhidos — os membros da guarda original do antigo rei — embaralhavam-se em sua mente.

O Vir estava diante de uma espécie de altar, um santuário colocado em frente a uma porta como aquela que levava a seus próprios aposentos. A princípio, pensou que houvesse um segundo Vir diante dele, mas então se deu conta de que era uma estátua.

Uma estátua do antigo rei.

Ele estava de cabeça baixa, exatamente como o encontrara no Bosque de Prata. Mas ali, ele estava de pé, com uma coroa apoiada na cabeça de pedra.

Kosika se aproximou e viu que o altar em frente à estátua tinha sido coberto com um manto prateado, tal como os usados pelos Vir, com o mesmo alfinete de prata no centro. Havia velas em torno do santuário, e ela ficou observando o Vir acender uma a uma antes de se ajoelhar.

Lembrou-se dos soldados no Bosque de Prata. O modo como um deles caiu de joelhos diante do corpo do antigo rei. Aquele Vir não fez isso, mas desceu lentamente até o chão e sussurrou tão baixinho que ela não conseguiu distinguir as palavras, apenas ouviu o som ofegante que faziam.

Quando o soldado voltou a falar, dirigiu-se a ela.

— *Os*, Kosika — cumprimentou ele, e ela deu um salto, fechando os dedos ao redor da pequena chama na palma da mão, que se apagou. O Vir se pôs de pé e olhou para ela. Seu cabelo era denso e escuro, cobrindo o rosto como se fosse uma moita, desde as sobrancelhas grossas, que pareciam uma espécie de carvão esfumado na testa, até a barba que sombreava sua mandíbula.

— O que você está fazendo? — perguntou ela.

— Entoando um devocional.

Kosika avançou e prestou atenção na estátua do antigo rei. Daquele ângulo, ela podia ver o brilho de duas joias preciosas incrustadas na superfície da pedra, uma verde e a outra, preta. Os dois permaneceram ali por alguns minutos, e o Vir ficou em silêncio. Kosika imaginou que devesse fazer o mesmo, mas as perguntas sempre lhe deram cosquinhas na língua.

— Quem era ele?

— O nome dele era Holland Vosijk — respondeu o Vir.

— Holland Vosijk — ela repetiu. Ao dizer o nome, sentiu o gosto do cubo de açúcar derretendo na língua. A grama fazendo cócegas em seus dedos. Não sabia muito a respeito do homem que encontrara no Bosque de Prata, apenas que ele tinha adormecido e que algo dentro dela havia despertado. — Me conte sobre ele — pediu ela, e, embora fosse a rainha, acrescentou: — Por favor.

O Vir abriu um sorriso, com o olhar ainda fixo na estátua.

— Você já ouviu a história do Rei Prometido?

——•——

— Antigamente, havia a magia — disse a si mesma. — E ela estava em toda a parte...

Enquanto falava, os dedos de Kosika percorriam o muro do castelo, contando a história para as pedras, a grama e o céu. Podia sentir as pedras cantando sob seus dedos, o chão zumbindo sob os pés descalços, algo que sabia não ser adequado para uma rainha, mas não se importava.

Estava sozinha. Bem, não exatamente. Nunca ficava sozinha. Alguns Vir a observavam de uma sacada. Os soldados a vigiavam de cima do muro. De vez em quando Nasi dava uma olhadinha para baixo, da árvore onde estava empoleirada, lendo um livro sobre estratégia e guerra.

— Antigamente, havia a magia — recomeçou. — E ela estava em toda a parte. Mas não era igual...

Todas as noites, durante aquele último mês, ela encontrava Serak — pois esse era o nome do Vir — no topo da escadaria. Todas as noites ele lhe contava as histórias e todos os dias ela as recontava para si mesma, até que soubesse tudo de cor. Histórias de antes e de depois. Dos outros três mundos e do que aconteceu quando sumiram atrás de suas respectivas portas. Como a magia era vinculada e como desapareceu. Como o mundo começou a definhar.

Dos muitos reis e rainhas que tentaram trazer a magia de volta a este mundo à força e fracassaram, pois não entendiam que uma coisa tomada à força sempre seria a mera imitação de algo dado de livre e espontânea vontade.

Das pessoas que surgiram querendo reivindicar o trono, todas proclamando-se o Rei Prometido, a figura lendária que invocaria a magia de volta ao lar, e como a magia os recusou um por um porque não se entregavam de corpo e alma.

E, então, contou a ela sobre Holland Vosijk.

Holland, que não queria o trono, mas ajudou o amigo Vortalis a conquistá-lo. Vortalis, que foi morto por Astrid e Athos Dane, que capturaram Holland, marcaram-no com a magia e o obrigaram a servir a eles, fazendo-o usar a marca da própria captura em seu manto.

Serak contou a ela sobre os Danes, que ocuparam o trono por sete anos antes de também serem assassinados. Contou que Holland desapareceu para depois retornar não como um servo, mas como um aspirante ao trono vazio. Os poucos que se opuseram a Holland foram aniquilados sob a foice de sua guarda mais devotada, Ojka, que era uma Vir antes de se intitularem como tal. E, quando assumiu o trono, Holland não tentou forçar a magia, não tentou controlá-la, ela simplesmente veio. O rio descongelou e a cor se espalhou pelo mundo como o rubor num rosto gelado, e foi então que todos tiveram certeza de que Holland era o Rei Prometido.

Em cima da árvore, Nasi virou a página. Já tinha ouvido todas aquelas histórias. Kosika contava a ela todas as noites e, quando descobriu que Nasi *estava* no castelo na época e que conhecera Holland, primeiro como servo e depois como o próprio Rei Prometido, bem, aí ela quis saber de *tudo*.

— Como é que ele era? — perguntou Kosika mais uma vez, e Nasi ergueu os olhos do livro.

— Eu não o *conhecia* melhor do que você.

— Mas você o viu... — E Kosika queria dizer *vivo*, mas não havia contado a ninguém, nem mesmo a Nasi, a respeito daquele dia no Bosque de Prata.

Certa vez, Kosika quase contou a Serak — apesar de todas as histórias que o Vir lhe contara, ela não tinha nenhuma própria. Sabia que acreditaria nela, não era essa a questão, só que aquele encontro parecia algo que existia apenas entre ela e o rei morto. Uma chama aninhada em suas mãos. Gostaria de mantê-la acesa ali.

— Como é que ele parecia ser? — insistiu ela.

Nasi olhou para longe, tentando se lembrar. Até que pronunciou uma única palavra.

— Solitário.

Ela ficou esperando a garota mais velha dizer mais alguma coisa, mas Nasi voltou a ler o livro, então Kosika se afastou do muro e da árvore e retomou sua história, recitando-a como se fosse uma prece, percorrendo as palavras como se fossem um fio, uma fita, uma estrada. Em certo momento, Kosika ergueu o olhar e percebeu que havia vagado pela lateral do castelo e estava parada na beira do pátio de estátuas.

Era uma visão assustadora: um trecho tomado pelas silhuetas presas e retorcidas dos reis e das rainhas que haviam subido ao trono e depois caíram. Serak lhe disse que eram apenas homenagens em forma de estátuas, mas Nasi insistira que eram pessoas de verdade, transformadas em pedra. Que os Danes construíram aquele pátio terrível para servir de exemplo a qualquer um que tentasse se opor a eles. Kosika não sabia se a garota estava falando a verdade ou só brincando, mas parou diante dos gêmeos — Astrid amarrada de joelhos, Athos de pé, sendo engolido por uma cobra gigantesca. Aproximou-se das estátuas e ficou imaginando se os dois estavam ali, presos para sempre à beira da morte.

Ainda não havia nenhuma estátua de Holland no recinto, mas o espaço já estava demarcado, o caminho alterado para que qualquer um que entrasse pelos portões e cruzasse o pátio até as escadas do palácio fosse confrontado pelo antigo rei.

Kosika olhou ao redor. Já ouvira algumas pessoas chamarem de jardim aquele pátio de estátuas, mas não havia flores em nenhum canto. O clima de Londres estava mais quente e o rio já não congelava, mas os terrenos do castelo continuavam com uma vegetação esparsa, o solo infértil. Ela nunca tinha visto um jardim na vida real. Apenas em livros, que mostravam ilustrações de grama espessa e flores silvestres, e uma vez, num quadro que Serak mostrou a ela: uma pintura da cidade, como deveria ter sido em tempos passados.

Kosika se ajoelhou e pressionou a palma da mão no solo escuro, lembrando-se do chão sob o corpo do antigo rei. Exuberante como o veludo. Ela sabia que a magia de Holland corria em suas veias.

Era a herdeira dele.

E queria um jardim.

Kosika não tinha nenhuma faca consigo, mas procurou até encontrar um pedaço de pedra quebrada no meio da terra, limpou a sujeira e a levou até a parte interna do braço. Então pressionou a pedra, cravando sua borda irregular na pele até o sangue começar a escorrer.

Doeu, mas a intenção era essa. A troca era a essência da magia *Antari*.

Agora, só precisava da palavra. Os feitiços vinham a ela de um jeito estranho, não todos de uma vez, mas um por um, aparecendo apenas quando eram necessários. Até aquele momento, ela havia aprendido as palavras para *abrir* e *fechar*, *iluminar* e *curar*.

Curar — o primeiro feitiço *Antari* de que precisara. A palavra derramara-se dos lábios de Kosika à medida que o sangue de Lark escorria por entre seus dedos. *Curar* — devia ser esse o feitiço que ela queria agora. Afinal, não estava tentando curar o solo?

Viu, com o canto do olho, alguma coisa se mover. Nasi a seguira até o pátio, sua voz ecoando entre as estátuas.

— O que você está fazendo? — gritou ela, mas Kosika estava concentrada demais em sua própria tarefa. Passou a ponta dos dedos pelo braço ensanguentado e enfiou as duas mãos no solo úmido e escuro.

— *As Hasari*.

Ela prendeu a respiração e ficou esperando o feitiço funcionar: que a grama crescesse, que as flores desabrochassem, que a terra estéril mudasse sob o toque de suas mãos. Mas não aconteceu nada. Mas, mesmo assim, Kosika conseguia sentir a força da magia sendo puxada para fora dela em direção ao solo. Sua cabeça começou a latejar.

Havia alguma coisa errada.

Kosika tentou tirar as mãos de onde estavam, mas seu corpo não se mexia, os ossos estavam travados enquanto seus batimentos ecoavam nos ouvidos e o mundo ao redor se aproximava — não o solo, mas algo ainda mais profundo —, enfiando uma centena de ganchos nela — não na pele, mas em algo ainda mais profundo — e era intenso, tão intenso que parecia que Kosika estava sendo esmagada, que sua respiração, seu sangue e sua vida estavam sendo sugados e devorados, e ela tentou gritar, mas não saiu nenhum som de seus lábios, e a última coisa que viu foi o brilho de uma armadura prateada, uma meia-capa esvoaçante e cabelos pretos e densos quando Serak colocou as mãos sobre as dela e as puxou do solo. Foi então que alguma coisa se partiu dentro de Kosika, e de repente tudo ficou escuro.

Kosika estava de volta ao Bosque de Prata.

Fugia de alguém, de alguma coisa, não importava quem ou o que, pois, no instante em que se enfiou entre as árvores, soube que não a perseguiriam ali. Soube que estava segura. Ainda assim, suas pernas continuaram em movimento, levando-a mais para dentro do bosque, o coração batendo forte até perceber que a pulsação que estava sentindo não era no próprio peito. E, sim, sob seus pés. Foi então que parou de correr, se ajoelhou, afundou as mãos no solo e começou a cavar até seus dedos se fecharem em volta do coração pulsante. Neste momento, Kosika acordou.

Estava sozinha na cama.

Era grande demais sem Nasi, mesmo com os travesseiros empilhados à sua volta, e ela nem sequer se lembrava de ter ido se deitar, mas a luz do dia entrava pelas janelas, forte e brilhante, e seu corpo inteiro doía, da pele até os ossos e ainda mais fundo. Doía como se ela tivesse sido arrancada da própria carne e colocada de volta, como a sopa que faziam e serviam em cumbucas. Seu estômago roncou só de pensar em comida, o que também a fez sentir dor, e refletiu sobre o motivo.

Kosika tentou se sentar, mas era como se seus braços e pernas estivessem presos sob os lençóis, e então ela sentiu um medo estranho de que ainda estivesse sonhando, ou, pior, de que estivesse morta. Empurrou os cobertores, desesperada para se livrar do peso, mas logo viu que Serak estava bem ao lado da cama, com sua meia-capa prateada esvoaçante.

— Com delicadeza, minha rainha.

Sua barba estava mais comprida do que pela manhã, e sob seus olhos havia olheiras escuras, como se ele não dormisse há dias. Que estranho.

— O que foi que aconteceu? — perguntou ela com a voz rouca. A garganta estava seca, então teve de tentar duas vezes até conseguir formular a pergunta, mas, quando conseguiu, os olhos escuros do Vir se iluminaram. Mas não foi a ela que ele respondeu. Kosika só notou que havia mais alguém no quarto quando ele se virou, dirigindo-se a alguém que a rainha não podia ver:

— Avise aos demais que ela acordou.

A porta foi aberta e depois fechada, e então Serak explicou, com aquela voz de contador de histórias, o que tinha acontecido, e foi assim que ela descobriu que havia passado mais de uma semana dormindo. Que não sabiam se ela morreria, acordaria ou ficaria eternamente presa entre os dois estados. E havia mais alguma coisa que Serak não estava dizendo. Kosika percebeu no olhar dele, ou na sua ausência, na maneira como ele desviava os olhos enquanto dizia que a cidade não ficara sabendo que a rainha havia adoecido, e que os Vir estavam reunidos num conselho, tentando decidir o que fazer.

Preparavam-se para a morte dela.

De repente, a porta se abriu e Nasi entrou no quarto. A garota não chorava, mas Kosika podia ver que estivera chorando antes, pois seus olhos estavam vermelhos quando ela se atirou na cama, e a primeira coisa que perguntou foi:

— O que é que você tinha na *cabeça*?

Foi só então que Kosika se lembrou de ter enfiado as mãos no solo estéril e do puxão horrível que sentiu conforme a terra faminta devorava tudo que ela tinha para dar.

— Pensei que pudesse curar o solo — respondeu ela, sentindo-se pequena e boba ao pronunciar essas palavras.

Quando o mundo não lhe ofereceu um feitiço, Kosika devia ter percebido que o silêncio era uma espécie de alerta.

— Seu poder é forte — disse Serak. — Mas até mesmo você tem limites.

— Eu tinha que fazer alguma coisa — replicou ela. — Conseguimos despertar a magia do sono em que se encontrava, mas ela está fraca. Sinto sua fome. Sua sede.

— Pode ser — disse Serak —, mas não há sangue suficiente nas suas veias para regar o mundo.

Kosika endireitou a postura.

— Bem — disse ela —, talvez possamos regá-lo juntos.

IV

PRESENTE

A estrada do dízimo terminava no Bosque de Prata.

O povo de Londres reunia-se ao redor dele, à espera de Kosika, segurando a última recompensa nas mãos enfaixadas. Era um saquinho de sementes enfeitiçadas para que, quando plantadas junto às outras, não importasse a estação, também crescessem. Era mais um lembrete do motivo pelo qual faziam aquela caminhada a cada mudança de estação, do motivo pelo qual eram solicitados a sangrar.

A multidão parecia mais séria, e ela se perguntou se o povo já tinha ficado sabendo do assassino em potencial que estava na praça, se era por isso que curvavam tanto a cabeça à medida que a rainha passava.

Kosika entrou na floresta e fez uma pausa, sorrindo em direção às árvores pálidas. De um dia para o outro, parecia que as folhas tinham passado do verde para o dourado, começando a cair aos montes pelo chão.

Ela caminhou até o local onde ficava o terceiro e último altar, não nas profundezas, entre as árvores, mas logo nos limites do bosque, aninhado entre os troncos prateados de modo que a madeira se camuflasse em meio à pedra pálida.

A terceira e última estátua de Holland Vosijk estava posicionada em um bloco elevado no mesmo nível da fonte; assim, quando a bacia ficava cheia, como agora, ele parecia caminhar sobre o sangue, em vez de afundar nele. Não usava mais a coroa, mas a segurava entre as mãos, com a cabeça inclinada para trás e o olhar voltado para a copa das árvores e para o céu. Um emaranhado de galhos se enroscava em seu manto de tal forma que ele parecia fazer parte do Bosque de Prata, ou que o bosque fazia parte dele.

— Primeiro, um servo — disse Kosika diante do altar. — Depois, um rei. — Ela sacou a faca. — Por fim, um santo.

Ela fez um terceiro corte na parte interna do braço, o mais profundo até o momento, e observou seu sangue pingar na fonte até quase transbordar, ameaçando ultrapassar a borda. Olhou para a superfície, esperando que ficasse lisa, depois tocou na lateral de vidro da bacia e entoou as palavras. As laterais do altar cederam, encharcando as raízes do Bosque de Prata conforme a mancha escura subia por seu manto outrora branco.

Uma vez que o terceiro dízimo havia sido pago, os cidadãos começaram a se dispersar, voltando pela trilha em direção às ruas, a caminho de casa.

No entanto, Kosika permaneceu ali, com o olhar fixo nas árvores. Milhares de olhos nos troncos estreitos a encararam de volta, sem sequer pestanejar, e era difícil pensar que um dia chegou a ter medo daquele lugar.

Logo depois, passou pela estátua. E entrou no bosque.

———•———

QUATRO ANOS ATRÁS

— Antigamente, havia a magia — começou Serak. — E ela estava em toda parte.

A alcova costumava estar cheia de velas, mas naquela noite só havia uma acesa, com a chama pequena e instável lançando sombras irregulares nas paredes, na estátua e no Vir.

— A magia estava em toda parte, mas não era uniforme.

Enquanto falava, o Vir levou a mão, como de costume, até o símbolo em seu ombro, o alfinete prateado do manto, uma argola atravessada por uma barra. Era o mesmo símbolo que havia no altar, e Kosika sabia que era também o mesmo que Holland usava quando servia aos Danes, o símbolo que Athos queimara em sua pele como forma de prendê-lo. Os Vir o usavam para mostrar que haviam se comprometido com o legado de Holland.

— Ela ardia como o fogo de uma lareira no meio de uma casa, aquecendo primeiro um cômodo, depois o outro, e assim por diante, o calor e a luz enfraquecendo à medida que avançava. A Londres Preta era o primeiro cômodo, o mais próximo da chama. Nós éramos o seguinte. E depois vinham outros dois, mais afastados do calor, mas ainda dentro da casa.

Serak pegou uma vela e a colocou no altar.

— Mas a chama ficou forte demais e a Londres Preta começou a pegar fogo. — Ele pegou uma lanterna. — Em vez de perto de uma lareira, nosso mundo passou a estar ao lado de um incêndio. Então os mundos decidiram fechar suas portas para impedir que o fogo se alastrasse. — Ele colocou a lanterna por cima da vela. — Mas mesmo depois de o incêndio ter sido contido, as pessoas continuavam com medo.

A lanterna tinha quatro painéis de vidro, todos abertos, mas, conforme falava, Serak ia fechando um a um.

— Olhamos para a magia e tivemos medo de que ela ficasse quente e faminta demais.

Ele fechou o primeiro painel.

— Por isso, nós a aprisionamos.

Fechou o segundo.

— Construímos jaulas.

Fechou o terceiro.

— Prendemos a magia a nós.

Fechou o quarto e último painel, de modo que a chama ficasse aprisionada, sem ar, no interior do vidro.

— Mas você sabe o que acontece quando o fogo fica preso?

Kosika observou a chama tremeluzir e começar a se encolher.

— Ele se apaga — sussurrou ela.

— Ele se apaga — repetiu Serak, com um pesar na voz. Kosika não conseguia tirar os olhos da chama. Viu a luz começar a diminuir, passando de uma chama alta para uma curta, de dourada para azul, e sentiu uma pontada de pânico quando sua vida escorreu pelo pavio até encontrar a poça de cera e...

... morrer.

Um fio de fumaça subiu da vela, turvando a lanterna. Por um momento, os dois permaneceram em silêncio no escuro, e ela prendeu a respiração, imaginando se a lição havia terminado. Mas logo Serak voltou a falar.

— Esta é a diferença, Kosika. A magia não morre.

Serak tirou a lanterna de cima da vela, colocando-a de lado.

— A magia apenas se afasta. E resiste.

Ele estendeu as mãos de cada lado da vela apagada, franzindo as sobrancelhas por causa do esforço.

— Fica cada vez mais difícil conseguir voltar a acender sua chama, mas...

Uma faísca. Um clarão azul, e então a chama voltou lentamente, pequena e frágil, mas ardente. E Serak abriu um sorriso.

— Foi o que Holland fez por nós — concluiu ele, abaixando as mãos. — O que *você* vai fazer?

Kosika ficou observando a vela solitária, sua luz mal alcançando as paredes da alcova.

O que eu vou fazer?, perguntou-se ela, e então estendeu a mão, não em direção à única chama acesa, mas às centenas de velas apagadas por ali. Estalou os dedos e os pavios ganharam vida, o fogo se espalhando numa onda até que todo o aposento brilhasse de tanta luz.

PRESENTE

Ninguém seguiu Kosika pelo bosque.

Nem os soldados, nem os Vir. Nem Serak, nem Lark. Nem mesmo Nasi. Agora o Bosque de Prata havia se tornado um local sagrado, e apenas ela tinha permissão para entrar. Atrás dela o manto se arrastava, agarrando-se às plantas que cresciam, até que os dedos da rainha encontraram o fecho. O tecido pesado se soltou e escorregou de seus ombros, ficando jogado no meio do caminho conforme ela seguia em frente até encontrar o exato lugar onde Holland havia morrido.

Kosika se ajoelhou, passando os dedos pela grama que crescia, como sempre, debaixo da árvore, tão macia e verde quanto no dia em que o encontrou.

Mesmo depois de tantos anos, ela nunca tinha contado a ninguém que estivera ali. Que havia sido a primeira a encontrar o corpo do rei. Talvez os Vir gostassem de saber disso, talvez encarassem esse conhecimento como mais uma prova de sua reivindicação à magia e ao trono. Mas, talvez, afirmassem que ela havia tirado as forças dele, roubando-as de sua pele fria. Kosika não sabia nem se importava. A verdade daquele dia, assim como o poder que corria em suas veias, não pertencia a eles.

Kosika sacou a lâmina e fez um quarto corte na parte interna do braço — um dízimo particular. Deixou que as gotas vermelhas pingassem como a chuva na relva debaixo da árvore.

Àquela altura, já sabia qual era o feitiço certo. A palavra *Antari* que buscava no pátio no dia em que quase morrera.

As Athera.

Crescer.

Mas não as pronunciou. Nem precisava. As folhas douradas cintilavam sobre sua cabeça. As raízes corriam fortes e profundas sob seus pés. Tinham sido bem regadas.

Ela se levantou, jogando o pesado manto nos ombros quando, para além do bosque, os tambores finalmente cessaram. O som não terminou de uma vez só; foi diminuindo como uma pulsação lenta ao mesmo tempo que corria pela cidade a notícia de que o ritual havia chegado ao fim.

SEIS

OS FIOS SE ENCONTRAM

I

LONDRES VERMELHA

Havia muitas coisas que destacavam Delilah Bard das outras pessoas.

Mas talvez a mais importante, pelo menos ali naquela Londres, fosse a seguinte:

Ela não *precisava* da magia.

É verdade que tornava as coisas bem interessantes, mas ela havia sido criada em um mundo sem feitiços nem atalhos. E apesar de seu olho, ou talvez por causa dele, Lila conhecia a importância do estudo minucioso. Da observação, da exploração, de colocar os pés na estrada.

Lila não tinha a menor dúvida de que o palácio estava fazendo o possível e o impossível para encontrar a Mão. Por outro lado... O fato era que Alucard podia até ter brincado de pirata, mas nunca deixara de ser um nobre; Rhy era literalmente o rei, assim como o alvo, e Kell podia fingir ser um marinheiro fanfarrão o quanto quisesse, tirar o casaco e chamar a si mesmo de Kay, mas nos primeiros 22 anos de vida foi o melhor mago do mundo e, além disso, ainda era — e sempre seria — um príncipe. Os três homens tinham nascido e crescido em meio ao poder. Era como eles viam o mundo. Era como viam a cidade — da fortaleza do *soner rast*.

Mas uma cidade era muito mais do que isso.

Não tinha apenas um rosto, um único temperamento. Podia até ter um nome, mas na verdade era composta de centenas de mundos menores, particulares e comunitários, domésticos e selvagens. Alguns eram pontos radiantes, ao passo que outros eram cantos completamente destituídos de luz, mas a maioria ficava em algum lugar no meio.

Havia o mercado noturno, por exemplo, com tendas brilhantes e cheias de magia florescendo à sombra do palácio e prosperando sob a luz do Atol. E havia o Caminho Estreito, um beco ao sul do *shal* que atendia a gostos mais sombrios. Mas havia dezenas de outros mercados em dezenas de ruas, talvez menos chamativos, mas igualmente abarrotados.

Cada rua da cidade tinha seu próprio ritmo, sua própria cor, sua própria pulsação. E a melhor maneira de aprender como funcionavam — a única maneira, na verdade — era caminhando por elas.

Então foi o que Lila fez.

Começou a caminhar. Não do jeito que Kell fazia, com os passos firmes de um homem numa missão. Não, ela andava como se não tivesse a menor pressa. Passeava com a cabeça jogada para trás e as mãos nos bolsos, passando os dedos nos artefatos. Os mesmos artefatos que Kell ainda insistia em usar em volta do pescoço.

Um xelim, para a Londres Cinza.

Um lin, para a Vermelha.

E um tol, para a Branca.

Ao sentir o formato do tol — uma moeda de oito pontas confeccionada em prata —, lembrou-se de sua primeira visita à cidade após a morte de Holland, de como ficara aliviada ao saber que haviam coroado uma criança como rainha. Isso até ver um quadro do rosto da criança. Lila olhara para seus olhos de duas cores — um cor de avelã e o outro preto — e murmurara:

— Puta merda.

Voltara para a Londres Vermelha e contara a Kell sobre a cidade que estava se curando e a rainha criança, e, em algum momento, decidiu omitir o fato de que ela era uma *Antari*. Kell já tinha problemas demais, por isso resolvera lidar com aquele sozinha.

Ela retornara várias vezes, e em todas as ocasiões pensou em matar a jovem rainha, mas sempre decidia esperar mais um mês, mais um ano. Não era a misericórdia que a detinha, não exatamente, mas o conhecimento de que a Londres Branca era um lugar sedento de poder e que quem quer que viesse a seguir poderia muito bem ser ainda pior.

Por isso, Lila esperou e viu, ao longo dos anos, a cidade ganhar cor como um corpo pálido sob o sol, viu-a erguer monumentos a Holland Vosijk, viu a *Antari* passar de uma criança para uma adolescente magricela. Observou tudo isso, esperando o momento em que aqueles olhos de duas cores se voltassem para outros mundos. Até agora, pelo menos, ainda não havia acontecido.

Mas se algum dia acontecesse, bem, então Lila cuidaria do assunto.

Lila voltou a atenção para a cidade ao redor à medida que suas botas iam desvendando as ruas. Lembrou-se da primeira vez em que estivera na Londres Vermelha, pegando carona na magia de Kell. A força do feitiço acabou separando os dois, e a primeira coisa que ela encontrou foi um desfile. Um vasto, estranho e fantástico espetáculo de magia. Ver aquilo a tinha deixado faminta, e ela sentia a mesma fome agora — não na boca do estômago, mas na própria cidade. Nas lacunas entre a riqueza e a miséria que se alastravam cada vez mais.

Foi só se afastar do refúgio do palácio que ela sentiu o clima da cidade mudar. Era sutil, como a subida lenta da maré ou o ar nas horas que antecediam uma tempestade, mas estava ali.

Demorou apenas uma hora para encontrar o primeiro sinal.

Parou diante do muro e passou os dedos pela pedra. A tinta estava seca havia um bom tempo e já começava a descascar, mas ela podia ver que era a marca de uma mão.

— Cadê você? — murmurou ela, colocando a própria palma no centro da marca.

Foi então que reparou que a mão estava ligeiramente inclinada para o lado, girando no eixo de um pulso invisível, como se estivesse no meio de um aceno. Virou a cabeça na mesma direção, para a esquerda, e olhou para a rua. Para o *shal*.

Lila franziu a testa. Seria óbvio demais. O canto mais barra-pesada da cidade deve ter sido o primeiro revistado pelos soldados reais. Mas a noite estava avançando e ela não tinha nenhuma outra pista, por isso respirou fundo e mergulhou no labirinto de ruas, como se a escuridão não fosse nada além de uma cortina que se abria para deixá-la passar e depois se fechava novamente.

Encontrou a segunda marca de mão na próxima rua.

E depois a terceira.

Mas a inclinação da mão levava sempre à esquerda, o que não indicava lugar nenhum. Ou então, ela se deu conta de repente, talvez aquilo significasse um círculo. Lila fechou os olhos e imaginou um mapa, dispondo as marcas como se fossem alfinetes até formar uma imagem.

As mãos formavam um círculo frouxo ao redor do quarteirão, composto de três lojas com portas fechadas, um estábulo, um bordel chamado Merry Way e...

Lila ficou paralisada. Mudou o rumo de seus pensamentos, lembrando-se de Verose, da taverna e de Tanis.

Se for para Londres, ela havia dito, *ouvi dizer que os jardins de lá são lindos*.

Lila soltou um palavrão baixinho. A cidade era bem arborizada, mas Tanis não estava falando de flores. Os habitantes da Londres Vermelha tinham um termo especial para os bordéis. Chamavam esses estabelecimentos de *jardins dos prazeres*.

Lila deu a volta até encontrar a entrada coberta de árvores do Merry Way e entrou.

Pensando melhor agora, chamar o Merry Way de jardim dos prazeres era uma generosidade e tanto.

O lugar estava mais para uma taverna barulhenta que oferecia uma variedade de cantos escuros e quartos no andar de cima, e não era preciso estar tão atento assim para ouvir o barulho que os pés das camas faziam ao rasparem no chão. Lila se encostou na parede ao lado de uma lareira crepitante, segurando uma caneca de cerveja enquanto observava os anfitriões passarem de um lado para o outro com os lábios pintados de vermelho, roçando as mãos sobre os ombros de qualquer cliente que aceitasse seus carinhos.

Mais de uma vez Lila percebeu um dos anfitriões aproximando-se dela e o dispensou com um olhar incisivo, embora se sentisse lisonjeada. Tomou um gole de cerveja e fez uma careta: era preta e amarga, tão espessa que deixava uma borra no fundo da caneca. E, como todas as bebidas servidas em bordéis, era brutalmente forte.

Era com isso que ela contava. Todo mundo sabia que o álcool soltava a língua das pessoas. Também as tornava barulhentas. Os sussurros logo se transformavam em gritos, e os segredos iam revelando-se à medida que os clientes entornavam suas canecas.

Mas, até agora, ela ainda não tinha descoberto nada.

Ah, sim, ela ouvira os resmungos insatisfeitos de sempre, mas nenhuma menção à Mão. Ninguém teve sequer a decência de parecer que estava tramando alguma coisa. Um homem até falou mal do rei, mas com a ínfima força de um palavrão sussurrado. No mais, eram só risos estridentes, histórias mal contadas e um marinheiro desmaiado próximo à lareira. Ou os clientes dali sabiam manter a boca fechada. Ou então, como Lila começou a suspeitar, não tinham qualquer ligação com o grupo.

Não era o jardim certo.

Agora era sua própria cabeça que começava a ficar perigosamente confusa, e ela sabia que, assim que se levantasse, sentiria as tábuas sob seus pés balançarem. Mas Lila tinha pernas de marinheira e sabia até onde poderia ir antes que falhassem.

Sendo assim, continuou ali até terminar a bebida.

Ao acabar, foi até o balcão para deixar a caneca e só então reparou que estava rachada.

Deslizou o dedo pela linha conforme seus pensamentos quicavam como uma pedrinha na água. O que foi mesmo que Maris disse sobre o *persalis*? Que fora danificado durante a luta. Talvez ainda funcionasse, mas talvez não. Havia sido quebrado e precisava ser consertado. Era um objeto tão perigoso que era bem possível que os ladrões tentassem consertá-lo por conta própria. Mas e se não tivessem feito isso, e se não *conseguissem* consertá-lo...

Lila fez um sinal para a garçonete do bar, uma mulher atarracada com uma mandíbula quadrada, mas quando ela se aproximou para encher a caneca, Lila pôs a mão sobre a borda.

— Deixa eu te perguntar uma coisa — disse ela, enrolando a língua para parecer mais bêbada do que realmente estava. Fez questão de colocar um lin no balcão enquanto falava. — Digamos que você teve a sorte de uma bela peça de magia cair bem no seu colo. — A garçonete arqueou a sobrancelha, à espera da pergunta. — Mas acontece que, no meio do caminho, a peça quebrou. Para onde você a levaria?

— Eu? — perguntou a garçonete, colocando a mão sobre a moeda. — Pouparia o dinheiro e a encrenca, e consertaria sozinha. — Ela enfiou a moeda no bolso. — Mas se não fosse muito inteligente, procuraria o Haskin.

Lila ergueu o olhar. Revirou o nome na língua.

— Haskin?

A garçonete assentiu.

— Ele conserta *qualquer coisa*. Pelo menos foi o que ouvi dizer por aí.

Lila sorriu e se recostou na cadeira.

— Bom saber.

Um grito irrompeu pelo bordel e a garçonete se afastou. Lila encarou a borra da cerveja no fundo da caneca como se fosse uma pedra de clarividência. *Haskin*, pensou ela. É por onde começaria logo de manhã.

Deu um último gole na cerveja e enfiou a mão no casaco, até descobrir que tinha dado seu último lin à garçonete. Trocou de bolso e encontrou o punhado de moedas que Maris lhe dera, as que haviam sido retiradas do membro da Mão que acabara morrendo no navio.

Lila sentiu o peso dos três lins, jogando-os de uma palma a outra. Ela tinha ido até ali por causa deles, raciocinou. O mínimo que podiam fazer era pagar pela sua bebida.

Guardou dois lins no bolso, colocou o terceiro em cima do balcão e pôs-se de pé. Mas logo se deu conta de que o gesto havia sido rápido demais, graças àquela última caneca. Parou para se equilibrar um pouco e franziu a testa. Talvez fosse o modo como a luz refletia na borda da moeda, o jeito como incidia nos relevos do metal vermelho. Ou talvez fosse outra coisa, algo ainda mais difícil de definir, certo instinto que a fez pegar o lin de volta. Lila passou o polegar pela borda da moeda e viu que tinha razão — não era totalmente lisa.

— Puta merda — murmurou ela enquanto revirava a moeda nos dedos, tentando decifrar o padrão, mas era muito pequeno, e o metal, escuro demais.

Lila afundou na cadeira.

Tirou as outras duas moedas do bolso e prestou bastante atenção nas bordas, mas eram completamente lisas. Aquela era a única diferente, com um código gravado em relevo. Ou talvez fosse uma mensagem. Lila só precisava dar um jeito de ler. Lógico que não tinha papel. Nem tinta. Tamborilou os dedos na mesa, com a mente a mil.

Baixou o olhar para a madeira sob sua mão, cheia de marcas e sulcos.

Então abriu um sorriso.

Tirou um lenço do casaco com uma das mãos e espalmou a outra sobre a madeira. A superfície estava cheia de manchas, e ela duvidava muito que alguém fosse perceber mais uma falha. Mesmo assim, não tirou os olhos da garçonete enquanto evocava o fogo. O calor irrompeu sob a palma, um fio de fumaça subiu por entre seus dedos e, quando afastou a mão, a madeira por baixo estava completamente chamuscada. Derramou as últimas gotas de cerveja na madeira queimada e misturou-as com a ponta do dedo.

Movia-se lentamente, de um jeito quase entediado — como se não passasse de uma cliente bêbada tentando se distrair —, embora seu coração começasse a acelerar como sempre acontecia antes de Lila sacar uma faca, batendo rapidamente diante da perspectiva de entrar em ação. Quando a ponta do dedo ficou preta, passou a moeda pela tinta improvisada e depois, cuidadosamente, pelo lenço.

— Puta merda — ela repetiu à medida que as palavras iam revelando-se em traços minúsculos.

SON HELARIN RAS • NONIS ORA

Não era uma simples mensagem. Era um endereço. E um horário.

Helarin Way, número seis. Onze horas.

Lila se levantou e saiu do bordel antes mesmo de se lembrar de que não chegara nem a pagar pela bebida.

II

A coruja morta ficou empoleirada ali, observando tudo com seus olhos de pedra enquanto Tes desfazia o feitiço.

Dias e noites de trabalho árduo jogados fora, e seria mentira se ela dissesse que não se sentia mal com isso. No entanto, Tes sabia que havia feito mau uso de seu poder; pior, que tinha feito algo impossível. *Proibido*. Havia um bom motivo para os mundos terem sido separados, e então ela construiu uma ponte e cruzou uma fronteira que há séculos havia sido estabelecida para manter seu mundo a salvo.

Tes se lembrou da magia destruída pairando sobre a cabeça da velha, dos fios mortos no ar. Pensou no homem que tinha trazido aquela coisa amaldiçoada para sua loja, cuja magia também parecia apodrecer, e suas mãos moveram-se mais depressa, rasgando os nós que tinha feito com tanto cuidado e desfazendo a magia que havia se esforçado tanto para consertar.

A porta da loja fez um rangido.

Tes nem deu atenção — a oficina de Haskin estava fechada desde que se comprometera com o conserto do abridor de portas, e, nesse meio-tempo, uma dezena de clientes tentou girar a maçaneta, mas ia embora assim que percebia a loja trancada. Esperava que aqueles ali agissem da mesma forma.

Mas não foi o que aconteceu. Sacudiram a maçaneta mais uma vez, até que Tes interrompeu o trabalho. Olhou para cima. O rangido parou. Ela prendeu a respiração e esperou um pouco, mas nem sinal do barulho. Em vez disso, a fechadura da porta começou a *estalar* como se o metal estivesse sendo dobrado, e Tes teve bom senso e tempo suficientes para jogar os restos do maldito abridor de portas num saco e enfiá-lo debaixo do balcão antes que a porta da loja se abrisse e um homem e uma mulher entrassem como se tivessem sido convidados.

— A loja está fechada — informou Tes, mas as palavras não surtiram efeito algum. Os dois começaram a andar em sua direção.

Era uma dupla que em nada combinava.

Ela era baixa e musculosa, com o cabelo preto trançado num moicano. Tinha a pele marrom-clara e olhos num tom frio de cinza. Usava no antebraço um bracelete de metal e, ao redor dela, a magia girava num tom vivo de laranja, típico de aço fundido. Explicava bem o que havia acontecido com a fechadura.

Já *ele* era pálido — tinha a pele e o cabelo claros —, com uma estrutura física tão robusta quanto uma tábua de carne. Dava para dizer o mesmo do rosto, com a pele cheia de cicatrizes. Parecia até que em algum momento alguém havia tentado cortar fora seu nariz, mas a lâmina acabara ficando presa na ponte. Sua magia era verde-escura, de longe a coisa mais brilhante no homem. *Um mago da terra*, pensou Tes logo antes de ele estalar os dedos e a porta se fechar atrás dos dois.

Por trabalhar em uma oficina daquele tipo, ela aprendera a ler os clientes. Não apenas o que estava escrito nos fios, mas também o que transparecia em seus olhares e postura. Tes sabia reconhecer pessoas ruins de imediato.

E aquelas eram pessoas ruins.

— Estamos procurando por Haskin — disse a mulher, aproximando-se do balcão.

— Ele não está.

— Mas você, sim — rebateu o homem, passando a mão por uma mesa.

— Sou apenas a aprendiz dele — disse ela.

Ele se deteve, parando bem ao lado do ponto onde Tes havia feito o portal, a marca pairando no ar a centímetros de seu rosto, embora ele parecesse não notar. Tes obrigou-se a olhar para a mulher, agora de pé do outro lado do balcão.

Ficou observando-a pegar um tíquete preto com o *H* dourado estampado na frente e virá-lo ao contrário, mostrando o número — era, sem sombra de dúvida, o mesmo tíquete que Tes dera àquele homem enfermo. Aquele que tinha trazido o abridor de portas.

Tes estendeu a mão para pegar o tíquete, mas assim que o pedaço de papel roçou em seus dedos, a mulher agarrou seu punho e o bateu contra o balcão. Ela deu um gritinho e tentou se desvencilhar, mas a mulher flexionou os dedos e uma lasca de metal se desprendeu de seu bracelete, cravando-se na madeira no espaço entre cada um dos dedos de Tes, assim como em volta de sua mão e seu pulso, deixando-a presa ali.

Tudo aconteceu tão rápido que Tes só sentiu dor quando o sangue começou a escorrer em linhas finas nos pontos onde as lascas de aço cortavam sua pele. Entrou em pânico e fez menção de estender a mão livre para desfazer os fios contidos no aço.

— Eu não faria isso, se fosse você — disse a mulher, nitidamente presumindo que Tes pretendia se libertar da forma habitual. — Tem metal de sobra nesta loja.

Tes se deteve por um segundo, mas logo depois recuou a mão livre, deixando-a suspensa no ar. Era verdade — ela podia se soltar e, enquanto isso, expor seu poder, mas num teste de velocidade, ainda sairia perdendo.

— O que é que você quer? — perguntou ela.

— Já vamos chegar lá — respondeu a mulher, apoiando o cotovelo no balcão. — Mas antes disso...

Num piscar de olhos, uma faca surgiu em uma das mãos da mulher, que, com a outra, agarrava uma mecha do cabelo de Tes. Com um movimento ágil do pulso, os cachos se desprenderam, caindo como uma fita escura na palma da mão da mulher. Tes observou enquanto a faca sumia, a mulher dava um nó na mecha e a enfiava no bolso. O pânico tomou conta dela; não pela perda dos cachos — tinha um monte deles —, mas pela forma como poderiam ser usados. Assim como os nomes tinham valor, o mesmo valia para qualquer coisa vinda do corpo de uma pessoa. Deveria pertencer somente a ela.

A mulher tamborilou os dedos no balcão, atraindo o foco de Tes para o metal prendendo sua mão.

— Agora — disse a mulher —, antes de começar, é melhor ficar sabendo que, a cada mentira que contar, você perde um dedo. — Ela olhou ao redor. — Imagino que sejam bem importantes neste ramo.

Tes se esforçou para se acalmar. Nunca soube mentir bem, por isso sempre acabava optando pela omissão — era melhor não dizer nada e, assim, evitar as armadilhas, os lapsos. Mas teve a impressão de que, desta vez, o silêncio não seria muito útil.

— Onde está o Haskin? — perguntou a mulher.

— Não existe nenhum Haskin — respondeu ela. — Sou só eu.

— Eu poderia ter respondido essa — comentou o homem, tirando uma espada da estante. Levantou-a para olhar os próprios dentes no reflexo. A mulher deu um suspiro baixo, quase um silvo, mas manteve a atenção fixa em Tes.

— O que é que uma garota da sua idade faz com uma loja só para si?

Tes engoliu em seco.

— Sou boa no meu trabalho.

— Eu também — disse a mulher, e Tes respirou fundo quando o metal que prendia sua mão apertou ainda mais forte, cortando sua pele. — Nosso amigo trouxe um objeto para ser consertado. Cadê?

— Você precisa ser mais específica — respondeu Tes. — Afinal de contas, estamos em uma oficina.

O homem deu uma risada áspera, o som parecido com uma lâmina passando numa pedra de amolar. A mulher, por outro lado, continuou séria, deslizando o tíquete para a frente. Tes fez questão de olhar bem o número.

— Eu me lembro dele — disse, após refletir por um momento. — Estava doente.

— Não está mais — rebateu o homem de um jeito que deixava bem específico que o rapaz não havia *melhorado*.

A mulher cerrou os dentes. *Ela não gosta deste cara*, pensou Tes. Ótimo. Já era alguma coisa.

Os olhos frios da mulher voltaram-se para ela.

— Qual é o seu nome?

Um nome era uma coisa valiosa, mas só se você permanecesse viva para usá-lo.

— Tes.

— Bem, Tes. Nosso amigo cometeu um erro. Ele deveria ter entregado a peça a nós, não a você. Viemos aqui para tirá-la de suas *mãos*. — Ao dizer a última palavra, ela tamborilou os dedos no metal que prendia os dedos de Tes à mesa. — Ele te contou o que era?

— Não — respondeu Tes, grata por aquilo ser verdade. — Ele praticamente jogou a peça em cima de mim, nem me explicou para que servia. Faz ideia de como é difícil consertar um objeto enfeitiçado sem saber sua finalidade?

A mulher estreitou os olhos.

— E você o consertou?

— Não — ela respondeu, rápido demais. De repente o metal a apertou, e enquanto o aço cortava a base de seu polegar, Tes sentiu uma dor lancinante. — Quero dizer, ainda não — arfou ela. — Ainda estou trabalhando nele.

— Mas *tem como* ser consertado?

Tes assentiu de um jeito meio frenético e, um instante depois, o metal em volta de sua mão afrouxou.

O sangue salpicava o balcão nos espaços entre seus dedos.

— Cadê a peça? — perguntou a mulher, olhando para as prateleiras, e Tes cerrou os dentes para disfarçar sua surpresa: o jeito vago com que a mulher passava os olhos pela loja a fez suspeitar de que ela nunca tivesse *visto* o abridor de portas antes — pelo menos não inteiro. E se eles não sabiam o que estavam procurando...

Tes se virou, apontando com a mão livre para a parede cheia de prateleiras atrás de si. O *estoque*, como Nero chamava.

— Na terceira prateleira — mentiu ela, as palavras saindo depressa demais enquanto vasculhava mentalmente o conteúdo de cada cesto, tentando pensar em algo que tivesse mais ou menos o mesmo formato. — Segunda cesta à esquerda.

Era uma aposta perigosa e, quando a mulher deu a volta no balcão e puxou o cesto, Tes ficou atenta a quaisquer sinais de suspeita ou raiva, preparada para sentir o aço cortar sua pele. Mas tudo que a mulher fez foi retirar o conteúdo da cesta.

Uma caixa.

Tinha mais ou menos o mesmo tamanho e formato daquela que estava sob o balcão, entre seus pés. Só que *aquela* caixa jamais abriria portas para outros mundos. Era mais simples, feita para captar e reproduzir sons, como o objeto que ela mantinha ao lado da cama para ajudá-la a pegar no sono.

Ela a encontrara em um mercado havia uma semana; queria ver se conseguia modificar o feitiço para gravar vozes, imaginando que seria bom se Vares pudesse falar tão bem quanto ouvia.

— Não parece quebrada — comentou a mulher.

— A caixa é só um recipiente — explicou Tes. — Essa parte foi fácil de consertar. — O mesmo havia acontecido com o abridor de portas. — É o feitiço interno que é difícil.

— Pois então — disse a mulher, colocando a caixa sobre o balcão —, sugiro que você comece a trabalhar.

Tes respirou fundo.

— Preciso de ambas as mãos.

A mulher inclinou a cabeça, como se pensasse no assunto. Logo depois o metal se soltou e recuou, voltando para o bracelete dela.

Tes esfregou a mão e flexionou os dedos, tentando esconder o quanto tremia. Sua cabeça ficou a mil enquanto encarava a caixa à sua frente.

— Vai demorar um bocado — disse ela.

Por favor, vão embora, por favor, por favor, seu coração batendo tão alto quanto os tambores que havia escutado na outra Londres.

A mulher deu meia-volta, como se fosse sair, depois pegou uma cadeira e a arrastou pelo chão da loja até o balcão. Virou a cadeira e se sentou, cruzando os braços nas costas.

— Vamos esperar aqui.

III

Lila Bard devia ter dado ouvidos ao seu instinto.

Afinal, fora seu instinto que a levara até ali.

O número seis da Helarin Way não ficava no *shal*. Longe disso. Helarin Way ficava na parte norte da cidade, mais perto dos *ostras* e *vestras* do que da escória de Londres. Era um bairro próspero, com lojas elegantes e bem decoradas, todas às escuras naquele horário, embora as ruas continuassem bem iluminadas pelos lampiões que emitiam uma luz quente e encantada.

Não havia nenhuma data gravada na moeda, nenhuma maneira de saber se a hora impressa na borda já passara ou ainda estava por vir. Mas o *Ferase Stras* tinha sido atacado havia menos de uma semana, e um dos ladrões estava carregando aquela moeda. Ela só podia torcer para que não fosse uma recordação, mas um convite — que ainda não tivesse expirado.

SON HELARIN RAS • NONIS ORA

Onze horas. De acordo com o relógio da esquina e o que ela tinha no bolso, já eram onze e meia. Apressou o passo, suas botas pisando primeiro em pedra, depois em madeira conforme atravessava a ponte até o norte.

Aquela parte de Londres funcionava sob um ritmo próprio, o tempo transformado em mel pela elite endinheirada. Era o lar de salas de espetáculos e salões destinados a fumantes, clubes de jantares e grandes propriedades; lugares onde a riqueza e o poder da cidade se viam em plena exibição. Não notou nenhuma mão pintada por ali, mas mesmo assim Lila continuava rolando a moeda nos dedos, pressionando as letras contra a pele.

Ao se aproximar de Helarin Way, Lila se forçou a desacelerar o passo e assumir um ritmo mais descontraído. Levantou a gola e endireitou a postura, caminhando com aquela confiança que sempre sentia, mas raramente demonstrava, e assumindo os trejeitos das pessoas por quem passava durante o caminho até o endereço certo.

Se tivesse sorte, aquele seria o jardim dos prazeres que Tanis havia mencionado, e todos os membros da Mão estariam reunidos, sua caçada tendo início e fim numa única noite. Mas, ao chegar, só o que Lila encontrou foi uma casa às escuras.

Não era uma propriedade dos *vestra*, com jardins e um portão à frente, embora também não fosse nenhum casebre. Tinha três andares, um ferro escuro contornando a porta e emoldurando as varandas, e o telhado encimado por uma série de torres de pontas douradas.

Lila continuou andando e passou pela casa até chegar à esquina, onde parou sob um toldo e ficou prestando bastante atenção na fachada, esperando ver se mais alguém entrava ou saía. Havia lampiões acesos nas outras janelas, mas o número seis da Helarin Way estava às escuras, e não era aquela escuridão ligeira que recaía quando os habitantes de uma casa iam dormir. A casa exibia a escuridão típica de lugares abandonados.

Lila mordeu o interior da bochecha.

Talvez tivesse chegado tarde demais. Mas achava que não. Não, pensou ela, o que quer que estivesse marcado para acontecer ali, não seria naquela noite.

Deu meia-volta na rua, em direção ao rio, à estalagem e à cama estreita que a aguardava, quando teve a sensação de alguém a seguindo.

Diminuiu a velocidade, esticando o pescoço para conseguir ouvir os passos, mas a pessoa devia estar acompanhando o ritmo dela, pois só ouviu o som de suas próprias botas, o galope distante dos cavalos e o murmúrio de vozes altas e estridentes em meio à brisa.

E era exatamente isso que destacava seu perseguidor: seu silêncio era pesado, tão palpável quanto a espuma de um travesseiro. Certa vez, Kell lhe dissera que, se tentasse, conseguia sentir a magia presente em outra pessoa, mas ela não contou a ele que já era capaz de sentir isso muito antes de saber que essa habilidade era chamada de magia.

Lila girou o pulso e a lâmina veio sussurrando em sua mão.

Deu um passo, como se fosse atravessar a rua, e pela vitrine de uma loja viu, atrás dela, o lampejo de um movimento. Um vulto encapuzado que se confundia com a escuridão.

Ela se virou, brandindo a lâmina no ar.

A sombra saiu do caminho bem a tempo, mas Lila contraiu os dedos e a adaga obedeceu a seu comando, descendo alguns centímetros no último segundo até cravar-se no tecido da capa e na porta de madeira logo atrás.

A pessoa ofegou, surpresa, imobilizada na madeira como se fosse uma mariposa.

— Opa, olá — cumprimentou ela como se encontrasse um amigo, e não um membro da Mão. Talvez, afinal de contas, a noite não tivesse sido completamente desperdiçada. Sob o capuz, a sombra usava uma máscara preta e completamente lisa. Até mesmo suas mãos estavam escondidas sob luvas pretas; mãos essas que não buscavam Lila ou tentavam invocar magia, na verdade, tentavam pegar a adaga, raspando o metal na madeira enquanto puxavam a lâmina alguns centímetros para fora. — Ainda não. — Lila estalou os dedos, e o metal voltou a entrar até o cabo. — Tenho algumas perguntinhas para você...

Foi só o que conseguir dizer antes que um pequeno objeto caísse da mão do vulto, atingindo a calçada entre os dois e explodisse. A explosão não teve impacto algum e quase não fez barulho, só emitiu uma luz ofuscante, seguida de nuvens de uma fumaça preta e sufocante. Lila ergueu o braço para proteger o olho do clarão, e de repente a fumaça estava por toda a parte, engolindo os lampiões, a rua e todas as outras fontes de luz.

Ela se preparou para um ataque, uma arma ou um corpo emergindo da escuridão, mas nada aconteceu. A fumaça só pairava ao redor, imóvel, e ela passou o braço pelo ar. Uma rajada de vento a acompanhou, cortando a nuvem escura e revelando a porta e o ponto exato onde havia prendido o vulto. Mas ele tinha desaparecido.

Sua adaga estava caída no chão, abandonada, e ela a pegou, virando-se para prestar atenção à rua que ia pouco a pouco descortinando-se. Avistou a ponta de uma capa preta que logo sumiu rua abaixo.

Lila saiu em disparada.

A sombra era rápida e, enquanto seus passos ressoavam na calçada, ela praguejou contra o estranho por ter fugido e, com isso, tê-la obrigado a ir atrás, quando poderia simplesmente ter ficado onde estava, lutado e perdido.

No momento em que alcançou a esquina e entrou num beco, o vulto já estava quase do outro lado.

Foi então que sentiu saudade de sua pistola. Sua arma querida, que passou anos descarregada e acabou sendo relegada ao fundo do baú. Era só mirar e atirar que ele cairia no chão. Em vez disso, Lila estava prestes a fazer uma bagunça.

Ela respirou fundo.

Tigre, Tigre, pensou ela, e, embora não precisasse das palavras, sentiu a magia aproximar-se, transformada em aço pelos sons que fazia, nem que fosse só na sua cabeça. Lila virou a mão, com a palma para cima, e a rua para além do vulto se inclinou e começou a se erguer.

A noite se agitou, e o mundo por baixo dela tremeu com a força da terra e das pedras que se chocavam umas contra as outras enquanto se levantavam para bloquear a passagem.

Um beco sem saída.

A sombra se virou, procurando outra forma de escapar, e talvez até encontrasse, mas Lila já estava cansada de correr. Fechou o punho e o nível da rua aumentou sobre as botas do estranho, prendendo-o onde estava.

— Agora — disse ela, caminhando como se tivesse todo o tempo do mundo. — Vamos tentar de novo. — Em uma das mãos, segurava a faca. Na outra, o fogo irrompeu.

Mas, ao se aproximar do vulto, ele tombou para a frente, ficando de joelhos, e, por um instante, Lila pensou que estivesse ferido. A verdade era muito pior: ele estava fazendo uma *mesura*.

Ela aproximou-se da sombra ajoelhada e usou a ponta da faca para empurrar seu capuz para trás, que deslizou levando consigo a máscara que o estranho usava e revelando um rosto jovem de pele negra, grandes olhos castanhos e bochechas ainda sem qualquer vestígio de barba.

Baixou o olhar em direção ao peito do garoto. Sua capa se abrira e, sob a luz do fogo, ela viu a armadura e o símbolo gravado na superfície, preto sobre preto, de modo que mal conseguia distingui-lo. Mas já sabia o que era. Lógico que sabia. Era um cálice e o sol.

Lila sibilou por entre os dentes cerrados. Não era à toa que ele não tinha lutado contra ela. Não fazia parte da Mão. Era um membro do *res in cal*. Dos corvos que espionavam para a coroa. Para a *rainha*.

— Peço desculpas, *mas aven* — disse ele, misturando o inglês e o arnesiano como muitos guardas faziam quando se dirigiam à nobreza do palácio.

Lila desfez a magia, e a terra caiu de suas botas.

— Levante-se — ordenou, e ele obedeceu imediatamente, olhando para o queixo de Lila. — O que você estava fazendo naquela casa?

A confusão no rosto do garoto lhe disse tudo que precisava saber. Havia pessoas que sabiam como controlar suas expressões, esconder o que quer que estivessem pensando por trás de uma máscara de serenidade. Aquele rapaz não era uma delas. Ela podia apostar que ele nunca vencera um jogo de Santo.

Ele não estava esperando alguém em Helarin Way. Aquele tinha sido apenas o momento em que ela finalmente notou a presença dele. Lila apagou a chama e levou a mão ao rosto para esfregar os olhos.

— Há quanto tempo você estava me seguindo?

— Desde o palácio — respondeu ele como um criado obediente. — Você caminhou pelo sul, deu uma volta no *shal*, entrou no Merry Way e depois...

— Chega. — Lila sentiu uma pontada de impaciência. Não tinha ouvido o corvo se aproximando. A maldita obra da rainha: a capa que absorvia a luz, a armadura encantada para ser furtiva, as botas enfeitiçadas para não fazerem barulho quando pisassem nas pedras que cobriam as ruas. Ainda assim, ela pensou, devia ter sentido a presença dele antes. Não cometeria o mesmo erro novamente.

Lila encostou a ponta da lâmina no cálice gravado no peito dele.

— Leve uma mensagem para a rainha. Na próxima vez que ela mandar um corvo atrás de mim, cortarei as asas dele.

O rapaz — e era mesmo só um rapazote — parecia prestes a abrir a boca, mas pensou duas vezes. Ele assentiu, mas não moveu um músculo. Lila deu um passo para o lado com um gesto teatral, mas ele continuou onde estava, hesitante, como se esperasse que ela fosse embora primeiro. Nem pensar.

— Voe para longe daqui — ordenou ela e, ao dizer isso, uma rajada de vento começou a soprar, empurrando-o na direção certa. Enquanto isso, ela ficou ali, observando o corvo até que seus olhos não conseguissem mais distingui-lo das outras sombras e ele se fundisse à escuridão.

Na volta, ela caminhou bem devagar.

Era quase meia-noite e a cidade havia se aquietado, assumindo o cansaço de alguém que precisava dormir. Refez seus passos pela Ponte de Cobre, que, apesar do nome, era feita de madeira e pedra, o metal esverdeado reservado aos balaústres, às marquises e aos pilares de filigrana.

Lila parou no meio do caminho.

Apesar da hora, não era a única na ponte. Uma carruagem passou por ela, e alguns nobres voltavam a pé em direção ao norte. Um deles parou para admirar o palácio, que se projetava sobre o Atol e refletia-se na água, com suas torres douradas espelhadas no céu líquido. Já Lila deu as costas para as torres e preferiu olhar para Londres. Ficou parada ali, entre uma margem e outra, vendo a cidade dividida em duas pelo rio carmesim.

Estavam procurando no lugar errado.

Ela não tinha a menor dúvida de que Alucard e seus guardas estavam atrás da Mão, mas podia apostar que concentravam seus esforços nos cantos mais sombrios da cidade.

Pensou nas marcas de mãos por todo o *shal*, tão óbvias. Um alvo em tinta vermelha. Um X no mapa do tesouro. Enfiou a mão no bolso e segurou a moeda, sentindo sua borda irregular no meio da palma enquanto voltava o olhar para o lado norte, lar da elite da cidade.

Eles não podem se esconder para sempre, dissera Alucard.

Mas e se o verdadeiro perigo não estivesse escondido?

E se estivesse bem à vista?

Quando voltou para a Setting Sun, Lila encontrou a taverna às escuras, com todas as persianas fechadas. Subiu a escada, sentindo as pernas pesarem mais a cada passo, mas, ao chegar, viu que o quarto estava vazio. A luz carmesim entrava pela janela, agarrando-se à borda do baú e lançando, como se fossem dedos, um tom pálido de vermelho sobre a cama vazia.

Kell ainda não tinha voltado.

Sem problemas, disse Lila a si mesma enquanto se jogava na cama. Assim sobrava mais espaço para ela. Colocou as mãos sob a cabeça, deixou que o silêncio recaísse sobre ela como um lençol e ficou ali, esperando o sono chegar. Só que não chegava. Até que Lila finalmente se levantou, soltando um palavrão ao empunhar uma faca. Sentiu uma breve pontada de dor, seguida pelas gotas de sangue nos dedos. Desenhou a marca e sussurrou as palavras contra a parede, sentindo a madeira ceder ao mesmo tempo que a atravessava.

O quarto estreito sumiu, sendo substituído por um enorme cômodo do palácio, como se o mundo tivesse respirado fundo e soltado o ar — o teto baixo transformado em uma abóbada enfeitada por nuvens diáfanas, a madeira envelhecida transformada em mármore. O único traço em comum, aquela luz carmesim, agora se infiltrava pelas portas de vidro jateado, refletindo-se nos fios dourados do tapete e no corpo esparramado no leito real.

Kell estava deitado seminu, de bruços, com o casaco e os sapatos largados numa trilha de migalhas de pão que ia da porta até a cama. Suas costas subiam e desciam. Os cabelos ruivos estavam espalhados como uma chama, apagando-se sobre a bochecha e o travesseiro.

Anos e anos vivendo em segurança acabaram tornando seu sono pesado.

Ele não se mexeu quando ela tirou as botas. Nem quando se despiu do casaco e das armas mais pesadas. Nem quando subiu na cama. Ou quando estendeu a mão e passou os dedos com toda a leveza de uma ladra sobre a mecha branca que cintilava no cabelo dele. Ou quando se aconchegou a Kell, bem pertinho, até conseguir ouvir o som suave de sua respiração e se deixar levar pelo sono.

IV

LONDRES BRANCA

Já era noite quando Kosika subiu a escadaria do castelo, suas roupas rígidas pelo sangue.

A cada parada da procissão, ela se livrava cada vez mais de sua guarda. Ao voltar do Bosque de Prata, somente quatro soldados a acompanhavam, entre eles Lark. E apenas um Vir: Serak. Além, lógico, de Nasi.

O som dos tambores havia cessado, mas ela ainda conseguia ouvir os ecos em seu crânio. Kosika disse a si mesma que não era uma dor de cabeça, mas o pulsar da cidade que ficava cada vez mais forte. Ainda assim, tinha sido um dia longo. Seu braço doía dos cortes feitos durante o ritual, suas pernas estavam doloridas por ter atravessado a cidade a pé, e tudo que ela mais queria era lavar o sangue da pele e ir dormir.

Mas as portas do castelo se abriram para uma enorme celebração: o salão principal estava repleto de vida.

Lanternas pendiam do teto como se fossem esferas de luz prateada, uma dúzia de sóis pálidos lançavam suas sombras da pedra e o aroma do banquete pairava no ar, como vapor. Eram os Vir que insistiam em dar aquelas festas extravagantes. Como se os dízimos e as oferendas fossem apenas uma introdução, não o verdadeiro *propósito* do dia.

Os nobres da cidade estavam todos reunidos ali, as mãos cuidadosamente enfaixadas com seda em vez de gaze — o único sinal de que houvera um dízimo. A guarda real havia retirado os elmos e circulava pelo aposento, misturando-se aos convidados, enquanto os Vir permaneciam em suas posições ao redor do aposento, resplandecentes em seus mantos prateados.

Assim que Kosika viu aquela cena, seu bom humor foi por água abaixo.

Era para ser um dia de prece. Sacrifício. Devoção.

E em vez disso...

— À nossa rainha! — exclamou o Vir Talik, erguendo sua taça num brinde, e os convidados levantaram as taças cheias de um líquido avermelhado.

Nasi veio por trás dela, tentando tirar o manto ensanguentado dos ombros de Kosika.

— Deixe aí — disparou ela, afastando-se da amiga. Então foi em direção à multidão reunida, e o mar de pessoas se abriu como se fosse água, murmurando louvores a ela. Mas Kosika não parou, detendo-se para ser festejada. Pelo contrário, passou por elas e seguiu até as escadas. Não estava com a menor vontade de entreter, de ficar desfilando pelos corredores. Vir Reska, uma mulher de olhos vivos e cabelos grisalhos, tentou impedir sua passagem.

— O banquete, Vossa Majestade.

— Estou exausta — disse Kosika, o que deveria ter sido o suficiente para fazê-la se afastar, mas a Vir fez um gesto em direção à multidão de nobres.

— Mas você deve...

Kosika encarou a Vir com um olhar afiado como uma lâmina, e a mulher se deu conta de seu erro. Deu um passo para trás e caiu de joelhos, roçando a meia-capa prateada no chão. Kosika pousou a mão no ombro da Vir, tal como fizera mais cedo naquele mesmo dia. Sentiu a mulher ficar tensa com o toque. Ambas sabiam que, de todo o sangue que manchava a pele da rainha, uma parte era dela.

Sabiam que bastava uma palavra e a Vir se desintegraria, tal como havia acontecido ao agressor da rainha, durante a procissão. Os ossos dele continuavam empilhados no meio da rua, enquanto o resto de seu corpo fora jogado no rio.

Os ruídos da festa diminuíram ao redor das duas, e Kosika baixou a voz, dirigindo-se apenas à serva prateada.

— Diga-me, Vir Reska — disse ela. — O que *devo* fazer?

— Nada, minha rainha — respondeu a Vir, com a voz tão tensa quanto a corda de um arco e flecha. — Você já fez o bastante. Se está cansada, deve descansar. Os Vir serão os anfitriões desta noite em seu lugar e em sua homenagem.

Kosika tirou a mão do ombro da Vir.

— Perfeito — disse ela, voltando-se novamente para as escadas.

Desta vez, todos tiveram o bom senso de deixá-la ir.

QUATRO ANOS ATRÁS

As portas da sala do trono eram extremamente pesadas.

Para abri-las e fechá-las, eram necessários quatro guardas. Ou uma *Antari* irritada.

Mas, naquela tarde, fora Nasi quem a procurara para avisá-la sobre os Vir.

— O que há com eles? — perguntara Kosika, distraída até reparar na expressão no rosto dela.

Além de não segurar a língua, a garota também não conseguia esconder suas emoções. Quando sorria, seu rosto inteiro ficava tomado pela alegria. Mas quando se zangava, seu rosto cheio de cicatrizes transformava-se em uma máscara inflexível.

— Estão em uma reunião — respondera ela. — Sem a sua presença.

As portas da sala do trono rangeram ao se abrir, anunciando a chegada de Kosika. Ela já tinha visto ilustrações de uma baleia, uma criatura marinha tão grande que era possível ficar de pé em seu interior. A sala do trono a fazia lembrar desse animal, com suas colunas brancas como ossos e, lá no alto, o teto abobadado como costelas.

Os Vir tiveram a decência de parecerem surpresos, baixando a voz no meio de uma frase conforme ela adentrava o vasto salão, com seus sapatinhos ressoando no piso. Aquele piso. Corria o boato de que ele era misturado a pedaços de ossos. Os inimigos de Astrid Dane, alvejados e cravejados no mármore. Não passava de um boato e, mesmo que não fosse, havia um bom tempo que aquelas pedras não eram substituídas.

Mas, no momento, ela gostaria que essa história fosse verdade — adoraria acrescentar mais alguns ossos à coleção.

O trono de Kosika ficava no meio da sala, com as cadeiras do conselho dispostas num círculo frouxo, como mãos em concha ao redor da rainha. Acontece que o trono estava vazio.

— Vossa Majestade — disse Vir Patjoric, pondo-se de pé.

— Não se levantem — disse ela, mas levantaram-se mesmo assim. Kosika sabia que era um sinal de respeito, mas se sentiu ainda mais baixa do que já era. — A culpa é minha por estar atrasada. — Sentou-se, enfiando as pernas por baixo do corpo para que ninguém percebesse que não conseguia alcançar o chão. — Por outro lado, eu não teria me atrasado se alguém tivesse me dito que teríamos uma reunião.

Os Vir se entreolharam, trocando expressões que variavam de irritação a desconforto. Havia treze deles e, para ser sincera, exceto por Serak, ainda confundia os demais. Não por causa das meias-capas prateadas que todos usavam. Mas pelo jeito como se portavam, sentados em suas cadeiras e falando com ela como se Kosika fosse uma criança, e não a rainha.

Agora, doze deles trocaram olhares. Apenas Serak teve a decência de olhar para *ela*, e parecia prestes a abrir a boca quando o Vir

Patjoric o interrompeu. Patjoric era um Vir que sempre reconheceria — afinal de contas, fora ele que a encontrara.

— Não queríamos incomodá-la — disse ele, baixando a cabeça loira.

— Assuntos de Estado podem ser bem maçantes — acrescentou a Vir Reska, que era fácil de memorizar porque tinha os olhos do mesmo tom do Sijlt, tão claros que quase pareciam não ter cor.

— Garanto a você — disse Kosika — que nada sobre a minha cidade me deixa entediada. Muito bem — acrescentou ela, recostando-se em seu trono. — O que foi que eu perdi?

Outro Vir pigarreou.

— Estávamos discutindo o que fazer em relação aos outros mundos.

Kosika franziu a testa. Ela sabia deles, é lógico. Os outros cômodos da casa, como diria Serak.

— O que há com eles? — perguntou ela.

— Bem, sempre houve certa comunicação com eles no passado, mas...

— Algum mensageiro veio até nós?

— Não — respondeu outro Vir. — Ainda não. Mas creio que nós deveríamos entrar em contato com eles.

— Nós — repetiu Kosika. Mas não havia *nós*. As portas entre os mundos estavam fechadas e só um *Antari* poderia abri-las novamente. Só um *Antari* poderia passar por elas. — Não entendo qual é o objetivo — disse ela. Um burburinho percorreu os Vir, como vento soprando em meio a folhas. — Vocês querem que eu vá para a outra Londres? Para fazer o quê? Entregar uma carta?

— É o que Holland fazia — respondeu o Vir Patjoric.

— Quando era um servo — rebateu Kosika com os dentes cerrados —, não o rei. E só porque os Danes cobiçavam aquele mundo. Acho que já está na hora de nos concentrarmos em nosso próprio mundo.

Serak a encarou, e ela percebeu um sorriso discreto no canto de sua boca. Ele aprovava sua decisão.

— Não vale a pena correr o risco — disse a Vir Reska. — Se Kosika for sequestrada, ficaremos sem uma *Antari* e uma rainha.

Kosika não deixou de reparar na ordem com que Reska enunciara seus títulos.

— Um dia — disse um Vir de cabelos escuros chamado Lastos —, as muralhas cairão. É melhor estarmos preparados.

— Mais um motivo para nos concentrarmos em *nossa* própria força e não na deles — rebateu Kosika.

O Vir Lastos se inclinou para a frente, segurando-se nos braços da cadeira.

— É melhor conhecermos nossos inimigos antes de encontrá-los no campo de batalha.

— Por que eles precisam ser nossos inimigos? — perguntou o Vir Serak. — Por que precisam ser alguma coisa?

— Somos os mais próximos da fonte original de poder — disse Kosika —, e a cada dia que passa o *nosso* mundo revive mais um pouco.

— E se o deles também estiver revivendo? — insistiu o Vir Lastos. — Não há outra maneira de descobrirmos.

Mas Kosika não prestava mais atenção ao que ele dizia. Era o tipo de homem que gesticulava ao falar, e ela percebeu que nenhuma de suas mãos estava enfaixada.

— O conhecimento é sempre melhor — dizia ele, mas ela o interrompeu.

— Você não pagou o dízimo, Vir Lastos.

Ele olhou de relance para a própria mão.

— Eu estava ocupado com assuntos de Estado. — O Vir respirou fundo e estava prestes a voltar à discussão, mas Kosika não deixou.

— Para isso, você vai ter que arranjar tempo.

O Vir fez pouco-caso de suas palavras, ignorando-as como se fossem uma mosca.

— Muito bem — disse ele. — Se é o que a rainha deseja. Agora, voltando ao assunto da outra Londres...

— Faça agora.

Kosika sacou a lâmina de seu quadril e a ofereceu a Vir Lastos. Ele olhou com repulsa para a ponta da arma.

— Vossa Alteza?

— O solo não faz cerimônia. Aceitará receber seu dízimo com um dia de atraso.

Ela aguardou, mas o Vir não pegou a lâmina oferecida.

— Então, deixe-o esperar até o próximo dia de dízimo. Estão se tornando bem frequentes — ele rebateu.

— Lastos — advertiu Patjoric, mas o outro Vir continuou:

— Não. Primeiro era um evento único, depois passou a ser uma vez por ano, agora duas. Nesse ritmo, logo estaremos fracos demais para fazer qualquer coisa *além* de sangrar.

— Você fala em fraqueza — repreendeu Kosika —, mas nossa Londres fica mais forte a cada dia que passa.

— Sabe por quê? — disparou ele. — Porque proibimos os feitiços de vinculação e retiramos os piores infratores das ruas. Porque temos associações que trazem mercadorias pelo Sijlt, agora que o rio está descongelado, e recolhemos impostos relativos à riqueza. — Ele sacudiu a cabeça. — *Você* pode pagar o dízimo de sangue e venerar homens como santos se quiser, minha rainha, mas não são os rituais que sustentam esta cidade.

— Você também servia a Holland — retrucou o Vir Serak com desdém. — Você também acreditava...

— Eu acreditava que ele era o melhor que tínhamos no momento — disse o Vir Lastos. — Não um rei lendário.

— Você viu as árvores florescendo no pátio — replicou o Vir Talik. — A quantidade de grãos que chega naquelas embarcações vindas do norte.

— Por que você acha que o Sijlt corre tão depressa agora? — interveio Kosika.

Lastos olhou para ela com olhos frios e inexpressivos.

— Tudo que congela descongela com o tempo. Talvez seja simplesmente a natureza.

— E, no entanto, ela ainda não descongelou em você — disse ela.

O Vir fechou as mãos em punhos, ocultando parcialmente o gesto sob o manto. É verdade que ele não era o único que ainda não possuía a magia. Atualmente, a maioria das crianças sabia manejar algum elemento, mas um bom número de adultos permanecia como um solo infértil. Entre os Vir, ainda havia três — Lastos, Reska e Patjoric — que não conseguiam conjurar nem mesmo a chama de uma vela.

— Talvez você só esteja assustado — continuou Kosika. — Talvez prefira não acreditar que a magia tem vontade própria, que ela é capaz de escolher, pois significaria que não escolheu *você*.

— Eu não seria tão arrogante assim, *pequena rainha*. — Ele cuspiu as últimas palavras, nome e título, como se fossem uma semente agarrada nos dentes.

Kosika olhou para a lâmina ainda na mão, observando seu reflexo no aço.

— Este castelo é feito de pedra — disse ela. — E a pedra reverbera bem o som. Já ouvi como você me chama quando não estou presente. *Kojsinka*.

Pequena tirana.

O Vir Lastos empalideceu, mas ela não sabia dizer se o que o deixava pálido era o medo ou a raiva.

— Você nega? — insistiu ela.

Ele fez que não com a cabeça.

— Você é uma criança. E compreende o mundo como uma criança.

Os demais Vir se remexeram, inquietos. Patjoric pousou a mão no braço de Lastos, mas ele se desvencilhou.

— Uma garotinha gostando de brincar de rainha.

Kosika não se levantou. Seria como morder a isca. Mas não pôde impedir que o ar se agitasse a sua volta. Que as pedras começassem a ranger como dentes cerrados. Ela se inclinou para a frente no trono.

— Então vocês não deveriam ter me colocado aqui — disse ela.

— Não — disse ele lentamente. — Não deveríamos mesmo.

Lastos perscrutou a sala, à espera que os demais Vir se juntassem a ele. Ou, pelo menos, contra *ela*. Kosika se lembrou do tabuleiro de kol-kot em seu quarto. Nasi tinha lhe mostrado todas as maneiras de distribuir as peças. Em mais de um arranjo, os sacerdotes eram suficientemente fortes para governar sem um rei. Mas aquilo era só um jogo. E Kosika não era só uma rainha. Ela era uma *Antari*. A herdeira do poder de Holland. E os outros Vir sabiam disso, ainda que estivessem insatisfeitos.

Patjoric sacudiu a cabeça e deu um suspiro. Reska manteve os olhos fixos no chão. Talik olhou para Lastos como se, com isso, o Vir tivesse condenado a si próprio — aos poucos ele foi se dando conta de que tinha mesmo.

— Recebi um chamado para governar — disse Kosika. — Mas você não é obrigado a me servir. — Ela apontou para as portas da sala do trono, ainda abertas.

Ele arrancou o manto prateado dos ombros com tanta força que o alfinete de argola se soltou e caiu, ressoando como se fosse um sino ao quicar pelo chão.

Ele deveria ter se virado e ido embora. Em vez disso, olhou de cara feia para Kosika e disse:

— Patjoric deveria ter acabado com você no instante em que a encontrou no meio da rua. Afinal de contas, a melhor coisa que Holland Vosijk fez por nós foi mor...

Ele parou de falar; sua voz substituída pelo rangido cruel da lâmina cravando-se no osso. Lastos deu um suspiro sôfrego e olhou para baixo, deparando-se com um pedaço de aço enfiado no peito.

— Isso é uma blasfêmia — sibilou Serak, parado como uma sombra atrás dele, os olhos escuros tomados pela ira.

Os demais Vir puseram-se de pé com as espadas em punho e, por um momento, o ar no aposento pareceu tão sólido quanto vidro prestes a rachar. Mas o instante se passou e ninguém reagiu. Apenas assistiram a Serak retirar a espada e Lastos desabar no piso de pedra clara. Ele abriu e fechou a boca, mas tudo que saiu foi um engasgo seguido de um suspiro, e depois mais nada.

Kosika ficou observando o sangue do homem se espalhar pelo mármore e pensou: "Que desperdício." Ergueu o olhar e encontrou os olhos de Serak nos seus.

Um entendimento mútuo passou entre os dois, até Serak proclamar em alto e bom som:

— *Kos och var.*

As palavras foram repetidas pelos demais, sendo ecoadas por toda a sala do trono.

Kos och var. Kos och var. Kos och var.

Todos saúdem a rainha.

V

LONDRES VERMELHA
PRESENTE

— Vai demorar quanto tempo?

Já passava da meia-noite. Os olhos de Tes ardiam e sua cabeça doía e, durante a última hora, ela havia alimentado a frágil esperança de que, se demorasse muito, os assassinos acabariam ficando entediados o suficiente para baixarem a guarda e lhe darem uma chance de fugir.

Mas o homem com cara de tábua de carne continuava andando pela loja, mexendo nas peças de magia ainda por consertar, e a mulher com a trança em forma de moicano nem sequer se levantara da cadeira, mantendo seus olhos cinzentos grudados em Tes.

Até que Vares se remexeu.

A coruja estivera tão imóvel quanto... bem, quanto um esqueleto normal, como se pressentisse o perigo na sala, mas a pergunta despertara o feitiço gravado em seu interior. Agitou as asas de ossos e girou a cabeça.

A mulher desviou os olhos de Tes, repuxando os lábios em algo semelhante a um sorriso.

— *Kers la?* — perguntou ela, aproximando-se da coruja. Ele respondeu bicando seus dedos. Seu sorriso se alargou. — Que magia mais sagaz.

Ela flexionou a mão, e o fio de metal que passava pela coruja estremeceu.

— *Não* — pediu Tes numa súplica. E talvez tenha sido seu apelo ou o fato de suas mãos terem parado de se mexer que fez com que a mulher largasse a corujinha e voltasse o olhar para a caixa aberta em cima do balcão. Era um emaranhado de magia, uma bagunça de cordas, ainda mais confusa devido ao caos da loja, mas Tes não se atreveu a colocar os óculos de proteção. Não podia se dar ao luxo de estreitar o olhar nem de esquecer as outras pessoas presentes na sala, embora estivesse com uma dor de cabeça latejante.

Apesar da plateia, Tes não se preocupou em disfarçar seu poder nem em fingir que usava ferramentas, não se preocupou com nada além dos próprios olhos e mãos conforme deslizava os dedos pelo ar, transformando o feitiço ao redor da caixa em algo útil.

O homem se encostou na porta, parecendo entediado. A mulher se inclinou para a frente na cadeira, tamborilando os dedos no bracelete de metal, o único som em toda a loja.

— Qual é o seu nome? — perguntou Tes quando não aguentava mais o silêncio. A mulher arqueou a sobrancelha escura. — Eu lhe disse o meu — acrescentou ela debilmente.

A mulher repuxou os lábios novamente.

— Bex — respondeu ela, o som deslizando pelos dentes. — Aquele monte de merda ambulante ali é o Calin.

Tes manteve as mãos em movimento.

— Você não gosta dele.

— Está tão na cara assim?

— Mas vocês vieram como parceiros.

O homem cheio de cicatrizes, Calin, bufou de desdém.

— Eu não diria isso.

Bex refletiu sobre o que Tes dissera.

— No momento, trabalhamos para o mesmo empregador.

— Pensei que assassinos trabalhassem sozinhos.

Bex estreitou os olhos.

— Você é afiada demais — ponderou ela. — Se não tomar cuidado, vai acabar se cortando. — Ela ficou de pé, alongando-se e estalando os ossos do pescoço. — Agora faça o seu trabalho, ou eu farei o meu.

Tes ficou surpreendida ao se irritar com a ameaça.

— Para quê? Vocês vão me matar de qualquer jeito.

— Verdade — disse Calin. — Mas se você for rápida, nós também seremos.

Sua audácia desapareceu e o medo tomou conta dela.

— Encare a situação desta maneira — disse Bex, apoiando os cotovelos no balcão. — Não fui *contratada* para te matar e não tenho o hábito de trabalhar de graça.

Tes queria acreditar nela — talvez até acreditasse, se Bex estivesse sozinha —, mas Calin parecia ser um homem que já tinha matado muita gente, só porque podia.

— Não se preocupe com *ele* — disse Bex, como se lesse seus pensamentos. — Preocupe-se comigo. E com isso aí — acrescentou ela, apontando para a caixa no balcão.

Foi o que Tes fez.

O que, na verdade, vinha fazendo há horas.

Tes manteve os olhos fixos nas próprias mãos, forçando-se a não olhar para o eco da porta que pairava no ar à esquerda de Calin, com as bordas em chamas. Ficou se perguntando se eles não eram capazes de vê-la ou simplesmente não estavam olhando.

Pelo menos, não conseguiam ver o que *ela* estava fazendo.

Se conseguissem ver os fios da magia, teriam notado que ela havia trançado linhas douradas de ar sobre ar dentro da estrutura de madeira. Era um trabalho grosseiro, mas eficaz — e ela quase pôs tudo a perder quando Calin saiu de onde estava ao lado da porta, derrubando uma enorme caixa de metal cheia de sucata.

Tes afastou as mãos e prendeu a respiração, com medo de que o feitiço acabasse sendo disparado naquele instante, mas por sorte nada aconteceu.

— Malditos santos — murmurou Bex. — Bem que alguém podia me contratar para matar *você*.

— Não aja como se não tivesse tentado fazer isso de graça — retrucou Calin, chutando a caixa de metal para o lado. — Sou tão difícil de matar quanto o próprio rei.

— Ouvi dizer que ele é enfeitiçado — comentou Tes, prendendo cuidadosamente o último fio e fazendo sua melhor imitação de alguém que ainda tinha muito trabalho pela frente.

— Acho que vamos descobrir em breve — afirmou Bex.

Outra caixa caiu no chão, e a mulher fechou os olhos e cerrou os dentes.

— Se você derrubar mais alguma merda... — rosnou ela, mas Calin não estava prestando atenção.

Em vez disso, encarava o espaço em frente às prateleiras, inclinando a cabeça.

— *Kers la?*

Tes seguiu seu olhar e na mesma hora um arrepio percorreu sua espinha: o homem encarava os resquícios da porta que ela havia feito. Deu uma volta hesitante, dando uma boa olhada no local e, embora não conseguisse ver a porta de um jeito tão nítido — pelo menos não da maneira que ela via —, era evidente que tinha notado alguma coisa... um brilho no ar, a sensação de que tinha alguma coisa errada.

— Ei, Bex — chamou ele, estendendo a mão em direção ao eco do feitiço. — Vem dar uma olhada nisso aqui.

O coração de Tes disparou quando a outra assassina deu um suspiro e se levantou da cadeira. Não tinha mais tempo, então assim que Bex se afastou da mesa, Tes entrou em ação.

Pegou o objeto em que estava trabalhando, aquele que não era nem nunca seria um abridor de portas, e o jogou no meio da oficina. Depois agarrou a coruja e abaixou-se sob o balcão, curvando-se ao redor de Vares e do saco de peças desmontadas que restavam do verdadeiro abridor de portas.

A caixa de madeira — que, como dissera aos assassinos, não passava de um recipiente para a magia — atingiu o chão da loja de Haskin e se quebrou, desencadeando o feitiço de vento que ela havia colocado dentro.

Explodindo com uma força súbita e violenta.

Tes nunca tinha feito uma bomba elementar antes, por isso não fazia a menor ideia se tinha dado à magia impulso suficiente, o que só descobriu quando o ar explodiu para fora da caixa, estilhaçando a madeira, quebrando os vidros e sacudindo totalmente a loja.

Até o balcão, que era preso ao piso, rangeu sob a força estrondosa da explosão e, no barulho que se seguiu, ela não conseguiu ouvir os assassinos nem ver onde estavam, se tinham sido mortos pela explosão ou se só tinham ficado nervosos.

Mas Tes sabia que era melhor não esperar nem mais um segundo.

Apanhou o abridor de portas e a coruja morta e saiu de trás do balcão, indo em direção aos fundos da oficina e à porta cortinada que dava para o seu quarto. Ao chegar ali, parou e olhou para trás, vendo a mulher, Bex, presa entre os destroços de uma estante de metal empenada, e o homem, Calin, caído em uma parede de pedra. Mas os dois ainda estavam vivos e já começavam a se recuperar.

Tes deu uma batida na soleira da porta e no feitiço que havia tecido ali. Fora a primeira coisa que construíra na loja de Haskin, e não foi para um cliente, mas para si mesma, caso tivesse que fugir de novo.

Adorava a oficina, mas não era nada além de madeira, pedra e uma porta pintada, e não pensou duas vezes. Entrelaçou os dedos nos fios e *puxou* com toda sua força.

As rachaduras saíram de sua mão e atravessaram as paredes, o teto e o chão. Nesse instante, Tes deu meia-volta e correu até a cortina que levava aos cômodos apertados nos fundos da loja, passando pela mesinha, a cama estreita e a vida que tivera ali até sair pela porta enquanto a loja inteira cedia, o telhado desabava e tudo ia desmoronando.

VI

Ao longo dos anos, um bom número de pessoas havia tentado matar Calin Trell.

Seu corpo era um mapa de tentativas fracassadas, das vezes que fora esfaqueado e queimado, golpeado e amaldiçoado. Já tinha quebrado a maioria dos ossos, perdido uma quantidade considerável de sangue e sido enterrado mais vezes do que conseguia contar.

Ou seja, para acabar com ele seria preciso mais do que uma lojinha tombada.

Teve de admitir que a garota agiu depressa. A rajada de vento o fizera bater a cabeça na parede, sacudindo seu crânio, e, naquele segundo, enquanto tudo não passava de um zumbido, quase acabara não se dando conta do ataque que veio depois — quase, mas não exatamente. Tivera tempo suficiente para lançar seu poder, bloqueando a maior parte da pedra, da madeira e do metal ao mesmo tempo que a loja vinha abaixo.

Agora Calin estava no meio dos escombros, cercado por uma montanha de destroços. Sangue escorria em seu olho, pois algo afiado havia cortado sua testa, mas, fora isso, estava ileso. Que Bex Galevans ficasse com o aço e todas as suas frescuras, pensou ele. O trabalho com a terra era grosseiro, mas eficaz.

Por falar em Bex... Ele saiu do buraco onde acabaram caindo e subiu no topo da pilha de destroços que costumava ser a loja de Haskin — isso antes de aquela vadiazinha derrubar tudo na cabeça deles. Mexeu os pés, e as rochas e a madeira rangeram sob seu peso.

Não prestou atenção aos espectadores aglomerando-se na rua; alguns chocados, outros apenas curiosos. Afinal de contas, ali era o *shal*, cujo lema não oficial era: *Cuide da sua própria vida*.

Olhou ao redor. Nem sinal de Bex.

Sorte sua se ela estivesse morta sob os destroços.

Não que Calin fosse um cara sortudo.

Ele se virou, dando uma olhada nos prédios dos dois lados da calçada, o beco e a rua, e captou um movimento, um vulto em forma de garota correndo para a escuridão.

Calin sorriu, cheio de sangue e poeira nos dentes. Sempre gostara de caçar.

Saltou de onde estava, em cima das ruínas, e caiu com tudo, as botas colidindo contra a calçada de pedra. Mais sangue escorreu em seu olho, e ele o limpou com a mão. O corte na testa era profundo; deixaria uma cicatriz. Mais uma para acrescentar à coleção.

Calin sacou uma lâmina do cinto e começou a descer a rua.

Tes passou por entre os edifícios na escuridão.

Ela conhecia o *shal* melhor do que o restante de Londres, conhecia-o tão bem quanto qualquer um que não tivesse nascido e crescido entre aquelas ruas estreitas era capaz de conhecer: sabia que à noite o lugar se transformava. As ruas eram sempre bem apertadas e formavam um labirinto de ruelas, poucas largas o suficiente para dar passagem a uma carruagem ou carroça, mas, no escuro, os becos sinuosos também bloqueavam a luz. Aqui e ali, o brilho vermelho do Atol tingia os telhados de carmesim, mas nenhum rio ou lampião era capaz de afastar completamente as sombras.

Felizmente para Tes e seus estranhos olhos, os fios do poder brilhavam tanto que nenhum lugar no mundo ficava escuro de verdade. Acontece que, por causa do desespero, ela caminhava de um jeito meio estabanado e, ao contrário do restante da cidade, à noite o *shal* não dormia — longe disso, era no pôr do sol que ganhava vida, apesar da forte escuridão, ou talvez por causa dela. Tes abriu caminho por um mercado noturno, evitando meia dúzia de barracas mal iluminadas, e acabou esbarrando num grupo de pessoas saindo de uma taverna, pedindo licença conforme passava com Vares ainda enfiado no bolso e o abridor de portas quebrado aninhado ao peito.

As ruas do *shal* estavam mais para círculos do que linhas retas, levando-a cada vez mais para dentro, como se o labirinto não quisesse deixá-la sair, e enquanto a mente de Tes era tomada pela urgente necessidade de escapar, seus pés, além de terem um limite de velocidade, só podiam levá-la até certo ponto, e ela precisava ir embora, não só do *shal*, ou mesmo de Londres, mas para um lugar onde ninguém pudesse segui-la, e foi assim que acabou ajoelhada num beco escuro e sem saída, com o embrulho aberto no chão úmido encarando o abridor de portas desmontado.

— Vamos, vamos, vamos — sussurrou ela enquanto suas mãos se agitavam sobre os fios.

De repente, desejou não ter feito uma desmontagem tão meticulosa, mas sempre tivera uma boa memória para padrões depois de pôr um objeto em funcionamento, e era muito mais fácil fazer algo pela segunda vez do que de primeira.

A coruja morta se contorcia, esvoaçando nervosa em seu bolso como se dissesse: "Depressa, depressa".

— Eu sei, Vares. Eu sei.

Seus dedos moviam-se com agilidade, reconstruindo o padrão e atando os nós que tinha desfeito antes.

— Quase pronto.

Alguma coisa caiu atrás de Tes, que se virou para olhar, mas era só um bêbado derrubando um vaso do peitoril de uma janela, cambaleando de volta para casa. Segundos depois, uma janela se fechou lá em cima, mas, desta vez, ela não se sobressaltou. Tampouco ergueu o olhar quando ouviu passos pelo beco.

Não até que diminuíssem o ritmo. E parassem.

— Ora, ora — disse a voz áspera, como se a boca estivesse cheia de pedras.

Tes afastou as mãos da caixa ao se virar para encará-lo. Calin estava parado na entrada do beco, o brilho verde de sua magia iluminando-o mais do que um poste de luz e refletindo na adaga em sua mão, seus cabelos escorridos grudados ao rosto. Poeira e destroços agarravam-se aos ombros do homem, e o sangue escorria da têmpora até o canto de sua boca. Ele passou a língua pelos lábios até encontrar a gota vermelha.

— Bex tinha razão — disse ela, tentando manter a voz firme. — Você é duro na queda.

Calin desviou o olhar para o beco atrás dela, que terminava num muro.

— Não tem para onde correr — salientou ele.

— Você nem imagina — disse ela, olhando-o nos olhos. — *Erro*.

Tes ouviu a caixinha se abrir, sentindo a porta erguer-se logo atrás. Com o canto do olho, viu a soleira da porta entalhada no ar e sentiu o véu e a brisa trazendo aquele cheiro de fumaça e pedra úmida.

Calin arregalou os olhos e repuxou a boca num rosnado quando Tes deu um passo para trás e atravessou a soleira. O mundo estremeceu e ficou embaçado e, através do véu, ela viu a silhueta dele avançar com o braço estendido.

— FERRO.

A porta se fechou obedientemente, apagando Calin, o *shal* e todo o restante de Londres.

Tes ficou parada ali, ofegante, não num beco, mas numa rua cheia de postes de luz.

Chovia; não uma chuva forte, mas uma garoa leve e constante, e o abridor de portas jazia nos paralelepípedos a seus pés. A noite parecia estranha e sombria, mas até que fazia sentido, afinal de contas, era uma noite diferente num mundo diferente.

Ela tinha conseguido. Estava a salvo.

Tes deu uma risadinha assustada que logo se desvaneceu porque a fez sentir uma pontada de *dor*.

Ela sentiu um arrepio à medida que uma dor estranha começava a espalhar-se pelo abdômen — quente, a princípio, mas logo depois escaldante. No começo pensou que fosse só uma consequência da explosão e perseguição, mas, quando baixou o olhar, viu uma coisa muito estranha: o cabo de uma adaga projetando-se acima de seu quadril. Mas era ridículo, teria percebido se tivesse sido esfaqueada. Estendeu a mão, tocou no cabo e, neste instante, a lâmina se moveu e a dor se intensificou, transformando-se em algo desnorteante, queimando sob suas costelas.

Agiu por reflexo — segurou a lâmina e a puxou.

O que acabou sendo uma péssima ideia.

A dor se tornou insuportável e Tes caiu de joelhos na rua, reprimindo um grito.

O sangue escorreu por entre seus dedos. Pressionou a ferida com força, embora seu coração estivesse disparando e sentisse vontade de gritar mais uma vez.

— Levante-se — sibilou ela entre os dentes cerrados, dizendo as palavras em voz alta para lhe dar força. Mas não surtiu nenhum resultado. — Levante-se, levante-se, levante-se — entoou Tes, como se fosse um feitiço, e, ao mesmo tempo, ouviu outra voz gritar palavras numa língua estrangeira, mas quase familiar.

Que estranho, pensou ela, com a cabeça a mil, *parecia que eles estavam falando ilustre real*. Tes e as irmãs tinham aprendido o idioma, mas fazia tantos anos que não praticava que, naquele instante, teve dificuldade de traduzir, ainda mais com a dor que estava sentindo. A voz gritou de novo e, desta vez, podia jurar que tinha entendido a última palavra.

Rua.

De repente, veio outro som bem mais próximo, que imediatamente reconheceu como o ruído de cascos, e Tes ergueu o olhar bem a tempo de ver um cavalo e uma carroça avançando no escuro em sua direção.

O cocheiro puxou as rédeas e o cavalo empinou, virando com força para o lado, então a roda da carroça quebrou e tudo começou a tombar em Tes e no abridor de portas no chão. Suas pernas se puseram em movimento, ela pegou a caixa e deu um salto para longe pouco antes de a carroça cair, estilhaçando a madeira e derramando os caixotes na rua onde havia poucos segundos a garota estivera.

De alguma forma, Tes seguiu em frente. Correu aos tropeços, tentando se distanciar do acidente, e percorreu meio quarteirão antes que a dor no abdômen a obrigasse a parar. Sentou-se no meio-fio debaixo de um toldo, com uma das mãos no abridor de portas e a outra tocando o corpo ferido. Fechou os olhos com força, tentando pensar, mas seus pensamentos estavam lentos demais. Abriu os olhos. Sua visão falhava conforme a escuridão se apoderava dela, ou pelo menos foi o que pensou até perceber por que a luz da noite parecia estranha.

Não havia nenhum fio ali.

Nada na chuva, que deveria cintilar com fios de luz azul-claros.

Nada nas lâmpadas, que deveriam estar repletas de fios amarelos.

Nada na rua em si, que deveria estar envolvida de fios verde-terra.

Na verdade, os únicos fios que *via* estavam em torno do abridor de portas ou derramados em sua camisa, onde cada gota de sangue ardia com um filamento de luz carmesim que desvanecia segundos depois de cair.

Um mundo sem magia.

Seria um bom refúgio, se ela não estivesse morrendo.

Não, disse a si mesma. Ela não ia morrer. Ainda não. Podia consertar isso. Tes sabia muito bem como consertar coisas quebradas. É verdade que contava com a ajuda da magia, e ali não havia magia alguma. Além disso, ela era uma pessoa, não um objeto, mas estava machucada, e um machucado era como algo quebrado, e isso ela também conseguia consertar. Tinha que conseguir.

A coruja se agitou em seu bolso, e ela ficou feliz por Vares ainda estar funcionando. Sentiu-se feliz por não estar sozinha. Mesmo que o movimento das asas esqueléticas em sua pele ferida doesse o suficiente para fazer Tes engolir um soluço.

Ela sabia que tinha de estancar o sangue. Fechar a ferida. Dissipar a dor. Havia muitas lojas na rua. Talvez uma delas tivesse algo de útil. Parecia tão trabalhoso.

Tes queria fechar os olhos novamente. Queria descansar. Nem que fosse só por alguns minutos.

Em vez disso, respirou fundo e se levantou.

Calin ficou encostado à parede do beco, cutucando as unhas.

— O que você está fazendo parado aí? — perguntou uma voz irritante.

Quer dizer que ela ainda está viva, pensou ele conforme Bex avançava pelo beco em sua direção. E ainda diziam que era *ele* o duro na queda. Duas ou três partes do corpo dela estavam sangrando, e mancava de uma perna. Não era a mesma coisa que morta, mas já era melhor do que nada.

— Temos um probleminha — disse Calin.

— Cadê ela? — perguntou Bex.

— Caiu fora.

— E você não foi atrás?

— Não deu — respondeu ele. — Ela fechou a *porta* — acrescentou, apontando com a cabeça para a tênue cicatriz pairando no ar. Talvez nem tivesse reparado na marca no escuro se não tivesse visto a porta com os próprios olhos, o lugar exato onde aparecera e desaparecera.

— Então ela estava *mesmo* com o *persalis*. — Bex tentou disfarçar sua surpresa, mas Calin reparou, memorizando o jeito como a mulher arqueou a sobrancelha e entreabriu os lábios. *Um dia, quando eu te matar, você vai fazer essa cara para mim.* Só de pensar, deixou escapar um sorrisinho, mas Bex já estava ajoelhada no chão do beco, desenrolando um mapa da cidade.

— O que é que você está fazendo?

— Aquela vadiazinha mentirosa me deve um dedo — respondeu ela, riscando uma série de marcas no mapa. Calin nunca dera muita atenção a feitiços. Na sua opinião, era possível ser bom em muitas coisas, mas ótimo só em algumas. Ele preferia gastar energia matando. Além disso, aquele tipo de feitiço acabava com toda a diversão da caçada. No entanto, parado ali no beco, à espera de Bex ou de uma ideia melhor, teve de admitir, nem que fosse para si mesmo, que numa hora destas um feitiço de localização vinha bem a calhar.

Ele a viu tirar do bolso a mecha de cabelo que cortara da cabeça da garota e puxar um fio, jogando-o no meio do mapa. Entoou algumas palavras e logo os rabiscos e o fio de cabelo pegaram fogo até virarem cinzas. Era agora, imaginou ele, que as cinzas apontariam o caminho, traçariam uma linha de onde estavam até a garota.

Mas não aconteceu nada. As cinzas apenas ficaram ali, esperando uma leve brisa as levar para longe.

— *Anesh?* — perguntou ele, perdendo a paciência.

Bex manteve os olhos fixos no mapa, mas ele a viu contrair os ombros, arrepiando-se — algo que acontecia sempre que ela estava com sangue nos olhos. Em outra situação, Calin teria achado divertido, mas sua cabeça começava a latejar da batida que deu na parede da loja. Além disso, tinha perdido uma faca em perfeito estado.

Bex resmungou baixinho.

— *E aí?* — voltou a perguntar ele.

Bex deu um suspiro.

— Pela primeira vez na vida, você tinha razão — respondeu ela. — Temos um problema sério. — Ela ergueu o olhar. — De acordo com este mapa, a garota não está aqui.

— Isso é óbvio — disse ele, apontando para o beco vazio, mas Bex sacudiu a cabeça.

— Ela não só *não está exatamente aqui*, seu desmiolado. — Bex jogou as cinzas do mapa no chão. — Como também não está em *lugar nenhum*. É como se não existisse.

— Talvez você seja péssima em feitiços — disse Calin. — Ou talvez eu a tenha matado.

Ele tinha conseguido ver a faca cravando na garota logo antes de a porta fechar.

Bex o encarou de um jeito meio sombrio.

— Para o bem de nós dois, espero que você não seja *tão* estúpido. — Ela ficou de pé, encarando por um bom tempo o mapa vazio. — Dane-se — murmurou, passando por ele e fazendo uma tentativa meio desanimada de enfiar uma adaga entre as costelas do homem.

Calin afastou a lâmina com o punho.

— Aonde é que você vai? — perguntou, seguindo-a para fora do beco.

— *Nós* estamos indo contar para o nosso chefe — concluiu ela.

VII

LONDRES BRANCA

Todos tiveram o bom senso de deixar a rainha partir, exceto, lógico, por Nasi, que a seguiu pelas escadas de pedra em espiral até o salão sumir de vista.

Kosika não estava com disposição.

— Volte para lá — disse ela enquanto passava pelo primeiro patamar. — Não quero que perca a festa.

— Não precisava ter assustado Reska daquele jeito — disse Nasi. — Foi bem petulante e mesquinho de sua parte.

Kosika virou-se para a amiga, o ar tensionando-se ao redor delas. Não teve a intenção de conjurar aquilo — ultimamente, as coisas haviam começado a acompanhar suas alterações de humor e seu temperamento. Nasi se retesou, conseguindo sentir a mudança no clima, mas, ao contrário da Vir, não recuou. Em vez disso, continuou subindo a escada e parou no degrau imediatamente abaixo do da rainha, de modo que ficassem cara a cara. Perscrutou o rosto de Kosika.

— Por que você está tão irritada?

Kosika desviou o olhar para as escadas, os sons da folia ecoando até lá em cima.

— Aquelas pessoas no salão são umas oportunistas, só estão seguindo a manada. A metade se ajoelhou diante dos Danes antes de se ajoelhar diante de mim.

Nasi deu de ombros.

— Se você punisse todo mundo que baixou a cabeça enquanto o mal passava, não sobraria uma alma viva para segui-la. Mas existe uma grande diferença entre medo e devoção.

— Devoção — murmurou Kosika, encostando-se à parede. — Perdoe-me por não estar com a menor disposição de desfilar pelo castelo como uma marionete.

Nasi arqueou a sobrancelha.

— Até onde sei, não tem mais nenhuma corda lhe prendendo. Você cortou todas de uma só vez.

— Então por que eles continuam me tratando como uma boneca?

— Eles a tratam como uma *rainha* — rebateu Nasi, bufando aborrecida. — É o que você é. O símbolo de sua força. O poder que restaurou nosso mundo.

— É o poder de Holland Vosijk. Deveriam fazer preces a ele.

— Holland Vosijk está morto — disse Nasi com ar sombrio. — Mas você não.

Ela se aproximou, pousando a mão no ombro de Kosika, sobre o mando manchado de sangue.

— Você guarda rancor por não acreditarem nas histórias do Santo de Verão tão fervorosamente quanto você acredita. Mas eles não seguem o Santo. Seguem *você*. Do ponto de vista deles, foi você quem fez as plantações crescerem nos campos. Por *sua* causa conseguem invocar vento para as velas de seus barcos. — Nasi estendeu a mão livre, e uma chama irrompeu no ar. — Por *sua* causa conseguem invocar fogo para a lareira de suas casas. — Ela fechou os dedos, e a chama se apagou. — Você é a rainha, e esta é uma noite de celebração; mas eles pagaram o dízimo de sangue o dia todo porque esse era o seu desejo.

— Pagaram porque é bom para eles.

— É bom para todos nós. Não é esse o objetivo?

Kosika olhou para as próprias mãos cobertas de sangue.

— E se a magia voltasse a secar? E se o poder se esvaísse do mundo? Será que ainda me seguiriam?

— Ah, não — respondeu Nasi alegremente. — Nesse caso, certamente se voltariam contra você. — Só ela conseguia dizer uma coisa dessas com tanta leveza na voz. — Afinal de contas, aqui é Londres. Mas nós duas sabemos que isso não será necessário. Você abriria as próprias veias no Sijlt antes que alguém tentasse cortar sua garganta.

Kosika tentou esboçar um sorriso, mas não conseguiu.

— Volte lá para baixo — disse a Nasi, apontando para a escada. — Aproveite o banquete. Garanta que os Vir não tirem proveito do poder na minha ausência.

— Você devia comer alguma coisa — replicou a amiga, e Kosika se irritou, embora seu estômago roncasse, forrado apenas de pãezinhos doces e cidra.

— Tá bom — concordou ela. — Mande alguém levar alguma coisa para os meus aposentos.

Kosika se virou, mas então sentiu a mão de Nasi segurar a dela, colocando algo pesado em sua palma.

— Feliz aniversário — disse Nasi, inclinando-se para beijar sua bochecha, e Kosika corou um pouquinho antes de baixar o olhar e ver o presente: uma estatueta de mármore como as peças do tabuleiro de kol-kot no canto de seu quarto. Kosika já conhecia as regras e até tinha vencido Nasi uma meia dúzia de vezes. Era uma estatueta modelada com base na peça mais importante do jogo: o único rei sem rosto.

Só que aquele em suas mãos não era um rei sem rosto.

Era uma rainha.

E era ela.

Do manto branco à coroa trançada, passando pelos olhos feitos de pedra preciosa, um castanho-claro e outro todo preto. Conforme fechava a mão em volta do artefato, seu humor foi melhorando. Ergueu o olhar para agradecer a Nasi, mas a garota já estava descendo a escada em espiral em direção ao barulho e à folia da festa.

Kosika revirou o talismã nas mãos enquanto subia para seu quarto, passando pelo segundo e terceiro patamares até chegar à torre real, onde encontrou dois guardas postados em frente à sua porta.

Por fim, em meio ao silêncio, Kosika despiu o manto sujo de sangue e tirou os grampos incrustados de joias dos cabelos, largando os adornos sobre a cama como se constituíssem uma espécie de fantasma. Passou pelo freixo prateado que crescia no centro do quarto, roçando os dedos pelo tronco ao seguir em direção ao tabuleiro de jogo que jazia, como sempre, em sua mesa baixa e redonda. Sentou-se num banquinho almofadado. O jogo estava montado, cada rei com uma muralha de soldados à frente e uma série de sacerdotes atrás. Kosika pegou o rei prateado e branco, sem rosto sob a coroa, jogou-o na gaveta e, no lugar, posicionou sua própria peça. Passava a ponta dos dedos por suas feições de pedra quando, logo atrás, alguma coisa — alguém — se moveu.

— Kosika — chamou uma voz baixa e suave.

Ela se virou e lá estava ele, vestido de preto da cabeça aos pés, com uma das mãos na coluna da cama e a outra no manto manchado de sangue. Seus dedos longos eram tão graciosos quanto no dia em que ela os fechou em torno de um único cubinho de açúcar no Bosque de Prata.

— Olá, Holland.

SETE

A MÃO QUE EMPUNHA A LÂMINA

I

LONDRES VERMELHA

A cidade era cheia de jardins de prazeres.

Alguns aproveitavam ao máximo as longas noites de verão, outros dissipavam o frio do inverno; alguns eram mais intimistas, outros, grandiosos, mas à sua própria maneira eram todos deslumbrantes.

Só que poucos se comparavam ao Véu.

Como os demais, o jardim atendia a uma clientela rica e era conhecido não apenas pelo luxo, mas também por sua discrição — assim que os clientes entravam, deparavam-se com uma parede repleta de máscaras brilhantes para colocarem no rosto assim que adentrassem. Mas, *ao contrário* dos outros, o lugar não tinha chão, paredes, telhado nem raízes. Em vez disso, a cada noite o Véu se instalava em uma casa diferente, e só os membros mais fiéis sabiam onde voltaria a florescer.

Sendo assim, seu tamanho e sua forma variavam de acordo com o terreno — o que, na verdade, fazia parte do encanto. Às vezes, o local era grande o suficiente para abrigar um baile; outras vezes, não passava de um labirinto cheio de quartos pequenos e alcovas separadas por cortinas. Era um circo itinerante, um festival de vinho fino e fumaça perfumada que desaparecia todos os dias ao amanhecer.

O cenário mudava, mas as regras permaneciam as mesmas.

Os funcionários do Véu destacavam-se por meio de máscaras douradas, já os clientes usavam máscaras pretas ou brancas. Era um mar de rostos anônimos e, embora a maioria estivesse envolvida em alguma espécie de devassidão, alguns poucos se distanciavam, preferindo ficar assistindo e assim não correr o risco de serem vistos, ao mesmo tempo que outros preferiam desfrutar da privacidade que o Véu oferecia.

Não era incomum ver fileiras de pessoas nas escadas, os rostos cobertos absortos numa conversa em vez de tomados pelo desejo. Ou então ver um punhado de pessoas sentadas a uma mesa, falando de magia proibida ou do comércio exterior. Ou então observar um quarto sendo reservado não para satisfazer o próprio prazer, mas para planejar a queda de um rei.

Uma máscara dourada pendurada na porta informava que o quarto estava ocupado, e logo atrás havia dois convidados sentados à espera do terceiro. A máscara de um deles era preta, a do outro, branca.

— Ele está atrasado — disse o primeiro, o rosto escondido sob o disfarce de ônix e os dedos cheios de cicatrizes reluzentes ao segurarem um cachimbo. Havia uma marca pálida ao redor do polegar, de onde uma joia havia sido retirada. Era um homem grande e, quando se reclinou, os ombros largos ocuparam toda a cadeira de espaldar alto. A ponta do cachimbo sumiu sob a máscara preta e, um segundo depois, a fumaça saiu pelas laterais. — Refresca minha memória: por que mesmo nos preocupamos com ele?

A segunda convidada, com o rosto oculto por uma máscara tão branca quanto osso, inclinou a cabeça. Ela era esguia, e o corpo acompanhava os contornos da cadeira na qual recostava.

— Toda ferramenta tem uma utilidade. — Ela cruzou as pernas. — Por falar nisso, cadê este tal de *persalis*?

— A caminho.

Ela franziu os lábios por trás da máscara branca.

— A próxima reunião é amanhã à noite. Se você não o tiver até lá, a Mão não poderá...

— Estou bem ciente de como o tempo funciona — cortou o outro. Ele tinha uma voz intimidadora que fazia a maioria das pessoas se encolher ou desviar o olhar. Mas não a mulher, ela apenas deu de ombros.

— Esse é o seu plano — disse ela. — Se não estiver pronto, podemos passar para o meu.

Ele balançou a cabeça.

— A Longa Noite Escura só vai acontecer daqui a algumas semanas.

— É melhor ter tempo de mais do que de menos. — A impressão era de que ela sempre falava daquele jeito, com frases ensaiadas e a voz suave como as pedrinhas de um riacho.

O homem ficou quieto, desviando o olhar para o relógio na parede, que não emitiria som algum até que o Véu se fechasse ao amanhecer, e ainda faltavam algumas horas, mas mesmo assim os ponteiros deslizavam silenciosamente no lado direito.

— Pirralho insolente — murmurou ele, tragando o cachimbo e só então percebendo que o fogo tinha se apagado. A mulher estendeu a mão, produzindo uma chama delicada, mas ele a ignorou, levantando-se e indo até um candeeiro.

Enquanto fumava, a porta se abriu e o terceiro membro do grupo entrou aos tropeços — era difícil afirmar se estava bêbado ou apenas de bom humor. Sua máscara dourada reluzia, do queixo pontudo aos raios que se enroscavam nos cabelos sedosos, mas suas roupas estavam amarrotadas e em desalinho, como se tivessem passado um tempo jogadas num canto e só recentemente vestidas novamente.

— Mil desculpas — disse ele, com uma garrafa em uma das mãos e três taças na outra. — Acabei ficando preso por alguns minutos na escada. Negócios, devem compreender — acrescentou o homem, gesticulando de modo a indicar o cômodo e o Véu, que pertenciam a ele.

O Mestre do Véu encheu as taças, entregando-as aos convidados. O homem de máscara preta pegou a bebida enquanto a mulher de máscara branca a dispensou. O Mestre deu de ombros e derramou o conteúdo em sua própria taça. Depois, puxou a máscara dourada para cima só o suficiente para dar um gole no vinho, expondo o queixo forte e o contorno do rosto. Os três já conheciam muito bem as feições uns dos outros, mas o homem e a mulher continuaram de máscara.

— Tudo pronto para amanhã à noite? — perguntou o terceiro, voltando a encher sua taça.

— Não — respondeu a mulher ao mesmo tempo que o homem dizia:

— Sim.

Os olhos do anfitrião dançaram por trás da máscara dourada.

— Já temos uma divergência? O que foi que eu perdi?

— Ele não está com o *persalis* — explicou a mulher.

— Mas logo estarei — rosnou o homem num tom de voz tão sombrio quanto a máscara que usava.

O Mestre do Véu se sentou.

— Vamos presumir por um momento que já esteja com ele. — Então voltou a atenção para a mulher e disse: — E que *você* consiga colocar a chave dentro do palácio.

— O rei confia em mim — garantiu ela, a expressão séria por trás da máscara branca.

— E veja só o que essa confiança vai causar a ele.

Ela baixou os olhos para as próprias mãos e disse:

— Tudo que vive deve morrer.

— Ouvi dizer que o rei não pode ser morto — instigou o homem de máscara dourada.

— Então o incapacitaremos — afirmou ela.

— Podemos dizer que ele fugiu e abandonou a família aos lobos. — Dava para perceber o bom humor em sua voz. — Quem me dera poder estar presente. Vai ser tão divertido de assistir. — Virou a taça vazia para baixo. — Presumo que ninguém deva ser poupado.

Neste momento, o homem da máscara preta voltou a falar.

— Façam o que quiserem com a rainha e a herdeira, mas o consorte é meu.

— Será mais limpo — começou a mulher — se deixarmos as duas...

— Não quero nem saber — interrompeu ele, com o punho cerrado. — O *persalis* vai permitir que os membros da Mão atravessem os feitiços de proteção do palácio. Eles vão assassinar os criados, incapacitar o rei e trazer Alucard para *mim*. — Ele se voltou para o último membro do grupo. — Estamos entendidos, meu *rapaz*?

O Mestre do Véu se recostou na cadeira, os olhos ocultos sob a máscara de ouro reluzente.

— Você está confundindo seu anfitrião com um criado.

— Até que um criado seria bem *útil*.

O homem de máscara dourada se levantou, o bom humor derretendo como a cera de uma vela, revelando certa rigidez escondida sob o disfarce.

— Não se esqueça, meu velho: o *persalis* pode até ter sido ideia sua, mas a Mão fui *eu* quem inventei. Você faz planos que logo desmoronam, mas eu crio armas que resistem ao tempo. Talvez sejam, sim, um pouco rudimentares, mas podemos manipulá-las. São essas armas que provocarão o caos e levarão não apenas o crédito, mas também a culpa de tudo. E quando todos os Maresh estiverem mortos, o trono ficar vazio, e a cidade, abalada pelo choque, à procura de orientação... — O anfitrião abriu os braços — ...*nós* estaremos aqui para guiá-los. *Nós* iremos atrás dos servos indignos da Mão e os executaremos em nome da justiça. Assim, não precisaremos *tomar* o trono à força, pois será *entregue* a nós de bom grado. E, quando isso acontecer, quero que você se lembre quem de nós foi mais útil.

Ele jogou uma moeda na mesa, como se fosse um cliente pagando uma bebida. Era um lin comum, ou pelo menos era o que parecia, mas na borda havia um endereço gravado — o endereço da noite seguinte.

— Caso você se esqueça para onde vai. — Ele fez uma reverência. — Enquanto isso, aproveitem o Véu.

Com isso, o anfitrião saiu para o corredor, sumindo em meio à nuvem de música e risadas que se espalhavam pelo local. O homem de máscara preta ficou observando a porta se fechar. A taça se estilhaçou em sua mão cheia de cicatrizes, o líquido escorrendo pelos cacos.

— Me recuso a dividir um trono com ele — disse em voz baixa. A mulher de máscara branca suspirou, levantou-se da cadeira e aproximou-se do homem, pousando a mão em seu braço. Se fosse com qualquer outra pessoa, o gesto poderia ter sido gentil, até mesmo caloroso. Mas o toque dela não passava de uma brisa passageira, destinada apenas a chamar a atenção dele.

— Briguem pelo cadáver depois que ele estiver morto — disse a mulher antes de também ir embora.

O homem de máscara preta ficou parado ali, imóvel e em silêncio, até que a porta se fechasse e ele tivesse certeza de que estava sozinho. Em seguida, jogou a taça quebrada no chão, os cacos espalhando-se pelo tapete felpudo da casa alugada. Arrancou a máscara e a atirou na mesa, passando a mão pelos cabelos escuros. Caminhou até o candeeiro e acendeu o cachimbo novamente, fumando até que não restasse mais nada e tivesse certeza de que não perderia a cabeça. Depois, enfiou o cachimbo de volta no casaco e foi até a mesa.

Pegou a moeda e a segurou contra a luz, embora soubesse quais eram as palavras impressas na borda: *Helarin Way, número seis — Onze horas*. Mesmo assim, guardou o lin modificado, pegou a máscara preta e colocou-a no rosto antes de sair do quarto.

Desceu as escadas, entrou no saguão lotado de máscaras pretas e brancas, devolveu a sua à parede como qualquer outro cliente e adentrou a noite. Várias carruagens transitavam pela rua, trazendo clientes. Passou por elas, indo em direção a sua carruagem, parada a um quarteirão de distância, e, ao se aproximar, tirou um anel de prata do bolso e colocou-o de volta no polegar. Havia dois cavalos amarrados à carruagem, a pelagem clara como creme. Passou a mão pelo dorso de um deles e, nesse instante, o brilho do poste de luz incidiu sobre as ranhuras do anel. Sua borda era irregular, e o aro não era exatamente um aro; parecia mais uma pena.

O cocheiro desceu e abriu a porta da carruagem.

O interior tinha um tom exuberante de azul, escuro como a meia-noite.

— Para onde vamos, meu senhor? — perguntou o cocheiro, e Berras Emery tirou a mão do flanco do cavalo.

— Para casa — respondeu ele, subindo em direção à escuridão.

DEZESSETE ANOS ATRÁS

Tudo doía.

À medida que a carruagem avançava, cada chacoalhada e solavanco faziam seu corpo se retesar e seus músculos se contraírem. Berras Emery respirou fundo, soltando o ar por entre os dentes. Já conseguia sentir os hematomas surgindo no peito e ao longo das costelas, assim como a dor que começava a latejar no queixo e na cabeça.

Pelo menos a pior parte estava escondida sob a túnica de gola alta e mangas compridas — trajes nobres escondendo o físico de um lutador. Apenas suas mãos deixavam os estragos à mostra. As articulações dos dedos estavam em carne viva, sangue pingando das ataduras que os envolviam. Ele tinha vencido a luta.

Naquela época, vencia todas.

Aos 19 anos, era só entrar no ringue que a plateia berrava seu nome. Lógico que não havia nenhuma arena para jogos como esse nem torneios com a presença de *vestras* e reis. Não em Arnes, onde o pior insulto possível a um homem era golpeá-lo não com fogo ou gelo, mas com a própria mão.

Era baixo, diziam. Brutal.

E tinham razão.

Não se tratava de jogos de elementos, combates graciosos enfeitados pela magia. Na verdade, o *uso* da magia era proibido e os edifícios tinham feitiços de proteção contra ela. Como deveria ser. Um homem não podia escolher a sua magia. Era um dom, uma questão de sorte. Mas podia decidir o que fazer em sua ausência, quando a pessoa não passava de carne, osso e força bruta. A vontade de se reerguer e continuar lutando.

Esse já era outro tipo de força.

A carruagem passou pelos portões da propriedade dos Emery, e Berras respirou fundo mais uma vez, se preparando. Um criado abriu a porta, e ele desceu e caminhou pela entrada de pedra, com a postura ereta e a cabeça erguida.

Recusava-se a deixar que vissem sua dor.

E não deixou mesmo, nem ao subir as escadas e entrar em casa, nem ao tirar o casaco, atirá-lo para um criado e caminhar pelo saguão. Ele sabia que havia tônicos e bálsamos para sarar os cortes e aliviar a dor, mas ambos suavizariam sua pele ao curá-la e, da próxima vez que desse ou recebesse um golpe, doeria bastante. Não, era melhor deixar a pele enrijecer, o tecido cicatrizar.

A porta do escritório estava aberta, e algumas vozes ressoavam lá de dentro. Seu pai, entretendo as visitas. Berras não se atreveu a parar, mas diminuiu os passos para ouvir o que diziam.

— ... oito anos de idade e nem uma gota de magia...

— ... o *Antari* o segue como se fosse um cachorrinho...

— ... Maxim deveria ter vergonha...

— ... um filho fraco desse jeito...

Foi então que Berras passou pela porta. Viu três homens de costas para ele, mas o pai estava sentado como de costume, virado para a entrada do cômodo. Reson Emery não se interrompeu, mas encarou Berras. Baixou o olhar para as mãos dele antes de voltar a atenção para os convidados.

Berras seguiu em frente, sua dor substituída por algo ainda pior.

Ele era um homem alto e largo, a própria personificação da força, enquanto o pai era velho e cada vez mais franzino; no entanto, bastava um olhar cortante de Reson para que Berras se sentisse minúsculo. Naquele momento, sentiu saudade da mãe, morta havia seis anos — saudade de seu toque reconfortante e sua voz gentil. Era um pensamento fraco, indigno e covarde, por isso Berras cerrou os punhos até os dedos feridos voltarem a sangrar e continuou seguindo pelo corredor.

Uma risada baixinha ecoou da sala de estar.

A lareira estava acesa e Alucard estava sentado diante dela, encostado no sofá com um jarro vazio ao lado. Sua mão estava virada para cima e, no ar, uma faixa de água se retorcia até assumir a forma de um dragão. A silhueta de água se enroscava e dançava, captando a luz do fogo.

Berras assistiu àquela cena e seu humor conseguiu piorar mais ainda.

Não era *desprovido* de magia, como o príncipe, mas seu poder não tinha um refinamento. Era capaz de erguer uma parede de terra e derrubá-la, mas seus gestos tinham a mesma delicadeza que o facão de um açougueiro, enquanto o irmão mais novo havia recebido o bisturi de um cirurgião. Por mais que Berras tentasse e treinasse, ainda assim acabava com um monte de terra.

Alucard movia os lábios e flexionava os dedos, mas, fora isso, mal parecia se esforçar. A magia vinha tão fácil para ele, e o irmão a tratava como se não passasse de um truque de mágica.

A irmã mais nova, Anisa, estava ajoelhada nas almofadas atrás de Alucard, trançando o cabelo e pedindo ao irmão que conjurasse uma infinidade de coisas.

— Um barco… um gato… um pássaro!

— Alucard. — A voz de Berras ecoou pela sala. A água, agora um falcão, oscilou no ar, e algumas gotas pingaram das penas quando ele virou a cabeça.

— O que foi, meu irmão? — respondeu sem se levantar.

— Venha aqui.

A água ficou suspensa no ar, depois fez uma curva e voltou para o jarro conforme Alucard se levantava e ia em sua direção. Estava ridículo, com duas tranças inacabadas na altura dos ombros. Aos 14 anos, era uns trinta centímetros mais baixo do que Berras e tinha de olhar para cima para encarar o irmão — foi então que Berras percebeu que Anisa tinha pintado suas pálpebras com um pó dourado.

Berras fez uma careta.

— Tenha ao menos um pouco de dignidade.

Alucard abriu um sorriso travesso.

— Mas isso deve ser tão chato.

— Você está parecendo um tolo.

— Pode ser, já você parece que levou uma surra...

O punho de Berras atingiu o abdômen de Alucard. Ele ouviu as costelas estalarem até quebrar e seu irmão cair de joelhos, quase vomitando.

Anisa deu um grito e avançou, jogando seu corpinho sobre o de Alucard e repetindo "Não, não, não" enquanto a mesa e as cadeiras chacoalhavam com a intensidade de sua angústia. Seis anos de idade e tão cheia de magia. Uma visão que deixou Berras furioso.

Alucard respirou fundo e disse:

— Tá tudo bem. Tá tudo bem comigo. — Pôs uma mão trêmula no ombrinho da irmã. — Vai lá para cima agora.

Os olhos arregalados de Anisa passaram de um irmão para o outro.

— *Anda* — gritou Berras, e Anisa saiu correndo da sala, os pés descalços ecoando pelo corredor.

Alucard continuou agachado, tentando recuperar o fôlego. Berras aguardou, observando-o cravar os dedos no chão e ir lentamente se levantando, com sangue manchando seus dentes. Ele engoliu em seco.

— Você me odeia tanto assim?

Odeio, pensou Berras, a palavra subindo com um gosto amargo pela garganta. Odiava Alucard por possuir tanta magia. Odiava-o por ser tão mole. Havia lágrimas em seus olhos quando o irmão olhou para cima, e Berras o odiava por isso também, por deixá-las rolarem pelas bochechas, pela emoção transbordando em seu rosto. Ele odiava Alucard por não odiar a si mesmo.

Os dedos doloridos de Berras estalaram quando ele cerrou os punhos. Alguém tinha que ensinar a Alucard. Era o dever *dele*, dissera seu pai. Ele era o mais velho. O exemplo. Se Alucard era fraco, era culpa de Berras por não ter conseguido torná-lo forte.

— Nosso pai diz... — começou ele.

— Nosso pai é cruel — rebateu Alucard, limpando a boca com a parte de trás da manga. — Ele já era maldoso antes de mamãe morrer, e agora é ainda pior. Por que você insiste em imitar tudo que ele faz?

— É o que significa ser um filho.

— Não — disse Alucard —, é o que significa ser uma sombra.

Berras pairou, imponente, diante dele.

— Você sabe o que significa ser um Emery?

— Sempre pensei que fosse motivo de orgulho e honra — respondeu Alucard, enxugando as lágrimas —, mas pelo visto significa ser um parvo furi...

Berras deu outro soco no irmão. Desta vez, Alucard pelo menos tentou enfrentá-lo: estendeu a mão e a água do jarro veio, congelando ao redor de seu antebraço conforme Alucard erguia a placa de gelo para bloquear o golpe. Mas o gelo acabou partindo com a força do punho de Berras, que nocauteou Alucard mais uma vez.

Anisa voltou, puxando o pai pelo braço para que ele intercedesse na briga. Mas se queria ajuda, era melhor ter chamado um criado. Reson Emery ficou parado na porta, observando a cena.

Seus olhos passaram por Alucard, como se ele nem estivesse ali, e voltaram-se para Berras, atentando-se ao sangue que pingava de seus dedos machucados.

— Bem — disse, em tom de deboche —, você venceu a luta pelo menos?

Berras encarou o pai.

— Eu sempre venço.

II

PRESENTE

A luz do luar banhava o quarto real, misturando-se ao brilho do Atol. Lançava dedos finos sobre a cama, sobre os ombros de Rhy — que subiam e desciam conforme o restante do corpo permanecia imóvel pelo sono — e sobre Alucard Emery, que se sentou na cama, ofegante.

Foi só um sonho, disse a si mesmo, suplantando os batimentos furiosos de seu coração.

Só um sonho. Mas, lógico, ele estava tentando se enganar. Na verdade, eram lembranças emaranhadas de momentos brutais reunidas num único pesadelo. Sua irmã ardendo em febre. Correntes de ferro no interior de um navio. Berras quebrando seus ossos sob o olhar do pai.

Alucard fitou as próprias mãos que agarravam o lençol, obrigando seus dedos a soltá-lo, e franziu a testa ao ver que estava trêmulo. Atirou as cobertas para longe e se levantou, pegando o roupão e estremecendo ao sentir a seda beijar sua pele nua.

Os pesadelos o tinham deixado à flor da pele, com as antigas feridas reabertas e emocionalmente exposto. Sentiu o sono se afastar como se fosse uma onda e percebeu que, para reencontrá-lo, teria de nadar.

Caminhou descalço até o carrinho dourado encostado na parede, com suas garrafas de rolha e seus cálices de cristal prontos para serem enchidos. Podia ter acendido uma lamparina, mas a verdade é que já tinha preparado o tônico para Rhy tantas vezes que conseguia fazê-lo só com base no tato, mesmo sem a luz do rio e da lua. Passou a ponta dos dedos pelas garrafas até sentir a extremidade afiada da rolha em forma de diamante, e então a retirou. Ao fazer isso, deveria ter ouvido e sentido o líquido espirrar ali dentro. Mas, em vez disso, só havia ausência. A garrafa estava vazia.

Alucard soltou um palavrão, baixinho.

Na cama, Rhy se virou de lado, murmurando alguma coisa para si mesmo antes de afundar ainda mais no sono. Alucard se aproximou dele e lhe deu um beijo na testa, depois enfiou o frasco vazio no bolso do roupão e saiu do quarto.

A oficina da rainha estava vazia.

Algo estranho para aquele horário, pensou Alucard. Nadiya vivia dizendo que a madrugada era a melhor hora para se fazer qualquer coisa de valor. As horas longas e escuras antes do amanhecer, quando ela podia se despir dos trajes de mãe e rainha e ser o que mais desejava: uma Loreni. Uma inventora.

Em outra ocasião, Alucard talvez até ficasse mais um pouco por ali, dando uma olhada. Mas, naquela noite, ele só queria voltar a dormir. Cair naquele sono pesado como uma cortina, sem sonhos nem lembranças.

Foi até o baú do outro lado da oficina, com a superfície coberta por frascos de vidro lapidado e potes de ervas, um almofariz de pedra e um pilão. Os recipientes estavam todos etiquetados, então ele observou os rótulos, tentando se lembrar das quantidades exatas de poção dos sonhos e de raiz sagrada enquanto tirava o frasco vazio do bolso. Tinha acabado de pegar o primeiro recipiente e tentava decidir entre três ou quatro gotas quando uma voz o deteve.

— Há uma linha tênue entre o remédio e o veneno.

Ele se virou e viu Nadiya junto ao pé da escada, apoiando uma bandeja no quadril.

— Pensei que estivesse dormindo — disse ele.

— A esta hora? — perguntou ela, como se fosse um absurdo. — Só queria tomar um chá — explicou, pousando a bandeja no balcão. Nela havia um bule fumegante, uma xícara e uma pilha de biscoitinhos de especiarias.

— Tenho certeza de que os criados o trariam para você.

— Sei disso — disse Nadiya, caminhando até ele. — Mas tenho duas pernas e a habilidade de colocar água para ferver. — Ela arrancou a garrafa vazia da mão dele, gesticulando para que saísse da frente do baú.

— Sabe — continuou ela, pegando o conta-gotas de raiz sagrada —, há momentos na vida em que não tem problema tentar adivinhar as coisas, mas tem situações em que é melhor não. — Duas gotinhas de líquido caíram na garrafa. — Esta é uma dessas coisas. A menos, lógico, que você não goste de saber se vai acordar de novo.

— Prefiro saber — admitiu Alucard enquanto ela colocava a raiz sagrada de volta no lugar, passava pela poção dos sonhos e pegava um molho de ervas de viúva, colocando uma folha no almofariz.

— O rei tomou este lote muito rápido.

— Não é para ele — admitiu Alucard.

Nadiya o encarou, mas não disse nada, apenas voltou a preparar o tônico. Foi então que ele decidiu fazer algo de útil; foi até a bandeja e serviu o chá, pegando um biscoitinho do topo da pilha. Colocou a xícara ao lado da rainha.

— Sabia que os *Antari* estão aqui em Londres? — perguntou ela, como se fosse uma conversa casual.

— Aham — murmurou ele, mastigando o biscoito. Engoliu, mas depois ficou em silêncio. A rainha era inteligentíssima, mas seus olhos tinham um brilho diferente quando Kell e Lila estavam por perto. Ela dizia que se tratava de curiosidade. Para ele, era cobiça.

— O que os traz a Londres depois de tanto tempo? — insistiu ela.

— A Mão — respondeu ele, então começou a vagar pela oficina da rainha enquanto contava a ela sobre o ataque ao mercado flutuante de Maris Petrol, o *persalis* roubado e a certeza de Bard de que o objeto fora contrabandeado para ser usado contra a coroa. Só se interrompeu quando chegou à mesa de trabalho no meio do cômodo.

— O que é isso? — perguntou ele, observando o balcão.

— Você vai ter que ser mais específico — retrucou a rainha sem se virar para olhar. Mas Alucard estava ocupado demais tentando compreender o que estava vendo.

Os três anéis *Antari* estavam fora de sua caixa de vidro. Os largos aros de prata jaziam como pesos, prendendo os cantos de um enorme pano preto cuja superfície estava coberta pela letra de Nadiya, que havia rabiscado um feitiço com giz branco. As marcas conectavam-se numa vasta e intrincada teia de linhas e, no centro, havia duas correntes, ambas forjadas em ouro. Uma era mais fina e curta do que a outra.

— Ah, isso aí — exclamou a rainha, surgindo ao seu lado. Ela colocou o chá sobre uma pilha de livros e entregou a Alucard o tônico para dormir. Ele o enfiou distraidamente no roupão, sem conseguir tirar os olhos do trabalho à sua frente.

— O que é? — perguntou novamente.

— Agora? Uma obra em andamento. Mas, algum dia, talvez possa mudar tudo.

Ele se sentiu um pouco inquieto quando Nadiya pegou a corrente mais grossa, segurando-a como se fosse uma relíquia sacerdotal.

— Uma coisa — continuou ela — é criar um objeto que amplie a magia de seu usuário, desde que tal magia esteja confinada a um único elemento. Dois magos da água. Dois magos do fogo. Dois, ou até três *Antaris*. Algo que funcione apenas como um amplificador, permitindo que um mago tome emprestada a força de outro. Outra coisa é um mago tomar emprestado um poder completamente *diferente* do seu. Imagine só poder juntar um mago da água com um mago da terra, ou um mago do fogo com um mago do vento. Ou então — seus olhos voltaram-se para os dele — uma pessoa desprovida de magia com alguém que a possui em abundância.

Ele teve um terrível pressentimento.

— Nadiya...

— Estes anéis já permitiram que os *Antari* fizessem isso — ela prosseguiu. —Infelizmente, até onde sei, eles *só* reagem aos *Antari*, e isso acaba limitando bastante sua aplicação. Não consegui modificá-los, então tive que começar do zero. Aqui — disse ela. — Vou lhe mostrar.

E antes que ele pudesse dizer não, ela envolveu a corrente de ouro em seu pulso. Alucard estremeceu sob o peso frio do metal na pele, a forma como a corrente enrolava a si própria, como se sentisse o eco de antigas correntes. Esperou, mas não sentiu qualquer mudança.

— Como é que funciona? — perguntou ele enquanto Nadiya pegava a corrente mais curta e a enrolava no dedo indicador, onde prendeu a si mesma, transformando-se em um anel de ouro.

Ela não disse nada para ativar o feitiço, apenas flexionou a mão como se admirasse o adorno. Mas, ao fazer isso, Alucard sentiu a corrente de ouro apertar seu pulso, tornando-se uma algema rente à pele, um aro sem princípio nem fim.

Nadiya lançou-lhe um sorriso típico de uma artista.

— Deixe-me mostrar. — Ela torceu os dedos, e Alucard sentiu algo dentro dele se soltar. Foi uma sensação muito estranha, um colapso interno, a queda de um peso, como se o peso fossem seus pulmões, seu coração e tudo que ocupava espaço sob sua pele. Uma leveza vertiginosa e, de repente, um vazio perturbador. Mas ele só se deu conta do que estava faltando, do que havia sumido, quando o ar em torno da mão de Nadiya começou a ondular. Em seguida, a xícara de chá se ergueu, seu conteúdo começou a girar e os três elementos agitaram-se sobre a palma dela — o vento, a terra e a água.

Apesar de Nadiya ser apenas uma maga do fogo.

Eram os elementos *dele*, a magia *dele*, ou pelo menos costumavam ser. Alucard flagrou o próprio reflexo numa superfície espelhada e percebeu o ar à sua volta desprovido de cor; os fios azuis, verdes e âmbares de sua magia agora entrelaçados no ar em volta de Nadiya, trançando-se com o vermelho de seu próprio poder.

Tentou pegar sua magia de volta, mas não conseguiu nem tocá-la. Não havia nada a que se agarrar. Ela simplesmente... não estava mais ali.

— Devolva agora mesmo — exigiu ele, puxando inutilmente a corrente de ouro em seu pulso.

— Esse é o problema — disse ela, os olhos fixos nos elementos rodopiantes sobre a palma de sua mão. — É muito mais fácil tomar uma coisa do que compartilhá-la.

Alucard se sentiu enjoado. Como em seus primeiros dias em alto-mar, quando o navio tombava e começava a balançar sob seus pés. Estendeu a mão, tentando se equilibrar.

— Nadiya.

Mas ela prosseguiu como se não estivesse segurando a magia roubada dele.

— O ideal seria que o poder fosse para ambos os lados. Partilhado igualmente entre seus usuários. Como pode ver, no momento, é unidirecional. — Passou os olhos pela oficina. — Interessante — disse ela. — Ainda não consigo enxergar o mundo como você.

— Nadiya, *pare* com isso — falou baixinho, de um jeito áspero, e ela voltou a prestar atenção em Alucard, como se tivesse esquecido completamente dele.

— Ah, desculpa — disse ela, tocando no anel, que se desfez até que a corrente curta de ouro caísse em sua mão; os elementos que um segundo antes estava controlando estremecendo e retornando à xícara. A algema afrouxou no pulso de Alucard, que sacudiu o adorno violentamente, como se fosse uma cobra, até que a corrente de ouro caiu no chão com um chiado.

Sentiu sua magia fluir de volta para dentro de si, como se ele não passasse de um mero recipiente esvaziado e depois reabastecido. Em seu interior, a magia agitou-se de choque e raiva e, por um segundo, Alucard ficou dividido entre atacar a rainha e ficar o mais longe possível dela.

— O que é que você tinha na *cabeça*? — perguntou ele enquanto Nadiya se agachava para recolher a corrente de ouro do chão.

A rainha o encarou, perplexa.

— Acalme-se, Alucard — disse, devolvendo as duas peças à mesa. — Foi só um teste.

— Não foi você que ficou acorrentada. — Ele endireitou a postura, flexionando os dedos e observando os fios da sua magia pairando no ar sobre sua pele. — Você não tinha o direito de fazer isso.

Nadiya deu um suspiro, impaciente.

— Achei que seria mais fácil demonstrar do que explicar. — Ela pegou um pedaço de giz e começou a fazer anotações na borda do pano. — Como já disse, não está finalizado. Quando estiver, o feitiço funcionará para ambos os lados, para garantir o consentimento.

— Existe um bom motivo para o poder ter limitações — disse ele.

A rainha estalou a língua, como se não concordasse.

— Você parece a *Aven Essen*. Ezril sempre vem aqui para me dar alguma lição de moral sobre o equilíbrio da magia e o fluxo do poder. Como se só fôssemos capazes de flutuar no ritmo da maré. Às vezes, é preciso quebrar as regras...

— Isso é mais do que quebrar regras, Nadiya. Isso é uma *vinculação*. E nas mãos erradas...

Ela ignorou o comentário dele com um aceno de mão.

— Nas mãos erradas, uma faca de cozinha pode tirar a vida de um homem. Vamos bani-las agora?

Alucard olhou para ela, horrorizado. Nadiya Loreni era uma inventora brilhante, mas tinha uma visão um tanto limitada quando se tratava de seu próprio trabalho. Jamais via perigo em suas invenções, apenas seu potencial. Segundo ela, o poder era uma força neutra. Quem dera ele pudesse concordar com isso.

— É perigoso.

— É o *progresso* — rebateu ela. — Os sacerdotes dizem que é a magia que faz a escolha. Você acredita que foi *escolhido*? Que as forças que guiam o mundo decidiram que *você* deveria ser capaz de manejar não apenas um elemento, mas *três*? O que o torna tão merecedor? — Ele ficou em silêncio. Não sabia responder a isso. — Por que uma força arbitrária deve decidir quem maneja a água, o fogo ou a pedra? Quem possui e quem não possui a magia?

De repente, Alucard entendeu — não foi a curiosidade que havia motivado aquela pesquisa. Era uma arma contra o escrutínio, uma forma de proteger sua família e seu trono. Não podia censurá-la por isso. Por outro lado...

— Nadiya — disse ele, a raiva desaparecendo da voz.

E passando para a dela.

— Pense em Rhy. Quantas pessoas por aí alegam que ele não deveria governar só porque não possui magia?

— São um bando de tolos — replicou ele.

— Sim, é lógico — concordou ela —, mas os tolos têm vozes e suas vozes são muito fortes. Eles querem punir Rhy, Alucard, só porque a magia não o *escolheu*. Mas nós podemos fazer esta escolha. Podemos dar o poder a ele.

— Roubando-o de alguém.

— O feitiço ainda não está *terminado* — rebateu ela, irritada.

— Está, sim. — Tinha que estar. Pois Alucard sabia que se Nadiya oferecesse o poder a Rhy, talvez ele aceitasse e, neste caso, as mesmas pessoas que o chamavam de fraco não parariam por aí; pelo contrário, só teriam um motivo ainda melhor para odiá-lo. Descobririam que sua magia era emprestada ou roubada, que o equilíbrio do mundo pendia injustamente a seu favor e, então, quando pedissem a cabeça dele, teriam razão.

Ele deu um passo em direção a Nadiya, pousou as mãos nos ombros da rainha e olhou fixamente em seus olhos.

— Destrua isso de uma vez por todas — advertiu Alucard — ou eu destruirei.

III

LONDRES BRANCA

Holland Vosijk estava de pé ao lado da árvore no meio do quarto de Kosika.

Ao longo do último ano, havia crescido para além de uma mudinha que não passava dos joelhos para uma árvore com metade da altura do quarto, com centenas de olhos abertos no tronco pálido e folhas cor de âmbar. Mas, ao contrário das folhas do Bosque de Prata, aquelas ali jamais caíam. Mudavam de cor e murchavam, fechando-se, para voltarem a abrir na próxima estação.

Os criados cochichavam a respeito da árvore que criara raízes de um dia para o outro. Falavam em sinais e milagres. Não faziam a mínima ideia de como estavam certos.

— Como foi o dízimo? — perguntou Holland.

— Você deveria ter ido comigo — disse Kosika, levantando-se do tabuleiro de kol-kot, onde tinha deixado o presente de Nasi.

Seus olhos encontraram os dela.

— Eu sempre estou com você.

Kosika sentiu um calor ao ouvir aquelas palavras, então virou-se para esconder o rubor e foi até o lavatório que esperava por ela numa bancada de mármore, com um frasco de bálsamo e um pano limpo ao lado. Ela tinha um castelo cheio de criados à disposição, mas preferia cuidar dos cortes do dízimo sozinha. Todos achavam que fazia parte do ritual, mas na verdade era só uma questão de privacidade, para que ela e seu santo pudessem conversar.

Kosika arregaçou a manga. Baixou a cabeça para começar, mas ainda sentia a sombra de Holland pairando sobre ela enquanto limpava os quatro cortes recentes no antebraço.

— Você está preocupada.

Ela desviou o olhar para o lavatório, com a água manchada de sangue.

— Sinto que a magia da cidade está ficando cada vez mais forte. Sinto mesmo. — Ela engoliu em seco. — Mas tem dias em que parece que o solo nunca ficará saciado.

Holland pousou a mão na cabeça de Kosika, e ela o sentiu — já não era a mera sombra de um toque, mas algo mais próximo de carne e osso.

— A magia pode acelerar muitas coisas, Kosika. Mas a mudança em si leva tempo.

As palavras de Holland eram firmes, mas ela tinha certeza de que, se o encarasse, veria a decepção em seus olhos. Ela era uma decepção para ele. Seu rei. Seu santo.

O peso dos dedos dele se dissipou.

— Estamos trabalhando num feitiço complexo e bem abrangente. É preciso ter paciência.

Ela sacudiu a cabeça enquanto passava o bálsamo frio na parte interna do braço. *Paciência* era algo necessário a pessoas comuns. Kosika era uma *Antari*. Se *ela* não conseguisse invocar magia suficiente — tentou calar seus medos, sabia que não devia lhes dar ouvidos para que ele não acabasse interpretando seus pensamentos como falta de fé. Mas é lógico que ele os ouviu de qualquer maneira.

Holland deu um suspiro suave, quase inaudível.

— Talvez você esteja esperando demais de nós dois.

Kosika virou-se para ele.

— O que você quer dizer com isso?

Ele permaneceu em silêncio por um bom tempo e, embora um olho fosse preto e o outro, verde, de alguma forma ambos pareceram mais escuros.

— Só que você é tão jovem, e eu... sou apenas uma sombra de quem fui um dia. Nós já fizemos tanta coisa, e se a cidade não ficar mais forte...

— Não — vociferou ela.

— Já está melhor do que antes.

— Uma vela é melhor do que a escuridão. Mas não é suficiente para aquecer as mãos. Nem para dissipar o frio da lareira. Muito menos para iluminar uma cidade — disse ela.

Holland a observou. O esboço de um sorriso surgiu em seus lábios.

— Você é tão teimosa, pequena rainha. Mas só força de vontade não é suficiente para fazer uma fogueira dessa proporção.

Kosika levou o curativo até o braço, mas fez uma pausa, prestando atenção às três linhas.

— Os outros mundos...

Holland franziu os lábios.

— Nem pense neles.

— Antes, você queria que eu pensasse.

— Eu estava errado — respondeu ele sem rodeios. — Os outros mundos só trouxeram conflitos para o nosso. Além disso, o poder não é um embrulho para ser levado para casa, e, enquanto os muros estiverem erguidos e as portas bem fechadas, a magia não fluirá entre elas. — Ele tocou em seu braço, deslizando os dedos sobre os dela conforme Kosika envolvia os cortes recentes com o curativo limpo. — De que adianta cobiçar o que não se pode ter? Já vi reis e rainhas se arruinarem por menos. Não — concluiu ele, baixinho. — Vamos cuidar de nossa própria chama e acreditar que, com o tempo, esse calor será suficiente.

Ela olhou para o lugar onde a mão de Holland pairava em sua pele e podia jurar que conseguia sentir seu toque.

UM ANO ATRÁS

Havia uma sala atrás do altar.

Kosika passara tantas noites na alcova, observando a estátua de Holland Vosijk enquanto Serak contava suas histórias, e, no entanto, esquecera-se de que ficava numa torre idêntica à sua e que logo atrás havia uma porta. Até que, certa noite, a luz das velas incidiu na madeira às costas da estátua e, desde então, ela não conseguiu tirar da cabeça aquela porta e o lugar para onde levava.

Mas ela já sabia, é lógico.

Mesmo antes de Kosika subir a escadaria da torre em uma tarde tempestuosa, enquanto a chuva castigava as muralhas do castelo. Mesmo antes de entrar na alcova, esgueirando-se até o vão estreito entre o altar e a porta. Ela sabia que só havia um lugar para onde poderia levar.

Para os aposentos do último rei.

O quarto de Holland.

Ela prendeu a respiração e virou a maçaneta, mas a porta manteve-se firme e a fechadura nem se mexeu. O que significava que havia sido *selada* de alguma forma. Como um túmulo. Kosika enfiou a mão no bolso e sentiu o triângulo de aço que guardava ali, com o mesmo tamanho e formato da ponta de uma flecha. Pressionou o polegar na ponta até furar a pele, e, enquanto encostava a mão na madeira, o sangue pingava.

As palavras cantarolaram em sua cabeça antes mesmo que ela as entoasse.

— *As Orense.*

Abrir.

A porta rangiu sob seu toque como uma árvore em dia de tempestade, e ela ficou ali, ouvindo o estalo da madeira e reparando na forma como o metal se mexia. O som ecoou pelas escadas da torre, e

Kosika sibilou, esperando um pouco para ver se alguém viria (havia momentos em que ela ainda se sentia como uma criança roubando a casa de outra pessoa), mas ninguém apareceu e, desta vez, ao empurrar a porta, ela se abriu. Deu uma olhada para trás, por cima do ombro, e entrou na escuridão.

As janelas estavam fechadas e apenas uma iluminação tênue entrava pela alcova logo atrás, o que não era suficiente para que enxergasse. Mas a luz refletia no metal escuro de um candelabro do outro lado do aposento. Kosika flexionou os dedos e as velas se acenderam.

Ela deu uma olhada no recinto.

O quarto de Holland Vosijk parecia intocado. O espaço em si era um espelho do seu, as mesmas paredes curvas, o mesmo teto abobadado, a mesma cama enorme, mas uma camada de pó pairava em todas as superfícies, um eco da pátina desbotada que se agarrara a Londres por tantos anos, como se fosse geada.

Kosika invocou o ar, conjurando uma brisa suave para afastar a poeira.

Ao atravessar o quarto, prendeu a respiração, ciente de que estava pisando onde o antigo rei pisava. Tocando em superfícies que ele havia tocado. Abriu as persianas. Aquela era a vista dele. Ela queria ficar ali, mas a chuva começou a molhar o parapeito da janela, por isso fechou as persianas novamente, como se o que estivesse dentro daquele quarto corresse o risco de derreter.

Passou os dedos pela cama onde Holland dormia e pela cadeira onde ele se sentava conforme vasculhava o quarto à procura de pistas. Havia uma capa cinza ainda pendurada na parede. Ali, em cima da mesa, um bilhete escrito de próprio punho, com a letra fina e inclinada como a tempestade do lado de fora.

Certa vez, Vortalis me disse que não há reis felizes.
Que o governante digno é aquele que compreende o custo do poder e está
    disposto a pagá-lo não com a vida do povo, mas com a sua própria.
Quanto maior o poder, maior o custo.

> *Assumir o trono é uma ninharia. Consertar o mundo é bastante caro. É o que sei.*
> *Eu seria aprisionado novamente só para ver este lugar renovado.*
> *Serviria a qualquer rei.*

A anotação terminava ali. Kosika revirou a pilha e encontrou mais uma.

> *O que foi que eu fiz? Apenas o que deveria.*
> *Trouxe uma centelha de escuridão para acender uma vela. Abriguei-a em meu próprio corpo.*
> *Ciente de que me queimaria.*

E depois, em outro pedaço de papel, uma única palavra.

> *OSARON*

Aquelas letras fizeram Kosika sentir um arrepio esquisito na pele. Eram tão familiares quanto a magia *Antari*, cujos feitiços já existiam sob sua pele, aninhados em sua mente antes mesmo que ela conhecesse sua forma.

— Osaron — sussurrou ela. Que palavra mais estranha. Não estava em seu idioma nativo, o maktahn. Tinha ares de magia. Ela a repetiu e, desta vez, a palavra mudou ao chegar a sua garganta, transformando-se num feitiço.

— *As Osaro.*

O poder emanou de suas mãos. As sombras tomaram conta do quarto, mergulhando-o em uma súbita e absoluta escuridão que apagou as velas e dissipou toda a luz. Kosika entrou em pânico. Conjurou o vento para banir o feitiço, mas não era fumaça, então sequer se agitou. Conjurou o fogo, sentiu seu calor fazer cócegas na palma da mão, mas não conseguia ver a chama, não conseguia ver nada. Parecia que se afogaria em meio à escuridão, queria que ela desaparecesse, mas não havia como pôr fim a um feitiço *Antari*, apenas combatê-lo, por isso vasculhou sua mente numa busca desesperada pela luz.

Luz.

Luz.

Luz.

— *As Illumae.* — As palavras saíram de seus lábios junto a um clarão, que se espalhou tão depressa quanto havia acontecido com as sombras, dissipando a escuridão. O quarto surgiu novamente, iluminado pelas chamas bruxuleantes das velas.

Kosika deu um suspiro ofegante e saiu correndo dos aposentos, fechando a porta atrás de si.

Mas, naquela noite, ao encontrar Serak na alcova, os olhos dela voltaram-se para a madeira atrás da estátua.

— Conte-me sobre os dez dias — pediu ela.

Dez dias — foi o tempo se passou entre a morte dos Danes e o retorno de Holland para reivindicar o trono. Dez dias e, nesse meio-tempo, ninguém sabia para onde ele tinha ido.

Vir Serak lhe disse que havia dezenas de mitos. Alguns contavam que o antigo rei estava apenas esperando, ganhando tempo. Outros, que fora ferido na batalha e precisava de tempo para sarar, por isso se arrastou até o Bosque de Prata, onde as raízes envolveram seus braços e suas pernas, e a magia voltou a correr em suas veias.

Já outros afirmavam que ele havia *morrido*.

O que foi que eu fiz?

Kosika mordeu o lábio. Não conseguia entender. E achava que *deveria* entender, mas parecia mais um enigma.

Trouxe uma centelha de escuridão para acender uma vela.

Lembrou-se da demonstração de Serak com a lanterna, a chama apagada e depois novamente acesa.

— ... na Londres Preta.

Kosika virou-se para Serak.

— O que foi que você disse?

— Eu disse que existe até uma versão da história na qual Holland foi para o mundo consumido pelas chamas e retirou uma brasa das cinzas. — Ele franziu as sobrancelhas pesadas, uma sombra passando por seu olhar. — Mas isso é uma blasfêmia. Holland Vosijk jamais contaminaria o nosso mundo com tamanha magia sombria.

— Lógico que não — disse Kosika, embora revirasse na cabeça as palavras do antigo rei.

Quanto maior o poder, maior o custo.
Serviria a qualquer rei.
Ciente de que me queimaria.

No dia seguinte, ela voltou ao quarto de Holland.

Subiu as escadas e se esgueirou por trás do altar até chegar a seus aposentos. Voltou para a mesa dele e para os papéis espalhados ali em cima, mas desta vez avistou uma caixinha de madeira. Pelo menos imaginou que fosse uma espécie de caixa. Não havia fechadura nem trinco, apenas um círculo entalhado na madeira e uma linha fina que indicava onde a tampa deveria se juntar à base. Ao tentar levantá-la, percebeu que a caixa era oca e ouviu um barulho vindo lá de dentro, mas as duas metades mantiveram-se firmes. A caixinha estava selada, assim como a porta do quarto.

Kosika enfiou a mão no bolso. Sentiu a mordida do aço e uma gota de sangue na ponta do polegar antes de tocar no círculo entalhado na madeira, tal como Holland deveria fazer.

— *As Orense* — proferiu ela, as palavras surgindo em seus lábios como havia acontecido no dia anterior.

No interior do círculo, a linha transformou-se em algo parecido com uma costura e então a caixa se abriu.

Lá dentro, ela encontrou três moedas.

Uma era de prata, estampada com o rosto de um homem e com inscrições que não conhecia.

GEOR:III. D.G BRITT.REX. F.D. 1820.

A segunda era vermelha, com uma estrela dourada gravada na frente.

A terceira era preta, feita de uma pedra tão lisa quanto vidro.

Seus dedos pairaram por um instante acima das três antes de Kosika pegar a terceira e surpreender-se com o quanto era suave. Segurou-a sob a parca luz, observando a luz da vela agitar-se sobre a superfície. Um novo feitiço surgiu em seus lábios, entoado antes mesmo que ela pudesse pensar em mantê-lo para si.

— *As Travars.*

De repente o quarto se desfez, e ela começou a cair.

A princípio, em direção ao nada, e depois pelo espaço vazio onde o castelo deveria estar. O ar passava por ela, o chão aproximando-se cada vez mais depressa. Kosika estendeu as mãos, fazendo subir uma rajada de vento que rodopiou sob ela e à sua volta. O vento embalou seu corpo e desacelerou a queda — mas não a impediu —, e ela caiu com toda a força, dobrando os joelhos pelo impacto e apoiando as mãos na terra batida.

Uma de suas palmas doía mais do que a outra e, quando a virou para cima, ela entendeu por quê. O artefato de vidro preto estilhaçara entre a mão e o chão, e os cacos cortaram sua pele. No entanto, a primeira coisa que Kosika notou não foi a dor, mas que tinha quebrado um objeto que pertencera a Holland Vosijk.

Guardou os cacos maiores no bolso, depois pegou um lenço e o enrolou na palma da mão ferida enquanto se punha de pé. Em seguida, franziu a testa.

O castelo havia *desaparecido*.

Em vez de estar lá, Kosika se viu em uma estrada que não lhe era familiar, cercada por construções em ruínas, uma série de carcaças inclinadas, desmoronando.

Seu coração martelava nos ouvidos, mais alto do que qualquer outro som, até que ela se deu conta de que não havia outro som. Um silêncio terrível pairava em tudo. A estrada estava vazia: nenhum cavalo, nenhuma carroça, nenhum sinal de vida.

— *Os?* — chamou ela. Mas não houve nenhuma resposta, nem mesmo o eco de sua própria voz.

Estava chovendo para além das muralhas de seu castelo, mas ali o chão estava seco e o ar tinha um gosto ruim de cinzas. Além disso, se havia algum sol, estava bem escondido atrás das nuvens baixas e escuras como fumaça.

Já era tarde demais quando Kosika finalmente percebeu o que havia feito e dito: dera voz ao feitiço que permitia que os *Antari* viajassem entre os mundos.

Ela não estava mais em Londres.

Bem, pelo menos não na *dela*.

Aquela Londres era tão estranha! Mais que estranha: estava *consumida pelas chamas*. Foi então que ela percebeu exatamente onde estava. Kosika deu um passo para trás, como se pudesse escapar da cidade, levando a manga da veste à boca para não respirar as cinzas que pairavam no ar, agitadas pela sua queda.

Ela estava na Londres Preta.

O mundo que ardera tão intensamente que acabara consumindo toda a sua brasa até finalmente se extinguir.

Se aquele mundo já fora uma fogueira, parecia frio há um bom tempo, reduzido a nada além de cinzas. Mas o que foi que Serak disse mesmo? A magia não morre. Ela espera. Pelo quê? Uma faísca?

Seu olhar se dirigiu para a marca de mão ensanguentada que deixara no meio da estrada. Esperava que começasse a soltar fumaça, que se transformasse numa chama. Mas não aconteceu nada. A estrada permaneceu silenciosa e vazia. Como um túmulo. Como a mão de Holland quando ela a tocou no Bosque de Prata naquele dia. Fria, seca e morta.

Kosika sentiu um arrepio e tirou o caco de vidro preto do bolso, com a borda salpicada de vermelho.

— *As Travars* — disse mais uma vez.

O mundo ondulou à sua volta; o ar começou a vibrar.

Mas depois tudo se acalmou e ela continuou parada ali, no meio da estrada desconhecida. O pavor tomou conta de Kosika, a súbita e terrível certeza de que estava presa, que a magia que a trouxera até ali não era forte o suficiente para levá-la de volta para casa, que a Londres Preta agora a possuía e jamais a deixaria partir.

O ar estava pesado por causa das cinzas, deixando-a tonta e dificultando sua respiração. Kosika reprimiu um novo acesso de pânico.

Das duas, uma: ou sua magia não era forte o bastante.

Ou ela não a estava usando direito.

Não havia outro feitiço, caso contrário, já lhe teria ocorrido. Por isso, examinou o artefato quebrado em sua mão e lembrou-se das outras moedas guardadas na caixa no quarto de Holland. Podia até adivinhar para onde levavam. Três mundos. Três chaves. Só que havia quatro mundos, contando com o dela. Não havia uma chave para sua própria Londres ali dentro, mas era óbvio que ele precisava de uma. Kosika revirou os bolsos, mas não encontrou nenhum artefato, só o resto dos cacos de vidro da Londres Preta e sua faca de ponta de flecha. Fora um presente do Vir Serak; o cabo havia sido esculpido a partir de um galho do Bosque de Prata. Já estava suja com seu sangue, mas ela desenrolou o lenço da palma da mão machucada e passou a lâmina com cuidado pelo sangramento só para garantir.

Vai funcionar, garantiu a si mesma. E então, em voz alta:

— Vai funcionar. — Entoou as palavras como se fossem um feitiço, algo destinado a existir.

Em seguida, fechou os dedos sobre a lâmina fina e transferiu toda sua força de vontade às palavras.

— *As Travars* — repetiu ela e, desta vez, a Londres Preta estremeceu, dissipando-se como fumaça. Kosika não caiu, apenas cambaleou, teve a súbita sensação de desequilíbrio devido a um passo em falso e logo depois seus pés firmaram-se no chão, não numa estrada em ruínas, mas num piso de pedra polida.

Estava de volta ao castelo, mas, em vez de na torre de Holland, no meio do salão principal.

Para piorar, o salão não estava vazio. Longe disso: havia dezenas de membros da guarda posicionados perto das paredes, os criados passando de um lado a outro do aposento onde três Vir se encontravam em audiência com alguns nobres. Talvez o salão estivesse cheio de movimento antes de sua chegada súbita e inesperada, mas de repente todos ficaram paralisados. Um criado deixou cair a bandeja, os vidros se quebrando. Os três Vir viraram-se para ela e os quatro soldados mais próximos avançaram, levando as mãos até suas espadas antes de perceberem que a figura cinzenta no centro do salão era, na verdade, a rainha.

Kosika não tinha como culpá-los.

Uma nuvem de fuligem formava redemoinhos ao seu redor e algumas gotas de sangue pingavam da mão que empunhava a lâmina. Por um instante terrível, Kosika pensou que fosse desmaiar. Mas o instante passou, e ela permaneceu de pé.

Os soldados fizeram uma reverência, mas os Vir partiram em sua direção — ela conseguia ver a dúvida no olhar de cada um deles ao passarem do rosto da rainha para o sangue escorrendo de sua mão. E Kosika sabia que não podia contar a eles onde estivera.

Mas então se lembrou de que não precisava fazer nada disso. Não era uma criança que precisava levar uma bronca. Era uma *Antari*. Uma *rainha*. Não lhes devia explicação, por isso se virou em silêncio e subiu as escadas, deixando para trás um rastro de cinzas e sangue.

IV

LONDRES VERMELHA
PRESENTE

Berras Emery se inclinou para a frente quando a carruagem passou pelos portões.

Os cavalos foram reduzindo a velocidade até pararem diante da casa.

Antigamente, a propriedade pertencia a um nobre recluso chamado Astel, mas ele havia morrido em sua cama durante a Noite Preta sete anos atrás. Não que alguém além de Berras parecesse se importar — embora precisasse admitir que sua preocupação era mais com a casa do que com seu antigo proprietário.

Certa noite, ele aparecera na casa da mesma maneira que o Véu costumava fazer, mas, ao contrário do jardim de prazeres, Berras não partira aos primeiros raios de sol. Se alguém notara sua chegada, talvez tenha presumido que fosse um sobrinho distante que viera cuidar de assuntos relativos ao tio, um homem tão reservado e antipático quanto Astel. O herdeiro dos Emery não trouxera nada de sua vida prévia, contratando apenas um criado, o cocheiro, que era muito bem pago para não se intrometer.

O tal cocheiro abriu a porta da carruagem e fez uma mesura assim que Berras desceu. Ele observou a casa. Não a escolhera só porque estava vazia e não tinha um herdeiro conhecido, mas também porque era enorme — contava com três andares — e da janela do escritório no último andar ele tinha uma vista não só daquela rua, mas da que ficava ao norte, assim como da propriedade dos Emery.

O que restara dela.

Por meses a fio a casa permanecera em ruínas, mas, de repente, da janela do escritório ele começou a ver certa movimentação. Berras assistira uma restauração meticulosa ser empreendida no local, feita por ternas mãos. Mas, depois, a casa continuou às escuras, largada às traças. À espera.

Aquilo soava para Berras como uma provocação, uma armadilha descarada. Pois ele tinha certeza de que, se voltasse àquela casa — a casa *dele* por direito —, acordaria com uma faca na garganta e seria arrastado de sua cama para uma cela do palácio pelos guardas reais, e então forçado a se ajoelhar na pedra fria e implorar pelo perdão do irmão ou pela misericórdia do rei.

Berras Emery não tinha a menor intenção de fazer aquilo.

No interior da casa tomada, as lamparinas estavam acesas. O brilho pálido que emanavam derramava-se para fora do escritório, junto ao crepitar suave de uma lareira que ele não havia acendido.

Berras deu um suspiro, alongando o pescoço ao atravessar o corredor. Conseguia ver Bex sentada na cadeira dele, as pernas jogadas sobre a mesa, e Calin esparramado no sofá, com os braços esticados ao longo do encosto. Berras fez uma pausa, passando os dedos pelo batente da porta antes de entrar.

— Tire os pés da minha mesa — disse ele, tirando o casaco.

Bex se endireitou, batendo com as botas no chão, enquanto Calin ia lentamente abrindo os olhos claros. Parecia exausto ou entediado.

— *Tac?* — Berras deu uma olhadela ao redor da sala. — Presumo que a presença de vocês aqui signifique que estão com o *persalis*.

Bex olhou de soslaio para Calin, que não lhe retribuiu o olhar. Ela se remexeu na cadeira, e Berras já sabia o que diria antes mesmo que ela tivesse coragem de abrir a boca.

— Na verdade, não.

Ele fechou os olhos. Em menos de um dia a Mão se reuniria. A vadia de máscara branca tinha razão: sem o *persalis*, aquele plano — o plano *dele* — não daria certo.

— Espero que queira dizer "ainda não" — disse, entre os dentes cerrados. Mas, pela expressão no rosto dos dois, não era bem assim. — O que foi que aconteceu?

— Não foi nossa culpa — explicou Calin, cauteloso.

— Um dos seus ladrões estragou tudo — disse Bex. — Quebrou o *persalis* ao roubá-lo do navio e, em vez de trazê-lo para *nós*, levou-o a uma oficina no *shal*, para uma garota consertar. Uma restauradora.

Berras sentiu seus músculos se contraírem. Era sempre assim. Um enrijecimento parecido com geada espalhando-se por sua pele. Algumas pessoas ficavam quentes. Ele ficava gelado.

— Cadê essa garota?

— Está morta — respondeu Bex, e ele até poderia ter acreditado nela; afinal de contas, a mulher não hesitou nem se entregou. Mas *Calin*, sim. Franziu a testa, estranhando as palavras ditas pela cúmplice.

— Mentira.

— Ela não conseguiu consertar — respondeu Bex, como se resumisse toda a situação.

Como se Berras Emery não *precisasse* do *persalis*. Como se não passasse de uma bugiganga que tivesse mandado buscar por puro capricho, em vez de ser a chave de sua estratégia. Olhou para as próprias mãos, para a rede de linhas finas como renda que cruzavam os nós dos dedos. Por anos a fio, o pai o mandara usar luvas, mas Berras gostava das cicatrizes. Eram uma conquista pessoal.

— Nós tentamos de verdade — afirmou Bex. — Pode acreditar. Calin pode até ser um bostinha incompetente, mas eu não sou...

Ela continuou dando desculpas, mas Berras parou de prestar atenção. Começou a arregaçar as mangas. A pele de seus antebraços era bronzeada pelo sol e bem resistente, e as veias mal apareciam. Ele sobrevivera à Noite Preta e não tinha cicatrizes prateadas, pois quando o deus das trevas se derramou em seu sangue, Berras não lutou; pelo contrário, deixou que a escuridão se apoderasse dele. Deixou-a arder em seu corpo, incontrolável, e comunicar-se com ele. Dizer-lhe o que poderia acontecer. Mostrar-lhe que a mudança não era uma dádiva, mas um prêmio, algo que deveria ser *conquistado*.

Do outro lado da sala, Bex continuava falando. Inventando mil e uma desculpas.

Ele a interrompeu.

— Por que vocês estão aqui?

Bex cruzou os braços. Remexeu-se na cadeira.

— Bem, a meu ver, nós fizemos a nossa parte.

Berras olhou para ela, sem conseguir acreditar.

— Você quer que eu pague por um trabalho que não concluíram?

— Foi um trabalho e tanto — rebateu Calin.

— Não sabia que deveria pagar pelo esforço. — Berras deu um passo à frente. — A *parte* de vocês era encontrar os três ladrões, se livrar deles e me entregar o *persalis*. Mas falharam miseravelmente. E ainda têm coragem de aparecer para me pedir a recompensa? Deem o fora antes que eu quebre o pescoço dos dois.

Calin se levantou. Bex endireitou a postura. Mas nenhum dos dois sequer olhou para a porta. Por um segundo, ninguém disse nada. Por fim, foi Bex quem quebrou a tensão, mexendo os ombros e estendendo as mãos.

— Seja como for — começou ela —, ainda temos que receber a *grana*... — Enquanto falava, seus dedos se contraíam em direção ao metal envolto em seu antebraço. Era evidente que Bex esperava que o aço reagisse, talvez dando um toque dramático à palavra *grana* — mas o metal nem se mexeu. Continuou ali, tão inútil quanto uma pulseira.

A marca que ele tinha tocado emitiu um brilho suave no batente. Era um símbolo. Um *feitiço de proteção*.

Berras a observou, saboreando a hesitação de Bex, a confusão que se espalhou como uma sombra no rosto dela conforme a mulher arregalava os olhos ao se dar conta de que sua magia não iria obedecê-la. Ela tentou sacar a arma mais próxima, mas era tarde demais. Berras lhe deu um soco no rosto, e ele ouviu o estalo satisfatório do osso quebrando quando ela cambaleou para trás, caindo de joelhos. Bex levou uma das mãos ao rosto para tentar estancar o sangue que escorria do nariz.

Sua outra mão conseguiu sacar uma adaga, mas a bota de Berras veio com tudo, esmagando os dedos dela sob o calcanhar — até que Calin finalmente entrou em ação e partiu para a briga. Ou pelo menos tentou. Mirou um soco em Berras, e ele era um homem tão grande que o golpe machucaria bastante, caso o acertasse. Só que não acertou. O gesto foi desleixado, e Berras se esquivou, deu um murro na cabeça de Calin e o atirou contra a parede. O homem desabou como um tijolo, e Berras lhe deu um chute no crânio para mantê-lo no chão.

A essa altura, Bex já estava de pé e atacou Berras com a adaga, mas ainda estava com a vista meio embaçada pelas lágrimas. Ele a agarrou pelo pulso, quebrando-o na mesma hora. Ela arfou, soltando a lâmina, que Berras pegou e cravou fundo na mão da mulher, prendendo-a à mesa.

Bex deu um berro feroz.

— Seu pilantra de *merda*... — vociferou ela antes que Berras se apoiasse na lâmina, afundando-a mais um pouco, fazendo Bex parar de falar, para suprimir um grito.

Calin ainda estava no chão, segurando a cabeça e gemendo de dor.

— Meu pai me ensinou muitas coisas — disse Berras Emery —, mas esta foi a mais importante: *se um homem não sabe fazer uma mesura, mostre a ele como se ajoelhar.*

Com isso, puxou a lâmina da mesa e Bex se afastou, segurando a mão ensanguentada e o punho quebrado, com os olhos cheios de ódio. Ódio e medo. Calin se levantou, cambaleou violentamente, apoiou-se na parede e começou a vomitar. Bex usou a mão menos machucada para recolocar seu nariz no lugar.

Berras observou a faca encharcada de sangue.

— Querem receber seu pagamento? — Ergueu os olhos escuros, da cor de uma tempestade ao anoitecer. Quebrou a lâmina ao meio com as próprias mãos e jogou os pedaços aos pés da mulher. — Tragam-me algo que valha a pena pagar.

V

LONDRES CINZA

A chuva pingava dos letreiros que pendiam nas lojas escuras.

Tes semicerrou os olhos, tentando decifrar as palavras e desejando ter continuado com as aulas. Sua família não fazia parte da *ostra*, mas seu pai insistia que as filhas dominassem a língua falada na corte, na esperança de que um dia conseguissem chegar lá e o deixassem orgulhoso. Agora, ela estava com dificuldade para entender os letreiros.

Alfaiataria. Açougue. Bar. Padaria.

Na verdade, ele acabara perdendo o entusiasmo na metade das aulas, quando ficou evidente que ela não lhe traria glória alguma. O pai — Tes tentou tirá-lo da cabeça, como sempre fazia, mas tinha perdido sangue demais para conseguir lutar não só contra seu corpo, mas *também* contra sua mente, e logo a voz dele voltou a se insinuar.

Quanto você vale?

Três palavras e lá estava ele, de pé em frente ao balcão de sua loja, segurando uma compra rara e preciosa e desviando os olhos escuros do talismã para ela.

Tes tropeçou, ofegante ao recuperar o equilíbrio, e sentiu o solavanco repuxar o ponto onde havia sido esfaqueada.

Deixou escapar um soluço de frustração. A chuva tinha parado, mas já era madrugada e estava tudo fechado. Não tinha ninguém na rua e, mesmo com os postes de luz, estava absurdamente escuro. Enquanto isso, sua cabeça girava e a dor havia diminuído, o que deveria ser um alívio, mas ela sabia que não era um bom sinal quando um ferimento grave desses parava de doer.

Ela já estava começando a perder as esperanças quando avistou algo.

Não era uma vitrine nem um letreiro.

Mas um *fio*.

Descia a rua num único filamento de luz, tão fraco que ela mal teria reparado, não fosse pela ausência total de qualquer magia. Mesmo assim, ela piscou, certa de que fosse um fantasma, de que seus olhos estavam começando a falhar.

Mas quando olhou novamente, ainda estava lá — um filamento diferente de todos que já tinha visto antes. Não tinha cor nem nada para definir seu elemento; em vez disso, era preto e branco, com um núcleo de escuridão contornado pela luz. Tes o seguiu até um cruzamento. Por um segundo, o fio desapareceu e, quando ela se virou, acabou tropeçando, desesperada para vê-lo novamente... bem ali. Na esquina, o fio voltou a cintilar, dessa vez um pouco mais brilhante.

Ela o seguiu até a margem do rio.

O Atol — bem, lógico que não era o Atol, apenas seguia pelo mesmo caminho. Imaginou que era aquela a origem do fio, mas, ao se aproximar do rio, viu que a água era escura e oleosa, completamente desprovida de luz. Era assustador ver a água no coração da cidade sem uma pulsação.

Tes sentiu um arrepiou, a frente da camisa encharcada de sangue. Fechou os olhos, tonta, e então forçou-se a abri-los novamente. Encontrou o fio — corria ao longo de um muro próximo, cada vez mais brilhante, até mergulhar entre os tijolos de uma casa e desaparecer. As janelas da casa estavam todas fechadas, mas a luz se infiltrava por baixo da porta, e Tes usou o que restava de suas forças para bater na madeira.

Ninguém atendeu.

Continuou batendo à porta, mas o som parecia muito distante. Ela estava tão cansada. Encostou a testa à porta. Seu punho escorregou. Fechou os olhos e sentiu as pernas começarem a ceder, até que ouviu uma voz, passos arrastados, o estalo de uma fechadura de ferro. Em seguida, a porta se abriu e ela começou a cair.

— Ela foi esfaqueada.

— Já percebi, Beth.

— Uma garota aparece quase morta em sua casa, deixando marcas de sangue na porta e pingando no chão, e você nem pensa em chamar alguém.

— Eu chamei *você*.

Tes abriu os olhos e percebeu que o que tinha achado que fosse uma casa era, na verdade, uma taverna. Vigas baixas de madeira percorriam toda a extensão do teto, o cheiro de cerveja pairando no ar. Ela tocou as ripas de madeira onde estava deitada — era uma superfície dura e elevada. Uma mesa.

Em algum lugar que Tes não conseguia ver, havia duas vozes falando alto, como se ela não estivesse ali. Um homem, com uma voz não exatamente grave, mas uniforme. Uma mulher, parecendo nervosa ao dizer:

— Se ela morrer, a confusão vai ser maior ainda.

Tes tentou se mexer, mas seus membros pareciam pesados como sacos de areia. Fechou os olhos novamente, tentando entender as palavras ditas às pressas em ilustre real.

— A taverna é minha.

— É, sim. Mas pelo que sei, eu sou uma garçonete, não uma cirurgiã.

— Já vi você amarrando carne assada.

— Ned Tuttle, se você não sabe a diferença entre um pedaço de carne e uma garota, não me admira que ainda esteja solteiro.

Ela ouviu o som de mãos na água, a torção de um pano e então... o estalo baixo e ossudo do bico de uma coruja morta. Vares. Com dificuldade, Tes abriu os olhos e virou a cabeça na direção da voz do homem: era magro e mais jovem do que havia imaginado, com um nariz fino e os cabelos castanhos desgrenhados. Estava recostado no balcão e logo ali, expostos, estavam o casaco dela, uma pilha de lins vermelhos e sua coruja. Entre as mãos do homem estava o abridor de portas consertado.

Tes tentou se levantar num salto — bem, pelo menos teve a intenção. Chegou a se apoiar no cotovelo quando uma dor lancinante percorreu seu corpo, fazendo-a desabar e soltar um suspiro, batendo a cabeça com tudo na mesa.

— Nossa, que ótimo — disse a mulher. — Ela acordou.

O homem avançou, largando o abridor de portas e encostando o ombro de Tes delicadamente na madeira.

— Fica tranquila — disse ele. — Só estamos tentando ajudar. — E então, para a surpresa de Tes, o homem ergueu um lin vermelho entre seu rosto e o dela e sussurrou: — Você está a salvo aqui.

E antes que ela pudesse se perguntar quem era aquele homem e como sabia sobre seu mundo, ele pressionou um pano sobre seu nariz e sua boca. Tinha um cheiro doce e enjoativo, e logo a dor começou a desaparecer e o mundo a ficar embaçado. Tes olhou para o rosto do homem, e depois para além dele, para o tênue fio de magia que se enroscava no ar à sua volta. Seus dedos se contraíram e ela estendeu a mão, como se tentasse alcançá-lo — mas então sua mão caiu, a sala desapareceu e tudo ficou escuro.

OITO

A GAROTA, A AVE E O NAVIO DA BOA SORTE

I

HANAS
NOVE ANOS ATRÁS

Tesali Ranek tinha um coração de vento.

Era o que sua mãe vivia dizendo: que Tesali havia nascido com uma brisa dentro de si. Por isso não conseguia parar quieta, estava o tempo todo escapando, sempre em movimento, correndo pela casa e brincando na loja no andar de baixo até que o pai não aguentasse mais seus braços e pernas agitados chegando perto demais dos objetos preciosos nas prateleiras frágeis, e inevitavelmente a expulsasse da loja, deixando-a livre até o anoitecer.

Naquele dia, Tesali, com 6 anos, tinha se afastado ainda mais de casa e subido a trilha do penhasco, que não era bem uma trilha, e sim uma faixa de grama pisada, uma estrada escorregadia cheia de rochas movediças.

Mas valia a pena, pela vista lá do alto.

A brisa soprava cada vez mais forte, trazendo o cheiro de uma tempestade, mas enquanto observava a baía, ela viu as nuvens paradas ao longe como se fossem navios. *Ainda tem tempo de sobra*, pensou ela, escalando a última encosta irregular.

Hanas era uma cidade marítima construída por toda a extensão de uma cadeia de montanhas tão altas quanto uma escada de gigantes, erguidas a partir da costa. O porto ficava na curva da baía sobre a qual os penhascos se elevavam, com seus picos cobertos de musgo. Ninguém construía nada ao longo dos penhascos — diziam que a rocha era instável e solta demais, propensa a esfarelar como massa de torta —, mas, se isso era verdade, ela não entendia por que tinham erguido todos as construções logo abaixo da montanha. As pessoas insistiam que os penhascos continuariam de pé desde que fossem deixados em paz. Mas uma menininha era bem mais leve do que uma casa, por isso Tesali escalou, tomando o cuidado de evitar quaisquer pedras que parecessem meio soltas e, ao chegar lá em cima, pôs-se de pé com as mãos na cintura e abriu um sorriso triunfante, como se também tivesse conquistado a cidade além do penhasco, como se tudo lá embaixo pertencesse a ela.

— Sou a rainha de Hanas! — gritou, mas o vento dissipou suas palavras, arrancando-as como uma fita de seus cabelos, depois ela desabou, ofegante, na grama cheia de ervas daninhas, observando os navios irem e virem, suas velas reduzidas a minúsculas flâmulas brancas.

Tesali se acomodou, fitando o dia aberto até que o ar logo acima de seus olhos começou a reluzir e se agitar, como dedos farfalhando numa cortina. Aquilo estava acontecendo de novo. Apertou os olhos, tentando focar a visão, mas o brilho se intensificou, desenhando linhas até que o céu mais parecesse uma teia de fios. Esperou que as linhas desaparecessem, mas, como isso não aconteceu, fechou os olhos bem apertados, deixando que o vento soprasse em seus ouvidos, seus ossos e seu coração, até levá-la para bem longe dali.

Plim.

Uma gota de água caiu bem no meio de seus olhos. Tesali piscou.

Não se lembrava de ter cochilado, mas agora o dia tinha um cheiro diferente e, ao se sentar, percebeu que a tempestade estava bem próxima, já não mais como uma sombra no horizonte, e sim uma escuridão agitada e ameaçadora...

Plim. Plim. Plim.

Parecia um cano prestes a estourar e, segundos depois, a garoa virou um aguaceiro. Ela levantou-se às pressas, meio correndo, meio escorregando ladeira abaixo, conforme a terra se transformava em lama, as pedrinhas deslizavam sob seus sapatos e a chuva caía sem parar, deixando sua visão tão embaçada que não pareciam mais gotas e sim milhares de filamentos minúsculos de luz. Ela sacudiu a cabeça, tentando fazer seus olhos funcionarem direito enquanto corria de volta para casa.

Quando a trilha voltou a ser uma rua e o chão passou de terra batida para calçada, ela já estava encharcada, com os cachos grudados no rosto e pescoço, e o vestido agarrado às pernas. Tesali cruzou uma loja e flagrou seu reflexo na vitrine: parecia selvagem, feita pelo vento e completamente alucinada, e aquela visão lhe arrancou um sorriso.

Continuou correndo, desacelerando apenas ao ver o letreiro.

O letreiro, gravado em metal em vez de madeira, brilhava até no meio da tempestade. ON IR ALES, anunciava num tom reluzente de dourado. *Uma peça rara.*

A governanta, Esna, estava na escada com o rosto vermelho de raiva, então pegou Tesali pelo braço e a arrastou da entrada da loja de seu pai até a segunda porta, que dava para a casa no segundo andar.

— De todas as bobagens... — resmungou ela, e Tesali sabia por experiência própria que era melhor deixar a mulher fumegar como uma chaleira até esgotar o vapor.

Foi obrigada a se despir ali mesmo, no topo da escada, deixando as roupas sujas fora de casa e, em seguida, Esna a carregou para dentro, passando por cristaleiras, armários de madeira escura e portas fechadas.

— Quatro filhas — esbravejou Esna — e cada uma com menos juízo do que a outra.

Depois a jogou sem a menor cerimônia dentro da banheira.

Ela raspou, com suavidade, o garfo no prato de jantar.

Estava lutando contra a vontade de se mexer. Esna a enfiara num vestido engomado, o que parecia um castigo por si só, e seus cachos haviam sido presos numa trança tão apertada que já estava ficando com dor de cabeça. Ela vira seu reflexo de relance no espelho do corredor. Parecia uma boneca.

— Igualzinha à sua mãe — Esna costumava dizer, e ela sabia que era um elogio. A mãe era bonita, tinha feições delicadas. Era refinada. A personificação de uma *ostra*, uma nobre de Arnes.

O pai, por outro lado, tinha cara de corvo. Um nariz pontudo, olhos pequenos e cortantes e uma cabeça que parecia se movimentar diretamente sobre seus ombros. Quando as irmãs de Tesali ainda estavam em casa, Mirin costumava fazer uma imitação perfeita dele, e Rosana caía na gargalhada; só Serival, a mais parecida com o pai, fazia uma careta e dizia que não tinha graça.

Tesali sentia falta das irmãs mais velhas.

Nem sempre se davam bem, mas a casa parecia vazia sem as garotas. Engraçado como um lugar podia parecer vazio mesmo tão cheio de *coisas*. A coleção do pai não parava de se expandir, vindo desde a loja no térreo e subindo como uma trepadeira para todos os cantos da casa, o que não era tão ruim assim, só que ela não tinha permissão para *tocar* em nada.

Não porque os objetos que ele possuía fossem frágeis — metade já estava quebrado de um jeito ou de outro —, mas porque eram *valiosos*. E, segundo seu pai, objetos valiosos deveriam ser protegidos, guardados atrás de um vidro para aumentar seu valor.

Não que qualquer um deles fosse *proibido*.

Todo mundo sabia que Forten Ranek não comercializava magia proibida — era orgulhoso demais para fazer coisa assim. Não tinha nenhum interesse em perigo e obscenidades. *Que o Sasenroche lide com isso*, dizia ele. Não. Ele era um *curador*, especializado em objetos valiosos e raros.

De vez em quando, o pai de Tesali a encarava como se a avaliasse, lançando a ela aquele mesmo olhar que dirigia a uma peça trazida para venda. Sabia que ele só estava esperando para ver quanto ela valia.

Para descobrir seu valor e fazer bom uso dele, como tinha feito com as outras filhas.

As irmãs dela.

Primeiro foi Mirin, rara por sua beleza. As pessoas costumavam chamá-la de "o diamante de Hanas". Aos 18 anos, era tão deslumbrante que vinham homens dos três impérios para disputar sua mão. Por fim, fora levada por um arnesiano com idade suficiente para ter cabelos grisalhos, e enfiada em uma mansão ao norte.

Depois foi Rosana, rara por seus poderes. Aos 10 anos, já conseguia manejar não somente fogo, mas também gelo. Foi embora aos 14, como a estrela de uma trupe de artistas, embora Tesali soubesse que o maior sonho da garota fosse vencer o *Essen Tasch*.

Então Serival, a filha mais velha, rara por sua astúcia. Não chegou a ser vendida, mas foi mandada para longe de casa para trabalhar como os olhos do pai mundo afora e encontrar novos objetos para sua coleção.

Três irmãs se foram.

Três cadeiras vazias à mesa.

Os pais conversavam entre si como se já fossem quatro, e Tesali achou que morreria de tédio. Tinha raspado o prato, mas não podia se levantar da mesa até ser dispensada. À frente dela havia uma vela acesa e, enquanto seus pais falavam, ela deixou sua visão entrar e sair de foco até que a minúscula chama parecesse se desprender, dividindo-se em mechas tão finas quanto fios de cabelo.

Ela podia apostar que, se estendesse a mão, conseguiria pegar um deles. E foi o que fez, esquecendo-se de que era uma ilusão de ótica, que a luz só se *parecia* com fios, mas que na verdade continuava sendo fogo. Levou a mão à chama, e um calor escaldante queimou seus dedos. Tesali deu um gritinho, tirou a mão da vela e, pela primeira vez naquela noite, chamou a atenção de seus pais.

— Não foi de propósito — disse ela rapidamente, agarrando os dedos queimados. — Eu queria pegar o sal. — Seu pai sacudiu a cabeça, mas a mãe limitou-se a olhar para ela com uma expressão esquisita no rosto. Ela tinha visto Tesali estender a mão e sabia que não tinha passado pela chama, mas ido direto até ela.

A mãe abaixou a faca e se levantou da mesa.

— Venha comigo — disse ela com firmeza. — Vamos colocar um bálsamo nisso aí. — Ela pegou Tesali pela mão que não estava queimada e a levou até a cozinha. Não disse mais nada, nem quando encontrou o frasco de bálsamo, nem quando sentou Tesali numa cadeira, nem quando passou um pouco do creme frio nos dedos dela. Mas, ao terminar, fixou os olhos na filha — as duas tinham os mesmos olhos castanhos com traços de verde e dourado — e perguntou:

— Por que você fez isso?

Tesali mordeu a bochecha.

— Achei que conseguiria tocar nele.

— No fogo?

Ela fez que não com a cabeça.

— Nos fios.

A confusão ficou estampada no rosto de sua mãe.

— Que fios?

Tesali apontou com a cabeça para a lareira, onde o fogo era atravessado por filamentos de luz, embora na verdade também os visse na superfície da mesa. E na bacia de água. E no frasco de bálsamo.

— Você não consegue vê-los? — perguntou ela, e quando a mãe balançou a cabeça, Tesali sentiu um pequeno triunfo: até que enfim tinha algo de valor. Até que enfim ela seria importante.

Mas sua mãe não a encarava como se estivesse orgulhosa. E sim assustada. Foi então que Tesali se deu conta de que o que quer que estivesse acontecendo com seus olhos não era uma habilidade corriqueira, um dom comum. Era raro, assim como os objetos que seu pai comercializava, e Tesali sabia que ele não guardava os melhores itens para si.

Ele os vendia pelo lance mais alto.

A mãe se ajoelhou diante dela e segurou suas mãos bem apertado, ignorando as queimaduras.

— Quando? — perguntou ela. — Quando foi que isso começou a acontecer?

Tesali sacudiu a cabeça. Não *sabia* quando. Tinha sido mais parecido com o nascer do sol do que com o acender de uma lareira; um brilho tão gradual que no início ela nem havia reparado. Até que, um dia, não teve mais como *ignorar*, porque todos os objetos pareciam ter uma aura, um brilho suave, como os lampiões nas docas quando a neblina vinha caindo à noite. Só que não era noite, e não eram só os lampiões que brilhavam. Era *tudo*.

E obviamente ela não tinha percebido que aquilo era estranho. Afinal de contas, como é que ela ia saber o que os outros viam? Mas a expressão no rosto de sua mãe já bastava, ainda mais acompanhada pelo medo em sua voz.

— Não conte a ninguém — sussurrou ela, com o rosto tão perto do seu que as testas quase se tocavam. Em seguida, a mãe de Tesali a pôs de pé e a levou de volta para a sala de jantar cheia de cadeiras vazias.

— Menina boba — disse ela, sorrindo para o pai de Tesali. — Sempre com a cabeça nas nuvens.

Tesali se sentou na cadeira e não disse mais nada.

Mas, naquela noite, sentou-se de pernas cruzadas no chão de seu quarto, prestando atenção à vela que trouxera até ali. Observou os filamentos se afastarem do fogo e se retorcerem no ar.

A dor nos dedos já havia diminuído, então ela estendeu a mão novamente, sentindo o calor em sua palma à medida que ia aproximando da chama, com cuidado para não tocá-la. Em vez disso, ficou esperando o fio se agitar e ondular, afastando-se do fogo, e, quando isso aconteceu, ela o pegou. O fio pulsava, quente, entre o dedo indicador e o polegar dela, mas não a queimou. Ela o puxou de leve, esperando sentir certa resistência, mas a chama se desfez e apagou. Por um instante, o fio continuou brilhando como brasa em sua mão, até se dissolver.

E ali, no escuro, ela abriu um sorriso.

Depois reacendeu a vela.

E tentou outra vez.

II

SETE ANOS ATRÁS

A loja de seu pai era cheia de maravilhas.

Livros tão velhos que ela não conseguia nem ler as lombadas. Uma carta para um rei de outro mundo. Uma cabeça esculpida em mármore por um artesão de Vesk. Um quadro feito com centenas de vitrais sobrepostos. Um mapa que levava ao *Ferase Stras*. Uma tigela de clarividência com a superfície enfeitiçada para mostrar não o futuro, mas o passado. Uma esfera de vidro fosco que conseguia captar a voz de uma pessoa.

Era um labirinto de armários, um corredor sinuoso de redomas de vidro e baús de madeira, fácil de se confundir quando você não podia ver de cima. Mas toda vez que se perdia, Tesali ficava na ponta dos pés — ou subia em cima de uma mesa — e procurava a ave magnífica.

A ave ficava em um pedestal no meio da loja, como o centro de uma bússola, com penas de um verde vibrante captando a luz, e sua coroa dourada visível acima dos baús e das estantes. Tesali a encontrou e pulou da mesa, indo na direção correta.

No caminho, passou por um baú estreito, com o conteúdo encoberto apesar do ângulo como a luz refletia ali perto. Mas Tesali já tinha decorado o que o baú guardava: um pedaço de papel escrito no verdadeiro idioma da magia; a mão quebrada de uma estatueta; um pedaço de rocha que constituía o portão entre os mundos quando as portas estavam abertas. Relíquias da Londres Preta.

Tesali não gostava dos itens daquele recipiente. Não possuíam fios, mas o ar à sua volta não era vazio: uma borda sombreada envolvia cada objeto, o oposto dos halos que se formavam ao redor das lamparinas à noite. Uma vez, e apenas uma vez, ela abriu o baú e estendeu a mão para tocar — não nos objetos em si, mas na escuridão que turvava o espaço por todos os lados.

Na época, ela não sentiu nada. Mas era um tipo ruim de nada, um tipo estranho de nada, e ela se pegou esfregando as mãos por horas a fio, sem conseguir aquecê-las.

Seu pai dizia que aqueles objetos não eram proibidos, que faziam parte da história e que a história tinha valor — mas, mesmo assim, nunca os vendia. Nem sequer os mostrava aos clientes. Tesali ficou imaginando se ele tinha se esquecido de que estavam ali, enterrados em meio ao labirinto que era a loja. Também tentara esquecer, mas parecia que sempre acabava encontrando o estojo escuro. Deu as costas para ele e se concentrou em encontrar a ave magnífica.

Ela estava na loja desde que Tesali conseguia se lembrar.

Já havia sido do tamanho da menina, mas Tesali continuou crescendo e a ave não, por isso agora era a maior das duas. Ainda assim, era uma ave magnífica, grande demais para caber em qualquer um dos armários e, portanto, ficava empoleirada ali em cima, vigiando o precioso conteúdo da loja do pai.

Segundo ele, a ave estava extinta. Era a última de sua espécie e, sendo assim, o emblema perfeito para a On Ir Ales.

Mas não foi a ave em si que a cativara.

E sim o jeito como se *mexia*.

Quando ela entrou em seu campo de visão, a ave agitou as penas e esticou as asas. Virou a cabeça, voltando os olhos em sua direção e estalando o bico baixinho. Ela fazia esses movimentos predeterminados guiada por uma rede de magia delicada que se entrelaçava no ar sobre suas asas, pelo contorno de seu corpo emplumado e entre suas garras.

Tesali ficara decepcionada ao descobrir que a ave era uma mera imitação da vida. Mas isso foi antes de conseguir enxergar os fios que a animavam. Agora, a complexidade de sua magia deixava Tesali maravilhada. Ela ergueu a mão e tocou uma das cordas cintilantes que se enroscavam no ar, como se fosse um instrumento, e a ave reagiu, levantando-se de leve como se estivesse prestes a alçar voo. Aquele não era um de seus movimentos predefinidos: era algo que só *ela* podia forçar a ave a fazer.

— Tesali!

A voz do pai deveria ter ficado presa no labirinto, impedida pelos armários e pelas caixas que ficavam na frente, mas isso não aconteceu. Sempre conseguia cortar caminho até ela.

Afastou a mão da ave, lembrando-se de sua tarefa. Abaixou-se, abriu o armário que constituía seu poleiro e pegou a caixa de moedas, correndo de volta para a frente da loja. O labirinto nunca parecia pegá-la na saída da mesma forma que acontecia na entrada e, em poucos segundos, ela já estava lá.

O pai estava à sua espera com um cliente, um homem mais velho, com o cabelo branco preso numa trança elegante. Conversavam sobre Londres — como todo mundo — e sobre a onda de magia amaldiçoada que na semana anterior havia se espalhado pelas ruas. Algumas pessoas achavam que tinha sido um feitiço que deu errado; outras, que foi um ataque. Afinal de contas, o rei e a rainha estavam mortos. Mas não era com isso que seu pai se importava.

— ... em breve terei uma das espadas de Maxim Maresh — dizia ele — e a máscara do torneio de Kisimyr. Tenho um colecionador na cidade.

Ela sabia que ele estava falando de Serival.

A atenção de Tesali voou para o balcão entre os dois homens, onde algo estreito e afiado jazia sob um lençol. Tentou adivinhar o que era enquanto seu pai arrancava a caixa de moedas de suas mãos.

— Minha caçula — disse ao cliente. — Tem mania de se perder em pensamentos.

O outro homem sorriu para ela.

— O mundo precisa de sonhadores.

— Será? — perguntou o pai, seco, pousando os olhos nela da mesma forma como a ave a encarava: o olhar astuto, sombrio e perscrutador.

— Com certeza — continuou o cliente. — Você tem que agradecer aos sonhadores por metade das maravilhas em sua loja. — O pai deu um sorrisinho sem graça, mas, enquanto contava as moedas, Tesali se deu conta do que ele estava pensando: "De que adianta uma sonhadora sem magia?"

Tesali voltou para a mesa onde estava antes de o cliente entrar. Sentou-se na banqueta e olhou para o conjunto de elementos aberto, à sua espera, como todos os dias, pois todo santo dia o pai a mandava praticar.

Na noite anterior, ela o ouvira conversando com sua mãe.

Sem poder, referira-se à filha caçula, cuspindo as palavras como se fossem uma maldição.

A mãe dela o reconfortou e disse que o novo rei também não possuía magia, lembrando-lhe de que já tinha sido abençoado três vezes com filhas poderosas e que o mundo buscava o equilíbrio. Como se Tesali fosse um dízimo a ser pago, o custo de outras bênçãos.

Quando o cliente saiu, a menina ouviu a campainha da loja tocar, mas não ergueu o olhar. Pelo contrário, encarou as peças com olhos semicerrados, moveu os lábios e fingiu não ter poder algum sobre elas, mesmo que não fosse exatamente verdade. Até onde sabia, ela não possuía qualquer magia *elementar*. Não conseguia criar algo do nada nem conjurar uma chama a partir de uma gota de óleo, soprar o vento para mover um montinho de areia ou controlar um pedaço de osso. Mas se alguém queimasse o óleo, ela poderia alterar a gota ardente para tomar a forma que quisesses, alterando-a para um fogo intenso ou uma delicada faixa de chamas. Poderia transformar a água em gelo ao puxar seus fios ou moldar a terra até que virasse um anel. Poderia puxar os filamentos da própria caixa de madeira e transformá-la em uma pulseira, uma caneca, uma muda de planta. Ela era capaz de enxergar a própria tessitura do mundo, assim como toda a magia contida nele, tocar em cada um de seus fios, desvendar os padrões, refazê-los e...

— Você nem está tentando — repreendeu seu pai.

Tesali ficou irritada e, naquele momento, sentiu vontade de contar tudo a ele, mostrar-lhe do que era *capaz*. Quem sabe então ele não olhasse para ela da mesma forma que olhava para Serival, Rosana e Mirin? Com orgulho, em vez de expectativa. Mas toda vez que sentia esse impulso, lembrava-se do medo no rosto da mãe e de que todas as suas irmãs haviam partido. Lembrava-se de que, se contasse a verdade, seu pai não a amaria mais.

Ele a venderia.

— Venha aqui — ordenou ele, e Tesali abandonou o conjunto e a banqueta, voltando para o balcão, onde seu pai puxava o lençol da mais nova peça de sua coleção.

Era um espelho.

Mas é óbvio que não era um espelho comum. Seu pai não se importava com coisas comuns, e ela podia ver a magia entrelaçada na moldura, traçando um segundo padrão sobre a borda prateada. Mas antes que pudesse ler qual era seu significado, o pai contou a ela.

— Alguns espelhos mostram o futuro — disse ele. — Outros mostram o passado. Alguns mostram o que queremos, outros o que tememos. Alguns mostram até a nossa morte.

Tesali sentiu um arrepio, torcendo para que não fosse aquele tipo de espelho.

— Já este espelho aqui... — continuou ele, passando a mão pelo lado prateado. — Este aqui revela do que somos capazes. Mostra nosso verdadeiro potencial.

Tesali viu seus olhos se arregalarem no reflexo, e seu pai confundiu sua expressão com ansiedade e abriu um sorriso. Ele não costumava sorrir, e foi esquisito, nada natural.

— Agora, minha sonhadora. Quanto você vale? — perguntou ele.

Era uma pergunta que ele fazia a cada item da loja, a cada peça que entrava em sua coleção. Uma pergunta que fazia baixinho, quase com reverência, dirigindo-se não ao vendedor, mas ao objeto em si conforme o pegava e colocava na prateleira.

Quanto você vale?

A pele de Tesali ficou arrepiada de medo quando ele a pegou pelo braço e a arrastou para mais perto do espelho.

Medo, mas também alívio. Já estava cansada de esconder quem era, do que era capaz. Agora, não tinha mais escolha. O espelho a exporia, ele descobriria a verdade e não seria culpa dela.

Seu pai pressionou a mão da menina contra a superfície do espelho.

Era bem fria, e imediatamente um vapor se formou próximo a seus dedinhos, mas enquanto ela observava, a névoa aumentou e se espalhou por toda a parte, embaçando o vidro e apagando a loja e seu pai, mas não ela.

Tesali permaneceu ali, no centro da moldura prateada. De repente, a moldura desapareceu e ela ficou sozinha, não mais na loja de seu pai, mas em uma rua desconhecida de uma cidade movimentada. Tentou olhar ao redor, mas antes que conseguisse absorver tudo, a rua e as construções à sua volta começaram a se *desfazer*, transformando-se em milhares de fios. Ela se moveu e os fios acompanharam seu movimento, ondulando para longe e depois aproximando-se novamente.

Estendeu a mão e passou os dedos pela extensão dos fios, como se fossem as cordas de uma harpa. E eles começaram a tocar — em cores e em luz. Ela conseguia sentir o poder dentro de cada um. O potencial. Flexionou os dedos e os fios se abriram, fecharam-se e vieram, juntando-se entre suas mãos. Olhou para baixo e, no espaço entre as palmas estendidas, os fios se enroscaram cada vez mais depressa e bem apertados até assumirem formas diversas.

Ali, entre suas mãos, surgiram uma caixa, um pássaro, uma faca. Ali, uma casa, uma torre, um palácio, uma estrada. Bem ali, uma cidade desmoronou, ruindo como um castelo de areia. Bem ali, um homem morto levantou-se como se fosse uma marionete, voltando à vida. Bem ali, um rio de luz transbordou de suas margens e inundou um mundo inteiro. Depois desta última imagem, os fios se esticaram, ultrapassando os limites de suas mãos e fazendo um arco ao redor da menina até que ela estivesse dentro de outra moldura. Não, dessa vez não era uma moldura. E sim uma porta.

E então os fios ficaram pretos.

Recuaram, depois voltaram a ela como uma onda, erguendo-se sobre sua cabeça. Tesali prendeu a respiração conforme eles caíam em cima dela, para dentro dela, enroscando-se em seus braços, seu corpo e seu rosto até a engolirem completamente e ela enfim desaparecesse.

Tesali se afastou do reflexo e, neste instante, as visões se desvaneceram e ela surgiu novamente na loja, sentindo seu coração disparar no peito enquanto o espelho voltava a ser apenas um espelho. Seu pai estava logo atrás, segurando seus ombros, e a menina conseguia sentir a ganância em seu toque.

Mas então ele perguntou "O que foi que você viu?" e Tesali percebeu que aquele reflexo havia sido visto somente por ela. Seu segredo continuava guardado a sete chaves. Agora, contar ou guardar seria uma escolha dela. Mas como é que contaria ao pai o que tinha visto? *O que* é que ela tinha visto? O que será que significava?

— E então? — insistiu o pai.

— Eu me vejo aqui — respondeu ela —, com você.

Era verdade — bem, de certa maneira. Afinal, era o que ela via naquele momento. Tesali esboçou um sorriso, como se aquele futuro a deixasse feliz. Como se deixasse ambos felizes. O pai soltou os ombros dela, pegou o lençol e o jogou sobre o espelho, mas ela ainda estava com o olhar fixo no reflexo, de modo que pôde ver a decepção estampada no rosto do pai logo antes do pano cair.

III

TRÊS ANOS ATRÁS

Tesali começou a correr, xingando as sapatilhas que escorregavam e derrapavam na estrada de pedra.

A mãe a obrigava a usá-las, visto que ela se comportava *como uma galinha fora da cerca e não como uma menina de 12 anos*. Imaginava que os malditos sapatos desencorajariam a filha de correr.

Mas não era o que acontecia.

Toda vez que seus pais a mandavam fazer alguma coisa, ela saía correndo para chegar no açougue, na padaria ou no banco na metade do tempo, só para poder passar pelo mercado das docas a caminho de casa.

Tesali *adorava* o mercado das docas, as barracas improvisadas que surgiam como cogumelos ao longo do porto, de um dia para o outro, com mesas feitas de caixotes e tendas de lona, comandadas por marinheiros que vinham vender as mercadorias e bugigangas que encontravam durante as viagens. Não era a essência do trabalho deles, apenas um detalhe. É lógico que seu pai desprezava o mercado, insistia que não havia nada de valor ali, mas ela se maravilhava com a variedade, recolhida dos cantos mais longínquos do império e, às vezes, até mais longe. Era fácil esquecer como o mundo era grande quando se vivia em Hanas.

Ela só tinha saído da cidade portuária uma vez, em uma viagem de bate-volta ao sul para ver Rosana — a mais nova integrante da trupe e nitidamente destinada a grandes feitos — se apresentar. A futura vencedora do *Essen Tasch*, como o pai costumava se gabar antes que o príncipe veskano matasse a rainha arnesiana, abrindo uma brecha no tratado entre os três impérios e pondo fim definitivamente ao torneio.

Na maioria das vezes, Tesali só passava para dar uma olhada nas mercadorias e imaginar de onde vinham. Mas naquele dia, ao examinar as barracas, com uma carne assada na sacola pendurada no braço (o objetivo de sua saída) e o troco de um mês inteiro guardado no bolso, ela estava à procura de uma recompensa.

Um presente.

Era o aniversário do pai e, embora não fosse um homem sentimental, tinha decidido que 50 anos era uma idade que valia a pena comemorar, e a mãe enxergara aquilo como uma oportunidade de convidar as filhas para fazerem uma visita. Mirin e Rosana já estavam lá, tirando da mala os presentes que haviam trazido, e Serival chegaria a qualquer segundo — Tesali deu uma olhadela irrequieta pelas docas, sem saber se ela viria por terra ou mar —, certamente trazendo algo magnífico. Como sempre. A essência do trabalho dela consistia em encontrar objetos valiosos.

E Tesali também estava determinada a encontrar algo valioso.

Avançou pela fileira de barracas, passando os olhos aqui e acolá, sem saber muito bem o que procurava, mas certa de que o encontraria. Até que encontrou.

A maioria das barracas tinha ao menos uma peça de magia defeituosa entre os produtos, com o feitiço desgastado ou danificado de um jeito imperceptível para todo mundo. Porém, em uma das mesas, *tudo* parecia estar quebrado. Desde os globos de vidro, que deveriam captar as estações do ano, passando pelas pedras de aquecimento, que deveriam ferver a água em que estavam imersas, até os prismas de navio, que deveriam mudar de cor para avisar das mudanças climáticas iminentes — isso se estivessem funcionando.

Havia um homem sentado num caixote atrás da mesa, entalhando alguma coisa com uma faca do tamanho de seu polegar.

Tinha a pele negra e o cabelo preto preso em tranças grossas, cada uma enfeitada com um adorno de prata e com um filamento de magia azul que se enroscava no ar ao redor de seus ombros.

Enquanto Tesali observava, ele fez um corte fundo demais e o pedaço de madeira acabou se partindo em sua mão.

— Sempre fui um péssimo escultor — murmurou ele, jogando o toco no mar. No entanto, ele pegou outro pedaço de madeira e tentou outra vez, cortando três lascas antes de erguer o olhar e vê-la prestando atenção às mercadorias.

— Você quer alguma coisa? — perguntou ele, a voz carregada de maresia.

A mesa estava uma bagunça, mas ela assentiu, pegando um globo. Ele tinha três do inverno e dois do outono e da primavera, mas ela escolheu o globo do verão.

— Quanto custa? — perguntou ela, prendendo a respiração. Tesali só tinha seis lins: um globo de estação em perfeito estado custava o dobro e, mesmo que não fosse o tipo de coisa que seu pai colocaria à venda na loja, ele vivia reclamando do frio, por isso ela achava que ele iria gostar daquela bolinha de calor.

— Dois lins — respondeu o marinheiro, e ela teve que morder os lábios para disfarçar o sorriso. O pai sempre lhe dizia para nunca deixar os sentimentos transparecerem. Ela enfiou a mão no bolso e pegou dois lins. — Só para você saber — acrescentou ele —, o globo está quebrado.

Foi bem honesto de sua parte, pensou ela, pois a maioria dos marinheiros diria que uma tábua de madeira era uma espada de ouro para convencer alguém a comprar o item.

Ela colocou as duas moedas na mesa e disse:

— Eu sei.

Mas *não* disse que conseguia enxergar o ponto exato onde os fios tinham rebentado. Não seria muito difícil consertar.

Enquanto ela guardava com cuidado o globo quebrado na sacola, o marinheiro fez uma série de coisas esquisitas: primeiro, terminou de esculpir o toco de madeira, transformando-o em um cachimbo.

Depois, pegou o esqueleto articulado de uma coruja de algum lugar próximo a seus pés, colocou-o sobre a mesa e botou o cachimbo no bico da coisa. O marinheiro abriu um sorriso, divertindo-se. Tesali observou maravilhada.

— Quanto custa isso aí? — perguntou ela.
— O cachimbo?
— A coruja.

Ele ergueu o olhar e encarou a menina.

— Né mágica, não — disse ele. E não era mesmo. Não havia quaisquer fios de feitiço, partidos ou inteiros, nenhum sinal de magia passando pela ave, apenas arames que seguravam o amontoado de ossos no lugar.

O homem lançou à coruja um longo olhar de avaliação.

— Cinco lins — respondeu ele.

— Quatro — negociou Tesali, mas ele deve ter percebido o desejo em seus olhos e sacudiu a cabeça. Ela sentiu um aperto no peito.

— Não tenho cinco lins.

O marinheiro deu de ombros, como se não fosse problema dele, e ela mordeu o lábio, vasculhando os bolsos como se as moedas pudessem se multiplicar. Em seguida, levou as mãos ao cabelo penteado para cima, como de costume, trançado e preso com uma presilha. Ela soltou a presilha e o cabelo caiu numa nuvem de cachos castanhos sobre os ombros. A presilha em si não era nada de mais, mas havia no adereço um enfeite de prata. Ela o soltou, acrescentando-o às quatro moedas na palma de sua mão.

O marinheiro considerou a proposta. Ela prendeu a respiração.

Então, ele pegou a ave e tirou o pedaço de madeira de seu bico.

— Com isso aí, pode comprar a coruja — disse ele. — Mas nada de cachimbo.

Tesali teve vontade de dar um abraço no marinheiro, mas se conteve. Em vez disso, entregou-lhe o pagamento e pegou a ave morta nos braços antes que ele mudasse de ideia. Viu-o guardar as moedas no bolso e colocar o enfeite de prata no próprio cabelo.

Então deu as costas ao homem e voltou correndo para casa.

Pela primeira vez em muitos anos, não havia nenhuma cadeira vazia no jantar.

As quatro filhas de Forten Ranek estavam em casa, sentadas à mesa, que estava posta para o aniversário dele, bonitas como se fossem troféus e vestidas em suas melhores roupas, como bonecas. Dia desses, no mercado das docas, Tesali tinha visto um conjunto de estatuetas de madeira. O marinheiro mostrou a ela como se encaixavam, uma dentro da outra, cada uma com um rosto diferente. Desde então, era assim que ela pensava nas irmãs; ainda mais por haver exatamente quatro anos de diferença entre cada uma, numa escadinha que ia dos 24 aos 12 anos.

As quatro garotas Ranek eram diferentes em quase todos os aspectos. Variavam em idade e altura, beleza e personalidade, e até mesmo nos olhos, que iam da cor de ametista (Rosana) a avelã (Serival) e de castanho (Tesali) ao quase preto (Mirin).

A única coisa que tinham em comum eram os cachos, que também não cresciam da mesma forma nas quatro.

O cabelo de Serival crescia em ondas escuras e estava sempre preso em uma trança, elegante e bem tratado.

O de Mirin era formado por um monte de anéis dourados e nunca estava preso, mas solto em uma cabeleira sedosa.

Os cachos de Rosana eram curtinhos, uma auréola de mechas castanhas que cabiam sob suas muitas perucas de artista.

E então havia Tesali, com cachos selvagens, rebeldes, um emaranhado de fios que viviam escapando dos grampos. Naquela noite, havia feito o possível para prender seu cabelo teimoso e penteá-lo de um jeito bonito, mas quando a carne assada ficou pronta e foi servida, colocada sobre a mesa junto às taças cheias daquele vinho forte do sul (que até mesmo ela teve permissão para experimentar, embora não gostasse do sabor nem de como fazia sua cabeça parecer grande e pequena ao mesmo tempo), já começou a sentir os fios se soltarem.

A mãe sorriu para as filhas, feliz por ter a família inteira em casa.

O pai também sorriu, feliz por ver o resultado de seu trabalho.

Depois Esna tirou os pratos da mesa e chegou a hora dos presentes.

Tesali segurou o presente debaixo da mesa, esperando a sua vez. Estava embrulhado em um tecido delicado e translúcido, atado com uma fita. Levou a tarde toda, desde o segundo em que voltou para casa até a hora em que foi chamada para jantar, mas conseguiu consertar o globo.

Balançou as pernas, ansiosa, conforme Rosana ia primeiro, segurando um envelope lacrado com uma cera escura. O pai estendeu a mão para pegá-lo, mas ela conjurou uma chama delicada que incendiou o envelope, fazendo subir um clarão de faíscas vermelhas que derreteram a cera e revelaram seu conteúdo.

Um convite.

— Para uma apresentação em sua homenagem — explicou a irmã.

O pai deu um sorriso de lábios fechados ao pegar o ingresso. Um belo presente, mas era evidente que ele esperava mais. Rosana também percebeu sua reação e baixou o olhar, com o rosto ruborizado. Se pelo menos o *Essen Tasch* não tivesse sido cancelado, pensou Tesali. Rosana teria que encontrar outra maneira de brilhar.

Mirin aproveitou o silêncio como uma brecha, um sorriso felino estampado no rosto encantador.

— Meu presente — disse ela, sem nenhuma prenda perceptível, até baixar os dedos delicados pelo vestido. — Mas este aqui você vai precisar esperar um pouco para segurar nos braços.

A mãe delas deu um gritinho de alegria, o sorriso do pai se alargou, cheio de dentes, e enquanto Mirin tagarelava sobre nomes e datas de nascimento, a felicidade deixando suas bochechas coradas, Rosana e Tesali trocaram um olhar aborrecido, sabendo que nenhuma das duas seria capaz de competir com um neto.

Pois, como sempre, aquilo se tratava de uma competição.

Apenas Serival parecia tranquila, nitidamente confiante em relação ao próprio presente, o que deixou Tesali tão nervosa — e atrevida — que se jogou na frente da irmã mais velha, sem querer ir depois dela.

— Pai — chamou ela, estendendo o embrulho —, meu presente para você.

Tesali prendeu a respiração quando ele pegou o pacote, abrindo o embrulho improvisado e deparando-se com o globo de verão. Quando a superfície do globo tocou sua pele, o objeto ganhou vida, expondo uma arvorezinha toda florida bem no meio.

Tesali abriu um sorriso, pois sabia que não tinha apenas consertado o globo de verão.

Ela o tinha aprimorado.

Ao remendar os fios partidos, deu um jeito de torcê-los para mudar seu caminho, de modo que, quando seu pai segurou o globo, além de ver uma amostra do verão contido ali dentro, também sentiu o calor do sol em sua pele, como se estivesse debaixo daquela árvore. O pai, que sempre reclamava da friagem do outono. As mãos doíam conforme o frio se intensificava.

Algo surgiu no rosto de seu pai, uma expressão que ela raramente via, e isso só em sua loja: surpresa. Além de um prazer quase infantil.

— Que maravilha — murmurou ele, e Tesali sentiu como se estivesse ao seu lado no globo, sentindo o calor daquele sol de verão. Mirin e Rosana deram gritinhos de aprovação.

Mas Serival lhe lançou um olhar malicioso.

— Onde foi que você arranjou isso? — perguntou ela, e a pergunta tirou seu pai do devaneio, chamando sua atenção.

Tesali sabia quando mentir e quando fazer uso da verdade para se proteger.

— No mercado das docas — respondeu ela.

— E como conseguiu pagar? — perguntou a irmã.

— O globo estava danificado — explicou ela —, por isso o marinheiro o vendeu barato. Mas sou boa em consertar as coisas. — Ela notou o peso do olhar de sua mãe, mas olhou apenas para o pai enquanto dizia: — Aprendi observando *você*.

Foi a coisa certa a dizer. Tesali viu a lisonja afastar as suspeitas do pai. O olhar de Serival se demorou na irmã, mas agora já era a sua vez.

— Pai — começou, pegando uma caixinha de madeira e deslizando-a em sua direção. As mãos dela, como de costume, estavam escondidas sob um par de luvas pretas. Uma afetação, como Mirin costumava dizer. Para fazê-la parecer imponente.

A mesa toda ficou em silêncio quando Forten Ranek deixou o globo de verão de lado, a árvore ensolarada desaparecendo sob seu toque, e levantou a tampa da caixa para retirar um frasquinho não de vidro, mas de ouro.

Ele franziu a testa.

— O que é isso? — perguntou ele, o que por si só já era um sinal de alerta, pois seu pai era um colecionador capaz de identificar a maioria dos tesouros à primeira vista, seus olhos aguçados enxergando o valor dos itens do mesmo jeito que os dela faziam com a magia. Mas Tesali viu o que ele não conseguia ver: o filamento de luz que se enroscava não pela superfície do frasco, mas dentro dele, enrolado como uma cobra. Era escuro como o breu e mesmo assim brilhava. Aquilo a deixou toda arrepiada.

— O que é que se dá a um homem que já tem de tudo? — perguntou Serival, como se fosse uma espécie de charada. E então, quando ninguém respondeu: — Tempo.

Ela apontou para o frasco.

— São cinco anos.

— Cinco anos? — repetiu ele, a dúvida palpável no tom de voz.

Serival abriu um sorriso.

— De vida.

Se uma brisa tivesse passado e apagado todas as velas, mesmo assim a sala não teria parecido tão sinistra quanto naquele momento.

— O que foi que você fez? — perguntou o pai.

Serival deu uma gargalhada. Tão calorosa quanto granizo.

— Não matei ninguém, se é isso que está perguntando. — Pegou a taça, segurando a haste com os dedos enluvados. — Ainda não subi a bordo do *Ferase Stras*, mas fiquei sabendo que a capitã negocia em anos em vez de dinheiro. O tempo é uma moeda valiosa demais. — Ela arqueou a sobrancelha. — Não gostou do presente?

Ele recolocou o frasco na caixa.

— É uma magia proibida.

— Só é proibida se for tomada à força, e não foi o caso. Foi um pagamento.

— Pelo quê?

O clima havia ficado pesado. Serival sustentou o olhar do pai.

— Isso já é problema meu, não seu.

A mãe arrastou a cadeira para trás ao se levantar.

— Esta não é uma conversa para se ter durante um jantar.

— Ah, não? — perguntou Serival, divertindo-se. — É o seu aniversário, pai. Cinquenta anos, quem sabe mais quantos?

Rosana respirou fundo. Mirin mordeu o interior da bochecha. Tesali olhou para a irmã, horrorizada. Todas estavam esperando o momento em que alguma coisa fosse se quebrar. Em vez disso, Forten Ranek se levantou e mandou Serival ir para o escritório dele, levando o frasco dentro da caixa enquanto saía furioso da sala. Ela o seguiu, e a mãe foi para a cozinha ajudar Esna, deixando as outras três irmãs sozinhas à mesa, cercadas de cadeiras vazias.

Tesali olhou para o globo de verão, abandonado no lugar onde o pai estava.

— *Anesh* — exclamou Rosana, dando um gole no vinho. Tinha só 16 anos, mas agia como se tivesse o dobro da idade.

— Por que é que ela faz essas coisas? — perguntou Mirin, passando a mão na barriga como se quisesse tranquilizar o bebê ali dentro.

— Provocar nosso pai ou negociar objetos perigosos?

— As duas opções.

— Ela faz isso? — perguntou Tesali. As irmãs prestaram atenção nela, o que raramente acontecia, por isso a mais nova continuou: — Ela negocia magia proibida?

— Não — respondeu Rosana ao mesmo tempo que Mirin dizia que sim. As duas se entreolharam, mas Mirin se inclinou para a frente, abrindo um sorriso.

— Ouvi dizer que ela tem uma bússola que indica o caminho para objetos poderosos. Foi nosso pai quem a deu para ela.

— Para de ser boba — disse Rosana. — Se nosso pai tivesse uma bússola dessas, a guardaria para si próprio. — Ela deu um suspiro e então, como se não conseguisse conter a língua dentro da boca: — Serival não precisa de bússola. Ela tem o dom de encontrar as coisas.

— O dom? — perguntou Tesali enquanto a magia das irmãs rodopiava no ar. Será que Serival também possuía algum tipo de visão?

— Por que vocês acham que ela usa aquelas luvas? — perguntou Rosana.

— Porque é pretensiosa? — tentou adivinhar Mirin, deixando escapar um suspiro de desdém.

Rosana franziu os lábios.

— Uma vez ela me disse que conseguia decifrar o valor de uma coisa só de tocar no objeto.

— Bobagem — exclamou Mirin, voltando-se para Tesali. — O que sei é que há coisas raras e outras que são proibidas, e há o que Serival negocia. Magia vinda de sacrifícios, possessão...

— Nosso pai não a deixaria fazer isso — disse Rosana.

— Ele não teria como *impedi-la* — rebateu Mirin. — Fiquei sabendo que ela leiloou o olho de um *Antari* em Sasenroche. Não apodrece quando a pessoa morre — acrescentou ela, pegando uma uva do centro da mesa —, em vez disso, se transforma em pedra. E se você tiver um, ninguém pode matá-lo.

— Você parece até uma criança inventando histórias — repreendeu Rosana.

Mirin continuou:

— A questão é que nossa irmã é uma *caçadora*. Ela gosta tanto da perseguição quanto da... — Mas foi interrompida quando a mãe delas apareceu à porta, enxugando as mãos com uma expressão de advertência no rosto.

— Se querem tanto assim ficar fofocando, podem ir fazer isso em outro lugar.

— Desculpa, mãe — disse Rosana.

— Já íamos sair para pegar um pouco de ar fresco — completou Mirin.

Tesali levantou-se com as irmãs, mas elas lhe lançaram um olhar que dizia que, para onde quer que fossem, ela não estava convidada. Tudo bem. Pela primeira vez na vida não se sentiu excluída. Caminhou pelo corredor até chegar ao seu quarto, fechando a porta atrás de si.

A corujinha de ossos estava à sua espera em cima da cama.

— Olá — cumprimentou ela, passando o dedo pela curva de seu crânio. Ela não se mexeu, lógico. Não havia magia alguma entrelaçada em seus ossos.

Ainda.

IV

Tesali sabia consertar um objeto quando as peças do feitiço já estavam presentes, mas nunca havia criado algo do zero. No entanto, disse a si mesma que aquilo não era exatamente uma criação, mas uma *recriação*. Lembrou-se de cada fio entrelaçado na ave magnífica na loja de seu pai, do modo como se enroscavam, seu padrão e fluxo.

Uma prateleira na parede do quarto abrigava sua pequena coleção: uma dezena de amuletos, alguns presentes de seus pais e irmãs, e outros artefatos comprados por um punhado de moedas no mercado das docas. Ela os inspecionou, arrancando os fios de que precisava um por um, sacrificando o feitiço pela matéria-prima. Os fios vibravam baixinho em suas mãos, tremendo como asas de mariposa, delicados e frágeis, mas ela conseguiu enrolar cada um em volta do esqueleto da coruja, ancorando a magia em seu crânio, suas asas e patas.

E foi ali, sentada de pernas cruzadas no chão de seu quarto, que Tesali começou a tecer.

Apesar de o feitiço começar a tomar forma em suas mãos, ela receava que não fosse dar certo, tinha certeza de que havia algo mais na magia, um limite que não conseguiria atravessar. Disse a si mesma que não passava de uma garotinha brincando de faz de conta e imitando a vida real.

Mas assim que ela deu um nó em um dos fios a coruja deu um salto ao mesmo tempo que uma onda de movimento percorria seus ossos, e o coração de Tesali disparou. Ela começou a trabalhar mais depressa, como se o feitiço fosse a chama de uma vela, tão frágil que corria o risco de se extinguir e morrer caso desse um suspiro.

Mas não foi o que aconteceu.

Na verdade, o feitiço agrupou-se, assentando-se sobre a coruja como se fosse uma rede. De repente, a ave agitou as asas feitas de ossos. Estalou o bico de ossos. Levantou o crânio de ossos e pareceu encará-la por trás das órbitas vazias.

O tempo passou depressa enquanto Tesali trabalhava.

Estava completamente focada na corujinha, em nada mais. Nem nos ruídos da casa. Nem no movimento da porta abrindo.

— Kers la?

Tesali sentiu um arrepio, afastando as mãos como se tivesse se queimado. Serival estava encostada à porta, de braços cruzados, os olhos estreitos como os de um falcão.

— Kers la, ri sal?

Ri sal. Coelhinha. Ela detestava aquele apelido — e suas irmãs sabiam disso, então, é lógico que Serival se recusava a chamá-la de qualquer outra coisa. Como não respondeu, sua irmã deu um passo para dentro do quarto. Estava descalça, mas seus calcanhares ressoaram no piso de madeira.

— O que você tem aí? — perguntou ela e, naquele momento, Tesali cometeu um grave erro. Ela devia ter olhado para a irmã como se não estivesse entendendo, sem dar a menor importância. Em vez disso, jogou o tecido da saia sobre a corujinha. Puro instinto por ser a irmã mais nova, mas podia muito bem ser sua reação caso estivesse confessando um crime.

Serival não se apressou. Apenas seguiu em *frente*, dando três passos lentos até ficar de pé diante de Tesali. Em seguida, se ajoelhou. Serival usava uma calça, não uma saia, então apenas a própria sombra se acumulava ao redor de seus pés.

— Deixa eu dar uma olhada — disse com firmeza, as palavras pesando como uma mão na nuca da mais nova, e Tesali sabia que, se recusasse, haveria uma luta e ela acabaria perdendo. Sabia porque era teimosa e já tinha testado a irmã um monte de vezes, e as coisas nunca saíam como ela queria. Mesmo assim, sentiu-se tentada, a negação na ponta da língua, mas o que a assustou foi o sorriso perverso no rosto da irmã, que parecia dizer: "Vai em frente, coelhinha, tente fugir de mim."

Tesali tirou a saia de cima da coruja.

— Que animalzinho de estimação mórbido — comentou Serival, sarcástica, enquanto estendia a mão e dava um tapinha no bico da ave. Tesali prendeu a respiração. Contanto que a coruja não se mexesse, a irmã poderia considerá-la apenas uma peça curiosa, mais um enfeite em seu quarto bagunçado.

Mas aí Serival perguntou "Você é tão solitária assim, coelhinha?" e a coruja ganhou vida e ergueu o olhar, pois foi como Tesali a concebera: para reagir à cadência da voz, à sensação de ouvir uma pergunta. Para que pudesse conversar com a ave. Era uma ideia inovadora. Mas, agora, ela se arrependia amargamente.

Serival estreitou os olhos e o bom humor sumiu de seu rosto, substituído por uma expressão astuta e perspicaz. Todas as irmãs haviam crescido com a ave magnífica e sabiam muito bem como um feitiço daquele era raro.

— Ora, ora — disse ela, estendendo a mão para a coruja. — Que *bela* peça de magia.

Tesali avançou, mas a irmã foi mais rápida. Pegou a ave com a mão enluvada e a virou, prestando atenção nos ossos e no arame que deixava tudo em seu devido lugar. Tesali sabia que ela estava procurando as marcas de um feitiço, a articulação da magia, mas sabia que não encontraria nada. A coruja se agitou, debatendo-se nos dedos de Serival como se tentasse se libertar.

— Me devolve — pediu ela, mas a irmã segurou a coruja com força.

— Você jamais poderia pagar por isso — disse ela. — O que significa que a roubou. Assim como o globo de verão.

— Não roubei *nada* — arfou Tesali, insultada.

— Não minta para mim — alertou Serival, espremendo a coruja. Ela iria esmagá-la, junto com todo seu árduo trabalho, e, naquele instante, Tesali nem se importou com a magia — que poderia refazer —, mas a corujinha morta parecia tão viva — ela dera uma espécie de vida à ave, que se contorceu e abriu o bico num apelo silencioso e...

— Fui eu que fiz!

As palavras saíram de sua boca e, por um segundo, Tesali ficou orgulhosa por causa da surpresa no rosto da irmã. Mas logo Serival estreitou os olhos, que ficaram iguais aos do pai, e ela desejou poder retirar o que disse.

— O que você quer dizer? — perguntou ela, calma, mas Tesali já tinha recuperado o juízo e, dessa vez, conteve a língua. Serival olhou para a coruja. — E se eu a quebrasse? — arriscou ela, como se falasse para si mesma. — Você disse que tinha jeito para consertar coisas quebradas. — Ela ergueu a corujinha acima da cabeça. — Gostaria de ver como você...

— Não — implorou Tesali quando outra voz retumbou pela casa, atravessando paredes e portas.

— Serival! — gritou o pai. Sua irmã hesitou, mas até mesmo ela sabia que era melhor não ignorar quando fosse chamada. Devagar, quase com delicadeza, ela devolveu a coruja ao chão e se pôs de pé.

— Falaremos sobre isso pela manhã — disse ela, como se *isso* não passasse de uma história para dormir ou uma fofoca, algo que pudesse ficar para depois. — Bons sonhos, coelhinha.

Tesali pegou a coruja nos braços e a aninhou junto ao peito. Continuou sentada no chão do quarto, trêmula, enquanto a porta se fechava.

— Sinto muito — sussurrou ela para a corujinha. — Sinto muito.

Ficou ajoelhada ali, repassando o que havia feito e dito enquanto ouvia o som dos passos da irmã se afastarem e os do pai juntarem-se a eles, seguidos pelo rangido da escada conforme os dois desciam para a loja lá embaixo.

Foi então que ela se levantou num salto e disparou pelo corredor.

Tesali sempre foi madura para a idade. Independente até demais.

Mas, naquele momento, só queria a mãe. Queria sentir seu toque reconfortante e ouvi-la dizer que ficaria tudo bem. Que aquilo aconteceria mais cedo ou mais tarde e que ela só precisava esconder seu talento enquanto era pequena.

Mas quando entrou no quarto da mãe, mostrou-lhe a coruja e contou o que Serival tinha visto, o rosto de sua mãe perdeu toda a cor. E quando Tesali terminou, ela não disse à filha que ficaria tudo bem, que dariam um jeito, que Serival jamais faria mal à irmã caçula. Não, ela se virou e foi até a cômoda.

— Onde Serival está agora?

— Na loja, com o pai.

A mãe assentiu e pegou uma bolsinha.

— Ótimo — disse ela, colocando a bolsinha em suas mãos. Estava cheia de moedas. — Você tem que ir embora.

Tesali olhou para o dinheiro. Não entendeu nada. *Ir embora?* Ela tinha 12 anos. Aquela era a sua casa. Sentiu uma capa caindo em seus ombros. Dedos apressados ataram os cordões em volta de seu pescoço. Ela se pegou dizendo todas as coisas que mais queria ouvir:

— Vai ficar tudo bem.

— Eu digo que roubei a ave.

— Vamos pensar em alguma coisa.

— Olhe bem para mim — disse a mãe, segurando-a pelos braços, os olhos cheios de medo. Sua mãe, que chorava pela ausência de cada filha como se tivessem morrido, que ansiava por ter todas reunidas em casa. Sua mãe, que costumava brincar que pelo menos tinha Tesali. Que sempre teria Tesali.

— Não vou fazer de novo — disse ela, mas era mentira, e as duas sabiam disso. Quando se tinha um poder, não usá-lo era como tentar prender a respiração debaixo da água: mais cedo ou mais tarde era preciso vir à tona para poder respirar.

Tesali não percebeu que estava chorando até que a mãe enxugou suas lágrimas.

Havia dor no rosto de sua mãe, mas não surpresa, e Tesali se deu conta de que ela já esperava por aquele dia, sabia que chegaria em breve. A mãe depositou um beijo em sua testa, aproximou-a de si e sussurrou em meio ao seu cabelo selvagem.

— Seu poder só pertence a você. Não deixe que ninguém o roube.

Em seguida, se afastou, levando seu calor consigo.

— Agora, vá embora.

Pela primeira vez na vida, Tesali obedeceu imediatamente.

A casa estava silenciosa, exceto por Esna, que cantarolava baixinho na cozinha. Tesali se esgueirou por ali, descendo as escadas até chegar à porta da frente, onde deixavam os sapatos.

Fez menção de pegar as sapatilhas de sola macia, então se deteve e mudou de ideia. *Por pouco* não pegou os sapatos de Serival — eram de couro, com cadarços amarrados como um espartilho e uma biqueira de prata —, mas os deixou para que a irmã pudesse usar as botas para rastreá-la, se fosse o caso. No fim, Tesali acabou optando pelas botas resistentes de Esna; tirou suas meias e as enfiou na ponta do sapato, para que não ficasse largo.

Depois abriu a porta e saiu, passando pela casa e pela vitrine da loja de seu pai, antes de descer a rua.

V

Vá embora, dissera sua mãe.

Ela deveria ter perguntado: *Para muito longe?*

Deveria ter perguntado: *Por quanto tempo tenho que me esconder?* Mas não fez nada disso, com medo de que as respostas pesassem como pedras em seus bolsos, impedindo-a de se mexer.

Tesali manteve a coruja aninhada junto ao peito enquanto as botas roubadas ressoavam na estrada de pedra.

Era quase noite quando ela chegou às docas. O sol havia se posto, mas ainda não havia desaparecido completamente; sua luz minguante abraçava o horizonte, transformando os navios em sombras. Contudo, aos olhos de Tesali, o mundo era sempre um lugar brilhante.

O mercado das docas já estava fechado, as barracas, já desmontadas, e os marinheiros carregavam de volta para seus navios o que não tinham conseguido vender. As embarcações pareciam pássaros: algumas se preparavam para voar enquanto outras fechavam as asas para dormir.

Ela avistou o marinheiro no outro lado do cais, levando um caixote de objetos à venda até um navio estreito. Os enfeites de prata nos cabelos dele captavam os últimos raios de sol, e sua magia azul-clara cintilava no ar.

— Você de novo — disse o homem após ela correr até ele, parando para recuperar o fôlego. Suas bochechas estavam coradas, os cachos escapando dos grampos. Tesali devia parecer tão selvagem quanto se sentia, pois ele olhou por cima de seu ombro para conferir se ela estava sendo perseguida. — Está metida em alguma encrenca?

— Estou, sim.

— Então leve sua encrenca para outro lugar — disse ele, dando-lhe as costas.

Os olhos de Tesali viajaram até o navio.

— É seu?

O marinheiro deu um grunhido, um som que podia ser interpretado tanto como um *sim* quanto como um *não*, isso se ele não estivesse carregando um caixote até a rampa. Ela o seguiu, mas, ao chegar lá no alto, ele se deteve e virou para trás, bloqueando o caminho da garota.

— Vai embora. Não quero você espalhando lama no meu convés. — Ela olhou para as próprias botas, mas então percebeu que era só um jeito de falar.

— Por favor... — começou ela.

— ... é uma palavra bonita para uma boa companhia — disse ele, apontando em direção a Hanas com a cabeça. — Agora vai para casa. Já passou da sua hora de dormir, mocinha.

Tesali perdeu a paciência.

— Posso pagar — disse, sentindo o peso das moedas no bolso.

— Não o suficiente pelo trabalho que vai me dar — retrucou o marinheiro.

Ela olhou para o caixote que ele estava carregando.

— Você não vai fazer tanto dinheiro assim vendendo objetos de magia com defeito.

Ele arqueou a sobrancelha.

— Está falando mal das minhas mercadorias?

— Mas poderia ganhar — continuou ela —, se fossem consertados.

Quanto você vale?, perguntara o pai.

Tesali estava prestes a descobrir.

— Sei consertar coisas quebradas — disse ela. — Às vezes, consigo até deixá-las melhores do que eram antes.

Ela abriu a capa, revelando a corujinha que ele havia lhe vendido naquele mesmo dia.

— O que acha? — perguntou ela, e antes que ele pudesse dizer que parecia igual, a coruja se contraiu em reação à pergunta, enfiou a cabeça sob uma das asas e começou a alisar o ponto onde suas penas deveriam estar.

O marinheiro deu um pulo para trás, deixando escapar uma gargalhada que a deixou surpresa. Genuína, sincera e, acima de tudo, encantada.

— Ai meus Santos! — exclamou ele.

Ela guardou o esqueleto.

— Levo jeito para isso — disse ela.

— Estou vendo.

— Se você me levar para onde quer que esteja indo, posso consertar tudo que não conseguiu vender.

Ele a observou por um momento.

— Qual é o seu nome? — perguntou o marinheiro, e ela quase respondeu. Mas então se deteve. Nomes tinham valor, e seu pai havia lhe ensinado a nunca dar nada por um preço menor do que valia. Muito menos algo que você não poderia comprar de volta. Pensou em usar o nome de Serival, mas só de pensar nisso sentiu um gosto amargo na boca, e, além do mais, ela sabia que acabaria ficando sobressaltada toda vez que ele o pronunciasse. Por isso acabou abreviando seu primeiro nome e foi isso o que lhe ofereceu.

— Tes.

— Ótimo, Tes — disse ele, colocando o caixote no chão e estendendo a mão para ela. — Temos um acordo. — Os dois apertaram as mãos; a dela sendo engolida pela dele conforme o homem a puxava a bordo do navio.

O nome dele, como ela veio a descobrir, era Elrick. E o navio se chamava *Fal Chas*.

Boa Sorte.

— Cadê a tripulação? — perguntou Tes, e ele estendeu os braços como se dissesse *sou só eu* ou talvez como se dissesse *somos nós dois*.

— Ela é leve e meiga — disse ele, dando um tapinha no casco. — E bastante ciumenta. Mas você ainda é muito novinha, então espero que ela não fique zangada e acabe tentando te afogar.

Ele tinha mania de dizer tudo com o mesmo tom de voz, o que tornava muito difícil saber se estava brincando ou não. (Mais tarde ela descobriria que, embora Elrick fosse um marinheiro, antes havia sido um soldado, o que acabara lhe deixando com um senso de humor meio ácido.)

Logo o navio se soltou do ancoradouro. Afastou-se das docas, e de Hanas. Tes ficou parada na proa, observando a cidade portuária ir desaparecendo até perder de vista. Elrick estava do outro lado do navio; sua magia reluzindo conforme ele impulsionava o *Boa Sorte* pela correnteza, estendendo uma mão sobre a água.

Na outra mão, segurava uma pedrinha. Não estava enfeitiçada para amplificar sua magia nem para fazê-lo conseguir se concentrar, mas mesmo assim ele revirou várias vezes a superfície lisa e gasta na palma da mão e, quando a pegou olhando, disse:

— É sempre bom ter um pedacinho de terra à mão quando se está no mar. Ajuda a manter os pés no chão.

Tes refletiu sobre isso enquanto olhava para a costa afastando-se cada vez mais. A noite caíra como um manto, e só os lampiões e as luzes das casas delineavam a silhueta do lugar onde tinha passado sua vida inteira. Ela ergueu a mão e teve a impressão de que a cidade portuária inteira cabia bem ali, na sua palma. Depois, na ponta de seu dedo. Depois, sumiu.

Quando perdeu Hanas de vista e o mar se estendeu como um lençol por todos os lados, o mundo lhe pareceu enorme. Seu coração começou a disparar dentro do peito e ela respirou fundo, enchendo os pulmões de ar.

Estava sozinha. E, embora também assustada, pela primeira vez em anos se via livre. Naquela noite, quando o *Boa Sorte* encontrou sua correnteza, Elrick deu a Tes um cobertor e um cantinho no chão da cabine, e ela se deitou encolhida com a corujinha, e deixou o navio embalar rumo ao sono.

As águas sob o navio ganharam vida.

Em mar aberto, a correnteza tinha um brilho azul constante, mas desde que passaram pelo porto, trocando o oceano pela hidrovia que os levaria até o continente, a água vinha mudando de cor. Agora cintilava num tom misterioso de *vermelho*, entremeado por fios de luz carmesim.

— É incrível, né?

Tes levantou a cabeça. Elrick também estava debruçado sobre a amurada, os olhos fixos na correnteza.

— Você consegue ver?

— Bem, não sou cego. Lógico que consigo ver a luz do Atol. Assim como todo mundo de Tanek em diante.

Tes ficou maravilhada com a ideia de uma magia que os outros também conseguissem enxergar. Elrick desviou o olhar da água e ficou observando a garota, com uma pergunta na ponta da língua. Parecia prestes a abrir a boca, mas, no fim, acabou engolindo a pergunta e voltou o olhar para o rio.

Desde que deixou Tes subir a bordo em Hanas, duas noites antes, não havia lhe feito uma pergunta sequer. Não a questionou sobre quem ela era ou do que estava fugindo. Nem quando ela consertou todos os objetos no caixote, nem mesmo quando entrou na cabine e a flagrou ajustando os fios ao redor da corujinha, curvando os dedos no que, para ele, devia parecer o nada.

— Isso é coisa sua — dissera ele, dando meia-volta e saindo novamente.

Agora, os dois ficaram debruçados lado a lado na amurada enquanto a cor ficava cada vez mais intensa na água lá embaixo.

— Dizem que é uma fonte — explicou Elrick. — Um lugar onde a magia é tão forte que conseguimos enxergá-la até a olho nu. — *A olho nu*, pensou ela enquanto o homem apontava com a cabeça em direção à proa. — Vai ficar cada vez mais brilhante à medida que nos aproximarmos de Londres.

Londres.

Ela já tinha ouvido falar da capital arnesiana, lógico, mas em Hanas soava mais como um conto de fadas. Uma cidade tão grande que não era possível ver suas fronteiras. A joia do império, repleta de magia. Certa vez, Rosana dera de presente à mãe uma ilustração do palácio real, que supostamente tinha sido construído em uma ponte sobre o Atol, embora parecesse um lugar ridículo para se colocar um castelo.

Pelo menos era o que ela pensava... até ver o palácio.

De repente o rio se expandiu até transformar-se em uma avenida carmesim repleta de navios. Havia tantas construções em ambas as margens que ela não conseguia ver as ruas separando uma e outra, e teve de fechar os olhos por causa do brilho e do emaranhado de inúmeros filamentos ardentes. Ao passarem por baixo de uma ponte, sentiu uma sombra por trás das pálpebras, a breve escuridão pairando como uma compressa gelada. Mas logo a luz voltou a surgir, e Elrick lhe disse para olhar.

Ao abrir os olhos ela viu o *soner rast*, o coração pulsante da cidade. O palácio erguia-se sobre o rio carmesim, com torres alcançando o céu, onde o sol as transformava em chamas.

As docas estavam apinhadas de todo tipo de embarcação, desde pequenos esquifes até navios imensos com mais mastros do que as velas do *Boa Sorte*. Barcos com feitiços entalhados no casco e rabiscados como tinta pela proa. Tes conseguia ver as linhas da magia para onde quer que olhasse. Uma trama quase ofuscante de fios.

Mas ficou meio desanimada ao passar os olhos pelas docas e não ver nenhum mercado ou barraca improvisada por perto.

— Esta cidade tem centenas de mercados — disse Elrick, ao seu lado. — Tenho certeza de que você vai encontrar todos.

Ela jogou uma corda de ancoragem para um funcionário das docas.

Elrick desceu a rampa.

— Você fica aqui — disse ele, como se só tivesse lhe dado uma carona de um porto a outro. Como se não tivesse salvado e libertado Tes. Suas botas emprestadas ressoaram no chão quando ela atravessou o convés, com a bolsinha de moedas no bolso e a coruja debaixo do braço. Sentia-se tão leve, como se tivesse apenas esquecido alguma coisa, em vez de tê-la deixado para trás de propósito. Começou a descer a rampa, mas Elrick a segurou pelo braço.

— Espera um pouco.

Se, naquele momento, o marinheiro a tivesse convidado para permanecer a bordo, talvez ela aceitasse. Mas não foi o que ele fez. Em vez disso, pegou a mão dela e colocou na palma a pedrinha escura que segurava enquanto conduzia o navio. Fechou os dedos de Tes ao redor da rocha.

— Para manter seus pés no chão — disse ele — sempre que você estiver no mar.

Ela apertou a pedrinha com força ao descer a rampa e atravessar as docas. Ao chegar aos degraus que davam acesso à rua daquela cidade vibrante e imensa. Ao mergulhar no fluxo constante de luz e movimento e se dando conta de que, não importava o que acontecesse, encontraria seu caminho.

NOVE

OS FIOS QUE VINCULAM

I

LONDRES BRANCA
PRESENTE

Uma batida soou na porta do quarto.

Holland tirou a mão do ombro de Kosika, passou por ela e foi até a janela, e a rainha disse:

— Pode entrar.

Ela esperava um criado, ou talvez Nasi, mas, em vez disso, quem entrou foi Lark, carregando uma bandeja.

— Minha rainha — cumprimentou ele, repuxando os lábios não em tom de deboche, mas de um jeito brincalhão. Um lembrete de que a conhecera quando ela era uma trombadinha e ele não passava de um ladrãozinho magricela. Antes que ela ganhasse um olho preto e uma coroa. Antes que ele ganhasse aquela cicatriz na garganta. Antes que seus ombros se alargassem, ele espichasse e sua voz adquirisse aquele suave tom melódico.

Ele deu uma olhada no quarto, passando direto por Holland antes de sua atenção se fixar no manto encharcado de sangue que Kosika tirara ao entrar.

— Ainda bem que você não é cheia de frescuras.

Kosika deu de ombros.

— Nunca fui.

Ela só percebeu a fome que estava sentindo quando Lark pousou a bandeja e Kosika viu a comida nos pratos: bifes grossos de carne com cenouras assadas, pão, uma tigela de frutas de caroço e uma jarra de cidra — era comida suficiente para duas pessoas.

No início, ela ficava nervosa sempre que alguém estava na presença de seu santo, perturbada pela incapacidade das pessoas de vê-lo como ela o via. Mas, agora, aquilo lhe fazia sentir uma dose de adrenalina.

— Você gostaria que eles também pudessem me ver? — perguntou Holland, e Kosika se surpreendeu ao pensar que *não*. Sabia que deveria querer aquilo, mas *gostava* que ele a tivesse escolhido. Só a *ela*.

Holland repuxou os lábios num quase sorriso.

E ela se forçou a focar no amigo.

— Come comigo.

— Um soldado comendo do prato da rainha? — perguntou Lark, em choque. Mas Kosika revirou os olhos, dividiu a comida entre os dois e se acomodou em uma cadeira enquanto o amigo foi se sentar num banquinho.

— Você está perdendo um festão — comentou ele.

— Agora você também está. Um criado poderia ter me trazido esta bandeja.

— Fiquei feliz por ter uma desculpa para vir aqui — disse ele, encarando-a. — Quase não te vejo mais.

— Você me vê todos os dias.

— Eu vejo a rainha.

Não somos a mesma pessoa?, sentiu vontade de perguntar. Mas sabia que não eram. Kosika nunca seria uma rainha de verdade — uma rainha de verdade estaria lá embaixo, sorrindo e acenando para os nobres —, mas, por outro lado, não podia mais ser a garota inconsequente e rebelde que já fora um dia.

Olhou para o manto ensanguentado.

— Quem me dera ela fosse um manto ou uma coroa — refletiu. — Algo que eu pudesse tirar.

— Eu não diria isso — disse Lark. — Você está mudando o mundo, Kosika.

As palavras a surpreenderam. Assim como o jeito com que os olhos dele brilharam.

— Ele é leal a você — refletiu Holland.

Ela quase tinha esquecido que o antigo rei estava ali até que abrisse a boca. Esperou que Lark estremecesse, sobressaltado, ao ouvir sua voz. Mas lógico que ele não ouviu nada, nem viu Holland avançar, passando os dedos pelo tronco da árvore prateada.

Kosika teve de se esforçar para não acabar desviando a atenção, não deixar que seu olhar o seguisse pelo quarto, por isso ficou grata quando o antigo rei passou por trás de Lark e parou ali, de modo que ela pudesse olhar para os dois ao mesmo tempo.

— Vamos, me conta tudo sobre esse festão que estou perdendo.

— Deixa eu pensar — começou Lark, pegando uma ameixa da bandeja. — Metade dos nobres estão bêbados e a outra metade são uns idiotas. Dois Vir estão tendo um caso e não conseguem disfarçar nem um pouco, e Nasi está flertando com um soldado... um tal de Gael, você conhece? Bonito, mas cabeça oca.

— Está com ciúmes?

— Bem... — disse ele, rolando a ameixa entre as mãos. — Ouvi dizer que Gael é bom de cama.

Kosika deu uma risada enquanto bebia a sidra. Lark continuou tagarelando e, enquanto isso, ela imaginou o castelo desaparecer e os dois sentados na beira de um dos muros da cidade, balançando as pernas enquanto dividiam um prato de comida roubado. De repente, deu um bocejo e o quarto entrou em foco novamente. Lark se levantou e disse que precisava ir embora.

— Minha rainha — disse ele com uma mesura.

Ela se levantou e o seguiu até a porta. Lark a abriu, e o barulho dos festejos ecoou lá de baixo. Ele se deteve na soleira.

— Já ia esquecer — disse ele, enfiando a mão no bolso. Virou-se e estendeu uma bolsinha preta para ela. — Feliz aniversário.

Kosika ficou corada ao pegar a bolsinha e virar o conteúdo na palma. Cubinhos brancos chocalharam em sua mão. Cubos de açúcar.

— Roubei da cozinha.

— Da cozinha do castelo — enfatizou ela —, que pertence a mim. Era só pedir alguns.

— Verdade, mas uma garotinha me disse que coisas roubadas são duas vezes mais doces.

— Não sou mais uma garotinha — rebateu ela, e Lark riu como se aquilo fosse uma piada.

Depois ele foi embora. A porta se fechou, silenciando os sons da festa no andar inferior, e ela ficou novamente a sós com seu rei.

Kosika olhou para os cubos de açúcar na palma da mão, sentindo a sombra de Holland recair sobre ela.

— Você se lembra? — perguntou.

Holland franziu a testa.

— Do quê?

— No dia em que o encontrei sentado no Bosque de Prata, coloquei um cubo de açúcar na sua mão.

Ele sacudiu a cabeça.

— Você encontrou o meu corpo. Mas eu não estava mais lá.

Kosika franziu o cenho.

— Se você não estava mais lá, como foi que me escolheu?

Por um momento, o olho verde do antigo rei se anuviou. O silêncio se alongou entre eles, tornando-se cada vez mais pesado até que Holland estendesse a mão e tocasse na cabeça dela.

— O que importa é que escolhi.

Ela assentiu sob o peso de sua mão e disse a si mesma que ele tinha razão. Lógico que tinha. Quem era ela para questionar o Santo do Verão?

Mas naquela noite, depois que ele se foi, Kosika ficou na cama sem conseguir pregar os olhos, revirando o cubo de açúcar entre os dedos e tentando decifrar o que era aquela sombra que surgira no rosto do antigo rei. Até que a imagem se esvaiu, ela tirou-a da cabeça e finalmente se entregou ao sono.

UM ANO ATRÁS

Kosika precisava de um banho. Queria limpar da pele todos os vestígios daquele outro mundo.

Queria ficar sozinha, mas as novidades tinham a mania de correr pelo castelo. (Várias vezes Kosika já tinha imaginando se era efeito de alguma magia ou algum feitiço que fazia a fofoca atravessar as paredes, movendo-se mais rápido do que seus pés.) Quando chegou aos seus aposentos, Nasi já estava lá com duas criadas sentadas na borda da banheira de pedra no canto do quarto, transbordando de água quente.

As criadas se aproximaram para despir a rainha, como tinham feito outras milhares de vezes, mas assim que seus dedos tocaram nos laços ao redor do pulso e do pescoço dela, Kosika se encolheu.

— Não me toquem — avisou ela num tom de voz bem alto e agudo.

As criadas se afastaram, mas Nasi fez uma careta.

— O que foi que deu em você?

Kosika se limitou a balançar a cabeça e desfazer os laços sozinha, e Nasi deve ter feito algum sinal para que as criadas saíssem, porque um segundo depois a porta se fechou e as duas ficaram a sós.

— Aonde você foi?

Kosika permaneceu em silêncio, lutando para tirar as roupas. As cinzas tinham caído nos ombros da túnica branca e na parte de cima dos sapatos, sujando-os. Ela se sentia contaminada. Finalmente Kosika livrou-se das vestes e entrou na banheira escaldante, sibilando com o calor, mas ainda assim mergulhando até a mão ferida na água.

Em questão de segundos a água já não estava límpida, mas turva, manchada de vermelho e cinza. Nasi ficou observando Kosika arrancar os grampos do cabelo e deixá-los de lado. Observou quando ela pegou o sabonete e esfregou a pele até ficar em carne viva. Observou a tudo e esperou Kosika começar a se explicar, mas como não foi o que aconteceu, Nasi apanhou uma barra do sabonete perfumado e começou a lavar o cabelo da monarca.

Até onde se lembrava, Kosika adorava aquela sensação.

Nos meses logo após se tornar rainha, quando o castelo ainda parecia enorme e silencioso e ela não conseguia pegar no sono de jeito nenhum, deitava-se de costas para Nasi enquanto a garota ficava passando os dedos pelo seu couro cabeludo.

Lembrava de sua mãe fazendo isso quando ela era pequena. Mas era uma memória tão sutil que mais parecia um sonho.

Agora ela inclinava a cabeça para trás, caindo no feitiço das mãos de Nasi, e quando a garota pediu:

— Me conta.

Kosika obedeceu.

Contou a ela sobre o quarto de Holland atrás do altar, sobre a caixa e os artefatos ali dentro, sobre as palavras que lhe ocorreram e o mundo para onde a levaram. Estava esperando que Nasi vacilasse ao ouvir a menção a Londres Preta, mas a garota não parou de mover as mãos.

— Como é aquela Londres? — perguntou ela baixinho.

Kosika ergueu o olhar em direção às vigas do teto e disse a única palavra que lhe veio à cabeça.

— Morta. — Virou a cabeça, olhando para as roupas sujas empilhadas no chão. — Queime tudo. Por garantia.

As mãos de Nasi deixaram seu cabelo quando ela se ajoelhou para recolher as roupas. Depois se levantou, estendendo o montinho como se fosse uma oferenda. Estreitou os olhos, moveu os lábios e, um segundo depois, o tecido em suas mãos começou a queimar. As chamas devoraram os belos bordados, a seda, o couro e as rendas, impregnando o quarto de um cheiro acre e uma nuvem de fumaça.

Mas nem tudo pegou fogo.

Quando a trouxa ruiu nas mãos da garota, quatro cacos de vidro escurecido escorregaram, retinindo de leve ao caírem no piso de pedra.

Nasi se ajoelhou para apanhá-los, seus dedos pairando sobre os artefatos.

— Não! — disse Kosika, mas, pela primeira vez, Nasi não lhe deu ouvidos. Com muito cuidado pegou o pedaço maior e o ergueu, olhando para Kosika através do vidro escuro, e, por um instante, a forma como aquele brilho preto sinistro preenchia o olho de Nasi a fez parecer uma *Antari*. Mas então ela abaixou a mão, empilhou as quatro peças no meio da palma, colocou-as na mesinha ao lado do tabuleiro de kol-kot e saiu do quarto.

Kosika continuou na banheira até a água esfriar.

E então saiu, deixando pegadas no chão enquanto pegava um roupão e o apertava ao redor do corpo. A janela estava fechada, mas ela sabia que já estava de noite; o ar sempre parecia diferente no escuro. Ela se vestiu, pegou os cacos que Nasi deixara empilhados sobre a mesinha e saiu de fininho, descendo uma torre e subindo outra até retornar à alcova no topo da escadaria e à porta ali atrás. Pegou uma vela acesa do altar e se esgueirou para trás da estátua. Não se demoraria no aposento do antigo rei: iria direto até a escrivaninha para devolver os fragmentos do artefato à caixa.

Mas quando a porta se abriu sob seu toque, Kosika arfou de surpresa.

O quarto não estava nem escuro nem vazio. O candelabro estava aceso, e Holland Vosijk, sentado diante da escrivaninha, segurava a caixa aberta entre as mãos. Kosika ficou paralisada, mas ele levantou a cabeça como se ela tivesse se mexido, com o cabelo branco preso para cima, em uma coroa, e a encarou com seu olho verde e o outro preto, e o rosto, que até então ela só havia visto na morte ou esculpido em mármore, que sempre parecera uma silenciosa máscara de dor, agora contorcia-se de raiva, e a voz do antigo rei retumbou como um trovão quando ele abriu a boca e perguntou:

— O que você *fez*?

Kosika cambaleou para trás, tropeçou, caiu e...

Desabou na banheira, respingando água por toda a parte.

Estava ofegante, com água transbordando pelas laterais da banheira de pedra por causa da intensidade de sua reação. A água ainda estava morna, mas ela estremeceu ao sair e foi atrás do roupão, cada passo um eco sinistro dos que dera em seus sonhos, de modo que, quando se vestiu e subiu a escadaria até a torre de Holland, quando passou pelo altar e entrou em seus aposentos, Kosika tinha certeza de que ele estaria lá, esperando por ela na escrivaninha.

Mas o quarto estava vazio e as velas, apagadas.

A caixa de madeira estava aberta sobre a mesa, exatamente do jeito como ela a deixara.

Kosika avançou, despejando os cacos do terceiro artefato ali dentro antes de fechar a tampa. Mas não chegou a lacrar a caixa: disse a si mesma que só não fez isso porque as feridas em sua mão finalmente tinham curado. Que não queria sangrar novamente. Que não fazia sentido, já que era a única capaz de usar os artefatos. Quer as coisas que disse a si mesma fossem ou não verdade, ela deixou a caixa destrancada e saiu correndo, passando pelo altar, descendo a escadaria e voltando para a segurança de seu quarto.

Nasi já tinha voltado e estava colocando as peças no tabuleiro de kol-kot enquanto o jantar fumegava sobre uma bandeja ali perto. Se reparou que os cacos tinham sumido ou que o cabelo de Kosika ainda estava molhado, nem tocou no assunto, só perguntou se ela queria jogar. Kosika até tentou, mas estava com o coração e a cabeça em outro lugar, por isso, num acesso de raiva, jogou as peças no chão e foi para a cama.

Deitada no escuro, ela aguardou, certa de que Holland estava à sua espera logo ali, bem no limiar do sono. Passou a noite inteira revirando-se na cama, sentindo-se sufocada pelos lençóis, até que Nasi saiu da cama, resmungando sobre a necessidade de paz. Pouco antes do amanhecer, o sono finalmente alcançou Kosika, mas foi leve e vazio, com sombras que se recusavam a tomar forma, e ela estava prestes a desistir e se levantar, irritada e dolorida, quando se virou uma última vez, afundou nos lençóis e começou a sonhar.

Desta vez, a alcova estava às escuras, e as velas do altar, todas apagadas.

Atrás da estátua, a porta aberta, e os pés descalços de Kosika a levaram silenciosamente pelo piso de pedra até o quarto, não mais escuro como o breu, mas banhado pela luz da manhã. Sabia que ele estaria ali, mas ainda assim algo dentro dela se sobressaltou ao ver o Rei Prometido, o Santo do Verão, de pé ao lado da escrivaninha, com a mão pousada sobre a caixa agora fechada, em uma postura pensativa.

Desta vez, quando o olhar de Holland voltou-se para ela, Kosika fez uma reverência, encostando o joelho na pedra fria e baixando os olhos para o chão.

— Meu rei.

A princípio, nada. Depois, passos lentos de botas cruzando o quarto, uma sombra recaindo sobre ela. Kosika não ergueu o olhar, mas viu a ponta de suas botas, a bainha de sua meia-capa roçando no piso de pedra conforme ele ajoelhava-se diante dela. Sentiu o peso da mão dele sob o queixo, e ergueu o rosto até encontrar o dele.

Kosika perdeu o fôlego.

Ela já havia sonhado com Holland Vosijk antes, lógico, mas em seus sonhos ele era representado ou pelo corpo no bosque ou pela estátua do altar ganhando vida; mais como uma silhueta do que como um homem. Acontece que aquele Holland era diferente. Aquele Holland tinha o rosto corado, sangue correndo nas veias, o peito que subia e descia com a respiração. De perto, seu cabelo branco — ela passou anos imaginando que sempre tivesse sido branco, até que Serak lhe mostrou um retrato e ela descobriu que na verdade era preto até o dia em que ele morreu — agitava-se em torno de suas bochechas, como se estivesse sendo soprado por uma brisa. Os olhos daquele Holland não eram feitos de pedras preciosas ou vidro. De perto, o verde não tinha um tom de esmeralda; era mais claro e salpicado de listras prateadas. Já o preto era tão escuro, fosco e uniforme quanto o dela. Enquanto Kosika prestava bastante atenção em seu rei, ele prestava atenção nela, com a testa franzida, mas sem a raiva que ela havia imaginado, apenas uma expressão de cautela.

— Interessante — disse ele, com a voz suave e baixa.

Depois afastou os dedos do queixo dela e se levantou. Ela continuou onde estava até que ele estendesse a mão e fizesse um sinal para que se levantasse.

— Quem é você? — perguntou ele, as palavras a envolvendo.

— Kosika — respondeu.

Holland inclinou a cabeça.

— Kosika — repetiu ele. Nos lábios dela aquele nome não significava nada, apenas sons que ela emitira milhares de vezes, mas *ele* o entoou como se fosse uma espécie de feitiço, deixando-a atordoada. Ela lançou outro olhar em direção ao antigo rei e viu algo se suavizar, o vinco sumir de sua testa e o canto dos lábios se repuxar de leve, como se estivesse prestes a abrir um sorriso. — Estava te esperando.

Ele se virou, esperando que ela o seguisse, mas assim que deu o primeiro passo, o quarto ao redor começou a desaparecer. Os cantos foram se apagando. Kosika apertou os olhos, e a última coisa que viu foi o rei olhando para trás por cima do ombro pouco antes que o sonho se desfizesse.

Ela estava de volta à sua cama, com a luz do sol entrando pelas janelas abertas e Nasi no travesseiro ao lado.

— Deixei você dormir o máximo que consegui.

Kosika fechou os olhos novamente, tentando se agarrar ao resto do sonho e encontrar o caminho de volta, mas ele havia ido embora, assim como Holland.

— Que monstrinha você foi ontem à noite — dizia Nasi. — Acho que já está na hora de começar a dormir sozinha.

Ela falava com delicadeza, esperando alguma resistência, mas Kosika imediatamente concordou.

II

LONDRES VERMELHA
PRESENTE

A primeira coisa que Lila percebeu foi que o mundo não se mexia.

Ela se habituara a desconfiar da ausência de movimento, da falta do balanço que acompanhava a vida a bordo de um navio. A imobilidade não era apenas estranha, mas intimidante: significava que algo tinha dado errado. Antes mesmo de entender o que estava acontecendo, ela estendeu a mão debaixo do travesseiro para pegar a faca que guardava ali. Mas o espaço estava vazio, a fronha do travesseiro era de seda, a cama em que estava deitada era tão macia, e quando sua ficha finalmente caiu, só conseguiu pensar numa única palavra: *palácio*.

Lila deu um resmungo e virou-se de lado.

A luz pálida da manhã se derramava sobre a cama e o espaço onde Kell passou a noite deitado, completamente adormecido. Só que agora não havia nada além de um emaranhado de lençóis amarrotados. Já era bem ruim que ela o tivesse seguido até o palácio. Mas pior ainda era ele tê-la deixado ali.

Lila jogou as cobertas para longe e se levantou, desejando ter trancado a porta na noite anterior.

Seu casaco estava largado em cima de uma poltrona, e também as botas e o punhado de lâminas que ela se dera ao trabalho de tirar antes de ir deitar. Mas as botas tinham sido limpas, e alguém arrumara suas facas da esquerda para a direita em ordem decrescente de tamanho. Ela desembainhou uma delas, dando uma olhada no gume. Lógico — haviam sido afiadas. E embora ninguém fosse tão tolo a ponto de mexer nas que mantinha consigo enquanto dormia — presas à coxa, ao quadril e à lombar —, ainda assim tocou-as só para ter certeza de que ainda estavam ali.

Lila deu um suspiro e atravessou o enorme aposento.

Havia uma bacia de mármore em uma prateleira na parede oposta, com um jarro ao lado e um espelho acima. Ela despejou a água na tigela e, embora o jarro devesse estar ali havia horas, pronto para ser usado, a água saiu quente. Lila ficou encarando o vapor subindo da bacia.

Mesmo depois de sete anos, a magia casual daquele mundo ainda a deixava de boca aberta.

Esquecia-se dela até ver um lampião se acender sozinho, um homem soprar o vento nas velas de um navio, água quente sair de um jarro frio, e então sua mente dava um solavanco, como uma bota tropeçando num paralelepípedo solto. Para falar a verdade, às vezes Lila ainda ficava chocada quando invocava sua própria magia e ela respondia.

Inclinou-se para a frente, torcendo o nariz quando sentiu um cheiro de flores emanando da bacia. *Malditos nobres*, pensou ela enquanto jogava a água perfumada no rosto e na nuca e passava a mão úmida pelo cabelo curto.

Um brilho metálico chamou sua atenção, e ela desviou o olhar em direção ao espelho acima da bacia. Sua gola estava aberta; o anel de Kell tinha escapado e balançava na ponta do cordão de couro, com seu navio reluzindo na claridade do quarto. Enfiou o aro preto dentro da túnica, mas continuou encarando o próprio reflexo.

Dois olhos a fitavam, ambos castanhos — um verdadeiro, outro de vidro.

E ao contrário do olho que ela negociara com Maris, uma relíquia de sua vida na Londres Cinza, aquele combinava perfeitamente com o outro. Até onde sabia, Lila era a única pessoa que ficava perturbada ao vê-lo: a estranha semelhança, a simetria forjada pela magia, um vislumbre de como ela seria caso seu olho verdadeiro não tivesse sido retirado em sua infância. Quando, como agora sabia, Lila despertara como uma *Antari*.

Ela sustentou o próprio olhar e inclinou a cabeça até que a luz incidisse na superfície de vidro, destruindo aquela ilusão. O olho castanho tinha um propósito: ajudava Lila a se misturar, a passar despercebida. Mas quando estava sozinha ou na segurança de seu navio, nunca o usava, optando pelo preto que Maris lhe dera, aquele que teria usado se tivesse dormido a bordo do navio, e que lhe arrancava um sorriso toda vez que via seu reflexo numa poça ou vidraça.

Mas, naquele momento, ela não estava sorrindo.

Afastou-se da bacia, pegou as lâminas, as botas e o casaco, e saiu à procura de Kell e de uma xícara de chá preto forte — não necessariamente nessa ordem.

Era óbvio que a notícia de que os *Antari* estavam no palácio já tinha se espalhado.

Nenhum guarda sacou sua arma quando Lila deixou a suíte real, atravessou o corredor e desceu as escadas. No andar de baixo, o palácio desabrochava como uma flor gigante, voltando suas pétalas para o sol. Os criados andavam de um lado para o outro, abrindo portas, ajeitando tapetes e trocando os buquês do dia anterior antes mesmo que as flores começassem a murchar.

Para onde será que vão as flores do dia anterior?, perguntou-se ela.

Muito provavelmente para a água com que as pessoas se banhavam.

À medida que Lila percorria o palácio, os criados se detinham e faziam reverências, paralisados como estátuas no meio do trabalho. Embora estivesse com ambos os olhos castanhos, sabiam o que

Lila era e a enxergavam da mesma forma que costumavam enxergar Kell, com suas expressões variando entre respeito, reverência e medo. Mas, ao contrário de Kell, Delilah Bard gostava da apreensão deles.

Estava na metade do corredor quando um criado virou, dando de cara com ela. Havia bastante espaço para passar, mas ele se esquivou e ficou colado à parede, como se fosse um pecado ocupar o mesmo lugar que ela.

— Você viu o príncipe por aí? — perguntou Lila.

A princípio, o criado não respondeu, pensando que ela tivesse se dirigido a outra pessoa. Só que não havia mais ninguém ali, pelo menos não ao alcance dos ouvidos, e quando a ficha do criado finalmente caiu, ele ergueu o olhar até o queixo dela. Lila deu um suspiro. Ainda não sabia qual era o protocolo para aquela situação, isso se houvesse algum.

— E então? — insistiu ela.

— *Mas arna* — disse ele, curvando-se novamente. *Minha dama.* Lila fez uma careta. Detestava ser chamada desse jeito, como se fosse uma *ostra* visitando a corte.

— Pode me chamar de capitã — disse ela.

O criado hesitou.

— Peço desculpas — disse ele —, mas sua posição aqui supera esse título.

— Minha posição? — arriscou, presumindo que ele se referia ao fato de ela ser uma *Antari*. Mas estava enganada.

— Sua posição enquanto noiva do príncipe.

Lila olhou para o criado e sentiu uma vontade enorme de quebrar alguma coisa. O ar agitou-se ao redor dela e ele deve ter sentido sua irritação, pois se encolheu.

— Me diz uma coisa, como você chama o *Kell*? — perguntou ela lentamente.

— *Mas vares* — respondeu o criado.

Meu príncipe.

— E se ele fosse um plebeu?

O criado abaixou a cabeça.

— Como um *Antari*, ele ainda seria *mas aven*.
Meu abençoado.

— Perfeito — exclamou Lila. — Pode me chamar assim também. Agora... — continuou ela, passando os olhos pelo corredor. — Cadê o seu príncipe *abençoado*?

O criado apontou para a sala de café da manhã, e ela foi em frente. Não demorou muito para encontrar a sala cercada por paredes de vidro, com vista para o pátio e que abrigava uma mesa comprida cheia de pães doces, tortas e frutas. Estava a um passo de entrar quando ouviu um barulho do outro lado do corredor.

Uma risadinha alegre que só podia ser de Ren Maresh.

Lá, na ponta do corredor ensolarado, Lila vislumbrou a criança sentada em um degrau. Ao lado dela estava Kell, com a luz refletindo no cabelo acobreado.

Ren tagarelava baixinho, aninhando alguma coisa pequena e branca entre as mãos e Kell assentia, sério, com o casaco jogado no chão ao seu lado, as mangas da camisa arregaçadas e o rosto ligeiramente inclinado de modo que ela conseguia ver o olho azul e o movimento dos lábios dele.

Kell não viu Lila, e deve ter sido por isso que ela se deteve, observando a suave inclinação da cabeça dele, enquanto tocava distraidamente o anel por baixo da camisa. Até que ouviu o som de passos vindo em sua direção; não as passadas apressadas e silenciosas de um criado nem a marcha pesada de um soldado, mas o deslizar lento e uniforme de alguém que se sentia em casa.

Merda, pensou Lila, baixando a mão até a lateral do corpo.

— Vossa Majestade — disse ela em voz alta, voltando-se para a rainha. Sabia que deveria fazer uma reverência, mas não conseguiu. Em vez disso, meneou a cabeça de leve, mais num aceno do que numa tentativa de mostrar respeito. A rainha ou não reparou ou não deu a mínima.

— Por favor — disse ela —, me chame de Nadiya. Afinal de contas, somos uma família.

Família. A palavra fez a pele de Lila pinicar como se fosse uma lã áspera. Para ela, família não tinha nada a ver com proximidade ou laços de sangue. Família era algo escolhido. Era um rótulo conquistado. Barron era da família. Kell era da família. Assim como Alucard, Stross, Vasry, Tav e Rhy. Mas Nadiya ainda não tinha feito nada para merecer o título... e Lila tinha sérias dúvidas se algum dia ela o mereceria.

Observou a rainha com atenção.

Uma de frente para a outra, pareciam duas faces de um espelho distorcido. Tinham a mesma idade e quase a mesma altura e, desde que Nadiya cortara aquele cabelo volumoso com que chegara à corte, ambas mantinham o mesmo corte na altura dos ombros. A cor era o que diferenciava as duas — a pele da rainha era marrom-clara e a de Lila, pálida; o cabelo da primeira era preto como carvão e o de Lila, castanho-escuro. Os olhos da rainha tinham o mesmo tom e os de Lila, não; além disso, seu corpo exibia curvas que Lila nunca tivera, preenchendo o vestido, enquanto a camisa de Lila descia reta dos ombros até a cintura.

Mas não eram as diferenças que a incomodavam.

E sim o quanto se pareciam.

O jeito que Nadiya a encarava, como se Lila fosse um prêmio. Era um olhar que a própria Lila já havia lançado a muitas coisas. Coisas que roubara ou pelas quais tinha matado.

De repente, os olhos ávidos da rainha passaram por ela e seguiram até o corredor, onde Ren segurava no alto a diminuta forma branca, e Lila conseguiu entender o que era: um ovo.

— Ren o pegou da cozinha uns meses atrás — explicou Nadiya. — Resgatou de uma frigideira. Ela tem certeza de que, se cuidar bem dele, o ovo vai acabar chocando. Não consigo convencê-la de que não tem nada ali dentro para ser resgatado. — Ela meneou a cabeça. — As crianças são fantásticas.

— Você podia quebrar o ovo de uma vez — sugeriu Lila. — Não sei como ainda não ficou podre.

— Ah, e ficaria mesmo — disse a rainha. — Mas uma vez por semana troco por um ovo novo quando ela está dormindo. — Ela abriu um sorrisinho. — Que mal faz ter esperança?

— E quando a esperança acabar?

— Ela só tem 4 anos. Acho que pode durar mais um pouco.

Ren deu uma risada, e a rainha e Lila se viraram na direção do som. Kell estava segurando o ovo contra a luz, traçando uma forma ao longo da casca.

— Ele é um bom tio — disse a rainha. — Vai ser um bom pai. — Lila deu uma bufada de desdém, e Nadiya franziu a testa. — Você nunca quis ter um filho?

A pergunta produziu um efeito estranho nela, como um espartilho apertado nas costelas, mas a resposta veio fácil, automática.

— Não.

Ela esperava que Nadiya estalasse a língua e dissesse que Lila ainda mudaria de ideia, mas a rainha assentiu pensativamente e disse:

— Eu sempre quis. Não sei por quê. Não era uma questão de ego... algumas mulheres só querem ver seu próprio reflexo. Mas o que eu queria era conhecer a sensação de gerar outra pessoa. E depois que Ren nasceu, queria ver o que ela faria. Quem seria. Ela muda todos os dias. Sempre tem uma novidade.

— Você fala dela como se Ren fosse um experimento.

— Suponho que seja, sim — concordou Nadiya, embora sua voz parecesse um tanto quanto sonhadora. — Um grande experimento. — Ela desviou os olhos da filha. — Sei que você não gosta de mim.

Lila arqueou a sobrancelha.

— Não *gosto* da maioria das pessoas, Vossa Majestade. Em você, eu não *confio*.

— Por quê?

— Talvez porque você tenha manifestado vontade de me dissecar durante um jantar.

— Só depois que você morrer.

Uma criada apareceu equilibrando um bule de chá e duas xícaras numa bandeja dourada.

A rainha serviu o chá e ofereceu uma xícara a Lila; acontece que, por mais tentador que fosse aquele líquido escuro e fumegante, Delilah Bard não estava disposta a beber *nada* oferecido pela rainha. Então pegou a xícara e ficou girando-a na mão como se analisasse o desenho estampado na porcelana. Em seguida, retribuindo o olhar de Nadiya, Lila exerceu sua vontade e o vapor desapareceu, dando lugar a uma fina camada de gelo que estalou na superfície à medida que o conteúdo congelava.

A rainha franziu os lábios.

— Que desperdício — observou ela, levando o próprio chá aos lábios. — Não sou sua inimiga, Lila. — Seu olhar se voltou para Ren e Kell. — Tudo que faço é pela minha família. Pelo futuro deles. Pelo nosso mundo. Se você me ajudasse, me deixasse estudar a sua magia enquanto...

— Não.

— Sei que não é o ideal. Mas não temos muitos *Antari* por aqui, e não estou disposta a arriscar a segurança de Rhy fazendo experimentos em Kell. Muito menos no estado prejudicado em que ele está.

— Vossa Majestade — disse Lila entre dentes cerrados —, vou te dizer isso com o maior respeito. — Virou-se para encarar Nadiya e disse: — Vai se foder.

A rainha franziu os lábios novamente.

— Você é uma pessoa extraordinária, Delilah Bard. Me surpreende que não seja mais... progressista. Sua magia contém as chaves de inúmeras portas. E, no entanto, você prefere mantê-la só para si.

— O que é que eu posso dizer? Gosto de ser a pessoa mais poderosa dos lugares.

Nadiya sacudiu a cabeça.

— Mas não se trata só de magia. Pense no conhecimento guardado no seu sangue. Quem sabe do que ele é capaz? Talvez possa curar o reino. — Os olhos dela se acenderam. — Talvez possa até curar *Kell*.

Em questão de segundos a xícara sumiu da mão de Lila e foi substituída por uma de suas muitas lâminas, o gume pressionado contra o pescoço comprido da rainha.

— Não minta para mim — sibilou ela, e então os guardas avançaram com as armas em riste, mas Lila não queria arrumar confusão, por isso recuou e embainhou a adaga no quadril. A rainha estendeu a mão para detê-los e depois levou os dedos ao pescoço, como se esperasse ver sangue. Como se a mão de Lila não fosse firme.

— *Ainda* não sei como curá-lo — disse a rainha, abaixando a mão —, mas isso não quer dizer que eu esteja mentindo. Progresso exige tempo. E sacrifício.

Lila nunca havia ido com a cara de Nadiya, mas naquele momento a *odiou*, detestando saber que podia haver uma chance — mesmo que *mínima* — de que a rainha estivesse certa, o que também a fez odiar a si mesma. Ela desembainhou a lâmina mais uma vez e os guardas puseram-se em movimento, em sinal de alerta, fazendo as armaduras chocalharem ao darem meio passo à frente. Mas por mais que a vontade de Lila fosse virar a lâmina contra Nadiya, ela deslizou o aço na pele sensível da parte interna do pulso, depois jogou o gelo no chão e colocou o braço sangrando sobre a xícara vazia, tingindo a porcelana delicada de vermelho. Quando o sangue alcançou a metade do recipiente, ela enrolou um lenço em volta do corte e amarrou bem apertado, o suficiente para doer.

— Satisfeita? — perguntou ela.

A rainha assentiu e pegou a xícara cheia de sangue.

— Já é um começo.

E como estava decidida a não arrumar confusão, Lila se afastou, dando as costas para a rainha, a princesa e Kell, que continuava sentado ao lado da garotinha, de costas para as duas e de cabeça baixa nos degraus.

III

Alucard nem sempre foi uma pessoa matutina.

Quando era mais jovem, adorava dormir, mas a vida em alto-mar o ensinara a se levantar junto com o sol e, desde que trocara o *Night Spire* pelo *soner rast*, manteve o hábito, levantando-se ao amanhecer para treinar os guardas reais.

Quando entrou na sala de café da manhã às nove horas, ele já estava bem acordado e com o corpo todo dolorido dos duelos. Talvez Lila tivesse razão quando disse que ele estava fora de forma para lutar. Ou talvez só estivesse ficando velho — 31 anos. Não parecia muito, mas podia jurar que sentia cada um deles.

Deu um beijo no topo da cabeça de Rhy antes de puxar uma cadeira e agradeceu a criada que lhe serviu uma boa dose de chá preto quente.

A rainha estava sentada do outro lado da mesa, folheando alguns papéis e fazendo algumas anotações nas margens. Ergueu o olhar assim que Alucard entrou, mas não parecia ainda estar pensando no aviso que ele lhe dera na oficina.

Kell também estava ali, para desgosto de Alucard. O príncipe não se sentou, em vez disso ficou bebendo o chá de pé, como se quisesse enfatizar que não ficaria no palácio. Ren, por outro lado, estava absorta em um livro sobre pássaros e ignorando a torrada que Sasha tentava fazê-la segurar. A babá lançou a Alucard um olhar exausto.

Espera só, pensou ele, *até ela conseguiu usar a magia*. É verdade que Ren ainda era muito nova para possuir um elemento, mas a menina ia de um lado para o outro como seu velho amigo Jinnar: num redemoinho, deixando um caos para trás. Todos os dias Alucard esperava ver os fios coloridos se agitarem ao redor da filha com o despertar de sua magia. Mas, até o momento, à sua volta havia apenas um halo de cachinhos pretos e, de vez em quando, uma pena de corvo.

— Bom dia, Luca! — disse ela, toda animada.

Kell e Rhy fizeram uma careta em reação ao timbre da voz da criança.

Rhy *nunca* foi uma pessoa matutina; raramente entrava no ritmo antes do meio-dia, mas naquele momento parecia completamente na pior, com a cabeça enfiada entre as mãos.

— As bolhas — murmurou ele. — As malditas bolhas.

— Bebeu vinho demais? — perguntou Alucard, lançando um olhar incisivo para Kell.

O príncipe ficou em silêncio, mas Rhy levantou a cabeça, deixando à mostra os olhos dourados ainda embaçados.

— Por que mesmo estocamos aquela bebida prateada? — perguntou.

— Porque é maravilhosa se tomada com moderação — respondeu Alucard.

— E funciona melhor do que um tônico para conseguir arrancar a verdade de alguém — acrescentou a rainha, virando uma página.

— Pois queimem tudo — sibilou o rei, indignado. — Alguém sabe me dizer por que consigo me curar de uma facada no peito mais rápido do que de uma garrafa de vinho?

Ninguém tinha uma resposta boa para isso.

Alucard pegou uma laranja do centro da mesa e se recostou na cadeira, notando o lugar vazio à mesa.

— Cadê a capitã?

— Foi embora — respondeu a rainha.

Foi então que Kell deu um suspiro e pousou a xícara na mesa.

— É melhor ir atrás dela — murmurou Alucard enquanto tomava o chá, e Kell fez um gesto grosseiro com a mão ao sair. Alucard desviou o olhar para Nadiya. — Quando foi que você a viu?

A capitã e a rainha eram como óleo e brasa: seguras desde que não chegassem muito perto uma da outra.

Nadiya deu de ombros.

— Esbarrei com ela no corredor.

Estava com os olhos verdes semicerrados enquanto fazia anotações no papel. Se não a conhecesse tão bem, poderia até pensar que ela estava acordando em vez de começando a relaxar, anotando alguma coisa antes de se retirar para seus aposentos para finalmente dormir.

— *Kers la?* — perguntou Ren, passando alegremente para o idioma comum enquanto escalava a cadeira da mãe e apontava para os papéis ao lado de seu prato com um dedo todo melado de geleia.

— Isto aqui? — devolveu a rainha, suavizando a voz de um jeito que só fazia com Ren. — É o projeto de um amplificador.

Alucard ficou tenso ao ouvir a menção ao trabalho, mas conseguia ver a página sobre a mesa e não havia ali qualquer semelhança com os anéis *Antari* ou as correntes de ouro.

— Amplificador? — perguntou Ren, pronunciando a palavra com cuidado.

— É uma maneira de fortalecer a magia de alguém.

Falava num tom de voz gentil e paciente, mas sem alterar o assunto. Desde que a menina nasceu, Nadiya falava com ela como se fosse uma adulta, presa de modo inconveniente, mas temporário, no corpo de uma criança. Se dissesse uma palavra que Ren não conhecia, a menina perguntava qual era o significado.

Ren olhou desconfiada para a página.

— Por que eu ainda não tenho magia?

Rhy ergueu o olhar. Alucard sabia que seu maior medo era de que a filha fosse como ele. E Alucard sempre dizia a Rhy a mesma coisa que Nadiya agora dizia a Ren:

— Você é muito nova — afirmou a rainha. — Ela ainda vai chegar.

— A do papai não chegou.

Alucard se retesou. Só uma criança seria capaz de falar uma coisa dessas, afirmar o óbvio sem qualquer má intenção ou malícia. Os olhos de Rhy cruzaram com os da esposa, esperando para ver o que ela teria a dizer a respeito.

Mas Nadiya só abriu um sorriso.

— Seu pai é poderoso de outras maneiras.

Ren refletiu sobre a informação, balançando-se de um lado para o outro na cadeira.

— Se eu não tiver magia — perguntou —, ainda posso ficar com meus bichinhos?

Um sorriso surgiu no canto dos lábios de Rhy.

— Lógico que pode — respondeu Nadiya.

Ren assentiu, pensativa, e disse:

— Então tudo bem. — Depois desceu dali e tentou escapar da mesa, mas Sasha apanhou a criança e a levou de volta para a cadeira.

— Você pode não precisar de magia — disse a babá —, mas precisa de café da manhã.

Enquanto comiam, reinava no cômodo um silêncio agradável.

Alucard observou a cena. Quando era jovem, uma mesa posta representava perigo. O pai imponente sentado à cabeceira. O irmão à sua frente. A irmã ao seu lado. Nenhuma cadeira reservada para a mãe — não havia espaço para sentimentalismo. Essas cenas funcionavam como um lembrete de que parecerem uma família era mais importante do que serem uma de verdade.

Era uma mesa cheia de armadilhas invisíveis, mas a um passo de serem ativadas.

Senta direito. Fala mais alto. Não usa esse tom de voz comigo.

Não havia prazer algum naquelas refeições, nada além de ansiedade, e Alucard não via a hora de ser dispensado — só conseguia voltar a respirar direito quando se via liberto daquela sala.

Mas naquele instante, olhando ao redor da mesa, sentiu um aperto no peito por um motivo completamente diferente.

Isto, sim, pensou ele, *é uma família*. Uma família esquisita, talvez, com uma formação diferente e estranha. Mas apesar dos resmungos de Rhy, da distração da rainha e da agitação de Ren — que não parava quieta, contorcendo-se como um bichinho de estimação tentando escapulir enquanto Sasha primeiro se esforçava em convencê-la, até acabar subornando-a para comer —, não havia qualquer outro lugar onde Alucard preferisse estar.

Todas as pessoas que mais amava estavam bem ali, sentadas à sua frente. Ele entrelaçou os dedos nos de Rhy e apertou levemente, ao passo que o rei baixou o olhar como se a mão de Alucard fosse um presente; uma surpresa inesperada, mas muito bem-vinda. Levou-a aos lábios e beijou os nós dos dedos dele.

Alucard abriu um sorriso, deu um gole no chá e fez o possível para aproveitar o momento, sabendo que não duraria muito.

E não durou mesmo.

Ren foi a primeira a se afastar. Depois de ser persuadida a comer um ovo, duas torradas e metade de uma maçã, conseguiu fugir e correr em direção às portas do pátio, com Sasha logo atrás.

A presença da filha era um elo que os mantinha unidos. Sem ela, Nadiya se levantou e pediu licença, recolhendo seus papéis e um pãozinho doce para enfim ir dormir.

A família foi se desprendendo como as pétalas de uma flor, até restarem apenas os dois sentados àquela mesa farta. O que também não durou muito: antes mesmo de o chá esfriar, Isra chegou com seu cabelo curto e grisalho penteado para trás, segurando o elmo debaixo do braço.

— Vossa Majestade — cumprimentou ela, curvando a cabeça. — Os comerciantes já estão aqui para discutir as regras de importação para a Longa Noite Escura.

Alucard franziu a testa.

— A *Sel Fera Noche*? Não é possível que você queira ir em frente com isso...

— Ah, não, você também não — disse Rhy, esforçando-se para levantar. Antes que Alucard conseguisse dizer que aquela era uma ideia monumentalmente tola, o rei pegou um pão doce e seguiu Isra até a saída.

Alucard deu um suspiro, agora sozinho, exceto pelas quatro criadas postadas como colunas ao redor da sala — à espera de serem solicitadas com um olhar ou apenas ao perceberem uma xícara vazia.

— Podem ir — disse ele, dispensando-as. Tentou convencer a si mesmo de que seria bom ter um momento de paz. Mas, no silêncio, os pensamentos acabaram tomando conta dele. Alucard se recostou na cadeira, observando a montanha de comida à sua frente, e perdeu o apetite. Tentou focar na *Sel Fera Noche*, mas o festival aconteceria apenas dali a algumas semanas e, no momento, havia um problema bem mais urgente. A conversa que tivera com Lila ficava repetindo-se em sua cabeça — a ameaça que a Mão representava agora fortalecida pela posse do *persalis*.

Ele abaixou a cabeça, apoiando-a nos dedos entrelaçados enquanto tentava raciocinar.

Podiam tirar a família real do palácio, mas que mensagem acabariam transmitindo ao povo?

Ouviu passos arrastando-se pela sala.

— Senhor — chamou uma voz. Alucard ergueu o olhar à espera de um criado, mas, em vez disso, deparou-se com um jovem soldado de cabelos tão compridos que podiam ser trançados, os olhos castanhos brilhantes e uma espiral de magia terrena no ar à sua volta.

Buscou na memória o nome do rapaz.

— Velastro.

O soldado corou, baixando a cabeça.

— Isso mesmo, senhor — confirmou em arnesiano. — Peço desculpas por interromper seu café da manhã.

Alucard olhou de soslaio em direção às cadeiras vazias.

— Desculpado. O que o traz aqui?

— Você nos deu ordens para relatar qualquer atividade da Mão.

Ele sentiu o estômago embrulhar.

— E?

— Ontem à noite mais quatro marcas foram encontradas pela cidade. — O soldado mostrou um mapa com os símbolos em pontos vermelhos espalhados pela metade sul da cidade. Outra marca, desta vez um X, assinalava um ponto não muito afastado do palácio.

— O que é isso aqui?

— Encontramos um cadáver jogado perto de um muro, com uma coroa desenhada em sangue na cabeça.

Alucard engoliu em seco.

— Nada discreto. — Voltou a enrolar o mapa. — Mais alguma coisa?

Velastro hesitou.

— Não... tenho certeza. — Ele deslocou o peso de um pé para o outro. — O senhor nos pediu para relatar qualquer incidente *fora do comum*. Bem, hoje de manhã eu estava de patrulha no *shal*, e parece que um prédio desabou por lá à noite.

Alucard ficou esperando o soldado continuar, sem saber o que ele queria dizer com aquilo.

— Bem, é só que... — Velastro procurava as palavras certas. — As casas dos dois lados estão intactas.

— Pode ter sido uma briga que deu errado — disse Alucard. — Talvez um mago bêbado que perdeu o controle?

— É, pode ser — disse o soldado. — A questão é que eu levo jeito com a terra e a pedra, mas quando era criança, bem, não tinha tanto controle assim. Não estou dizendo que cheguei a derrubar algum prédio, mas...

— Você sabe como fica um prédio quando desaba?

Velastro deu um sorrisinho nervoso.

— Pois é. E do jeito que o prédio caiu, é como se tivesse caído *para dentro*, sabe? Como se alguém o tivesse puxado para cima de quem estava lá.

— Um feitiço que deu errado?

— Exatamente o que eu pensei! — disse ele, entusiasmado, mas logo acrescentou: — *Mas arno*. Ou talvez tenha sido um ataque direcionado. Mas se fosse esse o caso, devia haver corpos ali. E não há. Já limpamos os escombros para procurar e não tem ninguém lá dentro... mesmo assim algo não se encaixa, e ouvi dizer que o senhor consegue ver coisas que os outros não conseguem, e eu não tenho esse dom, mas meu instinto está me dizendo que alguma coisa não está encaixando, foi o que eu disse para a líder do meu esquadrão, mas ela respondeu que não era nada. Talvez não seja mesmo, mas talvez seja, só que não o tipo de coisa de que você precise ficar sabendo... — Quanto mais o soldado falava, mais acabava se enrolando. — Mas não deve ser nada.

Realmente não devia ser nada, mas Alucard não tinha qualquer outra pista, por isso deu um último gole no chá e ficou de pé.

— Me leve até lá.

IV

As botas de Kell ressoaram no chão do Santuário.

Era o tipo de lugar onde os sons ecoavam; cada farfalhar de tecido e passo de botas ricocheteava nas paredes de pedra fria. Kell mudou o ritmo, tentou andar como Lila havia lhe ensinado: silencioso como um ladrão. O barulho desapareceu, como se tivesse sido engolido pelas pedras, e ele sorriu, imaginando o cantinho dos lábios dela curvando-se de leve, disfarçando o orgulho com diversão.

Mas não fazia a menor ideia de onde ela estava naquele momento.

Ele tinha ido primeiro à estalagem, na esperança de encontrá-la aguardando por ele no quarto, embora soubesse muito bem que Lila Bard não ficava esperando por ninguém. Ela realmente não estava lá, e Kell tentou não se sentir deixado para trás, até porque sabia que Lila conseguia percorrer a cidade de um jeito que ele não podia mais, por isso decidiu ir ao único lugar aonde sabia que ela não iria. Mudou de casaco, trocando o vermelho real pelo cinza plebeu, colocou uma boina para disfarçar a chama que era seu cabelo, e se não se transformou em Kay, bem, pelo menos também não era mais Kell Maresh em seu caminho até o Santuário.

A cidade de Londres vivia se transformando.

A magia fazia com que tudo fosse mais fácil: prédios eram erguidos e derrubados, tão volúveis quanto a última moda. Jardins de prazeres viravam teatros, teatros viravam galerias, galerias viravam praças, e por aí vai.

Só havia duas coisas que pareciam sempre iguais.

A primeira era o palácio real.

A segunda era o Santuário.

Kell passara a juventude inteira entre aqueles dois prédios. Fora criado em um deles e treinado no outro, e o que o segundo tinha de sólido e simples, o primeiro tinha de monumental. Foi naqueles salões de pedra que Tieren ensinara Kell a controlar seu poder, acalmar sua mente e concentrar sua magia quando ela mais parecia uma enxurrada, derramando-se a cada explosão de raiva.

Depois — depois da batalha com Osaron, depois do rei das sombras ter sido aprisionado, depois de Kell aceitar que seu vínculo com a magia havia se rompido —, ele foi procurar o *Aven Essen*.

— O que eu sou agora? — perguntara ele, furioso, assustado e cheio de dor.

Tieren aninhara seu rosto entre as mãos e respondera:

— Você está vivo. Já não é o suficiente?

Agora, Kell passava por baixo de um arco até chegar a um pátio murado, sentindo o ar preso dentro do peito. O espaço tinha a mesma quietude de um cemitério da Londres Cinza, com caminhos feitos em mármore branco, mas no lugar das lápides havia dezenas e mais dezenas de árvores, espaçadas uniformemente como se fossem colunas, cada uma com tamanho, idade e estação diferente.

Cada uma era cultivada e cuidada por um sacerdote, usando apenas o equilíbrio de seu próprio poder.

Fazer uma árvore crescer parecia uma tarefa fácil. Mas não era — exigia o domínio de todos os elementos. Além dos *Antari*, os sacerdotes eram os únicos magos capazes de algo assim; acontece que o talento deles não residia no alcance desse poder, mas em sua contenção. Um sacerdote não tinha afinidade com nenhum elemento específico, e sim a habilidade de conseguir manejar todos em certa medida. Eram a personificação de seu lema.

Priste ir essen. Essen ir priste.

Poder no equilíbrio. Equilíbrio no poder.

Diziam que era essa a natureza da magia: que tudo devia ter um ponto de equilíbrio. Eles não podiam mover montanhas ou conjurar a chuva. Não podiam reduzir um navio a cinzas ou quebrar paredes apenas com a força do vento. Sua magia era suave. Como o mar que vai corroendo as rochas.

A árvore era a personificação dessa contenção.

Era certo que poder de mais a mataria, assim como poder de menos, e por isso ela deveria viver dentro dos limites do pátio, com nada além de sua devida cota de terra, água e sol.

Quando um sacerdote morria, o mesmo acontecia com sua árvore — não de uma vez só, mas devagar, definhando aos poucos sem seus cuidados. E quando morria, era arrancada, queimada e suas cinzas eram lavradas na terra para o próximo sacerdote, o próximo plantio.

O lote de Tieren já deveria estar vazio, mas a árvore continuava lá, ou pelo menos o que havia restado dela. Um tronco cinza, sem folhas e todo ressecado, com as raízes erguidas como dedos enrugados lentamente desprendendo-se do solo.

— Pedi para que esperassem um pouco — disse alguém. — Tive o pressentimento de que você iria querer se despedir.

Ele se voltou e viu Ezril de pé sob o arco. Não exatamente de pé, mas *recostada* ali, de braços cruzados e com o quadril inclinado para o lado. Kell pensou que nunca tinha visto um sacerdote recostado antes — quando eram crianças, Rhy tinha certeza de que poderia deixar uma xícara de chá sobre a cabeça de Tieren o dia todo e ele não derramaria nem uma gota.

Ezril desceu os degraus e Kell viu que, por baixo das vestes brancas, estava descalça. Seu cabelo preto estava solto, liso parecendo afiado, como se fosse feito de vidro, desde o bico de viúva que formava um V em sua testa até as pontas, mas o que ele achava mais impressionante na mulher eram seus olhos. Emoldurados por cílios pretos, os olhos dela eram castanhos e, no entanto, translúcidos, como a cor num vitral atravessado pela luz. Na verdade, pareciam até mesmo brilhar.

Quando conheceu a nova *Aven Essen*, Rhy comentara: "Que desperdício." Era radiante. Inegavelmente bela. Mas a primeira impressão de Kell ao vê-la foi que ela não era o Tieren. E tentou se convencer de que era por isso que não gostava da moça.

Rhy disse que ele estava sendo injusto, e talvez fosse verdade — até porque não era culpa de Ezril que Tieren tivesse morrido. Um homem que conhecera durante toda a vida substituído por uma mulher tão jovem que podia muito bem ser a neta do sacerdote.

Talvez Kell se ressentisse dela por algo que ia além de simplesmente ter tomado o lugar de Tieren. Afinal, ela esteve ao lado de Rhy quando ele próprio não estava. Rhy disse que ele também gostaria de Ezril se passasse algum tempo com ela. Seu irmão a conhecia melhor do que ele. Talvez também se ressentisse dela por causa disso.

— *Aven Essen* — disse Kell como uma forma de saudação.

— Mestre Kell — retribuiu a sacerdotisa. — Ou seria Kay? — Os olhos dela cintilaram com uma pontinha de malícia.

Kell ficou tenso.

— Dá para perceber que Rhy anda lhe contando histórias.

Ela deu de ombros cautelosamente, abrindo um sorriso meticuloso.

— Esse seu casaco tem muitos lados. Suspeito que você também tenha.

— É verdade — disse Kell com bastante cuidado. — O que mais meu irmão contou a você?

Ela ficou séria.

— Sou a sacerdotisa do rei e sua conselheira. Os fardos dele também são meus, se e quando ele decide partilhá-los comigo. Mas não os repasso a mais ninguém.

Ele percebeu que não era exatamente uma resposta. A sacerdotisa sustentou seu olhar, como se o desafiasse a fazer outra pergunta. Kell não gostou do jeito que ela o encarava, passando de seu olho preto para o azul e vice-versa, um lembrete constante da diferença entre os dois.

Alguns sacerdotes veneravam os *Antari*, viam-nos como uma encarnação da própria Magia. Mas havia outros que os consideravam um alerta, um lembrete do que acontecia quando o poder existia em extremos. Era o oposto de equilíbrio.

Kell ficou imaginando como Ezril o enxergava. Mas não perguntou nada, em vez disso voltou sua atenção para a árvore e para os últimos vestígios da magia de Tieren.

— Obrigado por me esperar — disse ele. — Sei que é só uma árvore. Mas mesmo assim...

— Obviamente, é só uma árvore — concordou Ezril. — O Santuário é só um edifício. O Atol não passa de água.

Ele a analisou.

— Falou como uma sacerdotisa de verdade.

— O que será que me entregou? — perguntou ela ironicamente, passando a mão pelas vestes brancas. — Você me considera uma escolha peculiar para desempenhar a função de *Aven Essen* — prosseguiu. Não era uma pergunta, então Kell não se sentiu forçado a responder. Ela olhou para além dele, em direção à árvore de Tieren. — Às vezes é mais fácil digerir a mudança. Já provou uma refeição maravilhosa? Você tenta repetir, faz o prato sempre do mesmo jeito, mas nunca fica tão bom. Acaba sendo melhor experimentar algo novo. — Ela abriu um sorriso e sacudiu a cabeça. — Desculpa, acho que estou com fome. Você não veio aqui para falar de comida nem de árvores.

Não. Na verdade, ele pedira aos sacerdotes que chamassem Ezril, assim que chegou ao Santuário.

— A Mão — disse Kell. — Tem alguma novidade sobre eles?

Ezril perdeu o bom humor.

— Já lhe disse que o Santuário não faz parte dos corvos da rainha, Mestre Kell. Os sacerdotes são testemunhas. Nós servimos, não *espionamos* ninguém.

— Ainda assim, vocês não se limitam ao Santuário. Caminham entre o povo. Conhecem o poder da cidade, a maneira como ela pulsa.

— Os sacerdotes devem satisfação ao equilíbrio da magia. Não ao trono de um rei.

— Você é a *Aven Essen* — pressionou ele. — Você serve ao rei, é conselheira e sacerdotisa *dele*. Se souber de alguma coisa, qualquer coisa, se tiver algum amor por Rhy...

— Basta — disse Ezril, com a simples força de um estalar de dedos.

Ela olhou para o horizonte, além de Kell, das árvores e dos muros do pátio. Ficou em silêncio por alguns minutos. Até dizer:

— Eles falam em voz baixa, mas já ouvimos alguns sussurros. — Os olhos da cor de chá preto da mulher voltaram-se para ele. — Sobre um dispositivo capaz de ultrapassar as fronteiras do espaço. Capaz de romper as barreiras dos feitiços de proteção.

Kell sentiu um aperto no peito. O *persalis*. Estava mesmo em Londres.

— O que estão planejando? — indagou ele. — Você sabe?

Ezril sacudiu a cabeça.

— Não, mas é uma peça de magia bem complexa. Deve ter vindo de algum lugar. Ou de alguém — falou num tom de voz ainda mais baixo. — Fico imaginando se a rainha...

— Não — interrompeu Kell. — Não foi Nadiya Loreni quem criou o dispositivo.

Ezril franziu a testa.

— Tem certeza?

— Foi roubado de um navio e contrabandeado para a cidade.

Ela arqueou a sobrancelha.

— Então você sabe tanto sobre o assunto quanto eu.

— Não sei *nada* de útil — sibilou Kell. — A única coisa que sei é que deve ser encontrado antes que os membros da Mão o usem contra a família real. Você não descobriu nada a respeito da Mão por si só? Quem está por trás disso?

Ezril balançou a cabeça, e Kell sentiu a raiva borbulhando no peito.

— Alguém precisa saber de *alguma coisa* — vociferou ele, com a cabeça a mil. Não estava nem perto de encontrar o *persalis*, frear aquela conspiração e descobrir quem estava por trás da Mão. Fechou os punhos, sua magia vindo com a raiva. Uma rajada de vento soprou pelo pátio, acompanhada de perto por uma fisgada de dor sob a pele. Abriu as mãos bem depressa, mas não rápido o suficiente.

O ar se acalmou, mas ele já lutava para conseguir recuperar o fôlego.

Ezril o encarou, sem parecer surpresa.

— Deve ser assustador estar em guerra com sua própria magia — disse ela.

Kell ficou tenso. *Ele* nunca tinha falado com ela sobre o rompimento.

— Meu irmão precisa aprender a segurar a língua — disse ele, forçando o ar de volta aos pulmões. Endireitou a postura, mantendo-se firme. Precisava dar um jeito de encontrar Lila. — Já que você não tem mais nada para me contar...

Quando estava prestes a passar por ela, a *Aven Essen* o segurou pelo braço.

— O que assusta você não é a dor. Mas o que você é. E o que não é. Um sacerdote tira suas vestes e continua sendo um sacerdote. Mas o que é um *Antari* sem sua magia?

— Um príncipe — retrucou Kell secamente enquanto tentava se desvencilhar, mas os dedos dela eram firmes e inflexíveis. O tom malicioso havia dado lugar a uma intensidade dura e transparente como vidro.

— Você deve estar se perguntando por quê — disse ela. — Por que o poder que teve a vida toda se voltou contra você agora? Foi um feitiço que deu errado? Ou será que já violou demais as leis da magia? — Suas palavras eram como uma faca afiada em mãos firmes, cortando-o profundamente. — Todo poder tem limites. Você é um servo da magia, e a magia exige um equilíbrio. Quando esse equilíbrio é rompido, precisa haver uma compensação. Talvez você esteja sendo punido.

Ergueu a mão até pousá-la na bochecha direita de Kell. Logo abaixo de seu olho preto. Sua expressão se alterou, a raiva sacerdotal transformando-se em algo suave, quase melancólico.

— Ou então — continuou ela com delicadeza —, talvez você esteja punindo a si mesmo.

Afastou a mão dele.

— Se algum dia quiser me contar por que, estarei aqui. Afinal de contas — disse ela, com aquele brilho travesso voltando aos olhos —, também sou sua *Aven Essen*.

Mas, desta vez, Kell não se deixou enganar pelo sorriso malicioso e jeito casual como falava.

— Você nunca me contou como se tornou a nova *Aven Essen*.

— Venci um duelo — respondeu ela, de maneira despreocupada. — Sou mais forte do que pareço.

Disso ele não duvidava nem um pouco. Kell começou a se afastar, mas se deteve assim que chegou ao arco. Voltou-se para ela.

— Você só se engana sobre um ponto.

— É mesmo?

— Se tirasse suas vestes, *você* não seria uma sacerdotisa. Seria uma nobre. Ezril Nasaro.

Ela não demonstrou qualquer surpresa por Kell saber seu sobrenome.

— O nome nem a posição me pertencem mais. Perdi meu status assim que entrei para o Santuário.

— Sua família deve ter sofrido com a perda. Você era filha única. Por que decidiu ser uma sacerdotisa?

Ela meneou a cabeça, como se estivesse refletindo.

— Por que decidiu ser um *Antari*?

A resposta, lógico, era que ele não havia decidido nada. A magia tinha decidido por ele.

— Sempre senti o fluxo da Magia — continuou Ezril. — No ar, sob meus pés. Decidi caminhar pela correnteza, Mestre Kell, mas foi a Magia que me levou a isso. Existe uma razão para eu estar aqui. Assim como para você. Nós dois fazemos parte de algo maior do que nós mesmos.

Suas palavras pesaram sobre os ombros de Kell, mas a *Aven Essen* parecia mais leve, como se amparada por elas. Ele se virou e a deixou no pátio, com suas vestes brancas esvoaçando na brisa.

V

O estômago de Lila começou a roncar.

Ela tinha saído do palácio sem tomar café da manhã, outra coisa pela qual culpava a rainha em seu trajeto pelo mercado noturno. Apesar do nome e da hora, uma fileira de barracas já começava a se agitar, sacudindo o sono, desdobrando tendas e dispondo mercadorias, ao passo que outras ainda estavam abertas para negócio. Uma pequena multidão se esgueirava entre as barracas, preferindo o caminho panorâmico às ruas mais movimentadas, ou então era atraída pelo cheiro de especiarias e açúcar no ar.

Lila parou na barraca de um padeiro que tinha um tabuleiro cheio de pães doces quentinhos, então comprou quatro para comer durante a caminhada. Passou por um fabricante de amuletos vendendo frascos de gotas vermelhas e brilhantes do Atol (uma óbvia falsificação, já que a água não permanecia vermelha nem mesmo incandescente depois de retirada do rio) e por várias tendas verdes, amarelas e vermelhas, com os toldos fechados e os itens escondidos.

O brilho do aço chamou sua atenção, e ela parou diante de uma barraca de armas.

As lâminas estavam dispostas por comprimento. A mais curta desenvolvida para sumir na palma da mão de uma pessoa. A mais comprida, uma espada que devia requerer ambas as mãos para ser erguida, isso sem contar para ser empunhada. Ela passou levemente os dedos sobre as armas, detendo-se sobre uma do tamanho de seu antebraço. Era uma obra de arte, com o metal tão fino quanto uma lasca de vidro.

— Pode testar, se quiser — disse uma voz melodiosa.

Lila desviou o olhar para a comerciante. Era jovem, mais nova do que a maioria dos vendedores do mercado, e seu nariz e queixo pontudos a faziam parecer uma raposa. O cabelo também, com seus cachos castanhos entremeados aqui e ali por mechas acobreadas.

Lila ergueu a arma. Era maravilhosamente leve e perfeitamente equilibrada, e já podia até ouvir Kell perguntando a ela de quantas facas uma pessoa precisava para viver. Procurou algum símbolo ou sinal de feitiço gravado no metal. Na última vez que usara uma lâmina desconhecida, a arma acabou matando um homem com sua própria magia.

— Tem algum truque?

A comerciante fez que não com a cabeça.

— Nas mãos certas, uma boa lâmina não precisa de truque nenhum.

Lila abriu um sorriso.

— Será que é sensato expor suas mercadorias desse jeito? — questionou ela.

A comerciante olhou para a mesa, como se só agora reparasse que as armas não estavam embainhadas e que seus punhos e cabos estavam todos virados para fora, num convite, com as pontas voltadas não apenas para a barraca, mas para ela mesma.

— Até hoje nunca fui roubada.

— Então você é uma mulher de sorte.

A jovem deu uma gargalhada.

— Sou muitas coisas. Mas sortuda não é uma delas. — Ela estendeu a mão e passou o dedo ao longo de uma das espadas, como se refletisse. — É preciso suor e sangue para fazer uma lâmina dessas. Se usar os dois corretamente, o aço não poderá ser usado contra você.

— Ou seja, elas *são* enfeitiçadas — retrucou Lila.

A comerciante deu de ombros.

— Só uma precaução.

— Que veio bem a calhar — analisou Lila. — Será que você poderia aplicar este feitiço a uma lâmina já existente?

A comerciante balançou a cabeça.

— Não — respondeu ela —, mas posso fazer uma arma nova para você. Só preciso de alguns dias e um pouco do seu sangue...

Os olhos da jovem se iluminaram enquanto dizia aquilo.

Talvez fosse pela perspectiva de um negócio ou pelo desafio do trabalho, mas Lila pensou ter captado um brilho de aço em seu olhar, parecido com o que a atraíra até aquela barraca. Segurou a faca com força, sentindo o corte ao longo da mão ainda dolorido pelo sacrifício que havia feito à rainha.

Sangue era algo precioso. Dava base a feitiços e fortalecia maldições. Tornava a magia bem mais poderosa. Segundo Nadiya Loreni, guardava inúmeros segredos. E Lila já tinha passado por tantos mercados clandestinos nos últimos anos que sabia muito bem qual era o valor do sangue de um *Antari*. Ainda bem que tinha deixado seu olho preto no navio. Ela fingiu considerar a oferta da comerciante antes de devolver a faca à mesa.

— Pensando bem — perguntou ela —, que graça tem a vida se não corrermos um pouco de risco?

A comerciante encolheu os ombros, mas sustentou seu olhar.

— Se acabar mudando de ideia...

Mas Lila já estava se afastando da barraca, das lâminas e da jovem com cara de raposa. Chegou ao fim do mercado e virou à direita, afastando-se do rio e seguindo até o *shal*, onde ficava a loja de Haskin.

Agora só precisava de uma desculpa para visitar a oficina. Apalpou os bolsos, sentindo o peso familiar do relógio. Não era o relógio *dela* — o que Holland encontrara em seu antigo quarto, junto com Berras, e lhe devolvera sujo de sangue, aquele que alguns anos atrás Lila dera a Maris como forma de pagamento —, mas um presente de sua tripulação em um festival de verão, com um C gravado na superfície. *C* de *Casero*.

Capitã.

Tirou-o do bolso, passou o polegar sobre a tampa prateada e então abriu o relógio, ouvindo o tique-taque ritmado e quase silencioso dos segundos passando. Embora os ponteiros fossem acionados por um feitiço em vez de uma engrenagem, era fácil se esquecer desse detalhe. Talvez seja mais difícil de quebrar, pensou ela, mas tinha certeza de que conseguiria, e já estava prestes a arrebentar o vidro quando percebeu que horas eram, conforme o ponteiro dos minutos passava pelo da hora, ambos quase retos.

— *Nonis ora* — murmurou.

Onze horas.

Lila diminuiu o passo até parar. Presumira que as horas gravadas na borda daquela moeda se referissem à noite, mas e se estivesse enganada? Afinal, os piores crimes eram cometidos à luz do dia, bem debaixo do nariz de seu alvo.

Ela deu meia-volta e foi até a ponte mais próxima de onde estava.

VI

LONDRES BRANCA

Kosika apoiou os cotovelos no terraço do castelo.

Lá embaixo, centenas de soldados estavam às voltas com o treino matinal, reencenando os movimentos da batalha e organizando-se em movimentos ordenados. Eles a faziam lembrar das folhas pelo jeito como se abaixavam e se moviam, como se levantavam e giravam juntos, guiados por uma brisa invisível e com a armadura cinza-escura transformando-os em sombras no campo de treinamento.

Enquanto assistia, Kosika puxou uma faixa de gaze enrolada no antebraço, a pele ainda esfolada pelo dízimo que pagara do dia anterior. E talvez fosse coisa de sua cabeça ou a estação em que estavam — havia *estações* agora, quatro delas, em vez daquele sopro de mudança pálido que costumava marcar as passagens do ano —, mas hoje o céu parecia mais azul e as folhas tinham um tom mais vivo de verde. O sol dissipava a friagem matinal enquanto Kosika desfrutava do calor em sua pele, até que um grito soou no campo de treinamento lá embaixo.

Os soldados haviam finalizado seus movimentos e se separado para poderem duelar; quem era capaz de conjurar os elementos fez dupla com quem não era, de modo que cada um aprendesse a superar o outro.

Kosika avistou Lark ali no meio. Nos últimos meses havia crescido uns trinta centímetros e seus ombros estreitos exibiam novos músculos. Embora houvesse outros soldados de cabelos loiros, só seus cachos reluziam com um brilho platinado sob o sol, fazendo-o parecer mais um fósforo aceso do que um rapaz de quase 18 anos.

Ela o viu circundar o parceiro, girando a espada num arco lânguido conforme o fogo lambia a espada de treinamento não amolada. O outro homem tinha o dobro de seu tamanho, mas Lark avançava e se esquivava como a própria chama, e em pouquíssimo tempo o soldado com quem duelava teve de apagar um rastilho de fogo no antebraço. Foi então que Lark contornou o parceiro de treino e surgiu por trás dele, encostando a lâmina à sua garganta.

Em seguida, olhou para Kosika, abrindo um sorriso malicioso e cheio de dentes. Era tão contagiante que a fez sorrir também... como se os dois compartilhassem um segredo — mas o único segredo era que tiveram uma vida em comum antes daquela. Que não passavam de ladrões que deram um jeito de entrar naquele castelo.

— Você tem uma quedinha por alguém.

Kosika se sobressaltou, fechando as mãos com força na amurada do terraço. Nasi tinha se aproximado de fininho por trás.

— Tem certeza de que não consegue ultrapassar a fronteira do espaço? — perguntou a jovem rainha. — Nunca escuto você chegando.

Nasi deu de ombros.

— Ser silenciosa é bastante útil. Só assim dá para ver você suspirando por ele.

Kosika franziu o nariz, sentindo as bochechas corarem. Não estava *suspirando* por ninguém. Olhou para baixo, mas num borrão de movimento Lark já havia desaparecido.

— Para de ser boba — disse ela, dando as costas para os soldados. — Lark é como se fosse um irmão.

Nasi abriu um sorrisinho.

— Do mesmo jeito que eu sou como uma irmã?

— Exatamente.

A garota se aproximou até encostar a testa na da rainha. Passou os dedos de um jeito provocante pelas costelas de Kosika e por sua cintura, ainda reta e estreita como a de uma criança.

— Um dia, você vai querer algo mais do que a companhia de irmãos.

Kosika sibilou entre dentes e afastou a mão de Nasi.

— Só não quero que você fique sozinha — disse Nasi, e Kosika gostaria de poder contar à amiga que não estava.

Que nunca mais ficava sozinha.

Holland passara a manhã inteira ao seu lado, assim como todos os dias por quase um ano. Era sua sombra constante. Seu santo abençoado. A mão que guiava todas as suas ações.

UM ANO ATRÁS

Depois que Holland apareceu naquele primeiro sonho, ela vivia para dormir.

Kosika comparecia às reuniões do conselho, recebia o desfile de cidadãos que vinham lhe pedir favores, passeava pelos terrenos do castelo, jantava com os Vir e esperava, ansiosa, pela noite, quando poderia se jogar na cama e sair à procura de Holland.

Às vezes, ela o encontrava em seu próprio quarto.

Outras, encontrava-o sentado no trono, no pátio ou na escadaria.

Em certas noites, os dois caminhavam lado a lado pelo castelo. Noutras, ficavam diante do altar, e ele lhe contava as histórias de sua vida, como Serak tantas vezes fizera — a diferença era que contava a ela coisas que Serak nunca contara, detalhes de sua vida antes de servir a Vortalis.

E se parecia estranho que um sonho soubesse de coisas que ela não sabia, bem, então Kosika presumia que tudo não passasse de frutos de sua imaginação. Mas a cada noite que sonhava com ele, Holland parecia se tornar ainda mais real. Até que, certa vez, enquanto os dois estavam diante do altar, ela se pegou dizendo:

— Queria tanto que você estivesse aqui.

Holland estava focado na estátua. Mas assim que ela disse isso, olhou para a rainha, perplexo.

— Eu estou aqui.

— Mas é só um sonho — rebateu Kosika.

Ele olhou a alcova ao redor.

— Pode até ser um sonho para você — disse ele. — Mas para mim é algo completamente diferente. Um mundo de sombras. Um lugar de espera. Eu já estava aqui muito antes de você me encontrar.

Aquelas palavras a atravessaram, despertando a esperança de que ele não fosse apenas fruto de sua imaginação. Fizeram-na crer que ele e aquele momento eram *reais*. Que Kosika estava na presença não de uma mera conjuração, mas do Rei Prometido. Era uma esperança impossível e, no entanto, o que era mesmo impossível num mundo onde a magia tinha se reavivado, o poder passava de uma mão para a outra como um cubo de açúcar, seu olho ficara preto e ela se tornara uma rainha?

— Então o que você é? — perguntou ela.

A pergunta arrancou dele um quase sorriso. Em todas as obras de arte que o representavam, fossem estátuas, desenhos ou litogravuras, Holland Vosijk nunca sorria. Estava sempre com as sobrancelhas unidas, a boca numa linha reta, o maxilar cerrado, como se reprimisse o que quer que quisesse dizer. Ou a dor. Aquele gesto também dificilmente poderia ser chamado de sorriso — não passava de uma leve curva no canto dos lábios —, mas ainda assim ela se sentiu banhada de luz.

— Você acredita em fantasmas? — perguntou ele, e Kosika balançou a cabeça. Nunca acreditara nisso, nem mesmo quando Lark tentava assustá-la com histórias de fantasmas quando eram mais novos. Sabia que a magia ia e vinha, assim como as pessoas. Só havia o presente e depois nada. Mas então o que seria Holland Vosijk?

Ele pareceu refletir sobre a pergunta, embora Kosika não a tenha feito em voz alta.

— Sei o que *fui* — disse ele. — Mas não o que *sou*. Eu me vinculei à magia deste mundo... e, pelo visto, continuo aqui. — Ele encarou as próprias mãos. — De certa forma. Eu estava neste lugar entre um mundo e outro, até que você me encontrou. A questão é... — Seu olhar voltou-se para ela. — Como foi que você conseguiu me encontrar *agora*?

Kosika não respondeu, nem mesmo ao sentir o peso do olhar dele.

— Seu poder pertencia a mim antes — arriscou ele. — Talvez tenha ficado mais forte. Ou talvez você tenha feito alguma coisa...

Ela hesitou, dando-se conta de que ele era capaz de ver a verdade — em seu rosto ou sua mente. Sabia sobre o dia em que usara o artefato de Holland para viajar, o dia em que todos aqueles sonhos começaram. E era como se ele tivesse se esquecido e agora subitamente se lembrasse da caixa aberta, da peça que faltava.

O que você fez?

A raiva dele voltou à tona, reacendendo todas as velas do altar.

— Você não devia ter ido lá, Kosika. — Ela deu um passo para trás, mas ele a segurou pelos ombros. — Me diga que não trouxe nada daquele mundo. — Seus dedos a apertaram até machucá-la. A dor que ela sentiu parecia real. — Responda.

Ela sacudiu a cabeça.

— Nada. Eu juro.

Holland a soltou tão depressa quanto a agarrara, e a súbita ausência de seu toque fez Kosika perder o equilíbrio. Ele se afastou da rainha e do círculo de velas do altar e encostou-se na parede da alcova, com as sombras banhando seu rosto cansado.

— Não havia nada para trazer de lá — continuou Kosika. — Nenhum sinal de magia. Tudo que vi já estava morto. — Mas assim que disse a última palavra, ela se lembrou da lanterna de Serak, do pavio sibilando de fumaça enquanto o fogo se apagava.

A magia não morre.

Sentiu uma pontada de medo, medo de que tivesse trazido alguma peça de magia amaldiçoada daquele lugar, como a lama na sola dos sapatos.

Mas Holland balançou a cabeça.

— Você perceberia. — Sua boca era uma linha fina, a expressão amargurada. — A magia naquele lugar não é nada sutil, possui mente e vontade próprias. — Ele examinou o altar. — Pode acreditar em mim — murmurou, e Kosika se lembrou das anotações no quarto dele.

— Os dez dias — exclamou ela. — Os dez dias em que você desapareceu. Você foi para lá.

Holland não a encarou.

— Eu faria qualquer coisa para ver o nosso mundo restaurado. E foi o que fiz.

O governante digno compreende o custo...

— A Londres Preta é a fonte de toda a magia — prosseguiu ele. — É um manancial de poder. Mas cada gota custa caro.

Logo depois, Holland contou a ela tudo que aconteceu nos dez dias que se seguiram à queda dos Danes, antes de assumir o trono. Como fora mortalmente ferido e obrigado a entrar na Londres Preta. Como ficara ali, com seu sangue jorrando no solo devastado. Como acabaria morrendo se não tivesse encontrado Osaron — o rei das sombras, a chama que transformara aquele mundo em cinzas, agora reduzido a uma brasa num mundo vazio. Como carregara aquela brasa em seu próprio corpo para reacender a magia do mundo deles.

Abriguei a faísca...

Ciente de que me queimaria.

— No fim das contas, custou tudo o que eu tinha — concluiu ele, olhando pela janela aberta e mirando a noite de verão. — Mas funcionou.

— E quanto a Osaron? — perguntou ela, detestando o jeito como a palavra serpenteava na língua.

Holland cerrou os dentes.

— Osaron queria o que todas as chamas querem. Perder o controle. Queimar tudo até o fim. — Ele a encarou. — Mas pelo menos esse fogo foi apagado. Extinto junto com o meu.

E, no entanto, você continua aqui, pensou Kosika.

Mas ficou em silêncio.

Uma noite, Holland contou a ela sobre as outras Londres.

Não aquela devastada — não gostava de falar sobre essa —, mas sobre as outras duas, cujos artefatos ela vira na caixa. A primeira e mais distante, onde a magia havia sido esquecida, e a outra, mais próxima, onde ardia com muito mais intensidade que na deles. Ficava no mundo que os Danes cobiçavam, assim como tantos reis e rainhas antes deles, como se a magia fosse um prêmio que pudesse ser recuperado.

Contou a ela sobre Kell Maresh, o *Antari* que chamava tal mundo de lar. E sobre Delilah Bard, a *Antari* do outro mundo que prosperara apesar da ausência de magia do lugar.

Explicou à rainha como viajar entre os quatro mundos, falando deles como se fossem portas não enfileiradas em um único corredor, mas dispostas uma após a outra, de modo que, para chegar à mais distante, ela teria que passar pela do meio. Ensinou-lhe essas coisas como se ela tivesse *alguma* vontade de colocar os pés fora dos limites de seu próprio mundo. Só que não tinha.

— Não entendo qual é o objetivo — disse a ele. — Por que tenho que me preocupar com os outros mundos?

E foi então que, pela primeira vez, ela viu uma sombra de desgosto no rosto de Holland. A rainha se encolheu, com medo de tê-lo irritado. Então a sombra passou, ele deu um suspiro e disse:

— Talvez não seja necessário.

Mas, naquela noite, não lhe contou mais nenhuma história.

E, na noite seguinte, Holland não apareceu.

Como de costume, Kosika sonhou com o castelo, sonhou que vasculhava os salões, a sala do trono e o altar da torre, chegando até a caminhar descalça pelo pátio. Mas não conseguiu encontrar Holland em lugar nenhum. Sentia o pânico aumentar cada vez mais conforme chamava o nome de seu santo, seu rei, com a voz ecoando pelos salões vazios, e começava a temer que ele tivesse ido embora para sempre, que o que quer que tivesse aparecido para ela na semana passada não passasse de uma visão estranha e fugaz. O lugar de espera, o nome que ele dava àquele espaço, parecia vazio demais agora, oco de um jeito que nunca havia sido, e quanto mais ela procurava, mais o pânico crescia, até que, quando por fim despertou, o pavor já havia se instalado em suas costelas, dificultando sua respiração.

Ele foi embora, pensou ela. *Para sempre.*

A dor a envolveu assim que ela se sentou na cama, afastando os lençóis e...

Lá estava Holland.

Parado diante da janela do quarto. Era a primeira vez que sonhava com ele à luz do dia, e ele parecia tão diferente. O sol captava o branco de seus cabelos e o tom prateado de sua capa e seu alfinete de argola, a luz não apenas traçando seus contornos, mas atravessando-o, como se ele fosse uma cortina.

— Aí está você — exclamou ela, o alívio superando a sensação esquisita de acordar de um sonho e logo cair em outro. — Procurei você por toda a parte.

Holland olhou para ela por cima do ombro.

— Estou bem aqui — Voltou sua atenção para a janela. — Venha dar uma olhada nisto.

Ela se levantou, surpreendendo-se ao sentir o frio piso de pedra sob os pés descalços, seus sentidos aguçados apesar de ainda estar sonhando. Juntou-se a Holland na janela, quase conseguindo sentir o peso da mão dele em seu ombro enquanto ele apontava com a outra em direção ao pátio lá embaixo. As folhas começavam a mudar de cor nas árvores, o vermelho e o dourado tão brilhantes que até pareciam estar em brasas.

Um instante depois, a porta se abriu às suas costas e Kosika se virou, o toque de Holland sumindo de seu ombro assim que Nasi entrou de supetão. Estava com um pãozinho doce na boca e outro num prato.

— Ah, que bom que você já está de pé — disse ela.

Foi então que Kosika se deu conta, surpresa, de que realmente estava acordada.

Nasi se acomodou na cadeira mais próxima.

— O que é que você está fazendo aí na janela?

Ela olhou para trás, certa de que encontraria o quarto vazio. Mas Holland continuava ali, com uma mão apoiada no parapeito.

Não era um sonho.

— Nunca fui um sonho — disse ele com firmeza, e Kosika esperou que Nasi se assustasse ao ouvir sua voz, mas a garota pareceu não escutar nada, esparramando-se sobre os lençóis diante da presença do Santo do Verão. — Ela não consegue me ver.

Sua voz soou tão nítida, não na mente de Kosika, mas no próprio quarto. Como se ele estivesse bem ali. Como se...

— Mais uma vez você duvida de mim — continuou Holland, sua voz assumindo um tom mais sombrio.

Kosika pressionou as mãos nos olhos. Uma coisa era ver alguém nos sonhos, entre um mundo e outro, no reino das sombras do sono; outra bem diferente era vê-lo de pé no mundo dos vivos, principalmente quando ninguém mais o via. Nessa hora ela teve medo do que ele era ou não era, medo de não ser abençoada, mas sim ter perdido completamente o juízo.

— O que houve? — perguntou Nasi; um instante depois Kosika sentiu os dedos frios dela na testa e olhou para o rosto cheio de cicatrizes da amiga. Queria contar a ela, mas o que é que diria? Que estava vendo fantasmas? Que seus sonhos a perseguiam mesmo quando estava acordada?

Holland passou por trás de Nasi, com os olhos escuros, a expressão impaciente.

— Sua fé em mim é tão frágil assim? Enverga e se parte sob a mais leve das brisas?

— *Não* — respondeu Kosika depressa, antes de se dar conta de que tinha falado em voz alta. Nasi olhou para ela, confusa. — Não estou me sentindo muito bem — completou. — Pode me trazer um chá?

Nasi ficou observando-a por um momento, então deu um beijo em sua testa e disse:

— Lógico que posso.

Assim que saiu, Kosika virou-se para encarar o rei.

— Por que ela não consegue ver você?

— Porque não *escolhi* Nasi — respondeu ele. — Escolhi você. — Essas palavras tiveram na rainha o efeito de uma mão alisando lençóis amarrotados. Logo depois uma faísca de decepção cruzou o rosto de Holland. — Diga-me, Kosika, será que escolhi errado?

— Não — respondeu ela, a voz banhada em desespero.

Queria que ele fosse real. Queria acreditar nisso. E, como se soubesse o que ela estava pensando, Holland se aproximou de Kosika.

— Estenda as mãos — pediu ele e ela obedeceu, colocando-as diante de si. Para sua surpresa, ele estendeu as próprias mãos e envolveu as dela de uma maneira que Kosika *quase* sentiu seu toque, como uma brisa roçando seus dedos, fazendo carinho em sua pele.

— Eu escolhi você no Bosque de Prata — continuou, e ela sentiu um calor no peito espalhando-se e descendo pelos braços até chegar no ponto onde os dedos de Holland cobriam os seus. — Escolhi você para ser as minhas mãos.

Algo começou a acontecer no quarto à sua volta. Torrões de terra ergueram-se de onde estavam alojados no meio das pedras do piso, gotas de umidade se espremeram, descolando-se do ar, o calor se desprendeu da luz do sol na janela; todos esses fragmentos se reuniram nas palmas das mãos dela e começaram a crescer. De tudo e do nada, uma semente, um broto, uma muda lançou suas raízes entre os dedos dela — e os dele —, estendendo os galhos finos em direção ao teto e ao céu à medida que ia crescendo entre o corpo dos dois. Era uma árvore prateada, com um tronco macio e pálido.

Holland afastou as mãos das dela.

Mas a muda continuou ali, pesada em suas mãos estendidas. Kosika ficou maravilhada, os olhos cheios de lágrimas. Ajoelhou-se e colocou a muda no chão. A voz de Holland derramou-se sobre ela.

— Nós estamos vinculados — afirmou ele. — Sua magia já me pertenceu. Mas meu legado pertence a você. E, se deixar, guiarei suas mãos.

Ela ergueu a cabeça e, desta vez, não havia nenhuma hesitação. Nenhuma dúvida.

— Sou sua serva.

— Então eu serei seu santo — respondeu ele, com o olho verde reluzindo e o preto parecendo infinito. — Juntos, faremos coisas maravilhosas.

VII

LONDRES VERMELHA
PRESENTE

A rocha se deslocou sob as botas de Alucard.

— Cuidado, senhor — disse Velastro. — Não está muito firme.

Os soldados haviam aberto uma trilha improvisada entre os destroços do prédio, empilhando a madeira e a pedra quebradas e deslocando a maior parte dos escombros para os cantos, onde as paredes ficavam antes de serem derrubadas.

Dois soldados tinham isolado as ruínas e continuavam a busca nos escombros enquanto um terceiro fazia a ronda para colher informações, uma tarefa mais difícil — afinal, ali era o *shal*, um lugar conhecido tanto pela aversão à coroa quanto pelo desejo de manter seus negócios só para si. Por outro lado, o dinheiro era bem-vindo em qualquer lugar, e Alucard fornecera um saco cheio de moedas na esperança de que, na ausência do dever cívico, o suborno levasse a melhor.

— *Anesh?* — perguntou Velastro, vindo logo atrás. — O que o senhor acha?

— Você fez bem em ter me procurado — respondeu Alucard. Fosse ou não um trabalho da Mão, não havia nada de normal na queda do prédio. O estrago fora total, uma destruição tão completa que não poderia ter sido acidente. Não restava nenhuma viga de telhado ou pedaço de parede ainda de pé.

Tinha sido uma demolição, trabalho de alguém que queria apagar seus rastros.

Velastro abriu um sorriso radiante ao ouvir o elogio, e Alucard resistiu à vontade de dar um tapinha na cabeça do jovem e ávido soldado. Em vez disso, virou-se, apertando os olhos, e os destroços tornaram-se um emaranhado de fios em sua visão.

Seus olhos estavam acostumados a enxergar muitas coisas, mas geralmente havia certa organização. Ao passar sobre uma viga quebrada e dar a volta pelos restos de estantes deformadas, tudo se misturou de tal forma que ele quase não viu aquilo.

O que quer que fosse, *aquilo* estava alojado em uma das pilhas mais altas, com só um pedacinho aparecendo bem no topo. A princípio, pensou que fosse uma lasca de metal refletindo o sol, mas quando se aproximou percebeu que não havia objeto algum, apenas uma faixa de luz chamuscada no próprio ar.

— Para trás — ordenou ele.

Assim que os soldados se afastaram, Alucard estendeu a mão, sentindo aquele pulsar familiar da magia irradiar para seus dedos enquanto os deslizava pelo ar, e então o monte de terra e rocha reagiu, emitindo um ruído oco ao ser empurrado para o lado até finalmente revelar o chão. E uma forma entalhada no ar. Um conjunto de linhas retas enquadradas numa moldura.

Alucard soltou um palavrão, baixinho. Não, de jeito nenhum aquilo havia acontecido aleatoriamente.

— O que é *isto*? — perguntou Velastro.

Alucard desviou o olhar da marca.

— Também consegue ver? — perguntou ele, surpreso.

Velastro balançou a cabeça ligeiramente, como se não conseguisse decidir entre o *sim* e o *não*.

— Consigo e não consigo — respondeu o soldado, e então usou uma palavra que havia anos Alucard não escutava, desde os tempos em alto-mar.

Trosa.

Fantasma.

Os marinheiros tinham todos os tipos de histórias. Havia o Sarows, que pairava sobre os navios como névoa; o *garost*, que saía das profundezas do mar e cravava as garras no casco; e as *trosas*, embarcações fantasmas que seguiam o rastro de um navio, ficando à espreita ao amanhecer e ao anoitecer, sem jamais se aproximarem.

Mas Velastro não era um marinheiro, e para ele essa palavra tinha outro significado.

— Era assim que chamávamos quando éramos crianças. Aquele eco que você vê quando olha por muito tempo para uma luz brilhante e depois fecha os olhos, mas ela continua ali. Não importa o quanto pisque.

Alucard estendeu a mão, passando os dedos sobre a marca, no ar. Esperava sentir alguma resistência, mas a magia feita ali já tinha se esgotado e deixado para trás apenas aquela cicatriz, linhas vívidas entalhadas no ar com bordas brancas chamuscadas.

— Um resquício — murmurou ele.

Neste exato momento, uma soldado apareceu, montando um cavalo real. Alucard afastou os dedos da marca assim que ela desmontou e enfiou o elmo debaixo do braço.

— E então — perguntou ele —, o que você conseguiu comprar com nossas moedas?

— Mais do que o senhor imagina — respondeu a soldado — e menos do que gostaria. — Ela correu os olhos pelos destroços, ruínas de uma única casa, e explicou que, antes de o lugar desabar, aquela era uma oficina de consertos administrada por um homem chamado Haskin.

— Algum sinal dele?

— Esta é a questão — respondeu a soldado. — Ninguém conseguiu me dar uma descrição quando pedi. Segundo todas as pessoas a quem perguntei, ele nunca botava os pés para fora da loja. Nem atendia os clientes. Pelo que disseram, era bem recluso.

— Mas não encontramos nenhum corpo sob os destroços — observou Alucard.

— Talvez ele não exista — arriscou Velastro.

Alucard olhou para o jovem soldado. Talvez fosse mais esperto do que aparentava.

— Você acha que era só uma fachada?

Foi a soldado quem respondeu.

— Ah, não — disse ela, sacudindo a cabeça. — Pelo que sei, a oficina de Haskin fazia muitos consertos. Só não tenho muita certeza da legalidade do negócio. Mas tudo era tratado diretamente com a aprendiz dele, uma garota de uns 15 anos. Magricela. Cabeluda. Uma pessoa chegou a descrevê-la como uma gata selvagem.

— Sabe o nome dela?

A soldado fez que não com a cabeça, e Alucard deu um suspiro. Lógico que não. Aí já seria útil demais para ser verdade. Ele continuou ouvindo, mas seu olhar vagou sobre os destroços em direção à fachada da loja — pelo menos o que restava dela —, e só então reparou no rapaz do outro lado da rua.

Se a intenção dele era se esconder, era péssimo.

Estava parado no meio-fio, segurando um embrulho de papel com ambas as mãos e com os olhos fixos na loja em ruínas; de queixo caído ao se dar conta do estrago. A primeira coisa em que Alucard pensou foi que devia ser algum cliente ou amigo. A segunda foi que já tinham se encontrado antes. Lembrava-se do formato do rosto dele, do jeito como seu cabelo preto formava um V na testa. Além disso, foi só o jovem perceber que estava sendo observado por Alucard que arregalou os olhos.

E congelou onde estava.

Do mesmo jeito que o coelho de Ren, Miros, ficava quando os criados corriam atrás dele, como se achasse que podia se esconder atrás da perna de uma cadeira, se camuflar no tecido de um tapete ou na tapeçaria que forrava as paredes. Até perceber que não conseguiria e fazer o que todos os coelhos fazem.

Fugir.

— Espera... — começou Alucard, mas o homem já estava dando meia-volta, disparando rua abaixo.

— *Santo* — praguejou ele, agarrando as rédeas e montando no cavalo. Cravou os calcanhares e o animal se pôs em movimento, saltando sobre um montinho de escombros conforme os cascos ressoavam pela rua.

O jovem era rápido, mas desajeitado, e, enquanto corria, embolava as pernas compridas. Ao virar uma esquina, meio derrapou, meio escorregou, deixando cair o embrulho e derrubando o que pareciam ser *pasteizinhos* nas pedras da calçada ao se levantar e voltar a correr, até que mudou de ideia e se virou para enfrentar o homem que o perseguia.

O cavalo parou e Alucard desceu, erguendo a mão em sinal de paz.

— Só quero conversar — disse ele, o que era verdade. Sabia que nem todo mundo fugia porque tinha feito algo errado e, mesmo que fosse o caso, Alucard só se importaria com os crimes do jovem se pudessem dar alguma pista sobre a loja em ruínas e sua aprendiz desaparecida. — O que aconteceu com a loja de Haskin?

— Não sei — devolveu o rapaz, sem fôlego. — Só ia dar uma passada lá para ver a Tes e pagar o que fiquei devendo, sabe? Pelos pasteizinhos. E... ela está bem? Estava lá dentro?

— Tes... é a aprendiz da loja de Haskin?

Ele balançou a cabeça de leve e olhou ao redor, como se os muros do beco estivessem cada vez mais estreitos.

— E qual é o *seu* nome? — perguntou Alucard, achando que era uma pergunta inofensiva, mas o rapaz estreitou os olhos castanho-claros, da mesma cor de um chá ralo, e fechou a cara. Foi então que Alucard entendeu por que ele tinha parado de correr.

Estava ocupado demais antes para reparar na cor da magia do jovem. Mas agora via os fios ondulando no ar em torno dos ombros dele. Era uma cor que Alucard raramente encontrava: violeta escuro, que gritava advertência.

— Deixa para lá — disse Alucard, descartando sua própria pergunta. — No momento, precisamos encontrar a sua amiga, Tes, para ver se ela está a salvo. — Mas na mesma hora arrependeu-se do que havia dito. Ao admitir que a garota não estava na loja, acabou mostrando as cartas que tinha na manga. O rapaz ergueu o olhar, e Alucard insistiu: — Se voltar comigo, talvez você veja alguma coisa...

— Tes sabe cuidar de si mesma — disse ele, dando um passo para trás e balançando a cabeça.

— Não posso deixar que você vá embora — alertou Alucard.

O rapaz abriu um sorriso de pena.

— Acho que você não tem escolha.

Os dois se moveram ao mesmo tempo, cada um buscando sua magia: Alucard nas pedras da calçada e o mais jovem *nele*. Alucard era ágil — mas, pela primeira vez, não foi o suficiente. O chão começou a tremer e, antes que conseguisse se levantar, o rapaz deu um tapa no chão que fez Alucard sentir seu corpo dobrando-se ao meio.

Magia de *ossos*.

Era esse o poder que fazia o ar à sua volta ter uma cor tão viva.

Os braços de Alucard foram forçados ao chão, sua cabeça inclinada de modo que não conseguia ver nada além da rua e de suas mãos espalmadas nas pedras da calçada. Ele ofegou, tentando libertar o corpo do domínio do rapaz, e sentiu a mandíbula fechar, impedindo-o de gritar por ajuda.

— Sinto muito — disse o jovem e, se não estivesse sendo detido contra sua vontade, Alucard teria parado para pensar no quanto aquele pedido de desculpas era estranho, ainda mais por parecer sincero. Ouviu as botas do rapaz darem a volta por ele, com o cuidado de se manter fora de seu campo de visão. — Sinto muito — repetiu ele. — Eu só queria levar os pasteizinhos para ela.

Seus passos se afastaram até o jovem escapar do beco; a última coisa que Alucard ouviu foi o rapaz parar ao lado do cavalo, acariciar seu flanco e dizer "bom menino" antes de fugir de vez.

Assim que ele se foi, o corpo de Alucard voltou a lhe pertencer. Não pouco a pouco, como a sensação de voltar a sentir os dedos dormentes, mas de uma vez só, o controle se derramando sobre seus membros com a mesma força de uma onda batendo nas rochas.

Alucard se pôs de pé, sacudindo a sensação perturbadora de ter sido uma marionete nas mãos de outra pessoa. O cavalo estava parado ali, pacientemente à sua espera na entrada do beco.

— Você podia tê-lo impedido de fugir — murmurou ele, montando no animal. Acontece que nem ele nem o cavalo iriam atrás do mago de ossos.

Não enquanto a marca fantasma ainda ardesse atrás de seus olhos, gravada ali como na loja em ruínas. Uma cicatriz do tamanho e formato de algo bem específico.

Uma *porta*.

VIII

A casa estava silenciosa e escura, exatamente como na noite anterior.

Lila se encostou na entrada do beco do outro lado da rua e voltou a procurar na borda da moeda por alguma pista que pudesse ter perdido, alguma sugestão ou menção de um dia que coincidisse com aquela maldita hora. Mas as palavras permaneciam as mesmas.

SON HELARIN RAS • NONIS ORA

A rua da casa já estava agitada — carruagens subiam e desciam a estrada, clientes entravam e saíam das lojas e as casas em ambos os lados já davam sinais de vida —, mas as onze horas chegaram e ninguém se aproximou da porta do número seis da Helarin Way.

Aquilo estava começando a parecer uma charada, e Lila não tinha a menor paciência para charadas.

Já estava quase indo embora, até que se deteve — se ela ia ficar de vigília duas vezes por dia, podia pelo menos se poupar da caminhada. Desenrolou o curativo da mão e viu que o corte ainda estava fresco, então pressionou um pouco e o sangue começou a escorrer. Tocou no sangue e fez uma marca na parede mais próxima. Uma linha vertical e duas cruzes menores. Um atalho.

Envolveu a mão e olhou pela última vez para a casa vazia. O número seis da Helarin Way a encarou com um ar sombrio, as janelas escuras, o portão cerrado como se fossem dentes e a fachada semelhante a um sorriso maldoso.

Quanto mais olhava para a casa, mais sentia a casa debochando dela.

O fogo irrompeu na palma de sua mão. Por um segundo, pensou em incendiar a residência. O impulso passou, até que ela sentiu alguém atrás de si, escondido nas sombras.

Lila deu um suspiro e sacou uma lâmina.

— Eu avisei o que aconteceria se você me seguisse mais uma vez — disse ela.

Estava prestes a atirar a faca quando uma voz familiar respondeu:

— Ora, mas que ameaça!

Lila decidiu atirar a faca mesmo assim. Para crédito de Alucard, ele desviou da lâmina, apanhando a ponta metálica entre os dedos.

— Vou fingir que você não sabia que era eu e só agiu por instinto — disse ele.

— Fique à vontade — disse Lila, flexionando o pulso. A lâmina se arrancou da mão de Alucard, voltando para a dela, e ele se juntou à capitã na entrada do beco.

— Preciso admitir que fiquei surpreso ao encontrar você aqui.

Ela pensou em perguntar como ele havia conseguido achá-la, mas dava para adivinhar. Corvos de merda.

Alucard estava observando as casas na rua, e ela captou um vislumbre de incômodo em sua expressão. A propriedade dos Emery não ficava muito longe. Era o bairro dele, aquelas eram as ruas onde havia sido criado.

Um casal passou por eles, assustando-se ao ver o consorte do príncipe logo ali. Ele abriu um sorriso, mas Lila conseguiu perceber que Alucard estava tenso.

Bem-feito, pensou ela. *Quem mandou me seguir?*

Ele olhou para além dela, em direção à fileira de casas do outro lado da rua.

— Então — perguntou ele casualmente —, o que estamos fazendo aqui?

Ela se incomodou com o uso do "estamos" e pensou em mandar ele ir se foder, mas já estava de saco cheio de ficar olhando para aquela casa idiota. Talvez um novo par de olhos pudesse ajudar.

— Aquela ali — disse ela, apontando com o queixo para a casa. — Não creio que esteja enfeitiçada, está? Tem alguma coisa que você enxergue e eu não?

Lila não sentia inveja da visão de Alucard — em um mundo repleto de magia, o poder parecia lhe causar mais dor de cabeça do que vantagem —, mas havia quase uma hora que estava encarando aquela fachada de pedra sem sucesso e, se descobrisse que aquele tempo todo a reunião estava acontecendo, seria bem capaz de botar fogo no local.

Alucard prestou atenção na construção, os olhos assumindo um foco distante ao percorrerem a fachada.

— Não tem nenhum véu — respondeu ele. — Por quê?

Lila tirou a moeda do bolso e a jogou para ele.

— Uma gorjeta pela minha ótima companhia? — perguntou ele, pesando o lin na palma da mão. — Acredite se quiser, Bard, mas não estou precisando de trocado.

Ela revirou os olhos.

— Essa moeda foi encontrada com um dos ladrões mortos no navio de Maris. Dá uma olhada na borda.

Alucard a segurou contra a luz. O metal estava ligeiramente sujo da noite anterior, com fuligem acumulada nas ranhuras.

— É uma mensagem? — arriscou ele, apertando os olhos para tentar decifrar o que estava escrito.

— Vou te poupar o trabalho — disse ela. — É uma mensagem bem pequena e escrita de trás para a frente.

Puxou o lenço do bolso, com as palavras impressas na direção certa. Ele notou o curativo enrolado no punho dela e franziu a testa.

— Você se cortou?

— É o que acontece quando se brinca com facas — disse ela, sem dar importância ao assunto. — Agora, preste atenção. — Tocou nas letras. — É uma *reunião*. E estou disposta a apostar bem mais do que essa moeda de que é uma reunião da Mão.

Alucard soltou um suspiro.

— Deve ser por isso que ainda não conseguimos pegar essa gente. Você tem que admitir: é muito bem pensado.

— Eu agradeceria se eles tivessem se dado ao trabalho de informar o dia também.

— E informaram — rebateu ele, apontando para a marca que separava as duas partes da mensagem. No lenço, registrava-se como um círculo preto.

— Isso aí é só um ponto — disse Lila.

— Só para quem não tem imaginação. Ou quem nunca estudou taquigrafia arnesiana. Seja como for, o que você chama de pontinho na verdade é uma lua.

Lila sentiu o estômago embrulhar.

— Ou uma lua *nova* — acrescentou ele. — É difícil saber qual escola está em uso por aqui.

Lila xingou a si mesma. Como é que não tinha reparado nisso? Em uma superfície pequena como aquela, nenhum espaço ou símbolo poderia ser desperdiçado. Vasculhou a memória, a lua estava minguante nas últimas noites, o céu ficava cada vez mais escuro. Se fosse uma lua cheia, a reunião seria dali a algumas semanas, mas se fosse uma lua nova, seria logo...

— De qualquer maneira — disse Alucard, devolvendo-lhe a moeda e o lenço —, a reunião não está acontecendo agora. Ainda bem — acrescentou, virando-se para ir embora e esperando que ela o seguisse. — Tem mais uma coisa que você precisa ver.

Meia hora depois, Lila tinha trocado as amplas avenidas da margem norte pelas ruelas estreitas do *shal* — não mais diante da porta de uma casa, mas das *ruínas* de outra.

Parecia ter sido derrubada, ou melhor, *despedaçada* de dentro para fora. Ao seguir Alucard pelos escombros, Lila reparou que aquilo não cheirava a acidente, mas a demolição. O que não explicava o que ela estava fazendo ali.

— Por aqui — disse Alucard, guiando-a pelos destroços. Lila chutou uma lasca de pedra para fora do caminho. Em meio aos escombros, viu pedaços de metal pequenos demais para fazerem parte da estrutura do prédio: uma lata de chá amassada, arames e barbantes espalhados por todo canto. E estilhaços de uma placa com as palavras *antes quebrado, logo consertado* ainda legíveis.

O pavor tomou conta de Lila.

— Este lugar aqui — disse ela. — Como se chamava?

Já sabia a resposta antes de ele dizer, mas mesmo assim foi como um soco no estômago.

— Oficina de Haskin.

Lila soltou um gemido. Estava tão perto.

— E o que aconteceu com o homem?

— Ele não existe. — Lila arqueou a sobrancelha. Isso, sim, era uma surpresa. — Pelo visto, quem cuidava da loja era uma aprendiz, ou pelo menos era assim que a chamavam. Uma garota conhecida apenas como Tes. Não há nem sinal dela, mas... Espera. Onde está mesmo? Ah, aqui. — Alucard parou de andar de repente e Lila se deteve para não acabarem se esbarrando. Ele apontou para o espaço vazio logo adiante, onde os escombros tinham sido removidos. Lila olhou. Não havia nada ali.

— É algo que só você consegue ver? — arriscou ela.

Mas Alucard balançou a cabeça.

— Acho que não. Só mantenha o foco. Ou, melhor dizendo, perca o foco.

Lila não entendeu, mas passou por ele e observou o ar com bastante atenção. Ainda assim, não viu nada de incomum. Então Alucard contornou cuidadosamente o lugar e virou-se de frente para ela. Parecia estranho, como se estivesse atrás de um espelho distorcido.

— O que é isto? — murmurou ela, meio para si mesma.

Alucard flexionou a mão e uma brisa começou a soprar, uma nuvenzinha de poeira que captou a luz e traçou a silhueta da marca. Ela franziu a testa, seguindo o contorno até o chão.

— Tenho uma teoria — disse Alucard. — Acho que é...

— Uma *porta* — completou ela.

Ele pareceu desapontado, como se quisesse ser o único a chegar àquela conclusão.

— Bem, sim. Exatamente.

Lila olhou para o eco da porta. Ela estava certa: o *persalis* havia mesmo sido danificado. O ladrão deve ter deixado o dispositivo ali para conserto. Das duas, uma: ou tinha sido consertado ou alguém tinha feito alguma besteira ao tentar. Estendeu a mão para tocar na marca, mas seus dedos não encontraram barreira alguma. Não passava de um eco, uma cicatriz deixada por um feitiço.

— Quando foi que isso aconteceu? — perguntou ela com ar sombrio.

— Acredito que ontem à noite — respondeu Alucard. — Ou hoje de manhã.

Lila xingou baixinho. Se pelo menos tivesse ido para lá em vez de perder tempo em Helarin Way. Ela estava tão perto, e agora não tinha mais nada. O *persalis* tinha sumido novamente, quaisquer pistas que pudesse encontrar haviam sido destruídas, o que quer que tenha acontecido ali antes do amanhecer, quaisquer respostas que pudesse descobrir...

De repente, Lila endireitou a postura.

Por um segundo, os destroços desapareceram e ela se viu de volta no navio de Maris, com a velha lhe entregando uma placa de vidro. Chamara aquilo de *um olhar para o passado*.

Para o caso de você estar um passo atrás, assim como eu.

Lila enfiou a mão no bolso, mas logo se lembrou de que havia deixado o objeto no navio, guardado na cabine. Deu meia-volta e saiu das ruínas.

— Aonde é que você vai, Bard? — perguntou Alucard.

— Buscar uma coisinha lá no meu navio.

DEZ

FORA DA FRIGIDEIRA, PARA DENTRO DO FOGO

I

LONDRES CINZA

Os mortos não sentiam tanta dor.

Foi isso que fez Tes perceber que ainda estava viva.

A taverna estava às escuras, com todas as velas apagadas, mas a tênue luz do amanhecer entrava pelas persianas, delineando o aposento em tons de cinza, não preto.

Ela não estava mais em cima da mesa no meio de um cômodo desconhecido, mas sobre um estrado improvisado, feito com uma almofada e alguns bancos encostados à parede. A dor ia da ponta dos dedos até a região onde Tes tinha sido esfaqueada, seguindo bem mais fundo e alcançando o peito. Era como se o coração tivesse trabalhado demais bombeando todo aquele sangue, e logo depois jogasse a toalha, desistindo.

Quando tentou se sentar, sentiu os pontos repuxarem na lateral do corpo, a pele sensível esticada na sutura. Sibilou por entre os dentes e se ergueu bem devagar, fechando os olhos até que a tontura passasse.

Tes levantou a camisa — peça que já não era a sua, mas uma nova (e pelo comprimento das mangas e da bainha que tocava suas coxas, devia pertencer ao homem que a encontrara) —, observando a ferida no quadril. A lâmina tinha entrado em linha reta, mas feito um corte profundo, e podia até ter esquivado os órgãos principais, mas com certeza deixaria uma cicatriz. Nero vivia dizendo que cicatrizes eram sexy (geralmente logo após aparecer com um corte na testa ou mais um esfolado), mas foi só Tes se lembrar do rosto todo quebrado de Calin que fez uma careta.

Seus cachos estavam soltos, caindo no rosto, mas quando ela tentou afastá-los para trás, o movimento acabou repuxando os pontos, fazendo-a sentir uma pontada de dor na lateral do corpo. Por isso deixou o cabelo para lá e caminhou de fininho até o balcão, onde estava disposto tudo que guardava nos bolsos do casaco: a pilha de moedas, o abridor de portas e Vares.

Só que a coruja não estava ali.

Tes entrou em pânico, até se virar e ver a coruja morta em cima de uma mesa, na frente do homem que a salvara. Estava esparramado numa cadeira, com a cabeça apoiada nos braços cruzados e a corujinha próxima do cotovelo. Tes deu um passo para a frente, cautelosa.

Ned Tuttle, foi como a mulher o chamara.

Era um nome esquisito, mas aquele lugar também era: o mundo mais distante, aquele que havia perdido toda a magia. Bom, pelo menos foi o que contaram a Tes. No entanto, a magia estava bem ali, enroscando-se nos ombros do homem magricela e adormecido.

O fio não era vibrante — emitia apenas um brilho dourado suave —, mas estava *ali*.

O mais esquisito é que não era o mesmo fio que a levara até ali, àquela taverna estranhamente familiar e a seu excêntrico proprietário. O fio que ela vira no escuro não tinha cor, não passava de um brilho preto e branco. A garçonete não possuía magia, então não tinha como ser dela, mas Tes tinha certeza de que o fio tinha vindo daquele lugar.

Ela observou bem a taverna: havia a porta da frente e um lance de escadas que devia levar aos quartos no segundo andar. Tinha também uma porta que não dava para a rua, e Tes foi até ela na ponta dos pés. Tentou girar a maçaneta. Trancada. Se estivesse em casa, poderia puxar os fios dentro do ferrolho para soltá-lo. Acontece que não estava em casa, e por ali as coisas não funcionavam com o uso da magia. Os objetos eram teimosos e sólidos, o que a deixava fora de si.

Tirou a mão da maçaneta no exato momento em que alguma coisa tremeluziu entre a madeira e a parede.

Um fio. Preto e branco, que emitia aquele brilho inacreditável. Igual ao que ela tinha visto na noite anterior.

Agora que Tes não estava mais sangrando até a morte, a visão daquela luzinha fez algo em sua memória despertar. Já tinha visto coisa parecida antes, aquele brilho opaco que parecia consumir a si mesmo: parecia a sombra que costumava se agarrar ao armário na loja do pai, onde ele guardava as relíquias da Londres Preta. Mesmo que não fosse aquilo, ela sabia que era melhor não mexer com coisas que não compreendia.

Tes começou a se afastar do filamento ondulante, até que, de repente, o brilho avançou em direção a *ela*. A própria magia se agitou para a frente, disparando até ela com uma velocidade e um impulso tão intensos que Tes deu um passo para trás e cambaleou para longe do fio, que agitava-se como se estivesse atrás de alguma coisa.

Acabou tropeçando na perna de uma cadeira, que raspou o chão, fazendo Ned levantar a cabeça e olhar ao redor até vê-la parada ali.

O homem deu um suspiro de alívio.

— Ah, que bom — exclamou ele. — Você está viva.

Tes olhou de relance para a porta, esperando que o filamento entrasse no cômodo. Mas já tinha desaparecido. Voltou a atenção para Ned e tentou se comunicar com seu ilustre real enferrujado.

— Graças a você — disse ela, as palavras soando estranhas na boca.

Ele se levantou e começou a falar muito depressa, emendando as palavras umas nas outras.

— Por favor — pediu ela. — Fale mais devagar. Não é a... minha língua.

Ned inclinou a cabeça para o lado.

— Ah, nunca parei pra pensar nisso. Mas até que faz sentido. Outros mundos e coisa e tal. Mas Kell sempre falou o inglês da coroa.

Tes se sobressaltou ao ouvir o nome.

— Kell *Maresh*?

Mas lógico que só podia ser ele. Só havia um Kell capaz de viajar entre os mundos.

Ned assentiu, empolgado.

— Você o conhece?

Tes deu um suspiro. As pessoas não *conheciam* Kell Maresh, o *Antari* carmesim irmão adotivo do rei Rhy. A maioria nunca nem o tinha visto ao vivo. O mais perto que ela chegara foi quando batizou a coruja de Vares em sua homenagem. Mas Ned olhava para ela cheio de expectativa, como se fosse uma pergunta completamente normal.

— Não — respondeu ela. — Eu não conheço o príncipe.

— *Príncipe?* — Ned arregalou os olhos. — Tipo, o herdeiro do trono?

Tes assentiu. Ned assobiou baixinho.

— Ele nunca me contou. — O homem começou a andar de um lado para o outro. — Tem certeza de que estamos falando do mesmo Kell? Cabelos ruivos? Um olho todo preto? E tem a companheira dele, Lila Bard, mas ela não é nenhuma princesa. Você já a viu?

Na verdade, Tes tinha visto, *sim*, a outra *Antari* assim que chegara a Londres.

Mas não se deram muito bem.

— Por falar nisso — disse o homem, divagando —, você não tem o olho preto, mas está aqui mesmo assim. Como foi que fez isso? Pensei que só os magos de olhos pretos conseguissem atravessar as fronteiras. Lógico que Lila também não tem, mas isso é porque um dos olhos dela é de vidro, não que você tivesse como saber.

O cômodo começou a girar conforme ele voltava a falar rápido demais. Tes se sentou na cadeira desocupada do homem e pressionou os dedos nas têmporas. Precisava de uma xícara grande, quente e forte de…

— Chá? — ofereceu Ned.

Ela ergueu os olhos.

— Você tem *chá*?

Ele fez que sim com a cabeça.

— Não dá para sobreviver sem. Parece que você está precisando de um pouco de chá. Eu também. Tive uma noite agitada. Bem, não tanto quanto a sua...

Ele atravessou o cômodo, indo com suas pernas compridas até uma alcova atrás do balcão. Tes ouviu o barulho de uma chaleira, um fósforo aceso, a chama num fogão.

Vares continuava em cima da mesa, com os fios de sua magia reluzentes em contraste com aquele cômodo vazio. Tes estendeu a mão, passando o dedo com suavidade por um dos filamentos, e a ave esvoaçou com alegria, como se a garota tivesse acariciado as penas que a coruja não tinha.

Ned voltou com uma bandeja barulhenta.

— Como você toma o chá? — perguntou ele.

Ela não entendeu a pergunta.

— Na xícara?

Ele deu uma risadinha suave e colocou um bule e duas xícaras na mesa, além de um pires de leite e uma tigela de açúcar. Tes jamais pensara em contaminar a força amarga do chá preto com creme e doçura, mas talvez o chá daquele mundo precisasse disso. Ela o viu colocar três cubos de açúcar e um pouco de leite em sua xícara. Tes não colocou nada na dela.

Decidiu que mesmo que o chá fosse muito ruim, iria experimentar. Mas o chá não era tão ruim assim. Na verdade, não era nada mal. Era... diferente, é lógico. Mas forte do jeito que ela gostava. Era bom saber que os mundos podiam até mudar, mas aquilo permanecia uma constante. Passou os dedos em volta da xícara fumegante, deu um gole no chá e pela primeira vez desde que consertou o abridor de portas, viajou para outro mundo, assassinos ameaçaram cortar suas mãos, sua loja foi destruída, teve o corpo esfaqueado e se viu forçada a fugir para outro mundo, Tes sentiu os olhos cheios de lágrimas.

Algumas gotas pingaram na mesa antes que ela as secasse.

Ned fingiu não notar, e Tes se sentiu grata por isso. Ele empurrou um pratinho para ela com uma pilha de discos pálidos, pouco maiores que moedas.

— Biscoitos — explicou o homem.

Tes os examinou. Eram parecidos com *kashen*, um biscoito de especiarias que ela comia quando era criança. Pegou um deles e cheirou, mas não conseguiu detectar tempero algum. Deu uma mordida, ou pelo menos tentou, mas o biscoito era duro, sem gosto e resistente aos dentes, e ela ficou imaginando como — e por que — alguém comeria aquilo, até que Ned pegou um e o mergulhou no chá.

Cética, ela seguiu o exemplo e colocou o biscoito umedecido na boca. Desta vez, estava quente, macio e doce. Nem se comparava a um *kashen*, mas até que estava gostoso.

Vares estalou o bico, e Ned olhou para a coruja com aquele encantamento típico de uma criança.

— Incrível — murmurou ele, e Tes ficou toda orgulhosa, afinal, era *mesmo* uma peça de magia bem elegante. Deu um último gole no chá e Ned lhe serviu mais uma xícara, o chá ainda mais forte pelo tempo que ficara em infusão.

— Você e Kell costumam tomar chá juntos? — perguntou ela.

Ned começou a rir, engasgando-se com a metade de um biscoito.

— Não. Suas visitas são sempre estritamente profissionais. Ele nem chega a tirar o casaco.

— Ouvi dizer que é mágico — disse ela. — O casaco dele.

— Não duvido nada — comentou ele. — Não é tudo mágico na sua terra?

Tes começou a balançar a cabeça, mas então se deteve. Lógico, nem tudo era *enfeitiçado*, mas havia magia, sim, em seu mundo. Era por isso que havia os fios.

— Você possui magia — disse ela, olhando para o filamento ondulando ao redor dele. — Não deveria. Mas possui, sim.

Era como se ela tivesse acendido uma lanterna no rosto de Ned.

— Dá para notar? Quero dizer, sei que não é lá grande coisa, mas treino todos os dias e sinto que estou melhorando...

E lá foi ele outra vez, falando rápido demais em ilustre real e agitando as mãos de entusiasmo. Na verdade, parecia que aquele homem nunca parava de se mexer. Era igualzinho a Vares. Cheio de toques e trejeitos. Tes esperou que ele ficasse sem fôlego para conseguir entender o que dizia — alguma coisa sobre velas e conjuntos de elementos — e então olhou para a porta trancada do outro lado do cômodo.

— Tem magia ali também.

Ned franziu a testa. A alegria sumiu de seu rosto.

— Ah.

— O que há atrás da porta?

— Nada — respondeu ele, tão rápido quanto uma janela batendo com força. O tipo de mentira que deixava bem nítido que ela não conseguiria arrancar a verdade do homem.

Tes teve vontade de dizer a ele que, seja lá o que fosse, não era seguro.

Mas havia uma expressão no rosto de Ned que indicava que ele já sabia disso. Sabia que era ruim. Sabia que era errado. Ele já sabia disso, mas guardava aquilo ali mesmo assim. Então Tes se limitou a dizer:

— Tome cuidado.

Em seguida, terminou sua xícara de chá e se levantou, estremecendo ao sentir os pontos repuxados.

— Para onde você vai? — perguntou ele.

Era uma boa pergunta. Que ela não sabia como responder. Mas também não podia ficar ali. Foi até o balcão e vestiu o casaco com cuidado, enfiou os pés nas botas, meteu o abridor de portas debaixo do braço e guardou todas as moedas, exceto uma, no bolso. Colocou esta última na mesa de Ned — um pagamento pela ajuda, a túnica e o chá.

Nessa hora, ele fez uma coisa muito estranha: pegou a moeda e a levou até o nariz, murmurando algo que soou como *flores*.

— Você é tão esquisito — comentou ela.

Ele sorriu.

— É o que dizem por aí. Se vir Kell ou Lila, diga que Ned Tuttle mandou um alô.

Tes riu um pouco daquilo, embora a fizesse sentir dor. Não conseguia se imaginar esbarrando casualmente com os dois *Antari*, mas ele parecia esperançoso, por isso disse:

— Pode deixar.

Ned se levantou, seguindo-a até a porta.

— Pode voltar, viu? A hora que quiser — disse ele, abrindo o trinco. — Não precisa estar se esvaindo em sangue. Quero dizer, se *estiver* ferida, venha logo, mas se só quiser dar uma passada para tomar um chá e bater um papo, tudo bem também.

A porta se abriu, revelando uma pálida manhã cinzenta.

— Ah — exclamou ele —, esqueci de perguntar como você se chama.

E talvez fosse por causa de tudo o que Ned havia feito para salvar sua vida ou porque imaginou que nunca mais o veria — ou porque sua mente exausta já estivesse pifando —, mas acabou dizendo a verdade.

— Tesali Ranek — respondeu ela, acrescentando: — Mas meus amigos me chamam de Tes. — Embora, para falar a verdade, só Nero a chamasse assim.

Ned abriu um sorriso.

— Bem, Tes. Você sabe onde me encontrar.

E sabia mesmo.

Lá fora, as ruas estavam abarrotadas de carroças, pessoas e vozes, a manhã já agitada, mas, sem tantos fios de magia, havia uma monotonia. Será que era assim que todas as outras pessoas enxergavam o seu mundo? Era tão... tranquilo. E embora fosse perturbador ver apenas o mundo material e terreno, Tes sentiu certo alívio. Como uma mão fria tocando um rosto que ardia de febre.

Ela olhou para trás e leu o letreiro na porta da taverna.

— The Five Points — murmurou para si mesma, memorizando as palavras em ilustre real.

E então partiu em direção à rua.

II

Algumas pessoas se viraram para ver a garota de túnica comprida e calças justas, uma cabeleira de cachos selvagens, que cambaleava um pouco e falava sozinha numa língua estrangeira.

Mas é óbvio que Tes não estava falando sozinha.

Estava conversando com Vares. Não que mais alguém conseguisse ver a coruja morta enfiada no bolso de seu casaco.

— Não estou enrolando — murmurou ela. — Só preciso de um *plano*.

Parou numa esquina. Olhou de um lado para o outro da rua.

Que cidade mais esquisita.

As construções eram uma mistura mal combinada de madeira, tijolo e pedra, embaralhando o novo com o antigo. Variavam de casas estreitas espremidas como recheio de carne entre duas grossas fatias de pão a estruturas abobadadas com torres pontiagudas. Tes ficou imaginando como eles tinham conseguido construir tudo aquilo sem uma gota de magia. Se realmente precisaram derrubar cada árvore, além de erguer e assentar pedra sobre pedra.

Era impressionante.

Mas imundo. A cada respiração sentia um cheiro azedo, de comida estragada, e a fumaça que subia em direção ao céu, levantava nuvens pretas como carvão.

Caminhou ao longo da margem do rio. À luz do dia, Tes se deu conta de que a água não era preta nem azul, mas cinzenta. O mesmo cinza-claro das poças na rua, da fuligem e das pesadas nuvens de chuva. Sentiu um arrepio ao ver o Atol desprovido de cor, um afluente reduzido a um mero riacho. Andou até chegar a uma ponte, onde parou para conseguir se orientar novamente.

— Sim — disse à coruja. — Eu sei para onde estou indo.

Não era bem verdade. Mas Tes tinha um bom palpite.

Não só porque já tinha ouvido falar das outras cidades chamadas Londres. O rio, embora não tivesse aquele brilho carmesim, parecia ocupar o mesmo espaço, e embora os edifícios e pontes fossem todos diferentes, a cidade tinha a mesma forma irregular. Como se os mesmos ossos estivessem ali, só que dentro de um corpo diferente. Por isso, enquanto caminhava, traçou um mapa mental, não daquela cidade, mas da sua própria Londres, grata por ter passado os últimos anos aprendendo todos os meandros da capital.

Quando passou por aquela porta, Tes tinha e ao mesmo tempo *não* tinha se deslocado pelo espaço. Fora para um mundo diferente, mas fisicamente ainda era o mesmo lugar. Foi por isso que achou seguro dizer que dar um passo num mundo a faria dar um passo no outro.

— Se Calin sobreviveu — continuou ela —, aposto que Bex também continua viva.

Era por esse motivo que Tes estava se afastando das ruínas da loja e do *shal* — bem, ou pelo menos de onde supunha que estariam — antes de voltar para a sua Londres.

— Não, não posso ficar *aqui* — murmurou ela, como se Vares tivesse lhe sugerido essa opção. Foi só dizer isso que sentiu um arrepio. Por mais agradável que fosse descansar um pouco os olhos, só de pensar em passar a vida num lugar daqueles, um mundo sem magia, era o suficiente para deixar seu estômago embrulhado. Não, ela precisava voltar. Mesmo que fosse perigoso. Mesmo que estivessem atrás dela.

O mundo — seu *próprio* mundo — era bem grande. Já tinha fugido uma vez.

Podia muito bem fugir de novo.

Tes parou de andar e fechou os olhos, traçando o mapa na cabeça uma última vez para ter certeza de que estava no lugar certo. Em seguida, ajoelhou-se e colocou a caixinha de madeira no chão. Olhou ao redor e viu duas mulheres que passeavam, conversando distraídas, um vendedor que montava um carrinho de comida, um idoso sentado num banco lendo jornal, mas ninguém tinha reparado nela.

Tes voltou sua atenção para a caixa e sussurrou:
— *Erro.*

Por um instante, nada aconteceu, e Tes ficou receosa de que a falta de magia naquele lugar impedisse o funcionamento da caixa, que o feitiço não tivesse nada a que se agarrar e ela acabasse presa naquele mundo desprovido de poder. Foi só então que percebeu o quanto queria voltar para casa.

De repente o feitiço ganhou vida, a caixa se abriu e a porta surgiu em pleno ar, num único fio de luz ardente.

O idoso ergueu os olhos do jornal e Tes ficou imaginando o que é que ele pensaria assim que ela desaparecesse. Se ficaria convencido de que aquilo era magia. Ou de que não era.

Que mundo esquisito, pensou ela novamente quando o espaço dentro da porta escureceu e o véu começou a ondular à medida que uma Londres era substituída por outra, até a garota passar para o outro lado.

Na cabeça dela, a porta levava a um beco em frente às docas. Mas devia estar uma meia dúzia de passos fora do lugar, porque, em vez de pisar na rua, Tes apareceu dentro de uma cozinha — e até que isso não seria um problema, se a cozinha estivesse vazia.

Mas não estava.

Havia uma mulher no fogão preparando o café da manhã, e Tes só teve tempo de notar os filamentos de magia no fogo sob a panela antes que a mulher se virasse, desse um grito e, em pânico, erguesse as mãos. Viu a rajada de vento um segundo antes de ser arremessada pela porta conjurada até cair com tudo na calçada úmida de onde tinha acabado de sair.

Tes arfou, sentindo uma dor na lateral do corpo. Pressionou a mão nos pontos, esperando que não tivessem arrebentado.

— *Ferro* — sibilou ela, e a porta desapareceu. Sentou-se, notando que o idoso a encarava de olhos arregalados, deixando o jornal de lado, e apanhou o abridor de portas. Contou mais alguns passos e tentou de novo.

Desta vez, esperou a porta se abrir por completo e o mundo lá fora assumir uma forma desfocada para pelo menos ter certeza de que não seria despejada dentro da casa de alguém.

Em seguida, Tes olhou para o homem e deu um aceno para ele antes de desaparecer, levando consigo a porta e a magia.

LONDRES VERMELHA

A princípio, voltar a enxergar tanta luz foi uma sensação ofuscante.

Os padrões vibrantes e sobrepostos de seu mundo, tão vertiginosos quanto deslumbrantes. Mesmo em seu esforço para fixar o olhar, Tes sentiu um alívio visceral. Lar. Jamais havia imaginado que essa palavra pudesse abranger um mundo inteiro, mas estava enganada.

Até que se lembrou do motivo de ter ido embora. E para onde precisava ir.

As docas.

A coruja se remexeu no bolso do casaco, bicando suas costelas.

— Não *quero* ir embora de Londres — murmurou ela, e era verdade. Já estava na cidade fazia três anos e, nesse meio-tempo, arrumara um lugar para si mesma no *shal* e uma casa na oficina de Haskin.

— Mas aí botei tudo abaixo — disse, amarga, embora soubesse que não teve outra escolha. Era só pedra e madeira, e uma casa, assim como uma vida, podia ser reconstruída. Contanto que você continuasse viva para realizar a construção.

Tes se misturou ao tumulto do caos matinal e das barracas do mercado, segurando o abridor de portas debaixo do braço como se fosse um pedaço de pão. Uma vez Nero a aconselhara a nunca agir como se estivesse fugindo de alguma coisa, senão as pessoas iriam perceber e ficar imaginando do quê. Por isso, resistiu à vontade de olhar em volta, observar rostos à procura de algum indício de problema ou acelerar o passo. Mesmo ao atravessar a rua movimentada e descer os largos degraus de pedra até as docas de Londres.

Só desacelerou quando ficou cara a cara com todos aqueles navios.

Alguns grandes, outros pequenos, navios de carga e membros da frota real, esquifes mercantes e uma lancha de Faro, assim como alguns barcos sem bandeira. Crescera em uma cidade portuária e, sempre que se sentia presa, observava os navios irem e virem para se certificar de que havia uma saída.

Já tinha ido embora uma vez. E lá estava ela de novo.

Observou os navios, alimentando a breve e agradável esperança de encontrar o barquinho de Elrick preso a um ancoradouro, de vê-lo esperando por ela com a mesma aparência de antes, com seus enfeites de prata brilhando nos cabelos trançados e acenando em sinal de boas-vindas. Mas é lógico que ele não estava ali.

Analisou as embarcações, tentando encontrar a mais adequada. Será que conseguiria comprar uma passagem ou teria que viajar como clandestina? De um jeito ou de outro, os navios mercantes seriam os melhores, pois não faziam paradas e sempre tinham espaço para cargas inesperadas. Um deles chamou sua atenção: um navio de aspecto veloz, com casco cinza-escuro, velas brancas e uma cabeça de ave esculpida na proa.

Mas quando tentou ir até o navio, sentiu os pés presos às ripas de madeira. Não por magia, e sim por hesitação. Será que fugir era a resposta? Para onde teria que ir para se sentir segura de novo?

Os marinheiros corriam de um lado para o outro, dando ordens e descarregando caixotes, enquanto ela mais parecia uma carranca colocada na proa de um navio.

Tes não conseguia se mexer. Não conseguia ir embora e deixar Londres para trás.

Os problemas tinham que ser resolvidos.

Devia haver um jeito de resolver aquilo.

Não era nem *ela* que os assassinos queriam. Estavam atrás do abridor de portas. Pensou em jogar o dispositivo no Atol, mas sabia que não adiantaria. Se Bex e Calin viessem atrás dela e Tes contasse a eles o que havia feito, pensariam que ela estava mentindo, que tinha escondido o abridor de portas em algum canto e quebrariam todos os ossos de suas mãos e depois o resto só para garantir. Por outro lado, assim que descobrissem que o que ela estava dizendo *era* verdade, provavelmente a matariam. Não, livrar-se daquela coisa maldita não era uma saída.

Mas havia outra opção.

Podia ficar e tentar lutar.

A coruja estremeceu dentro do bolso, e Tes pensou melhor: podia encontrar uma pessoa para lutar *por* ela. Bex e Calin eram mercenários; haviam sido contratados por alguém. Mas a cidade era cheia de magos poderosos de caráter duvidoso... talvez pudesse contratar um deles. O problema era que o lugar certo para fazer isso era o *shal*, e ela não podia voltar para *lá*. Era o primeiro lugar onde a procurariam.

Tes passou os dedos pelos cachos.

Queria gritar. Em vez disso, virou-se e deu um chute com toda a força num caixote, e então gritou mesmo, tanto de dor quanto de frustração. Ainda estava esfregando o pé quando ouviu uma voz exclamar:

— Ora, se não é nossa ilustre capitã.

Tes olhou para trás, percebendo o inconfundível brilho da magia *Antari*.

Entrelaçava-se no ar, da mesma cor da lua, mas duas vezes mais brilhante, tanto que quase chegava a ofuscar a silhueta ali no meio. Mas à medida que os fios se agitavam e dançavam, Tes viu a mulher alta aproximando-se de um navio, magra como um chicote e com o cabelo preto cortado reto na altura do queixo pontudo. Reconheceu-a imediatamente.

Delilah Bard.

Uma das magas mais poderosas do mundo.

E, ao contrário do príncipe carmesim que emprestara seu nome a Vares, Lila Bard era *conhecida* por usar seu poder, como se estivesse sempre atrás de uma desculpa para exibi-lo. Corria até o boato de que ela tinha lutado no último *Essen Tasch*, disfarçada de Stasion Elsor. O *verdadeiro* Stasion Elsor era de uma cidade portuária perto de Hanas e passara o ano seguinte inteiro contando a quem quisesse ouvir que uma mulher estranha havia roubado sua identidade e sua vaga nas finais. Se era verdade ou não, todos diziam que ela era tão boa com uma lâmina quanto com o sangue ou qualquer um dos elementos. E estava sempre preparada para brigar.

Foi assim que Tes percebeu que tinha encontrado sua defensora.

Delilah Bard permaneceu no centro de seu brilho prateado, com a bota apoiada em um caixote e a cabeça inclinada para trás, conversando com um homem mais velho no convés do navio de casco escuro. Tes deu alguns passos para trás, até ficar escondida em meio às sombras entre as caixas.

— Ah, Stross, tadinho, você se deu mal, não é?

— *Nas* — resmungou o marujo. — Eu me ofereci para ficar. Deixei os recém-casados darem uma volta por aí. Mas e você? Não gostou da comida no palácio?

— A cama é macia demais para o meu gosto — respondeu Bard, alongando o pescoço. — Aliás, Alucard mandou lembranças. — Deu um chute no casco. — O que foi que você fez aqui no *Barron*?

— Limpei um mês de sal e areia acumulados. Não tem de quê.

— Não disse que gostei. Está tão perfeito que chega a ser desprezível.

— Vamos sair do porto? — perguntou o marujo, esperançoso.

— Ainda não — respondeu ela. — Só vim buscar uma coisa.

— Ei, capitã — chamou um homem mais novo enquanto Bard subia a rampa —, quanto tempo vamos ficar presos aqui?

— Até eu terminar o que vim fazer. Qual é o problema, Tav, não tem bordéis o suficiente na nossa bela capital?

— Ficar preso aqui nas docas me deixa enjoado — respondeu o homem. — Navios não foram feitos para permanecerem ancorados desse jeito...

— Engraçadinho — comentou Bard. — Achei que tivesse contratado marinheiros...

Com isso, a mulher sumiu a bordo do navio. Tes roeu as unhas e ficou alguns minutos ali, aflita, na esperança de que Bard voltasse. E voltou mesmo, enfiando alguma coisa no bolso interno do casaco. Desceu a rampa, com os fios prateados deslizando como rastros de estrelas logo atrás, e Tes a seguiu.

Era o plano perfeito. Delilah Bard nem precisava ficar sabendo. Se Bex e Calin estivessem em Londres, viriam atrás de Tes — a única coisa que ela precisava fazer era estar perto de Lila neste momento.

——•——

— Quantas vezes você vai repetir essa porra de feitiço?

Bex sequer ergueu o olhar quando outro cacho escuro foi reduzido a cinzas sobre o mapa.

— Até encontrar a garota.

Era de manhã, e àquela hora a Saint of Knives estava quase vazia, exceto por um homem que ou dormia ou já tinha morrido e um trio jogando uma partida tranquila de Santo. Calin estava esparramado numa cadeira, tentando fazer sua dor de cabeça passar com a ajuda de uma garrafa de bebida alcoólica. Até então aquele havia sido seu pior ferimento — o lado bom de ter uma cabeça tão dura.

Havia uma tigela de ensopado ao lado de Bex, a comida já fria sob uma camada de gordura. Ela estava grata por não conseguir sentir o cheiro. Já tinha colocado o nariz quebrado no lugar, enfaixado o pulso e dado pontos na mão ferida pela lâmina de Berras. Não era a primeira vez que tivera de cuidar sozinha de suas feridas, mas precisava das duas mãos para fazer o feitiço — acontece que os pontos ficavam repuxando sua pele, e os ossos fraturados do pulso disparavam faíscas de dor por todo o seu braço.

Calin soltou um grunhido e ofereceu a garrafa de aguardente a ela.

Em outra ocasião, Bex pensaria que a bebida estava envenenada. Já naquele momento ela tinha certeza de que não, mas ainda assim o gesto a deixou irritada. Que ele entorpecesse sua própria dor, se quisesse. Preferia deixar a sua bem aguda. Por isso dispensou a bebida alcoólica.

— Você é quem sabe — murmurou ele, dando um bom gole. Recostou-se na cadeira e fechou os olhos. — Vai ficar sem cabelo já, já.

Monte de bosta, pensou Bex. Mas ele tinha razão — passou a noite inteira fazendo aquilo, só lhe restavam nove fios de cabelo, e o feitiço não deu em nada, nem mesmo quando usou mapas que mostravam não apenas Londres, mas todo o império.

— Não tem como alguém sumir do nada — murmurou ela, meio que para si mesma. — Ela não deveria conseguir usar a porra da porta sem a chave.

— Ela deve ter feito uma nova — sugeriu Calin, as palavras meio enroladas pelo sono. — No meio do conserto.

— Pode ser — concordou Bex, incomodada por ele ter dito algo sensato.

Levantou-se da mesa, pegando seu copo vazio, e esticou o pescoço rígido e o joelho que não parava de latejar. Tinha sido uma noite longa e, ao contrário de Calin, seu corpo não reagia bem quando era soterrado por um prédio.

Bex foi até o bar quando a luz do sol começava a entrar pelas janelas.

Apesar da hora, a Saint of Knives nunca fechava — afinal, sua clientela era composta de assassinos de aluguel. A morte nunca dormia, e as mãos que a causavam também não. Já o proprietário do estabelecimento, Hannis, tinha ido para a cama, deixando antes o alerta de que qualquer um que tentasse ir embora sem pagar seria amaldiçoado ao sair.

Bex duvidava muito que houvesse algum feitiço na porta, mas preferia não arriscar, por isso deixou uma moeda em cima do balcão e encheu sua caneca de cerveja antes de voltar à mesa, passando pela escultura do santo. Cada centímetro da madeira era uma colcha de retalhos de sulcos e cicatrizes dos anos que os clientes passaram atirando facas em seus braços, peito e cabeça. Uma das mãos parecia estar a um golpe de despencar.

Calin enxergava a si mesmo como uma versão moderna do Santo das Facas. Mas o parceiro de Bex era tão palerma que nem se dava conta de que a efígie de madeira não era uma representação fiel do santo. Que, nas histórias — que Bex lera uma noite dessas só para passar as horas antes de um trabalho —, o Santo das Facas não era marcado por lâminas inimigas: era ele mesmo quem tinha feito aqueles cortes, cada um simbolizando uma vida que tinha ceifado. Se um cliente se aproximasse da estátua, conseguiria ver as linhas metodicamente entalhadas sob as centenas de marcas deixadas por bêbados estúpidos.

Esse é o problema, pensou Bex. As pessoas nem sabem o que tanto veneram.

A maldita da Mão, por exemplo.

Pergunte a três membros da Mão por que acreditam na causa e serão ouvidas três respostas diferentes.

O rei não tem poder.

O rei é rico demais.

Não deveria nem haver um rei.

É lógico que havia um consenso sobre o *desaparecimento* da magia, o mito do declínio do poder daquele mundo e tudo o mais. Porém, segundo Bex, aquilo era um monte de bobagem, e, mesmo que não fosse, a verdade é que ninguém dava a mínima para fases ou padrões desde que a magia ainda os *servisse*.

No fim, o que a Mão queria mesmo era uma *mudança*.

E uma mudança era algo muito fácil de se querer. Era uma ideia tão maleável quanto metal fundido, fluida a ponto de conseguir assumir a forma que as pessoas que *controlavam* a Mão considerassem mais útil. Uma chave. Uma faca. Uma coroa.

Então, a Mão mataria a família real e, por algum tempo, todos ficariam contentes, dizendo que tinham vencido, até perceberem que só tinham trocado as cores nos salões do palácio.

Não que Bex se importasse com isso.

No fim do dia, seria paga do mesmo jeito.

De volta à mesa, Calin roncava alto. Enquanto dormia, sua cabeça pendeu para trás, deixando o pescoço exposto, e Bex sentiu os dedos arderem de vontade de traçar uma bela linha vermelha no pescoço do homem. Mas então precisaria dar a notícia ao gentil Berras, o que já era motivo suficiente para deixar Calin vivo.

Deu um chute na cadeira dele, sacudindo-o para se certificar de que ainda respirava, depois se sentou, estalou os nós dos dedos e recomeçou o feitiço de busca.

De novo.

E de novo.

Até que o feitiço ganhou vida, e, em vez de queimar, o fio de cabelo em chamas se transformou numa única e perfeita brasa que caiu em forma de X sobre o mapa, deixando uma marca chamuscada na margem do rio, bem onde ficavam as docas. Um delicado fio de fumaça subiu no ponto onde a marca queimara o pergaminho.

Antes que se dissipasse, Bex já estava de pé e saindo pela porta.

Calin podia dormir o quanto quisesse.

Ela tinha um trabalho a fazer.

III

Era muito fácil seguir o rastro de Lila Bard.

Tes só precisava deixar o resto do mundo sair de foco até desaparecer completamente, focando apenas naquela luz ofuscante do poder *Antari*, que ardia como uma tocha contra o emaranhado de outros fios.

Tes a seguiu pelas docas e ao longo da margem do rio, andando meio quarteirão atrás dela e admirada não com o jeito que Bard perambulava casualmente pela rua, mas com o fato de que ninguém parecia notar que havia uma *Antari* caminhando bem ali, entre a multidão. Para eles, Lila Bard era só mais uma mulher, talvez um pouco esquisita, vestida com roupas de homem, mas eram peças muito boas e ela as vestia com tanta naturalidade que as fazia parecer comuns.

Tes foi atrás, esperando que a *Antari* se detivesse e olhasse por cima do ombro a qualquer momento para examinar os arredores, sentindo a presença da garota em seu encalço, mas isso não aconteceu. Bard continuou rumo ao palácio real e, por um instante, Tes gelou de medo de que ela estivesse indo para lá, o único lugar em que não teria como segui-la. Mas a *Antari* passou direto, seguindo até uma praça cheia de gente.

Ela atravessou a praça, passando por barracas de pães, frutas e chá — Tes resistiu à vontade de parar e comprar uma xícara do bule que chiava alto, soltando um vapor forte e preto — antes de seguir em frente.

Para a surpresa de Tes, tudo indicava que Bard estava indo para o *shal*.

O coração da garota começou a bater forte conforme seguia o rastro da maga — meio esperançosa e meio receosa de que acabasse sendo levada de volta para lá, mas de repente a *Antari* virou uma esquina que desembocou numa rua estreita.

Dois quarteirões depois, Bard finalmente parou e entrou em uma taverna. THE SETTING SUN — anunciava a placa sobre a porta. Tes se deteve na entrada. Contou até dez, fez um coque num cabelo, embora o gesto provocasse uma pontada de dor no corpo ferido, ajeitou a caixa debaixo do braço.

E entrou.

O lugar estava quase vazio; só havia meia dúzia de pessoas sentadas às mesas, com espirais de magia azul, verde e dourada iluminando o ar em torno de seus ombros.

Nada de magia prateada.

Ela passou os olhos pela taverna e avistou a bainha do casaco preto de Lila Bard no exato momento em que suas botas desapareceram, subindo um lance de escada.

Tes já estava indo para lá quando a proprietária da taverna — uma mulher de rosto fino com uma mecha de cabelos brancos e fios da cor de grama molhada — olhou para ela por trás do balcão.

— Você está perdida?

Tes hesitou, mas depois colocou um lin no balcão do bar.

— Só estou com sede.

A mulher enfiou a moeda no bolso e olhou para Tes, nitidamente tentando — sem sucesso — adivinhar sua idade.

— Cerveja ou água?

Tes mordeu o lábio.

— Você tem chá?

A mulher assentiu e se afastou, e Tes voltou a olhar para as escadas. Não havia nem sinal da *Antari*, mas só havia um lance de escada, por isso esperava que ela estivesse bem perto caso surgisse algum problema. Agachou-se e colocou o abridor de portas no piso de madeira entre seus pés, sob o abrigo do balcão. A proprietária da taverna voltou, colocou uma caneca de chá quente diante de Tes, que estava prestes a pegá-la quando alguém pousou a mão sobre a xícara.

— Sabe — disse uma voz fria —, é falta de educação seguir os outros.

Tes desviou o olhar em direção à pessoa sentada na banqueta ao seu lado, cercada de luz prateada. Lila Bard pegou a xícara e deu um bom gole no chá, cantarolando como se estivesse refletindo.

— Não faz muito tempo eu avisei a uma pessoa que, da próxima vez que fosse seguida, eu a deixaria em pedacinhos. Pelo visto, você não recebeu a mensagem. Embora tenha de admitir que você não se parece com um corvo...

Tes pestanejou, sem entender.

— Com o quê?

— Ainda assim, aqui está você, andando atrás de mim. — Ela observou Tes mais um pouco. Tinha os dois olhos no mesmo tom de castanho, mas assim de perto a garota conseguiu reparar a tempo que um deles tinha um ligeiro brilho vítreo antes que a Antari os estreitasse e dissesse: — Ei, eu te *conheço*.

Tes se encolheu.

Era verdade, três anos antes as duas já tinham se encontrado. Tes ainda estava se familiarizando com a liberdade, a cidade de Londres e a falta de recursos, e ficou tão perplexa quando a *Antari* passou por ela na rua que não conseguiu se conter.

— Você tentou me roubar.

Não era bem assim. A intenção de Tes não havia sido roubá-la. Ela fora atraída pela luz prateada de sua magia, pelo jeito que pulsava e se entrelaçava, e, mais do que isso, pela proximidade dela.

Até então, ela achava que só havia um *Antari* no mundo, Kell Maresh, o príncipe carmesim, e, mesmo assim, só o tinha visto uma vez, de longe, seus fios prateados tão brilhantes que chegavam a ofuscar sua silhueta. Mas ali estava outra, e Tes não pensou duas vezes antes de estender a mão para tocar na magia da *Antari*, na esperança de roubar um fio, só unzinho.

Mas não foi rápida o suficiente.

Ou talvez a *Antari* tenha sido mais rápida que ela.

Lila Bard agarrou seu punho com tanta força que ela pensou que os ossos fossem quebrar.

— Por favor — implorara. — Preciso da minha mão.

— Então é melhor arranjar outro jeito de usá-la — retrucara Bard. Mas, um segundo depois, afrouxou os dedos. — Quantos anos você tem? — perguntara ela, e Tes mentiu dizendo que tinha 14, embora só tivesse 12 anos. Ergueu o queixo, pois, apesar de estar com medo, não era uma covarde.

— Olhe bem para mim — dissera a *Antari*, e Tes obedecera, mesmo que o gesto ferisse seus olhos. Bard se aproximou da garota. — Nunca roube nada sem ter *certeza* de que vai conseguir se safar.

Depois largou a mão de Tes e continuou descendo a rua. A interação entre elas não durara nem um minuto, mas Tes nunca se esqueceu. Pelo visto, nem Lila Bard.

A *Antari* deu um último gole no chá de Tes e olhou para a borra no fundo da xícara.

— Por que você está me seguindo?

— Não estou, não.

— Não minta para mim — advertiu ela e, neste instante, a magia dela começou a tremeluzir e Tes sentiu os ossos de seu tronco se *contraírem*, uma sensação estranha e horrível que nunca tivera antes, já que aquilo era proibido. Magia de ossos.

— Você não... devia... fazer isso — balbuciou ela, ofegante.

— É mesmo? — perguntou Lila, fingindo inocência. O aperto invisível ficou ainda mais intenso. — Vamos ver se alguém percebe...

Tes não conseguia respirar nem se desvencilhar, por isso fez a única coisa que podia fazer — estendeu a mão e agarrou o fio prateado mais próximo, sentindo-o zumbir na palma da mão antes de *puxá-lo*. Para falar a verdade, não sabia muito bem o que ia acontecer, se é que aconteceria alguma coisa.

No entanto, a *Antari* se afastou dela como se tivesse sido queimada. O aperto no peito de Tes sumiu, e ela aspirou ar para dentro dos pulmões latejantes enquanto Bard fechava a cara.

— O que foi que você fez?

Tes respirou fundo e se encolheu, tentando não pensar na sensação dos pontos arrebentando nem na umidade na lateral do corpo.

— Por favor — implorou ela. — Estou sendo perseguida. Preciso de ajuda.

Lila arqueou a sobrancelha.

— Então vá atrás de um guarda.

— Preciso da *sua* ajuda.

Ela franziu a testa.

— Posso saber por quê?

— Você é a maga mais poderosa de Londres.

— Ficar me bajulando não vai te levar a lugar algum. — Lila se levantou da banqueta e fez menção de ir embora.

— Sei que você é uma *Antari*.

Lila Bard se deteve e inclinou a cabeça, examinando-a com seus dois olhos castanhos.

— E como é que você sabe disso?

Tes hesitou.

— Consigo ver a sua magia.

Ela pareceu refletir sobre o assunto, depois deu de ombros.

— Sorte a sua — disse ela, indo embora. — Não me siga outra vez.

Tes se levantou.

— Eles vão me matar.

— Problema *seu*.

— Tenho uma coisa que eles querem. Um abridor de portas.

— Não estou nem... — Seja lá o que Lila Bard estivesse prestes a dizer, as palavras morreram em seus lábios. Ela se deteve e, quando se virou para Tes, a raiva e o aborrecimento tinham sido substituídos por uma surpresa genuína. — *Você* está com o *persalis*?

Tes hesitou. Quer dizer que aquilo tinha um nome.

— Se este tal de *persalis* for um dispositivo que abre portas para outros lugares...

Então Lila fez algo surpreendente. Deu uma *risada*. Não muito alta, mas baixinha, para si mesma.

— De vez em quando — murmurou ela —, o universo nos dá uma mãozinha. Agora — disse ela, agarrando Tes pelo ombro —, me fala, quem é que quer te matar?

— Assassinos de aluguel. Eles foram na minha loja ontem à noite e...

— Eu vi. Quantos são?

— Dois.

— Só isso?

— Eles são fortes.

— Aposto que sim — disse Lila com delicadeza, levando Tes em direção à escada.

— Espera — exclamou ela, tentando se virar. — Aonde é que estamos indo?

— Para um lugar mais seguro. — Lila a empurrou escada acima. — Bater um papo.

— Tenho que voltar. Deixei a caixa... — Mas as palavras foram abafadas assim que as duas chegaram ao topo da escada. Ali havia três portas que davam para três quartos, e uma delas estava aberta, mas o cômodo estava ocupado. Tes viu a vibração de uma luz vermelha conforme Bex avançava com as palmas das mãos voltadas para cima, fazendo com que os botões de metal do casaco de Lila se soltasse, voando até a bola de metal fundido que a assassina segurava.

— Cuidado! — gritou Tes assim que o metal se dividiu em lascas que dispararam em direção às duas. Lila Bard empurrou Tes para o chão, mas os estilhaços mudaram de rumo e a seguiram, caindo como uma tempestade pontiaguda. Tes se encolheu, preparando-se para o impacto, a dor lancinante, mas as lascas não cortaram sua pele; em vez disso, cravaram no tecido, prendendo os punhos, a gola e a bainha do casaco no piso de madeira do patamar.

Ela se debateu, tentando se soltar, mas Lila já estava de pé, empunhando uma adaga. Avançou sobre Bex, mas a lâmina simplesmente se dissolveu, e a assassina bateu com a bota no peito de Lila, derrubando-a escada abaixo até cair com tudo na taverna.

Gritos ecoaram lá embaixo e Tes ouviu a *Antari* mandar *todos saírem imediatamente*, e então a silhueta da assassina tomou conta de sua visão conforme Bex se ajoelhava diante dela, observando-a tentar soltar uma das mãos. O tecido do punho se rasgou um pouco, mas não cedeu. E se na noite anterior havia algum sinal de divertimento no rosto da assassina, agora tinha sumido. Seus olhos pareciam vazios, cinzentos e ameaçadores, e um hematoma feio surgia sob ambos, como se ela tivesse acabado de quebrar o nariz. Bex flexionou o pulso, uma lâmina curta e afiada surgiu em sua mão.

— Cadê? — perguntou ela.

Tes engoliu em seco e sacudiu a cabeça.

— Não está comigo.

Era verdade. Ela o tinha deixado no chão perto do bar.

— Resposta errada — disse Bex, e antes que Tes conseguisse se libertar, a mulher cravou a faca no dorso de sua mão presa.

Sua mente ficou paralisada de tanta dor enquanto a lâmina afundava até o cabo, a ponta se alojando na madeira do assoalho.

— Dói, não é? — sibilou Bex, e Tes sentiu um grito subir por sua garganta, mas quando o som escapou de seus lábios, não conseguiu ouvir nada por causa do súbito ruído em seus ouvidos.

Uma rajada de vento passou por ela e atingiu Bex, arremessando-a pelo patamar até se chocar na parede com força suficiente para estilhaçar a madeira.

Tes cerrou os dentes e arrancou a faca, reprimindo um soluço quando o aço finalmente se soltou. Pensou que fosse vomitar, então virou a cabeça e viu o farfalhar de um casaco e um par de botas pretas: Lila Bard passava disparada por ela, com sangue escorrendo pelo rosto.

Do outro lado do patamar, Bex se desencostou da parede e endireitou o corpo, estalando os ombros.

— Gelo ou pedra? — perguntou a *Antari*, e como Bex se limitou a inclinar a cabeça, confusa, Lila tocou no corte em sua têmpora e disse: — Pode deixar. Eu escolho.

Então se moveu mais rápido do que seria humanamente possível, parecia mais um borrão, a mão suja de sangue estendida para a frente enquanto disparava pelo patamar. Tes viu sua magia prateada tremeluzir e se iluminar quando Lila pronunciou as palavras:

— *As Isera*.

O feitiço tomou forma assim que seus dedos tocaram em Bex, mas a assassina conseguiu se esquivar no último segundo. Em vez de encontrar a pele da mulher, a mão da *Antari* tocou sua capa e a geada disparou pelo tecido, transformando-o em gelo no mesmo tempo que Lila levara para entoar o feitiço. Bex se abaixou, rolando para fora da capa que despencou no chão, despedaçando-se no espaço entre as duas.

A assassina olhou para os cacos de gelo e, pela primeira vez desde que entrara na loja de Tes, sua arrogância sumiu, substituída pela surpresa e talvez até por certo medo.

— Jogo sujo, *Antari* — disse ela conforme sua braçadeira de metal se desfazia, transformando-se em lâminas.

Lila Bard deu de ombros.

— Não existe espaço para justiça em uma luta.

As lâminas de Bex voaram pelos ares, mas desta vez a *Antari* já estava preparada. Lila não se abaixou nem se esquivou, em vez disso, estendeu as mãos e o metal tremeu até parar.

— Você só conhece esse truque? — perguntou ela. — Tá bom. Esse jogo eu também sei jogar.

As lâminas se agitaram, começando a voltar em direção a Bex. A assassina cerrou os dentes e elas pararam de se mexer, ficando presas entre as duas mulheres. Tes ficou observando os fios de magia esticados no ar como se fossem uma corda.

— Quando duas magas empunham o mesmo elemento — disse Lila Bard —, é uma batalha de força de vontade. Vamos ver qual das duas desiste primeiro.

Tinha uma expressão suave no rosto, a sobrancelha arqueada como se aquilo não passasse de um jogo, mas Tes conseguia ver a tensão ondulando ao seu redor — Lila estava usando toda a sua força. Bex também. As lâminas se agitaram e o patamar começou a tremer quando as duas vontades se impuseram não apenas sobre as facas, mas sobre todo o metal que havia no lugar. As dobradiças começaram a ranger nas portas, as tachas que prendiam Tes se soltaram e ela fez o que devia ter feito no segundo em que a luta tinha começado.

Saiu da porra do caminho.

E, com dificuldade, desceu as escadas. Não olhou para trás nem quando sentiu a tensão se romper com um estremecimento no ar, ouvindo o silvo do aço e o baque do metal à medida que pontas afiadas encontraram a madeira.

Chegou no térreo cambaleante, com uma dor lancinante na mão ensanguentada e no corpo ferido, mas mesmo assim atravessou a taverna vazia até a porta, que abriu só para a garota esbarrar em um homem que entrava naquele exato momento.

Tropeçou para trás e sentiu um toque em seu ombro, mas não havia malícia ali, e sim uma firmeza gentil conforme ele a apoiava para não cair. Ergueu os olhos e viu a luz prateada, cabelos ruivos repartidos por uma mecha branca e dois olhos de cores diferentes: um azul, o outro, preto.

Kell Maresh, o príncipe *Antari*.

Tes tinha certeza de que devia fazer uma reverência, mas seu corpo doía demais e ele ainda a segurava de pé, de modo que só conseguiu sussurrar:

— *Mas vares.*

Assim como Lila Bard, o rapaz estava no centro de uma rede prateada, mas havia algo de errado com aqueles fios: enquanto os fios da outra *Antari* brilhavam intensamente, os dele faiscavam como se estivessem puídos.

Quebrada. Sua magia estava quebrada.

Kell Maresh olhou para ela, franzindo a testa.

— Você está ferida.

E Tesali Ranek olhou para ele e respondeu:

— Você também.

Ele franziu ainda mais o cenho, prestes a fazer uma pergunta. Mas não teve a oportunidade de fazê-la, pois naquele instante o prédio tremeu por causa da batalha no segundo andar e Kell olhou para o alto, sobre a cabeça de Tes, ao passo que a garota olhou para a rua atrás dele e gritou:

— Cuidado!

Kell virou para trás e desembainhou uma espada do quadril, a lâmina vibrando ao se chocar com uma força ensurdecedora contra o machado de Calin.

— Para trás — alertou ele, e Tes demorou um segundo até perceber que estava falando com ela. Entrou na taverna, assim como o príncipe *Antari*, com Calin vindo logo atrás. O assassino tinha a mesma altura de Kell Maresh e era duas vezes mais largo; seu corpo bloqueava toda a luz vinda da rua atrás da porta.

— Ora, que prazer inesperado — disse ele com aquela voz de pedra lascada. — Já matei muita gente, mas nunca alguém como você.

— Um *Antari*? Ou um príncipe?

O rosto dele se arreganhou num sorriso miserável.

— Olha, dizem por aí que é difícil matar você. Mas acho que nunca se esforçaram o bastante.

O homem brandiu o machado novamente e Kell Maresh sacou uma segunda espada, cruzando as duas bem a tempo de deter o ímpeto da arma.

— Você vai precisar de mais do que espadas para me deter — disse o assassino.

— Duvido muito — retrucou Kell. — Você tem cara de quem já perdeu muitas lutas.

O sorriso de Calin se alargou mais ainda.

— Não — disse ele. — Os perdedores estão todos mortos.

Em seguida, Calin avançou sobre o príncipe, que virou-se, bloqueando o golpe, e foi então que Tes viu uma brecha para correr até a porta aberta. Já estava quase saindo quando a porta se fechou na sua cara.

— Não a deixe sair daqui! — gritou Lila do alto da escada. — Ela está com o *persalis*.

O príncipe *Antari* olhou para Tes com os olhos arregalados de surpresa e, naquele instante, Calin girou o machado, batendo com o cabo no rosto do príncipe.

Kell Maresh cambaleou para trás, os lábios cortados pelo golpe. Levou os dedos até o corte e viu que ficaram vermelhos.

— Vamos, principezinho — provocou Calin. — Não vá me dizer que esse olho aí é só de enfeite.

Kell fechou a mão em punho e Tes viu sua magia tremeluzir como a de Lila logo antes de invocar o feitiço de congelamento. Mas então ele cuspiu sangue no chão.

— Você não vale o esforço — disse ele e, quando Calin rosnou e voltou a atacar, Kell estendeu o braço sobre uma mesa, jogando uma caneca de cerveja na cara do assassino. O vidro se manteve intacto, mas o álcool derramou na camisa do homem. Kell esfregou as lâminas das espadas e uma faísca surgiu sobre Calin, pegando fogo e escalando o corpo do homem.

Ele começou a se debater, tentando apagar as chamas, e Tes se deu conta do que precisava fazer.

Saiu de perto da porta e correu para o outro lado da taverna. Ajoelhou-se sob o bar, vasculhando o chão até encontrar o embrulho escondido e tirá-lo dali. O abridor de portas — o *persalis*, como Lila o havia chamado —, a fonte de toda aquela confusão.

Tes começou a puxar os fios, desfazendo os nós, mas desta vez não estava só desmontando o feitiço. Seus dedos disparavam pela magia enquanto, do outro lado da taverna, Calin apagava o fogo do próprio corpo, com fumaça saindo dos cabelos chamuscados. O assassino se lançou sobre o príncipe *Antari* no instante em que o teto cedeu e Bex caiu com tudo lá embaixo, sobre uma mesa, rolando para o lado assim que Lila saltou ali, com sangue escorrendo para dentro de um dos olhos e um sorriso malicioso estampado no rosto.

As histórias a respeito de Delilah Bard eram verdadeiras.

Apesar de toda a violência e o caos, era nítido que a *Antari* estava se *divertindo*.

Empunhava um par de lâminas feitas não de aço, mas de pedra e gelo.

— Certas pessoas — refletiu ela — simplesmente não sabem a hora de morrer.

O sangue manchava a gaze no braço e na coxa de Bex, sujava sua bochecha; seus olhos brilhavam com um lampejo selvagem e sua magia ardia avermelhada no ar conforme a mulher transformava o metal em seu antebraço num escudo, depois numa espada e então, finalmente, num chicote.

Tes trabalhou mais depressa, com sangue escorrendo pela mão machucada enquanto seus dedos trêmulos e urgentes davam um nó. O prédio estremeceu, e ela ficou imaginando por quanto tempo ainda conseguiria se manter de pé. Não queria estar ali para descobrir.

Calin brandiu o machado, mas viu que a ponta de metal tinha sumido, atraída para a luta de Bex, ao passo que a espada de Kell se mantinha firme, com o gume reluzente pelo feitiço gravado na arma. Ele encostou a lâmina na garganta do assassino, mas Calin abriu um sorriso.

— Vou arrancar essa magia de você — disse ele — de um jeito ou de outro. — O chão começou a tremer e a terra subiu por entre as ripas de madeira, transformando-se em filamentos. Kell Maresh golpeou um a um, mas as ripas se separavam e voltavam a se reunir. Uma delas agarrou seu pulso e jogou a espada longe, deixando o peito e a garganta do príncipe expostos.

— *Parem!*

Os quatro viraram-se para Tes.

Ela estava de pé, segurando o *persalis* com ambas as mãos.

— É isto aqui que vocês vieram buscar? — perguntou. — Então toma.

Lila Bard olhou para ela, em pânico. Bex abriu um sorriso perverso, deu um passo em direção à garota e, neste instante, Tes fechou os dedos, puxando os fios na extremidade do feitiço. O clarão de um pavio aceso passou por eles, uma faísca que só ela conseguia enxergar. A centelha rapidamente se espalhou por toda a superfície da caixa.

E então o *persalis* começou a pegar *fogo*.

IV

— Não! — gritou Bex, avançando em sua direção, mas Lila bloqueou seu caminho enquanto o objeto nas mãos de Tes pegava fogo. Queimou rápido, bem mais do que devia — tantos dias de trabalho desfeitos por um único feitiço —, e num piscar de olhos o *persalis* virou cinzas entre os dedos dela.

— Você não devia ter feito isso, garotinha — rosnou Calin.

Bex a encarou, com o rosto passando do escarlate para o cinzento.

— Você já era — vociferou a mulher, com o metal voltando a se enroscar em seu antebraço, mas Lila Bard colocou-se entre a assassina e a garota.

— Já quer partir para a luta de novo? — perguntou, entusiasmada. — Só para você saber, até agora eu estava me contendo. — O ar rodopiou ao seu redor, e a taverna inteira tremeu. A luz das lanternas transformou-se em filetes. — E Kell, bem, ele ainda nem começou. — As fitas de chamas rodearam os ombros do príncipe, vento soprando por entre seu cabelo acobreado. Se Tes não soubesse o que estava acontecendo, se não conseguisse ver os fios, até pensaria que a magia era dele.

Os dois assassinos finalmente pareceram fazer um balanço da situação. A pele de Bex escorria sangue de uma dúzia de cortes. A fumaça subia da camisa meio queimada de Calin. Dois dos magos mais poderosos do mundo estavam entre eles e Tes, e o que tinham ido até ali buscar não passava de uma mancha de fuligem no chão lascado.

Calin lançou a Kell um sorriso ameaçador, mas ficou em silêncio.

Os olhos de Bex passaram pela *Antari* até pousaram em Tes.

— Nós duas ainda não terminamos nossa conversinha — disse, friamente.

Lila flexionou o punho, escancarando a porta da taverna.

— Caiam o fora daqui — disse ela. — A não ser que queiram ficar e nos contar quem contratou vocês dois. Podemos beber uma cerveja e bater um papo sobre a Mão.

Bex franziu os lábios, mas Calin a interrompeu, abrindo os braços. Seu poder veio à tona, e todas as mesas e cadeiras voaram em direção a eles.

Tes se encolheu, mas Kell e Lila não pensaram duas vezes: estenderam as mãos e a magia prateada irradiou contra a chuva de madeira, que se estilhaçou e partiu contra uma muralha de força de vontade. Quando os escombros caíram no chão, a sala estava vazia.

Os assassinos tinham fugido.

Lila Bard deu um suspiro e abaixou a mão, mas Kell Maresh curvou-se para a frente, ofegante e com a testa ensopada de suor. Seus fios se agitaram, soltando faíscas. Tes estava certa — havia algo muito errado com a magia do *Antari*.

Ela ficou observando a cena, esperando que Bard corresse até o príncipe para ajudá-lo a se levantar, mas tudo que a mulher fez foi balançar a cabeça e dizer:

— Sinceramente, Kell. — Depois virou-se, agarrando com firmeza o braço de Tes e arrastando-a em direção à escada. — Não podemos ficar aqui. — Foi tudo que disse a título de explicação.

Kell endireitou a postura e foi até o bar, onde a proprietária da taverna já tinha voltado para trás do balcão.

— Qual é o problema dele? — perguntou Tes enquanto Lila Bard a empurrava escada acima.

— É um otário — respondeu a *Antari*, olhando para ela por cima do ombro.

— O palácio vai pagar por tudo — dizia o príncipe à proprietária exausta. — E mandarei magos virem aqui para consertar o estrago.

As duas chegaram ao patamar da escada — bem, pelo menos ao que havia sobrado dele, com as paredes rachadas, o tapete amarrotado e com uma das pontas pegando fogo —, onde a *Antari* as fez passar por uma poça de sangue que certamente tinha vindo dela e várias outras que não. Empurrou Tes para dentro de um quarto. Aos pés da cama havia um baú aberto, cheio de roupas pretas e com um rosto macabro se projetando bem no meio, e Tes se encolheu antes de perceber que era só uma máscara com chifres.

— Me solta — protestou ela, mas Lila apenas bufou, empurrando-a até uma parede onde uma manchinha tingia a madeira.

Ergueu a mão e tocou a própria bochecha, onde sangue escorria de um corte profundo, usando-o para reforçar o símbolo na parede. Tes viu um único fio prateado se afastar da rede, cobrindo a marca.

— Kell? — chamou a *Antari* e instantes depois o príncipe apareceu com um ar cansado, pousando a mão no ombro de Tes.

— Segure firme — disse ele gentilmente, depois Lila falou alguma coisa e o quarto começou a cair, e Tes também, não para baixo, mas para o lado, o mundo inteiro *desfazendo-se* à sua volta, fio por fio e de uma só vez. Quando o mundo voltou aos eixos, ela já não estava na taverna em ruínas, mas em um aposento enorme com piso de mármore, cortinas douradas e uma cama toda ornamentada. Olhou para cima e viu o céu noturno, só que não era o céu, e sim centenas de metros de um tecido diáfano que se esticava e ondulava para formar a ilusão de ótica.

Duas portas de vidro davam para uma sacada de onde Tes conseguia ver lá embaixo a faixa carmesim do Atol cintilando, e foi só então que se deu conta de que estava no palácio real. Sentiu uma tontura e estendeu a mão para se equilibrar, mas assim que tocou na beira do sofá, recuou, meio com dor e meio em pânico. Sua mão. Havia atado um lenço à ela, mas o pano já estava ensopado havia um bom tempo e acabou manchando o tecido ornamentado.

— Não se preocupe com isso — disse o príncipe, jogando-se numa poltrona. — Os criados já estão acostumados a tirar manchas de sangue.

Os fios prateados ao redor dele tremeluziram. Tes se viu seguindo o caminho que os filamentos faziam, como se o *Antari* fosse um objeto em sua bancada, traçando sua extensão com os dedos até encontrar as brechas.

Kell Maresh a flagrou encarando-o fixamente.

— O que foi?

Tes abaixou a cabeça, em silêncio.

Lila Bard tinha parado diante de um espelho de corpo inteiro e parecia observar os próprios ferimentos, examinando o corte na testa e o rasgo na camisa. Até encontrar o olhar de Tes no reflexo.

— Foi uma artimanha bem inteligente — disse Lila, virando-se para a garota. — Agora, me fala, onde é que está?

Tes ficou olhando embasbacada para a *Antari*.

— Onde está o quê?

— O *persalis*.

A cabeça de Tes começou a girar. Ela não entendeu nada.

— Eu o destruí. Na taverna. Você viu.

— Eu vi o que você queria que eles vissem. Mas lógico que aquilo foi um teatro.

Tes ficou em silêncio, e o divertimento de Lila foi sendo lentamente substituído por um desespero palpável.

Suas botas ressoaram alto conforme ela atravessava o quarto.

— Você está querendo dizer — começou, enunciando bem cada palavra — que aquilo que destruiu na taverna era o *persalis verdadeiro*?

O silêncio de Tes falou por si.

Lila sacudiu a cabeça.

— Esvazie os bolsos.

Como Tes não o fez, Lila a agarrou com força pelo braço.

— Cuidado — alertou Kell. — Ela está machucada.

Mas Lila mesma começou a procurar. Quando sua mão roçou na ferida da garota, Tes sibilou de tanta dor, o quarto parecia até que ia sumir de vista. Assim que se acalmou, viu que a *Antari* estava segurando a coruja morta, a ave a encarando com um olho azul e o outro preto.

— Mas que merda é essa? — perguntou ela.

Em resposta, a coruja ergueu a cabeça e bateu as asas de ossos.

Lila deu um grito de surpresa e largou a ave. Tes avançou para pegá-la antes que caísse no chão e, com o movimento, a ferida latejou, o suor brotando na testa, mas pelo menos a corujinha estava a salvo.

— O nome dele — respondeu ela, sem fôlego — é Vares.

Kell Maresh olhou para ela ao ouvir o nome. A ave também. Tes resistiu à vontade de cair na gargalhada. Não era engraçado. Nada ali era engraçado. Tinha perdido sangue demais.

Lila cruzou os braços.

— Como é que vamos saber se aquele era o *persalis* verdadeiro? Talvez você o tenha escondido em algum lugar.

— Por que eu faria uma coisa dessas? Não quero nada com isso! Tenho uma oficina de consertos. Uma pessoa deixou o objeto comigo para ser consertado. Não sabia nem o que aquilo *fazia*.

Lila estreitou os olhos e, embora um fosse de vidro, os dois pareciam capazes de enxergar a alma de Tes.

— Se não sabia, como foi que conseguiu consertar?

Tes hesitou.

— Sou muito boa no que faço.

A *Antari* se aproximou dela.

— O mundo está cheio de mentirosos — disse ela. — Mas você não é boa nisso.

— Lila — advertiu Kell, mas a *Antari* estava completamente focada em Tes.

— Pela minha experiência — disse a mulher —, é preciso ter pelo menos uma dessas coisas para conseguir sobreviver neste mundo. Talento. Ou sagacidade. Uma pessoa sagaz teria dado um jeito de salvar o *persalis*. O que me faz pensar que você deve ter um talento e tanto.

Tes engoliu em seco, sentindo a verdade subir pela garganta. Sua respiração ficou entrecortada. De repente, a garota começou a tremer. Passou pela cabeça dela que estava começando a sucumbir, mas achou que seria bem estúpido que, depois de tudo que tinha passado, seu corpo escolhesse logo aquele momento para colapsar.

Estendeu a mão para se apoiar numa mesa, mas ou perdeu o equilíbrio ou a mesa se mexeu, pois errou o alvo e tropeçou, arquejando de dor ao sentir o movimento repuxar a ferida.

— Ela está muito machucada — exclamou Kell, levantando-se.

— Mãos sangram mesmo — disse Lila com um aceno de desdém. Mas o príncipe estava olhando para a barriga de Tes.

— Não tanto assim.

Ela seguiu seu olhar. Uma mancha escura se espalhava pela camisa da garota.

— Ah — disse ela devagar. — Isso aí — acrescentou, rangendo os dentes.

— Lila, ela está *ferida* — insistiu Kell. — Você precisa curá-la.

Mas a *Antari* não lhe deu ouvidos. Seus dedos finos seguraram o queixo de Tes, forçando-a a sustentar seu olhar.

— Como foi que você consertou o *persalis*? — Seu rosto entrava e saía de foco. Tes estava tão cansada. Cansada de fugir. Cansada de guardar segredos. E se havia alguém no mundo capaz de entender como era ter um poder raro e desejado, essa pessoa certamente seria um *Antari*.

— Eu consigo ver — respondeu ela, as palavras deslizando entre os dentes. — Consigo ver os fios de magia entrelaçados nos feitiços. Foi assim que descobri o que era. E como consertá-lo.

Por um momento, tudo que Tes sentiu foi alívio. Macio como um cobertor.

O príncipe emitiu um som parecido com uma risada. Lila e Tes viraram-se para ele.

— Alucard vai ficar arrasado quando descobrir que não é o único dotado desse tipo de visão — explicou Kell.

Tes ficou tensa.

— Tem mais pessoas como eu?

— É o que parece — respondeu Lila.

— Eu não sabia. — Tes olhou para Vares, com os fiozinhos de luz enrolados como arame entre os ossos. — Nunca conheci ninguém capaz de manipular os fios da magia.

Era um aposento enorme, mas naquele instante todo o ar pareceu ter deixado o cômodo. Tes ergueu os olhos e se deparou com os dois *Antari* a encarando com atenção.

Teve a ligeira impressão de ter dito algo errado.

— Você é uma restauradora — disse Lila lentamente, como se só naquele momento compreendesse o significado dessas palavras. — Vê uma magia quebrada e a conserta. — Tes assentiu devagar, e Lila olhou para Kell Maresh. — Será que consegue consertá-lo?

As palavras pairaram no ar. Tes se esforçou para compreendê-las.

— Não mexo com seres vivos.

— Não foi isso que perguntei — disse Lila. — Você acabou de dizer que, além de ver a magia, consegue pôr as mãos nela. Consegue consertá-la quando está quebrada.

— Eu conserto *objetos* quebrados — replicou Tes. — Nunca consertei uma pessoa.

— Mas *consegue* fazer isso? — perguntou ela.

— Não sei! — respondeu Tes. — Só de tentar algo assim já seria ir contra as leis da magia...

— Que se danem as leis — disse Lila Bard —, se forem a única coisa atrapalhando. — Passou a mão pelo cabelo escuro. — Se puder ser feito, então você o fará. — Lá estava a ordem: seu poder havia sido reduzido a uma ferramenta empunhada pela mão de outra pessoa.

Tes se empertigou o máximo que sua ferida permitia.

— E se eu me recusar?

Não viu Lila desembainhar a faca, mas de repente uma lâmina foi pressionada contra sua garganta.

— Então que os Santos me perdoem, mas vou te cortar em pedacinhos até você mudar de ideia.

Kell surgiu ao lado de Lila e segurou firme no braço dela.

— *Chega* — disse ele, passando para o idioma real.

Lila se desvencilhou do príncipe.

— Você quer que eu a *cure*? — vociferou ela na mesma língua, gesticulando com a ponta da faca. — Pois muito bem. Eu curo, assim que ela concordar em curar *você*.

Tes sacudiu a cabeça.

— Tem uma grande diferença entre um objeto e um ser humano — explicou ao príncipe, voltando para o arnesiano. — Se eu cometer um erro...

— É só não cometer nenhum — cortou Lila.

Tes sustentou o olhar bicolor de Kell Maresh. Viu a tensão na mandíbula dele, na ruga entre seus olhos, no modo como parecia contido até mesmo em um momento como aquele. Será que ela conseguiria fazer aquilo? Não tinha ideia. Sentiu vontade de tocar nos fios quebrados dele, de ajudar. Mas o *Antari* não era um objeto em sua loja. O conserto era uma questão de tentativa e erro. Metade das vezes, ela atava os fios errados dentro de um feitiço e tinha que desfazer o trabalho e começar tudo de novo. Um recipiente feito de madeira ou barro não se importava com isso. Mas um corpo vivo poderia sucumbir sob tamanho esforço.

— Vossa Alteza... — começou ela.

Ele olhou para Tes, cansado, mas resignado.

— Tudo bem — disse ele. — Eu entendo.

— Mas eu não — vociferou Lila. — Faz sete anos que te vejo sofrer. Há sete anos procuro uma cura por toda a parte, algum jeito de consertar o que está quebrado. Aqui está ela, e você se recusa a fazê-la pelo menos *tentar*.

Kell deu um suspiro e esfregou os olhos.

— Ela diz que não pode me ajudar...

— Não poder e não querer são coisas bem diferentes.

Kell lançou um olhar exausto para a *Antari*.

— Não vale a pena arriscar. Só cure a garota, Lila. Por favor.

Tes viu a raiva de Lila oscilar com aquela última palavra, uma porta que se entreabria deixando à mostra um cansaço, uma dor, pouco antes de se fechar. Ela jogou a lâmina aos pés de Kell. A faca deslizou pelo piso de mármore até parar na bota dele.

— Então faz você — disparou ela —, já que não quer a ajuda de ninguém.

Kell deu um suspiro. Depois, ajoelhou-se e pegou a lâmina.

— Tudo bem — disse Tes, com o quarto girando diante dos olhos — Não precisa fazer isso.

— Eu sei — disse ele suavemente, levando a faca até o polegar. Um músculo na mandíbula de Lila se contraiu e seus ombros se contraíram, como se quisessem fazer o restante do corpo intervir.

Tes viu a pele do príncipe rasgar e o sangue escuro escorrer enquanto Kell estendia a mão para tocar nela e...

— Ah, puta merda, pare com isso — exclamou Lila, puxando o príncipe para longe. Sua outra mão já sangrava enquanto ela segurava apertado o pulso de Tes.

— *As Hasari* — rosnou a *Antari* e, quando o feitiço passou para a garota, sua dor sumiu como se não fosse nada além de uma pedrinha num poço fundo.

A cura era gradual: a dor ia passando de aguda a leve e logo depois desaparecia. Naquele instante, ela simplesmente sumiu. Tes conseguia enxergar a magia prateada entrelaçada à sua, reluzindo ao seu redor conforme seu corpo era remendado por baixo da camisa. O corte na mão fechou sob o lenço e sua fraqueza se dissipou, deixando apenas seu coração batendo firme e forte.

Tes suspirou de alívio quando Lila tirou os dedos de seu pulso, deixando uma mancha vermelha.

— Foi a primeira e a última vez que sangrei por você.

— Obrigada — disse ela.

— É, obrigado — ecoou Kell.

— Ah, cala a boca — retrucou Lila, voltando-se para ele.

Tes se dirigiu até a porta dourada, esperando que a levasse para fora do quarto e do palácio. Tentou abri-la, mas uma mão bateu na madeira, forçando-a a fechar.

— Vai a algum lugar? — perguntou Lila num tom de voz ameaçador, e Tes percebeu como estava errada ao procurar a ajuda da *Antari*. Lila Bard queria a mesma coisa que Bex e Calin: usá-la.

— Estou agradecida por você ter me curado — disse Tes. — Mas não posso ajudá-la nem com o *persalis* nem com o príncipe. Você não tem nenhum motivo para me manter aqui.

— Estamos lhe fazendo um *favor* — disse Lila. — Não é seguro para você lá fora. Por causa da Mão.

— Ela tem razão — disse o príncipe. — Aqueles dois que encontramos hoje ainda estão atrás de você.

Tes sacudiu a cabeça. Ela queria uma defensora. Mas agora tudo o que mais desejava era ficar bem longe dela.

— Prefiro arriscar — disse ela, puxando a porta, mas Lila devia estar usando magia para mantê-la fechada, porque não cedeu nem um pouco.

— Este é o lugar mais seguro da cidade — disse a *Antari* com um sorriso sombrio nos lábios. — Quer ver? Vou te mostrar. — Então escancarou a porta e gritou: — Guardas!

— Lila — disse Kell, exausto, quando dois soldados apareceram na porta.

— Prendam-na numa cela.

Tes tentou voltar para o quarto, mas Lila tocou bem no meio de suas costas.

— Nós duas ainda não terminamos nossa conversa — sussurrou no ouvido de Tes antes de forçá-la a sair para os braços dos guardas no corredor.

Tes lutou o máximo que pôde, o que não era grande coisa. Lila havia curado seus ferimentos, mas ela tinha a metade do tamanho dos soldados e, antes que a garota pudesse estender a mão para arrancar sequer um fio da magia deles, seus braços foram forçados para trás.

A última coisa que viu foi Kell Maresh se sentando pesadamente numa poltrona atrás de Lila Bard, que sorriu para Tes antes de flexionar o pulso e fechar a porta, e então os guardas a levaram para longe dali.

V

Tes devia ter subido a bordo de um navio.

Já estava bem ali, podia ter simplesmente viajado como clandestina em uma das embarcações que lotavam as docas de Londres, jogado o abridor de portas pela amurada quando já estivesse em segurança em alto-mar e recomeçado do zero em outra cidade, outro litoral. Sempre haveria trabalho para um homem como Haskin, o que significava que sempre haveria trabalho para uma garota como ela.

E se Bex e Calin a seguissem?

Era melhor viver livre e fugindo do que dentro da segurança de uma cela.

Qual é a diferença entre uma aposta e uma boa compra?, seu pai lhe perguntara várias vezes. Uma *análise prévia*.

Havia dois soldados postados a uma curta distância da cela, ambos com a cabeça baixa, conversando baixinho. Ela olhou para as escadas por onde a tinham feito descer até chegar ali. O quarto ficava no terceiro andar. Agora estava em algum lugar abaixo do primeiro. Contara os degraus na descida, chegando a trinta antes de alcançarem as celas, então deduziu que deviam estavam alojadas em uma das colunas que compunham a base do palácio, sustentando o *soner rast* sobre o Atol. Imaginou se isso significava que ela estava debaixo da água. Olhou o entorno: havia mais três celas, mas estavam todas vazias.

Não havia cama, por isso Tes se sentou de pernas cruzadas no chão gelado de pedra. Um par de algemas pendia de seus pulsos, mas não eram enfeitiçadas para impedir a magia — nem precisavam disso. Afinal, a cela inteira tinha um feitiço de proteção. O ar tinha um peso que a fazia se lembrar da outra Londres, a que não possuía magia, só que aquela ausência tinha sido quase agradável, enquanto esta mais parecia um cobertor úmido abafando o fogo.

Ela conseguia ver o feitiço de proteção — era uma magia esquisita e confusa que negava a si própria. As linhas de poder pairavam no ar, trêmulas, e quando ela tirou Vares do bolso e o colocou no chão, ele ficou sentado ali, sem vida, com o crânio caído para a frente e os fiozinhos entrelaçados aos seus ossos escurecidos. Tes se levantou e empoleirou o corpinho da coruja entre as grades para ver até onde ia o feitiço de proteção.

— Vares? — sussurrou, em tom de pergunta.

Ele não se mexeu.

Tes o deixou nas grades e sentou-se novamente no chão para esperar.

Observou a mão direita, aquela que Bex esfaqueara. Passou os dedos pela palma e o dorso da mão. Só havia restado uma cicatriz fina, prateada, indolor e lisa. Sabia que a mesma coisa tinha acontecido com a ferida em seu corpo. Já não doía respirar.

Em sua mente, enxergou Kell Maresh caindo de joelhos no chão.

Você poderia consertá-lo, disse uma voz em sua cabeça. Parecia-se muito com a de Lila Bard. Tes deixou as mãos caírem no colo.

— *Kers la?* — alguém perguntou.

Ergueu os olhos bem a tempo de ver um dos soldados tirar Vares do meio das grades.

— Não... — exclamou ela, fingindo protestar, mas o guarda já estava se afastando com a coruja. Um passo foi o suficiente para Vares voltar à vida, batendo as asinhas de ossos na mão do soldado. Foi então que Tes fez uma importante descoberta: apenas a cela era protegida pelo feitiço.

O soldado deu uma risadinha de encantamento.

— Olha só, Hel — disse. — Ele se mexe.

Como se fosse uma deixa, Vares agitou as asas de novo e estalou o bico.

Traidor, pensou Tes.

— Deixa eu ver — disse o segundo guarda, estendendo a mão.

O primeiro sacudiu a cabeça.

— *Nas*, você vive quebrando as coisas.

— Vem aqui, então.

— Tem que tomar cuidado...

Pelo menos, os soldados estavam ocupados.

— Veja só os olhos dele — disse o primeiro. — Um azul e o outro, preto. Iguaizinhos aos do príncipe.

— Só não tem as penas vermelhas.

— Bem, talvez ele tivesse antes. Nunca se sabe.

Tes revirou os olhos, deitou-se de costas no chão e ficou olhando para o teto gradeado.

— Bote a cabeça para pensar — sussurrou para si mesma.

Aquele era outro tipo de quebra-cabeça. Um problema a ser resolvido. A prisão não era toda enfeitiçada, só a cela, mas infelizmente era ali que ela estava alojada... o que tornava as coisas complicadas, mas não impossíveis. Prestou atenção nas linhas do feitiço que passavam pelo teto, traçando-as até chegarem às grades.

Feitiços de proteção eram um paradoxo. Apesar de sufocarem a magia, em sua essência não deixavam de ser *feitiços ativos*. Ou seja, embora bloqueassem o uso do poder, tinham que abrir uma exceção para si próprios. E se havia uma fonte de magia ativa, então ela poderia desmontá-la.

Tes sentou-se novamente.

Olhou de relance para os soldados, que agora estavam sentados num banco com Vares entre os dois, a atenção dos homens presa nos movimentos ocasionais da coruja morta. Tes se virou, dando as costas para eles, e examinou as grades do outro lado da cela.

Levantou-se, examinando os fios cor de ferro que envolviam a cela. De fato, ao contrário de sua magia, que estava contida, ali o poder fluía livremente.

Tes estendeu as mãos algemadas e as apoiou nas grades, como se estivesse entediada. Mas quando seus dedos encontraram o aço, ela enganchou um dos fios cor de ferro, puxou e...

Um espasmo percorreu o corpo da garota, o ar foi expulso de seus pulmões e o mundo ficou completamente branco. Quando deu por si, estava deitada de costas no chão da cela, com os ouvidos zumbindo. Tes tossiu e se encolheu para suportar a dor, tentando recuperar o fôlego.

— Você não devia fazer isso — disse um dos soldados, curto e grosso.

Tes deu um gemido e se sentou no chão. Os dois homens estavam dando pedaços de bolo para Vares.

— Está com fome, pequeno Kell? — brincou um deles conforme a coruja estalava o bico e as migalhas caíam no banco.

O estômago dela começou a roncar.

— Com licença — gritou ela para os soldados. — Será que a *humana* poderia comer alguma coisa?

Eles a ignoraram.

— Babacas — murmurou Tes.

Deitou-se novamente, apoiando a cabeça nos braços cruzados vasculhando a mente atrás de uma saída. Ainda tentava pensar em alguma coisa quando um par de botas ressoou nas escadas da prisão.

Tes ergueu o olhar, esperando encontrar Lila Bard vindo continuar seu interrogatório. Mas quando a mulher saiu das sombras, as lanternas iluminaram outro rosto.

Os dois soldados ficaram de pé.

— *Mas res* — cumprimentaram, e Tes se deu conta de que estava cara a cara com a rainha.

VI

Kell estava deitado no sofá, sem o casaco e com um pano frio sobre os olhos.

A dor recuava como se fosse a maré, deixando para trás apenas uma ligeira pontada. Ele nem precisava ver os aposentos do rei para conseguir visualizar a cena. O som do líquido e o barulho do cristal enquanto Rhy servia a bebida de uma garrafa. Os passos irritados de Lila ao andar de um lado para o outro, cada passo curto uma forma de repreendê-lo, o breve silêncio de suas botas quando passava do piso de pedra para o tapete de seda e vice-versa.

— Pela dor que estou sentindo no queixo — disse Rhy —, creio que você teve um dia daqueles.

— Tive mesmo — disse Kell. — Tem uma taverna que vai precisar de uma boa reforma.

As portas se abriram e Alucard entrou.

— Você me deixou plantado naquela loja em ruínas — resmungou ele. — Disse que ia buscar sei lá o quê. Se um corvo não tivesse me dito que você estava aqui, eu ainda estaria lá, chutando pedra.

— Desculpe — disse Lila sem rodeios. — Fiquei ocupada com a aprendiz de Haskin. E com o *persalis*.

De repente Alucard parou de andar.

— Você conseguiu?

— Não precisa ficar tão surpreso.

— Onde é que eles estão?

— Lila jogou a aprendiz numa cela da prisão — explicou Kell.

— Por segurança — cortou ela. — Já o *persalis* foi, lamentavelmente, destruído.

— Tem certeza? — perguntou Rhy.

— Eu o vi pegar fogo — respondeu Lila.

— Uma réplica? — perguntou Alucard.

Kell quase podia ouvir Lila ranger os dentes.

— Pelo visto, não. Eu a revistei, para garantir. Só encontrei uma coruja morta.

— Como é que é? — perguntaram Rhy e Alucard ao mesmo tempo.

— É um bichinho de estimação. Tem um olho azul e o outro preto, e a garota o chama de Vares.

— Não consigo decidir se é encantador ou assustador — disse Rhy.

— As duas coisas — disseram Kell e Lila ao mesmo tempo.

— E tem mais — continuou Lila. — Ela é como você, Alucard.

— Devastadoramente linda? — perguntou ele, servindo uma bebida. — Absolutamente encantadora?

— Humilde? — acrescentou Rhy.

— Ela consegue ver a magia.

Kell ouviu o copo parar a meio caminho dos lábios de Alucard.

— É mesmo?

— Mas, ao contrário de você — acrescentou ele —, ela consegue *tocar* na magia.

Kell não *precisava* ver a cara de Alucard, mas percebeu que *queria*. Tirou o pano frio dos olhos e estremeceu. O sol se punha além das janelas, e fragmentos de luz irradiavam no quarto.

— Como você se sente? — perguntou ele. — Em saber que não é o melhor em alguma coisa? Que existe alguém por aí que pode fazer um bom *uso* desse poder?

Alucard olhou de cara feia para Kell. Valeu a pena abrir os olhos. Começou até a se sentir melhor, mas Lila estragou tudo ao dizer:

— Ela pode curar a magia de Kell.

Rhy levantou a cabeça.

Kell deu um suspiro e passou a mão pelo cabelo.

— Ela não disse isso.

— Nem precisava. Ela é uma restauradora. Pode consertar isso. — Lila apontou para Kell. — Pode consertar você.

— Esquece — disse ele, cansado.

— Não. Você pode até se contentar em viver desse jeito, mas não vou ver...

— Acha que eu gosto da minha condição?

— Acho que você está conformado — respondeu Lila. — Acho que foi tão queimado pela magia que agora foge de qualquer fonte de calor.

— Não é a magia que me impede. — Ele sentiu um nó na garganta. — Eu daria qualquer coisa para me livrar desta dor, de um jeito ou de outro. Todos os dias rezo para que doa menos, para que chegue o momento em que eu não precise mais de magia, embora só de pensar nisso me dê vontade de morrer.

— Então deixe que a garota tente *consertar* você.

— *Não posso!* — gritou ele, as palavras soando como farpas. — Não posso, Lila. Será que você não entende? Se fosse só a minha vida que estivesse em jogo... mas *não* é. Acho que você esqueceu que eu e meu irmão estamos vinculados. Se o trabalho da garota falhar, se der errado, minha vida não é a única que será perdida.

Até que enfim, Lila ficou em silêncio.

Do outro lado do quarto, Rhy deu um pigarro.

— Se isso é a única coisa que o impede, Kell — disse ele —, então você tem a minha permissão.

Alucard ficou horrorizado. Abriu a boca para falar, mas Kell o interrompeu antes.

— Não é uma questão de *permissão* — sibilou ele. — É um fardo que você não quer carregar e, por isso, o joga para mim. Talvez esteja disposto a arriscar sua vida, mas eu não estou.

Alucard cruzou os braços.

— Pela primeira vez, Kell e eu estamos de acordo. Não vale a pena arriscar.

O olhar de Lila atravessou o quarto. Ele conseguia sentir a raiva dela no clima tenso, na pressão exercida no copo, no brilho das velas.

— Que se danem todos vocês — murmurou ela, dando-lhes as costas.

— Não saia do palácio — advertiu Kell.

Lila fez um gesto grosseiro com a mão e saiu, furiosa.

As portas se fecharam com um baque e Kell curvou o corpo no sofá, pousando a cabeça entre as mãos.

Estava tão exausto.

O sofá afundou sob o peso de um novo corpo, e Kell nem precisava levantar a cabeça para saber que era seu irmão. Depois de uma vida inteira dividindo o espaço com ele, sabia muito bem como o ar se curvava ao redor dos ombros de Rhy bem antes que seus dedos cheios de anéis tocassem a manga de sua camisa.

— Temos que conversar sobre isso.

— Não há nada a discutir — disse Kell.

— Se houver alguma possibilidade de livrar você...

— Não.

— Você faria qualquer coisa para me proteger, Kell — insistiu Rhy. — Por que não posso fazer o mesmo por você?

Ele levantou a cabeça, encontrando os olhos dourados do irmão.

— Porque eu não sou o rei.

— Você é minha família. Isso importa mais do que qualquer coroa.

— Vocês dois vivem competindo pelo papel de mártir — murmurou Alucard. — E você — disparou para Rhy — está disposto a fazer o trabalho da Mão por eles.

— Pelo menos sei que se eu morrer — disse Rhy —, você será um belo rei.

— E Ren, como fica? — perguntou Alucard.

A expressão de Rhy se retesou. Uma coisa era ser um irmão ou o rei, outra bem diferente era ser pai. A dor correu sob a pele dele como se fosse uma corrente. Kell percebeu e apertou o joelho do irmão.

— Não precisa falar desse jeito. É uma decisão minha, e já está tomada. Além do mais — disse, levantando-se —, estou ficando muito bom com a espada.

Rhy pestanejou e tentou sorrir. Mas o sorriso não alcançou seus olhos.

Alucard estendeu a mão até uma lanterna, como se tentasse tocar nos fios que só ele conseguia ver, mas franziu a testa quando seus dedos passaram direto. Largou o copo e foi até a porta.

— Aonde é que você vai? — perguntou Rhy.

— Para a prisão — respondeu, ajeitando o casaco. — Eu, particularmente, gostaria de ver essa garota, cujo poder é muito maior do que o meu. — Foi em direção ao corredor, mas manteve a porta aberta. — E então? — perguntou ele. — Vem comigo?

VII

LONDRES BRANCA

Kosika acordou com uma risada.

O som subia como fios de fumaça pelo chão do quarto, leve, mas impossível de ignorar. Ela se revirou na cama por alguns minutos antes de se livrar dos lençóis. Era madrugada, mas vestiu um roupão e seguiu o barulho até o corredor. Não havia guardas por ali. Que coisa mais estranha. Desceu as escadas da torre descalça, e, a cada passo que dava, o som ficava mais alto. Quando chegou ao terceiro andar, ela ouviu música. No segundo, vozes. No primeiro, o tilintar de taças e pés arrastando-se de um lado para o outro.

Havia um bom tempo que a festa tinha terminado. A essa altura, a celebração já deveria estar cessando.

Mas, em vez disso, tinha crescido até se tornar algo estridente e cheio de energia.

Havia uma centena de lampiões acesos no salão do castelo, que transbordava de gente, num mar de vestidos em tons perolados e capas cravejadas de joias pelos Vir trajados de prateado.

Kosika atravessou a sala. Ou pelo menos tentou. A multidão deveria ter aberto caminho e feito reverências perante a rainha, mas nem se mexeu. Na verdade, parecia que se aglomeravam cada vez mais, acotovelando uns aos outros, de modo que a rainha teve de forçar a passagem entre as pessoas, como se não passasse de uma criança intrometida.

Havia uma fonte no meio do salão, o som da água abafado pelo murmúrio de vozes e risadas agudas, e uma estátua de Holland pairava sobre a poça, mas, ao se aproximar, Kosika percebeu que não era Holland Servo nem o Rei nem o Santo. E sim Holland, o Holland *dela*, mas não feito de pedra, embora pudesse muito bem ser o caso. Ele não se mexeu nem desviou o olhar para ela, só ficou parado ali, com os cabelos brancos erguidos numa coroa e a cabeça baixa sobre uma tigela que segurava entre as mãos. Uma tigela derramando vinho na bacia logo embaixo.

Mas lógico que não era vinho. Era sangue. O sangue dele, escorrendo como um rio por seus braços até cair na poça e, enquanto ela assistia à cena, as pessoas começaram a mergulhar as taças vazias na bacia e beber tudo num gole só, manchando a boca de vermelho.

— Parem com isso — disse ela, mas ninguém lhe deu ouvidos.
— PAREM*!* — gritou com uma voz que deveria ter quebrado as taças nas mãos das pessoas, apagado as lanternas e rachado o piso de mármore. Mas não aconteceu nada. Ninguém ouviu. A festa continuou.

Kosika cambaleou para trás, afastando-se da terrível fonte. E das pessoas, que agora abriam caminho para deixá-la passar. Os Vir foram os únicos que se viraram e a observaram fugir do salão, abrir as portas do castelo e sair na calada da noite.

Tropeçou para a frente ao errar um degrau, pois o degrau não estava mais ali. O castelo tinha desaparecido. Assim como as vozes, a música e as risadas. Em vez disso, ela estava no meio do Bosque de Prata, afundando os pés descalços na terra coberta de musgo.

Tudo estava tão quieto. Tão silencioso. Tudo que Kosika ouvia era o som de sua própria respiração, as batidas ritmadas de seu coração. Só que não era o coração *dela* que batia forte. O som vinha de algum lugar sob seus pés. Os olhos nos troncos das árvores a observaram sem pestanejar quando ela se ajoelhou e começou a cavar, cravando as unhas no solo macio e escuro.

Ela cavou sem parar, ouvindo as batidas tão firmes quanto um punho numa porta de madeira, até que, por fim, seus dedos encontraram o coração. Afastou a sujeira para que o órgão ficasse exposto na terra.

Era macio e de tamanho humano, mas não era feito de carne, e sim de outra coisa, nem era vermelho, mas prateado, reluzindo com o brilho leitoso do Sijlt. E quando pulsou sob suas mãos, ela se deu conta de que aquele ali era, na verdade, o coração da cidade, de seu mundo. As raízes percorriam o solo como veias por todos os lados, mas estavam soltas o suficiente para que ela pudesse tirar o coração da terra.

O órgão batia no mesmo ritmo do dela, então Kosika começou a injetar seu próprio poder nele, sentindo a magia deixá-la e não deixá-la, pois continuava bem ali, em suas mãos, no coração que ficava cada vez mais brilhante, ainda mais que o rio e o sol, e as árvores começaram a brotar e o céu ficou mais azul e o chão tornou-se um emaranhado de grama, flores, mudas e frutas.

E, por um instante, ela viu sua Londres como devia ter sido antes, como poderia voltar a ser se conseguisse alimentar o coração de sua cidade.

Mas enquanto pensava nisso, a luz oscilou em sua mão e foi se apagando.

— Não — sussurrou ela, tentando injetar mais poder, mas não havia mais nada para dar, e o brilho começou a se desvanecer, a luz a diminuir, enfraquecendo até não ser mais um sol ardente e sim uma lanterna, uma vela, uma chama pequenina e frágil. À medida que a luz se apagava, também desaparecia a outra versão de seu mundo.

As flores morreram, o céu ficou cinza, as folhas caíram das árvores, a terra ficou dura e fria sob seus joelhos e tudo assumiu uma aparência pálida e gélida.

— Não — implorou ela enquanto a luz morria em suas mãos, o coração parava de bater e tudo ruía ao seu redor.

———•———

Kosika acordou com terra nas mãos.

Piscou, desorientada pela ausência de uma cama e pela luz do sol no lugar do teto. Não estava em seu quarto, mas deitada debaixo de uma árvore, com os galhos cheios de cachos de frutas verdes e, embora o solo sob suas costas fosse duro, ela conseguia sentir a grama fazendo cócegas em seu pescoço. Kosika levantou a mão e viu a terra escura grudada nos dedos; devia ter agarrado o solo enquanto dormia. Ouviu o som de vozes, sentou-se e viu Nasi e Lark sentados a alguns metros dali, ambos com a cabeça curvada sobre um livro. Ele disse alguma coisa no ouvido da garota, tão baixo a ponto de Kosika não conseguir escutar, mas viu o sorriso largo de Nasi, o modo como seus lábios repuxavam a cicatriz da bochecha e realçavam o traçado de linhas prateadas.

— É falta de educação ficar cochichando — anunciou Kosika, limpando a terra das mãos.

Nasi inclinou a cabeça.

— E acordar uma rainha adormecida não é?

Lembrou-se novamente do sonho, e desejou que a tivessem acordado *antes*. Além disso, não gostava da ideia de dormir tão exposta — mas não tinha conseguido evitar. Lembrou-se de cair no sono, sentindo-se cheia, cansada e quente como um pêssego pegando sol.

Entre eles havia uma mesa de piquenique disposta sobre uma manta de lã, com uma tigela de cerejas, uma bandeja de sanduíches, uma faca cravada num pedaço de queijo e três canecas cheias pela metade com chá.

O piquenique tinha sido uma ideia de Lark.

Naquela manhã, enquanto Nasi ganhava de Kosika todas as partidas de kol-kot, ele apareceu na porta do quarto, balançando um cesto em uma das mãos e dizendo que o dia estava bonito demais para ficarem dentro do castelo. De fato, a luz do sol entrava pela janela aberta. O clima sempre ficava mais agradável depois do dízimo. Lark chegou até a trocar de roupa para o piquenique, substituindo a armadura de soldado por uma túnica e calças justas, um par de botas engraxadas e um lenço violeta amarrado no pescoço, cobrindo a cicatriz. Ela ficou se perguntando se aquelas roupas eram dele e quando foi que tinha crescido o suficiente para vesti-las. Lark a flagrou o encarando e abriu um sorriso, e Kosika quase chegou a retribuir, mas então se conteve e revirou os olhos.

— Você não devia estar de guarda em algum lugar? — perguntara Kosika, ao que ele respondera que, obviamente, faria a guarda *dela*. — É por isso que está vestido como um nobre?

— Eu estou disfarçado — disse, dando uma piscadinha.

Na curta caminhada da torre até os jardins do castelo, ele contou a Nasi sobre os piqueniques que ele e Kosika faziam quando crianças sempre que fazia sol, a maioria nos terraços e muros da cidade, com refeições consistindo de pão velho e frutas machucadas. É lógico que Kosika se lembrava de tudo isso, mas essas lembranças pareciam pertencer a outra garota, outra vida. Uma vida que ficou muito contente em deixar para trás.

A única parte que queria manter estava bem ali com ela.

Lark estava deitado na grama, com as longas pernas cruzadas na altura dos tornozelos, ouvindo Nasi ler seu livro. O cabelo platinado do rapaz estava afastado do rosto, preso numa trança atrás da orelha. Não estava com esse penteado antes de ela cair no sono.

Enquanto Nasi lia — não era o livro de guerra de sempre, mas um poema, e Kosika detestava poemas, porque falavam em círculos em vez de linhas retas, a cadência sempre a distraía das palavras e, na verdade, deve ter sido a poesia que a fizera dormir —, Kosika olhou para a árvore e o céu, o azul entremeado de nuvens brancas.

O dízimo lançara um rubor sobre a cidade, mas quanto tempo aquilo duraria? Ela podia jurar que já *sentia* as cores se dissiparem.

Não era o bastante, nada do que fazia parecia durar, e ela estava tentando decidir o que fazer quando alguma coisa bateu em sua cabeça.

Uma coisinha pequena e dura que quicou e caiu na grama. Uma cereja.

Kosika olhou para a fruta por um instante e depois se voltou para os amigos, vendo a tigela de cerejas ao alcance da mão dos dois. Nasi parecia tão atordoada com o ataque quanto ela, enquanto Lark olhava incisivamente para longe, como se algo muito interessante estivesse acontecendo em algum ponto entre as árvores.

Kosika estalou os dedos e a faca saiu do pedaço de queijo, voando languidamente até sua mão.

— Lark, você atirou uma cereja em mim? — perguntou casualmente.

Ele virou-se para Kosika, como se acabasse de notar sua presença.

— O quê? Não. Lógico que não. — Seu amigo podia ser muitas coisas, mas não era um bom ator. Fingiu estar chocado, ignorando a fruta enquanto olhava para os galhos sobre sua cabeça. — Deve ter caído de uma árvore.

Kosika seguiu o olhar dele só para confirmar o que já sabia.

— Não tem nenhuma cerejeira neste pomar.

— Hum. — Ele mudou de posição, afastando-se da tigela.

— Que lapso, hein? — comentou Nasi. — Não dá para ter um bom pomar sem uma cerejeira.

Kosika olhou para a lâmina em sua mão.

— Com certeza — disse ela, com um sorrisinho perverso que deixou seus amigos, com toda a razão, mais nervosos do que a faca em si. Virou a lâmina e fez um corte rápido no polegar. Em seguida, pegou a cereja, com a casca da cor de um hematoma, e jogou-a na boca, saboreando sua breve doçura antes de cuspir o caroço na palma da mão e enterrá-lo no solo.

Agora já sabia as palavras que precisava dizer.

— *As Athera.*

O mundo estremeceu como uma corda dedilhada e, por baixo da terra, ela sentiu o caroço se abrir e sua magia afundar no solo, transformando-se em raízes à medida que a semente brotava entre seus dedos. Em questão de segundos, virou uma muda, a terra sujando a palma de sua mão conforme a árvore se erguia, o tronco crescia e os galhos se esticavam, florescendo e dando frutos.

Seus amigos olharam para a árvore, os semblantes transbordando admiração, e dava para Kosika entender por quê.

Uma coisa era acender uma lareira ou conjurar uma brisa. Outra era enterrar um caroço sujo de sangue e em questão de segundos transformá-lo em uma árvore com galhos cheios de cerejas maduras.

Nasi sorriu num êxtase juvenil e Lark abriu a boca para dizer alguma coisa, mas antes mesmo que pudesse falar, Kosika estalou os dedos e todas as cerejas da árvore caíram sobre a cabeça dos dois.

VIII

LONDRES VERMELHA

No fim das contas, ela acabou descobrindo que a maneira mais rápida de escapar de uma cela enfeitiçada era sendo solta.

— Venha comigo — dissera a rainha à garota na masmorra. — Quero te mostrar uma coisa.

A *coisa* era, na verdade, a maior oficina que Tes já tinha visto em toda a vida.

Câmaras conectadas por arcos de pedra, salas cheias de mesas e bancadas cobertas por uma variedade espantosa de magia. Feitiços expostos como cadáveres, com a pele afastada e o mecanismo interno à mostra. Até ficaria tentada a estender a mão e deslizar os dedos sobre a magia, mas ainda estava com os pulsos algemados.

A rainha estava diante dela, avaliando-a, e Tes percebeu que devia fazer alguma coisa para mostrar sua deferência, mas a verdade é que, naquele momento, não se sentia lá muito respeitosa. Além disso, estava morrendo de fome.

Foi só pensar em comida que seu estômago voltou a roncar, e a rainha virou-se para os dois soldados escoltando a garota.

— Eu estava tão concentrada no trabalho — disse ela — que acabei me esquecendo de comer. Por favor, vão buscar alguma coisa para mim.

Só um dos soldados se virou para partir. Ela apontou com a cabeça para o outro.

— Vá com ele.

— *Mas res* — disse o soldado —, creio que devo ficar aqui para guardar a prisioneira.

A rainha olhou para Tes, maltrapilha, algemada e suja de sangue, embora não estivesse mais sangrando.

— Não sei por que — disse ela —, mas acho que vamos dar conta disso.

Tes deveria ter se sentido ofendida. Mas a rainha não tinha dito *eu*, e sim *nós*, como se as duas estivessem tramando alguma coisa juntas.

Como o soldado continuava hesitante, a rainha se empertigou e o encarou incisivamente.

— Não se engane com meu tom de voz — disse ela. — Isso não foi um pedido.

Então o soldado fez uma mesura e se retirou.

A rainha esperou até que ficassem a sós, então levou a coruja morta até a luz, estudando-a como se fosse uma pedra preciosa.

— Poucas pessoas neste mundo saberiam apreciar a elegância desta magia — disse ela. — Menos ainda seriam capazes de criá-la. — A rainha ofereceu Vares à garota, mas quando Tes estendeu as mãos algemadas para pegá-lo, a rainha se afastou. — Me diga, qual é o seu nome?

Tes pensou duas vezes, e a rainha deixou escapar uma risada.

— É tão difícil assim dar alguma coisa?

— Quando você não tem muito o que chamar de seu, é, sim — respondeu a garota.

A rainha refletiu sobre o assunto. Ofereceu a coruja novamente e, desta vez, deixou que ela a pegasse.

— Pronto. Agora você tem mais uma coisa.

Ela guardou Vares no bolso do casaco, depois disse:

— Meu nome é Tes, Vossa Majestade.

O soldado voltou, trazendo uma bandeja. A rainha apontou para uma mesa de metal, uma das poucas com espaço livre, onde o soldado pôs seu fardo. Desta vez, não houve protesto: ele logo partiu, deixando as duas novamente sozinhas.

A rainha apontou para um banquinho.

— Sente-se — disse ela. E então, suavizando a ordem: — Por favor.

Tes obedeceu, grata por poder se sentar. Ficou observando a rainha levantar uma cloche de vidro fosco, revelando uma variedade de carnes fatiadas, um queijo caro e finos pedacinhos de torradas, junto com duas xícaras e um bule fumegante de chá. Tes ficou com água na boca, mas quando a rainha disse "sirva-se", apenas sacudiu a cabeça e entrelaçou os dedos para não tocar na comida. As algemas tilintaram em seu colo.

— Peço desculpas, Vossa Majestade — disse ela. — Mas não consigo mais confiar em ninguém hoje.

A rainha a surpreendeu com um sorriso.

— Não a censuro por isso. — Ela examinou a comida e começou a preparar um sanduíche. — Desde que a Mão surgiu — disse ela, cortando-o ao meio —, vivo preocupada com coisas envenenadas. — Ela deu uma mordida na metade e mastigou, refletindo. — Talvez seja por causa do nome, mas juro que sonho com dedos me tocando no escuro. — Largou o sanduíche na mesa. — Metade dos feitiços que invento hoje em dia são para manter minha família a salvo.

Ao dizer isso, tocou num pingente ao redor do pescoço, mas, quando abaixou a mão, Tes percebeu que na verdade era um anel de ouro, enfeitiçado com um feitiço tão pequeno e delicado que precisaria olhar bem de perto para conseguir ver a inscrição.

A rainha serviu o chá — era preto e incrivelmente forte, Tes deduziu só pelo cheiro. Ainda assim, esperou a rainha dar o primeiro gole.

— Fique tranquila, não tenho a menor intenção de envená-la ou drogá-la nem de fazer qualquer coisa que entorpeça seus sentidos. — Ela tomou um gole da própria xícara, depois a ofereceu a Tes. — Quero que estejam bem aguçados.

Tes aceitou e bebeu o chá, sentindo o gosto de especiarias e um calor inebriante. Deu um suspiro, voltando a se sentir melhor. Pegou a outra metade do sanduíche, arrastando as algemas pela mesa de metal. A primeira mordida foi puro alívio. A segunda, prazer. Na terceira, sentiu as lágrimas quase escorrerem pelo rosto.

Enquanto comia, sua atenção voltou às bancadas da oficina, a sala toda iluminada de magia. Tes não conseguiu evitar ficar maravilhada com tudo aquilo, seus dedos coçando para tocar na magia contida nos fios.

Em uma das bancadas havia um espelho diante de uma tábua de divinação. Em outra, um feitiço gravado em limalhas de ferro. Na parede, uma coluna de água fluía num ciclo constante, embora mago nenhum a sustentasse. Também havia outras coisas, com finalidade desconhecida para a garota. Estava morrendo de vontade de pegar e desmontar cada um daqueles itens.

Tes já tinha ouvido algumas histórias sobre a rainha de Arnes. Ninguém conseguia decidir se era uma prisioneira ou apenas uma pessoa reclusa, se era dotada de uma mente brilhante ou se não passava de uma alucinada. Para falar a verdade, ela nunca teve muito interesse em fofocas sobre a família real. A única coisa que sabia era que antes de se tornar uma Maresh, a rainha era uma Loreni. E os Loreni eram conhecidos por suas invenções.

— Creio que nós duas somos restauradoras — constatou a rainha, seguindo o olhar da garota. — Embora eu não possua o seu dom.

Ao ouvir aquilo, Tes se encolheu, desejando não ter contado a Delilah Bard sobre seu poder e imaginando como a notícia havia se espalhado tão rápido. A rainha pareceu ler a pergunta em seu rosto.

— Lugares grandes como este palácio costumam ter eco. — Enquanto falava, foi até uma bancada. — Ser capaz de pôr as mãos no próprio tecido do mundo. — Pegou uma caixa preta e voltou com ela. — O que eu não faria — disse, abrindo a caixa — se tivesse um dom como o seu...

A rainha parou de falar e olhou para baixo. Tes fez o mesmo. A caixa estava vazia. Uma sombra surgiu no rosto da mulher, e Tes podia jurar que tinha ouvido um nome em seus lábios, pouco mais do que um xingamento sussurrado — *Alucard* — antes de fechá-la novamente.

— Me diga, Tes. Você também cria ou só conserta?

— Às vezes, gosto de melhorar as coisas. Aperfeiçoar uma boa magia.

A rainha assentiu, compreensiva.

— Então me conta — continuou —, como foi que passou a servir a Mão?

De repente a comida ficou sem gosto. Obrigou-se a engolir.

— Eu juro que não sabia. Ou jamais teria aceitado o trabalho.

— Quer dizer que eles não a recrutaram?

— Não — respondeu, enfaticamente. — Um homem foi até a minha loja. Acho que estava doente ou ferido. Ele me trouxe um objeto quebrado e queria que eu consertasse... mas eu não sabia o que era. E agora está destruído. A Mão não tem mais como usá-lo contra vocês.

— E sou muito grata por isso — disse a rainha. — Você protegeu a minha família, Tes. Por isso, tenho uma dívida eterna com você. Ainda assim — acrescentou, dando um gole no chá —, é uma pena que tenha sido destruído.

— Vossa Majestade? — perguntou ela, confusa.

— Nós somos inventoras. É sempre uma pena, não é? Destruir uma obra.

Tes assentiu, embora estivesse contente por tê-lo destruído. O *persalis* lhe custara a loja que tanto amava e a vida que tinha em Londres. Fora ameaçada, feita refém, esfaqueada duas vezes e jogada na prisão. Tudo porque havia feito seu trabalho.

— Você poderia me mostrar como faz?

Tes pestanejou. Não vira a rainha se levantar, mas a mulher se afastou e logo depois voltou com uma caixinha nas mãos. Abriu espaço e a colocou sobre a mesa de metal.

— Talvez haja um lugar para você aqui. Para o seu dom. — Ela apontou para a enorme oficina. — Eu poderia ter uma aprendiz. Ainda mais alguém tão habilidosa como você.

Tes olhou para baixo: era uma caixinha de música sem tampa, revelando o feitiço em seu interior. Sem nem pensar, Tes acabou flexionando os dedos, e em questão de segundos entendeu o que havia de errado com a magia, o lugar onde alguns fios estavam desenroscados. O conserto era tão simples que sabia que aquilo tratava-se de um teste.

— Ah, espere um pouco.

A rainha tocou nas algemas e a trava girou dentro delas. O peso do ferro sumiu quando elas abriram-se sobre a mesa. Tes esfregou os punhos.

— Pronto — disse a rainha. — Agora me mostre.

Tes olhou para a caixa, mas não mexeu um músculo. Ninguém nunca a havia visto trabalhar, nem mesmo Bex e Calin. Ela sempre fora muito cuidadosa, disfarçando cada gesto, cada movimento. Era exaustivo manter seu poder em segredo. Mas havia um bom motivo para isso.

— Mostre — repetiu a rainha, mas dessa vez sua voz soou diferente, sem aquela suavidade calculada, revelando certa frieza e avidez. Ela encarou Tes, analisando-a, e, embora seus olhos fossem de cor e formato diferentes, aquele olhar lhe era bastante familiar. Era o mesmo olhar de Serival, que olhava para tudo que tinha valor como algo a ser usado, vendido ou desmontado. Era o mesmo olhar do pai, que aguardava de braços cruzados, dentro da loja, que Tes lhe mostrasse seu valor.

De uma hora para a outra, a vasta oficina pareceu ainda menor do que a cela.

Fuja. A palavra disparou por suas veias como havia acontecido três anos antes, quando ergueu o olhar e se deparou com a irmã mais velha a observando do batente da porta, encarando fixamente suas mãos pairando sobre fios que não conseguia enxergar.

Olhou de relance para a mesa de metal, com a caixinha de música e as algemas abertas entre Tes e a rainha.

— Mostre — pressionou a rainha, inclinando-se para a frente, e foi o que Tes fez.

Enfiou a mão dentro da caixinha de música quebrada e puxou um fio cor de âmbar arrebentado, uma peça feita para amplificar o som. Mas, em vez de remendá-lo, enrolou o fio entre os dedos e o esticou, dando um laço ao redor da estrutura de madeira.

A rainha observava seus gestos, encantada. Tão encantada que chegou mais perto e o cotovelo acabou esbarrando na xícara de chá, derrubando-a da mesa. A rainha estremeceu, virando-se quando a xícara caiu e se espatifou no chão da oficina. Franziu a testa.

A queda não fez qualquer barulho. Ela voltou os olhos penetrantes na direção de Tes.

— O que foi que você fez? — perguntou a rainha, ou pelo menos foi o que Tes imaginou que ela disse. Os lábios da mulher formaram as palavras, mas não saiu som. De repente, todos os ruídos da oficina foram abafados.

A rainha olhou para a caixinha de música sobre a mesa, lançou-se sobre ela e, neste instante, Tes pegou as algemas com uma das mãos enquanto puxava os fios com a outra. O ferro ficou mole como massa de modelar sob suas palmas e, antes que a rainha alcançasse a caixa, Tes jogou o metal amolecido nos pulsos da mulher. Nadiya se afastou, mas Tes já tinha largado as algemas e o ferro voltou a assumir a forma de ferro, agora fundido à superfície de metal.

Tes recuou, afastando-se da mesa e da expressão de choque da rainha.

— *Solase* — disse ela, mas o pedido de desculpas não passou de uma forma em seus lábios antes que se virasse e fugisse.

—•—

Tes saiu correndo, o som voltando a seus ouvidos à medida que subia as escadas. Quando a rainha a buscara, foi levada para fora da prisão, atravessou uma galeria e desceu até outra coluna. Conseguira ver duas portas: a primeira dava para o palácio; a segunda, sutil como uma rachadura na pedra, estava embutida no patamar da coluna na metade do caminho.

Estendeu a mão e tentou abrir a porta, mas estava trancada.

Tes passou as mãos pelo ferro. Até conseguiria arrombar a fechadura, mas não tinha tempo para isso, então puxou a magia com toda a força. A porta ficou amassada como um pedaço de papel e se abriu com um rangido. Tes se atirou para fora, esperando encontrar mais degraus, mas na verdade se deparou com o vazio. Mal teve tempo de entrar em pânico e entender que ia cair e mergulhar direto no rio, antes de suas botas pousarem na terra macia alguns metros abaixo.

Cambaleou para a frente, cravando as mãos na grama molhada, com as folhas avermelhadas pelo brilho do Atol. A margem do rio. O sol já havia se posto e o céu passara do azul ao preto, sombreando a margem sul. Tes subiu a encosta e, quando chegou ao topo, viu os lampiões do mercado noturno cintilando ao longe, as ruelas lotadas e as tendas cheias de gente.

Uma onda de alívio tomou conta dela.

Puxou o casaco e começou a caminhar, pretendendo desaparecer em meio à multidão. Mas, ao atravessar o gramado, uma sombra se meteu no seu caminho. Embora estivesse escuro, Tes viu a trança preta erguendo-se como uma crista sobre a cabeça da mulher e o metal em volta do antebraço dela. Seu sangue gelou nas veias.

— Ei, olá — disse Bex, aproximando-se da garota. — Não te avisei que ainda não tínhamos terminado nossa conversa?

— Já destruí o *persalis* — disse Tes, recuando. Escorregou na grama molhada; atrás dela havia apenas a encosta e o rio. Bem, ou pelo menos era o que ela pensava. Até que o braço grande e coberto de cicatrizes de Calin passou por seus ombros e a levantou, tirando-a do chão. — Não posso dar o que não tenho — arfou Tes.

Bex inclinou a cabeça.

— Vamos torcer, pelo seu bem, que isso não seja verdade.

Calin tapou o nariz e a boca da garota com um pano. Ela tentou não respirar, mas seus pulmões não aguentaram e começaram a latejar, fazendo-a inalar o veneno. Sentiu um gosto enjoativamente doce na língua e garganta até sentir algo estranho na cabeça. A última coisa que viu foram os lampiões desfocados do mercado por trás do ombro de Bex, depois as luzes foram se apagando, uma a uma, e ela caiu na escuridão.

ONZE

NAS MÃOS ERRADAS

I

Lila Bard estava de péssimo humor.

Por sete anos, ela vira Kell sofrer. Sete anos e nenhuma maneira de impedir seu sofrimento. E agora, quando havia um jeito, ele ainda negava. Porque havia um risco. *Lógico* que havia um risco, acontece que esse era o problema daquela gente nascida naquele mundo: a magia tornava a vida delas muito fácil, tudo seguro demais. Pareciam não entender que, às vezes, viver trazia mesmo riscos.

Ela se preocupava com Rhy, sim, mas estava cansada de ver Kell se sacrificando em prol do irmão, como se sua própria vida e dor não tivessem importância.

Malditos mártires.

— Não saia do palácio — dissera Kell, e por algum motivo ela lhe deu ouvidos, pelo menos no início, e foi até o campo de treinamento na esperança de encontrar soldados, guardas, novos recrutas: qualquer um disposto a um duelo. Mas o lugar estava vazio.

Então Lila começou a caminhar — pisando duro, como se pudesse forçar a frustração para fora de seu corpo por meio dos saltos das botas. Sentia-se como uma garrafa de espumante depois de ter sido sacudida e antes da rolha se soltar. O poder se agitava sob sua pele, derramando-se no ar à sua volta. Quando passava, os lampiões se acendiam, pedrinhas tremiam e derrapavam rua abaixo.

Só queria a merda de uma luta, mas ninguém no palácio estava disposto ou era capaz de duelar com ela, por isso Lila fez o que fazia de melhor.

Foi atrás de encrenca.

Seus cortes ainda não tinham sarado da confusão na taverna, mas Lila não estava nem aí. Imaginou se conseguiria encontrar a mulher de trança preta e acabar o que tinham começado. Era uma boa adversária. Cheia de facas. Qual era mesmo o nome dela?

Bex.

— Bex, Bex, Bex — Lila disse em voz alta, como se ela pudesse ser convocada. Não apareceu nenhuma Bex, mas não tinha problema: a mulher tinha aquele ar de mercenária e Lila sabia bem onde encontrá-los.

No *shal*.

O sol havia se posto no meio da caminhada, e talvez fosse por causa da luz que se tornava cada vez mais fraca, ou apenas uma intuição de que estava indo na direção errada, mas de repente Lila reparou no quanto o céu estava escuro.

Suas botas se arrastaram até parar. Ela olhou para o horizonte oposto ao sol, observou a luz tênue das estrelas e percebeu...

Não havia lua no céu.

Sem mancha branca nem lua minguante. A imagem na borda da moeda voltou à sua mente. Lua cheia. Ou lua *nova*.

Deu uma olhada no relógio. Ainda era cedo, pouco depois das nove, mas ela não tinha nenhum outro lugar para onde ir. Virou-se em direção ao muro mais próximo, com o punho cerrado, e cravou as unhas no corte que fizera para curar a garota. A dor irrompeu em sua palma quando o corte voltou a abrir, depois Lila tocou no sangue e desenhou a marca na pedra — uma linha vertical e duas cruzes menores — antes de colocar a palma sobre o desenho.

— *As Tascen.*

A cidade desapareceu e um segundo depois apareceu novamente, sua mão pressionada contra outro muro, em outra rua, a mesma marca vibrando sob a pele. Lila se afastou do muro e virou-se para a casa seis da Helarin Way, disposta a esperar a noite toda se fosse necessário.

No fim das contas, não teve que esperar nada.

A casa, que estava às escuras de manhã e na noite anterior, havia passado por uma transformação completa: havia carruagens paradas na calçada, lampiões acesos em todas as janelas, e o sombrio sorriso do portão tinha se aberto.

Imediatamente Lila entendeu o que era aquele local.

Um jardim de prazeres. Exatamente como Tanis lhe dissera.

Grupos de homens e mulheres caminhavam pela calçada, alguns vestidos como se fossem para um baile real, e passou pela cabeça de Lila roubar as roupas elegantes de alguém para poder se misturar, mas desistiu quando reparou em pessoas vestidas de maneira mais simples.

Atravessou a rua, desacelerando assim que dois cavalheiros desceram de uma carruagem. Um deles usava um casaco de veludo de gola alta; o outro, um colete preto sobre uma túnica, mas ambos falavam com aquele sotaque distinto da *ostra*.

— ...é chamado de Véu — disse o de veludo. — Está sempre mudando de lugar. Demorei um mês para encontrá-lo, mas ouvi dizer que o esforço vale a pena.

— Como você descobriu onde seria? — perguntou o de colete.

— É um segredo — respondeu o de veludo.

— Um segredo muito concorrido — observou o outro.

E ele tinha razão.

Quando encontrou a mensagem na moeda, Lila imaginara uma reunião bem mais clandestina, realizada nos aposentos ocultos de uma casa escura, longe de ouvidos curiosos e olhares atentos. Afinal de contas, havia meses a Mão estava em atividade e ainda não tinha sido pega.

Mas o melhor crime era cometido bem debaixo do nariz de todo mundo.

Lila não tinha dúvidas de que metade dos convidados que entrava ali não passava de clientes do jardim de prazeres. Mas forneciam um disfarce perfeito para os outros.

Ela seguiu os homens em direção à porta aberta logo adiante, embora qualquer vislumbre da casa estivesse escondido atrás de uma cortina. Um anfitrião estava parado na entrada, dando boas-vindas a cada convidado que chegava. Estava vestido de branco da cabeça aos pés: um terno ajustado por baixo de uma capa pálida e perolada e, sobre o rosto, uma máscara dourada.

Se o anfitrião reparou que Lila estava vestida com roupas de homem — e pior, malvestida, pois a túnica e as calças estavam sujas por baixo do casaco e com resquícios de poeira e sangue pela briga na taverna, embora tivesse abotoado o casaco para esconder o pior —, não disse nada. Se seu sorriso fosse desconfiado, ela não tinha como saber por causa da máscara.

— Seja bem-vinda ao Véu — cumprimentou o anfitrião, estendendo a mão enluvada. — Você tem um convite?

Os dedos de Lila voaram em direção à faca mais próxima, um hábito que vinha à tona sempre que suas únicas escolhas eram mentir ou lutar, mas, em vez disso, ela enfiou a mão no bolso e pegou a moeda que encontrara na taverna. Verificou a borda com a ponta do polegar para se certificar de que era a moeda certa e pousou o lin modificado na mão do anfitrião. Por um instante, ele ficou olhando para o lin como se estivesse surpreso ao vê-lo. Em seguida, seus dedos enluvados fecharam-se sobre a moeda.

— Haverá um brinde na biblioteca — disse ele. — Na hora marcada.

Lila não precisou perguntar quando seria.

Nonis ora.

Onze horas.

Ela passou pela cortina e entrou num vestíbulo coberto de rostos. Máscaras. Havia dezenas penduradas nas paredes — não douradas, como a usada pelo anfitrião, mas pretas, brancas e sem traços característicos — e ainda faltavam outras dezenas, cuja ausência era marcada por ganchos dourados. Lila escolheu uma máscara preta, colocou-a no rosto e, embora não tivesse chifres adornando o acessório, começou a cantarolar enquanto se dirigia para o fundo do vestíbulo até chegar à segunda cortina.

Como se sabe quando o Sarows está chegando, está chegando, está subindo a bordo?

Empurrou a cortina para o lado e entrou no Véu.

II

Enquanto descia os degraus de pedra da prisão, Alucard passava a mão pela parede.

Conseguia ver os fios dançando na superfície da rocha, assim como aqueles movendo-se na corrente de ar que vinha lá de baixo e aqueles que uniam Kell e Rhy — os fios de Kell tinham um aspecto puído, ao passo que os do irmão estavam misericordiosamente intactos. Observou com atenção a teia de filamentos, os pontos onde se cruzavam, e tentou imaginar como seria ter o dom que aquela garota supostamente tinha, ser capaz de tocar nos fios, segurá-los e alterar sua magia.

Quantas noites não passara ao lado de Rhy, sem conseguir pregar o olho, estudando os fios prateados e observando a maneira como fluíam do coração do rei? Agora, ele tentava imaginar seus dedos entre as brechas, como teria de ser cuidadoso para tocar apenas nos fios certos, quanto mais arrebentá-los e atá-los de volta sem causar uma falha catastrófica. A complexidade era assustadora, havia um potencial tão grande para dar errado que Alucard ficou se perguntando: se *pudesse* fazer isso, será que confiaria em si mesmo?

Lá no fundo, sentiu-se aliviado por não ter que fazer esse tipo de escolha.

Kell contraiu os ombros ao se aproximarem das celas reais, e Alucard lembrou que o príncipe já tinha passado um tempo atrás das grades por ter desafiado o falecido rei.

— Cadê os guardas? — perguntou Rhy assim que chegaram à fileira de celas. E era verdade, devia haver alguém de guarda ali. Mas não havia ninguém a postos e, quando chegaram à última cela, ele entendeu por quê.

A garota tinha sumido.

A cela estava vazia, a porta escancarada. Por um breve momento, Alucard pensou que ela tivesse fugido. Mas os feitiços de proteção da cela ainda estavam ativos e não havia nem sinal de terem sido adulterados. Não, alguém a tirara dali.

— Lila — sibilou Kell, uma única palavra condenatória antes de dar meia-volta e subir as escadas, e Alucard torceu para que ele estivesse errado. Afinal de contas, Lila estava de mau-humor e convencida de que a garota estava escondendo alguma coisa. Não queria nem imaginar o que a *Antari* faria se tivesse liberdade para algo assim.

Rhy e Alucard seguiram Kell escada acima até o salão do palácio, onde o príncipe se aproximava do guarda mais próximo.

— Você viu a Lila por aí? — perguntou ele.

— Ela tirou a garota da prisão — disse Rhy.

— Por que não havia guardas na cela? — perguntou Alucard.

O guarda fez uma reverência.

— Vossas Majestades — disse ele, olhando para os três como se não soubesse a quem se dirigir antes de acabar se decidindo pelo rei. — Lila Bard não levou a prisioneira.

— Como é que você sabe disso? — perguntou Kell.

Ele hesitou por um instante.

— Porque quem a levou foi a rainha.

—•—

A noite acabou sendo uma caixinha de surpresas.

Os três chegaram à oficina da rainha, mas não encontraram a garota, e sim Nadiya Loreni debruçada sobre uma mesa. Ela olhou para o marido, seu consorte e o príncipe assim que entraram no aposento, mas não fez movimento algum em direção aos três.

Ao se aproximar dela, Alucard entendeu o motivo — seus pulsos estavam algemados e presos à mesa, os metais literalmente fundidos. Ela abriu a boca, mas nenhum som saiu dali; foi então ele se deu conta de como estava opressivamente silencioso na oficina, como se todo o som ambiente tivesse sido sugado do local.

Ela apontou com a cabeça para alguma coisa sobre a mesa. Parecia uma caixinha de música, embora os fios tivessem sido puxados e atados ao redor.

Engenhoso, pensou Alucard antes de esmagar o objeto com a mão.

O som voltou à sala assim que a caixa se quebrou, e Nadiya deixou escapar um suspiro em alto e bom som.

— O que foi que aconteceu? — perguntou Rhy.

— Ela fugiu — respondeu Nadiya, como se isso explicasse tudo. — Alguém pode chamar a Sasha? Ela é uma maga do metal.

Cinco minutos depois, a babá apareceu e libertou a rainha, que esfregou os punhos.

Enquanto Kell ia atrás de Lila.

E Alucard continuava focado na rainha. Ela não parecia aborrecida com o ataque, e ele a seguiu pela oficina até outra mesa, observando-a desenrolar um pergaminho e abrir um frasco de areia preta, que virou ali em cima. Viu-a fazer um entalhe na areia, pegar um ossinho branco e colocá-lo no sulco.

A rainha murmurou algumas palavras e a areia preta começou a se mover, traçando linhas finas pelo pergaminho até deixá-lo parecido com um mapa.

Uma frieza tomou conta dele.

— Você a deixou fugir de propósito.

Nadiya não respondeu, em vez disso continuou movendo os lábios para entoar o feitiço, sua atenção voltada para a areia que sibilava e deslizava, traçando o mapa da cidade.

Ele a segurou pelo ombro e apontou para o pedaço de osso.

— De onde veio isso?

Nadiya parou de falar e a areia parou de se mover. Ela o encarou, impaciente.

— Da coruja de estimação da garota.

A compreensão caiu como um fardo nos ombros de Alucard.

— Você *queria* que ela fugisse.

Ele não reparara que Rhy havia se juntado a eles, mas então o rei respirou fundo.

— Por quê?

— Porque a rainha vai usar a garota como isca — explicou Alucard, ao passo que Rhy olhou horrorizado para a esposa, mas ela já tinha voltado a prestar atenção no feitiço. Começou tudo do zero e a areia foi se movimentando, até que o rei deu um tapa no pergaminho. Nadiya se deteve e retribuiu o olhar do marido.

— Esse feitiço exige tempo e concentração. Então se não se importa...

— Eu me importo, sim — disparou Rhy. — O que foi que você fez?

— Fiz o que achei melhor — respondeu Nadiya. — Nós temos que encontrar a Mão. Eles querem encontrar a garota. Faz sentido. — Olhou para Alucard. — Você teria feito o mesmo.

Não era uma pergunta. Rhy olhou para Alucard, esperando que ele negasse.

Mas ele só deu um suspiro.

— Não sei muito bem se concordo com os métodos dela...

— Falando em métodos — disse a rainha, estreitando os olhos —, você pode até não concordar com os meus, mas *nunca mais* roube nada da minha oficina.

Alucard se encolheu como se tivesse levado um soco.

— Do que é que você está falando?

— As correntes — respondeu ela. — O feitiço de transferência.

O consorte sentiu o estômago embrulhar.

— O que é que tem?

— Não se finja de inocente.

— Nadiya — disse ele, num tom de voz rígido. — O que é que tem?

Sua expressão passou da acusação para a confusão quando ela respondeu:

— Sumiram.

Naquele momento, Kell voltou, ofegante.

— Lila não está no palácio.

— Não — confirmou a rainha. — Ela saiu daqui há uma hora, a pé.

Kell soltou um palavrão.

— De todas as noites...

E Alucard fechou os olhos. Sim, de todas as noites...

— Dá para ver a lua no céu? — perguntou ele.

— O que isso tem a ver? — indagou Kell, mas Alucard não tinha perguntado a ele. Estava perguntando à rainha, que trabalhava num porão sem janelas, debaixo da água e, ainda assim, sempre parecia estar a par de tudo que acontecia sobre sua cabeça.

— Dá ou não? — perguntou novamente.

— Não — respondeu a rainha. — É uma noite de lua nova.

Alucard deu um suspiro pesado e virou-se para Kell.

— Sei onde Lila está.

——•——

— Vai demorar muito? — perguntou Rhy, andando de um lado para o outro na oficina da rainha.

— Se você continuar me interrompendo, muito — respondeu Nadiya. Na verdade, estava demorando mais do que deveria porque o mapa já tinha mudado de forma duas vezes. O traçado fora reescrito, as linhas de areia terminaram, ruíram e se reformularam, desenhando novas ruas, o que queria dizer que a garota, Tes, estava em movimento. Ou sendo movimentada.

Nadiya terminou os comandos pela terceira vez e esperou que as linhas finalmente se assentassem.

Rhy estava do outro lado da mesa, olhando para ela de cara feia. Nadiya já tinha visto o rei chorar e rir, desamparado e feliz, frustrado e com dor, mas raramente o via *zangado*. Seus olhos dourados ardiam sobre ela, não de paixão, mas cheios de raiva e desdém. Os lábios franzidos, como se estivesse se segurando para não dizer o que realmente pensava.

— Se você tem algo a me dizer — disse ela —, então diga de uma vez.

— Como você pôde fazer uma coisa dessa?

— Fazer o quê?

— Colocar a garota em perigo. Tratar a vida dela como se fosse algo descartável. Como se tivesse menos valor do que a minha ou a sua.

— E tem *mesmo*. — Não havia malícia nenhuma na voz da mulher, apenas uma determinação sombria, mas Rhy a encarava como se ela fosse um monstro. Seu marido gentil, tão bondoso e ingênuo. Nadiya sabia que Alucard tinha o costume de mimá-lo, mas naquele momento ela não tinha tempo para aquilo. — Vidas não são iguais, Rhy. É tolice pensar assim. Faz de você uma boa pessoa, mas, como rei, vai ser o seu fim.

Ele estremeceu.

— E será a morte dos Maresh — continuou ela. — Talvez você não possa morrer. Mas parece se esquecer de que *eu* posso. Assim como *Alucard*. E sua *filha*. Então, se quiser fazer o papel de santo, vá em frente, mas eu não tenho tais delírios. Trabalhei muito para manter esta família sã e salva. Vamos torcer para que hoje à noite só tenhamos que sacrificar uma garota.

Rhy ficou em silêncio.

Nadiya baixou o olhar.

Na mesa entre eles, a areia enfim parou de sussurrar sobre a superfície do papel. Ficou imóvel, transformando-se em linhas pretas ao redor do pedaço de osso conforme o mapa ia sendo desenhado: um banco, uma rua, uma casa. A cidade foi surgindo diante dos dois, uma pincelada de cada vez. Rhy prendeu a respiração. Nadiya franziu a testa. Não havia nomes nem números, mas nem precisava: sabiam exatamente para onde Tes tinha sido levada.

A propriedade dos Emery.

III

Tes acordou com a violência da água fria.

Sentou-se, arquejando, quando um rio gelado percorreu por seus olhos e desceu até o pescoço, encharcando seus cachos. Bex pairava diante dela, segurando um balde agora vazio.

— Acorda para cuspir — disse a mulher, colocando-o no chão.

O coração de Tes disparou no peito, e ela sentiu gosto de poção de sonhos na língua. Deitada no chão de uma sala bem equipada, uma poça de água se formava no piso de madeira. Pelo menos não estava amarrada. Isso devia tê-la feito se sentir melhor, mas não foi o caso. Não havia janelas no local, só uma porta onde Calin encostava-se, com um hematoma escuro que crescia como uma sombra na lateral do rosto. Bex ficou apenas observando Tes se levantar, tonta, e torcer a água do cabelo.

Alguma coisa havia mudado.

Na oficina dela, os assassinos foram arrogantes, demonstraram aquela confiança típica de mercenários. Ombros relaxados e certo gingado em seus movimentos. Agora estavam quietos, tensos como as cordas de uma harpa.

Tes tentou adivinhar qual seria o motivo — até que alguém atrás dela pigarreou.

— Pedi o *persalis* e vocês me trouxeram uma garota.

Tes se virou e encontrou um homenzarrão vestido de azul-marinho e prateado. Os fios dele tinham um tom terroso de verde, mas eram finos e opacos. Seu cabelo castanho era curto e seus olhos azuis tão escuros que ela poderia achar que eram pretos se a luz não estivesse refletindo nas íris. O sotaque do homem era puro *vestra* e ele se portava como um nobre, mas os dedos eram cobertos de cicatrizes pálidas. Tes deu um passo para trás por instinto, embora assim acabasse ficando mais perto dos assassinos.

— Foi o melhor que conseguimos — murmurou Calin.

— Senhor — acrescentou Bex, e Tes captou um tonzinho de deboche nas palavras. — Na falta do peixe, achei que fosse querer o pescador.

O nobre ignorou os assassinos. Prestou atenção em Tes e só então a ficha da garota caiu: devia ser o líder da Mão.

— Você me causou um bocado de problemas — disse ele. — Espero que consiga dar um jeito nisso.

Ele deu um passo para o lado, deixando à mostra uma mesa comprida. Em cima e ao redor havia uma miríade de objetos enfeitiçados, muitos, mas não todos, de uso doméstico, metade em mau estado. Era o tipo de coisa que abarrotava as prateleiras da oficina de Haskin antes que ela botasse tudo abaixo.

— Foi tudo que conseguimos encontrar em tão pouco tempo — justificou Calin.

— E tudo de que você precisa — disse o nobre — para montar outro *persalis*.

Tes recuou e disse o que deveria ter dito quando aquele ladrão moribundo pisou na sua loja com o abridor de portas quebrado nas mãos.

— Não.

Em sua cabeça, a resposta soara retumbante, mas quando passou por seus lábios o som acabou saindo rouco e baixo, quase como um sussurro. Ainda assim, pareceu ecoar pelo aposento. Com o canto do olho, viu Bex se encolhendo, mas o nobre assentiu, talvez em sinal de compreensão, e começou a soltar as abotoaduras. Tes reparou que os fechos eram penas de prata. Sua mente ficou a mil.

Devia ter prestado mais atenção à realeza na época que seu pai insistia para que a estudasse.

— Infelizmente — disse o homem, arregaçando as mangas —, não tenho tempo para ser persuasivo. — Tirou um frasco do bolso, seu conteúdo da cor de óleo. Virou o frasco, o líquido deixando manchas viscosas no vidro. — Segurem a garota.

Tes cambaleou para trás, escorregando na poça, mas os assassinos agarraram seus braços e a forçaram contra o piso molhado. A garota se debateu e berrou quando a pressionaram ali, dando pontapés assim que o homenzarrão se aproximou. Acertou-o na barriga, mas era a mesma coisa que chutar uma pedra; ele nem se abalou. Pelo contrário, ajoelhou-se ao lado dela e abriu o frasco nocivo enquanto Bex puxava seu cabelo, forçando sua cabeça para trás.

A dor a fez gritar e, neste instante, o vidro foi forçado entre seus dentes. Um líquido amargo se derramou em sua língua e ela se engasgou, contraindo a garganta para não beber, mas o nobre colocou a mãozorra sobre sua boca, fechando-a até que ela engolisse.

As mãos que a seguravam desapareceram e Tes rolou para o lado, ofegante. Se encolheu, como se quisesse se proteger. Como se o estrago já não tivesse sido feito. Uma sombra pesou sobre ela, escurecendo todo o aposento. Era o nobre, ajeitando as mangas.

— O líquido era erva de viúva — disse ele, prendendo as abotoaduras. — Talvez já tivesse ouvido falar. Desacelerava o coração, engrossava o sangue e provocava a falência dos órgãos vitais. A maioria das pessoas a usava para envenenar alguém aos poucos, dando uma ou duas gotas no decorrer de semanas ou até meses. — Ele segurou o frasco contra a luz. Estava vazio. — Eu diria que você tem uma hora. Com sorte.

Não dava tempo. Mesmo que Tes estivesse dentro de sua oficina, com o chá preto e seus óculos de proteção. Mesmo que não tivesse sido envenenada. E, se já estava morta, qual era o sentido?

Mas então o nobre exibiu outro frasco, com um líquido branco leitoso.

— O antídoto — explicou, indo até a porta. Calin saiu da frente e o nobre lhe jogou o frasco, como se fosse uma gorjeta, antes de desaparecer no corredor.

Bex e Calin ficaram observando-o partir. No momento em que não conseguiram mais ouvir os passos do homem, seus corpos relaxaram um pouco. Calin fechou a porta e Bex virou-se para a garota.

— Bem — disse ela —, se fosse você, eu começaria logo a trabalhar.

Verdade seja dita, Lila nunca foi de passar muito tempo nos jardins de prazeres.

Não que desprezasse o prazer — adorava um bom vinho, uma faca afiada, as coisas que Kell fazia com a boca quando a usava direito —, mas uma ladra sempre seria uma ladra. Ela não confiava na gentileza, na proximidade. Alguém colocou uma taça em sua mão. Alguém correu os dedos pelo braço dela. O corpo de alguém roçou no seu. Todas as vezes, seus músculos se enrijeciam e seus nervos lhe diziam que estava sendo furtada.

A música ecoava, vinda de um salão onde havia um quarteto de instrumentos sobre um tablado, enfeitiçado para tocar sem músicos. O resto do aposento estava lotado; algumas pessoas jogavam cartas, outras fumavam, mas a maioria desfrutava das companhias proporcionadas pelo Véu. A luz incidia suavemente sobre as máscaras, destacando o dourado ocasional de um anfitrião que passava pelo mar de preto e branco, fazendo com que todas reluzissem.

A mão de uma mulher roçou nas costas de Lila, e ela teve que resistir ao impulso de contrair os músculos ou dar uma conferida nos bolsos antes que uma voz ronronasse com uma graça felina.

— *Avan, res naster.*

Lila se virou e reparou em mais uma silhueta completamente vestida de branco, embora usasse bem menos roupas e estivesse com o rosto escondido atrás de uma máscara dourada.

— *Avan* — respondeu Lila. — Pode me dizer onde fica a biblioteca?

— Por que ir para lá se pode ficar aqui comigo? — provocou a mulher.

— O que mais posso dizer? — retrucou Lila. — Sou apaixonada por livros.

Ela podia até *imaginar* a mulher fazendo beicinho por trás da máscara, mas então passou os braços ao redor da *Antari* e a virou, apontando para um corredor.

— Por ali — disse, dando um empurrãozinho brincalhão em Lila, seu toque recuando como o movimento da maré.

Ela seguiu pelo corredor cheio de portas, todas fechadas e com máscaras douradas penduradas na madeira. As duas primeiras estavam trancadas. Atrás da terceira havia dois homens jogando cartas. Um deles tinha acabado de perder a partida e tirava os sapatos. O outro parecia já ter perdido várias — estava quase nu. Nenhum dos dois pareceu notar Lila fechando a porta. Ela seguiu em frente, vasculhando quarto por quarto e encontrando todas as características típicas de um jardim de prazeres, mas nem sinal de um grupo rebelde. Chegou ao fim do corredor e descobriu que, na verdade, não acabava, pelo contrário: dava para uma alcova e uma última porta, esta sem qualquer indicação de máscara, vidro ou placa.

Encostou o ouvido à madeira, mas não conseguiu escutar nada vindo do outro lado. Testou a maçaneta e descobriu que estava destrancada. A porta se abriu para uma biblioteca grande e bem equipada, com paredes forradas de livros, uma escrivaninha de madeira num canto e um par de cadeiras diante de uma lareira apagada.

Lila entrou, fechando a porta.

Na parede, um relógio badalou, e ela verificou as horas. *Dez*.

Lila observou os livros dispostos nas prateleiras, depois foi até a escrivaninha e abriu gaveta por gaveta, à procura de alguma coisa, qualquer coisa, que ligasse aquele lugar à Mão. Ainda estava à procura quando a porta da biblioteca se abriu com um rangido, trazendo o eco da música e das vozes espalhadas pelo local. Até que se virou, encontrando um homem parado à sua frente.

Era tão alto e largo que ocupava toda a soleira da porta. Tinha o cabelo castanho curto nas laterais, despontando sobre a máscara preta. Usava um casaco azul-marinho com botões prateados. Lila encarou as mãos do homem, cobertas de cicatrizes.

— Chegou cedo — disse ele, a voz semelhante ao ruído de um trovão.

— Melhor do que tarde — replicou Lila, despreocupada.

— Tem razão. — Então fez uma coisa muito esquisita. Ainda parado junto à porta aberta e, enquanto ela o observava, ele passou a mão pelo batente, como se estivesse testando a madeira antes de entrar na biblioteca. Fechou a porta ao passar e a trancou.

O barulho suave do ferrolho soou como um alerta aos ouvidos dela.

— Sabe — continuou ele —, eu estava esperando mesmo que você viesse.

Lila franziu a testa.

— Olha, me desculpe — disse ela. — Nunca me esqueço de um rosto, mas como não consigo ver o seu... já nos conhecemos?

O homem seguiu, a passos lentos.

— Não — respondeu ele. — Nunca fomos apresentados. Mas você não é mais tão anônima quanto antes, Delilah Bard.

Ele fechou as mãos em punhos, os nós dos dedos empalidecendo assim que o homem verbalizou seu nome, e, por instinto, Lila buscou seu poder. Não no ar da sala nem nas velas dispostas ao longo da parede, mas nos ossos do corpo do homem, para detê-lo, deixá-lo imóvel.

Invocou a magia — mas não sentiu nada.

Nenhuma vibração ou expectativa, nem a sensação de uma força de vontade em guerra com a sua. Então Lila tentou invocar o piso de madeira e o ar para acender uma chama na palma da mão. Nada.

Feitiço. A sala tinha um feitiço de proteção.

— Espero que não tenha planejado contar com a magia.

Lila imaginou os lábios do homem esboçarem um sorrisinho sombrio por trás da máscara cor de ônix e forçou-se a retribuir o sorriso imaginário.

— Acredite se quiser — disse ela, desembainhando uma lâmina —, mas tenho outros truques.

— É mesmo? — Ele seguiu em frente, chegando tão perto dela que Lila acabou ficando com duas opções: atacar ou recuar. E ela não estava disposta a recuar. — Então me mostra — disse ele, mas Lila já havia entrado em ação.

Saltou por cima da escrivaninha, brandindo a faca em direção à máscara do homem. Ele levantou o braço bem a tempo, e a lâmina ressoou contra o aço, rasgando seu casaco e atingindo uma braçadeira de metal. O homem golpeou com outro punho em direção à sua cabeça, mas Lila se esquivou, cravando a faca na lateral do corpo dele.

Sentiu o gume rasgar não apenas o tecido, mas também a pele, e mesmo assim o homem não recuou. Na verdade, sequer hesitou. Simplesmente se virou com uma velocidade surpreendente e, antes que Lila conseguisse sair da frente, deu um soco com toda a força em seu rosto. Força suficiente para quebrar a máscara, que se soltou de seu rosto. Força suficiente para deixar sua boca empapada de sangue. A *Antari* rolou para trás e ergueu-se, mas os ouvidos zumbiam e o olho bom ficou embaçado e, por um instante terrível, não conseguiu enxergar nada, seu agressor não passava de uma vaga silhueta indo em sua direção.

Reparou que o homem não tinha sacado uma arma e que empunhava as próprias mãos como se fossem as únicas armas de que precisava. Era um homem experiente em ferir.

— E aí? — perguntou ele. — Acabaram os truques?

Lila empunhou sua faca com firmeza, analisando o caimento das roupas dele, tentando encontrar os pontos que não eram blindados.

O homem, por sua vez, virou a cabeça, olhando para o relógio na parede.

Como se ela sequer fosse uma ameaça.

Lila ficou ofendida, mas aquele desrespeito lhe deu a oportunidade de que precisava: aproveitou para saltar na direção dele com a lâmina apontada para a garganta.

Mas, no último segundo, o rosto mascarado virou-se para ela, ele ergueu a mão e pegou a faca pela lâmina, puxando a arma para a frente.

Lila deveria ter largado a faca.

Mais tarde, toda vez que relembrava a luta, se arrependia daquele momento. Deveria ter largado a faca, mas não largou, e, no instante em que o homem puxou a lâmina, Lila foi junto, perdendo o equilíbrio. Foi então que ele deu um tapa na lateral da cabeça de Lila e a golpeou com toda a força contra a escrivaninha de madeira.

Depois disso ela perdeu os sentidos.

IV

Dois cavalos dispararam pela ponte.

Não tinham marca real, mas qualquer um com o mínimo de conhecimento diria que eram bem-criados. Tinham pelagens exuberantes — um cinza, o outro branco — e, ao galoparem, os cascos brilhavam, como se as ferraduras fossem de ouro.

É lógico que Alucard não tinha se dado ao trabalho de dizer a Kell para *onde* iam, só contou que o lugar estava gravado na moeda.

— Que moeda? — indagara Kell, passando a perna sobre o cavalo cinza que os guardas lhe trouxeram.

Alucard deu um suspiro exasperado.

— Do ladrão morto no navio de Maris — disse, como se isso explicasse tudo. — Indicava a hora e o local da reunião da Mão.

Kell ficou irritado, não sabia o que o incomodava mais: que Lila não tivesse contado a ele sobre a moeda ou que tivesse contado a *Alucard*.

— Então você sabia que ela ia para lá — vociferara enquanto Alucard montava no cavalo branco e tomava as rédeas. — Sabia e ficou quieto.

— Eu estava distraído — respondera Alucard. — Faz sete anos que não sou marinheiro. Tenho mais o que fazer do que ficar me preocupando com as fases da lua.

Então o consorte começou a cavalgar, e Kell não teve outra escolha senão segui-lo ou ser deixado para trás.

A ponte sumiu sob os cascos dos cavalos assim que chegaram à margem norte, com suas avenidas abarrotadas de lojas e casas frequentadas pela *ostra*. Alucard incitou o cavalo a seguir em frente, diminuindo a velocidade ao virar numa rua ampla.

Helarin Way.

Ele parou e Kell fez o mesmo, os dois desmontando ao mesmo tempo que uma carruagem desacelerava e estacionava diante dos portões abertos de uma casa bem iluminada. Não parecia ser o tipo de lugar onde rebeldes se reuniriam — tinha toda a sutileza de um festival —, mas talvez fosse justamente a intenção.

— Fique de olho nos cavalos — disse Alucard.

Kell olhou para ele de cara feia.

— Se você acha que vai entrar sem mim... — Mas se interrompeu quando Alucard lhe lançou um olhar indulgente, estendendo as rédeas na direção oposta. Uma sombra se desprendeu do muro e pegou as rédeas, primeiro do consorte real e depois de Kell.

Ele tirou o casaco e o virou do avesso, deixando para trás o lado cinza que usava desde a visita ao Santuário e substituindo-o pelo preto fosco do manto de Kay. Voltou a vesti-lo, suspirando ao sentir o novo casaco assentar confortavelmente sobre seus ombros.

Penteou os cabelos para trás e levantou o capuz para esconder seu tom acobreado.

— Ah, sim — disse Alucard sem rodeios. — Agora ninguém vai reconhecer você.

Kell lhe lançou um olhar sombrio, depois enfiou a mão no bolso do casaco e pegou uma máscara preta, que colocou sobre o rosto. Seus olhos bicolores desapareceram.

— O que você... olha, quer saber? Não me interessa — disse Alucard enquanto levantava a gola do casaco e atravessava a rua, nitidamente sem a menor intenção de passar despercebido.

Na entrada havia um homem de branco da cabeça aos pés, com o rosto oculto por uma máscara dourada. A porta estava aberta atrás dele, mas uma cortina preta mantinha escondido qualquer vislumbre da casa.

— Bem-vindos ao Véu — cumprimentou ele, estendendo a mão enluvada. — Vocês têm um convite?

— Sim, com certeza — respondeu Alucard, apalpando os bolsos. — Hum — disse ele após um momento. — Devo ter deixado no outro casaco. — Ele abriu um sorriso que devia fazer a maioria das pessoas se derreter, mas que fazia Kell querer quebrar a cara dele. — Mas tenho certeza de que você pode abrir uma exceção.

O anfitrião meneou a cabeça.

— Não posso, infelizmente.

— Ah, acabei de me lembrar — disse Kell, aproximando-se e enfiando a mão no casaco. — Você me entregou ele.

Alucard arqueou a sobrancelha.

— Entreguei, é?

— Sim, está bem aqui... — Ele olhou para baixo e o anfitrião seguiu seu olhar, mas ficou paralisado ao sentir a ponta de uma lâmina no queixo. — Vá embora — sussurrou. Talvez o homem tenha visto o brilho de seu olho preto e descoberto a identidade do companheiro de Alucard ou talvez achasse que não valia a pena morrer por isso, porque assim que Kell afastou a ponta da faca, ele se virou e desceu as escadas, tirando a máscara do rosto e jogando-a nos arbustos.

— Sabe de uma coisa? — disse Alucard enquanto Kell guardava a faca no casaco. — Acho que você tem andado demais com Lila Bard.

— É o que parece — concordou Kell, passando por ele e atravessando a cortina.

Lá dentro, uma parede coberta de máscaras pretas e brancas forrava o vestíbulo, mais da metade já reivindicada. Kell decidiu continuar com sua própria máscara, mas Alucard escolheu uma branca, prendendo-a sobre o rosto. Juntos, os dois entraram no Véu.

V

Dor.

Uma dor aguda e ofuscante latejava na cabeça de Lila.

Não conseguia *enxergar*. Tinha perdido a visão, substituída por um *vazio* opaco e sombrio que a fez sentir um aperto no peito à medida que o pânico aumentava, assim como sua ânsia de vômito. Ela nunca teve medo do escuro, pois a escuridão não era *totalmente* escura. Sempre havia tons de cinza, camadas de silhuetas e sombras. Mas aquilo era bem diferente. Era *impenetrável*. Um breu absoluto. Era o que Lila temia desde que perdera o olho. Mas quando seu crânio parou de chacoalhar e a dor diminuiu o suficiente para seus outros sentidos virem à tona, ela piscou, sentindo os cílios roçarem num pano.

Não estava cega.

E sim de olhos *vendados*.

Girou o pescoço, o que provocou uma nova pontada de dor no crânio. Alongou o corpo, tentando se mexer, mas seus ombros se tensionaram e uma corda arranhou seus pulsos, junto outra coisa — metal? De um jeito ou de outro, parecia que suas mãos estavam atadas às costas.

Mais uma vez, Lila invocou sua magia.

E, mais uma vez, a magia não respondeu.

Por fim, seus sentidos acabaram se aguçando o suficiente para alcançar além de seu próprio corpo, e ela captou o peso de alguém movendo-se pelo assoalho de madeira. Não estava sozinha.

Lila engoliu em seco, tornando a voz o mais monótona possível.

— É esta aqui sua ideia de diversão? — perguntou ela. — Tenho outras sugestões, se quiser ouvir.

Ela esperava que ninguém fosse responder. Mas, para o bem ou para o mal, a pessoa se aproximou e tirou a venda de seus olhos, que observaram o cômodo banhado numa luz muito bem-vinda.

Lila piscou e olhou ao redor, surpreendendo-se ao descobrir que não estava mais na biblioteca. Nem no Véu, pela ausência de música sussurrando pelas paredes, pelo piso escuro, a decoração sóbria e a janela que já não dava para a Helarin, mas para outra rua. O ar estava impregnado de pó. O cômodo parecia abandonado. Como se ninguém vivesse ali. Largado às traças. Ela estava sentada numa cadeira de madeira.

Voltou a atenção para a silhueta pairando sobre ela, enrolando a venda preta em torno do próprio punho. Suas abotoaduras eram de prata e tinham a forma de penas. Lila hesitou por um segundo, mas sua atenção acabou sendo instantaneamente atraída para o rosto dele.

O homem que a atacara não usava mais uma máscara. Uma barba aparada sombreava a metade inferior de seu rosto. Seus olhos eram daquele tom cinza-azulado das tempestades em alto-mar. Ela teve uma impressão desconcertante de que já o tinha visto antes e, ao mesmo tempo, a certeza de que nunca tinham se encontrado.

— O anfitrião do Véu foi orientado a ficar atento a certas pessoas — disse ele. — Ao príncipe *Antari*, por exemplo. Ao meu irmão. E a você.

Irmão.

A epifania a invadiu de uma só vez. Só então as feições do homem se encaixaram, dispostas sobre outro rosto.

Sua memória voltou até um navio bastante familiar, na época em que ainda se chamava *Spire*, quando Alucard apoiou os cotovelos na amurada e lhe contou a respeito da noite em que seu irmão Berras o espancou até deixá-lo inconsciente enquanto o pai deles assistia a tudo. Sobre como só acordou no dia seguinte, com o braço quebrado e as costelas doloridas, acorrentado no fundo de um navio.

Quer dizer que aquele cara era Berras Emery.

— Ora, ora — comentou Lila. — Pelo visto, seu irmão ficou com toda a educação *e* beleza na família.

Berras deu um sorrisinho debochado e se aproximou, com a mão erguida para golpeá-la, mas Lila levantou a perna, chutando sua barriga com toda a força. Seria um ataque insignificante se ela estivesse tentando causar algum ferimento no homem, mas não estava. Quando suas botas tocaram nele, Lila jogou o corpo para trás com tanta força que a cadeira virou e caiu no chão, levando-a consigo. Ela rolou no chão e, quando se levantou, suas mãos não estavam mais atadas atrás de si, mas na frente, o que já era um progresso. Lila tentou pegar alguma lâmina durante a queda, mas estava sem nenhuma, por isso voltou de mãos vazias.

Foi então que ela reparou no ouro.

Suas mãos estavam atadas por uma corda, mas sob aquela corda áspera havia um bracelete de ouro circundando o punho esquerdo. O aro não tinha começo nem fim e apertava sua pele, mas antes que Lila pudesse refletir sobre seu significado, Berras Emery ergueu a mão e uma muralha de vento a atingiu com tudo. O chão sumiu sob seus pés conforme ela era arremessada para o outro lado do aposento, batendo contra a cornija de pedra da lareira, todo o ar expulso de seus pulmões ao acabar ficando presa ali pela força do impacto. Pouco depois, o vento parou de soprar e ela cambaleou para a frente, esforçando-se para se manter de pé.

Não entendeu nada.

Certa vez, Alucard contara a ela que o irmão era um mago fraquíssimo, que mal conseguia erguer uma parede de pedra e terra. Pedra e terra, ele mencionara. Nada de *vento*.

Se aquele aposento tinha um feitiço de proteção, como é que ele estava usando a magia? E se não tinha, então onde a magia dela havia ido parar?

— Engenhoso, não?

Um arco de chamas ondulou em volta de Berras, desordenado, mas brilhante.

Primeiro, vento, pensou Lila, *agora, fogo?* Como é que ele está fazendo isso?

— A rainha deveria ficar de olho nas ferramentas dela. Ou nas companhias.

Berras flexionou a mão e Lila só teve tempo de avistar um brilho dourado antes que o homem a fechasse em punho e o corpo da *Antari* se dobrasse sob uma força invisível. Ela desabou com toda a força no chão, só que desta vez não havia vento. Tentou se mexer, mas seu corpo se recusava; seu esqueleto rangia ao tentar se livrar do domínio dele.

Magia de ossos.

— Minha ideia era usar o bracelete no meu irmão.

Lila tentou exercer sua força de vontade para fazer o corpo voltar a responder a seus comandos, mas não se tratava de uma vontade contra outra. Era algo completamente diferente.

— Achei que seria apropriado — continuou ele — fazer Alucard morrer provando de seu próprio poder. Mas não podia deixar o seu passar. Afinal de contas, por que ter só um pouco de magia quando se pode ter tudo?

O horror tomou conta de Lila.

O bracelete de ouro. O anel de ouro. Berras não estava usando a própria magia, mas a *dela*. Estava canalizando-a.

— É lógico, não sou um conhecedor de feitiços *Antari* — disse ele —, mas não faz mal. Você me ensina.

— Toma um de graça — ofereceu Lila com os dentes cerrados, levantando a cabeça o máximo que podia. — Vai se foder.

Berras abriu um sorriso tenso, sem nenhum senso de humor.

— Sabia que, de todos os elementos, o osso é o mais útil?

Houve um estalo alto, e uma das costelas de Lila se partiu ao meio. Estava com a boca fechada, mas um grito acabou irrompendo por entre seus dentes.

— A habilidade de controlar o corpo de alguém.

Uma segunda costela se partiu.

— Até mesmo *quebrá-lo*.

E uma terceira.

Lila deu um grito, ofegante, quando uma ponta quebrada da costela cravou em um de seus pulmões.

— Ah — sibilou ela, com a respiração entrecortada. — Agora entendo por que Alucard te odeia.

Em resposta, uma mão invisível agarrou a parte de trás de sua cabeça e a forçou para baixo, obrigando-a a encarar o chão.

Então reparou em algo balançando, como um pêndulo. Um anel preto num cordão de couro. O anel dela. E de Kell. Xingou a si mesma por não usá-lo como ele queria.

Ela se esforçou, seus dedos movimentando-se debilmente sobre o piso de madeira.

Concentrou toda a força em uma das mãos. Se pelo menos conseguisse alcançar...

Ouviu a cadeira ranger pelo chão quando Berras a endireitou, depois foi levantada e empurrada de volta para o assento, sentindo as costelas gritarem ao bater contra a madeira. Mas agora o homem já não controlava seus ossos, e Lila aproveitou a brecha para tentar pegar o colar. Já estava com as mãos atadas a meio caminho do peito quando a madeira do assento se desprendeu, agarrando os dedos dela.

— Tanto poder — disse Berras à medida que galhos cresciam ao redor dos braços da *Antari*, forçando-os para baixo. — É um desperdício em você. — A madeira envolveu os ombros de Lila, prendendo-os à cadeira.

— Merda — sibilou ela, estendendo a mão para cima. Em direção ao anel que balançava longe de seu alcance.

Berras notou o artefato.

— O que é isto? — perguntou, fechando os dedos em torno do aro preto.

E, pela primeira vez, Lila se sentiu grata por Rhy ter se casado com uma rainha tão inteligente. E ainda mais por ela ter concebido os anéis de modo que funcionassem independentemente da mão que os segurasse.

Lila conhecia o feitiço, lógico. Kell lhe contara no dia em que dera o anel a ela, que fingiu não prestar atenção, mas o memorizou. Agora, pela primeira vez, Lila entoou as palavras em voz alta.

— *As vera tan.*

Eu preciso de você.

As palavras saíram num sussurro, e Berras se aproximou de Lila, com aqueles olhos — cópia barata dos de Alucard — a centímetros dos seus.

— O que foi que você disse? — perguntou ele.

Lila respirou fundo, ignorando o incômodo causado pelo osso que arranhava seu pulmão.

— Eu disse que toda a magia do mundo não vai fazer de você menos idiota.

Berras Emery franziu a testa e arrancou o anel do pescoço dela. O cordão arrebentou, desfazendo-se em sua mão, e logo depois o homem endireitou a postura e se afastou, levando a magia de Lila consigo. Abriu a porta e sumiu pela casa. Ela o ouviu jogar o anel no chão, o acessório quicando e rolando pelo corredor.

Lila fechou os olhos e sorriu para si própria, apesar da dor.

Alucard Emery conhecia bem as várias fontes de devassidão presentes na cidade.

Frequentava os bordéis para obter informações, mas sempre preferiu a bebida e o entretenimento servidos nos jardins de prazeres londrinos. Quando era mais jovem, se orgulhava de conhecer todos, mas até que Lila tinha razão.

O casamento tornara Alucard um tédio.

Lógico, ele já tinha ouvido falar do Véu — um jardim itinerante sempre realizado num lugar diferente —, mas nunca chegara a fazer uma visita, e precisava admitir que ficara impressionado. Não só pela decoração, a discrição e pelo que era oferecido, mas pelo conceito.

Era o lugar perfeito para esconder a Mão. Xingou a si mesmo por não ter pensado nisso antes.

Alucard segurava um cachimbo comprido em uma das mãos e uma bebida intocada na outra ao vagar por um cômodo lotado, tentando ouvir qualquer coisa de útil. Kell permanecera ao seu lado até que ele o mandou embora, insistindo que teriam mais sorte separados. Não era bem uma mentira. Não exatamente.

Olhou para o relógio. Eram dez e meia. Sabia que Lila estava ali — tinha que estar —, mas já havia vasculhado todos os cômodos e, até agora, não tinha encontrado qualquer sinal da *Antari*. Nem da Mão. O que só podia significar que estavam escondidos em outro lugar ou ali mesmo, em meio àquele mar de rostos mascarados.

Kell voltou para o seu lado.

— Nada — rosnou, e Alucard jogou um braço em volta dos ombros do príncipe como se fossem grandes amigos curtindo a noite na cidade. Kell, idiota como era, se afastou, mas Alucard o segurou firme, apoiando seu peso em Kell como se estivesse tentando se equilibrar.

— Andou bebendo? — sibilou o príncipe e, apesar da máscara preta cobrindo seu rosto, Alucard conseguia imaginar perfeitamente a expressão de Kell: a testa franzida e o bico, naquela carranca de sempre.

— Acredite se quiser — disse Alucard, tomando o cuidado de manter a voz mais baixa do que a música —, mas estou tentando me misturar aos clientes. Você está agindo como se nunca tivesse desfrutado de um jardim de prazeres, mas sei que Rhy já levou você a alguns. Segundo ele, você até *consegue* se divertir.

Alucard estendeu a mão, aninhando a lateral do capuz de Kell do mesmo jeito que seguraria a bochecha de um amigo próximo. Desta vez, Kell não se afastou, mas seu corpo estava rígido como uma pedra sob o toque do consorte.

— Encontrou alguma coisa ou não? — murmurou ele.

Alucard sacudiu a cabeça.

— Ainda não. Talvez seja melhor...

Mas, naquele instante, o corpo de Kell ficou tenso e o príncipe se desvencilhou, dando meia-volta e saindo da sala em direção ao corredor — Alucard não teve outra escolha a não ser segui-lo. Chegou bem a tempo de ver Kell entrar num cômodo vazio, segurando a mão como se a tivesse queimado.

Alucard fechou a porta através da qual tinham acabado de passar.

— O que aconteceu?

— Meu anel.

Havia dois aros na mão direita de Kell, um vermelho e outro preto. Este último exibia um brilho suave, e Alucard imaginava, pelas vezes que Rhy o tinha chamado, que estava quente ao toque, quase queimando.

— Pensei que ela tivesse se recusado a usá-lo — comentou Alucard.

Kell sacudiu a cabeça.

— Foi o que ela me disse.

— Bem, ainda bem que Lila adora uma mentira — disse Alucard, procurando uma mesa de divinação enquanto Kell tirava o anel.

— Ela nunca o usaria se não estivesse com problemas.

Alucard só viu a lâmina quando já estava contra a palma de Kell, uma linha de sangue surgindo sob o aço. Lila o mataria se ele deixasse o *Antari* usar sua magia quebrada.

— Espera um pouco — disse ele, segurando Kell pelo ombro, mas já era tarde demais, pois Kell fechou a mão ensanguentada sobre o anel e proferiu:

— *As Tascen.*

E o cômodo desapareceu, o mundo submergido por uma escuridão súbita e infinita.

Durou só um segundo.

Até menos que isso.

E então o mundo entrou em foco novamente, mas as botas de Alucard já não pisavam num tapete, e sim num piso de taco. O Véu havia sumido, substituído por outra casa, esta silenciosa e mais parecida com uma caverna. Não havia nem sinal de Lila, mas Kell caiu de joelhos, ofegante, com seus fios prateados tremeluzindo e desfeitos. Arrancou a máscara, puxando ar para os pulmões, a dor estampada no rosto ao tentar se pôr de pé.

— Onde estamos? — arfou ele.

Alucard estava prestes a dizer que não sabia, mas as palavras morreram em sua garganta assim que olhou ao redor. Congelou imediatamente: sabia muito bem onde estava.

Em *casa*.

VI

Tes trabalhava o mais rápido que podia, tentando ignorar a triste verdade.

Uma hora não era suficiente.

Não para montar um *persalis* do zero — ainda mais com as mãos tremendo do jeito que estavam. Ela limpou a mesa, separando os objetos por uso e por quais elementos encontraria em cada feitiço. O recipiente em si não importava, por isso escolheu um relógio, abriu a parte de trás e estudou o funcionamento interno, com as fitas enroscadas em tons de âmbar e verde. Puxou as fitas para fora, passou-as depressa para outra caixa e as atou ali antes que a luz se apagasse.

Gostaria de ter colocado Vares em cima da mesa, para que pudesse pelo menos fingir — fingir que estava em sua oficina, absorta no trabalho. Mas não tinha como ter certeza de que Calin não esmagaria a ave só por diversão, então a manteve no bolso enquanto tentava freneticamente reconstruir o feitiço.

Não dá tempo, seu coração batia forte e suas mãos seguiam em movimento, tecendo os fios e segurando-os no ar.

Tinha levado muitas horas para consertar o primeiro abridor de portas.

Mas antes você não sabia o que era, rebateu a si mesma. *Agora já sabe*. Era verdade; ela tinha aprendido o padrão do feitiço, a urdidura e a trama dos fios que o compunham. Só precisava repeti-lo.

E se você fizer isso?, perguntou outra voz. *O que será que vai acontecer?*

O *persalis* não era apenas uma peça de magia. E sim uma arma que a Mão pretendia usar para matar a família real e causar uma rebelião, lançando o império no caos.

Se Tes falhasse, morreria. Mas se conseguisse, outros morreriam em seu lugar. E mesmo assim ela poderia acabar sofrendo as consequências. Ou pior, o nobre poderia decidir mantê-la em cativeiro, para usar seus talentos de outra forma ou vendê-los a quem desse mais. Como Serival.

Tes não deixaria isso acontecer, mas também não podia ficar sem fazer nada, por isso se concentrou no trabalho.

Examinou a miscelânea de peças, ficando com a visão embaçada conforme a magia se emaranhava diante de seus olhos. Do outro lado da sala, Bex estava esparramada numa cadeira e Calin continuava imitando um batente de porta. Na parede à direita do homem havia uma jarra sobre uma prateleira.

— Preciso de um copo de água — disse-lhe ela.

Calin não moveu um músculo. Tes apontou com a cabeça para o feitiço em suas mãos, embora os dois não pudessem vê-lo.

— É para o *persalis*.

Calin bufou, endireitando a postura.

— Quando foi que virei a porra de uma babá? — perguntou ele, pegando a jarra de água.

— Vá perguntar ao lorde — disse Bex. — Não, pensando bem, espere ele voltar, adoraria ver a cara dele. E a sua, depois que ele quebrar seus dentes. Ah, deixa para lá — acrescentou ela. — Ele já quebrou.

— É? E você? — resmungou o capanga, colocando a jarra com força na beira da bancada de Tes. — Como vai sua mão, Bex? Ainda consegue ver através dela?

Bex se levantou da cadeira.

— Calin. Vou ser bem sincera: primeiro, foda-se; segundo, vê se morre.

— Por que vocês dois não calam a boca? — vociferou Tes, tentando segurar o feitiço com uma das mãos enquanto tirava um filamento de luz da água com a outra.

— Ah, olha só — exclamou Bex. — A pirralha está mostrando as garrinhas.

A mulher caminhou até sua mesa. Tes podia sentir a mercenária a encarando, mas não ergueu o olhar, não podia se dar ao luxo de desviar sua atenção do trabalho. Mesmo assim, as linhas carmesins do poder de Bex não paravam de dançar em sua visão periférica.

— Afaste-se — pediu ela. — Sua magia está me distraindo.

Os ponteiros do relógio estavam jogados como palitos de fósforo usados em cima da mesa. Bex pegou um e o agitou diante de si, estalando a língua.

— Tique-taque — disse ela. — Se fosse você, eu me apressaria.

— Eu trabalharia mais rápido — murmurou ela — se não estivesse morrendo.

— Devia ter pensado nisso antes de desafiar uma ordem dada pelo lorde — observou Calin.

Ao ouvir isso, Tes fez uma pausa. Havia uma irritação em seu tom de voz que não era dirigida apenas a ela. Ergueu o olhar, encontrando aqueles olhos aguados de Calin.

— Se eu não conseguir — perguntou ela —, o que vai acontecer com vocês dois? Aquele *vestra* vai deixá-los sair ilesos daqui?

Os assassinos ficaram em silêncio, mas ela percebeu que tinha acertado na mosca.

— Vocês têm o antídoto — continuou Tes. — Poderiam me dar logo para nós três termos alguma chance de sobreviver a esta noite.

Por um instante, Tes achou que eles fossem aceitar sua proposta. A mão de Calin foi em direção ao bolso. Um músculo se contraiu na mandíbula de Bex. Eles se entreolharam em silêncio. Foi então que o som de botas ressoou no corredor, os dois estremeceram e a garota se deu conta de que tinham mais medo de desafiar o nobre que de morrer em suas mãos.

Tes baixou a cabeça, voltando ao trabalho assim que o *vestra* retornou.

— Bex — chamou ele. — Temos uma convidada lá embaixo. Vá fazer sala para ela.

A menção a outra pessoa na casa fez Tes erguer o olhar e imediatamente ficar sem fôlego.

O nobre parecia estar *pegando fogo*.

Antes, sua magia não passava de uma espiral fosca, mas agora o ar à sua volta brilhava com uma luz iridescente — como se ele tivesse saído como um homem de pouquíssimo poder e voltado como um *Antari*.

Não fazia o menor sentido.

Até que Tes viu que ele usava um anel novo. Antes, sua única joia era um anel de prata esculpido em formato de pena. Agora, ele usava um aro de ouro no polegar, e cada fio de seu novo poder brotava dali, florescendo e se enroscando em seus membros como ervas daninhas prateadas.

Bex sumiu no corredor, grata pela desculpa para sair, e o nobre olhou para Tes e para a caixa aberta sobre a mesa.

— Já terminou?

— Quase — mentiu ela. Ele estava prestes a abrir a boca quando a cor prateada ao redor de seu pulso tremeluziu de leve e seus olhos se voltaram para a porta aberta. O *vestra* meneou a cabeça, como se estivesse ouvindo uma música que só ele conseguia escutar, e então sorriu, se é que alguém poderia chamar aquilo de sorriso. Não passava de um leve trejeito no canto dos lábios.

— Pelo visto — disse ele —, acabei de receber mais um convidado.

Com isso, o homem deu meia-volta e saiu, fechando a porta e deixando Tes sozinha não apenas com o *persalis* inacabado, mas também com Calin.

— O antídoto — tentou novamente, mas o assassino cruzou os braços.

— Primeiro, termine o trabalho.

Tes engoliu em seco e se obrigou a continuar. Sentiu uma dor no peito, mas tentou ignorá-la. Com o passar dos anos, acabou aprendendo a lidar com a dor. Mas minutos depois ela sentiu um calafrio e escorregou, quase soltando um monte de fios. Reprimiu um soluço de frustração. Um movimento incorreto poderia arruinar o feitiço inteiro. Um nó errado ou fio faltando, e o abridor de portas não funcionaria de jeito nenhum. Ou até pior...

Tes parou de mover as mãos. Seus dedos pairaram sobre a teia delicada, esperando que sua mente chegasse a uma solução. E chegou mesmo.

Havia dois tipos de portas. Aquelas que levavam a lugares diferentes no mesmo mundo e aquelas que levavam a mundos diferentes. Mas também havia um terceiro tipo, não?

Portas que levavam ao espaço entre mundos.

Ou seja, a *lugar nenhum*.

Tes voltou a mover as mãos; seus dedos disparando para conseguir terminar o feitiço.

A casa não tinha mudado nada.

Alucard já havia ficado do lado de fora da propriedade dos Emery tantas vezes em tantas noites diferentes, mas ainda não tinha entrado no local depois da reconstrução. Não conseguira passar pela porta. É lógico que imaginava se a casa teria a mesma aparência ou se só a fachada tinha sido reconstruída; seu interior, um quadro em branco, uma cripta para uma vida já morta.

Mas a propriedade tinha ressuscitado.

Cada coluna, cada porta. Havia obras de arte penduradas nas paredes. Até os móveis foram substituídos. Rhy devia ter interpretado aquilo como uma gentileza, um ato de amor, mas parado ali dentro da casa, Alucard se sentia assombrado.

O que será que Lila estava fazendo ali? Como foi que ela saiu do Véu e foi parar na sua propriedade abandonada?

Alucard deu uma olhada no lugar. Estavam na sala de visitas, logo depois do vestíbulo. À direita ficava um corredor e mais adiante uma escada levava ao segundo andar. Se passassem pela escada e seguissem para os cômodos internos, à direita estaria o escritório de seu pai. À esquerda, uma sala de estar com uma imensa lareira de pedra.

Alucard tirou a máscara, deixando-a de lado enquanto ajudava Kell a se levantar.

— Levanta — disse ele. — Tem alguma coisa errada.

Kell se esforçou para controlar a respiração. Olhou para o anel preto em sua mão.

— O anel devia ter me levado até ela — disse. — Ou pelo menos até o outro anel.

Ele olhou ao redor, depois se virou e começou a caminhar pelo corredor.

— Espera aí — sussurrou Alucard, como se temesse que o menor movimento acabasse despertando a casa adormecida. Kell não foi muito longe, deu apenas alguns passos e logo depois se abaixou. Quando se levantou, Alucard viu o que ele tinha nas mãos: o outro anel, pendurado num cordão de couro arrebentado. Foi então que uma silhueta surgiu no topo da escada.

Alucard ficou paralisado. Queria acreditar que era só uma sombra. Um demônio. Um fantasma que assombrava seus sonhos. Mas Berras Emery não era nada disso.

Era um homem, e estava descendo as escadas.

— Ora, ora, ora — disse, pronunciando cada palavra junto do ritmo das botas no chão. — Olha só quem finalmente decidiu voltar para casa.

Ele não tinha reparado em Kell e, pela primeira vez, o *Antari* teve o bom senso de ficar de boca fechada. Alucard lhe lançou um olhar de esguelha que dizia: *Vá.* Um olhar que dizia: *Encontre Lila.* Um olhar que dizia: *Esta luta é minha.*

Então Kell foi em direção às sombras.

E Alucard deu um passo à frente, sob a luz, para enfrentar o irmão.

VII

Poucas coisas pegavam Alucard de surpresa, mas Berras Emery era uma delas. Ele ficou tão abalado com a aparição do irmão na escadaria que demorou para perceber como o ar brilhava ao redor dele, não com os fios verdes e opacos de sempre, mas numa teia de prata cintilante irrompendo do anel de ouro em sua mão direita. O mesmo que havia desaparecido da oficina da rainha. E que agora concedia a magia *Antari* a Berras.

A magia de *Lila*.

— Esperei tanto por isso, irmãozinho.

— Você sabia onde me encontrar — retrucou Alucard. — Podia ter me feito uma visita.

Berras chegou ao pé da escada.

— Escondido atrás dos muros do seu palácio.

— Era por isso que você queria o *persalis*? — perguntou Alucard. Berras não negou. Nem fingiu não saber sobre o abridor de portas, a Mão e o complô para matar a família real. A família de *Alucard*. Limitou-se a olhar para o anel de ouro no dedo e abrir um sorriso.

— Ainda não sei qual elemento usar.

Alucard deu um passo para trás; o rangido das tábuas do assoalho disfarçando seu tremor conforme ele as puxava, atraindo não a madeira, mas a terra compactada ali embaixo.

— Pensei que preferisse usar os próprios punhos... — disse ele, puxando a terra por entre as tábuas de madeira enquanto Berras se alongava, a magia prateada brilhando em sinal de alerta.

— Ah, não se preocupe com isso — disse Berras. — Quando eu acabar com sua vida, será com minhas próprias mãos. Mas antes...

Alucard sentiu o ligeiro toque da força de vontade de outra pessoa, um punho tentando se fechar em torno de seus ossos, mas entrou em ação bem a tempo, erguendo a mão, e a terra subiu numa nuvem de poeira que bloqueou a visão de Berras.

O toque desapareceu e ele avançou, com a intenção de contornar o irmão para atacá-lo por trás. Se não conseguisse vê-lo... De repente, uma mão enorme disparou através da nuvem e se fechou em volta da garganta de Alucard, atirando-o contra a parede mais próxima. A nuvem se desfez, levada pelo vento e revelando Berras parado ali, com os fios prateados dançando nos olhos azul-ardósia.

— Incrível — exclamou ele. — Consigo *sentir* sua magia. Acelerada igualzinho ao seu coração desesperado. — Seus dedos o apertaram com uma força esmagadora. — Você está com medo. — Chegou mais perto de Alucard. — E devia estar mesmo. Você...

Até que Alucard arrancou o ar dos pulmões de Berras, sufocando suas palavras.

Em reação, o irmão jogou-o novamente contra a parede, mas Alucard não o soltou. Embora não conseguisse respirar e sua cabeça começasse a dar voltas, conseguiu arrancar o ar dos pulmões do irmão até sentir os dedos de Berras se afrouxarem em seu pescoço. *Ele vai ter que me soltar*, pensou Alucard. E teria mesmo — mas então Berras abriu um sorriso feroz e cheio de dentes, tomou impulso e jogou Alucard contra a parede com tanta força que ela desabou e ele caiu para trás, no escuro.

—•—

A porta se abriu e Lila levantou a cabeça, na esperança de ver Kell.

Mas se decepcionou.

A assassina contratada — Bex, aquela de trança preta — entrou, olhando para Lila como se ela fosse um presente embrulhado e colocado sob uma árvore de Natal.

— Teve uma noite ruim?

Lila tentou rir, mas doía demais.

— Não sei se você sabe — disse ela —, mas tem um péssimo gosto para amigos.

— Quem disse que eles são meus amigos?

Lila alongou o pescoço.

— Para as companhias, então. — A madeira se cravou nos braços dela. Não conseguia se mexer. Já sabia disso, tinha tentado várias vezes nos últimos minutos. — Estou curiosa — continuou, tentando fingir que não estava com dificuldade para respirar. — O que é que você tem contra a coroa?

— Eu? Nada — respondeu Bex. — Mas trabalho é trabalho e, no meu mundo, o dinheiro é que é o rei. Agora — acrescentou, passando a mão sobre a braçadeira. O metal se desfez, formando uma lâmina. — Acho que já está na hora de terminarmos o que começamos.

— Tudo bem — concordou Lila. — Só me deixe levantar.

Bex deu uma risada. Pisou em cima da cadeira, inclinando-se para mais perto da *Antari*.

— Nem pensar.

— Então não vai ser uma luta justa.

Bex deu de ombros e disse:

— Nenhuma luta é realmente justa. — E Lila pensou que, em outras circunstâncias, talvez se dessem muito bem. Caramba, podiam até ser amigas. Ou pelo menos o tipo de colegas que não tentavam matar uma a outra.

Mas Bex levou a lâmina até sua bochecha. A dor foi quase nada comparada a todo o restante, mas Lila sentiu a gota de sangue escorrer como uma lágrima pelo rosto.

— O sangue *Antari* é valioso — disse ela. — Vai querer mesmo desperdiçá-lo?

Um sorriso surgiu no canto dos lábios de Bex.

— Até que você tem razão. — Afastou a lâmina da bochecha de Lila e se virou, seguindo em direção a uma jarra numa prateleira. A mulher ergueu o recipiente e derramou o conteúdo no chão.

— Isto aqui vai servir — disse ela. Estava de costas para a porta, por isso não pôde enxergar o mesmo que Lila.

Que deixou escapar um suspiro aliviado.

— Você veio.

Kell entrou no cômodo, com o cordão do anel preto balançando nos dedos.

— Você chamou. — Deu um sorrisinho discreto. Era um sorriso tão gostoso. Mesmo que tenha desaparecido no momento em que ele viu Bex encostada na parede.

— Que fofo — comentou a assassina, largando a jarra. — Pena que você esteja interrompendo nossa conversa.

Kell olhou para Lila como se tentasse entender por que estava presa a uma cadeira, ou melhor, por que *ainda* estava presa, por que não tinha usado sua magia para se libertar. Mas como não havia tempo para explicar, ela se limitou a dizer:

— Ela é toda sua.

Felizmente, Kell não perguntou nada. Apenas desembainhou a espada e mudou de posição, ficando entre Lila e Bex.

— Lâminas outra vez — disse Bex, abrindo um sorriso malicioso. — Cuidado, *Antari*, alguém vai acabar se perguntando o que aconteceu com a sua magia.

Lila viu os ombros de Kell se retesarem e Bex aproveitou a deixa para atacar.

Avançou em direção ao peito dele, mas no último instante jogou a faca na outra mão, planejando cravá-la de baixo para cima, mas Lila tinha ensinado aquele movimento a Kell — entre outros cem durante suas sessões de treinamento —, por isso ele brandiu a espada para baixo antes de ser esfaqueado.

As espadas se chocaram à procura de pele, mas só encontraram aço.

Ela fora uma boa professora. Tantos meses a bordo do *Barron*, debaixo de sol e chuva, tentando treinar o *Antari* que vivia dentro do corpo de Kell e despojando-o de tudo, menos da espada e da velocidade. Ele se movia tão rápido quanto Bex, até quando seu metal se fundia, mudando de forma e se multiplicando. Movia-se com toda a graça de um lutador nato.

Mas, de repente, ele cometeu um erro.

Uma das lâminas de Bex cortou seu braço, sua espada caiu e começou a deslizar pelo chão, para longe do alcance de Kell e perto do de Bex.

Ele agarrou seu braço machucado enquanto a mulher abria um sorriso.

— A beleza do meu poder — disse ela, ajoelhando-se para pegar a espada — é que, mais cedo ou mais tarde, todo aço se torna meu.

Bex segurou o cabo, e Lila conseguia até ouvir a voz de Kell em sua cabine no momento em que ele a apresentara a Kay. Quando ela tentara roubar uma de suas espadas. Ele a alertara para não fazer isso, mas mesmo assim ela a segurou pelo cabo e logo depois sentiu um calor seguido por uma dor escaldante na mão.

Bex deve ter tido a mesma sensação, pois arfou, largando a lâmina no mesmo instante que Kell desembainhava outra, e ergueu o olhar bem a tempo de ver o *Antari* cravá-la em seu peito.

— Nem todas as lâminas pertencem a você — disse ele enquanto Bex emitia um som rouco e úmido.

Quando ele puxou a espada, ela desabou no chão.

Lila tentou rir, mas a dor a interrompeu e a risada acabou virando uma tosse, que doeu dez vezes mais. Ofegou, sentindo gosto de sangue enquanto Kell corria em sua direção e cortava a madeira da cadeira até que ela ficasse livre.

— Merda de... bracelete — conseguiu dizer, puxando o aro de ouro que apertava sua pele. Não havia fecho nem espaço para passar a mão. — Não... consigo... tirá-lo.

— Vamos dar um jeito — disse ele. — Mas, primeiro, vamos levantando...

Ele passou o braço em volta das costelas dela, e um grito de dor escapou de sua garganta.

Kell arregalou os olhos.

— Você está machucada.

— Sério, Kell? — disse ela por entre os dentes cerrados.

Ele levou os dedos até o rasgo na manga do casaco.

— Vou curar você.

Lila olhou irada para ele e disse:

— Nem se atreva. — Berras estava em algum lugar além daquela porta em posse da magia de Lila, que mal conseguia respirar. A última coisa da qual precisavam era que Kell ficasse incapacitado pela dor de remendar algumas costelas. Um instante depois ele pareceu compreender, ou, pelo menos, aceitar o fato de que *um* deles precisava ser capaz de lutar.

— Tudo bem — disse ele. — Então se apoie em mim.

— Posso andar sozinha — insistiu ela, dando um passo, mas sentiu as pernas quase cederem quando as costelas quebradas se moveram, raspando dentro do peito. Kell logo lhe ofereceu a mão, num gesto gentil, mas firme.

— Apoie-se em mim, Lila — repetiu.

Desta vez, muito a contragosto, ela obedeceu.

VIII

Tes colocou as mãos na mesa.

— Terminei.

Fechou os olhos, tentando ignorar as batidas lentas de seu coração, o jeito que cada pulsação parecia se arrastar.

Calin atravessou a sala, pousando os olhos sobre o objeto em cima da bancada. Inclinou a cabeça para o lado de um jeito que a fez se lembrar de Vares. Em outras circunstâncias, ela acharia graça. Mas, naquele momento, concentrava todas as forças em se manter de pé.

— Parece um relógio — disse ele.

Ela sentia os pulmões pesados, mas após um momento, convenceu-os a inspirar.

— Não importa o que parece — disse, o esforço lhe fazendo suar. — E sim o que *é*. — Ela tinha rabiscado as palavras do feitiço numa folha de papel — *Erro* para abrir e *Ferro* para fechar —, empurrando-a na direção dele. — Esses são os comandos.

O olhar pálido de Calin examinou o papel enquanto ele pegava o objeto. Era menor do que o último abridor de portas. Cabia todo numa mão só e, em circunstâncias diferentes, teria ficado até orgulhosa do trabalho.

— Cadê a outra peça?

As palavras se infiltraram na mente de Tes, seguidas de um horror que a deixou enjoada. A outra peça. A *chave*. A última parte, a peça que o homem que fora até sua loja não lhe dera e que marcava o destino. Ela não sabia da existência da chave quando consertou o *persalis* da primeira vez, foi por isso que *seu* abridor de portas tinha aberto um atalho entre mundos em vez de conseguir atravessá-los. Tes tinha se esquecido completamente disso. Primeiro porque estava copiando seu próprio trabalho. E segundo porque aquele novo abridor de portas não *precisava* de uma chave.

Baixou o olhar para a mesa bagunçada.

— Ah, isso — exclamou ela, pousando os olhos numa engrenagem que retirara do relógio. Pegou no item com dedos trêmulos, tentando fazer com que o gesto parecesse cuidadoso e não aleatório enquanto estendia a peça em direção ao homem. — Aqui.

Tes mentia muito mal, mas se Calin notou o tremor em sua voz, deve ter imaginado que fosse efeito do veneno. Pegou a engrenagem e lhe deu as costas.

— Espera. — Tes se levantou, sentindo as pernas quase cederem sob seu peso. Apoiou-se na mesa, vendo tudo girar. — O antídoto. — Já respirava com dificuldade.

— Calma aí — disse ele, atravessando a sala. — Tenho que ter certeza de que isso aqui funciona.

O capanga jogou a engrenagem num canto distante do aposento e colocou o relógio no chão, apoiado contra a parede. Tes o seguiu, com os batimentos tremeluzindo como uma luz moribunda dentro do peito. A sala voltou a girar, e ela se apoiou numa cadeira enquanto Calin proferia:

— Erro.

O relógio estremeceu no chão.

Depois se desfez. As laterais de madeira se abriram, a face tombou para a frente, como se fosse uma dobradiça, e das fendas saíram dois feixes de luz branca. Os feixes brilharam como rastilhos, espalhando-se para os lados e depois para cima, traçando duas rachaduras iguais no ar e subindo até ultrapassar a altura de Calin até que fizeram uma curva e se uniram mais uma vez, lá no alto, desenhando o contorno de uma porta.

O espaço dentro da porta ficou escuro e a parede atrás do *persalis* desapareceu, substituída por uma cortina ou uma espécie de véu. Mas desta vez ela não conseguia ver nenhum lugar além da cortina, nenhum vislumbre fantasmagórico de outro mundo. E sim a escuridão absoluta.

— Pronto — ofegou Tes. — Viu só? Funciona.

Calin grunhiu e enfiou a mão no bolso para pegar o antídoto — dava para ver o líquido leitoso cintilar dentro do frasco. Mas então seus olhos se voltaram para o canto onde jogara a engrenagem; a engrenagem que não era uma chave, e sim apenas um pedaço de metal.

— É mesmo? — perguntou ele, pouco antes de atirar o antídoto pela porta.

Um soluço irrompeu da garganta de Tes quando o frasco desapareceu em meio à escuridão. E não voltou a aparecer no canto junto à engrenagem. Simplesmente não reapareceu. Afinal, a porta não levava a nenhum cômodo ou mundo. Era uma porta para lugar nenhum.

O antídoto se fora, levando consigo a vida de Tes.

Calin se virou para ela, parecendo decepcionado.

E, naquele instante, Tes fez a única coisa que podia fazer. Empurrou-o.

Ela não era tão forte assim, lógico. Toda a força que fizera empurrando-o só foi o suficiente para fazer Calin tropeçar meio passo para trás, mais de surpresa do que de dor. Mas naquele meio passo, seu cotovelo esbarrou na superfície escura da porta, que fez uma coisa muito estranha: agarrou Calin.

E o puxou.

Tudo aconteceu muito rápido. Um segundo de luta enquanto as botas do homem deslizavam pelo piso de madeira e suas mãos tentavam se agarrar a alguma coisa, e então ele se foi, sua voz engolida no meio de um grito, as palavras cortadas como dedos sob uma faca afiada.

As pernas de Tes cederam sob seu peso. Ela caiu de joelhos no piso de madeira úmido. Devia ter ficado arrasada. Talvez fosse efeito do veneno, mas naquele momento tudo que sentiu foi uma determinação violenta: tinha feito a coisa certa.

— *Ferro* — disse à porta.

Fechar.

Mas a porta não fechou.

Tes olhou fixamente para o véu de escuridão dentro da soleira reluzente. A linha iluminada que traçava seu contorno devia ter se dividido. O véu devia ter caído e o feitiço voltado para o interior do relógio.

— *Ferro* — repetiu, colocando o que restava de suas forças na palavra, tornando-a sólida e poderosa.

A porta que dava para lugar nenhum retribuiu seu olhar, como se lançasse um desafio.

Foi então que ela notou a brisa.

Não havia janelas na sala, mas começara a soprar um vento ameno. A brisa não saía da porta, mas ia em direção a ela, levando o ar, a sala e tudo o mais que havia ali. As sobras que descartara durante o trabalho começaram a estremecer e se espalhar pelo chão como folhas antes de desaparecerem na boca aberta daquele vácuo.

Tes engatinhou até o relógio aberto e tocou na face do objeto, tomando o cuidado de não acabar encostando na escuridão que engolira Calin, e tentando arrancar a parte externa para alcançar os fios da engrenagem. Nessa hora, o relógio fez uma coisa horrível. Quebrou. A estrutura ruiu por completo e foi sugada para a escuridão.

Mesmo assim, a porta não se fechou.

Na verdade, abriu-se mais ainda, faiscando para fora dos contornos da soleira e emitindo um barulho alto que mais parecia um martelo contra uma rocha.

BUM.

Tes cambaleou para trás e tentou se levantar, mas as pernas cederam sob seu peso conforme ela perdia o restante das forças.

BUM soou o barulho outra vez, retumbando por seu corpo enquanto a porta se partia, lançando feixes pretos e disformes para todos os lados.

Levante-se, a garota implorou ao próprio corpo, que não lhe deu ouvidos. *Levante-se*, tentou dizer em voz alta, mas seus pulmões estavam sem ar. Seu coração disparou, o mundo sumiu por um segundo e, no seguinte, ela estava no chão, com o rosto colado ao piso de madeira. Mas Tes não ficou com medo.

O estrondo soou de novo, mas agora parecia distante, ou talvez ela é quem já estivesse longe dali.

Tes enfiou a mão no casaco e fechou os dedos sobre a corujinha de ossos, sentindo-o se aninhar em sua palma.

Fechou os olhos e tentou convencer a si mesma que o *bum* era o barulho das ondas batendo contra os rochedos em Hanas. Que era o som de sua casa. E então caiu no sono.

IX

Os ouvidos de Alucard estavam zumbindo quando ele se ajoelhou, com escombros de tijolos cobrindo os ombros. A sala estava às escuras, mas mesmo nas sombras ele sabia muito bem onde estava.

No escritório do pai.

Quando era criança, nunca o deixavam entrar ali. Berras também não. Os dois só podiam ir até a soleira da porta, e isso apenas quando o pai os chamava. Mas, lá da porta, Alucard tinha memorizado cada detalhe do aposento. A mesa de madeira escura do pai. As janelas de vitral atrás, com os vidros tingidos de azul-escuro e entremeados de prata.

Agora, a porta permanecia fechada, era a parede que estava aberta.

Alucard se levantou e olhou para o buraco. Berras estava do outro lado, à sua espera, como se ainda relutasse em entrar no aposento. Mas de repente ele abriu os dedos e o restante da parede desmoronou.

E entrou no cômodo.

Alucard já tinha desembainhado sua lâmina e, assim que Berras passou da soleira, ele a brandiu no ar, mas quando o metal foi em direção a seu irmão, derreteu, caindo no chão em gotas de prata derretida, e o punho de Berras o acertou bem no queixo.

Sua cabeça girou para o lado, e Alucard cambaleou. O lábio estava cortado e escorria sangue pelo queixo.

— Se fosse qualquer outra noite — disse enquanto Alucard limpava a boca —, eu aproveitaria bem este momento, mas estou com pressa hoje.

Desta vez, Alucard viu a magia prateada cintilando no ambiente pouco antes de o irmão atacar. Enquanto os tijolos se erguiam, Alucard estendeu a mão em direção à mesa do pai, que veio raspando pelo assoalho, girando até parar entre os dois irmãos um segundo antes de as pedras de Berras se lançarem contra Alucard, mas acabarem atingindo o móvel. Alucard não perdeu tempo e empurrou a mesa com toda sua força, arremessando-a contra Berras.

Ao atingi-lo, ele ouviu a mesa se estilhaçar...

E quebrar, inutilmente, como toda a força das ondas contra um penhasco. Berras ficou parado ali, impassível, enquanto a mesa, reduzida a lascas, desmoronava ao seu redor.

— Por quê? — perguntou Alucard. — Por que você criou a Mão?

Berras estalou os dedos e as lamparinas se acenderam em todas as paredes, iluminando o escritório.

— Você esqueceu o que significa ser um Emery — disse ele.

Mas, enquanto falava, as lamparinas que havia acendido pegaram fogo, consumidas pela força súbita daquela magia poderosa. Começaram a arder, queimando as paredes e enchendo a sala de uma fumaça tóxica. Foi então que Alucard teve uma ideia: Berras não estava acostumado a ter tanta magia assim. Empunhava-a como um martelo, desajeitado e sem nenhuma precisão.

— Se significa ser um traidor — disse ele, passando os olhos pelo escritório —, ainda bem que abdiquei do meu título.

Berras caminhou em sua direção e Alucard recuou meio passo para cada um que seu irmão dava, encurtando a distância entre os dois.

— Um Emery merece se sentar no trono — disse Berras. — Não se ajoelhar atrás dele.

Alucard estendeu a mão para desembainhar sua segunda lâmina, mas então sentiu a força de vontade de Berras golpear seus ossos com uma força esmagadora. Arfou assim que suas costelas se contraíram, seu maxilar travou e seus membros ficaram paralisados. O irmão avançou até ele, estalando os dedos.

— Pode admitir — disse Alucard por entre os dentes cerrados. — Você está com inveja.

Berras fechou a mão em punho, aumentando o domínio sobre o corpo de Alucard.

— Prefiro ser um traidor do que o gigolô do rei.

Alucard encontrou os olhos do irmão e abriu um sorriso.

— Aí já não tenho como concordar.

Ele não conseguia se mexer, mas ainda podia *enxergar*, e quando o anel de ouro brilhou na mão direita de Berras conforme ele a recuava para desferir um soco que quebraria seus ossos, Alucard desviou o olhar para o vitral, que se estilhaçou como se ele o tivesse golpeado com o punho, e não com a própria força de vontade.

Possuir a magia era uma dádiva.

Mas sua utilização exigia prática.

Cada elemento que Alucard ganhava era mais um que precisava saber equilibrar. Uma coisa era ter acesso ao vento, à água e à terra, mas outra bem diferente era usá-los ao mesmo tempo. Não era à toa que a maioria dos magos só conseguia se concentrar num único elemento.

A janela cedeu e os cacos de vidro azul e prateado voaram para a frente. Nesta hora, Berras fez o que qualquer mago inexperiente faria: estendeu a mão direita para deter os cacos de vidro, perdendo o domínio sobre o corpo de Alucard.

Os cacos se detiveram, repelidos pelo poder roubado de Berras, e ficaram suspensos no ar. Nesse meio-tempo, Alucard entrou em ação, desembainhando a segunda espada e brandindo a lâmina para cima para cortar a mão direita de Berras.

Ele rugiu de dor quando centenas de cacos de vidro quebrado choveram no chão, e seus dedos decepados caíram com tudo em meio a todo aquele brilho. O anel de ouro se desprendeu, voltando a ser apenas uma corrente fina. Ele deu um berro e partiu para cima do irmão com o outro punho fechado, mas Alucard já estava preparado: invocou uma tempestade de vento que soprou sobre Berras com muito mais força do que um corpo — mesmo o dele — conseguiria conter.

Devia ser o suficiente para arremessar o irmão uns três metros para trás.

Mas Berras parecia ser feito de mais do que carne e osso. O ódio era algo pesado e manteve suas botas no chão, embora escorregassem conforme ele se esforçava para ficar de pé, escancarando a boca num rosnado de dor e fúria.

Alucard flexionou os dedos, e os fragmentos de madeira da mesa quebrada do pai se ergueram e voaram contra Berras, golpeando seu irmão até que ele perdesse o equilíbrio e caísse para trás, para fora do escritório do pai e para dentro do fantasma da casa onde haviam morado, batendo na parede oposta com tanta força que a construção chegou a balançar.

Berras caiu de joelhos, ofegante e com a mão direita sangrando sem parar. Alucard passou por cima do vidro, do anel e dos dedos que havia decepado. O sangue de Berras não passava de uma mancha vermelha e pegajosa na ponta de sua lâmina conforme ele ia ao encontro do irmão.

Já estava na hora de acabar, de uma vez por todas, com a linhagem dos Emery.

———•———

Corpos eram frágeis demais.

Uma partezinha danificada, pensou Lila, *e tudo desandava*. Doía respirar, doía andar, doía falar, doía apoiar-se em Kell e doía ficar de pé sem ele, mas uma coisa fez Lila seguir em frente: saber o que faria com Berras Emery assim que o encontrasse. Uma fantasia que só aumentou quando, no meio do corredor, a algema dourada se soltou de seu pulso, caindo no chão num montinho de correntes delicadas.

Neste instante, Lila sentiu sua magia voltar para os pulmões, o sangue, a medula. As costelas continuavam quebradas, mas sua magia agia como um bálsamo, aliviando a dor.

Estalou os dedos e a corrente voou até sua mão. Então um rugido ecoou no ambiente, como se fosse um animal uivando.

— O que é isso? — perguntou Kell, mas logo depois houve um estrondo e ela se afastou, acelerando o passo conforme a dor diminuía tanto em seu corpo quanto em sua mente.

O uivo parecia ter saído de Berras, o que queria dizer que ele estava sofrendo, e não nas mãos dela. O que não era nada legal.

Lila chegou à sala de estar com Kell logo atrás. Era como se uma tempestade violenta tivesse atingido a casa: uma parede fora destruída e o chão estava coberto de madeira, tijolos e sangue.

Berras Emery estava de joelhos, tentando se levantar sem muito êxito. Uma das mãos estava encharcada de sangue e a outra pressionava suas costelas — Lila torceu para que no mínimo três estivessem quebradas —, e Alucard caminhava na direção dele empunhando uma lâmina.

— Se acha que sou o único — rosnou Berras —, você é um belo de um idiota. — Ergueu o olhar e sorriu, exibindo os dentes manchados de sangue. — Vá em frente e me mate.

Os dedos de Alucard se contraíram em torno da espada.

Lila tinha muito sangue nas mãos, mas, até onde sabia, Alucard Emery nunca havia tirado a vida de alguém. Talvez isso fizesse dele uma boa pessoa. Ou um péssimo pirata. Mas naquele momento ela teve certeza de que ele mataria o irmão.

Deu um passo à frente, em parte porque ficaria feliz em acabar com a vida de Berras, mas também porque queria poupar seu antigo capitão, pois, apesar de seu jeito, ele era uma pessoa boa e gentil, e aquilo acabaria o atormentando a vida inteira.

— Você não vai conseguir deter a Mão — dizia Berras. — Vamos atrás da coroa. E do seu rei.

Alucard ergueu a espada, mas Lila estendeu a mão e o pegou pelo pulso. Foi então que as portas da propriedade se abriram e várias pessoas entraram. Ela se virou, esperando um ataque, mas se deparou com uma dúzia de soldados reais correndo pela casa, com armas em punho e prontos para a luta. Os homens só desaceleraram quando olharam ao redor e perceberam que tinham perdido a briga.

Encararam os dois *Antari*, o consorte do rei e o homem ajoelhado.

— Se atrasaram um pouquinho — disparou Lila, soltando o braço de Alucard enquanto os soldados avançavam e se espalhavam, apontando suas espadas para Berras.

Ela passou pelos homens, seguindo o rastro de sangue e abrindo caminho entre os destroços até chegar ao escritório, aos dedos decepados e, entre eles, o que imaginou serem os restos do anel de ouro, embora, assim como a algema, agora fosse uma corrente. Guardou-a no bolso e atravessou os escombros da parede em ruínas bem a tempo de ver Berras fazer uma última tentativa.

Quando Alucard se virou para os soldados, Berras se levantou e tentou tirar a lâmina da mão do irmão. Mas Alucard deu um passo para trás, ergueu o braço e arremessou Berras contra a parede — desta vez, quando o Emery mais velho caiu no chão, não se levantou mais. Lila esperou que ele estivesse morto, até reparar seu peito subindo e descendo. Que pena.

Alucard virou-se para os soldados.

— Prendam o líder da Mão.

Enquanto ele falava, um estrondo ecoou no segundo andar. Era mais do que um som — percorria as paredes da casa, fazendo o ar vibrar como se estivessem dentro de um sino. Todos olharam para cima. Não era o tipo de coisa que alguém iria querer ver, exceto Lila, que subiu as escadas tão depressa quanto seu corpo machucado permitia.

— Lila, espera — chamou Kell, mas sua voz foi abafada quando o estrondo soou outra vez num martelar grave, fazendo tudo chocalhar.

No topo da escada havia mais um corredor, e Lila seguiu o som até entrar numa sala, onde viu...

Uma porta.

Ou melhor, a *soleira* de uma porta. Estava no meio da sala, aberta para o vazio, para o nada. Não havia nem sinal do *persalis*, e os contornos pareciam irregulares, puídos. Uma brisa soprava em direção à porta aberta, puxando a túnica de Lila e, enquanto ela observava, a soleira pareceu se partir e aumentar de tamanho, lançando faíscas no ar.

— Você também está vendo, não está? — perguntou ela quando Kell se aproximou. Ele assentiu, examinando a porta. Depois chegou mais perto, passando a mão pelo ar enquanto o vento soprava no seu cabelo e no seu casaco. Kell contornou a soleira, sumindo atrás da escuridão como se fosse uma cortina antes de voltar a aparecer do outro lado.

Só existia uma pessoa — e um objeto supostamente destruído — capaz de ter *criado* aquela porta. Lila procurou até encontrar Tes jogada no chão, atrás da mesa. A garota estava deitada de lado numa profusão de cabelos escuros, como se tivesse caído no sono. Mas sua pele estava acinzentada, e ela não se mexeu nem quando o estrondo voltou a sacudir a sala.

Lila se ajoelhou, agarrando os ombros da garota.

— Tes. Acorda, Tes.

A princípio, nada. Então a garota abriu os olhos. Estavam vidrados, e Lila conseguia sentir sua pulsação irregular sob a pele, apesar do sorriso estampado nos lábios.

— Eu não os ajudei — disse baixinho, como se estivesse drogada ou sonhando. — Não... — De repente, arregalou os olhos. — Cuidado.

Lila se levantou, virando bem a tempo de ver Bex entrar na sala, encharcada de sangue e com a respiração ofegante, um segundo antes de atirar a lâmina em direção ao seu peito.

Ela estendeu a mão e a faca tremeu até parar a centímetros de sua pele; a vontade de Bex estava fraca demais para conseguir contra-atacar com todo aquele sangue sendo derramado.

— Você se recusa a morrer — disse Lila, agarrando a faca no ar. — Vou te dar uma ajudinha. — Estendeu a mão para o lado e o vento soprou ainda mais forte na sala, jogando Bex no abraço sombrio da porta aberta. A assassina se debateu conforme suas botas deslizavam pelo chão, mas assim que seu braço esbarrou no batente, a porta pareceu agarrá-la, arrastando-a membro por membro escuridão adentro.

Lila virou para Tes.

— Esta porta dá para onde?

Tes abriu um sorriso fraco.

— Não faço a menor ideia. — De repente uma sombra surgiu no rosto da garota, que perdeu os sentidos. Sua cabeça bateu no chão. Lila a sacudiu, mas desta vez ela não acordou.

— Kell — chamou Lila, apesar de ele já estar ao seu lado. — Tire-a daqui.

Ele pegou a garota nos braços — parecia tão jovem, tão pequena, tão imóvel —, mas não foi embora. Olhou para a porta atrás de Lila.

— Temos um problema — disse ele.

Lila entendeu a que ele se referia: a porta ficava cada vez maior à medida que as rachaduras faiscantes se propagavam pelo ar.

— Tire-a daqui — repetiu ela — que eu fecho a porta.

Kell assentiu e foi embora, deixando que Lila cuidasse do assunto. Ela levou os dedos à bochecha, onde Bex a tinha ferido. O corte ainda sangrava, e sua mão ficou vermelha. Ela uniu as palmas, sujando-as de sangue e se aproximou da porta.

O vento estava ficando cada vez mais forte, como um buraco negro. A coisa mais parecia uma boca aberta, uma escuridão devoradora. Só que uma boca era como uma porta: podia muito bem ser fechada.

Lila colocou os dedos na soleira, tomando o cuidado de não acabar tocando em seu interior escuro, e sentiu os contornos da porta sob suas mãos enquanto respirava fundo.

— *As Staro.*

Trancar.

O vento começou a enfraquecer e a soleira a se estreitar sob suas palmas enquanto a porta se fechava. As duas laterais se aproximaram, diminuindo a largura da soleira, até que, bem no meio do caminho, pararam e tremeram sob as mãos de Lila. Como se estivessem lutando contra ela.

Lila fez uma careta e segurou a soleira com força.

— *As Staro* — repetiu, mas quando impôs sua força de vontade sobre a porta, esta revidou, empurrando seus braços para longe e abrindo-se novamente até ficar escancarada. Lila cambaleou para trás quando as rachaduras se propagaram e aquele estrondo alto e medonho soou novamente.

BUM.

Lila olhou horrorizada para a porta. Não tinha funcionado. Ela era uma *Antari*. A maga mais poderosa do mundo. E o feitiço simplesmente... não tinha funcionado.

A porta faiscou e se abriu mais ainda. O vento assoviava em seus ouvidos.

Lila não sabia o que fazer.

Só percebeu que Kell tinha voltado quando o príncipe tocou seu ombro.

— Você tem que sair daqui — gritou ela sobre a rajada de vento, mas ele sacudiu a cabeça. — Não estou conseguindo deter a porta.

— Ponha o anel no dedo! — gritou ele num tom de voz mais alto que o caos ao redor. E, por um breve e confuso segundo, Lila pensou que ele se referia ao anel preto que ela era orgulhosa demais para usar, até que viu a pesada corrente de ouro nas mãos dele. O dispositivo enfeitiçado que arrancara seu poder e o dera a Berras. Kell já estava enrolando a corrente no pulso.

Lila sacudiu a cabeça.

— Você não pode usar sua magia.

— Não — concordou ele. — Mas você pode.

Ela não compreendia muito bem o funcionamento das correntes, mas sabia que quem usava o bracelete se vinculava a quem usava o anel, então o poder do primeiro passava para o segundo. Tirou a fina corrente de ouro do bolso, a ponta manchada com o sangue de Berras. Hesitou por tanto tempo que foi Kell mesmo quem tirou a corrente das mãos dela e a enrolou em seu dedo. Ao fazer isso, a corrente em torno de seu próprio pulso tornou-se um bracelete fechado, enquanto a dela tomou a forma de um anel.

Lila já estivera do outro lado. Já tinha sentido a total ausência de magia. Agora, sentia-a em dobro com o poder de Kell se derramando sobre o seu. O mundo inteiro zumbia perante a força da magia.

No mesmo instante Kell deixou escapar um suspiro de alívio, como se um fardo pesado estivesse sendo tirado de seus ombros. Fechou os olhos, cerrando a mão em volta do bracelete como se o quisesse manter ali.

Não havia tempo para perguntar se ele tinha certeza disso.

Lila se virou para a porta aberta.

O vento tinha tomado a forma de um furacão que puxava suas roupas, mas seus ossos pareciam firmes no chão de tanto poder. Ela tocou no corte na bochecha e percebeu que tinha sarado. A dor no peito também tinha desaparecido; o poder de Kell havia sido suficiente para curar as feridas. Desembainhou a faca e fez um corte profundo, sujando as mãos de vermelho conforme se aproximava do abismo.

Era tão imenso agora que Lila teve de abrir bem os braços para poder tocar nas duas laterais. Passou a ponta dos dedos em volta da soleira da porta, respirou fundo e forçou a magia a fluir até suas mãos entoando o feitiço:

— *AS STARO*.

O vento uivava sem parar, mas as palavras ressoaram por sua pele e através da sala, tão alto quanto o badalo daquele sino. Ela as sentiu empurrarem a porta faiscante como duas mãos gigantes, até que a soleira começou a estremecer e a ceder, a escuridão diminuindo à medida que a porta era finalmente forçada a se fechar.

Até que sumiu, deixando para trás apenas uma cicatriz mais parecida com uma ferida mal suturada.

O vento parou de soprar.

A sala ficou em silêncio.

Lila relaxou o corpo, aliviada, e virou-se para Kell, esperando ver seu triunfo refletido no rosto dele. Só que ele não estava ao seu lado. E sim caído no chão, com o corpo todo rígido, os músculos tensos.

— *Kell.*

Lila se ajoelhou ao lado dele, arrancando o anel do dedo. Assim que o aro se foi, a corrente de ouro se desprendeu do braço de Kell, e a conexão entre os dois foi quebrada. Ele devia ter ficado bem, mas não foi o que aconteceu.

— Fala comigo — suplicou ela, mas os dentes de Kell estavam cerrados, os músculos contraídos. Estava de olhos abertos, mas parecia não vê-la por trás das lágrimas que pingavam em seu cabelo. — Que merda, Kell — exclamou a *Antari*, segurando seu rosto.

Mas no momento em que Lila o tocou, alguma coisa pareceu se soltar dentro de sua boca, então Kell abriu-a e começou a gritar.

X

LONDRES BRANCA

Quanto maior o poder, maior o custo.

Kosika, parada debaixo da cerejeira, ficou pensando nas palavras de Holland. A mesma árvore que ela fizera crescer com nada além de sangue e vontade.

Era uma intrusa, mais alta do que as outras árvores no pomar, em plena floração de verão no meio do outono. Mas não era isso que a preocupava. E sim as outras árvores: tinham um aspecto doentio, folhas murchas e pálidas como se estivessem ressecadas. Como se, sem se dar conta, Kosika tivesse roubado delas para alimentar seu feitiço bobo.

O que foi que eu fiz?

— A magia não é infinita.

Ela se sobressaltou ao ouvir a voz de Holland. Ele estava de pé na grama ao seu lado, com o cabelo branco esvoaçando como no sonho que tivera. Ele seguiu seu olhar. Kosika pensou no Bosque de Prata, no coração do mundo bem na palma de suas mãos.

Ouviu som de passos atrás dela, então virou-se, deparando-se com Serak vindo em sua direção. O Vir era um homem sóbrio, com a testa sempre franzida, como se estivesse refletindo. Mas quando esbarrara com ele nos corredores naquela manhã, parecia estar bem-humorado. Agora, por outro lado, parecia um mensageiro encarregado de más notícias.

— Minha rainha — disse ele. — Precisamos de você.

— O que foi que aconteceu? — perguntou ela, mas o Vir não respondeu, apenas fez um gesto para que ela o seguisse; não até o castelo, mas em direção aos portões.

Kosika deu um suspiro e foi atrás dele, lançando um último olhar para a árvore cheia de flores desabrochando, enquanto as outras estavam cobertas de galhos murchos.

— Todo feitiço tem um custo — disse Holland.

Kosika esfregou o polegar machucado no dedo indicador.

— Achei que já tivesse pagado o preço.

— O que disse? — A pergunta veio de Serak, que tinha parado alguns passos adiante.

Kosika olhou do Vir para seu rei e, por um instante, considerou dizer a verdade, que estava falando com o próprio Santo. Mas Holland lançou-lhe um olhar severo, então ela acabou sacudindo a cabeça e ficando em silêncio.

A carruagem sacolejava pelas ruas da cidade. A boca de Serak era nada além de uma fina linha sombria, seus olhos estavam abatidos, e quando Kosika perguntou para onde estavam indo, ele apenas balançou a cabeça e disse:

— Melhor ver com seus próprios olhos.

Se não fosse Serak, ela teria suspeitado de alguma intenção maliciosa e pensado que aquilo pudesse ser uma tentativa de golpe. Se o Vir pretendia colocá-la em perigo ou até mesmo matá-la (passou rapidamente pela sua cabeça se algum Vir teria força suficiente para assassiná-la, embora duvidasse muito). Mas era Serak, o leal Serak, que olhava para ela e via a encarnação do poder, a herdeira de um santo.

Mesmo assim, enquanto a carruagem avançava, ela mantinha as mãos cruzadas sob o manto, roçando a unha no corte superficial que tinha feito para cultivar a cerejeira.

Até que a carruagem finalmente parou e o Vir saiu primeiro, segurando a porta para ela. Assim que desceu, Kosika percebeu que estavam na entrada de um beco, os muros da cidade se erguendo em ambos os lados. Logo adiante, a viela era interrompida por uma tenda branca.

Parecia um lugar muito estranho para alguém armar uma barraca de mercado, até que ela se deu conta de que a tenda havia sido erguida para esconder outra coisa.

Um soldado estava à espera dos dois e, enquanto Kosika seguia Serak, ele puxou uma das pontas para trás, conduzindo-a para o interior da barraca.

Holland não a seguira até a carruagem, mas, enquanto entrava na tenda, conseguia senti-lo bem ao seu lado. Piscou os olhos para acostumar a visão à troca da luz do sol por lamparinas e baixou o olhar, esperando ver alguma coisa no chão — um corpo, talvez, ou resquícios de um feitiço, qualquer coisa que fizesse sentido ser escondida —, mas as pedras sob seus pés estavam vazias, sem mancha alguma. Kosika franziu a testa, voltando o olhar para Serak e prestes a reclamar e dizer que não havia nada ali. Até que ela viu.

Só não sabia dizer *o que* era aquilo. Pairava no ar entre ela e o Vir, fazendo com que a imagem do homem tremulasse como um espelho distorcido. Atrás dela, Holland respirou fundo e Kosika quase o encarou por cima do ombro. Em vez disso, estendeu a mão, certa de que seus dedos tocariam em algo sólido, mas passaram sem esforço pela marca, como se não houvesse nada ali.

Kosika franziu ainda mais a testa.

— O que é isto? — perguntou ela, falando tanto com Serak quanto com o Santo.

— Não temos certeza — respondeu o Vir. — Foi descoberto hoje de manhã pela esposa de um soldado, que contou ao marido e que, por sua vez, foi direto nos procurar. Foi uma sorte e tanto. Aqui não é um lugar muito público, e conseguimos erguer a tenda antes que os boatos começassem a se espalhar...

— Boatos? — perguntou ela.

Serak pigarreou.

— A natureza da marca, o jeito como parece ao mesmo tempo estar e não estar aqui... Existe uma chance, embora remota, de que isso seja algum sinal de dano aos...

— Aos muros. — A voz de Holland era baixa, mas tomou conta da tenda, tão pesada quanto fumaça.

— ...aos muros — terminou Serak um momento depois.

A princípio, Kosika não entendeu nada. Então sua ficha caiu.

Os muros. Aqueles que separavam os mundos. Enquanto olhava para a deformação no ar, a marca assumiu uma forma diferente, parecendo mais uma rachadura do que uma tremulação.

— Você acha que os muros estão enfraquecendo?

Serak ficou em silêncio, o que já era uma resposta por si só. O pânico tomou conta dela, intenso e súbito como a corda dedilhada de um instrumento musical.

— Deve haver alguma maneira de reforçá-los — disse ela. — De tornar os muros mais resistentes.

— Talvez — disse Serak, não parecendo muito convencido. Afinal, foi necessário dezenas de *Antaris* para criar os muros que separavam os mundos uns dos outros, impedindo que a magia da Londres Preta se espalhasse. Se a barragem estivesse rompendo... — Mandei os soldados vasculharem a cidade — continuou Serak. — À procura de outras marcas.

Kosika analisou atentamente a rachadura no ar.

— Deixe-me a sós — disse ela. As palavras saíram tensas e firmes, por isso pigarreou, acrescentando: — Só um momento. Por favor.

Serak baixou a cabeça e saiu da tenda. Quando a ponta da barraca arriou, Holland tomou o lugar do Vir, sua imagem ligeiramente distorcida pela marca. Kosika examinou a tremulação. Talvez não fosse nada, mas quanto mais ela olhava, mais parecia uma porta. De saída. Ou entrada.

Havia muito tempo ela resolvera não ir a fundo sobre a existência dos outros mundos. E, no entanto, ali estavam eles, tentando invadir seu próprio mundo.

— Houve um tempo antes dos muros — disse Holland. — Haverá um tempo depois. — Seus olhos bicolores examinavam a marca. — Se for uma rachadura, é a primeira. Talvez os muros aguentem mais centenas de anos.

— E se não aguentarem?

Holland franziu a testa, estendendo a mão pálida para tocar no ar ao redor da marca.

— Nada que é criado dura para sempre.

Mas ela estava olhando para a mão dele e para a rachadura, o jeito que seus dedos a tocavam como se fosse sólida. Kosika avançou, já com sangue brotando na ponta dos dedos. *Rachaduras podiam ser remendadas*, disse a si mesma. *Feridas podiam ser curadas.*

— Kosika — disse Holland, cansado, mas ela já estava levando a mão até a marca e entoando o feitiço.

— *As Hasari.*

O ar estremeceu. Ouviu as batidas do próprio coração e se preparou para o puxão da magia ao ser derramada no mundo, aquele vazio que sentira quando seu poder fora entornado na terra, mas Kosika não se importava com o que precisaria fazer contanto que desse um jeito nos muros e mantivesse seu mundo a salvo...

Mas nada aconteceu.

O sangue não encontrou nada sólido. Uma única gota vermelha escorreu pela palma de sua mão, e talvez seus olhos tivessem se acostumado com a luz dentro da tenda, mas a marca no ar parecia até mais real.

XI

LONDRES VERMELHA

Tes acordou sob um céu diáfano.

O crepúsculo se estendia sobre sua cabeça em largas faixas azuis e violetas entremeadas por finas linhas douradas. O chão sob seu corpo era macio como uma penugem.

Se isto é a morte, pensou ela, *não é nada mau*.

Até lembrar-se de que já tinha visto aquele céu antes.

No quarto de Kell Maresh.

Tes se sentou ao se dar conta de que estava viva — viva e deitada na cama do príncipe.

Vares — o Vares *dela* — estava na mesinha de cabeceira ao seu lado. Sabia que ele não passava de uma peça engenhosa de magia, afinal de contas, ela mesma o concebera, mas assim que se mexeu ele bateu as asas de ossos como se estivesse contente por Tes estar viva e acordada. A princípio, não entendeu sua reação, mas quando se inclinou para fazer um cafuné na cabeça da corujinha e disse "Também estou contente em vê-lo", Tes reparou numa silhueta junto às portas da varanda, olhando para o rio e a cidade.

Lila Bard estava parada ali, de braços cruzados, sem o casaco e de queixo erguido, como se desfrutasse da luz do sol entrando pela vidraça. No entanto, parecia preocupada, com a mandíbula cerrada.

— Ah, que bom — disse ela sem se virar, e Tes percebeu que a *Antari* conseguia ver a cama pelo reflexo da porta. — Até que enfim você acordou. — Ela se virou e foi em direção à ela, parando ao lado da cabeceira de madeira ornamentada e encostando o ombro na coluna revestida de ouro. — Desta vez, foi por pouco.

— A porta... — começou Tes.

— Está fechada. — A boca de Lila mais parecia uma severa linha reta. — Você fez uma bagunça e tanto.

Tes ficou irritada.

— Eu estava tentando impedi-los.

Lila a observou, atenta e perguntou:

— Por quê? — Tes hesitou, mas a *Antari* fez um gesto com os ombros como se aquela fosse uma pergunta válida. — Eles queriam que você fizesse um *persalis*. Você sabe como fazer isso. Então por que não deu a eles o que queriam?

— Porque ele seria usado para ferir pessoas. Para matá-las.

— Mas *você* continuaria viva.

— Eles queriam que eu fizesse uma arma.

— Aposto que você já fez uma arma antes.

— Eu não queria *ser* uma arma — rebateu Tes, exasperada. — Você é uma *Antari*, devia entender isso. As pessoas querem o poder e, se não o conseguem, querem aqueles que o possuem. Se eu tivesse feito o *persalis*, não ficaria só nisso... eles me mandariam consertar e criar outras coisas. Foi por isso que não o fiz.

Lila assentiu, satisfeita com a resposta.

— Olha, você mentiu — comentou Tes, e a *Antari* arqueou a sobrancelha. — Quando me curou antes, você disse que seria a primeira e última vez que sangraria por mim.

Um sorrisinho malicioso surgiu no canto da boca de Lila, que deu de ombros.

— Mudei de ideia — disse ela. — Às vezes, acontece.

— Obrigada — disse Tes.

Lila assumiu um ar sério.

— Não fiz isso só por bondade. Você me deve um favor. Agora, levante-se daí — disse ela. — Já vou cobrá-lo.

Na última vez que saíra dos aposentos do príncipe, Tes estava presa. Agora, os soldados continuaram postados junto à parede, observando a cena como se ela não estivesse ali, embora tenham curvado a cabeça para Lila conforme ela levava Tes em direção às portas ornamentadas no fim do corredor.

Havia uma garotinha sentada num banco almofadado em frente às portas, ao lado de uma mulher de cabelo branco. A mulher segurava um livro infantil; a menina, um coelho com o pelo marrom. Os cachos pretos caíam em seu rosto enquanto ela sussurrava para o animal num ritmo suave, mas constante, como Tes costumava fazer com a coruja. Era bem novinha — por volta de 4 ou 5 anos, muito nova para sua magia aflorar, mas ainda assim Tes achou que conseguia distinguir aquele brilho etéreo da luz no ar à sua volta, embora ainda fosse muito tênue para ter uma cor.

Debaixo do banco havia uma gata branca que encarava Lila com olhos ametistas, como se estivesse pessoalmente ofendida com a presença da *Antari*. O animal se encolheu sob a sombra do assento quando Lila parou ali, levando a mão ao cabelo escuro da criança num gesto *quase* delicado.

— Olá, Ren — cumprimentou ela. — Está fazendo a guarda do quarto?

A garotinha ergueu o olhar, revelando dois olhos da cor de ouro polido. Ela assentiu.

— Mas temos que ficar quietinhas — disse, num sussurro. — O príncipe está dormindo.

A dor tomou conta do rosto de Lila, fazendo surgir uma ruga entre seus olhos.

— Mas está tudo bem — continuou a criança. — Eu trouxe o Miros para ele, e Sasha me disse que quando Kell acordar, posso entrar e ler uma história do meu livro para ele.

Lila afastou a mão da cabeça da garota.

— Ótima ideia.

Os olhos dourados da criança passaram por ela e pousaram em Tes. Ou, melhor dizendo, no esqueleto de ave que Tes segurava. Ela repuxou os lábios.

— Sua coruja está morta?

Em resposta à pergunta, Vares agitou as asas de ossos e a garota abriu um sorriso alegre. Tes se pegou estendendo a ave para ela.

— Pode tomar conta dele para mim? Só um minutinho.

A criança estendeu a mão e a pegou com cuidado, como se a coruja fosse feita de vidro em vez de ossos e feitiço. Equilibrou-a nas costas do coelho, que pareceu não se importar, e fez carinho no bico.

— Qual é o nome dele?

— Vares.

A garotinha arregalou os olhos dourados.

— Igual a mim! — exclamou ela, esquecendo-se da necessidade de sussurrar, pegando Tes de surpresa, arregalando os olhos. A palavra *vares* podia significar tanto *príncipe* quanto *princesa*. Ou seja, aquela menina era Tieren Maresh, a herdeira do trono.

A garotinha estremeceu ao ouvir o som da própria voz e olhou de relance para as portas, depois se inclinou na beirada do banco e fez um gesto para que Tes se aproximasse.

— É você que vai acordá-lo? — perguntou ela.

Tes sentiu um nó no estômago. Adivinhou que o favor que Lila iria cobrá-la só podia ser esse. Mas antes que pudesse responder, a *Antari* pôs a mão nas portas e disse:

— Ela vai tentar.

Nas portas havia uma inscrição do cálice e do sol, com um *M* enorme em relevo bem no meio, e os contornos preenchidos a ouro. Mesmo assim, Tes ficou surpresa ao seguir Lila para dentro do quarto e se ver diante do rei.

Rhy Maresh estava esparramado numa poltrona, parecendo ter o dobro de sua idade.

Os cachos pretos caíam sobre os olhos dourados, sua coroa estava jogada numa almofada ali perto e estava com o queixo apoiado nas mãos entrelaçadas. Corria o boato de que o rei não possuía magia, mas ela conseguia ver os fios prateados saindo de seu peito e enroscando-se no ar à sua volta.

Pelo menos não havia nem sinal da rainha. Já era um alívio. Mas ao lado do rei outro homem, cuja magia corria em três fios de cores diferentes, estava com o cabelo penteado para trás, revelando olhos pretos como a tempestade, e só de vê-lo Tes estremeceu, numa recordação súbita e visceral do nobre da outra casa. Só que aquele homem era mais magro e seus dedos não tinham cicatrizes, embora houvesse linhas delicadas ao redor de seus pulsos e pescoço — ela já tinha visto aquelas marcas nos sobreviventes da praga. Quando o homem encontrou os olhos de Tes, ela reparou nas linhas irregulares enroscando-se como raios em suas íris e imaginou que fosse ele quem partilhava seu estranho dom de visão.

O rei pigarreou.

— Parece que nossa cirurgiã chegou. — Ele se levantou, mas ficou meio tonto. Fechou os olhos, apoiando-se no encosto de uma cadeira. — Mil desculpas — disse. — Tivemos que mantê-lo dopado e tudo que ele sente, eu também sinto.

Foi então que Tes deu a volta no sofá e viu Kell.

O príncipe estava sedado, mas não muito: a tensão era bastante perceptível em suas mãos, mandíbulas e garganta.

— Toda vez que acorda — disse o rei, com a voz rouca —, ele começa a gritar.

Tes podia ver o motivo: os fios ao redor de Kell Maresh já não estavam apenas puídos, mas arrebentados, rasgados em alguns pontos e presos por um filamento frágil em outros; assim, quando a magia tentava seguir seu curso, acabava soltando faísca.

Tes se aproximou. Os cabelos ruivos caíam sobre o rosto de Kell, divididos por uma mecha branca. Ele estava sem o casaco e com a gola da camisa aberta, deixando à mostra a ponta de uma marca escura sobre o coração — um feitiço que ela não conhecia —, mas havia fios prateados enroscados ali, fluindo para dentro em vez de para fora, e Tes percebeu que era o eco daquela magia que circundava o rei, a outra metade da teia prateada que irrompia do peito de Rhy Maresh. De alguma maneira suas vidas estavam vinculadas.

— Você pode curá-lo? — perguntou o rei.

A mesma pergunta que Lila lhe fizera no dia anterior, e Tes sentiu-se igualmente na defensiva. Mas, desta vez, a garota mordeu a língua. Ela tinha criado um *persalis* do zero, com as mãos trêmulas pelo veneno correndo nas veias. Agora, estava firme e forte. Se havia alguém no império capaz de fazer isso, esse alguém era Tes.

— Teoricamente, sim — respondeu ela. — Mas vocês dois estão vinculados, não estão? — Diziam que era impossível matar o rei, mas isso não era exatamente verdade. Todo feitiço tem um ponto fraco, e Tes tinha acabado de descobrir o dele. — Se Kell morrer, você morre junto.

O rei esboçou um sorriso cansado.

— Estou disposto a correr o risco — respondeu, os olhos fixos no outro homem, que fez uma careta e parecia prestes a falar alguma coisa, até mudar de ideia e desviar o olhar.

— Vá em frente — disse o rei, baixinho.

— Você pode me ajudar? — perguntou Tes. O homem ergueu a cabeça, e ela explicou: — Seria útil ter um segundo par de olhos.

— Pronto, Alucard — exclamou o rei, soando estranhamente animado. — Agora, se eu morrer, a culpa também será sua. — Depois, virou-se para Tes: — Precisa de mais alguma coisa?

Ela fez um coque e arregaçou as mangas.

— Uma xícara de chá — respondeu ela —, o mais forte possível. — Óculos de proteção — continuou —, vi um par na oficina da rainha. E, por último — ela se virou para Lila Bard —, um fio. De sua magia. Preciso de algo para remendar os fios dele.

Esperava que a *Antari* fosse protestar, mas Lila estendeu a mão e disse:

— Pode pegar.

Três anos antes, Tes havia tentado roubar um fio daquela magia prateada, achando que fosse só arrancar um e sair correndo. Agora, se deu conta de que jamais conseguiria fazer aquilo. Não era tão simples quanto arrancar um fio de cabelo da cabeça de alguém. Quando Tes puxou um fio da teia da *Antari*, este se soltou, mas Lila sibilou e soltou um palavrão em ilustre real e, embora não entendesse bem as palavras, Tes compreendeu seu significado.

Assim que terminou, Tes respirou fundo e esticou o fio entre as mãos, um único filamento prateado tão brilhante quanto o luar.

— Tudo pronto?

Rhy Maresh se sentou na poltrona.

Alucard tocou no ombro do rei.

Lila se aproximou de Kell. Ajoelhou-se ao lado de seu corpo adormecido e sussurrou alguma coisa no ouvido dele, e se Tes estivesse um pouco mais distante, talvez não tivesse escutado nada. Mas escutou, sim.

— Não importa para onde você vá — disse a *Antari* ao seu príncipe —, eu sempre irei atrás de você.

Em seguida, Lila se levantou, passando por eles e indo até o outro lado do quarto. Tes se aproximou da cama. Olhou para Kell Maresh tentando imaginar que ele não era um homem, mas um mero recipiente, um objeto levado à sua loja.

Antes quebrado, logo consertado, pensou ela.

E então começou a trabalhar.

DOZE

O DESENROLAR DOS FIOS

I

LONDRES BRANCA

Para onde quer que olhasse, Kosika via um desastre.

Em uma nuvem de vapor, a queda de seu castelo. Em uma xícara de chá, a ruína de sua cidade.

— Todos saúdem a rainha — disse um Vir.

Mas ela não estava presente. Bem, tecnicamente, Kosika estava sentada numa cadeira dourada ao centro da mesa, com Nasi de um lado e Serak do outro, enquanto o brinde era feito e a comida era servida em seu prato, mas seu trono podia muito bem estar vazio.

Vozes se elevavam e se calavam novamente, mas Kosika não as ouvia. Assim como não sentia a madeira da cadeira sob o braço, o peso da coroa em sua cabeça ou a mancha úmida na mesa de pedra, onde um criado acabara derramando sem querer um pouco de água, embora já estivesse passando os dedos por ela havia alguns minutos.

Não. Enquanto os outros comiam, bebiam e jogavam conversa fora, Kosika estava de volta à tenda branca, olhando para a rachadura que cortava o ar. Uma vulnerabilidade nos muros do mundo. O mundo *dela*. O único com que se preocupava. O único que importava, contanto que os muros resistissem. Porém...

— Um dia, os muros cairão — alertara o Vir Lastos. — É melhor conhecermos nossos inimigos.

— A cada dia que passa, *nosso* mundo revive mais um pouco.

— E se o deles também estiver revivendo?

Naquele dia, a insolência de Lastos custou sua vida. Mas o alerta permanecera na mente da rainha.

Kosika baixou o olhar e reparou que não estava desenhando apenas padrões aleatórios na água: seu dedo tinha feito o contorno de uma porta. E não uma porta qualquer — as laterais eram retas, mas o topo formava um arco. Era a porta de seu próprio quarto. E do de Holland.

Arrastou a cadeira para trás. Não fez um barulho muito alto, mas teve o efeito de um chicote percorrendo o salão, pois todos ficaram em silêncio.

— Minha rainha — disse Serak, levantando-se com ela. — Está se sentindo mal?

Kosika balbuciou um pedido de desculpa, sua própria voz soando distante em seus ouvidos. Nasi olhou para ela, prestes a se levantar e segui-la, até que Kosika balançou a cabeça. A garota franziu a testa, mas sentou-se novamente enquanto Kosika fugia do jantar e do salão.

Ao subir as escadas, cravou a unha no corte em seu polegar, sentindo uma pontada de dor assim que a ferida abriu mais uma vez. Subiu até a alcova e o altar. Esperava sentir seu rei a acompanhando, mas, quando chegou ao topo, se viu sozinha. Então pegou uma vela da mesa, esgueirou-se por trás da estátua do Santo, sussurrou a palavra em direção à porta e entrou, com a vela em sua mão lançando uma luz trêmula sobre o aposento às escuras.

Dirigiu-se até a caixinha de madeira em cima da escrivaninha, esperando a voz de Holland dirigindo-se a ela assim que a pegasse. Mas apenas seu coração e sua própria voz sussurravam em sua cabeça.

Será que tinha sido ingênua por passar tanto tempo ignorando os outros mundos?

Não tinha a menor vontade de se aventurar por eles.

Mas e se os muros ruíssem e eles invadissem o seu?

E se viessem atrás de sua magia?

Como poderia lutar contra o que não conhecia?

Ela enfiou a caixa debaixo do braço e se virou, sobressaltando-se ao ver o próprio reflexo. A coroa brilhava como uma faixa de luz derretida em seu cabelo trançado, assim como os botões prateados no peito e as joias ao longo da gola do vestido. Tirou a coroa e desfez as tranças. O cabelo caiu em ondas sobre seus olhos, escondendo a marca *Antari* atrás de um cacho loiro-escuro.

A capa cinza de Holland estava pendurada em um gancho na parede, e Kosika a puxou até os ombros, estremecendo quando o peso assentou sobre ela como a mão de uma pessoa. Em seguida, ajoelhou-se no chão de pedra e desenhou um X.

O próprio Holland lhe mostrara aquele feitiço. Ensinara a ela num dia de verão, quando Kosika ansiava por alguma maneira de sair do castelo sem ser vista. Ele quase abriu um sorriso ao lhe contar como fazer aquilo, e ela tentou imaginar seu rei, seu santo, como um rapaz de sua idade, esgueirando-se pela cidade como se tivesse pegado um mapa, dobrado e usado uma tesoura para cortar um atalho.

Até onde sabia, ninguém tinha reparado na casca em forma de quadrado que ela arrancara de uma árvore do pátio nem na marca correspondente que entalhara no tronco, as linhas levemente escurecidas de sangue. O X tinha secado e passado para um tom desbotado de marrom, mas ainda estava lá, e quando Kosika pressionou a palma na marca no chão e sussurrou o feitiço — *As Tascen* —, não apenas o quarto do rei desapareceu, mas ela também.

Quando os dois voltaram, já não estava ajoelhada no piso de pedra, mas na grama, com a mão pressionada contra a base da árvore. Ao longe estava o castelo, com suas janelas cintilando como olhos leitosos. Uma escuridão tomava o jardim, mas o céu estava limpo e a lua quase cheia, então havia luz suficiente para conseguir enxergar.

Kosika encostou os dedos ensanguentados na caixa e entoou as palavras para abri-la.

Sentiu-se meio tonta pela brusca utilização de tanta magia e lembrou-se da cerejeira — mais um lembrete de que bebia de um poço finito.

Levantou a tampa da caixa, o luar incidindo sobre as moedas ali dentro. Três artefatos para três mundos diferentes. Um prateado. Um carmesim. Um preto. Kosika aguardou até sentir a presença dele.

Como um raio de sol num dia frio, uma súbita e bem-vinda onda de calor.

— Onde você estava? — perguntou ela baixinho quando Holland saiu da sombra das árvores, com os cabelos brancos brilhando como a luz da lua.

— Eu estava aqui. Estou sempre aqui.

— Você não esteve comigo desde que vimos a rachadura.

Ele aproximou-se da rainha e deteve-se ali, uma sombra pálida pairando sobre ela.

— Não queria que você sentisse o peso de minha mão em suas costas. — Ele baixou o olhar para a caixa nas mãos dela. — Sei o que você está pensando. Não vou pressioná-la.

Holland exibia a testa franzida e o olhar pesaroso. Mas havia certa resignação em sua expressão, como se ele já soubesse que as coisas chegariam àquele ponto.

Kosika voltou o olhar para a caixa aberta. Para as moedas bem ali, à sua espera. Suas mãos foram em direção à moeda vermelha, mas assim que tocou no metal, Holland disse:

— Espere.

E se ajoelhou, colocando a mão sobre a dela.

— Quando digo que estou sempre contigo, falo a verdade. Estou vinculado a você, Kosika. Vou aonde você for. Não posso ir aonde você não vai. Mas há algo que preciso ver. — Ela ergueu o olhar e viu aquele par de olhos bicolores, um verde e o outro preto, perscrutando os seus. — Você confia em mim?

— Sem dúvida — respondeu ela, sem nem pensar duas vezes.

A mão de Holland passou da moeda carmesim para o caco de vidro preto.

— Então me leve para lá.

Kosika hesitou. Só tinha estado na Londres Preta uma vez, no ano passado, e queria nunca mais voltar: o pavor daquele lugar grudara à sua pele como teias de aranha. Mas Holland era seu rei, seu santo, e ela não lhe negaria nada, por isso tirou o artefato da caixa, sentindo seu peso frio na palma da mão antes de fechar os dedos sobre o fragmento.

— *As Travars*.

A escuridão tomou forma à sua volta. O mundo se desfez.

Mas, desta vez, ela não caiu.

Não houve terror nem lufada de ar nem corpo caindo de uma torre que não estava ali. Ainda assim, ela pareceu *pousar* à medida que o solo lançava uma nuvem de cinzas que, por um instante, pairou antes de começar a se assentar no chão.

Kosika se levantou e olhou em volta, tomada pelo súbito medo de que Holland não a tivesse seguido, de que estivesse sozinha naquele mundo amaldiçoado. Mas então as cinzas se assentaram por completo, e ele surgiu ali. Estava a alguns metros de distância, de costas para ela enquanto encarava a paisagem devastada, e, apesar da quietude do lugar, aquela estranha brisa que sempre cercava a imagem de Holland ainda estava presente. O manto pálido ondulava, seu cabelo branco esvoaçava e, de alguma forma, ele se parecia ainda mais com um santo.

Até que deu um suspiro.

A respiração saiu irregular, inegavelmente humana, como se ele estivesse se preparando para enfrentar aquele lugar, e Kosika lembrou-se das histórias que Holland lhe contara sobre ter sido deixado ali à beira da morte e depois trazido de volta à vida por um demônio que prometera ressuscitar seu mundo em troca de seu corpo.

— Holland. — A voz dela ecoou como um grito num corredor vazio.

Ele virou a cabeça, deixando à mostra o contorno do rosto, a bochecha, o olho preto. Ela queria perguntar por que estavam ali, mas ele levou um dedo aos lábios. Fechou o olho preto e inclinou a cabeça de leve, como se tentasse ouvir alguma coisa.

Kosika ficou em silêncio e passou os olhos pelo lugar: estavam no que devia ter sido uma praça de mercado, com o piso de pedra todo rachado sob seus pés. As construções por todos os lados tinham sido altas e encimadas por torres, mas a maioria das pontas tinha se partido e desmoronado, levando os telhados consigo.

— Difícil de acreditar, não é? — perguntou Holland, baixinho. — Mas, antigamente, este lugar era a fonte de todo o poder.

Era *mesmo* difícil de acreditar nisso quando se olhava agora para aquele lugar, tão frio e escuro quanto uma lareira abandonada.

Mas Kosika sabia que era verdade — que, antes, toda a magia do mundo vinha dali. Que ela emanava pelos mundos como o calor, esfriando à medida que se afastava da fonte. Até que a fonte foi envenenada e sua contaminação espalhou-se para os outros mundos.

Uma ligeira movimentação — ela se virou e percebeu Holland se afastando a passos cuidadosos, embora não emitissem som algum nem agitassem as cinzas como os dela.

Ele chegou ao centro da praça e se ajoelhou, pressionando a palma da mão sobre as pedras quebradas, como se fosse de carne e osso em vez de um espectro. Um instante depois, seus lábios se moveram e sua voz saiu num sussurro, embora as palavras alcançassem os ouvidos dela.

— Está sentindo?

Ela se ajoelhou e tocou o chão, esperando sentir um calafrio, um pavor, uma pontada de magia contaminada. Em vez disso, tudo que sentiu foi a superfície da pedra. Nada de magia, e por um momento ela voltou a ser a criança que era antes de encontrar o corpo de Holland no Bosque de Prata e acordar no dia seguinte com o mundo vibrando dentro de si. Ainda não era uma descrição precisa, visto que antes de ter sua própria magia ela ainda conseguia senti-la no mundo, uma força tensa e inalcançável. Aquilo era bem diferente. Era como quando Kosika tinha 9 anos e pisara num feitiço de proteção.

O tipo de feitiço concebido para desvincular alguém de sua própria magia.

Foi a primeira — mas certamente não a última — vez que alguém tentara tirar a vida da jovem rainha, e Nasi fora ao seu resgate, empunhando uma lâmina para cortar a garganta do assassino e defendê-la da armadilha, mas nos momentos após ter sido salva ela acabara sendo dominada pela estranheza daquele feitiço.

Não provocara *qualquer dor*. Tinha sido daquela maneira. *Ela* se sentira daquele jeito — como um recipiente esvaziado.

Uma coisa vazia.

Holland estava de pé, indo até ela.

— Está sentindo? — perguntou ele mais uma vez.

Kosika sacudiu a cabeça.

— Não sinto nada.

— Exatamente — disse seu rei, a palavra saindo junto a sua respiração conforme ele relaxava os ombros de alívio. — Quando vi a rachadura no mundo, fiquei só imaginando. Não me atrevi a ter esperanças. Mas agora eu sei.

— Sabe o quê?

— Acabou. — Ele parou diante dela, os olhos com um brilho vítreo e sua voz embargada de emoção. — O fogo de Osaron finalmente se apagou.

Osaron.

O rei das sombras. O pedaço de magia que se tornou um deus e destruiu tudo.

— Apagou mesmo? — Era verdade, ela não sentia poder algum naquele lugar. Mas a marca da ruína de Osaron estava por toda a parte. Ela se viu prendendo a respiração para não inalar as cinzas, caso tivessem algum resquício de magia corrompida.

— Sabe o que isso significa? — perguntou ele, passando os dedos pelo ar. — Podemos voltar a acender o fogo. Reiniciar a fonte.

Kosika deu um passo para trás, como se tivesse levado um soco.

— A magia daqui é amaldiçoada. Se voltarmos a acender o fogo, vamos acabar reacendendo a praga e...

— Não — disse Holland, sacudindo a cabeça. — Se devastarmos uma floresta, a contaminação se vai com ela. Antes de se tornar a fonte de magia envenenada, aqui era a fonte de *tudo*. Todo o poder dos mundos teve origem aqui. Pode voltar a ser assim. — Ele tocou o ombro de Kosika. — Os muros foram feitos para proteger os outros mundos, mas também funcionavam como uma represa. A partir do momento em que foram erguidos, nenhum poder conseguia fluir entre eles. Foi assim que a magia tornou-se finita, e cada lugar ficou encarregado de suprir seu próprio estoque. No início, nós tínhamos a maior parte da magia, já que estamos mais perto daqui, mas fizemos mal uso dela, dividindo-a em chamas cada vez menores e as abafando até que começaram a apagar. Minha morte foi um sopro nas brasas de um mundo agonizante. Seu reinado também. Juntos, evitamos que nossa chama se apagasse. Mas receio que tenhamos chegado ao limite.

Kosika sentiu um nó no estômago quando o antigo rei expressou seus medos em voz alta.

— Não há mais poder suficiente — concluiu ele.

— Eu sei — sussurrou ela. Mas Holland não parecia derrotado. Longe disso. Havia uma luz em seus olhos, uma energia em sua voz.

— Não se desespere. Se acendermos o fogo daqui, se reiniciarmos esta fonte, nosso mundo vai voltar a brilhar, desta vez mais do que nunca. Você não terá que escolher qual árvore regar. Nosso povo não precisará sangrar para descongelar o frio do inverno. Tudo que sofri. Tudo que perdi... terá valido a pena.

Naquele momento, Kosika viu como Holland devia ter sido antes que os Danes o aprisionassem. Viu o menino que sonhava em curar um mundo agonizante. Viu o rei que dera tudo para que o poder fosse restaurado. Viu o santo que nem mesmo na morte conseguia descansar, que não conseguia deixar sua missão inacabada para trás.

— E quanto aos muros? — perguntou ela.

Holland tirou a mão de seu ombro.

— Deixe-os desmoronar. Ou derrube um e erga um novo. Deixe que as outras Londres cuidem de suas brasas enquanto nós aproveitamos o calor.

Então seu rei fez algo que nunca havia feito antes: ajoelhou-se diante de Kosika. Abaixou-se graciosamente, apoiando o joelho nas pedras quebradas.

— Minha rainha — disse ele. — Nós dois podemos fazer isso. Juntos.

Ela queria. E percebeu o quanto ele também desejava. Holland Vosijk tinha sacrificado tanto por aquilo... tudo o que tinha. E não havia sido o suficiente. Mas, com a ajuda dela, poderia ser.

Kosika olhou para o mundo morto.

— Como podemos voltar a acender um fogo tão imenso assim?

— Do mesmo jeito que fazemos numa lareira — respondeu ele. — Com bastante lenha e uma faísca bem posicionada.

Ao dizer isso, o rosto de Holland foi iluminado por algo deslumbrante: *esperança*. Naquele instante, se tivesse pedido a Kosika que abrisse as próprias veias e derramasse cada gota de seu sangue no solo morto, ela concordaria.

Em vez disso, ela assentiu e disse as palavras que deixariam o mundo em chamas.

— Me ensine como se faz.

II

LONDRES VERMELHA

Kell se lembrava de tudo.

Se alguém perguntasse, ele diria que não, que a última coisa de que se lembrava era o momento em que enrolou a corrente de ouro no pulso e disse a Lila que usasse sua magia para fechar a porta. Que depois disso não havia nada além de escuridão.

Mas seria mentira.

Por um misericordioso segundo, logo depois que a corrente se transformou num bracelete em seu pulso, ele não sentiu absolutamente nada. A magia se apagou como uma vela no fim do pavio e ele se sentiu oco como um recipiente vazio, e até que havia certo alívio nisso.

Até tudo começar.

Kell imaginara que, se estivesse nas mãos de outra pessoa, a magia não poderia feri-lo, mas assim que Lila invocou o feitiço ele sentiu uma dor lancinante e aguda, e quanto mais ela derramava o poder dos dois nas palavras, mais o *Antari* piorava, e ele até teria desistido, mas não podia porque não estava no controle da situação.

Os efeitos colaterais sempre foram agonizantes, sim, mas breves, exceto dessa vez, pois não acabava nunca. A dor continuava aumentando até que ele não conseguiu mais respirar nem falar, e quando a porta finalmente se fechou, o feitiço foi concluído e a algema se desprendeu de seu pulso, ele ficou preso dentro daquela dor. Dentro de sua própria pele.

O mundo além de seu corpo se fora, mas ele continuava ali, aos gritos.

Até que a dor finalmente passou.

E, quando isso aconteceu, ele percebeu que a morte enfim havia chegado... e era maravilhosa. Como o abraço de seu irmão, a voz de Lila, a sensação de estar em alto-mar.

Então Kell abriu os olhos.

E viu um coelho.

Miros pulava no pé de sua cama e, logo atrás, espreitando sobre as cobertas, um rostinho envolto por cachos escuros e dois olhos dourados o encarava.

— Ren — chamou Rhy, atravessando o quarto. — Não te falei para não incomodar seu tio?

— Mas ele está acordado.

Rhy se virou e reparou em Kell, uma miríade de emoções passando por seu rosto antes que ele pegasse a princesa no colo.

— Vá procurar Alucard — disse ele, dando um beijo em seu cabelo. — Conta para ele que eu disse que você pode ouvir *três* histórias.

Rhy colocou Ren no chão e ela saiu correndo, com o coelho pulando logo atrás.

— Assim teremos algum tempo a sós — disse ele, vendo-a sair do quarto.

— O que foi que aconteceu? — perguntou Kell, a voz rouca de tanto gritar.

— Do que você se lembra?

— De nada — respondeu Kell, mas seu irmão o encarou como se os dois soubessem que aquilo era mentira.

— Como está se sentindo agora? — perguntou Rhy.

Kell mudou de posição, sentando-se na cama. Estava com os músculos rígidos, mas não sentia dor.

— O que você fez?

— *Eu* não fiz nada. Foi Tes quem fez todo o trabalho.

Kell ergueu a cabeça.

— Não.

Rhy jogou as mãos para o alto.

— Nós dois estamos vivos. Já é alguma coisa.

— Você não devia ter corrido esse risco.

— Não tive escolha — disse Rhy, o tom de voz sombrio. — Ou fazia isso ou precisaria mantê-lo eternamente sedado. Não que eu não goste da sensação, mas tenho um país para administrar.

Kell agarrou os lençóis.

— Rhy...

— Não me agradeça — disse ele, pegando um castiçal da mesa. — Ainda não sabemos se deu certo.

Estendeu a vela apagada para o irmão.

Kell encarou a vela, mas continuou imóvel e, por um segundo de puro desespero, voltou para aquele dia em que estava diante do jogo da casa de gelo na feira sem luz, com medo de testar seu poder e descobrir que estava quebrado. Voltou para a cabine a bordo do *Barron*, onde destruía a si mesmo na plena convicção de que se tentasse o bastante conseguiria suportar a dor. Voltou para os momentos em que lutava ao lado de Lila, de espadas em punho, determinado a não evocar a magia defeituosa e tentando se convencer de que não a possuía mais. E então voltou ao presente, sentado ali em sua cama real, temendo o que aconteceria se tentasse conjurar seu poder e ele não obedecesse ao comando. Com medo da dor que sentiria se obedecesse.

Por outro lado, Rhy tinha arriscado a própria vida por ele. Por uma chance de ver o irmão recuperado.

Kell sabia que precisava tentar.

Então colocou a mão em concha sobre a vela apagada.

Conjurou o calor para o pavio.

E a vela se acendeu.

Não foi *fácil* como antes, quando ele era mais jovem. Houve certa resistência, a diferença entre passar o braço pela água em vez de pelo ar. Mas funcionou.

O fogo irrompeu sob seus dedos e depois à sua volta conforme todas as velas do aposento se acendiam ao mesmo tempo, banhando o quarto numa luz trêmula. Rhy respirou fundo, mas Kell estava prestando atenção na vela entre eles, na chama frágil aquecendo sobre sua palma. Ficou encarando o fogo até que a dor finalmente veio, não numa onda arrebentando sobre ele, somente o ardor de uma vela tocando a pele.

Kell ouviu Rhy sibilar e se afastou, sacudindo a mão para aliviar a queimadura. Olhou para a palma da mão chamuscada, a pele rosada pelo calor, e abriu um sorriso.

Lágrimas começaram a escorrer pelo seu rosto.

Era a dor mais bem-vinda que Kell tinha sentido em toda sua vida.

Ao longo dos anos Lila havia explorado a maior parte do *soner rast*: dos cinco salões de festa até os corredores secretos entre os aposentos reais, os banhos de imersão, o campo de treinamento e o pátio. Mas havia um lugar que ela sempre evitava.

A rainha estava sentada a uma mesa no meio da oficina, de costas para Lila e debruçada sobre um caderno, mas quando a *Antari* entrou na ponta dos pés, silenciosa como uma ladra, passando pelas bancadas cheias de papéis e pedaços de feitiços incompletos, Nadiya Loreni pigarreou.

— Delilah Bard — disse ela sem nem erguer o olhar. — O que a traz aos meus aposentos?

— Ora — respondeu Lila, passando a mão por meia dúzia de frascos tampados. — Você vive me chamando. Achei que já estava na hora de aceitar o convite.

A rainha parou o que quer que estivesse fazendo e se levantou, virando-se para olhar bem nos olhos de Lila.

— É sério? — Sua voz oscilava entre a desconfiança e a curiosidade.

Lila deu de ombros, seguindo em direção a ela e enfiando a mão no bolso do casaco.

— Fiquei sabendo que o trabalho de Tes em Kell foi um sucesso — continuou a rainha. — Adoraria ter visto com meus próprios olhos.

Os dedos de Lila se fecharam ao redor do metal guardado no bolso.

— Bem — disse ela, tirando as duas correntes de ouro —, acontece que Tes e eu temos algo em comum.

Nadiya baixou os olhos para o metal cintilante.

— E o que seria?

— Não vamos muito com a sua cara — respondeu Lila, passando as correntes de uma mão para a outra. — E confiamos menos ainda em você.

Estendeu as correntes de ouro para a rainha, mas quando Nadiya tentou pegá-las, Lila fechou a mão sobre elas, que reluziram, derreteram e finalmente escorreram entre seus dedos.

— *Não* — gritou a rainha, avançando tarde demais, mas em vez de sair da frente, Lila foi até ela, cerrando a mão livre em volta do pescoço de Nadiya.

A rainha se retesou sob o toque firme, tentou recuar e se libertar, mas Lila assumiu o controle dos ossos de Nadiya, obrigando-a a ficar imóvel.

— Como é que você se sente? — rosnou ela. — Impotente? Presa? À mercê da vontade alheia?

— Sinto muito — arfou Nadiya.

— Sente, é?

— Alucard me contou — murmurou a rainha, esforçando-se para respirar. — Sobre Berras. O que ele fez.

— Alguém *deu* as correntes a Berras Emery. — Lila apertou com força a garganta da rainha. — Foi você?

Algo faiscou nos olhos de Nadiya. Não culpa, mas uma raiva justificada.

— Eu *jamais* faria uma coisa dessas.

Lila fez uma careta, mas não a largou. O rosto de Nadiya ficou vermelho. Seus batimentos dispararam sob a mão de Lila. Um coração, tal como uma vela, era tão fácil de apagar.

Então a rainha encontrou seu olhar.

— Está interessada em fazer — arfou ela — o trabalho da Mão por eles?

Lila deu um suspiro e atirou a rainha para longe. A mulher chocou-se contra a mesa e se apoiou ali, levando a mão até a garganta. Seus dedos estavam tremendo.

— Nós duas podemos até não concordar sobre muitas coisas — disse Nadiya —, mas não sou sua inimiga. As correntes foram roubadas.

— Por quem?

— Não sei.

— Mentira — sibilou Lila. — Nada acontece neste lugar sem que você saiba.

Nadiya assumiu uma expressão de desdém.

— Alguém traiu minha confiança. Acredite em mim — disse ela. — Também quero descobrir quem foi.

— Este é o problema, Vossa Majestade — rebateu Lila conforme o vento soprava ao redor, varrendo os objetos das mesas e esvaziando as estantes. — Não acredito nem confio em você. Na próxima vez que sequer *pensar* em criar algo parecido com estas correntes, vou transformá-la em pedra e usar sua estátua sem vida como cabide.

Então Lila deu meia-volta e deixou a oficina, o vento morrendo atrás de si enquanto pedaços de papel e feitiços esvoaçavam como cinzas em volta da rainha.

Alucard se forçou a descer os degraus da prisão, um a um, preparando-se para o que teria de enfrentar assim que chegasse ao pé da escada.

Das quatro celas que compunham a prisão real, três estavam novamente vazias. Na última, que Tes ocupara brevemente, estava Berras, sentado no chão de pedra, de costas para a parede e com o rosto na sombra. Havia um curativo apertado em volta de sua mão sem dedos. O pano estava vermelho do sangue, e um pedaço da parede também estava sujo, como se ele tivesse dado um murro várias vezes no mesmo lugar, imaginando qual dos dois quebraria primeiro.

Não havia soldados fazendo a guarda da cela; Alucard mandara todos saírem. Seu irmão já tinha envenenado gente demais contra o palácio. Não lhe daria a oportunidade de causar mais estragos.

A primeira coisa que Alucard fez na noite anterior, ao deixar a propriedade dos Emery, foi ordenar que a casa fosse demolida. E voltara lá na manhã seguinte para se certificar de que sua ordem havia sido obedecida. Parado ali, no terreno vazio onde a casa estivera antes, ele sentiu uma paz inacreditável. Um fardo fora posto no chão. Um peso saíra de seus ombros.

Ao olhar para o irmão, já não sentia aquele mesmo alívio, mas sim a exata determinação. Alucard ajeitou o casaco conforme caminhava em direção à cela. Neste dia, decidira se vestir de vermelho e dourado. Nem um traço de azul dos Emery. Seu cabelo estava preso com uma presilha do cálice e do sol e, ao vê-la, Berras fez uma careta de desdém.

— Achei que gostaria se eu usasse essas cores em vez das suas — disse Alucard.

— Não importa o que vista — disse Berras, levantando-se —, nada vai mudar o que você *é*, irmãozinho.

— E o que é que eu sou? — perguntou Alucard sem a menor emoção na voz.

Seu irmão se aproximou das grades.

— Uma desgraça.

Alucard abriu um sorriso.

— Antes, essas palavras teriam me cortado tão fundo quanto uma lâmina. Mas agora vejo bem o que são: os últimos socos de um homem que perdeu a luta. O que nosso pai diria se o visse neste momento? Seu filho mais velho, preso por traição. Será que ficaria orgulhoso por você ter tentado derrubar o império? Ou decepcionado por ter *fracassado*?

Berras agarrou as grades com a mão boa, apertando-as até que seus dedos cobertos de cicatrizes ficassem rosados, depois pálidos.

— O que acha que vai acontecer com seus seguidores — refletiu Alucard — agora que você sumiu? Corte a cabeça e o corpo logo desaba.

Berras repuxou os lábios.

— Acontece que eu não sou a cabeça — retrucou ele. — Sou a mão. — Ele lhe lançou um olhar sombrio. — Quer saber por que nos chamamos de Mão?

— Porque querem roubar o poder dos outros? — arriscou Alucard.

Berras abriu um sorriso frio, debochado e cheio de ódio.

— Porque mesmo que você perca uma — respondeu, soltando a grade —, ainda tem a outra.

Alucard não sabia se suas palavras eram um blefe ou a verdade, mas lhe caíram mal. Mas ele não daria esse gostinho a Berras.

— Quer dizer que você não é o líder? — perguntou. — E sim um mero peão? Um objeto usado pelos cabeças? Uma arma sem corte, feita para ser empunhada e depois jogada fora? Se isso for verdade, então por quê?

— Já te disse.

— Verdade. Para tomar o trono. Para me mostrar o que é ser um Emery. Mas a questão, Berras, é que não acredito em você. Acho que você fez isso porque é pequeno e mesquinho e não pode suportar um mundo onde eu seja o mais forte.

O sorriso debochado do irmão tornou-se feroz, sem nem um pingo de humor.

— Entre aqui e me enfrente. Vamos ver se você é forte só no braço.

— Tentador, mas vou recusar o convite. — Ele se virou e começou a subir as escadas.

— Como você se atreve a me dar as costas, irmãozinho?

Alucard se deteve.

— Ah, eu vou voltar — disse ele. — Você não vai a lugar algum. Mas eu tenho lugares para ir. Meu marido está me esperando. Minha filha também. — Ele olhou para o teto. Através dele. — É que está na hora do jantar. Quero saber qual bichinho Ren tentou esconder debaixo da mesa desta vez. Ultimamente ela está na fase dos coelhos, mas, na verdade, não há um único ser vivo que não ame. Vendo por esse lado, é igualzinha a Anisa. — Engoliu em seco, sentindo o nome da irmã caçula arranhar sua garganta. — Antes de dormir, ela tem que tomar banho, o que é sempre uma aventura, depois Rhy e eu vamos ler uma história para ela e a rainha vai deixar um lampião aceso em cada cantinho de seu quarto, para mostrar a ela que as sombras não passam da falta de luz. Viu por que tenho que ir agora? Tem muito amor lá em cima. — Seus olhos se voltaram para o irmão. — Às vezes, fico imaginando se você teria se tornado alguém tão detestável se tivéssemos crescido num lar mais gentil. — Alucard deu de ombros. — Mas acho que não faz mais diferença.

Berras olhou de cara feia para ele por entre as grades. A raiva emanava dele em ondas. Antes, derramariam-se sobre Alucard, deixando-o imóvel e afogado. Mas, agora, ele se limitou a dar um passo para trás, saindo de seu alcance.

— Alucard — rosnou Berras quando ele se virou para sair dali. — Alucard! — A voz do irmão rasgou o ar, mas não chegou nem perto dele enquanto Alucard se aproximava da escada, saindo da masmorra e da escuridão, e subindo em direção à luz.

III

EM ALGUM LUGAR NO MAR

O *Grey Barron* abria caminho em alto-mar.

A capitã estava na proa, com o casaco preto esvoaçando como uma bandeira pirata e os olhos — um castanho e o outro preto — encarando o horizonte.

De vez em quando, Lila tocava no anel que usava na mão direita, passando o polegar distraidamente sobre o navio entalhado na superfície preta e chamuscada. O dono do outro anel estava em Londres, mas sabia que, se chamasse, Kell viria. Pela primeira vez em sete anos, ele poderia atravessar a distância entre os dois, por maior que fosse, com o custo de apenas uma gota de sangue e um feitiço sussurrado.

Na noite anterior à sua partida, os dois estavam deitados na cama e Lila passara a mão pela testa e pelas bochechas dele, tentando suavizar as rugas que a dor infligira a Kell Maresh, até que ele a agarrou pelo pulso e a prendeu à cama, com *Kay* cintilando maliciosamente por trás dos olhos enquanto a convencia de que nem todas as mudanças precisavam ser apagadas.

Agora, Lila Bard tamborilava os dedos na amurada do navio. As ondas batiam contra o casco, borrifando uma bruma fria que parecia se enroscar à sua volta enquanto perscrutava a linha onde o mar fundia-se com o céu, à procura do *Ferase Stras*.

Afinal, ela tinha uma encomenda para entregar.

Na popa do navio, Tes cruzou os braços sobre a amurada de madeira e observou a água ondular no rastro do *Barron*. Havia costurado um bolso na parte externa do casaco, por onde Vares apareceu, balançando a cabecinha e com as asas seguras sobre seu coração. Em alguns momentos, quando a brisa ficava mais forte, a ave morta bicava os botões e pairava ali, como se estivesse voando.

Ela já estava com saudade de Londres.

Com saudade de sua loja no *shal*, dos pasteizinhos que comprava na barraquinha do mercado em Heras Vas e de Nero, de quem não tivera oportunidade de se despedir. Fazia dois dias desde que o brilho carmesim do Atol desaparecera sob o navio, substituído por filamentos comuns de luz. Mais de um dia desde que vira terra firme.

Não uma terra qualquer, mas Hanas.

Sabia disso por causa dos contornos dos penhascos que escalava quando era criança, projetando-se como um recorte no horizonte.

Imaginou o pai se debruçando sobre os objetos raros em sua loja.

Imaginou Serival parada nas docas, com o vento soprando o cabelo trançado e uma das mãos erguida para proteger os olhos atentos ao mar, à procura de algo de valor. De Tesali.

Cadê você, coelhinha?

Ela prendeu a respiração enquanto o navio seguia, até os penhascos sumirem de vista.

Na primeira noite a bordo do *Barron*, quando o casco a embalou até pegar no sono, Tes sonhou com outra vida. Uma vida na qual tinha pedido para continuar no barco de Elrick, e os dois zarpavam de Londres no mesmo dia em que atracavam no porto. Uma vida na qual passara os últimos três anos navegando de porto em porto, consertando todas as bugigangas que apareciam na sua frente, e nada de mal acontecia.

Foi por isso que, antes mesmo de acordar, já sabia que não passava de um sonho.

À medida que o vento ia parando de soprar as velas, o navio começou a desacelerar, e Vares agitou as asas de ossos, inquieto.

— Vai ficar tudo bem — disse Tes à coruja morta enquanto se afastava da amurada e ia até a proa do Barron. No breve espaço de tempo que estava a bordo, ela já tinha consertado o feitiço no relógio de Stross, acrescentado um compartimento secreto no baú de Vasry e ajustado a chaleira de Raya para que a água estivesse sempre quente. Mantinha-se ocupada e tentava esquecer que não estava ali por opção. Que, na verdade, era uma prisioneira de Lila Bard.

Não demorou muito para sua futura cela aparecer.

O *Ferase Stras* surgiu do nada, mas não parecia uma embarcação apta a navegar em alto-mar, e sim um amontoado de peças, como se vários barcos menores tivessem sido desmembrados e remontados, nível sobre nível, numa colcha de retalhos feita de madeira, tecido e feitiço.

Tes já tinha ouvido várias histórias sobre o mercado flutuante.

Algumas afirmavam que o *Ferase Stras* era o mercado mais clandestino do mundo; outras, que não era mercado coisa nenhuma, e sim um cofre que guardava a magia mais procurada e proibida do mundo. Ouviu dizer que, mesmo sendo convidado a embarcar no navio, havia compartimentos que você jamais teria permissão para entrar, coisas que não estavam à venda para ninguém. Ouviu falar que a capitã tinha cem, trezentos, quinhentos anos de idade, e que recebia pagamento não em dinheiro, mas em anos de vida. Ouviu dizer que o mercado flutuante não passava de história para boi dormir, e também que era bem real, mas impossível de encontrar sem o mapa certo.

Também ouviu falar que o *Ferase Stras* não podia ser roubado, embora fosse uma baita de uma mentira, já que, de acordo com Lila Bard, o *persalis* estava lá em segurança até ser afanado.

Ainda assim, à medida que o navio se aproximava e as linhas de magia reluziam em sua visão, Tes tentou adivinhar o que mais haveria de falso a respeito do *Ferase Stras*. E o que haveria de verdadeiro.

Estava prestes a descobrir.

O *Grey Barron* parou ao lado do mercado, aproximando-se até que só restasse um passo entre a amurada de um e o toldo do outro, uma soleira marcada apenas por uma porta de madeira. Lila saltou agilmente para o outro lado, fazendo um gesto para que Tes a seguisse.

Vares estalou o bico. O coração da garota acelerou, e ela lutou contra a vontade de se afastar. Avisaram-lhe que ela não podia ficar em Londres, que o local não era seguro até que a Mão sumisse de vez. Avisaram-lhe que era muito perigoso, mas Tes tinha a impressão de que se referiam a ela. *Ela* era muito perigosa. Seu poder não era apenas um dom ou um tipo de maldição, mas uma arma capaz de fazer coisas inimagináveis se caísse nas mãos erradas.

O rei garantiu que ela ficaria a salvo ali.

Tes tentou acreditar.

Lila Bard pigarreou, lançando-lhe um olhar que não deixava dúvidas de que, de um jeito ou de outro, ela embarcaria no *Ferase Stras*. Seus fios prateados faiscaram no ar, e Tes sentiu uma mão invisível às costas, impulsionando-a a se mexer. Engoliu em seco e pisou na soleira.

Lila bateu à porta e, minutos depois, ela se abriu, revelando um homem alto e bonito, de ombros largos, pele negra e todo vestido de branco. Sua magia era um filamento de luz âmbar ao redor dos ombros.

— Já está de volta? — perguntou ele a Lila.

— O que é que posso dizer, Katros? Sou muito boa no que faço.

Ele arqueou as sobrancelhas, perplexo.

— Quer dizer que você está com o *persalis*?

— Bem, não tão boa. — Lila segurou o ombro de Tes. — Mas não vim de mãos abanando.

Ele olhou da *Antari* para Tes e vice-versa.

— Olha só — disse ele. — Vai ser uma conversa bem interessante.

Ele as guiou pela porta até a cabine, que acabou por ser um escritório no limite entre o cheio e o bagunçado. Os olhos de Tes absorveram tudo — armários entulhados de objetos que poderiam se passar por bugigangas se não enxergasse o complexo feitiço entremeado neles. No meio da sala havia uma escrivaninha diante de uma cadeira gasta e, sobre um suporte dourado, uma grande esfera preta com fios de uma tonalidade sinistra e ameaçadora.

Tes contraiu os dedos, cheia de vontade de avançar para examinar o objeto mais de perto, mas Lila a pegou pelo braço.

— Por aqui — disse Katros, levando-as para fora da cabine até descerem um lance de escadas e chegarem ao labirinto que era o mercado flutuante. Parecia até a loja do pai de Tes, onde sempre havia alguma coisa para olhar e a promessa de algo mais ao virar num canto ou seguir pelo corredor. A mão de Lila permaneceu firme na manga de Tes conforme as duas passavam por cortinas, escadas e portas até chegarem ao convés principal, onde outro homem, mais jovem e magro, mas com o rosto bem parecido com o do anterior, debruçava-se sobre uma mesa, pintando um mapa com um pincel minúsculo e com as mangas brancas arregaçadas para não atrapalhar.

E ali, sentada numa cadeira ao sol, com um saco cinza jogado nas tábuas ao lado, estava Maris Patrol. A capitã do mercado flutuante.

Estava lendo um livro e, a princípio, não ergueu o olhar.

A pele negra era cheia de rugas e o cabelo tinha um tom luminoso de branco, mas o que mais desconcertou Tes foi o fato de que o ar ao seu redor estava vazio. Sem fios, claros nem escuros, ou qualquer filamento dançante de luz. Pelo visto, a capitã do *Ferase Stras*, lar de tanto poder, não possuía magia própria.

Parecia ser bem velha, mas não frágil, e, assim que falou, sua voz soou como o badalar de um sino.

— São tão raros os dias tranquilos no mar — disse, fechando o livro — que você aprende a apreciá-los.

Maris se pôs de pé e, naquele instante, o monte cinza no convés se remexeu, tomando a forma de um cachorro grande e velho. A capitã olhou para Tes e, apesar de saber que a mulher não possuía magia, não conseguiu se livrar da sensação de que ela conseguia ler seus pensamentos. Maris não tirou os olhos de Tes nem por um segundo, mas se dirigiu a *Antari*.

— Isso não é um *persalis*, Delilah Bard. Se eu tivesse que adivinhar, diria que é uma adolescente.

— Não — admitiu Lila. — Infelizmente o *persalis* foi destruído. Mas acho que você vai descobrir que Tes é algo... bem melhor.

— Será mesmo? — perguntou a velha.

Lila se aproximou e sussurrou alguma coisa no ouvido da capitã. Os olhos dela se iluminaram.

— Entendo. — Lá estava aquele olhar ganancioso de sempre, assim que Maris se deu conta de que estava em posse de algo raro. — Talvez tenhamos um lugar para ela.

— Não sou nenhum objeto valioso para você guardar no cofre — vociferou Tes.

Maris a encarou demoradamente, avaliando-a.

— Então o que é que você é?

Ela se empertigou.

— Sou uma restauradora.

Maris arqueou a sobrancelha.

— Quer dizer que eu conserto as coisas — explicou Tes. — Torno-as melhores. Sou boa nisso. E sim, consigo ver a magia e alterá-la. Sei que é um dom raro e valioso, mas não faz de mim um objeto, em vez de uma pessoa. Não sou uma peça de magia para ser guardada e tirada do baú toda vez que você precisar, e não vou ser colocada numa jaula nem enterrada nas entranhas do seu navio.

As palavras jorraram de uma vez só, deixando-a sem fôlego. Maris cruzou os braços.

— Já acabou?

Tes engoliu em seco e assentiu. Maris abriu um sorriso.

— Ótimo. Agora, deixe-me dizer o que *eu* sei. Há muitos feitiços neste navio. Tanto que, às vezes, não consigo me manter a par de tudo. Há coisas que estão a bordo há mais tempo do que eu — sim, é verdade — e outras cuja função nunca consegui compreender. Agora, parece que você tem um talento que pode torná-la útil, se essa for sua vontade. E se ficar aqui como minha aprendiz, poderá empregar seu dom sem se sentir usada e, no caminho, talvez até aprenda alguma coisa. Mas... — Maris aproximou-se da garota. — Nunca aprisionei uma pessoa viva neste navio contra sua vontade e não é o que farei agora. Por isso, se não quiser ficar, então volte para o *Barron* e seja um problema de Lila. A decisão é sua.

A *Antari* fez uma careta e parecia prestes a falar alguma coisa, mas Maris dirigiu a ela um olhar penetrante e, pela primeira vez, Lila segurou a língua. Enquanto isso, Tes ficou parada no convés, olhando para o mercado flutuante cercado de uma luz que irradiava por cada cortina e porta, o lugar inteiro uma promessa de magia.

Até que tomou uma decisão.

―――•―――

Tes ficou observando o *Barron* se afastar do *Ferase Stras* e virar, seguindo um curso que não conseguia mais enxergar. A mão de alguém tocou seu ombro, com dedos velhos, mas fortes. A garota olhou de relance para Maris.

— Ouvi dizer que seu navio deveria ser impenetrável — disse ela.

— E é verdade.

— Então como é que foi roubado?

Maris deu um sorriso sem graça.

— Pelo visto, meus feitiços de proteção precisam de algumas melhorias.

Tes contraiu os dedos diante do desafio ao mesmo tempo que seus olhos acompanhavam as linhas de luz que atravessavam a embarcação, já pensando em várias maneiras de consertá-las.

— Posso ajudá-la com isso.

— Maravilha — disse Maris. — Só me diga do que precisa.

Tes olhou para o mercado flutuante, cheio de níveis, salas e segredos.

— A senhora tem chá?

IV

O palácio erguia-se sobre o Atol, o rio carmesim batendo nos pilares de pedra que o sustentavam. Mas no interior da prisão não havia som de água nem qualquer vestígio de luz colorida. Nada além do eco abafado de passos pela segunda vez naquele mesmo dia.

Alguém parecia correr até lá embaixo, alertando o homem na cela de que uma pessoa estava a caminho.

Berras já estava de pé quando sua visitante chegou. Ele viu seus olhos castanho-claros, o bico de viúva em sua testa, o longo cabelo preto caindo como uma cortina atrás de suas vestes impecavelmente brancas e, pela primeira vez em dias, abriu um sorriso.

— Ezril.

Do outro lado das grades estava a *Aven Essen*, com suas vestes sacerdotais brilhando como a lua contra a escuridão das pedras. Ele estava acostumado a vê-la de roupas comuns e com o rosto oculto por uma máscara branca, mas ela tinha aquele tipo de voz que, mesmo com as feições escondidas, era capaz de transmitir emoção. Agora, seu aborrecimento era bem perceptível.

— Berras Emery — disse ela, deixando escapar um suspiro resignado. — Que confusão você fez.

Ele franziu a testa.

— Podemos dar um jeito nisso.

Ezril inclinou a cabeça.

— Será? — refletiu ela, sem se deixar abalar. — Acho que não. Seu plano foi apressado. E você foi com muita sede ao pote. Avisei, não foi? A mudança pode parecer repentina quando chega, Berras Emery. Uma árvore partida ao meio por um raio. Uma enchente transbordando das barragens. Mas é fácil esquecer que, antes de qualquer coisa, deve acontecer a tempestade.

Ele agarrou as grades.

— Por que você sempre fala por enigmas, como se fosse uma sacerdotisa?

— Eu *sou* uma sacerdotisa — salientou ela —, e não são enigmas só porque você não consegue entendê-los. — Fechou as mãos dentro das mangas das vestes. — A natureza fornece uma metáfora para todos os problemas humanos. Uma resposta para todas as perguntas.

— Não preciso de resposta alguma — murmurou ele. — Só preciso que abra a cela para que eu possa terminar o que comecei.

— O que começou... — ecoou ela, olhando para cima, não para o teto da prisão, mas para o palácio acima de suas cabeças. — Você trabalhou tanto para passar por estes muros e aqui está agora. Tão longe e, ainda assim, tão perto.

Berras fez uma careta, mas ficou em silêncio.

— No entanto, está sozinho — continuou a mulher. — Sem o *persalis*, sem uma magia roubada, sem seu conjunto de *mãos*. — Desviou o olhar em direção ao punho enfaixado dele. — Só você.

— Se você me ajudar...

Ela prosseguiu, como se ele não tivesse dito nada.

— Ah, você pode até matar um deles antes de ser pego. Mas creio que sabemos muito bem qual dos dois escolheria.

Ele abriu a boca, mas ela o interrompeu.

— Não minta para mim — advertiu ela. — Sei que cada um tem seus próprios motivos, mas, quando nos conhecemos, você me prometeu que não era por vingança.

— E não é mesmo.

Ezril estalou a língua.

— O problema do veneno, Berras, é que, se não for cuidadoso, também pode acabar envenenado. — Ela balançou a cabeça. — Não, você já teve sua chance e fracassou. — Descruzou os braços, estendeu a mão e passou os dedos finos pelas grades. — É evidente que precisamos de um toque mais delicado.

Berras avançou contra Ezril por trás das grades, mas ela já tinha se afastado. A *Aven Essen* fez um som de desaprovação com a língua, curvando os lábios num sorriso. Como se aquilo não passasse de um jogo.

— Que seja — rosnou ele. — Vamos fazer as coisas do seu jeito. Na *Sel Fera Noche*. Só me tire daqui.

Mas Ezril não estava mais prestando atenção. O anel na mão dela, esculpido em mármore branco, tinha começado a brilhar, aquecendo-se com um calor agradável.

— Preciso ir — disse ela. — Pelo visto, o rei está me chamando.

Ela se virou em direção às escadas.

— Ezril — vociferou Berras. — Vou contar a eles. Me deixe nesta cela e conto *tudo* a eles.

A sacerdotisa se deteve, deixando escapar um suspiro.

— Bem — disse ela —, neste caso...

Voltou-se para a cela, estendendo uma das mãos não para Berras, mas para a parede de pedra atrás dele. Era comum as pessoas se esquecerem que os sacerdotes também possuíam magia. Presumiam que, por manterem o mundo em equilíbrio, seu poder fosse fraco. Que não conseguiam derrubar uma árvore com a mesma facilidade com que a cultivavam.

Mas quando Ezril flexionou a mão, a parede de pedra se partiu, soltando uma ponta afiada que assobiou pelo ar, silenciando-se apenas ao deslizar pela garganta de Berras Emery. Uma garganta que se abriu como uma fatia de fruta de verão. Ele levou a mão boa até a ferida e abriu a boca para falar alguma coisa, mas a lâmina de pedra havia feito um corte tão fundo que não apenas calara sua voz, mas o matara.

Berras Emery cambaleou e caiu de joelhos no chão da cela conforme sua vida escorria por entre os dedos e formava uma poça a seus pés. Ezril sempre ficava surpresa com a quantidade de sangue contida num corpo. Ele tombou de lado, com os olhos de tempestade já embaçados, e ela ficou ali, observando a poça se espalhar como se fossem dedos em sua direção, então deu um passo para trás, tomando o cuidado de manter suas vestes brancas longe da mancha carmesim.

O anel ardia em sua mão, um lembrete de que o dever a chamava. Por isso, a *Aven Essen* deu as costas para o homem morto na cela e subiu as escadas para saudar o rei.

FIM DO PRIMEIRO LIVRO

AGRADECIMENTOS

As pessoas me perguntam como foi escrever este livro, e a verdade é que foi como voltar para casa.

Em *Uma conjuração de luz*, quando Lila faz o acordo com Maris, trocando o olho preto por um favor, vi uma maneira de deixar a porta deste mundo aberta para que eu pudesse entrar nele de novo. Só precisava assegurar um espaço para as histórias que ainda queria contar.

Não parece tão difícil assim assegurar um espaço, mas é. E bem mais trabalhoso do que parece.

Falamos de como é preciso uma aldeia inteira (tem dias em que mais parece uma cidade) e, no caso de Fios do Poder, não se tratava apenas de espalhar a obra por muitas mãos nem de garantir o sucesso do livro quando finalmente chegasse às livrarias.

A verdade é que contar uma *nova* história dentro deste mundo implica primeiro em manter o mundo vivo, ajudando-o a prosperar no intervalo entre os arcos de Tons de Magia e Fios do Poder, preservando o interesse e assegurando o apoio dos leitores ao longo dos anos.

É um ato de muita generosidade e zelo assegurar um espaço dessa maneira, e esta é a lista de pessoas que mantiveram o brilho de Tons de Magia, prepararam o caminho para Fios do Poder e tornaram esta jornada possível:

Minha agente, Holly Root. Minha editora, Miriam Weinberg. Minha relações-públicas, Kristin Dwyer. Vocês três são os fios que me mantêm de pé, com sua fé inabalável e apoio constante. Não teria como desejar uma melhor equipe de pessoas e amigas incríveis.

Meus pais, Kent e Linda Schwab. Vocês me aturam até quando já escrevi seiscentas páginas no primeiro rascunho e estou tão cheia de dúvidas e desespero que o medo escapa da minha boca a cada "como vai?".

Minha irmã mais velha, Jenna Maurice. Você é a minha família em todos os sentidos, exceto laço sanguíneo; uma maravilhosa companhia de turnê, uma ótima fotógrafa e uma amiga melhor ainda. Obrigada por sempre dar um jeito de me ajudar a cuidar melhor de mim.

Minha família escolhida, Cat e Caro Clarke. Vocês são líderes de torcida, colegas, parceiros de crime, sonhadores e seres humanos maravilhosos. Alimentam minha alma.

Meus amigos Jordan Bartlett, Zoraida Córdova, Dhonielle Clayton, Sarah Maria Griffin, Laura Stevens. Vocês fazem com que eu jamais me sinta sozinha nesta jornada longa e acidentada.

Minha equipe incrível na editora Tor — Devi Pillai, Eileen Lawrence, Lucille Rettino, Sarah Reidy, Giselle Gonzales, Emily Mlynek, Tessa Villaneuva, Alex Cameron, Michelle Foytek, Rachel Taylor, Peter Lutjen e todos os demais — vocês são meus apoiadores mais extraordinários. Mantêm meus livros sendo impressos e trabalham incansavelmente para garantir que tenham sempre a oportunidade de encontrar mais leitores, novos e antigos.

Meu designer de capa, Will Staehle. Não é pouca coisa criar um visual icônico para uma série. Só você seria capaz de fazer isso duas vezes. Obrigada por sempre garantir que meus livros tenham destaque nas livrarias.

Eyden's, a cafeteria em Edimburgo que chamo de escritório, de sala de estar, de minha segunda casa. Adonis, Eyden, Connor e todos os queridos funcionários de lá. Obrigada por sempre se certificarem de que Riley e eu tenhamos um bule de chá fresco, um lanche e um cantinho para escrever.

Kip e Giada, os maravilhosos chefs do Via Aemelia. Toda semana vocês me mandam massa fresca para que, depois de um longo dia de escrita, eu possa ter uma deliciosa refeição caseira.

E por último e mais *importante*, vocês.

Meus queridos leitores.

Jamais duvidem de sua importância e seu poder.

Foi seu amor por este mundo e seus personagens que me possibilitou reabrir esta porta e voltar para casa.

Este livro foi composto na tipografia Palatino LT
Std, em corpo 11/16, e impresso em papel
pólen natural no Sistema Cameron da Divisão
Gráfica da Distribuidora Record.